LA RELIGION

D0503373

TIM WILLOCKS

LA RELIGION

*Traduit de l'anglais
par Benjamin Legrand*

SONATINE ÉDITIONS

Titre original :
THE RELIGION

Ouvrage réalisé sous la direction d'Arnaud Hofmarcher
et de François Verdoux

© Tim Willocks, 2006
© Sonatine, 2009, pour la traduction française

ISBN : 978-2-266-18957-6

*Pour Chaim Zvi Lipskar et les nombreux autres amis
qui ont aidé à l'existence de ce livre.*

PROLOGUE

LE *DEVSHIRMÉ*

LES MONTS FAGARAS,
À L'EST DES MARCHES DE HONGRIE
Printemps 1540

La nuit où les cavaliers écarlates l'emportèrent – du peu qu'il sache ou qu'il ait pu savoir – la pleine lune entrait dans le Scorpion, signe de sa naissance, et, comme animée par la main de Dieu, son incandescence découpait parfaitement la vallée alpine en ce qui était lumière et ce qui était ténèbres, et la lumière éclairait le chemin menant les démons vers sa porte. Si les chiens de guerre n'avaient pas perdu leur route, le garçon n'aurait jamais été découvert, et la paix, l'amour et le travail auraient béni toute son existence. Telle est la nature du destin dans un temps de chaos. Mais quand le temps n'est-il pas chaos ? Et quand la guerre n'est-elle pas engendrement de monstres ? Et qui sèche les larmes des sans-noms, quand même les saints et les martyrs reposent endormis dans leurs cryptes ? Un roi venait de mourir et, tels des chacals, des empereurs se disputaient son trône pour s'emparer du butin. Et si les empereurs se souciaient bien peu des tombes qu'ils semaient dans leurs sillages, pourquoi leurs serviteurs auraient-ils dû s'en préoccuper davantage ? « La roue tourne, un jour en haut, un jour en bas », disent les sages, et il en était ainsi de cette nuit-là.

Il s'appelait Mattias, il avait douze ans et il ignorait absolument tout des affaires de politique et d'État. Il était issu d'une famille de forgerons saxons, transplantée par son grand-père émigrant jusque dans une profonde vallée des Carpates et un village sans la moindre importance, sauf pour ceux qui l'appelaient leur chez-eux. Mattias dormait près de l'âtre de la cuisine, et rêvait de feu et d'acier. Il s'éveilla dans l'obscurité précédant l'aube, le cœur battant comme un oiseau farouche piégé dans sa poitrine. Il enfila des bottes et un manteau de cuir marqué de brûlures, et, silencieusement – car ses deux sœurs et sa mère dormaient dans la pièce à côté –, il prit du bois et ranima les tisons rose pâle du foyer, pour que sa chaleur accueille les filles quand elles se lèveraient.

Comme tous les premiers-nés de sa lignée, Mattias était forgeron. Son but, aujourd'hui, était d'achever la fabrication d'une dague et cela l'emplissait de joie, car quel garçon, s'il le pouvait, ne fabriquerait pas de vraies armes ? Du cœur du foyer, il tira un brandon incandescent, sortit dans la cour ; l'air mordant emplit ses poumons et il s'arrêta. Le monde alentour était peint de noir et d'argent par la lune. Au-dessus de la crête des montagnes, des constellations tournaient dans leur sphère et il chercha leurs formes et les contempla à travers la buée de son souffle. La Vierge, Le Bouvier, Cassiopée. Plus bas sur les pentes, des stries brillantes marquaient la fourche du torrent et les pâturages flottaient dans la brume à l'orée des forêts. Dans la cour, la forge de son père se dressait comme un temple dédié à quelque prophète inconnu et la lumière des flammes qui jouaient sur ses pierres pâles promettait magie et merveilles, et la fabrication de choses que personne n'avait jamais faites.

Comme son père Kristofer le lui avait appris, Mattias se signa devant le seuil et chuchota une prière à saint

Jean. Kristofer était parti sur les routes, pour ferrer des chevaux et affûter des outils dans les fermes et les manoirs alentour. Serait-il en colère, à son retour, de voir que Mattias avait gaspillé trois jours de forge ? Alors qu'il aurait pu façonner des hameçons, une scie à bois ou une faux ? Non, pas si la lame était bonne. Si la lame était parfaite, son père serait fier. Mattias se signa et entra.

La forge sentait le sabot de bœuf et le sel de mer, le mâchefer, le cheval et le charbon. Le pot à feu qu'il avait préparé la veille était prêt et le petit bois prit dès qu'il y enfonça son brandon incandescent. Il actionna les soufflets et enflamma le charbon de la veille, cajolant le feu, le construisant, jusqu'à ce que deux pouces d'épaisseur de charbon brûlent dans la tuyère. Il alluma la lampe, puis déterra sa lame des cendres dans lesquelles il l'avait enfouie pour la nuit.

Il lui avait fallu deux jours pour redresser et durcir l'acier, six pouces pour la lame et quatre pour la soie. Des couteaux, il en avait déjà fait, mais c'était là sa première dague, et l'adresse requise était multipliée par la symétrie du double tranchant et la solidité obligée de l'arme. Il n'avait pas encore parfaitement réalisé la symétrie, mais les tranchants ne roulaient pas sous la lime. Il souffla sur la cendre, examina les surfaces et n'y trouva ni torsion ni gauchissement. Avec un linge humide, il nettoya la lame et travailla à adoucir ses deux faces à la pierre ponce. Puis il polit la lame à l'émeri et au beurre jusqu'à ce qu'elle luise d'un bleu sombre. Il était temps de tester son art de la trempe.

Sur le lit de charbons ardents, il étala un quart de pouce de cendres, et posa la lame dessus, observant la couleur ramper à travers l'acier, qu'il retourna plusieurs fois pour que la chaleur demeure égale. Quand les deux

tranchants prirent la couleur pâle de la paille fraîchement coupée, il retira la lame à l'aide des pinces et la
plongea dans un seau de terre humide. Des vapeurs
jaillirent en spirale avec une odeur qui lui monta à la
tête. Lors de cette première trempe, selon les dires de
son grand-père, la lame exigeait, pour naître, le pouvoir
des quatre éléments : la terre, le feu, l'eau et l'air. Une
telle lame durerait. Il reconstruisit le lit de charbons,
remit une couche de cendres dessus et ôta le couvercle
de sa seconde trempe, un seau de pisse de cheval. Il
l'avait récoltée la veille, du cheval le plus rapide du
village.

« Je peux regarder, Mattie ? »

La voix de sa sœur le fit sursauter et l'agaça un
instant. C'était son travail, sa place, la place d'un
homme ; pas la place d'une petite fille de cinq ans.
Mais Britta l'adorait. Ses yeux brillaient toujours quand
elle le regardait. Elle était le bébé de la famille. La mort
de deux frères plus jeunes avant même qu'ils ne puissent marcher restait présente à l'esprit de Mattias ; ou,
plutôt que leur mort, le souvenir du chagrin de sa mère
et de l'angoisse silencieuse de son père. Le temps qu'il
se retourne, sa colère avait disparu et il sourit en voyant
Britta sur le seuil, sa silhouette de poupée dans la première rumeur grise de l'aube. Elle portait une chemise
de nuit et des sabots, et elle serrait ses mains sur ses
bras rougis en frissonnant. S'avançant vers elle, Mattias
ôta son manteau et lui en enveloppa les épaules. Il la
souleva et l'assit sur les sacs de sel, près de la porte.

« Tu peux regarder d'ici, tant que tu ne t'approches
pas du feu. » Le marché n'était pas idéal, il le voyait
bien, mais elle ne protesta pas. « Maman et Gerta dorment encore ? » demanda-t-il.

Britta hocha la tête. « Oui. Mais les chiens du village
aboient. J'avais peur. »

14

Mattias tendit l'oreille. C'était vrai. D'en bas des collines montait un chœur de jappements et de grognements. Entièrement absorbé par le crépitement de la forge, il ne l'avait pas remarqué.

« Ils doivent avoir trouvé un renard, dit-il.

— Ou un loup. »

Il sourit. « Les loups ne viennent plus par ici. »

Il revint à sa lame et la trouva assez refroidie pour pouvoir la toucher. Il la nettoya d'un coup de chiffon et la reposa une fois de plus sur le feu. Il était tenté d'actionner les soufflets, car il adorait voir surgir la vie dans les charbons, mais si la couleur montait trop vite, le cœur de l'acier pourrait s'affaiblir, donc il se retint.

« Pourquoi les loups ne viennent plus par ici ? »

Mattias retourna la lame. « Parce qu'ils ont peur de nous.

— Pourquoi les loups ont peur de nous ? »

Les tranchants avaient pris le rouge fauve des daims en automne. Il saisit la lame avec les pinces, la retourna encore, et oui la couleur était uniforme, avec des magentas dans l'âme et le fil, et il en arrivait à la seconde trempe. Il sortit la dague de la forge et la plongea dans l'urine. Le sifflement fut explosif et il écarta son visage de la vapeur âcre, ammoniaquée. Il se mit immédiatement à dire un Ave. À mi-chemin, Britta se joignit à lui, en trébuchant sur le latin, et il continua sans l'attendre, mesurant la trempe au rythme de la prière, jusqu'à ce qu'il ait fini, puis il retira l'acier fumant de son brouet caustique, l'enterra dans la boîte à cendres et s'essuya le front.

La seconde trempe était achevée, du moins l'espérait-il. La morsure acide de ce refroidissement à la pisse allait se communiquer au métal et conserver la finesse de son tranchant. Il espérait aussi que la rapidité du cheval allait accélérer l'achèvement de sa dague. Car pour la troisième trempe, la plus magique de toutes, il devait emporter la lame incandescente dans l'herbe grasse près du potager et la tremper dans la rosée fraîchement tombée. Aucune eau n'était aussi pure, car personne ne l'avait jamais vue tomber, même en restant éveillé toute la nuit, comme si elle venait tout droit du paradis. Certains croyaient que c'étaient les larmes que Dieu versait pour ses enfants pendant leur sommeil. Par un tel refroidissement, l'esprit de la montagne allait pénétrer le cœur de la dague et son dessein serait toujours juste. Il plaça une paire de pinces à tremper sur les charbons et pompa de l'air jusqu'à ce que les embouts renforcés virent à l'orange vif.

« Mattie, pourquoi les loups ont peur de nous ?

— Parce qu'ils ont peur qu'on les chasse pour les tuer.

— Pourquoi on les chasse pour les tuer ?

— Parce qu'ils tuent nos moutons. Et parce que leurs peaux sont chaudes pour l'hiver. C'est pour cela que papa porte une peau de loup.

— C'est papa qui a tué le loup ? »

Kristofer l'avait effectivement tué, mais ce n'était pas une histoire pour une petite fille de cinq ans. Mattias ôta les cendres de la lame et la posa près du feu. Il savait qu'il ne devait pas ignorer Britta, mais la lame réclamait toute son attention. Il dit : « Pourquoi tu ne me chantes pas une chanson ? Comme ça la chanson fera partie de l'acier, et cette dague sera autant la tienne que la mienne.

— Quelle chanson ? Vite, Mattie, quelle chanson ? »

Il regarda son visage, la vit rougir de délice et pendant un instant il se demanda s'il ne lui avait pas voué la lame, pour toujours, du moins dans ses pensées.

« Le Corbeau », dit-il.

C'était une chanson que leur mère leur chantait et Britta avait étonné toute la famille quand, à seulement trois ans, elle en avait fredonné tous les couplets. Cette chanson parlait d'un prince changé en corbeau par une belle-mère jalouse, et de la princesse qui risquait la vie de son seul enfant pour le ramener. Si ses hauts faits étaient plutôt sombres, sa fin était heureuse, même si Mattias n'y croyait plus autant que jadis. Britta en croyait encore chaque mot. Elle commença à chanter de sa voix haute et tremblante, et ce son emplit soudain l'obscurité de la forge de son âme immaculée. Et il était heureux de lui avoir demandé de chanter car, comme son père Kristofer le lui avait dit, aucun homme ne pouvait comprendre entièrement le mystère de l'acier, et si une lame forgée durant une tempête de neige était différente d'une lame forgée au soleil – et qui pourrait jamais douter qu'il en fût ainsi ? –, alors pourquoi un son aussi doux que celui sorti des lèvres de Britta ne laisserait-il pas aussi son empreinte ?

Tandis que Britta chantait, il se consacra entièrement à la trempe finale. Il saisit les poignées des pinces et serra leurs mâchoires sur le cœur de la lame. Il en ôtait ainsi la dureté, car dureté n'est pas force. Quand le cœur fut d'un bleu sombre et dense, il travailla la poignée et la garde jusqu'à une teinte encore plus sombre. Et, à l'extrémité de la lame, il donna une trempe d'un bleu aussi pâle que le ciel du matin au nouvel an. Et tout le temps qu'il travaillait, Britta chantait sa chanson, le corbeau avait conquis le cœur de la princesse, et dans sa poitrine grandissait la certitude que son père serait fier de cette dague. Il laissa tomber les pinces surchauffées dans l'eau et prit la paire froide. Il refit le lit de charbons, étala la cendre et plaça la lame en posant sa pointe à nu sur un morceau de charbon ardent. Dès que les tranchants prendraient la teinte des cheveux de sa mère – un bronze cuivré sauvage –, il allait emporter la lame vers la rosée et son moment de vérité. Il regardait l'acier comme si sa place dans l'éternité en dépendait et il n'entendit pas le bruit que fit Britta quand elle tomba sur le sol. Il n'entendit que le silence soudain de sa chanson.

Il appela par-dessus son épaule : « Britta, ne t'arrête pas maintenant. On a presque fini. »

Et là, les teintes changeaient, grandissant comme l'or alchimique, et pourtant le silence demeurait et ses entrailles appelaient la chanson car il savait, dans tout son corps, que cette voix allait vraiment forger une lame comme aucune autre, et qu'elle appartiendrait autant à Britta qu'à lui, qu'ils avaient tous deux gravé une partie de leur âme dans le métal et que cette empreinte donnerait sa noblesse à la dague. Il s'écarta du feu, les pinces à la main, pour chercher les yeux de sa sœur.

« Nous avons presque fini ! » dit-il.

Il la vit, étalée sur le sol.

Son crâne était éclaté comme une jarre de vin brisée. Le manteau était tombé de ses épaules. Sa chemise de nuit était trempée de quelque chose de noir qui brillait comme des filets de mélasse dans ses cheveux blond pâle.

Debout au-dessus d'elle, arborant l'expression dénuée de curiosité d'un fermier qui a tué une taupe d'un coup de bêche, se tenait un jeune homme costaud, avec une fine barbe et une tête de moins que Mattias. Il était engoncé dans un fouillis de tissus et de chiffons, et portait un chapeau vert sale. Contre son flanc, il tenait une petite épée courbe, couverte de mélasse sombre et des cheveux de Britta. Quand le jeune homme cessa de regarder l'enfant assassinée, ses yeux apparurent aussi morts que des pierres. Son regard ne vagabonda pas plus longtemps sur Mattias que sur l'enclume et les outils. Il grogna une question dans une langue étrangère.

Mattias était adossé à la chaleur de la forge et pourtant il se sentait glacé en dedans, et vide. Vide de souffle. Vide de volonté. Vide de tous les sentiments qu'il avait connus auparavant. Une partie de son esprit se demandait si c'était ainsi que la lame se sentait lors de la trempe. Et en ce cas, dans quelle trempe était-il ? Et il trouva refuge dans le feu, là où l'attendait déjà quelque chose qu'il connaissait. Il se retourna, regarda sa dague et vit ses tranchants luire de la couleur des cheveux de sa mère – un bronze sauvage qui rampait des biseaux jusqu'à la pointe bleu sombre. Il sentit la trempe finale échapper à son emprise et avec elle disparaître toute la magie qu'ils avaient tissée durant cette aube, et avec elle aussi la fierté de son père quand il verrait ce qu'ils avaient créé. Ces choses, il ne pouvait pas les laisser se produire. Il serra les pinces sur la garde, sortit la lame du feu et se retourna.

Le meurtrier avait avancé vers lui, et son visage ne montrait aucune inquiétude jusqu'à ce qu'il aperçoive ce que tenait Mattias. Le sursaut de peur qui le traversa trahit sa jeunesse, mais ne lui accorda aucune pitié. Comme de par sa propre volonté, la dague s'avança brusquement, l'air chatoyant dans son sillage. Mattias fit le premier pas avec des pieds lourds comme du plomb, et le second comme propulsé par une rage qui étouffa sa gorge. Au troisième pas, une haine crue conduisit à la fois le garçon et la dague. Le jeune homme hurla dans sa langue étrangère et Mattias lui enfonça la dague dans l'abdomen. La chair grésilla autour de l'acier alors qu'il le poussait contre le mur, la puanteur de la laine et de la graisse brûlée emplit sa gorge, et les yeux pétrifiés du visage tordu s'exorbitèrent d'horreur. Le meurtrier cria, lâcha son épée pour saisir la dague à pleines mains et hurla. Il hurla encore quand la lame incandescente lui arracha les paumes jusqu'aux tendons. Mattias écrasa sa main gauche sur les lèvres ouvertes. Il poussa sur les pinces jusqu'à ce que leurs mâchoires rencontrent le ventre qui se soulevait et que la pointe de la dague crisse sur ce qui semblait être de l'os. Et alors il pria.

« *Ave Maria, gratia plena, Dominus tecum, benedicta tu in mulieribus et benedictus fructus ventris tui, Jesus.* »

L'œsophage pris de convulsions, le jeune homme vomit du sang entre les doigts de Mattias. Qui serra davantage. Du sang coulait des narines écarquillées, les mains sans peau serraient les pinces et le torse râblé se contractait en spasmes futiles. Dans les yeux protubérants, la lumière commença à s'éteindre, les spasmes décrurent et Mattias acheva sa prière.

« Sainte Marie, Mère de Dieu, priez pour nous pauvres pécheurs, maintenant et à l'heure de notre mort. »

Mattias sentit quelque chose passer hors du corps, quelque chose qui s'évanouit d'une manière si furtive que cela lui gela la moelle des os. Le jeune homme s'affaissa, plus lourd que tout ce que Mattias avait jamais connu. Le visage serré dans sa main était aussi pâle que du mastic. Ses yeux à demi fermés étaient sans étincelle, ternes comme ceux d'une tête de cochon sur l'étal d'un boucher. C'était donc cela, la mort, et c'était donc cela, tuer.

Mattias dit : « Amen. »

Et il pensa : « La trempe. »

Il dégagea la dague. La lame fumait jusqu'au bout de la poignée, noire comme le péché. Il laissa le corps se replier sur lui-même et ne le regarda plus. Entre les lointains aboiements de chiens, il entendait des cris étrangers gutturaux et des hurlements de terreur. Britta était allongée sur le seuil, immobile et ensanglantée. Quelque chose l'avait quittée aussi. Dans sa main, les pinces se mirent à trembler et ses genoux aussi. Ses entrailles se relâchaient et sa vision se troublait. Il se tourna vers la sécurité de ce qu'il connaissait. La forge, les outils, le feu. Il frotta la lame brûlante avec un chiffon mouillé, mais sa teinte noirâtre demeura et, sans bien savoir comment, il comprit que la lame resterait noire pour toujours. L'acier était encore trop brûlant pour qu'il le tienne, et pourtant il répugnait à la tremper dans l'eau car, dans un monde désormais sens dessus dessous, son esprit s'accrochait à son art. Il plongea le chiffon dans l'eau froide et en enveloppa la poignée. Puis il s'immobilisa.

Du chaos au-delà de la forge lui parvenait une voix – plus proche que les autres – qui appelait Dieu, mais pas pour sa pitié. Plutôt pour sa vengeance et sa colère. C'était la première voix que Mattias avait entendue. C'était celle de sa mère.

Mattias serra le chiffon humide dans sa main. La chaleur de la poignée était tolérable. La trempe finale de la dague n'avait pas été la plus pure rosée mais le sang d'un meurtrier, et si sa destinée et son but étaient désormais différents de ce qu'il avait imaginé, maintenant les siens l'étaient également. Et il se demanda alors, comme il devrait toujours se le demander, si ce n'était pas en forgeant cette lame du diable qu'il avait apporté cette malédiction fatale sur ceux qu'il aimait. Il chercha l'état d'âme dans lequel il s'était éveillé et ne le trouva plus. Il chercha une prière, mais sa langue ne remua pas. Quelque chose lui avait été arraché dont il avait ignoré l'existence jusqu'à ce que le gouffre que

21

ce quelque chose laissait derrière lui hurle de chagrin. Pourtant, ce quelque chose était parti ; et même Dieu ne pourrait pas le restaurer. La fureur de sa mère le transperça. En furie – et non en larmes – telle était la mort que sa mère avait choisie. Sa rage l'appelait auprès d'elle. Il avança vers la porte et se pencha pour couvrir Britta de son manteau. Britta était au moins morte sur le coup, avec une chanson aux lèvres et la joie de la création dans le cœur. Il y avait un ange dans la dague, aux côtés d'un démon. Il l'emmènerait avec lui. Il emporterait et l'ange et le démon.

Il sortit dans la froidure, et de la vapeur s'éleva de la lame noire qu'il tenait, comme si la forge renfermait un puits ouvert sur l'enfer et qu'il était un démon meurtrier qui venait d'en sortir. La cour était vide. Les cieux étaient bordés d'un nuage vermillon à ras des crêtes. Du village, montaient des colonnes de fumée et avec elles des cris d'angoisse et le crépitement des flammes. Il avança sur les pavés, malade de peur. Peur de la quelconque vilenie qui affligeait sa mère. Peur de la honte. De la couardise. De savoir qu'il ne pourrait pas la sauver. Des ténèbres qui avaient élu domicile dans son esprit. Et pourtant cette obscurité parlait avec une puissance sauvage qui ne tolérait ni refus ni hésitation.

Plonge dedans, disait l'obscurité.

Mattias se retourna pour regarder la forge. Pour la première fois de sa vie, il ne vit qu'une terne hutte de pierres. Une terne hutte de pierres avec, dedans, le cadavre de sa sœur et le cadavre d'un homme qu'il avait tué.

Comme la lame dans la trempe.

Plonge dedans.

Dans la cuisine, la petite Gerta était étalée de travers sur les dalles de l'âtre. Ses traits étaient tordus de stupéfaction et des flaques de son sang fumaient sur les braises. Il redressa ses membres fragiles, s'agenouilla et embrassa ses lèvres. Il couvrit son cadavre avec la couverture dans laquelle il avait dormi. Il plongeait. À l'autre bout de la pièce dévastée la porte pendait en grinçant sur une seule charnière. Dans la boue dehors il y avait une mêlée. Il s'approcha. Il aperçut le prêtre du village, le père Giorgi, qu'il servait à l'autel le dimanche matin. Le père Giorgi criait vers des assaillants invisibles, un crucifix brandi dans ses poings serrés. Une silhouette courtaude le frappa sur la nuque et le père Giorgi tomba. Mattias s'approcha encore. Quel genre d'homme pouvait tuer un prêtre ? Puis il s'arrêta et s'écarta soudain en tournant sur lui-même, son esprit gomma en un instant tout ce qu'il avait vu.

Il cligna des yeux, chercha son souffle mais l'image interdite revint. Le corps nu de sa mère, ses seins pâles et ses mamelons épais et sombres. Son ventre pâle, la toison entre ses jambes. La honte serra son estomac, le poussant à s'enfuir. À travers la cour, au-delà de la forge, vers les bois où ils ne le trouveraient jamais. L'obscurité qui était désormais son seul guide et conseiller le fit se retourner vers la porte et il regarda à nouveau.

Un cheval, percé de flèches, était couché sur le flanc, sa grosse tête battant le sol et ses yeux roulant furieusement au-dessus de la mousse rose échappée de ses naseaux. Juste à côté, un villageois était affalé, lui aussi percé comme en plein vol, et à côté de lui, le père Giorgi dans une flaque grandissante. En travers de la carcasse du cheval, comme sur un matelas obscène, sa mère était allongée. Ses cheveux de cuivre s'agitaient en tous sens tandis qu'elle luttait contre les quatre hommes qui juraient et bataillaient pour la maintenir. Sa peau nue était d'un blanc de marbre, lacérée de griffures et marquée des bleus indigo de mains brutales. Son visage était crispé. Ses dents ensanglantées. Ses yeux d'un bleu saisissant étaient enragés. Elle ne voyait pas Mattias, alors qu'une partie de lui cherchait désespérément à croiser ces yeux si bleus. Il comprit que si elle savait qu'il était témoin de cette horreur, elle perdrait tout le défi de sa bravoure, et ce défi était le dernier cadeau qu'elle allait lui faire.

Quelqu'un la frappa à la tête et cria dans son oreille, elle se tourna, lui cracha au visage et son crachat était écarlate. Un cinquième homme s'agenouilla entre ses jambes, ses hauts-de-chausses baissés. Et ils hurlaient tous – après les autres, après elle, l'un tout en se curant le nez – dans leur langue étrangère geignarde. Ils violaient une femme tirée de son lit à moitié endormie, et pourtant leurs manières étaient celles de bouviers libérant un veau enlisé dans une tourbière : ils gesticulaient, vociféraient, éructaient encouragements et conseils ; leurs visages étaient dénués de malice et vides de pitié. La brute entre ses jambes perdit patience, car elle avait glissé un genou contre sa poitrine et ne le laissait pas la prendre. Il sortit un couteau de sa botte, souleva son sein, visa et l'enfonça dans son cœur. Personne ne tenta de l'arrêter. Personne ne se plaignit. Sa mère cessa de remuer et sa tête retomba en arrière. Mattias voulait sangloter, mais son souffle était gelé dans ses poumons. La brute lâcha son couteau, attrapa son entrejambe, glissa quelque chose de dur en elle et commença à la besogner. Et quelqu'un avait dû dire quelque chose de drôle, car ils se mirent tous à rire.

Mattias retenait les larmes qu'il n'avait pas méritées. Il avait échoué pour ses sœurs. Il avait échoué envers son père. Le cadavre de sa mère gisait violé par des brutes. Lui seul était encore debout, dépossédé, impuissant et perdu. Il revint à lui en se rendant compte qu'il avait enfoncé la pointe de la dague dans sa paume. Son sang était brillant sur la saleté incrustée dans ses doigts.

Sa douleur était propre et vraie et elle éclaircit son esprit. Sa mère leur avait dénié ce qu'ils avaient voulu encore plus que sa chair : sa reddition et son humiliation. Le viol de sa fierté. Le désir de rejoindre son âme le submergea. Le désir de la mort et dans la mort cette compagnie qu'il chérissait plus que la vie. Il colla la dague contre son bras, là où elle serait invisible. Sans hâte – car si la lame était encore chaude, son sang était froid – il marcha vers l'atrocité pour réclamer sa part.

La première créature frissonna, poussa un cri bestial que les autres acclamèrent, et il se releva, reculant avec ses hauts-de-chausses autour des genoux. Une deuxième bête s'agenouilla pour pénétrer sa mère et les trois autres trituraient ses cuisses et ses seins pour s'exciter en attendant leur tour. Tous avaient aperçu Mattias, sauf le deuxième. Ils ne voyaient rien qu'un garçon miséreux. De la direction du village leur parvenait un bruit de sabots au petit galop et cela les inquiéta quelque peu, mais Mattias se souciait peu des sabots. L'obscurité grandissait en lui et il se sentait libre.

Il plongea.

Après le travail du marteau et des pinces, la lame semblait légère et délicate comme du papier, pourtant il la plongea deux fois à travers le dos du premier démon comme si ses côtes n'étaient que paille tressée. La créature soupira, ses hauts-de-chausses enchevêtrèrent ses chevilles et il tomba à quatre pattes, le cul en l'air, regardant le sol entre ses coudes, haletant comme un chien épuisé par ses chaleurs. Mattias l'écrasa du pied dans la boue et continua à plonger.

La seconde créature grognait entre les jambes écartées de sa mère. Elle ne comprit pas que quelque chose allait de travers avant que Mattias ne lui arrache le chapeau du crâne et ne le saisisse par les cheveux pour le tirer en arrière. Mattias aperçut un étonnement d'injustice dans ses yeux, comme celui d'un enfant à qui l'on enlève un pot de confiture, puis il plongea la lame dans sa joue, la libéra et l'enfonça à nouveau, et un œil jaillit et se balança, retenu par son nerf. Travaillant avec son bras comme au rythme de la forge, Mattias creusa le visage presque enfantin de fentes sanglantes, éclaboussant son poing dans le masque hurlant, en frappant de la dague à travers dents, langue et os, et à travers les mains que l'homme agitait pour se protéger.

Mattias s'arrêta et eut un haut-le-cœur car il avait oublié de respirer. Il regarda les trois autres démons qui le fixaient, bouche bée. Un cri sans mots s'échappa de sa gorge, car il était maintenant plus bestial qu'eux et il balança l'aveugle gémissant dans la boue. Les trois autres s'écartèrent du cheval mort et l'un d'eux reprit ses sens et décrocha un arc de derrière son dos. Il fouilla dans son carquois, mais fit tomber la flèche. Mattias se détourna et regarda sa mère, et cette vision effaça sa folie. Il s'agenouilla, prit sa main et pressa ses doigts usés par le travail sur sa joue. Ses doigts étaient encore tièdes de vie et l'espoir poignarda son cœur. Il se pencha plus près, mais les yeux d'un bleu sauvage étaient dénués de vie, le coup avait été fatal, et il s'étrangla dans la main qu'il serrait contre son visage. Le martèlement des sabots résonnait dans sa tête, mais il était au-delà de toutes choses de ce monde. Tout ce qu'il désirait de ce monde, c'était le toucher de la main de sa mère.

Sa tête fut secouée par un craquement aussi fort que le tonnerre. La brute qui plaçait une flèche sur son arc s'écrasa au sol, le crâne fendu en deux, des morceaux de cerveau se répandant sur ses épaules dans sa chute. Les deux violeurs qui restaient tombèrent à genoux dans une nuée de fumée bleue et ils balbutièrent, affolés, tandis que leurs fronts s'enfonçaient dans la boue.

Mattias se retourna et eut une vision comme il n'en avait jamais eu.

Un homme, tel un dieu, chevauchait un étalon arabe gris, auquel les deux plumets accrochés devant ses naseaux donnaient l'aspect d'un fantôme de légende. Le cavalier était jeune, fier et sombre de peau, avec de hautes et fines pommettes et une barbe taillée en lame d'épée. Il portait un caftan écarlate tissé et brodé de jaune sable, des pantalons larges rouge vif sur des bottes jaunes, et son turban blanc de neige était orné d'un rayon de diamants qui étincelaient au moindre mouvement. À la ceinture, il portait un sabre courbe dont la garde et le pommeau étaient ornés de pierres précieuses. Dans sa main fumait un pistolet au long canon et à la crosse incrustée d'argent. Ses yeux bruns fixaient ceux de Mattias, et en eux résidait quelque chose qui ressemblait à de l'admiration, et quelque chose de plus – même si cela ne se pouvait pas – qui sembla à Mattias être de l'amour.

Le regard brun ne le lâchait pas et Mattias ne cilla pas. Et à cet instant l'âme de l'homme et l'âme du garçon se rejoignirent et s'entrelacèrent, sans aucune raison explicable ni par l'un ni par l'autre, et avec une puissance qu'aucun n'osait questionner, car elle venait de Dieu.

Plus tard, Mattias devait apprendre que ce guerrier était un capitaine des Sari Bayrak, les plus anciens et les plus valeureux gardes personnels du sultan, et que son nom était Abbas bin Murad. Pour l'instant c'était simplement un homme. Un homme dont le cœur ne renfermait aucune trace de malveillance.

Derrière le capitaine, chevauchaient deux autres cavaliers écarlates. Dans la rue au loin, des villageois combattaient des incendies et couraient en tous sens, paniqués, arrachant des meubles à leurs masures et emportant des enfants et des vieillards loin des flammes. Traversant ce tumulte tels des paladins au milieu de moutons, une douzaine d'autres cavaliers rouge-écarlate piquaient des lances et claquaient des fouets sur les fantassins qu'ils châtiaient en les arrachant à leur pillage. Abbas glissa son pistolet dans un étui cousu à sa selle. Il regarda la femme étalée et violée, nue en travers du cheval. Il fixa à nouveau Mattias et il parla. Sa langue n'était pas la même que celle des démons et même si Mattias n'en comprenait pas les mots, il savait ce qu'il demandait.

« C'est ta mère ? »

Abbas voyait la dague dans sa main, et sa chemise collée à son corps par le sang répandu. Abbas fit la moue et secoua la tête. Il regarda au-delà de Mattias, et Mattias se retourna : le premier homme qu'il avait poignardé reposait, inerte. Le second rampait à moitié nu dans la gadoue, aveugle sans visage gémissant d'apitoiement sur lui-même à travers ses lèvres déchirées. Abbas fit un geste de la main. Un de ses lieutenants fit avancer sa monture, dégaina son sabre, et Mattias regarda avec émerveillement l'impeccable lame d'acier de Damas. Le lieutenant s'arrêta près du misérable qui geignait et se pencha. La lame gravée se leva, retomba presque sans un bruit et une tête roula dans le caniveau en une avalanche de sang.

Abbas mena son cheval jusqu'à Mattias et tendit la main.

Mattias abandonna sa mère, essuya la dague sur sa manche, puis il débarrassa le manche de ses chiffons et l'essuya également. Il prit la dague par la pointe et la tendit à Abbas. Il ne ressentait aucune peur. Au moment où Abbas toucha la dague, ses sourcils se soulevèrent de surprise. Il posa le plat de la lame sur le dos de sa main et sa surprise se confirma. Mattias se rendit compte que l'acier était encore chaud. Abbas agita la dague.

« Tu as fait ça ? »

Une nouvelle fois Mattias comprit la question sans saisir les mots. Il acquiesça. Et une fois encore Abbas fit la moue. Il poussa son cheval vers la maison, se pencha et enfonça trois pouces de la lame dans une fente entre le chambranle et le mur. Il fit peser son poids sur la poignée et Mattias tressaillit alors que la lame se courbait, bien plus que jamais il n'aurait osé la plier, le manche presque aplati contre le mur, et la panique serra son estomac car l'acier allait se fendre – mais l'acier ne se fendit pas. Et quand Abbas la lâcha, la lame vibra en revenant au point de départ. Abbas reprit la dague, l'examina à nouveau et se pencha vers Mattias. Et tous deux savaient qu'il avait forgé une pièce d'une exceptionnelle beauté. Puis la dague disparut dans le *dolama* du capitaine et Mattias comprit qu'il ne la reverrait jamais.

Abbas donna des ordres et Mattias observa le second lieutenant qui fit virer sa monture pour partir. Le premier, qui n'avait pas rengainé sa lame damasquinée, fit trotter son cheval jusqu'aux deux violeurs à genoux, eux dont l'appétit sexuel ne serait jamais assouvi. Ils bafouillèrent, supplièrent, se souillèrent, et il les força à courir en les ramenant vers la rue.

Abbas se tourna pour attraper, derrière son troussequin, une couverture roulée, d'un blanc de lait. Il la lança à Mattias, qui l'attrapa. C'était de la laine tissée très finement, et Mattias n'avait jamais tenu une étoffe de si grande qualité. Elle était si douce au toucher de ses mains rugueuses qu'il eut peur de l'abîmer. Il jeta un regard vide à Abbas, sidéré par ce cadeau. Abbas fit un geste vers sa mère, écartelée et outragée au milieu de la pagaille.

Mattias sentit sa gorge se serrer et des larmes piquer ses yeux, car le cadeau n'était pas une couverture, mais la dignité d'une femme, et cette gentillesse le transperça jusqu'au plus profond de lui-même. Mais un avertissement passa en un éclair sur le visage du capitaine, et Mattias le comprit d'instinct. Il ravala ses larmes, ne les laissa pas couler. Abbas le vit, et une fois encore son estime grandit, il hocha la tête. Mattias se tourna, déplia la couverture qui tomba comme une caresse sur le corps de sa mère. Des larmes lui revinrent quand elle disparut pour toujours sous le tissu immaculé et une fois encore il les étouffa. Elle était morte, et en même temps toujours en vie puisqu'elle emplissait son cœur d'un amour qui semblait s'envoler vers l'infini, et il se demanda si elle était déjà au paradis et si Dieu lui permettrait un jour de la revoir. Puis il entendit la voix d'Abbas et il se retourna. Abbas répéta sa phrase. Et même s'il ne comprenait pas les mots, Mattias sentit l'intention de réconfort. Il en mémorisa les sons. Dans les mois à venir il allait les entendre à de nombreuses reprises et apprendre leur sens.

« Toute chair est poussière », dit Abbas.

Des fontes de sa selle, Abbas sortit un livre. Sa couverture de cuir vert était ornée d'une écriture dorée aux lignes fabuleuses, et comme s'il laissait Dieu diriger sa main, il l'ouvrit au hasard. Ses yeux parcoururent la page choisie, et comme s'il avait été arrêté par quelque chose de noble, de sacré et d'adéquat, il releva les yeux du livre et désigna le garçon.

Il dit : « Ibrahim. »

Mattias le regardait sans comprendre.

Abbas le désigna à nouveau du doigt d'un geste insistant : « Ibrahim. »

Mattias comprit que c'était le nom que le capitaine avait l'intention de lui donner. Le nom qu'Allah avait choisi pour lui, en fait, car le livre ouvert au hasard était le Saint Coran. Mattias cligna des yeux. Sa mère avait disparu. Brida et Gerta avaient disparu. Son foyer avait disparu. Et à son retour, son père trouverait un gouffre hurlant là où il avait laissé famille et prospérité. Le capitaine écarlate attendait sur son étalon arabe gris. Mattias pointa son index vers sa poitrine.

Il dit : « Ibrahim. »

Et avec cela disparut aussi le nom que son père lui avait donné.

Abbas acquiesça, referma le Livre saint et le rangea. Le lieutenant revint avec un cheval sellé, tendit les rênes à Mattias, et Mattias se rendit compte qu'il allait partir avec ces cavaliers écarlates, et le monde immense s'ouvrit devant lui comme un abîme. Abbas ne lui laissait pas le choix. Ou plutôt, c'était Mattias qui avait été choisi. Il n'hésita pas. Il monta sur le cheval et sentit sa force vivante entre ses cuisses. Du haut de cette nouvelle perspective, le monde avait déjà changé, et bien plus qu'il ne l'imaginait. Il se pencha vers l'oreille du cheval et, comme son père lui avait appris à dire avant de ferrer, il chuchota : « N'aie pas peur, mon ami. »

Abbas se mit en marche et le lieutenant le suivit. Mattias regarda le corps drapé de la couverture blanche et pensa à son père. Jamais il ne connaîtrait la magie que son père aurait pu lui enseigner, ni l'amour qui était le plus grand des envoûtements. Si la lame noire avait cassé, si Mattias avait laissé ses larmes couler sur ses joues, les cavaliers l'auraient peut-être laissé là pour enterrer les morts. Mais cela, il ne pouvait le savoir, car il n'était qu'un garçon. Mattias réprima son angoisse et pressa sa monture. Il ne regarda pas une fois en arrière. Bien qu'il ne puisse pas le savoir non plus, la guerre était désormais sa maîtresse et son métier, et la guerre était jalouse et exigeait un amour exclusif.

Comme ils trottaient dans la rue, dépassant des masures en flammes et des villageois aux visages défaits, Mattias vit les restes des deux derniers démons. Leurs corps décapités flottaient dans d'énormes mares de sang et les blancs de leurs yeux semblaient fixer la boue. Leurs camarades assagis se tenaient en rangs maussades face aux fusils de leurs supérieurs turcs. Ces hommes, Mattias l'apprendrait, étaient des irréguliers qui marchaient sous la bannière du sultan, en quête de rapine – ratés sans patrie et criminels, Valaques et Bulgares, une lie sans discipline ni talent, affligée d'un désir maladif pour la solde des guerres. L'exécution avait eu lieu pour leur montrer qu'ils étaient maintenant sur le fief du sultan et que tout ce qui se trouvait dessus lui appartenait. Chaque grain d'orge, chaque coupe de vin, chaque mouton, chaque mule, chaque village. Chaque homme, femme et enfant. Chaque goutte de pluie. Tout cela appartenait à Son Auguste Majesté, comme lui appartenait désormais le jeune Ibrahim.

Ainsi, en l'an 1540, Mattias, le fils du forgeron, devint un *devshirmé* : un enfant chrétien ramassé dans le rassemblement et enrôlé comme serviteur de la Porte. Il allait traverser bien d'étranges pays, et voir bien d'étranges choses, avant que les fabuleux minarets du vieil Istanbul ne se dressent devant ses yeux, étincelants de soleil près de la Corne d'Or. Parce qu'il avait été un tueur avant d'être un homme, il allait s'entraîner dans l'Enderun du sérail de Topkapi. Il allait rejoindre la violente fraternité des janissaires. Il allait apprendre d'étranges langues et coutumes et les nombreux arts de la guerre. Il allait apprendre que Dieu est un, que Mahomet est son prophète, et aspirer à combattre et mourir au nom d'Allah. Car la destinée inconnue vers laquelle il chevauchait allait vouer sa vie à l'ombre de Dieu sur cette terre. Au padishah de la mer Blanche et de la mer Noire. Au protecteur de tous les peuples du monde. Au sultan des sultans et roi des rois. Au maître des lois, le Magnifique. À l'empereur des Ottomans, le shah Soliman.

PREMIÈRE PARTIE

UN MONDE DE RÊVES

DIMANCHE 13 MAI 1565
Château Saint-Ange, le Borgo, Malte

La situation, telle que Starkey la voyait, se présentait ainsi : la plus grande armada depuis l'Antiquité, transportant la meilleure armée du monde moderne, avait été envoyée par le shah Soliman pour conquérir Malte. Un succès turc exposerait l'Europe à un déferlement de terreur islamique. La Sicile serait immédiatement pillée. Une reconquête musulmane de Grenade n'était pas impensable. Rome elle-même tremblerait. Pourtant, en dehors de ces probables récompenses stratégiques, l'ambition la plus forte de Soliman était d'exterminer les chevaliers de Saint-Jean – ce singulier groupe de moines soldats et guérisseurs, connu par certains comme les chevaliers de la Mer, et par d'autres comme les hospitaliers, et qui, dans une ère d'Inquisition, osaient encore se dénommer eux-mêmes « la Religion ».

L'armée du Grand Turc était commandée par le pacha Mustapha, qui avait déjà écrasé les chevaliers une fois – et dans une citadelle incommensurablement plus forte que celle-ci – lors du célèbre siège de Rhodes, en 1522. Depuis lors, Soliman – qui, malgré ses nombreux accomplissements, mettait au premier rang de sa politique son devoir sacré de conquérir le monde pour l'islam – s'était emparé de Belgrade, de Budapest, de Bagdad et de Tabriz. Il avait vaincu la Hongrie, la Syrie, l'Égypte, l'Iran, l'Irak, la Transylvanie et les Balkans.

Vingt-cinq îles vénitiennes et tous les ports d'Afrique du Nord étaient tombés aux mains de ses corsaires. Ses navires de guerre avaient mis en pièces la Sainte Ligue à Preveza. Seul l'hiver l'avait fait reculer devant les portes de Vienne. Personne ne doutait de l'issue du plus récent *jihad* de Soliman. Contre Malte.

Sauf peut-être quelques-uns des chevaliers eux-mêmes.

Fra Oliver Starkey, lieutenant turcopolier[1] de la langue anglaise, se tenait devant la fenêtre du bureau du grand maître. De cette perspective haut placée sur le mur sud du château Saint-Ange, il pouvait détailler la géographie complexe du champ de bataille à venir. Encerclés par les hauteurs avoisinantes, trois triangles de terre formaient les limites du Grand Port, résidence des chevaliers de la Mer. Saint-Ange se tenait à l'apex de la première péninsule et dominait le Borgo, la principale ville. Là étaient enserrées les auberges des chevaliers, l'Infirmerie sacrée, l'église du couvent de San Lorenzo, les maisons des habitants de la cité, les quais principaux et leurs entrepôts, et tout le bazar grouillant d'une minuscule métropole. Le Borgo était protégé du reste de l'île par une énorme enceinte incurvée – une muraille semée de bastions défensifs et fourmillant de chevaliers et de miliciens à l'exercice.

Starkey regarda au-delà de la crique des Galères vers la seconde langue de terre, L'Isola, où les voiles d'une douzaine de moulins à vent tournaient avec une tranquillité aussi étrange qu'incongrue. Des carrés de fantassins se déplaçaient en formation, le soleil faisant

---

1. Dans l'ordre de Malte, titre du chef de la langue d'Angleterre, avant le schisme. Le turcopolier avait, en cette qualité, le commandement de la cavalerie et des gardes de la marine d'Angleterre (*Littré*). (*Toutes les notes de bas de page sont du traducteur.*)

étinceler leurs casques et, derrière eux, des esclaves musulmans, enchaînés par paires, s'épuisaient au sifflet de leurs gardes-chiourme à élever des blocs de grès jusqu'aux contreforts de Saint-Michel, la forteresse qui séparait L'Isola du reste des terres. Une fois commencé le siège, la seule communication entre L'Isola et le Borgo se ferait par le fragile pont de bateaux traversant la crique des Galères. Au nord, un demi-mille au-delà du Grand Port, tout au bout de la troisième péninsule, se dressait le fort Saint-Elme. C'était l'avant-poste le plus isolé et, une fois assiégé, on ne pourrait y accéder que par mer.

L'effervescence des préparations baignait le panorama tout entier. Fortifications et manœuvres ; fossés et tranchées ; moissonnage, salage et stockage ; polissage, aiguisage et prières. Les sergents rugissaient après les piquiers, et les marteaux des armuriers résonnaient. Dans les églises, les cloches carillonnaient, l'on disait des neuvaines et des femmes priaient Notre-Dame jour et nuit. Huit défenseurs sur dix étaient de simples paysans munis de lances et d'armures de cuir faites maison. Mais à choisir entre l'esclavage ou la mort, les fiers et vaillants Maltais n'avaient pas hésité. Une ambiance de défi lugubre planait sur la ville.

Un mouvement attira l'attention de Starkey. Deux faucons aux ailes noires plongeaient à travers le ciel turquoise, comme s'ils n'allaient jamais arrêter de tomber. Puis ils virèrent à l'unisson, remontèrent en flèche et filèrent plein ouest vers l'horizon, et à l'instant indéfinissable où ils se perdirent dans la brume, Starkey imagina qu'ils étaient les deux derniers oiseaux au monde. Venue de l'autre bout de la spacieuse pièce, une voix le tira de sa rêverie.

« Celui qui n'a jamais connu la guerre n'a pas connu Dieu. »

Starkey avait déjà entendu cette devise profane. Elle ne manquait jamais de perturber sa conscience. Aujourd'hui, elle l'emplissait soudain d'effroi, car il craignait de devoir bientôt découvrir qu'elle était vraie. Starkey se détourna de la fenêtre pour rejoindre la conférence.

Jean Parisot de La Valette, le grand maître de l'Ordre, se tenait devant sa table des cartes avec le célèbre colonel Le Mas. Grand et austère, vêtu d'un long habit blasonné de la croix de Saint-Jean, La Valette avait soixante et onze ans. Cinquante ans de tueries en haute mer avaient forgé ses nerfs et il savait donc peut-être de quoi il parlait. À vingt ans, il était sorti indemne du tragique bain de sang de Rhodes, quand les survivants de l'Ordre avaient été exilés, en loques, sur le dernier de leurs navires. À quarante-six ans, il avait survécu à un an d'esclavage sur la galère d'Abdul Rahman. Quand d'autres auraient choisi un poste haut placé dans la hiérarchie de l'Ordre – et la sécurité de la terre ferme –, La Valette avait choisi des décennies d'incessante piraterie, ses narines emplies de tabac contre la puanteur. Il avait le front haut et dégagé, et ses cheveux et sa barbe étaient argentés. Ses yeux avaient été lavés par le soleil jusqu'à prendre la couleur de la pierre. Son visage semblait fait de bronze. Pour lui, les nouvelles de l'invasion étaient comme une sorte d'élixir de jouvence dans un mythe attique. Il avait embrassé la perspective du mauvais sort avec l'ardeur d'un amant. Il était infatigable. Il était exubérant. Il était inspiré. Exalté comme celui dont la haine allait enfin pouvoir être lâchée sans pitié ni retenue. Ce que La Valette haïssait, c'était l'islam et toutes ses œuvres malfaisantes. Ce qu'il aimait, c'était Dieu et la Religion. Et si ces jours devaient être les derniers, Dieu avait envoyé à la Religion la bénédiction de la guerre. La guerre à son apothéose. La guerre comme manifestation de la volonté divine. Une guerre pure et sans entraves, à livrer jusqu'à sa conclusion de cendres, en passant par toutes les extrémités concevables de cruauté et d'horreur.

Celui qui n'a pas connu la guerre n'a pas connu Dieu ? Le Christ n'avait jamais béni l'usage des armes en aucune manière. Par conséquent, il y avait des moments où Starkey était certain que La Valette était devenu fou. Fou du pressentiment d'une violence monstrueuse. Fou de savoir que la puissance de Dieu grondait en lui. Fou car qui d'autre qu'un fou pouvait tenir la destinée d'un peuple dans sa main et envisager le massacre de dizaines de milliers de personnes avec une telle sérénité ? Starkey traversa la pièce pour rejoindre les deux vieux camarades penchés sur la table des cartes.

« Combien de temps devons-nous attendre ? demanda le colonel Le Mas.

— Dix jours ? Une semaine ? Peut-être moins, répliqua La Valette.

— Je croyais que nous avions encore un mois.

— Nous nous trompions. »

Le bureau de La Valette reflétait son tempérament austère. Les tapisseries, tableaux, portraits et beaux meubles de ses prédécesseurs avaient disparu. Il ne restait que de la pierre, du bois, du papier, de l'encre et des chandelles. Un simple crucifix de bois était cloué au mur. Le colonel Pierre Le Mas était arrivé le matin même de Messine avec le renfort inattendu de quatre cents soldats espagnols et trente-deux chevaliers de l'Ordre. C'était un vieux loup de mer de presque soixante ans, fortement charpenté et marqué de cicatrices. D'un mouvement du menton, il désigna à Starkey la carte posée sur la table.

41

« Seul un philosophe pourrait décrypter ces hiéro-glyphes. »

Le document – et cela chagrina quelque peu Starkey car il avait supervisé lui-même sa délicate cartographie – était couvert de notes énigmatiques et de symboles conçus par La Valette. L'ordre de Saint-Jean était divisé en huit langues – ou langages – correspondant chacune à la nationalité de ses membres : France, Provence, Auvergne, Italie, Castille, Aragon, Allemagne et Angle-terre. La Valette suivit du doigt l'enceinte défensive qui scellait le Borgo en une grande courbe d'est en ouest, désignant les bastions qu'il avait assignés à cha-que langue.

« France », dit-il, en pointant l'extrémité de droite, collée à la crique des Galères. Comme Le Mas, La Valette était issu de cette espèce extrêmement belli-queuse : les Gascons. « Notre noble langue de Provence ensuite, ici, sur le bastion le plus avancé. »

Le Mas demanda : « Combien sommes-nous, de Pro-vence ?

— Soixante-six chevaliers et sergents d'armes. » Le doigt de La Valette poursuivit son chemin vers l'ouest. « À notre gauche, la langue d'Auvergne. Puis les Ita-liens – cent soixante-six lances – puis Aragon. Castille. Allemagne. Au total cinq cent vingt-deux frères ont répondu à l'appel aux armes. »

Le Mas plissa le front. Ce nombre était lamentable-ment réduit.

La Valette ajouta : « Avec les hommes que vous avez amenés, nous avons huit cents *tercios* espagnols et une quarantaine de gentilshommes aventuriers. La milice maltaise dépasse à peine cinq mille hommes.

— J'ai entendu que Soliman envoyait soixante mille *gazi* pour nous rejeter à la mer.

— En incluant les marins, les bataillons d'ouvriers et d'aides, cela fait bien plus que cela, répliqua La Valette. Les chiens du Prophète nous ont fait reculer depuis cinq siècles – de Jérusalem au krak des Chevaliers, du krak à Saint-Jean-d'Acre, d'Acre à Chypre et Rhodes – et chaque mille de notre retraite est marqué de sang, de cendres et d'ossements. À Rhodes, nous avons choisi la vie plutôt que la mort, et alors que c'est un épisode baigné de gloire pour le monde entier, pour moi c'est une souillure. Cette fois, il n'y aura pas de *reddition avec les honneurs.* Nous ne battrons plus en retraite. Malte est la dernière tranchée. »

Le Mas se frotta les mains. « Laissez-moi réclamer le poste d'honneur. » Par ces mots, Le Mas voulait dire le lieu le plus dangereux. Le poste de la mort. Il n'était pas le premier à en faire la requête, et il devait le savoir, car il ajouta : « Vous me le devez. »

Starkey ignorait à quoi il faisait référence, mais quelque chose se passa entre les deux hommes.

« Nous parlerons de cela plus tard, dit La Valette, quand nous en saurons plus sur les intentions de Mustapha. » Il désigna l'extrémité des fortifications. « Ici, à la porte de Kalkara, se trouve le poste d'Angleterre. »

Le Mas se mit à rire. « Une position entière pour un seul homme ? »

L'ancienne et noble langue d'Angleterre, jadis l'une des plus grandes de l'Ordre, avait été détruite par Henri VIII, l'hérésiarque coureur et bouffi. Starkey était le seul Anglais survivant de l'ordre de Saint-Jean.

« Fra Oliver *est* la langue anglaise, dit La Valette. Il est également mon bras droit. Sans lui nous serions perdus. »

Embarrassé, Starkey changea de sujet. « Comment estimeriez-vous la qualité des hommes que vous avez amenés avec vous ?

— Bien entraînés, bien équipés et entièrement dévoués au Christ, dit Le Mas. J'ai réussi à arracher deux cents volontaires au gouverneur de Toledo en menaçant d'incendier ses galères. Les autres ont été recrutés pour nous par l'Allemand. »

La Valette leva un sourcil.

« Mattias Tannhauser », dit Le Mas.

Starkey ajouta : « Il est le premier à nous avoir prévenus des plans de Soliman. »

La Valette fixa un point dans l'espace, comme pour faire apparaître un visage, puis hocha la tête.

« C'est Tannhauser qui a fourni le renseignement ? demanda Le Mas.

— Ce n'était pas un acte de charité, répondit Starkey. Tannhauser nous a vendu une quantité colossale d'armes et de munitions pour livrer cette guerre.

— L'homme est un renard, dit Le Mas, non sans admiration. Peu de ce qui se passe à Messine échappe à son attention. C'est un meneur d'hommes aussi, et il ferait certainement un excellent compagnon de combat, car c'était un *devshirmé*, et il a passé treize ans dans le corps des janissaires du sultan. »

La Valette cligna des yeux. « Les Lions de l'islam », dit-il.

Les janissaires formaient l'infanterie la plus féroce du monde, l'élite des troupes ottomanes, le fer de lance de leur père le sultan. Cette secte était entièrement composée de garçons chrétiens, élevés et entraînés – sous la pression fanatique et impitoyable d'un islam derviche bektasi – à rechercher la mort au nom du Prophète. La Valette regarda Starkey, attendant sa confirmation.

Starkey chercha dans sa mémoire les détails de la carrière de Tannhauser. « La conquête persane, le lac Van, l'écrasement des rébellions safavides, le sac de Nahjivan. » Il vit La Valette ciller une seconde fois. Un précédent venait de se créer. « Tannhauser a gagné le rang de *janitor*, ou capitaine, et il est devenu membre des gardes du corps du fils aîné du sultan.

— Pourquoi a-t-il quitté les janissaires ? demanda La Valette.

— Je ne sais pas.

— Vous ne lui avez pas demandé ?

— Il n'a pas voulu me donner de réponse. »

L'expression de La Valette changea et Starkey sentit qu'un plan venait de naître.

La Valette prit Le Mas par les épaules pour l'embrasser. « Frère Pierre, nous reparlerons bientôt… du poste d'honneur. »

Le Mas comprit qu'on le congédiait et s'avança vers la porte.

« Dites-moi encore une chose, fit La Valette. Vous disiez que Tannhauser est un meneur d'hommes. Comment se comporte-t-il avec les femmes ?

— Eh bien, il a une admirable troupe de nubiles qui travaillent pour lui. » Le Mas rougit de son propre enthousiasme, car ses incursions occasionnelles dans la débauche étaient bien connues. « Mais je me hâterais d'ajouter qu'elles ne sont pas à louer. Tannhauser n'a pas rejoint les saints ordres et si l'homme a goût pour les femmes – et bon goût, si j'ose dire –, ce n'est pas quelque chose que je retiendrais contre lui.

— Merci, dit La Valette. Je n'en ferai rien. »

Le Mas referma la porte derrière lui et La Valette s'installa dans son fauteuil puis joignit les extrémités de ses doigts pour réfléchir. « Tannhauser. Ce n'est pas un nom noble. »

Pour être envisagé comme membre des chevaliers de l'ordre de Saint-Jean, un homme devait prouver qu'il avait quatre seizièmes de sang noble dans sa lignée.

C'était un concept en quoi le grand maître plaçait grande foi.

« Tannhauser est un *nom de guerre*[1], dit Starkey, emprunté, je crois, à une légende allemande, qu'il a adopté quand il servait Alva lors des guerres franco-espagnoles.

— Si Tannhauser a passé treize ans parmi les Lions de l'islam, il en sait plus sur notre ennemi – ses tactiques, ses formations, ses humeurs, son moral – que qui que ce soit dans notre camp. Je le veux ici à Malte, pendant le siège. »

Starkey était interloqué. « Mais, frère Jean, pourquoi se soucierait-il de nous rejoindre ?

— Giovanni Castrucco va faire voile pour Messine, sur la *Couronne*.

— Castrucco ne parviendra jamais à persuader Tannhauser.

— C'est certain, dit La Valette. Vous irez avec lui. Quand Castrucco reviendra, vous ramènerez ce janissaire allemand à Malte.

— Mais je devrai m'absenter cinq jours, et j'ai d'innombrables choses à faire ici !

— Nous survivrons à votre absence.

— Tannhauser ne se joindra pas à nous, même si nous le traînons enchaîné jusque dans nos murs.

— Eh bien, trouvez un autre moyen.

— En quoi est-il si important ?

— Il peut ne pas l'être. Mais faites-le tout de même. »

La Valette se releva. Il revint à la carte et examina le terrain où des milliers d'hommes allaient bientôt affronter leurs vies. « Cette bataille pour notre Sainte

1. En français dans le texte.

Religion ne sera pas gagnée ni perdue par quelque haut fait d'armes, dit-il. Il n'y aura aucune manœuvre brillante ou décisive, pas d'Achille ni d'Hector, ni de Samson armé d'une mâchoire d'âne. De telles légendes sont des constructions rétrospectives. Il n'y aura qu'une multitude de petits coups portés, par une multitude de héros bien moindres – nos hommes, nos femmes, nos enfants – dont aucun ne connaîtra l'issue finale, et dont bien peu survivront même pour la voir. »

Pour la première fois, Starkey aperçut quelque chose comme de l'effroi dans les yeux de La Valette.

« Les flux de l'épreuve de Dieu sont infinis dans leurs possibilités, et dans l'issue finale, seul Dieu saura qui était celui qui a fait pencher la balance : que ce soit le chevalier qui est mort sur la brèche, ou le jeune porteur d'eau qui a apaisé sa soif, ou le boulanger qui a fait son pain, ou l'abeille qui a piqué l'ennemi dans l'œil. C'est ainsi qu'en fin de compte sont pesés les plateaux de la balance guerrière. C'est pour cela que je veux Tannhauser. Pour son savoir, pour son épée, pour son amour du Turc ou pour sa haine aussi bien.

— Pardonnez-moi, frère Jean, mais je peux vous certifier que Tannhauser ne viendra pas.

— Lady Carla continue-t-elle à nous affliger de ses lettres ? »

Starkey cilla devant ce subit coq-à-l'âne, et la trivialité de son sujet.

« La comtesse de La Penautier ? Oui, elle écrit toujours, cette femme ignore le sens du mot refus. Mais pourquoi ?

— Utilisez-la comme levier.

— Contre Tannhauser ?

— L'homme aime les femmes, dit La Valette. Qu'il aime donc celle-là.

— Je n'ai jamais rencontré la comtesse, protesta Starkey.

— Dans sa jeunesse, elle était d'une grande beauté, et je suis certain que les années l'ont très peu estompée.

— Cela se peut très bien, mais tout de même, c'est une femme de noble naissance et Tannhauser est, eh bien, quasiment un barbare… »

L'expression de La Valette interdisait toute prolongation de la discussion.

« Vous embarquerez sur la *Couronne*. Vous ramènerez Tannhauser à Malte. »

La Valette prit le bras de Starkey pour le raccompagner vers la porte.

« En partant, faites entrer l'inquisiteur.

— Ne dois-je pas être dans le secret de votre conférence ?

— Ludovico repartira avec vous sur la *Couronne*. » La Valette constata sa confusion et tenta un de ses très rares sourires. « Frère Oliver, sachez que vous êtes aimé très chèrement. »

Dehors, dans l'antichambre, Ludovico Ludovici, juge et juriste de la congrégation sacrée de l'Inquisition, égrenait son rosaire avec l'impavidité irréprochable d'une icône. Il rendit son regard à Starkey sans la moindre expression et, pendant un instant, Starkey se retrouva incapable de parler.

Ludovico était dans la quarantaine, tout comme Starkey, et pourtant les cheveux de sa tonsure paulinienne étaient noir corbeau et n'avaient pas reculé d'un iota de son front. Son front était lisse, son visage imberbe et l'impression dominante que donnait sa tête était celle d'une énorme pierre sculptée par des forces primordiales. Il était long de torse, large d'épaules et il portait la chasuble blanche et la pèlerine noire de l'ordre des Dominicains. Ses yeux brillaient comme de l'obsidienne polie, ne montrant pas la moindre trace ni de menace ni de chaleur. Ils contemplaient le monde étalé autour de lui comme s'ils le regardaient depuis Adam, avec une franchise apparente qui excluait à la fois la possibilité de la joie et celle de l'horreur, et avec cette extraordinaire discipline de l'intelligence cherchant à ouvrir une brèche au plus profond de celui qu'ils soumettaient à leur regard. Et derrière tout cela palpitait l'ombre d'une fabuleuse mélancolie, d'un regret évoquant une sorte de deuil perpétuel, comme s'il avait aperçu jadis un monde meilleur que celui-ci et qu'il savait qu'il ne le reverrait jamais.

« Fais de moi le gardien des secrets de ton âme, disaient les insondables yeux noirs. Abandonne tes fardeaux sur mon dos et la vie éternelle sera tienne. »

Starkey ressentait à la fois un désir pressant de se confier et une anxiété mal définie. Ludovico était le légat personnel du pape Pie IV auprès de l'Inquisition maltaise. Il parcourait mille milles par an à la recherche de l'hérésie. Entre autres exploits, il avait envoyé Sebastiano Mollio, célèbre professeur de Bologne, au bûcher sur le Campo del Flor. Il avait guidé le duc Albert de Bavière dans sa restauration brutale de la seule vraie foi. Lors de sa purification du Piémont, il avait envoyé une immense procession de prisonniers portant des cierges en pénitence jusqu'à Rome, pour y finir en autodafé. Pourtant l'humilité de Ludovico était profonde ; trop profonde pour être factice. Starkey n'avait jamais vu tant de pouvoir porté avec une telle facilité. Les fonctions de Ludovico à Malte étaient de traquer l'hérésie luthérienne parmi les frères de l'ordre de Saint-Jean ; pourtant, il n'avait procédé à aucune arrestation. C'est peut-être cette inactivité qui l'avait fait craindre encore plus. La Valette voulait-il que Ludovico regagne la sécurité de la Sicile ? Ou bien se tramait-il d'autres intrigues ? Starkey se rendit compte qu'il était resté à le fixer pendant un temps défiant toute bienséance.

Il se courba et dit : « Son Excellence le grand maître vous attend. »

Ludovico se leva. D'un mouvement vif et dans un cliquetis de grains, il noua le rosaire autour de sa taille. Sans un mot, il passa devant Starkey pour entrer dans le bureau. La porte se referma. Le soulagement de Starkey fut tempéré par la perspective de deux jours de traversée en compagnie du dominicain. Il se dirigea vers ses quartiers pour préparer son voyage. Il n'excellait pas en subterfuge ni en malhonnêteté, mais en ces temps modernes seuls les fous confondaient la dévotion à Dieu avec la moralité. Il aimait La Valette. Il aimait la Religion. Pour servir l'un ou l'autre – et quoi qu'il puisse en coûter à son âme – Starkey était prêt à faire absolument tout.

MARDI 15 MAI 1565
La villa Saliba, Messine, Sicile

... *En bref, des considérations militaires continuent à m'empêcher d'autoriser votre passage vers l'île de Malte. Cependant, je suis en mesure de vous suggérer d'autres moyens qui pourraient permettre à votre plus chère ambition de se réaliser.*

Dans le port de Messine se trouve actuellement un dénommé Mattias Tannhauser, dont les origines sont bien trop embrouillées pour éclairer mon propos en quoi que ce soit. Disons simplement qu'il marche aux roulements de son propre tambour. Même s'il est issu des plus bas ordres, s'il a peu de respect pour la loi et que la rumeur le dit athée ou pire, je puis garantir qu'il est homme de parole et n'ai aucune raison de croire qu'il vous ferait le moindre mal. De même, je n'ai aucune raison de croire qu'il vous aidera. D'un autre côté, je ne saurais prédire avec quel talent une dame possédant votre grâce et votre beauté saurait en appeler aux plus nobles instincts qu'il pourrait posséder.

Je ne vous cacherai rien, ma dame. La présence du capitaine Tannhauser à Malte serait avantageuse pour nous dans notre combat contre le Grand Turc. À ce jour, ne nous devant aucune loyauté et étant pleinement conscient des dangers, il n'a montré aucun penchant à nous rejoindre. Si vous parveniez à le convaincre de faire le voyage pour votre compte, je serais en position d'accepter votre passage en tant qu'escorte. La Couronne *quitte Messine ce soir à minuit. Si les plus récents renseignements se confirment, ce sera le dernier navire chrétien à échapper au blocus turc.*

Vous trouverez Tannhauser dans une taverne à l'extrémité sud du front de mer, l'Oracle. J'éprouve grande difficulté à vous recommander de vous rendre en personne dans un établissement aussi sordide, mais vous devez savoir que l'homme est très peu réceptif aux messagers habituels. La façon de l'approcher dépend donc de l'urgence qui anime l'avancement de votre projet.

Ma conscience m'oblige à réitérer mes précédents avertissements : un état de guerre est imminent dans l'île et le danger de mort ou de mise en esclavage pour tous ceux qui y résideront dans les jours à venir est d'une extrême gravité. Si je peux vous apporter une quelconque aide supplémentaire ou un conseil, vous me trouverez à Messine, jusqu'au départ de la Couronne, *au prieuré des chevaliers de Saint-Jean de Jérusalem.*

L'écriture de Starkey était la plus belle que Carla ait jamais vue. Elle se demanda combien d'heures il avait passé, enfant, à perfectionner ces courbes pleines de grâce, ces élégantes transitions entre les larges traits de plume descendant et les fins traits ascendant, ces espaces invariablement parfaits entre chaque lettre, chaque mot et chaque ligne. C'était l'écriture comme emblème du pouvoir. L'écriture pour qu'un roi marque exactement ce qui était dit – comme les rois le faisaient effectivement, car Starkey rédigeait la correspondance diplomatique de l'Ordre. Carla ne l'avait jamais rencontré. Elle se demanda s'il était aussi raffiné que sa calligraphie, ou s'il n'était qu'un moine usé et poussiéreux, penché sur son écritoire. Elle pensa à son propre fils et se demanda s'il savait lire ou écrire. Et devant un tel nouveau rappel de son échec dans ses devoirs maternels, son ventre se serra douloureusement et son désir de retourner à Malte, et sa peur de ne jamais y parvenir, firent monter d'un cran supplémentaire l'intensité de l'urgence.

Carla replia la lettre et la serra dans son poing. Elle correspondait avec Starkey depuis six semaines. Les précédentes interdictions de son retour avaient été les réponses d'un homme très occupé de futilités et faisant l'effort de répondre uniquement à cause de ses nobles origines et du nom de sa famille. Durant la même période, elle avait demandé à de nombreux chevaliers et capitaines de navires passant par Messine s'ils pouvaient l'emmener à Malte. On l'avait entendue avec la plus extrême chevalerie, et la promesse occasionnelle d'un geste, et pourtant elle demeurait là, à regarder le lever du soleil depuis la villa Saliba.

Le grand maître La Valette avait décrété que toute personne incapable de contribuer à la défense de l'île était une « bouche inutile ». Des centaines de femmes enceintes, les vieillards et les infirmes, plus un nombre inavoué de la faiblissante aristocratie maltaise, infirme ou pas, étaient tous passés de Malte en Sicile. Tout natif de Malte qui pouvait tenir une pique ou une pelle demeurait sur l'île, sans tenir compte de l'âge ni du sexe. Carla – à leurs yeux une noble mais faible femme qu'ils se sentiraient obligés de protéger – était aussi utile que du bois mort. De plus, le moindre espace sur les galères qui retournaient au Grand Port était réservé aux combattants, au matériel et à la nourriture, et non à des dames désœuvrées nanties d'un inexplicable désir de mourir. Carla méprisait le désœuvrement et ne se considérait certainement pas comme faible. Elle tenait seule son modeste fief en Aquitaine. Elle n'était sous l'autorité ni l'emprise d'aucun homme. Elle et sa bonne compagne Amparo avaient traversé la langue d'oc sous la protection de rien de plus que la grâce de Dieu et l'intelligence de Carla. La récente guerre contre les huguenots avait laissé des cicatrices et un minimum de péril dans son sillage, mais elles avaient atteint Marseille indemnes, et avaient embarqué pour Naples et la Sicile sans sinistre. Qu'elles soient allées si loin sans aide et non accompagnées avait choqué beaucoup de ceux qu'elles avaient rencontrés et, rétrospectivement, Carla admettait que leur voyage avait eu un aspect impétueux, voire téméraire, mais, une fois la décision prise, le fait qu'elles ne puissent pas arriver au moins jusque-là ne lui avait jamais traversé l'esprit. Pour une femme depuis longtemps résolue à diriger sa propre existence, les semaines perdues à étouffer à Messine étaient exaspérantes. La lettre de Starkey était son premier indice d'espoir. Elle avait désormais une valeur militaire potentielle. Si elle pouvait amener ce Tannhauser à monter sur la *Couronne* à minuit, on lui permettrait de voyager avec lui.

Lors de ses négociations avec Starkey, les capitaines de bateaux ou les chevaliers, elle n'avait jamais révélé la raison qui la poussait à rentrer chez elle. Le faire aurait confirmé à leurs yeux qu'elle était bien la femelle déséquilibrée qu'ils imaginaient. Seule Amparo savait. Mais Carla ne gardait pas ses motivations cachées par simple diplomatie. Elle gardait son secret par honte. Elle avait un fils. Un fils bâtard, arraché à ses bras douze ans auparavant. Et elle était persuadée que son fils était à Malte.

Elle ouvrit les portes enchâssées de verre qui surplombaient les jardins. Les Saliba, parents lointains de sa propre famille, les Manduca, s'étaient retirés à Capri pour échapper à l'été sicilien et avaient laissé à Carla l'usage de leur maison d'hôte. Elle était élégante et confortable et venait avec un cuisinier, une servante et un intendant ouvertement dédaigneux nommé Bertholdo. Elle avait déjà demandé à Bertholdo d'organiser la livraison d'un message au capitaine Tannhauser, à l'Oracle, mais l'air choqué soigneusement contrefait qui avait accueilli sa requête l'avait convaincue qu'il lui faudrait des semaines pour le faire obéir. De toute manière, la *hauteur*[1] invétérée de Bertholdo aurait assuré l'échec de sa mission, voire des blessures probablement mortelles sur sa personne, infligées par le propriétaire de l'Oracle.

Carla regarda dans le jardin. Amparo était à genoux dans les massifs de fleurs, plongée en communion avec une grande rose blanche. De telles excentricités étaient communes chez cette fille et, à force, la liberté d'esprit avec laquelle elle s'y abandonnait avait fini par blaser Carla. Tout en la regardant, une idée lui traversa l'esprit. Carla ne craignait pas de se rendre à l'Oracle en personne. Sa première impulsion avait été de le faire. Elle avait bien assez souvent négocié avec les marchands de Bordeaux. Elle savait, d'expérience, que braver le célèbre Tannhauser dans son antre l'obligerait à assumer la position du plus faible. Or, si elle pouvait l'attirer à venir vers elle, ici, dans les apparats du pouvoir, l'avantage serait sien. Amparo, elle le percevait maintenant, amènerait plus sûrement Tannhauser à la villa Saliba qu'elle ne le pourrait elle-même. Si les messagers ordinaires ne convenaient pas, Amparo était effectivement le plus étrange messager que cet homme recevrait jamais.

Carla sortit à l'ombre des palmiers, dont les fleurs tiraient leur survie. Amparo embrassa la rose blanche

1. En français dans le texte.

et se releva pour essuyer la terre de ses jupes. Ses yeux étaient toujours fixés sur les fleurs quand Carla s'immobilisa auprès d'elle. Amparo semblait calme. Au réveil, elle était encore submergée par ce qu'elle avait vu, la nuit précédente, dans son instrument divinatoire. Les images issues des éclats de verre et de miroirs étaient si diverses, si extraordinaires, que lorsque l'une d'elles parvenait à quelque chevauchement partiel avec la réalité, Carla avait tendance à croire qu'il s'agissait d'une pure coïncidence. Si on mettait toute coïncidence de côté, les symboles pouvaient fournir n'importe quel sens, selon les désirs de leur interprète. Mais Amparo n'interprétait jamais. Elle ne faisait que voir.

Elle avait vu un navire noir aux voiles rouges avec un équipage de minuscules singes soufflant dans des trompettes. Elle avait vu un énorme mastiff blanc avec un collier aux pointes d'acier, et qui tenait une torche enflammée dans sa gueule. Elle avait vu un homme nu, le corps couvert de hiéroglyphes, chevauchant un destrier couleur d'or fondu. Et une fois ce cavalier passé, la voix d'un ange lui avait dit : « La porte est large mais le chemin qui y mène est comme la lame d'un rasoir. »

« Amparo ? » dit Carla.

Amparo tourna la tête. Il y avait toujours un moment où Carla s'attendait à ce qu'elle continue à tourner la tête pour fixer le lointain, comme si croiser un regard lui faisait mal et qu'elle préférait rechercher au loin quelque chose de plus beau, visible pour elle seule. C'était, chez Amparo, une habitude qui datait de leurs premiers mois ensemble, et cette habitude demeurait envers tout le monde, sauf Carla. Ses yeux étaient de couleurs différentes. Le gauche, aussi brun-roux que l'automne, le droit, gris comme les vents de l'Atlantique. Tous deux semblaient emplis de questions qui ne seraient jamais posées, comme si aucun mot n'existait encore pour les formuler. Amparo avait dix-neuf ans, ou à peu près ; son âge exact était inconnu. Son visage avait la fraîcheur d'une pomme et la délicatesse d'un bourgeon, mais une dépression marquée dans l'os de sa pommette gauche donnait à ses traits une asymétrie dérangeante. Sa bouche ne se courbait jamais en un sourire. Il semblait que Dieu lui avait retiré cette possibilité, comme à un aveugle le don de la vue. Il lui avait refusé beaucoup d'autres choses. Amparo avait été touchée – par le génie, la folie, le diable, ou un complot des trois et d'autres encore. Elle ne recevait aucun sacrement et paraissait incapable de prier. Elle avait horreur des cloches et des miroirs. À l'entendre, elle parlait avec les anges et pouvait percevoir les pensées des animaux et des arbres. Elle manifestait une tendresse passionnée pour toutes les choses vivantes. Elle était un rayonnement d'étoile enfermé dans de la chair, attendant simplement le moment où il poursuivrait son voyage vers l'éternité.

« C'est l'heure de jouer ? demanda Amparo.

— Non, pas encore.

— Mais nous jouerons.

— Bien sûr.

— Tu as peur de quelque chose.

— Seulement de ta sauvegarde. »

Amparo tourna les yeux vers les roses. « Je ne comprends pas. »

Carla hésita. L'habitude de s'occuper d'Amparo était si profondément ancrée en elle que lui demander d'entrer dans un repaire de voleurs semblait criminel. Pourtant Amparo avait survécu aux ruelles de Barcelone, à une enfance de violence et de privations que Carla n'osait même pas imaginer. La lâcheté ne faisait pas partie des défauts d'Amparo, même si, au fond de son cœur, Carla l'éprouvait en elle-même.

Carla sourit. « La lumière de l'étoile a-t-elle besoin d'avoir peur du noir ?

— Pas du tout, dit Amparo en fronçant les sourcils. C'est une devinette ?

— Non. J'ai besoin que tu fasses quelque chose pour moi. Quelque chose de la plus grande importance.

— Tu veux que je retrouve l'homme sur le cheval d'or. »

La voix d'Amparo était douce comme pluie. Elle voyait le monde comme le perçoit un mystique. Carla était si familière avec le verre déformant de l'imagination d'Amparo qu'elle ne le trouvait plus du tout si anormal. Elle dit : « Son nom est Tannhauser.

— Tannhauser, répéta Amparo, comme si elle testait la perfection d'une cloche sortant du moule. Tannhauser. Tannhauser. » Elle parut satisfaite.

« Je dois lui parler aujourd'hui. Le plus tôt possible. Je veux que tu te rendes au port et que tu le ramènes ici avec toi. »

Amparo hocha la tête.

« S'il refuse de venir…, poursuivit Carla.

— Il viendra, la coupa Amparo, comme si toute autre issue était impensable.

— S'il ne veut pas venir, demande-lui s'il peut me recevoir, le plus tôt possible, mais il faut que cela soit aujourd'hui, tu comprends. Aujourd'hui.

— Il viendra. » Le visage d'Amparo brillait d'une joie mystérieuse qui était ce qui se rapprochait le plus d'un sourire pour elle, et qui, à sa façon, était bien plus qu'une simple compensation.

« Je vais dire à Bertholdo de préparer le carrosse.

— Je déteste le carrosse, répliqua Amparo. Il n'y a pas d'air et c'est lent et cruel pour le cheval. Les carrosses sont un non-sens. J'irai à cheval. Et si Tannhauser ne veut pas revenir avec moi, c'est qu'il n'est pas l'homme qui marchera sur le fil du rasoir. Et donc, pourquoi voudrais-tu qu'il te reçoive plus tard ? »

Carla savait pertinemment qu'il était inutile d'argumenter. Elle acquiesça. Amparo commença à s'éloigner, puis s'arrêta et la regarda. « Pourrons-nous jouer quand je reviendrai ? Dès mon retour ? »

Il existait deux éléments invariables dans les journées d'Amparo, sans lesquels elle sombrait dans le chagrin : l'heure qu'elles passaient ensemble chaque après-midi à jouer de la musique, et la séance consacrée à son tube divinatoire chaque soir. Elle se rendait également à la messe tous les matins, mais plutôt pour accompagner Carla que mue par un quelconque sens de la piété.

« Pas si Tannhauser est avec toi, dit Carla. Ce que j'ai à lui dire est très urgent. Pour une fois, notre musique devra attendre. »

Amparo parut stupéfaite par sa stupidité. « Mais tu dois jouer pour lui. Tu dois jouer pour Tannhauser. C'est pour lui que nous travaillons depuis si longtemps. »

Elles jouaient depuis des années, c'était donc complètement absurde et, de toute manière, Carla trouvait l'idée impensable. Amparo vit son doute. Elle prit les mains de Carla et les leva comme si elle faisait danser une enfant.

« Pour Tannhauser ! Pour Tannhauser ! » Une fois encore elle fit tinter son nom comme une cloche. Son visage s'éclaira. « Imagine, mon amour. Nous allons jouer pour lui comme nous n'avons jamais joué. »

Les débuts avec Amparo avaient été durs. Carla l'avait trouvée lors d'une de ses chevauchées matinales, un jour cristallin de février, quand le brouillard fumait

encore autour des jambes de son cheval et que les premiers cerisiers bourgeonnaient à peine. La brume
cachait Amparo à sa vue et leurs routes auraient très
bien pu ne jamais se croiser si Carla n'avait pas entendu
une voix haute et douce résonner dans le paysage
comme la tristesse des anges. La voix chantait en une
sorte de dialecte castillan, suivant une mélodie inventée
qui semblait contenir le carillon de la mort. Quel qu'en
fût le sens, la beauté de cette chanson, comme détachée
du monde, avait fait s'arrêter Carla.

Elle découvrit Amparo dans un bosquet de saules. Si
elle ne l'avait pas déjà su grâce à la voix, elle aurait eu
beaucoup de mal à dire si ce qui s'enroulait autour d'un
tronc, à moitié enterré pour se protéger du froid sous
une masse de feuilles pourries, était mâle, femelle ou
simplement humain, plutôt qu'une créature de la forêt
issue des légendes. En dehors d'une guenille sale enrou-
lée sur sa gorge et des restes d'un collant de laine, elle
était nue. Ses pieds étaient grands pour sa taille, et bleus,
comme l'étaient ses mains serrées entre ses seins. Ses
deux bras, des épaules aux poignets, étaient meurtris
d'hématomes livides, comme l'était la peau de son torse
d'une pâleur translucide. Ses cheveux étaient d'un noir
de jais, grossièrement taillés, et collés à son crâne par
des plaques de boue. Ses lèvres étaient pourpres de froid.
Ses yeux vairons ne montraient aucun signe d'angoisse
ni d'apitoiement sur soi-même et, en ne le faisant pas,
semblaient encore plus pitoyables à Carla que tout ce
qu'elle avait vu de sa vie. Amparo ne lui expliqua jamais
comment elle était arrivée dans cette forêt, sale, affamée
et quasiment morte de froid. Elle ne devait que rarement
évoquer le passé, et encore en ne répondant que par oui
ou par non aux suppositions de Carla. Mais plus tard ce
jour-là, quand elle se soumit au bain chaud que Carla
lui donna, il y avait du sang et des dépôts visqueux

autour de son pubis, et quelques-unes des marques sur son corps provenaient de dents humaines.

Lors de cette première rencontre, Amparo refusa de la regarder dans les yeux. Il allait falloir des semaines avant qu'elle n'accepte de le faire, et cela demeura un honneur rarement accordé à qui que ce soit d'autre. Quand Carla sauta à bas de sa monture pour la prendre par la main, Amparo poussa un hurlement si perçant que le cheval faillit s'arracher à ses rênes. La détresse de l'animal fit immédiatement se relever Amparo. Elle réconforta le cheval en murmurant doucement à son oreille, complètement indifférente à son propre état pourtant si pathétique. Lorsque Carla l'enveloppa de son manteau, Amparo ne rechigna pas, et même si elle déclina l'offre de monter en selle, elle sembla heureuse de marcher en tenant la bride. C'est ainsi que, sept ans auparavant, Amparo était arrivée dans la maisonnée de Carla, accompagnant sa maîtresse avec le long manteau vert traînant derrière elle, comme une sorte de page va-nu-pieds tout droit sorti d'une fable jamais écrite.

Les membres de la maison de Carla, son abbé, ses quelques connaissances au village, et les commères locales qui étaient bien plus nombreuses, tous pensaient que Carla était folle – en fait aussi folle que la fille elle-même – d'avoir accepté cette misérable dans son intimité. Amparo, qui avait alors apparemment une douzaine d'années, était sujette à de violents accès de colère face à d'obscures provocations, et passait des heures en conversation avec les chevaux et les chiens, à qui elle chantait des sérénades passionnées de sa voix cristalline. Elle refusait de manger de la viande ou de la volaille de quelque sorte que ce soit, dédaignait parfois le pain frais, et sa préférence marquée pour un régime de noix, de baies sauvages et de légumes crus n'ajouta jamais une livre à la constitution émaciée dans laquelle elle avait été découverte. Son refus de regarder le prêtre dans les yeux, et le fait qu'elle ait les yeux vairons, étaient des signes certains, comme l'usage le voulait, qu'elle avait une ascendance diabolique.

Carla soutint la fille durant ses crises de rage et ses transes, durant ses fugues soudaines qui pouvaient durer des jours, face aux humiliations sociales et aux offres d'exorcisme, et malgré l'apparente incapacité d'Amparo à lui rendre l'affection qu'elle lui portait. Elle semblait insensible aux sentiments des autres, ou si elle ne l'était pas, complètement indifférente. Mais dans la loyauté qu'elle lui voua peu à peu, dans le partage des découvertes de son tube divinatoire et les révélations qu'il provoqua, dans son combat pour apprendre les bases de l'étiquette et les principes du maintien, et surtout dans le génie naïf qu'elle apporta à leur étude de la musique, Amparo révéla un amour plus profond et plus durable que nombre de mortels n'en connaissent. Elles étaient de curieuses amies, oui, et pourtant jamais deux amies n'avaient été si proches.

Carla se demandait parfois si elle aimait cette fille à cause d'une sorte de sort enchâssé dans le miroir de la reconnaissance. Ce miroir dans lequel tous ceux qui ont été rejetés peuvent se voir. Ou bien à cause de son isolement ? Avait-elle besoin de quelqu'un à aimer et cette fille s'était justement trouvée là ? L'amour n'était-il pas toujours une sorte de conspiration entre l'isolement, la reconnaissance et le hasard entremêlés ? Cela importait peu. La fille avait gagné son cœur. C'était Amparo, cet être sans passé, qui avait inspiré Carla et l'avait propulsée dans cette quête pour racheter le sien.

« Je n'irai pas à Messine jusqu'à ce que tu me répondes, dit Amparo. Allons-nous jouer pour lui ou pas ? »

À cette pensée, le cœur de Carla s'emballa. Ce genre de chose ne se faisait pas. Inviter un homme – un homme de réputation douteuse – dans une villa inconnue et, après de vagues présentations, le soumettre à leur art ? C'était du jamais vu. Tannhauser allait les considérer comme des folles. Son esprit lui disait que jouer pour lui serait pure folie. Son cœur disait que cela serait magnifique. Amparo attendait sa réponse.

« Oui, dit Carla, nous jouerons pour lui. Nous jouerons comme nous n'avons encore jamais joué.

— Tu m'emmèneras avec toi, n'est-ce pas ? Si tu me laisses seule, je ne pourrai pas le supporter. »

Elle avait posé cette question d'innombrables fois depuis qu'elles avaient entamé ce voyage, mais, à partir de maintenant, les choses pouvaient changer. Starkey le permettrait-il ? Et Tannhauser accepterait-il ? Pour la première fois de leur vie, Carla répondit sans savoir si elle pourrait tenir sa promesse. « Je ne t'abandonnerai jamais. »

Une fois de plus, cet étrange rayonnement de joie dénuée de sourire illumina le visage d'Amparo, et une nouvelle inspiration jaillit. « Mets la robe rouge », dit-elle.

Elle vit la grimace de Carla.

« Si ! La robe rouge, insista Amparo. Tu dois la mettre. »

Carla avait commandé cette robe lors de leur séjour à Naples pour des raisons qu'elle ne parvenait pas à définir, même à l'époque. La pièce de soie l'avait captivée : une fantaisie de couleur qui avait voyagé depuis Samarkand à travers les déserts et les mers. Le tailleur avait vu le reflet dans ses yeux et avait joint les mains en communion avec une espèce de vision qu'elle ne percevait pas encore, et il lui avait promis une union parfaite entre la soie et le désir de son cœur, dont l'harmonie pourrait émouvoir une colonne de marbre.

Quand elle avait passé la robe pour la première fois, une semaine plus tard, sa peau avait comme soupiré, son cœur s'était mis à cogner et un sentiment proche de la panique avait serré sa gorge, comme si on lui remémorait quelque chose en elle qu'elle craignait plus que tout au monde et qu'elle s'était forcée à oublier depuis longtemps. Quand elle était sortie du salon d'essayage, les yeux d'Amparo s'étaient écarquillés et brouillés de larmes. Lorsque Carla s'était tournée vers le miroir, elle avait vu une femme qu'elle ne connaissait pas, et qui ne pouvait pas être. Et même si elle l'avait prisée plus que tout ce qu'elle possédait, elle avait su en même temps qu'elle ne porterait jamais ce vêtement exquis, car l'instant où elle aurait pu devenir la femme dans le miroir – aurait pu oser être cette femme – ne viendrait jamais. La robe était faite pour une femme en fleur, et elle était une femme dont le printemps et l'été étaient déjà loin. La robe reposait dans son coffre, toujours couverte de l'étoffe dans laquelle son couturier l'avait enveloppée.

« L'occasion n'a jamais été appropriée, dit Carla, et elle ne l'est certainement pas aujourd'hui.

— Si pas aujourd'hui, alors quand ? » demanda Amparo.

Carla cligna des yeux et regarda ailleurs. Amparo persista.

« Si Tannhauser doit marcher sur le fil du rasoir, alors tu dois être assortie à lui. »

Il y avait de la logique en cela, mais c'était la logique d'Amparo. « Même s'il est peut-être très remarquable, cela m'étonnerait qu'il porte de la soie rouge. »

Amparo comprit et secoua la tête tristement.

« Bon, assez de ces caprices idiots, dit Carla, mets-toi en route, s'il te plaît. »

Elle regarda Amparo courir vers la maison et se demanda comment cela pouvait être de vivre sans peur. Sans culpabilité ni honte. Comme Amparo vivait. Carla avait ressenti un vague aperçu d'une telle vie ce matin du printemps qui venait de s'écouler, quand elles avaient entamé leur périple d'Aquitaine jusqu'en Sicile. Deux folles lancées dans un voyage dont elle savait qu'elles ne l'achèveraient jamais. Ce matin-là, elle s'était sentie aussi libre que le vent dans ses cheveux. Carla retourna dans la maison d'hôte. Elle allait se rendre dans la chapelle de la villa, dire son rosaire et prier pour qu'Amparo réussisse. Si elle revenait seule de l'Oracle, leur quête s'achèverait ici.

MARDI 15 MAI 1565
La taverne de l'Oracle, Messine, Sicile

Une lumière blanche et dure et l'odeur forte et teintée d'égouts du port se déversaient par les portes de l'entrepôt sur une horde hybride de nations et d'hommes, issus des classes militaires et criminelles, et dont l'excitation était totale. Piquiers, marins, contrebandiers, soldats, *bravi*, peintres et voleurs se serraient sur les tréteaux grossièrement rabotés et buvaient leurs soldes avec l'appétit de ceux qui sont depuis longtemps damnés, et avec raison. Leurs conversations, comme toujours, portaient sur l'imminente invasion de Malte et sur les Turcs cruels et dégénérés et les perversions de l'islam. Leur ignorance de ces sujets pouvait approcher la perfection, mais tant qu'ils continuaient à boire, Tannhauser n'avait aucune raison de se plaindre. Il avait la ferme intention de profiter de la guerre, peu importait qui était victorieux, et il maintenait donc sa propre paix, comme le font les sages, et investissait son attention dans son tardif petit déjeuner : aujourd'hui c'était un boudin extrêmement goûteux fait par les bénédictins de Maniacio, qu'il faisait descendre d'un vin rouge âpre et fermenté par les mêmes.

Ses épaules remplissaient un énorme fauteuil en noyer massif, tendu de cuir vert râpé et embelli de feuilles d'or et de la maxime *Usque ad finem*. Baptisé « le Trône de Tannhauser », une sévère correction, sui-

66

vie d'une éjection violente dans le caniveau puant, attendaient l'ivrogne assez stupide pour imaginer s'y asseoir. Il n'était devenu homme d'affaires et propriétaire que depuis peu, et cela contre toutes ses attentes antérieures, mais il sentait que cette nouvelle vocation lui convenait et, comme dans tous les défis dans lesquels il s'était lancé, il y allait corps et âme.

La taverne avait évolué, comme par elle-même, depuis l'antichambre de l'entrepôt où Tannhauser exerçait son métier de marchand d'armes. La table devant laquelle il mangeait était placée dans une alcôve parmi les casques en exposition et de là il pouvait observer toute la salle. Cette alcôve était drapée de tapis d'origine exotique aux motifs fabuleux, qui donnaient à son bureau l'air d'un caravansérail. Sur la table, une pendule de Prague, cassée, dont il entendait réparer les intérieurs avec des composants fabriqués de sa main ; et, à côté, un astrolabe de cuivre, grâce auquel on pouvait calculer la position des corps célestes, et dont le professeur Maurolico en personne lui avait enseigné l'utilisation. Amoncelés autour de ces instruments, l'on trouvait de gros volumes d'étranges provenances, rédigés dans une variété de langues que Tannhauser – il devait l'admettre – ne comprenait pas toutes, et qu'il ouvrait parfois pour déclamer des *gazels* en turc et des complaintes de Fuzuli et de Bâki. Sa bibliothèque contenait la traduction interdite de Brucioli du Nouveau Testament – exploit pour lequel l'homme était mort dans les geôles de l'Inquisition – et des traités de Ramon Llull et de Trithemius de Sponheim, ainsi que des livres de magie naturelle, dans lesquels étaient exposées les opinions d'anciens philosophes et les causes de merveilleux effets. Installé dans ce bazar pittoresque, avec ses avant-bras aux muscles denses couverts de tatouages sauvages, son visage carré, ses cheveux couleur bronze et ses yeux de lapis-lazuli,

Tannhauser passait aisément aux yeux de ses compagnons pour un Moghol tout droit surgi de quelque terre lointaine et barbare, et cela lui plaisait, car dans le mystère dort la notion du pouvoir, et dans le pouvoir reposait sa propre notion de la liberté.

Comme Tannhauser avait fini son assiette et avalé son vin, Dana se glissa près de lui pour débarrasser. Elle était souple et pleine et éclatante de jeunesse. Comme les trois autres femmes qui servaient les tables, Dana était de Belgrade. Toutes quatre avaient été sauvées d'un bordel de corsaires d'Alger quand leur navire avait été capturé par les galères de la Religion. Tannhauser, à son tour, avait sauvé les filles des bordels de Messine, non sans une certaine violence sur les quais, entièrement au détriment – cela va presque sans dire – d'une bande de maquereaux contrariés. Pour cet acte, ces jeunes dames le considéraient comme galant, et aussi sans doute parce qu'elles avaient été surprises de découvrir que forniquer, tout autant que vomir et pisser, était interdit dans l'enceinte de l'Oracle. En dépit de cette règle, les filles apportaient une très belle contribution à son entreprise, car les hommes venaient étancher leurs yeux autant que leur soif, cette dernière grandement intensifiée par leurs désirs frustrés. Comme les filles savaient qu'une attention exagérée était punie avec une plus grande sévérité que l'utilisation du fauteuil de leur maître, elles paradaient, tous charmes dehors, sans honte et avec un singulier manque de pitié, deux attitudes que Tannhauser admirait de tout cœur.

Dana souleva une jarre de terre lissée et lui fit un sourire qui n'était réservé que par calcul. Il résista à une autre tournée en posant une main sur sa coupe, mais ne parvint pas à empêcher l'autre de caresser le mollet sous sa robe. Sa peau était fraîche et douce et appétissante au toucher, et elle frotta son sein sur sa joue en murmurant, dans un souffle, quelques mots d'affection en serbe. Il remua sur son siège, admirablement stimulé, et glissa sa main plus haut sous le tissu. Elle avait partagé son lit, et un certain nombre de rendez-vous spontanés dans les entrailles de l'entrepôt, pendant ces dernières semaines, et, comme ces amours fugitives augmentaient jusqu'à plusieurs fois par jour, il savait qu'il devait faire attention. Mais l'idée d'une visite dans sa chambre, avec le vin et le boudin épicé pesant sur son estomac, présentait nombre d'attraits. L'amour était bon pour la digestion et même si Tannhauser avait pas mal de tâches à accomplir, il ne parvenait pas à en trouver une, à cet instant précis, qui soit d'une très grande urgence. Il respira le parfum de son corps et soupira. Une courte sieste après, et quelle plus grande joie le cosmos pouvait-il possiblement offrir ?

Sa paume se referma sur sa croupe, et l'extrémité de ses doigts s'installa dans la fente musclée de ses fesses, et il s'émerveilla de la perfection sans limites de la Création quand elle revêt de telles formes. Dana saisit ses cheveux et il repoussa son fauteuil. Mais il s'était trop attardé dans sa rêverie érotique. Avant qu'il ne puisse lui prendre la main et s'éclipser, Sabato Svi émergea des profondeurs de l'Oracle et s'installa à la table.

Sabato accorda à Dana un hochement de tête courtois et le regard qu'elle lui lança ne portait aucune inimitié. Il dégagea une place pour ses coudes entre les livres, secoua les boucles huileuses qui balançaient sous son *stremmel* et sourit de ses yeux profondément enfoncés dans lesquels brûlait sans cesse une flamme de folie divine. Sabato sortit une lettre de sa manche et Tannhauser sourcilla. Il ne parvenait pas tout à fait à se résoudre à enlever sa main, mais un très vague sens de l'étiquette lui fit pétrir la chair de Dana avec moins de vigueur et il parvint à rassembler quelques mots de bienvenue.

« Sabato, dit Tannhauser, quelles nouvelles ?

— Du poivre », dit Sabato Svi.

Sabato était un Juif du ghetto de Venise, d'un tempérament qui ignorait la peur. À vingt-sept ans, il était plus jeune que Tannhauser de dix ans, et de dix ans son aîné dans les questions vitales pour leur prospérité. Ils avaient été associés pendant cinq ans et, durant tout ce temps, ne s'étaient jamais querellés, même quand une vague erreur les avait menacés d'esclavage ou pire. Il se délectait à provoquer le scandale ou la violence grâce à des insinuations sournoisement calculées, en sortant dans une fureur feinte au moment où une négociation ardue atteignait son apogée, ou en posant des questions impertinentes à des ruffians de trois fois son gabarit. Et pourtant, hormis de très rares mais mémorables exceptions, Sabato parvenait toujours à s'en sortir à son avantage. Tannhauser était avare de son affection, car certains de ceux qu'il avait favorisés s'étaient avérés trop enclins aux désastres, mais si quelqu'un était destiné à l'enterrer un jour, c'était Sabato Svi. Tannhauser l'aimait comme aucun autre.

« Je te l'ai déjà dit, lança Tannhauser, je n'y connais rien ou si peu sur le poivre et en apprendre plus ne me démange pas vraiment.

— Et je t'ai expliqué, déjà, tout ce que tu as besoin de savoir, répliqua Sabato, que son prix fait plus que quadrupler entre le plancher d'un magasin à Alexandrie et les étals des marchés de Venise.

— Si, et seulement si, je parviens à éviter l'impôt sur le tonnage et la bastonnade.

— Tu y arriveras, comme toujours.

— Et si je ne suis pas emmené et enchaîné aux bancs de nage d'une galère par Ali el-Louck.

70

« — Qui est en route pour se joindre à l'armada du sultan, ainsi que Torghoud Rais, Ali Fartak et tous les autres pirates de la Méditerranée.

— Et d'où embarqueront les mamelouks de Soliman pour aller à Malte ? D'Alexandrie ! » le contra Tannhauser avec satisfaction.

Sabato pointa la lettre vers les quais au-delà des portes. « Regarde les Génois. Ils se recroquevillent dans la baie comme des ramasseurs de coques. Mais pour un homme comme toi, la mer n'a jamais été aussi sûre. »

Tannhauser, toujours insensé dès qu'on défiait ses prouesses, marqua une pause dans ses caresses. Dana serra les fesses pour signaler sa déception et il recommença, mais plus distraitement qu'avant. S'il pouvait éviter les flottes musulmanes convergeant sur Malte – ce qui, avec un minutage précis et pas mal de chance, était envisageable –, le reste de la mer, pendant ces quelques semaines à venir, serait, il est vrai, inhabituellement tranquille. Avec l'étrange sens du minutage qu'il avait appris à attendre des femmes, Dana passa la main dans ses cheveux.

« Je n'ai aucun amour pour la mer, dit Tannhauser, c'est un champ de galets que j'ai labouré depuis bien trop longtemps et j'ai énormément de choses essentielles à faire ici. »

Sabato jeta un œil vers les seins de Dana et, en réponse, elle lui fit une moue obscène.

« Mattias, mon ami, dit Sabato, quatre-vingt-cinq quintaux de poivre javanais nous attendent en Égypte. » Il fit passer la lettre sous ses narines comme si elle était parfumée de myrrhe. « Et dans un magasin exclusivement favorable à notre entreprise. »

Tannhauser réussit à apercevoir des bribes d'écriture en hébreu. « Moshe Mosseri ? »

Sabato acquiesça. « Quatre-vingt-cinq quintaux. Et d'ici un mois, ils auront disparu pour toujours. » Il se pencha en avant. « Toutes les villes d'Europe réclament du poivre à tout-va. Les Français ne mangent même plus de soupe sans en mettre. Imagine Zeno, D'Este et Gritti surenchérissant les uns contre les autres. As-tu la moindre idée de combien ils paieraient ? »

Tannhauser se renfrogna.

« Tu seras à Alexandrie dans trois semaines, complète la cargaison avec des épices, de la cire d'abeille, des soieries, et dans huit semaines nous compterons notre or sur la place Saint-Marc. » Sabato avait une femme et deux fils à Venise, qu'il désirait ardemment retrouver, mais Tannhauser le connaissait, et le sentiment seul n'était pas une raison suffisante pour rentrer.

« Tu veux connaître mon estimation ? Une estimation modeste ?

— S'il le faut…

— Quinze mille florins. Et plus probablement vingt mille. »

La somme était si énorme que Tannhauser en retira sa main de sous les jupes de Dana pour se frotter la mâchoire. Sa barbe de quelques jours lui râpa les doigts, et Dana gloussa de dépit, mais la somme restait toujours aussi fabuleuse.

Presque comme après coup, Sabato ajouta : « Pour le trajet aller j'ai prévu une cargaison de canne à sucre. »

Sabato annonçait ces affaires à un stade de préparation si avancé que Tannhauser n'avait plus tellement d'autre option que de les mener à bien. Le succès de l'Oracle avait été assez manifeste pour leur permettre d'ouvrir de nouvelles lignes de crédit, et de se sortir des anciennes, plus ou moins comme ils le voulaient. Tannhauser souligna, sans conviction, un nouvel obstacle.

« Quel capitaine ? Quel navire ? Un bon, cette fois, pas une de ces passoires rongées par les vers sur lesquelles tu m'as fait partir avant.

— Dimitrianos. Le *Centaure*. »

La pensée de la puanteur malsaine, des semaines d'ennui et de soleil brûlant, et des interminables récriminations du Grec sur ses pertes aux cartes et au jacquet provoqua une bourrasque malvenue dans les organes digestifs de Tannhauser. Sans considération pour Dana, il céda à l'urgence de lâcher un vent. « Mets trop de fers au feu et certains vont refroidir, dit-il. De plus, je n'aime pas trop le Grec. »

Comme il s'y attendait, Sabato Svi ignora son hésitation. « Le Grec attend et ses poches sont vides. Nous pouvons charger en trois jours. Le meilleur moment pour embarquer – il haussa les épaules et sourit en passant le fardeau à Tannhauser – dépend de tes informations, comme toujours. »

Tannhauser avait un pied dans chacun des deux mondes hostiles. Pour les Vénitiens, les maîtres espagnols de la Sicile et les chevaliers de Malte, c'était un condottiere capitaine d'infanterie, ancien de la campagne italienne d'Alva et du massacre des Français à Saint-Quentin, désormais devenu un estimable marchand d'opium, d'armes et de munitions. Pour les musulmans, il était Ibrahim Kirmizi – Ibrahim le Rouge, vétéran des bains de sang d'Anatolie orientale et d'Iran. Il connaissait le monde ottoman, ses manières, ses langues, ses rituels. Il évoluait parmi eux comme le natif qu'il avait un jour été, et que, dans quelques recoins de son cœur, il resterait toujours. Il avait des associés à Bursa, Smyrne, Tripoli et Beyrouth ; il avait embarqué des soieries et de l'opium à Mazandaran ; et, dans la chrétienté, nul ne connaissait aussi bien les côtes turques – et Eminonu, Uskudar et le Buyuk Carsi, leurs bains, leurs hôtelleries et leurs bazars. À Messine il était comme les doigts de la main avec ceux des pilotes, des contre-maîtres et des maîtres navigateurs susceptibles de fournir des renseignements précieux – sur les marchandises et les navires en transit, sur les concurrents en pleine ascension ou sur le déclin, sur les cargaisons confisquées et mises aux enchères, sur les pirates et les intrigues loin-taines, sur les changements de fortune politique du bout du monde. Il interrogeait aussi les esclaves dans leurs geôles près des quais, surtout les musulmans, car ils restaient muets devant qui que ce soit d'autre que lui. Ces hommes ramenaient des informations des côtes bar-baresques que personne d'autre ne pouvait fournir. Quand les nouvelles voyageaient si lentement, savoir ces choses avec quelques jours d'avance devenait précieux, et avec quelques semaines, inestimable.

C'était ainsi que ses affaires avec les chevaliers de Malte avaient commencé, quand il avait vu de ses propres yeux, depuis le quai Unkapani à Istanbul, les quilles à peine équarries de la nouvelle flotte de Soli-man, et compris qu'une telle information pouvait les rendre riches, Sabato Svi et lui.

Ils avaient quitté le vieil Istanbul cette même nuit, Sabato vers Venise avec une cargaison de poudre et d'armes, et Tannhauser vers Messine, pour louer le magasin et se rendre ensuite à Malte pour traiter avec la Religion. Il leur fournit gratuitement l'inestimable renseignement de la mise en chantier d'une nouvelle flotte ottomane pour établir son sérieux et s'assurer un contrat très lucratif de fourniture d'armes. « La guerre est une rivière d'or, avait-il promis à Sabato, et nous serons sur sa rive, le seau à la main. » Et il en avait bien été ainsi, car l'appétit de la Religion pour la pou-dre, les canons et les boulets s'était avéré insatiable, et avec leurs riches terres réparties dans toute l'Europe catholique, leurs poches étaient toujours pleines.

« Mes renseignements, dit Tannhauser à Sabato Svi, me disent que nous sommes riches et que nous nous enrichirons encore, que les Français mettent du poivre dans leur soupe ou qu'ils s'en saupoudrent les parties contre la vérole. »

Sabato éclata de rire, avec le gloussement sauvage qu'il infligeait à ceux qu'il avait battus. Dana donna un coup de hanche dans l'épaule de Tannhauser, mais les plaisirs de ses jupons avaient fait long feu. Il la congédia d'un geste et elle acquiesça en gratifiant Sabato Svi d'un regard rancunier. Tannhauser regarda le balancement de ses hanches s'éloigner et planta un index sur la table.

« Tu me demandes de passer deux mois en mer alors que le plus sanglant conflit de mémoire d'homme est en passe d'éclater juste devant chez nous ?

— Ah, nous arrivons maintenant à l'essentiel. Plutôt que de faire avancer notre position, tu resterais à jacasser avec les avaleurs de vin, à glaner des ragots sur les quais. » Sabato désigna du chef le vil entourage agglutiné autour des tables. « Tu as passé tellement de temps avec ces pourceaux assoiffés que tu finis par adopter leurs vertus.

— Paix ! dit Tannhauser, sans le moindre effet.

— Les ventes d'armes ont été bonnes, mais le canon ne rugira pas éternellement. Nos possessions sont maigres. Nous n'avons pas de terres. Nous n'avons pas de bateaux. » Sabato balaya les étagères d'une main méprisante. « Ceci n'est pas la richesse. Mais là, nous avons une chance de l'obtenir, une chance d'en rêver.

— Je ne fais pas vraiment confiance aux rêves », dit Tannhauser. Son tout dernier rêve avait été de forger une lame dont son père aurait pu être fier, et son père ne l'avait jamais vue. Ce souhait l'avait laissé avec un vide qu'il n'avait jamais été capable de combler. Il dit : « Nous ne parlerons plus de poivre, au moins pour aujourd'hui. »

Sabato saisit son changement d'humeur, posa une main sur l'épais avant-bras de Tannhauser et le serra. « La mélancolie ne te va pas. Et elle est mauvaise pour le foie, comme l'air de ce trou puant. Prenons les chevaux et allons jusqu'à Palerme voir quelle farce profitable nous pourrions bien monter. »

Tannhauser posa sa main sur celle de Sabato et sourit. « Détestable Juif, tu sais très bien que, d'ici une semaine, je transpirerai pour toi sur le bateau du Grec. »

Tannhauser jeta un regard vers la double porte ouverte qui venait de s'obscurcir d'une colossale silhouette. C'était Bors de Carlisle, gérant *de facto* de la taverne et dernier membre de l'improbable trinité qui maintenait l'Oracle à flot. Plus tôt ce matin-là, durant leur séance quotidienne d'entraînement, Tannhauser l'avait touché à la joue du pommeau de son épée. Bors ne s'était pas plaint, mais son erreur ne l'avait pas laissé de la meilleure humeur du monde et le bleu violacé sous son œil était aisément repérable. Sur l'échelle des pesées de la maison des douanes, Bors avait fait grimper la balance jusqu'à vingt stèles[1], principalement logées dans ses cuisses, ses bras et sa poitrine. Comme son visage avait l'air d'avoir servi d'enclume à un forgeron, le bleu paraissait presque à sa place, mais pourtant, alors qu'il avançait dans la taverne, Bors entendit une remarque désobligeante sur cette meurtrissure toute fraîche. Pire, elle fut suivie par des éclats de rire d'ivrogne. Sans altérer son pas, Bors se tourna vers l'offen-

1. Libre interprétation de « stone », mesure qui équivaut à 14 livres anglaises, soit pour Bors un poids de 126,9 kilos.

76

seur et le frappa d'un coup de poing colossal en pleine gorge. Sa victime s'effondra au milieu de ses compagnons, le souffle coupé, et Bors poursuivit sa traversée de la salle pour prendre sa place habituelle à la gauche de Tannhauser. Au moment où il s'asseyait, Dana posa une cruche sur la table, ainsi que sa coupe personnelle.

La coupe avait été artistiquement façonnée à partir d'un crâne humain. Bors emplit le crâne de vin, le vida et le remplit à nouveau, puis, avec un relent de bonnes manières, il remplit la coupe de Tannhauser avec le peu qui restait dans la cruche. Il la tendit à Dana et elle s'en alla la remplir. Bors avait les cheveux gris fer et l'avancée de sa calvitie était compensée par d'énormes sourcils, une fine barbe et des poils de moustache en bataille qui bouclaient sous ses narines. Il salua Sabato Svi d'un mouvement de tête et se tourna vers Tannhauser.

« Un navire rouge est arrivé, dit-il, au quai des hospitaliers.

— Tu vois ? fit Tannhauser à Sabato. Le fer de la Religion est encore brûlant. L'or coule à flots. »

Bors poursuivit. « J'ai demandé à Gasparo de faire charger les chariots et de seller nos montures. » Il regarda Sabato Svi. « Tu veux qu'il selle ton cheval ? »

Sabato secoua la tête. « L'argent de la Religion est le bienvenu, mais ils me considèrent comme l'un des meurtriers de leur Christ.

— Ce sont des saints voués au Baptiste, contra Bors en se signant.

— Les cellules de la Religion grouillent de Juifs levantins réduits en esclavage dont les prières vont aux Turcs, comme les miennes, d'ailleurs, dit Sabato Svi. Il circule déjà des rumeurs selon lesquelles les Juifs d'Istanbul ont financé l'invasion, alors que c'est faux – comme toujours pour ce genre de diffamation – et que je souhaiterais que cela soit vrai. Quand Malte tombera, tous les Juifs vivants remercieront Dieu.

— Puisqu'ils sont tous promis à l'enfer, qu'ils prient qui ils veulent. »

Sabato regarda Tannhauser. « J'ai moi-même payé la rançon de deux captifs d'Alexandrie, d'où les bonnes faveurs de Moshe Mosseri.

— Tu étais bien content d'échanger des armes contre l'or des chevaliers, fit observer Bors.

— Je suis plus qu'heureux d'en profiter avant qu'ils ne soient balayés, répliqua Sabato. Quel genre de fanatique irait mourir pour un rocher brûlé de soleil ?

— Ils se sont rassemblés là pour déterminer la volonté de Dieu, grâce à un noble combat, corrigea Bors. Et si nous ne combattons pas les musulmans à Malte, un jour nous aurons à les combattre à Paris, car la conquête du monde fait partie de leur plan grandiose.

— Nous ? fit Sabato Svi.

— Ton heure viendra aussi, crois-moi, dit Bors. De plus, les chevaliers ont rassemblé la plus vaillante troupe de tueurs d'hommes qu'on n'ait jamais vue nulle part. » Il regarda Tannhauser. « Ils vont semer l'enfer sur cette île. Et toi et moi, nous ne sommes pas avec eux pour éprouver notre ardeur. » De dépit il serra un poing, gros comme un tonnelet. « C'est une violation de l'ordre naturel !

— Mattias en a fini avec les tueries et la guerre. Je pensais que toi aussi. »

Bors ignora Sabato et se renfrogna comme un gigantesque bébé. « À côté de cette rôtissoire, Saint-Quentin ressemblera à des cabrioles de premier mai.

— Non, dit Tannhauser, plutôt à deux vieilles dames brûlant des cierges votifs à l'église.

— Alors, tu es d'accord ? s'enthousiasma Bors, la poitrine gonflée d'espoir. Et ce vaisseau rouge est notre dernière chance d'y jouer un rôle. Préparons nos coffres de guerre et mettons-les dans un des chariots tout de suite. La destinée nous appelle. Ne me dis pas que tu ne l'entends pas. »

Tannhauser se détourna car le sang lui montait également à la tête, et que les reproches contenus dans les yeux de Bors étaient difficiles à affronter. Sur le visage de Sabato, contraste total, il lut l'horreur de voir tous leurs plans s'écrouler entièrement. Tannhauser joua avec sa bague, un cube d'or de Russie, avec un trou foré en son centre. Son poids lui conférait de la sagesse.

« Bors, dit-il, tu es mon plus vieux et plus loyal compagnon. Mais nous avons tous trois fait le pacte de devenir riches ensemble et c'est ce que nous faisons. Que nous réussissions ou pas, c'est une bataille différente dans laquelle nous sommes engagés aujourd'hui. Souviens-toi de la maxime que tu as gravée pour nous : *Usque ad finem.* Jusqu'à la fin. Jusqu'à la toute fin. »

Bors enfouit ses pensées derrière la coupe de vin qu'il porta à sa bouche.

« Pourtant, poursuivit Tannhauser, la langue anglaise t'accueillerait avec des cris de joie. Si tu veux saisir cette dernière possibilité d'y aller, alors vas-y. Personne ici ne prendra cela pour une trahison. »

Tannhauser regarda Bors dans les yeux : du gris nimbé de jaune autour de l'iris et enfoncés dans les nids plissés d'une peau ridée et couverte de cicatrices. Si Bors choisissait réellement de se joindre à la guerre de la croix contre le croissant, Tannhauser partirait avec lui. Bors l'ignorait, car il n'était pas homme à attendre de personne qu'il se sacrifie pour lui, mais Sabato le savait pertinemment et il attendait en retenant son souffle. Dana rapporta une cruche pleine, tout à fait consciente que ses charmes étaient réduits à néant par cette discussion. Bors lâcha un vague grognement et remplit sa coupe.

« Peut-être n'est-ce pas une coïncidence, dit-il, que je sois le seul non circoncis assis à cette table.

— Au moins, ce manque d'harmonie serait facile à corriger, dit Tannhauser.

— Il faudra que tu me coupes la tête d'abord !

— Ces deux procédures ne feraient qu'améliorer ton humour, dit Tannhauser. Allons, livre-nous ta décision, mon vieux. Es-tu avec nous ou avec les fanatiques ?

— Comme tu disais, on a passé un contrat ensemble, pour la réussite ou l'échec », grommela Bors. Il leva sa coupe. « Jusqu'à la fin amère. »

Sabato Svi soupira de soulagement.

Tannhauser se leva. « Allons faire nos petits trafics. »

Dans sa chambre Tannhauser se changea, passant un pourpoint de soie rouge lie-de-vin barrée de diagonales d'or, avant de ceindre son épée, une Julian del Rey dont le pommeau d'argent était une tête de léopard, puis gratta d'une main sa barbe de quelques jours en guise de rasage. Il n'avait pas de miroir, mais il était confiant : il était sans conteste le personnage le plus grandiose des quais. De la rue en dessous, Bors cria son nom et une blague obscène, et Tannhauser descendit le rejoindre.

Huit chars à bœufs à deux roues attendaient dehors, les grands bovins stoïques sous le soleil. Ils étaient chargés de poudre à canon, de boulets de cuivre, de charbon de bois de saule et de masses de plomb. Bors s'installa impatiemment sur son bai, pendant que Gasparo tenait Buraq par les rênes.

« Gasparo, comment ça va aujourd'hui ? » demanda Tannhauser.

Gasparo était un robuste jeune homme de seize ans, timide mais loyal jusqu'à l'excès. Il sourit en guise de réponse, sidéré de l'honneur qu'on lui pose une question. Tannhauser lui donna une tape amicale dans le dos et se tourna vers Buraq, dont l'affection l'emplit instantanément d'une joie infinie. Buraq était un téké du Turkménistan né dans l'oasis d'Akhal, une race que les anciens considéraient comme sacrée et appelaient Nisaean. Gengis Khan avait monté un tel cheval. Les plus prompts, les plus forts, les plus gracieux. Il tenait sa tête haute et avec une majesté innée. Sa robe était de la couleur d'une pièce d'or nouvellement frappée. Sa queue et sa crinière, courtes et touffues, blondes comme du blé. Tannhauser le nourrissait de gras de mouton et d'orge et l'aurait bien installé dans l'Oracle si ses partenaires l'avaient laissé faire. Buraq baissa la tête pour se faire caresser par Tannhauser.

« Appelez-le le plus beau », dit-il, et Buraq s'ébroua et secoua son long cou.

Tannhauser sauta en selle et, comme toujours, ressentit immédiatement ce qu'avait dû ressentir un César. Buraq n'avait pas besoin de mors tant il répondait avec légèreté. L'attachement entre cheval et cavalier était total. Buraq se mit en marche comme si toute cette expédition était sa propre idée, les cochers firent claquer leurs fouets et les bœufs suivirent le mouvement des cavaliers qui menaient ce train de chariots comme une procession tout le long du port.

Si la Sicile en son entier se montrait fort peu agréable pour les non-conformistes, Messine, qui avait connu depuis des millénaires des douzaines de conquérants, était ouverte aux étrangers, aux coquins et aux entrepreneurs de tout poil. C'était une république indépendante, aussi populeuse que Rome, et elle prêtait très peu d'attention aux plus récents envahisseurs – les

Espagnols – qui dépouillaient l'île jusqu'aux os, comme elle l'avait fait avec les Romains, les Arabes, les Normands et tous les autres. Messine était turbulente et riche, et avec le sanctuaire de Calabre de l'autre côté du détroit, à deux milles nautiques, elle abritait, en nombres énormes, la crème des sans-loi aussi bien que la lie. Le gouverneur pillait plus pour la Couronne d'Espagne en une seule année que le reste de l'île ne produisait en cinq. Côté Église, la sainte Inquisition formait une véritable légion de kidnappeurs, tueurs et voleurs, et comptait dans ses rangs chevaliers, barons, marchands, artisans, criminels de tout acabit et, cela allait sans dire, la majeure partie des forces de police locales. Pour un homme comme Tannhauser décidé à faire fortune, elle était sans égale.

La baie de Messine était un port parfait en forme de faucille, protégé par des jetées fortifiées et l'artillerie du monumental arsenal qui dominait la mer. Derrière lui se trouvait l'enceinte de l'ancienne ville fortifiée, les silhouettes de ses tours et de ses campaniles se perdant dans la chaleur de midi. Ses vastes quais étaient une forêt de mâts, d'espars et de voiles roulées, et, à travers la lumière éclatante qui rebondissait sur l'eau, des barges où s'empilaient balles et paniers naviguaient le long des grèves. Mis à part quelques bateaux de pêche et caboteurs, ainsi qu'un galion espagnol patrouillant au large, la mer était calme, car la plupart des marins attendaient d'en savoir plus sur les jours à venir, qui dépendaient des intentions du Grand Turc.

Le quai des chevaliers hospitaliers était à une demi-lieue de l'Oracle et, en chemin, Tannhauser et son convoi faisaient cliqueter les pavés, passant des marchands de fournitures pour bateaux, des cordiers, des magasins d'épices et des graineteries, des bordels et des bureaux de change, et des tavernes semblables à la leur. Ils passèrent devant des grues qui balançaient leurs charges dans les airs, actionnées par des esclaves pédalant dans le cerclage de roues géantes. Devant des galères mises en carène, étalées dans une odeur de chêne et de poix. Devant de petits vendeurs qui faisaient griller des tripes, des boutiques décorées de carcasses d'agneaux fraîchement dépecés, des éboueurs qui pelletaient des excréments, et des chariots à voile. Devant des mutilés qui mendiaient, des garnements nu-pieds, et d'autres mendiants encore demandant l'aumône avec des cris suppliants. Devant des femmes discutant des prix avec des boutiquiers, des bandes errantes de *bravi* avec leurs sourires ricanants et leurs poignards cachés. Devant mille voix jurant et mille dos brisés. L'échelle colossale de l'entreprise, qui s'étalait aussi loin que son regard pouvait porter, rappela à Tannhauser que Sabato Svi avait raison : ils n'étaient pas encore assez riches. Il prit la décision de présenter ses respects à Dimitrianos en revenant et de s'assurer de rations décentes pour la traversée.

La *Couronne* était longue et pure de lignes, cent quatre-vingts pieds de la proue à la poupe, et seulement vingt pieds par le travers. Elle avait été conçue, comme tous les navires des chevaliers, pour la vitesse et l'attaque. Sa coque était peinte de noir et les immenses voiles latines étaient d'un rouge sang. La croix dorée à huit pointes cousue dessus éblouissait l'œil. Pour accueillir le navire sur le quai, un groupe de chevaliers de la Religion se tenait, drapés dans leurs longues capes noires. Tous portaient l'épée sur leurs chasubles, et avaient l'air prêt à tout. Tannhauser présuma qu'ils étaient arrivés récemment des plus lointains prieurés de l'Ordre, certains avaient des traits distinctement allemands ou scandinaves. D'autres étaient plus probablement espagnols ou portugais. Ils prenaient leur tour pour embrasser un frère très svelte qui se tenait au milieu d'eux. Quand il se tourna pour saluer le suivant, Tannhauser reconnut Oliver Starkey. Leurs regards se croisèrent et Tannhauser le salua de la tête en souriant. Un malaise troubla le fin visage de Starkey, mais il sourit aussi et hocha la tête avant de se retourner vers ses frères. Tannhauser fit signe à Bors.

« Concluons nos affaires avec le capitaine, nous approcherons frère Starkey plus tard. »

Au moment où Tannhauser allait s'engager sur la passerelle principale, Bors l'arrêta en posant une main sur son bras. Trois hommes en descendaient, le soleil dans le dos. Deux portaient l'habit des dominicains, et ils formaient un drôle de couple car l'un avait presque deux fois la taille de l'autre. Derrière eux venait un Espagnol d'une vingtaine d'années, sec comme un coup de trique et vêtu d'un très beau pourpoint noir. Il avait des yeux et une bouche de dépravé, et l'air d'un assassin. À sa taille pendaient une épée et une dague. Le plus grand des deux moines marchait avec le port d'un prince et l'humilité d'un pauvre. Son chemin allait bientôt croiser celui de Tannhauser et lorsqu'il sortit du contre-jour éclatant, Tannhauser découvrit son visage et sentit son estomac se serrer.

« Ludovico Ludovici, dit Tannhauser.

— L'inquisiteur ? » fit Bors.

Le monde dans lequel vivait Tannhauser aurait sans doute paru immense au commun des mortels, mais à cause de cette sélectivité, justement, il était plus petit que la carte sur laquelle il se déplaçait. La carte de l'infamie était plus petite encore. Il sentit sa peau se tendre tout autour de son crâne.

« C'est lui qui a envoyé Petrus Grubenius à la mort », dit-il.

Bors le prit par les épaules et tenta de l'écarter du chemin de Ludovico. « Le passé est passé. Occupons-nous de nos affaires.

— J'étais une brute et Petrus a fait de moi un homme. Il était mon professeur. Il était mon ami.

— Et seul un idiot cultive un ennemi qu'il ne peut pas combattre. »

Tannhauser céda à la force de Bors et recula d'un pas ; mais il ne quitta pas Ludovico des yeux et constata que, en s'approchant, l'inquisiteur l'étudiait. Le plus petit des deux moines, un type cireux aux traits dédaigneux et qui transpirait sous deux lourdes sacoches, fit un écart pour passer devant eux comme s'ils n'étaient qu'un tas de fumier nauséabond, mais, au dernier moment, Ludovico s'arrêta, se retourna et considéra Tannhauser avec courtoisie. Il désigna son confrère au teint cireux.

« Puis-je vous présenter frère Gonzaga, le légat de notre Saint-Office à Messine ? »

Perplexe face à l'attardement de Ludovico, Gonzaga parvint à esquisser un salut de la tête.

« Et voici… Anacleto. »

Le jeune Espagnol sans âme fixa Tannhauser avec froideur.

« Je suis frère Ludovico. Mais, à cet égard, vous semblez avoir l'avantage. »

La voix de Ludovico roulait sur lui, calme et aussi profonde qu'une mer sans le moindre vent. Pourtant, sa surface cachait des monstres. Tannhauser fit un geste vers Bors. « Bors de Carlisle. » Puis il inclina légèrement la tête. « Capitaine Mattias Tannhauser. »

L'attention de Ludovico était visiblement attirée. « Votre réputation vous précède.

— Chaque coq est roi de son propre fumier », répliqua Tannhauser.

La brusquerie de la remarque prit Ludovico par surprise et sa bouche sensuelle se fendit d'un sourire, comme s'il découvrait pour la première fois la manière de le faire. L'affront coupa le souffle de Gonzaga. Anacleto fixait Tannhauser comme un chat observe un oiseau posé dans une cour. Bors surveillait Anacleto et, d'impatience, remuait des doigts qui auraient préféré tenir un couteau.

« Vous êtes un philosophe, dit Ludovico. Et plutôt caustique. »

Malgré l'ancienne haine ravivée en lui, Tannhauser se sentit pris de sympathie pour le moine. Signe que Ludovico était encore plus dangereux qu'il ne l'imaginait. Tannhauser secoua la tête. « Votre grâce me flatte. Je suis un homme fortuné, mais simple. »

Cette fois Ludovico rit franchement. « Et je ne suis qu'un humble prêtre.

— Alors nous sommes à égalité », répliqua Tannhauser.

La stupéfaction de Gonzaga était maintenant dirigée vers son maître.

« Dites-moi d'où vous me connaissez, capitaine Tannhauser, demanda Ludovico. Si nous nous étions déjà rencontrés auparavant, je m'en souviendrais forcément.

— Je ne vous ai vu qu'une fois, et de loin, et il y a des années. À Mondovi. »

Ludovico regarda vers le lointain, comme s'il cherchait à évoquer une scène issue d'un souvenir vaste et détaillé, et il acquiesça. « Oui, en dehors de moi, vous étiez l'homme le plus grand de la piazza. » Son regard revint vers ses interlocuteurs et l'ombre d'un obscur chagrin traversa son visage, et Tannhauser savait qu'ils se souvenaient tous deux de la même colonne de flammes et des acclamations sauvages de la même foule bestiale.

Ludovico dit : « Le monde est inondé par le mal, aujourd'hui comme alors, et l'évidence de l'ouvrage de Satan est partout apparente.

— Je ne vous contredirai pas, lâcha Tannhauser.

— Il y avait force vilenie parmi les Piémontais, continua Ludovico. La pureté de la foi avait été affaiblie par la guerre et des doctrines malfaisantes fleurissaient. Il fallait restaurer la discipline. Je suis heureux que vous n'ayez pas fait partie des coupables. »

Tannhauser cracha sur le quai et couvrit sa salive de sa botte. « Ma vilenie est trop commune pour attirer l'attention de gens tels que vous, répliqua-t-il. À Mondovi, vous avez assassiné des hommes hors du commun. Des hommes d'un savoir peu banal. Comme Petrus Grubenius. »

Un changement dans l'éclat des yeux de Ludovico montra qu'il connaissait le nom de sa victime, mais il ne dit rien. Tannhauser désigna le sud, vers Syracuse.

« Ce n'est pas loin d'ici que le grand Archimède a également été assassiné, par un soldat romain illettré, pour avoir écrit des formules mathématiques dans la poussière. » Il se tourna vers Ludovico. « C'est d'un grand réconfort de savoir que, dans les siècles qui suivirent, l'admiration de Rome pour les hommes de savoir n'a pas diminué. »

Aucun des hommes présents n'avait jamais entendu un inquisiteur se faire accuser de meurtre. L'entendre par deux fois fit pâlir de stupéfaction Bors et Gonzaga.

Ludovico prit tout cela avec sérénité. « Mon réconfort est le triomphe de l'ordre sur l'anarchie. Et l'hérésie, qui est l'ennemie du bon ordre, prend ses racines dans la vanité des hommes de savoir. Celui qui entend la parole de l'Éternel n'a pas besoin de connaissances, car apprendre n'est pas une vertu en soi et le savoir est souvent la route qui mène aux ténèbres infinies.

— Je suis d'accord pour dire que le savoir n'offre aucune garantie de vertu, car cette évidence se tient debout juste devant moi. » Tannhauser pouvait sentir les yeux de Bors s'enfoncer dans son crâne, mais il était emporté par son humeur. « Quant aux ténèbres, il existe des routes qui y mènent bien plus larges que celle de la connaissance.

— À quoi bon la connaissance sans la peur de Dieu ?

— Si Dieu a besoin d'agents humains pour nous faire le craindre, alors vous devez me dire quel misérable genre de dieu il peut bien être.

— Je ne suis pas un agent de Dieu, répliqua Ludovico, mais plutôt de la seule vraie Église. » Il désigna les chevaliers sur la jetée. « Ces nobles chevaliers du Baptiste, dont j'imagine que vous honorez la valeur, sont venus pour défendre la croix contre la Bête rouge de l'islam. La guerre que notre mère l'Église livre pour survivre est encore plus désespérée, et de loin. Les ennemis qui se rangent contre elle un peu partout sont plus terribles et plus omniprésents, et les pires sont issus de son propre sein. La durée du combat de l'Église ne se mesurera pas en semaines, ni même en années, mais en millénaires. Et l'enjeu n'est pas une armée, ni une île, ni même un peuple, mais la destinée de toute l'humanité pour l'éternité. Mon but, donc, n'est pas de répandre la peur, mais de défendre le rocher sur lequel Pierre a fondé la congrégation du Christ.

— J'honore effectivement ces chevaliers, dit Tannhauser, mais ils sont là pour croiser le fer avec les combattants les plus braves du monde, pas pour torturer les faibles et exécuter les humbles.

— Et le paradis des saints sera leur récompense. Mais vous aussi, vous portez l'épée. Si vous croyez, au tréfonds de votre cœur, à cet endroit où, même vous, vous entendez la voix de Dieu, que vous débarrasseriez son monde du mal en le débarrassant de moi, alors je vous conjure, maintenant, de tirer votre épée avec joie et de frapper à mort. »

Plus l'homme parlait, plus Tannhauser l'appréciait, et plus il était convaincu qu'il débarrasserait effectivement le monde d'une très grande menace en le passant au fil de son épée. Il sourit. « Je n'argumenterai pas davantage avec vous, dit-il, car je concède ne pas pouvoir vous vaincre.

— Le défi était sérieux, dit Ludovico, et votre camarade, au moins, croit que vous pourriez vous y résoudre. »

Tannhauser regarda Bors, qui était vraiment en équilibre, comme s'il allait se jeter sur lui. Devant l'expression de Tannhauser, Bors se détendit, quelque peu penaud.

« Mon but n'est pas de débarrasser le monde du mal, dit Tannhauser. Mais plutôt d'accumuler des richesses, et même un peu de savoir, et de mourir de tous les vices que le temps qui m'est alloué me permettra d'assouvir. Il y a bien longtemps que j'ai détourné mon visage de Dieu.

— Croyez-moi, homme, il vit en vous aussi sûrement qu'il vit en moi, dit Ludovico. Et tout aussi sûrement, il me jugera pour chacun de mes actes comme il vous jugera pour les vôtres.

— Alors, peut-être qu'au jour du Jugement nous serons ensemble sur le quai, côte à côte. »

Ludovico acquiesça : « De cela aussi, nous ne devons jamais douter. »

Ludovico jeta un œil vers Gonzaga, qui n'était pas simplement très choqué par ce qui s'était passé, mais aussi fatigué de lutter pour ne pas laisser tomber les lourdes sacoches qu'il tenait. Ludovico se tourna à nouveau vers Tannhauser.

« Prions donc pour que, ce jour-là, la grâce de Dieu nous ait tous deux libérés du péché.

— Je croyais que vous, les prêtres, vous réserviez ce pouvoir pour vous-mêmes.

— Les opinions diffèrent, scolastiquement parlant, répliqua Ludovico. Le prêtre peut vous absoudre de la punition due au péché, qui est la damnation, mais si, comme le tiennent certaines des plus hautes autorités, la malignité du péché est définie comme une inflexibilité du cœur, alors cela ne peut être défait que par la douleur.

— Vous avez dispensé une grande quantité de douleur aussi, dit Tannhauser.

— Qui d'entre nous ne l'a pas fait ? » Il attendit et Tannhauser acquiesça… « Et si la douleur ouvre la porte de la grâce de Dieu, alors quel homme juste la fuirait ? »

Tannhauser ne répondit pas. Ludovico souriait, avec un rien de mélancolie. « Mais je vous retiens dans vos affaires. Malgré vos blasphèmes éhontés, vous accepteriez peut-être l'absolution d'un humble prêtre avant que nous ne nous séparions ? Cela tranquilliserait ma conscience, même si cela n'apaise pas la vôtre. »

Tannhauser jeta un coup d'œil vers Anacleto et surprit l'ombre d'un sourire sur ses lèvres cupides. Il hésita. Mais la grossièreté n'était pas dans ses habitudes et il inclina la tête. Ludovico leva la main et fit le signe de la croix.

« *Ego te absolvo a peccatis tuis in nomine Patris et Filii et Spiritus Sancti, Amen.* »

Tannhauser leva les yeux. Il se rendit compte que Ludovico avait le regard le plus glacial qu'il ait jamais vu.

« *Asalaamu alaykum wa rahmatullahi wa barakatuh*, dit Tannhauser.

— Jusqu'à ce que nous nous retrouvions, dit Ludovico.

— J'apporterai mon propre bois. »

Tannhauser regarda le dominicain s'éloigner avec Gonzaga haletant derrière lui. La silhouette de loup d'Anacleto fermait la marche. À dix pas de distance, il mit un point d'honneur à regarder par-dessus son épaule. Tannhauser soutint son regard, Anacleto se détourna et le trio se perdit dans le tumulte du port.

« Tu voulais qu'on finisse tous au supplice ? siffla Bors. Je n'ai jamais vu une telle folie !

— L'aigle ne chasse pas des vers, répliqua Tannhauser. La proie de Ludovico, c'est la Religion.

— J'ai vu son visage quand il t'a absous, insista Bors. C'était comme s'il t'envoyait à la potence. Ou au bûcher. Souviens-toi de ce que je dis, cette bénédiction s'avérera une malédiction. »

Tannhauser lui claqua une main sur les épaules. « Bénédiction ou malédiction, je n'ai pas plus foi en l'une qu'en l'autre, alors allons travailler. »

Le capitaine de la galère était le *cavaliere* Giovanni Castrucco, que Tannhauser connaissait, et les civilités furent donc assez brèves. Bors et lui furent invités à bord pour faire tamponner l'acte de chargement et le faire endosser par le commissaire du bord, et pour organiser le chargement de la cargaison, ce qui allait occuper le reste de la journée. Le paiement serait crédité sur leur compte bancaire à Venise ; pour ses dettes, l'ordre tenait toujours parole. La *Couronne* devait partir à la marée de minuit : l'avant-garde navale turque pouvait s'annoncer d'un moment à l'autre, et Castrucco n'avait pas envie de franchir un blocus. Quand leurs affaires furent faites, Tannhauser et Bors reprirent le chemin de la passerelle et tombèrent sur Oliver Starkey sur le quai. Tannhauser tendit la main et Starkey la serra.

« Frère Starkey. C'est un plaisir auquel je ne m'attendais pas.

— Tannhauser… » Starkey se tourna pour serrer également la main de Bors. « Et Bors de Carlisle. »

Il prononça le nom de son compatriote avec une ironie amusée. Il était vrai que le sobriquet de Bors était quelque peu extravagant, giflant la noblesse de naissance comme il le faisait ; mais il en était de même de « Tannhauser ». Ils avaient choisi leurs *noms de guerre*[1] devant une bouteille de brandy à Milan, alors qu'ils cherchaient à louer leurs lances pour Alva. Le trou boueux d'où venait Bors ne figurait sur aucune carte, mais était au moins situé près de Carlisle ; Tannhauser avait été volé à une ballade chevaleresque, une vieille légende de troubadours qui racontait l'histoire d'un chevalier tourmenté par des femmes, avec pour résultat d'être exilé de la cité de Dieu. Mais un nom possédait un pouvoir bien à lui, illégitime ou pas, et les leurs les avaient rendus fiers, alors et depuis.

« Qu'est-ce qui vous ramène à Messine si tard ? demanda Tannhauser.

— C'est vous, dit Starkey.

— Si vous voulez plus d'hommes, j'ose dire que je pourrais en rassembler quelques-uns, mais beaucoup seront ivres, et la totalité issus de la lie de la terre… » Il s'arrêta devant l'évident manque d'intérêt qu'expri-

---

1. En français dans le texte.

mait le visage de Starkey. « Mais j'oublie toutes les bonnes manières. Venez dîner avec nous à notre table.

— Pardonnez-moi, Tannhauser, mais je n'ai pas le cœur à dissimuler. » Le malaise de Starkey était manifeste. « Je ne suis pas venu pour commercer mais pour demander une faveur.

— Vous êtes avec des amis. Demandez et soyez maudit.

— Je suis venu sur l'ordre urgent du grand maître pour vous implorer de faire cause commune avec la Religion, dans la guerre contre le Grand Turc. »

Tannhauser cligna des yeux. Il jeta un œil vers Bors.

Bors lissait ses moustaches et se léchait les babines.

« En bref, dit Starkey, le grand maître veut que vous vous joigniez à nous.

— À Malte?

— À Malte. »

Tannhauser regarda Starkey avec une telle incrédulité et une telle appréhension que Bors se tapa les cuisses et rugit de rire. D'un rire si rauque et avec une telle jubilation que les marins qui roulaient les voiles latines et les débardeurs qui transpiraient sur les chariots s'arrêtèrent au beau milieu de leur ouvrage et les fixèrent, bouche bée.

MARDI 15 MAI 1565

L'Oracle – La porte de Messine – Les collines de Neptune

Tannhauser revint de la *Couronne* d'une humeur acerbe. Starkey avait tenté toutes les persuasions possibles – morale, politique, financière, spirituelle et tribale – pour essayer d'obtenir son allégeance. Il lui avait promis gloire, richesse, honneur et la gratitude de Rome. Il avait supplié, cajolé et intimidé. Il avait invoqué le *Summae* de Thomas d'Aquin, l'autorité de saint Bernard de Clairvaux, et agité des exemples de héros anciens et modernes. Il avait tout fait, sauf accuser Tannhauser de manquer de courage. Mais Tannhauser avait répondu à ces subornations et toutes ces propositions par un refus absolu de prendre les armes pour la Religion. L'Iliade maltaise, telle que la présentait Starkey, allait devoir se passer de lui. Il n'avait pas tué un homme depuis des années et alors que sa conscience n'était généralement pas dérangée par de tels actes, cette pratique ne lui manquait nullement. Comme récompense pour les travaux de cette matinée, il se promit un bain une fois revenu au magasin. Bors chevauchait à ses côtés dans un silence vexé bien de son cru. Comme ils approchaient de l'Oracle, Bors désigna de la tête un cheval attaché à l'ombre devant les portes et dit : « Des ennuis. »

Tannhauser remarqua que la splendide jument baie était richement sellée et caparaçonnée. En dehors d'une poignée d'exceptions, les clients de la taverne avaient autant de chances de posséder une telle bête que d'être élus au collège des cardinaux. Comme ils passaient devant les portes de l'Oracle pour se rendre aux écuries, Tannhauser pencha la tête pour regarder à l'intérieur et y découvrit un étrange tapage. Les rugissements provenaient d'une masse de vils ivrognes, serrés épaule contre épaule à la manière des spectateurs d'une bagarre. Il sauta immédiatement de sa monture, tendit les rênes de Buraq à Bors et s'approcha du seuil pour regarder par-dessus les têtes de la populace.

Au milieu de la salle, une crème de fille, svelte et osseuse, tournait comme un derviche dans une robe de voyage vert forêt, les bras étendus comme des ailes, au milieu d'un fer à cheval de clients bagarreurs assis et debout, qui hurlaient des suggestions obscènes en argot sicilien en lui jetant à la tête des morceaux de fromage, de pain et de cire de chandelle. La fille était manifestement en état de démence mais, bombardée comme elle l'était d'obscénités et de débris, on ne pouvait pas vraiment l'en blâmer. Pour aggraver les choses, et comme pour provoquer ses tourmenteurs dans leurs fantasmes primitifs, elle chantait son propre nom d'une voix flûtée tout en tournoyant.

« Tannhauser ! Tannhauser ! Tannhauser ! »

Tannhauser soupira. Il arrangea son épée pour qu'elle pende d'une façon plus imposante et pénétra dans la taverne avec l'apparence parfaite de savoir exactement quoi faire.

Les rustres faisaient un tel vacarme que très peu remarquèrent son entrée, ce qui l'ulcéra encore plus. Comme un type courtaud et nanti d'un cou de taureau assis sur un banc devant lui se penchait en arrière, le bras arqué pour lancer une saleté quelconque sur la fille, Tannhauser le saisit par la nuque et lui écrasa la figure sur la table avec un tel excès de force que l'autre extrémité de la table posée sur son tréteau se souleva, projetant une douche de bière sur les hommes assis.

« Retournez à vos bières, espèces de porcs », rugit-il.

Sur cette gratification, le silence retomba dans la salle. La fille s'arrêta à mi-tour et le regarda sans la moindre trace d'étourdissement. Du mieux qu'il pouvait voir dans la pénombre régnante, elle avait un œil brun et un gris ; signe certain d'un tempérament déséquilibré, mais il était intrigué car ces yeux étaient parfaitement assortis à son esprit, et ce malgré la cruauté à laquelle elle avait été soumise. Même si son visage était quelque peu de guingois, qu'elle était beaucoup trop mince et qu'il semblait qu'elle ait taillé ses cheveux elle-même sans l'aide d'un miroir, il ne put s'empêcher d'imaginer à quoi cela ressemblerait de lui faire l'amour. La robe verte ne révélait pas grand-chose, mais un coup d'œil cultivé suggérait des seins magnifiques. À sa grande surprise, il sentit un rapide et plaisant durcissement dans ses culottes de cuir.

« Tannhauser », dit la fille, d'une voix qui, à son oreille, parut s'entourer de musique. Ses yeux étaient fixés sur sa poitrine plutôt que son visage, mais elle avait plein droit d'être à fleur de peau.

« À votre service, *signorina* », répliqua-t-il avec une courbette et un moulinet du bras.

Ses yeux dansèrent au-delà de lui et il se retourna pour voir Cou de taureau récupérer suffisamment de ses moyens pour se lever de son banc, vacillant quelque peu et levant deux poings serrés. Avant que son regard flou ne puisse localiser son adversaire, Bors lui tomba dessus par-derrière avec une délectation menaçante. La fille ne sembla pas perturbée par la brutalité des événements qui s'ensuivirent, comme si les spectacles violents dans des cadres médiocres n'étaient absolument pas au-delà de son monde.

« Tu parles français ? » demanda-t-elle dans cette langue.

Tannhauser toussa et redressa les épaules. « Mais bien sûr », dit-il dans cette même langue. Avec ce qu'il considérait comme une maîtrise totale du français, il demanda son nom à la fille.

« Amparo », répondit-elle.

Adorable, pensa Tannhauser. Il lui désigna le sanctuaire de son alcôve, assez fier de son décor et de ses meubles exotiques, et dit : « Mademoiselle Amparo, s'il vous plaît, viens. Allons-nous asseoir. »

Amparo hocha la tête, les yeux toujours fixés sur sa poitrine, et répliqua par un torrent de mots. Tannhauser se rendit compte qu'il ne les comprenait pas. Ou plutôt en reconnaissait-il un sur cinq, tandis que les autres dévalaient en trombe et lui embrouillaient l'esprit. Il avait grandi en parlant allemand dans sa famille, et à douze ans, à l'école des janissaires, une discipline draconienne l'avait forcé à maîtriser des langages et des écritures d'une étrangeté absolue. Il avait, par la suite, appris l'italien avec une aisance relative. Durant son séjour auprès de Petrus Grubenius, dont chaque phrase errait en suivant des chemins rhétoriques détournés avant d'atteindre son but, il avait acquis un amour de l'extravagance que la langue romaine incitait chez certains tempéraments. Messine l'avait également doté d'un espagnol passable. Mais le français était une satanée langue, incrustée d'irrationalités de prononciation, et le peu de vocabulaire qu'il avait, il le tenait de la soldatesque.

Il leva la main pour l'arrêter.

« S'il vous plaît », dit-il. Les yeux furtifs de certains clients l'observaient, et le bruit des pets et des grognements rendait la conversation difficile. Il désigna les portes. « Allons parler dehors. »

Amparo fit oui de la tête et il étendit un bras protecteur. Elle l'ignora et le précéda jusqu'au bord du quai, où il la rejoignit, à l'ombre, près des chevaux. Il la retrouva regardant fixement Buraq, que Bors avait attaché à côté de sa jument. Il était clair qu'elle avait l'œil pour les bons chevaux.

« C'est Buraq », dit Tannhauser. Il avait battu en retraite vers l'italien et espérait qu'il serait compris s'il parlait assez lentement. « Il porte le nom du cheval ailé du prophète Mahomet. »

Elle se tourna et croisa directement son regard pour la première fois. Si elle n'était pas exactement jolie, elle avait un charme puissant. Son visage, déformé par une violente dépression sous l'œil gauche qu'il découvrait à cet instant, étincelait d'une extase qui le troubla. Elle possédait une sorte d'aura d'innocence élémentaire qui allait à l'encontre de la manière dont elle avait manœuvré la taverne. Elle ne disait rien.

Tannhauser essaya encore, de son français chétif : « S'il vous plaît, dites-moi comment je peux aider vous. »

Il écouta Amparo lui répondre comme si elle parlait à un enfant simple d'esprit, et même si cela lui permit d'avoir une vague idée de ce qu'elle disait, il ne parvenait pas à effacer le sentiment que c'était exactement comme cela qu'elle le voyait. Elle exprima pas mal de choses insensées sur un homme nu – il était possible qu'il se soit mépris sur ce détail – chevauchant apparemment un cheval, sur quoi elle gesticula en désignant Buraq, et à propos d'un chien avec un feu dans la bouche, et autres fragments de ce qui ressemblait à des lubies mystiques. Mais, au-delà de ces énigmes, il parvint à distinguer qu'elle voulait qu'il rejoigne sa maîtresse, une madame de La Penautier – une comtesse, pas moins –, à la villa Saliba dans les collines au-dessus de la ville.

« Tu veux que je rende visite à la comtesse de La Penautier, à la villa Saliba ? » dit-il pour tenter de confirmer au moins cela. La fille fit une petite révérence de la tête. Du peu qu'il en ait compris, elle n'avait jamais exprimé l'objet ou le but d'une telle rencontre. « Excuse-moi, dit-il, mais pourquoi ? »

Amparo eut l'air perplexe. « C'est son souhait. N'est-ce pas assez ? »

Tannhauser cligna des yeux. Son expérience des comtesses françaises, ou plus exactement de leurs servantes, si Amparo en était bien une, était totalement inexistante. Peut-être sommaient-elles toujours un gentilhomme de cette manière, et peut-être que leurs dames de compagnie étaient aussi étranges que cette espèce d'elfe. Mais probablement pas. Néanmoins c'était une innovation, et il était flatté. Et après tout, où était le mal ? Tannhauser prit un moment pour composer la réponse.

« Tu peux dire à la comtesse que ce sera un plaisir pour moi de visiter la villa Saliba demain, à l'heure qui lui conviendra. » Il sourit, content de sa maîtrise croissante de cette langue détestable.

« Non, fit la fille. Aujourd'hui. Maintenant. »

Tannhauser croisa le regard de cette ombre élancée dans la fournaise éblouissante d'un après-midi d'été sicilien. La perspective de son bain parfumé venait de battre en retraite. « Maintenant ? dit-il.

— Je vais te conduire à elle immédiatement », dit Amparo.

L'expression de la fille prit soudainement un aspect dangereux, comme si, au moindre refus, elle allait se remettre à tournoyer en hurlant. En raison de ce qu'il considérait maintenant comme les sombres années de son célibat – car telle était la règle au sein des janissaires –, Tannhauser n'en était arrivé à connaître le sexe faible qu'à un âge avancé. C'était un fait connu de lui seul qu'il avait vingt-six ans quand il avait perdu sa virginité. Il en résultait qu'il investissait les femmes d'un pouvoir et d'une sagesse qu'il les soupçonnait de ne pas mériter. Toujours est-il qu'il hésitait à apparaître moins que galant devant une comtesse, ou même sa servante.

« Très bien, dit-il, un peu d'air fera du bien à ma santé. »

Il lui adressa ce qu'il espérait être un charmant sourire, mais n'en obtint aucun en retour. Amparo se dirigea vers sa jument et sauta en selle avec une agilité admirable. Elle révéla un éclair de mollet musclé et, sous le corsage de sa robe, assez de mouvement pour lui confirmer ses espoirs sur la taille de ses seins. Elle le regarda d'en haut avec une patience exagérée. Tannhauser hésitait, peu habitué à être commandé ainsi. Bors apparut à la porte, essuyant du sang sur ses phalanges. Il détailla la fille en vert, puis lança un regard interrogateur à Tannhauser.

« Je suis invité à rencontrer une dame, annonça Tannhauser. Une comtesse, rien que ça. »

Bors émit un ricanement salace.

« Suffit, dit Tannhauser en s'approchant de Buraq.

— C'est ton père ? » demanda Amparo sur le ton de la conversation.

Bors, dont le français était en fait supérieur à celui de Tannhauser, cessa de ricaner.

C'était au tour de Tannhauser de rire. « Non. Mais il est certainement assez vieux et assez gras pour l'être.

« — Alors, pourquoi lui demandes-tu sa permission ? » fit Amparo.

Tannhauser cessa de rire, stupéfait qu'elle ait fait cette interprétation.

« Tu ferais mieux d'aller voir ta comtesse, dit Bors, avant que cette créature ne nous ridiculise tous les deux. »

Tannhauser monta en selle. Avant qu'il ne puisse montrer le chemin, comme c'était son intention, la fille partit au petit trot, les sabots de sa jument claquant sur les pavés.

Ils traversèrent des rues vidées par la chaleur vicieuse, qui puaient et bourdonnaient de fèces couvertes de mouches infestant leurs caniveaux. À la porte nord de la ville, ils passèrent des roues de chariots fixées en haut de grands poteaux et sur lesquelles étaient attachés les corps éviscérés de divers blasphémateurs, sodomites et voleurs, leur peau si desséchée que même les corbeaux et les asticots les dédaignaient désormais. Sur les piques dressées de chaque côté de la porte était plantée une collection de têtes écorchées. Laissant de telles horreurs derrière eux, ils entamèrent l'ascension des collines de Neptune, où l'air était nettement plus doux et traversé d'une grande variété de rapaces qui patrouillaient au-dessus du Monti Peloritani.

Par quelques discrètes questions posées à la fille, Tannhauser se fit une impression de madame de La Penautier. Une jeune veuve solide et pleine de ressource qui menait un domaine en Aquitaine, entièrement seule. Du mari défunt, Amparo ne savait rien, car sa mort avait précédé son arrivée, mais la comtesse n'avait jamais montré le moindre signe de regret de son compagnon. Aucun chiffre précis ne pouvait être évoqué, mais il semblait bien que la dame n'avait pas encore trente ans et était dotée d'une étonnante beauté.

Pour l'instant, il était heureux de remarquer qu'Amparo avait de longs doigts avec des ongles en amande et un cou aussi gracieux que celui d'un cygne. Sous la soie verte, foncée par la sueur sous ses bras, ses seins étaient apparemment encore plus gros qu'il ne l'avait cru, phénomène renforcé par sa constitution qu'il préférait désormais qualifier de svelte plutôt que maigre. Si elle le regardait à peine, c'était sans nul doute dû à la timidité. Tannhauser apprit avec soulagement qu'Amparo était espagnole et avait passé presque toute sa vie de petite fille à Barcelone. Le Castillan lui donna une chance de corriger l'impression qu'il était un idiot. Il parla du port et de la magnifique cathédrale qu'on trouvait dans cette imposante cité, même s'il n'y avait jamais mis les pieds et n'avait acquis ces connaissances que par ouï-dire. À son enthousiasme, Amparo ne répondit que par du silence, et il se remit à poser des questions, auxquelles elle avait, au moins, toujours la politesse de répondre.

Madame et elle avaient quitté leur village près de Bordeaux, mais au-delà de ça, sa compréhension de la géographie était faible. Pour Amparo, Marseille, Naples et la Sicile n'étaient rien d'autre que des pierres où poser le pied, jetées sur les eaux de l'inconnu. Pour deux femmes voyageant seules, un tel voyage était téméraire à l'extrême, notamment parce qu'elles avaient dédaigné une escorte armée. Pourtant Amparo se déclarait très contente de suivre sa maîtresse « jusqu'au bord du monde ». Une telle loyauté était assez peu caractéristique du travail rémunéré – ou des relations entre femmes, en général, selon l'expérience de Tannhauser. Et quand ils atteignirent les bougainvillées qui annonçaient la fin de leur cavalcade, Tannhauser était plus intrigué que jamais.

La villa Saliba était un tas de marbre à la mode – ostentatoire – moderne. Tannhauser se dit qu'une telle résidence lui conviendrait parfaitement. La villa elle-même, pourtant, n'était pas leur destination. Ils laissèrent leurs chevaux aux écuries pour qu'ils boivent, puis Amparo le guida dans un fabuleux jardin voué aux roses blanches et rouges. Il était ombré de palmiers et de myrtes et son emplacement et son arrangement étaient superbement conçus. Tannhauser nota avec satisfaction qu'il n'y avait aucun des perpétuels magnolias qui auraient pu éteindre leurs senteurs délicates. Au-delà du jardin se dressait une maison plus petite mais tout aussi splendide, faite de pierre blanche neuve et fraîche.

Amparo s'arrêta devant les lits de roses et s'accroupit devant une fleur particulièrement blanche, comme pour se rassurer sur sa santé. Tannhauser la regarda un moment tandis qu'elle murmurait à la fleur dans une langue qui n'était ni du français ni du castillan. C'était vraiment une créature singulière. Comme si elle avait lu ses pensées, elle se détourna de la fleur et leva les yeux vers lui défiant apparemment son dédain.

« En Arabie, dit-il, on raconte qu'il était un temps jadis où toutes les roses étaient blanches. »

Animée d'une curiosité passionnée, Amparo se redressa. Ses yeux embrassèrent toutes les roses rouges serrées en épais massifs, puis elle se tourna à nouveau vers lui.

« Une nuit, sous une lune décroissante, poursuivit Tannhauser, un rossignol se posa près d'une telle rose, une grande rose blanche, et quand il la vit, il tomba immédiatement amoureux. À cette époque, on n'avait jamais entendu un rossignol chanter.

— Les rossignols ne pouvaient pas chanter ? » demanda Amparo, avide de confirmer ce détail.

Tannhauser hocha la tête. « Ils passaient leurs vies en silence, du début à la fin, mais l'amour de ce rossignol était si fort – pour cette exquise rose blanche – qu'un chant d'une merveilleuse beauté jaillit de son gosier et il l'entoura de ses ailes en une embrassade passionnée et... »

Il s'arrêta car la fille semblait en transe, et il y avait une expression d'extase si poignante sur son visage qu'il avait soudain peur de lui raconter l'apogée du conte.

« S'il te plaît, le pressa-t-elle, continue.

— Le rossignol serra la rose contre son poitrail, mais avec une passion si sauvage que les épines percèrent son cœur, et il mourut, ses ailes drapées autour d'elle. »

Les mains de la fille volèrent jusqu'à sa bouche et elle fit un pas en arrière, comme si son propre cœur avait été percé. Tannhauser désigna les roses rouges.

« Le sang du rossignol avait taché les pétales de la rose blanche. Et c'est pour cela que, depuis, certaines roses fleurissent rouges. »

Amparo réfléchit quelques instants. Avec une sincérité grave, elle demanda : « C'est vrai ?

— C'est un conte, dit Tannhauser. Les Arabes ont d'autres contes sur les roses, car ils les considèrent avec des égards particuliers. Mais la vérité d'un conte est dans le talent de celui qui l'entend. »

Amparo regarda les roses rouges autour d'elle.

« Je pense que c'est vrai, dit-elle, même si c'est très triste.

— Le rossignol était sûrement heureux, dit Tannhauser qui ne souhaitait pas la déprimer. Il a obtenu le pouvoir de chanter pour tous ses frères et sœurs et maintenant ils chantent pour nous.

— Et le rossignol a connu l'amour », dit Amparo.

Tannhauser acquiesça, cette remarque capitale lui ayant échappé jusqu'ici.

« C'est une bien meilleure affaire que celle que la plupart de nous font en mourant », dit-il.

Pour la première fois depuis leur rencontre, les yeux de la fille se levèrent pour regarder droit dans les siens. Ils étaient plus larges qu'il ne l'avait imaginé et elle les tendait vers lui comme si elle se mettait nue.

« Je ne connaîtrai jamais l'amour », dit-elle.

Tannhauser accusa le coup, mais réagit vite.

« Beaucoup de gens croient cela », dit-il. En vérité, c'était une conviction qu'il partageait, mais il ne le dit pas. « Certains ont peur de la folie et du chaos que l'amour traîne dans son sillage. Certains craignent de n'être pas dignes de ses gloires. La plupart. À la fin, on s'aperçoit que la plupart se trompent.

— Non, je ne peux pas aimer, comme l'oiseau qui ne pouvait pas chanter.

— L'oiseau a trouvé son chant.

— Et je serais un oiseau si je pouvais, mais je ne peux pas. »

Tannhauser ne pouvait pas dénier une étrange affinité avec cette fille. Il ne savait pas pourquoi.

« Tu es l'homme sur le cheval d'or », dit-elle.

Maintenant qu'ils avaient laissé le bourbier du français loin derrière eux, il comprit mieux cette phrase prononcée avec une si grande excitation, plus tôt, à la taverne. Un cheval d'or : Buraq.

Il haussa les épaules. « Oui. »

Amparo se détourna et avança vers la maison d'hôte. Tannhauser la suivit, se sentant un peu comme un gros chien affreux à la traîne d'une enfant rétive. En passant, il remarqua le mouvement félin de ses hanches et le splendide drapé du tissu qui parait ses fesses. L'ombre allongée du bâtiment tombait sur un banc de bois, semé de coussins aux motifs floraux, surplombant le jardin et la mer. D'un geste, Amparo l'invita à s'asseoir.

« Attends ici », dit-elle.

Amparo franchit une double porte vitrée et la laissa ouverte pour disparaître à l'intérieur. Tannhauser ne pouvait voir qu'à quelques pas. Le plafond semblait orné des interprétations vulgaires des mythes classiques si populaires chez les Francs. Le fond du salon était plongé dans l'obscurité et entre l'ombre et les portes, comme si le passage d'Amparo avait laissé une aura elfique, une pluie d'atomes dorés tourbillonnait dans l'air.

Tannhauser s'installa sur le banc, dont le confort le ravit. Au loin, la mer était un miroir de blanc et d'or tendu au soleil, et au-delà des détroits de Charybde et Scylla, les collines de Calabre tremblaient sous la chaleur de l'après-midi. L'air était le plus parfumé qu'il ait pu goûter depuis des mois, et les roses, les collines et la mer le ramenèrent vers une cour privée de Trébizonde, dans le palais où le shah Soliman était né, et où Tannhauser avait prononcé le serment de protéger le premier-né de l'empereur.

La seule ombre au tableau, c'était la conscience de sa propre odeur, jadis indétectable, faite à ce moment de taverne, de quais et des cabrioles érotiques qu'il s'était accordées la nuit précédente. Ce serait probablement sans conséquence, car les chrétiens étaient plutôt sales, avec leur peur morbide de l'eau, mais il regrettait vraiment le bain manqué. Sa passion de l'immersion dans l'eau était une habitude acquise en Turquie, où le Prophète exigeait que le fidèle soit pur au moins pour la prière de midi du vendredi, et plus spécialement après la souillure du sexe. Ici, c'était considéré comme une excentricité. Il respira profondément. Aucun doute à ce sujet, il puait. Peut-être était-ce pour cela qu'Amparo l'avait laissé dans le jardin.

Ses inquiétudes furent tronquées par une bouffée de son divin. Un son si divin et d'une beauté si pure qu'il lui fallut un moment pour se rendre compte que c'était de la musique. Et cette musique était si adorable qu'il ne parvenait pas à se retourner pour en chercher la source, car elle prenait le contrôle de ses nerfs et pénétrait tant son cœur qu'il était privé du pouvoir de faire quoi que ce soit d'autre que tomber sous son charme. Deux instruments, tous deux à cordes. L'un pincé à petits coups, l'autre animé par un archet. L'un preste et léger, notes tombant douces comme une pluie d'été, l'autre sombre et déferlant comme les vagues d'une nuit de tempête, les deux dansant, l'un avec l'autre, dans une étreinte sauvage, élémentaire.

Dans l'ombre, il ferma les yeux, la senteur des roses dans la gorge, et il laissa la musique rouler à travers son âme, une sarabande qui caressait le visage de la mort comme les amants celui de leur aimée. L'instrument plus sombre submergeait ses sens de vagues d'une mélancolie comme en extase, un moment brutal d'exaltation, puis le suivant délicat comme la lumière d'une chandelle. Rien de ce qu'il avait connu, pas seulement entendu, mais connu, ne l'avait préparé à une telle transcendance. Qu'est-ce qui le possédait pour que son âme accepte de céder à cette force ? Quelle sorcellerie pouvait invoquer de tels spectres et les envoyer rugir à travers son cœur pour l'emporter vers une éternité inconnue et sans nom ? Et quand chaque note s'achevait, où allait-elle ? Et comment chacune pouvait-elle être, puis ne plus être ? Ou peut-être chacune se répercutait-elle en écho, jusqu'à la fin de toutes choses, d'un bout lointain de la Création à l'autre ? Encore et encore la musique montait et descendait, et enchaînait et affluait, avec un exubérant espoir et un désespoir démoniaque, comme si elle était invoquée, de la peau et du bois et des cordes de boyaux de bêtes, par des dieux que nul prêtre ni prophète n'avait jamais vénérés. Et à chaque fois qu'il savait que la musique devait mourir, épuisée par sa propre durée si extravagante, elle ressuscitait, encore et encore, tombant puis grimpant d'un sommet à un autre, pleurant pour un surcroît d'elle-même, pour un peu plus de son âme à lui. Cette âme emportée par le torrent, libéré des endroits verrouillés de son moi, faits de tout ce qu'il avait accompli et de tout ce qu'il avait connu, et de tout ce qu'il avait vu d'horreur, de gloire et de chagrin.

Alors, aussi furtivement que le son était apparu, le silence lui vola sa place, et l'univers parut vide, et dans ce vide il était assis.

Le temps rétablit sa domination et une fois de plus la senteur des roses et la fraîcheur de la brise et le poids de ses entrailles rampèrent pour renaître à sa conscience. Il découvrit qu'il était assis le visage dans les mains, et quand il écarta ses mains, elles étaient trempées de larmes. Il regarda cette humidité avec stupéfaction, car il n'avait pas pleuré depuis des décennies et avait cru que cela n'existait plus en lui. Pas depuis qu'il avait appris que toute chair est poussière, et que seul Dieu est grand et que, dans ce monde-là, les larmes n'existent que pour le réconfort des vaincus. Il essuya son visage avec la manche bordeaux de son pourpoint. Et juste à temps.

« Chevalier Tannhauser, merci d'être venu. » La voix était presque aussi adorable que la musique. « Je suis Carla de La Penautier. »

Il se leva, se calma et se retourna pour découvrir la femme qui le regardait, à quelques pas de distance, sur le seuil. Elle était plutôt petite, quelque peu étroite de hanches, mais avec de longues jambes et peut-être des mollets bien tournés et des chevilles fines, même si ces derniers attributs n'étaient que pure spéculation, car ses jambes étaient dissimulées par une robe qui forçait l'attention. Elle était couleur jus de grenade et d'une coupe si sensuelle qu'il avait du mal à ne pas en rester bouche bée. Le tissu collait à son corps comme de l'huile, comme du désir, et étincelait d'éclairs de lumière à chaque mouvement qu'elle faisait. Il sentit ses doigts s'animer d'un tic nerveux et les calma. Il reprit contrôle de ses sens et porta son attention vers son visage.

Ses traits étaient clairs et dessinés, ses iris verts et comme encrés d'un fin cercle de noir. Malgré son nom, elle n'avait pas l'air française, mais possédait la stature d'une Sicilienne. Ses cheveux étaient de la couleur du miel, et traversés de mèches plus jaunes, comme si l'un des conquérants normands avait laissé des traces dans son sang. Ils étaient ramenés en une tresse nouée sur son crâne, mais si on leur rendait leur liberté, ils descendraient en cascade d'or. Malgré ses efforts, les yeux de Tannhauser revinrent vers son buste. La robe était attachée sur le devant par un ingénieux système de crochets et de boutonnières et venait soutenir ses seins – qui étaient de taille modeste et d'une blancheur frappante – en deux hémisphères exquis. Ces hémisphères étaient séparés par une fourche dans laquelle il aurait été heureux de tomber pour l'éternité. Le dessin de ses mamelons était perceptible sous le tissu et s'il ne se trompait pas, ils semblaient se durcir sous son regard. Mais sans doute se flattait-il quelque peu. En tout cas, la comtesse était une véritable beauté.

Il ramena son regard vers son visage sur lequel deux taches de couleur venaient d'apparaître. Si Amparo incarnait une vigueur qui échouait à éteindre son innocence, de Carla émanait un air de tristesse retenu par le courage. Cela et plus encore. Bien plus, car il savait, d'instinct, que la diabolique instrumentiste, c'était elle. Il l'aima immédiatement et s'inclina.

« Le plaisir est pour moi, ma dame, dit-il. Mais je dois vous avouer tout de suite que je ne suis pas chevalier. »

Il sourit et Carla lui rendit son sourire, comme involontairement et avec une chaleur dont il perçut qu'elle la ressentait ou la révélait rarement.

« Si vous le souhaitez, vous pouvez m'appeler capitaine, car j'ai tenu ce rang ou ses équivalents dans diverses armées. Je me dois d'ajouter, pourtant, que je suis désormais un homme de paix.

— J'espère que vous me pardonnerez de ne pas vous avoir accueilli plus promptement, capitaine. » Son italien était raffiné, avec un accent qu'il ne parvenait pas à identifier. « Amparo insistait pour que nous jouions de la musique, comme telle est notre habitude. Sans habitudes, elle est un peu perdue.

— Alors j'ai une dette envers elle, dit-il, car je n'ai jamais rien entendu de pareil. Vraiment, le plaisir ne m'a jamais transporté aussi loin. »

Elle inclina la tête à ce compliment, et il saisit l'opportunité pour revenir à sa robe, qui était la plus fabuleuse qu'il ait vue de sa vie et qui s'accrochait à son corps un peu comme il le ferait lui-même si on lui laissait cette chance. Rencontrer deux femmes aussi désirables en un seul jour était une nouveauté fort bienvenue. Il était dommage qu'elles soient si proches l'une de l'autre, mais cette énigme pouvait bien attendre un jour de plus. Il croisa à nouveau son regard. Pouvait-elle lire ses pensées ? Il se mit à rire. Comment n'aurait-elle pas pu les lire ?

« Est-ce que je vous amuse ? demanda-t-elle, en souriant à nouveau.

— Je m'amuse de moi-même, répliqua-t-il. Et je suis empli de la joie de cette rencontre inattendue. »

Il inclina la tête en ce qu'il espérait un geste gracieux, et elle l'accepta en faisant de même, mais de bien meilleure manière. Il passa le revers de ses doigts sur sa mâchoire, et cela lui rappela qu'il n'était pas rasé et que son apparence générale était plutôt grossière. Pas bien certain de comment procéder, il trouva refuge dans la simplicité.

« S'il vous plaît, ma dame, dit-il, expliquez-moi en quoi je puis vous servir. »

MARDI 15 MAI 1565
L'abbaye de Santa Maria della Valle

Même les pensées les plus intimes d'un homme sont connues de Dieu. Comme le sont aussi les fantasmes de cet homme et ses peurs, sa honte, ses rêves, éveillés ou assoupis, et, par-dessus tout, ses désirs qui ne sont pas encore nés et dont il n'ose pas reconnaître l'existence, même par-devers lui. De ce genre de désir occulte jaillit l'erreur spirituelle. Et l'erreur spirituelle est la source de tout le mal humain. Par conséquent, le désir doit être minutieusement examiné – et régenté – avec une vigilance incessante. Ludovico Ludovici était debout, nu et en sueur dans le lavatorium de marbre et d'or de l'abbé. Il y nettoyait sa chair de la puanteur pénétrante de la galère. Tout en le faisant, il procédait à son propre examen. La qualité de son esprit, et les forces élémentaires de son corps, le rendaient plus vulnérable que beaucoup aux abus du pouvoir. Et son pouvoir était immense. Il n'était pas seulement le plénipotentiaire de Sa Sainteté le pape Pie IV, mais aussi l'agent secret de Michele Ghisleri, inquisiteur général de toute la chrétienté.

Dans sa main, Ludovico tenait un morceau de grosse toile rêche, avec lequel il frottait son visage et la voûte de son crâne. Il trempait la toile dans un tonneau d'eau tirée à la fontaine et adoucie de fleurs d'oranger et de feuilles de bétoine sauvage. Il aurait pu se servir d'éponges de la mer Rouge et de douces serviettes blanches et de toutes sortes de parfums et de baumes rares, car ces pièces avaient été mises à sa disposition et que l'abbé vivait dans la splendeur, mais le luxe était un piège pour le faible et l'imprudent. Il avait dormi à même la pierre pendant trente ans. Il jeûnait, de l'aube au crépuscule, de septembre à Pâques. Il portait une chemise en poil de chèvre les vendredis. Il ne mangeait de la viande que deux fois par semaine, pour préserver son intellect. Et malgré son amour pour la conversation, il pratiquait le silence, à moins que son travail n'en exige autrement. La mortification de la chair était l'armure de l'âme.

Il frotta son cou et ses épaules. L'eau le rafraîchit. Il était obligé de décider du destin de deux êtres humains. Il soumettait toujours de telles affaires à la plus sérieuse des analyses, et ces deux cas particuliers étaient lourds à son âme. Ludovico rinça la toile rêche et frotta ses bras.

Ludovico avait grandi à Naples, la cité la plus riche et la plus vicieuse du monde. Né dans une famille de courtisans intellectuels et diplomates, il était le second fils que son père avait eu avec sa première femme. Il était entré à l'université de Padoue à l'âge de treize ans et avait rejoint l'ordre des Dominicains un an plus tard. On l'avait envoyé étudier à Milan où sa cervelle lui valut une chaire en théologie et loi ecclésiastique. Encouragé par son père à « saisir toutes les opportunités avec sagacité et audace », il se rendit à Rome au jour de ses vingt ans et obtint son doctorat sur les mêmes sujets. Là, il attira tour à tour l'attention du pape Paul IV, Giovanni Carafa, et de l'inquisiteur général, Michele Ghisleri. C'était pour restaurer la pureté morale de l'Italie que Carafa, en 1542, avait fondé le Saint-Office de l'Inquisition romaine et avait du même coup déclenché les purges qui, depuis, remplissaient sans cesse les prisons. Un jeune homme aussi brillant et pieux que Ludovico était rare et Carafa l'avait recruté avec pour ordre de frapper les hommes haut placés, « car de leur punition dépendait le salut des ordres inférieurs ».

Dans une ère de conformisme étroit, où la meilleure façon de prospérer était d'être un parfait lèche-cul, les esprits originaux trouvaient peu de sphères dans lesquelles s'épanouir. Pour Ludovico, l'Inquisition était un tel royaume.

Il était honoré d'être un inquisiteur. La terreur et la foi étaient ses instruments mais, à ses yeux, la légende noire était fausse. Une petite poignée d'exécutions, infligées aux déviants avec la diligence requise, et en observant rigoureusement tous les droits juridiques des condamnés, avait évité les morts de centaines de milliers de fidèles. Ces chiffres étaient incontestables. Luther avait joué l'accoucheur d'une ère du diable, dans laquelle les chrétiens massacraient les chrétiens en nombre monstrueux, pas pour des terres, ni pour le pouvoir, mais simplement parce que chacun était chrétien. C'était un paradoxe – une absurdité – que seul Lucifer pouvait avoir conçu. Le moine obscène et constipé avait noyé l'ensemble de l'Allemagne dans le sang, et le futur inscrivait sur les cartes, en lettres de feu, bien d'autres horreurs qui allaient suivre. En France, le carnage venait de commencer, à Vassy et Dreux. Les Pays-Bas étaient un marécage d'anabaptisme. Des hérésiarques étaient assis sur les trônes d'Angleterre et de Navarre.

Ce n'était qu'en Espagne et en Italie que les gens étaient libres de ne pas se faire massacrer par leurs compatriotes. En Espagne et en Italie, le Saint-Office avait étranglé la vipère luthérienne dès sa naissance. La campagne visant à éradiquer les protestants de l'Italie du Nord avait été le plus grand accomplissement politique des temps modernes. Qu'elle ne soit pas célébrée de partout témoignait de l'habileté de son exécution. Si Turin, Bologne et Milan étaient tombés, comme une centaine de villes catholiques au nord des Alpes, le luthéranisme serait déjà aux portes de Rome. L'Italie serait en proie à une violence catastrophique. Et l'Espagne, qui contrôlait le sud de l'Italie, aurait été entraînée dans l'holocauste. Toute la chrétienté se serait déchirée en morceaux. Et elle pouvait encore le faire. Ludovico ne doutait jamais que l'Inquisition fût une très grande force du bien. L'Inquisition protégeait notre mère l'Église. L'Inquisition empêchait la guerre. L'Inquisition était une bénédiction pour l'humanité perdue et dépravée. Ceux qui s'opposaient à l'Inquisition déshonoraient Dieu.

Il rinça la toile rêche, et la roula pour laver les odeurs d'excréments des pores et des poils de ses fesses et de ses cuisses d'une pâleur de marbre. Ce faisant, il détourna la tête pour ne pas voir ses parties. Les vanités de l'intellect et du pouvoir, il les avait toujours mises en échec. Inspiré par Tomás de Torquemada, il avait refusé tous les privilèges, y compris le chapeau rouge que lui avaient offert deux papes successifs. Il était resté un simple frère. Au prix d'un sacrifice nettement plus grand, il avait refusé les chaires de théologie et de droit d'une douzaine de superbes universités. Ayant grandi dans l'opulence pour la découvrir affaiblissante et vide, il avait échappé à l'attraction de la richesse. Il vivait sur les routes, insensible au besoin, émancipé de la communauté humaine, lié seulement au Christ et à ses vœux, ambassadeur de la terreur ecclésiastique, épée voyageuse de la congrégation sacrée. En tout cela sa conscience était claire. Et pourtant, une fois, il avait été consumé par le désir. Une seule fois il s'était soumis à une force plus profonde que sa foi. Il avait été traîné jusqu'au bord de l'apostasie, par l'amour.

Il rinça à nouveau la toile rêche et frotta son autre jambe. La luxure était la plus vieille de ses ennemis, même si elle ne l'accablait plus avec la ténacité de la jeunesse, elle n'était pas totalement vaincue, même maintenant. Mais la luxure venait de la chair, son masque était transparent, et elle pouvait être transformée en une offrande de douleur. L'amour était venu dissimulé sous le manteau de l'extase spirituelle et avait parlé avec la voix de Dieu. Rien avant, ni depuis, n'avait semblé plus sacré, et même aujourd'hui il se demandait parfois si tout ce qu'il avait appris n'était pas imparfait, si la sagesse accumulée par les siècles n'était pas fausse et si cette voix n'était pas, en fait, la véritable expression du meilleur enseignement du Tout-Puissant. Et là – une fois encore – résidait le danger. La graine enterrée attendant son heure pour pousser. Le spectre de la femme qu'il avait aimée et, comme le révélaient ces méditations présentes, qu'il aimait encore était revenu des ténèbres du passé pour défier sa fidélité. Et pas seulement son spectre, mais sa personne. Sa chair vivante. Elle était ici, à moins d'une heure de là où il se tenait, nu et en érection.

Son sexe grandissait monstrueusement entre ses jambes. Il le sentait pendre et se tendre comme un chien de l'enfer au bout d'une laisse arachnéenne. Il rinça et roula la toile et nettoya la sueur et la graisse de ses aines et de son pubis. Il frotta ses couilles. Il frotta son membre et se contracta tandis qu'un spasme de luxure absolue le submergeait.

Dans son esprit, il la voyait avec une clarté parfaite, allongée sur le dos dans l'herbe de la berge, étalée dans les bourgeons de fleurs sauvages dont les parfums les enivraient tous deux. Mince et nue et blanche comme lait, elle était là, le visage rejeté en arrière, les lèvres ardentes entrouvertes, ses mamelons rougis et raidis, ses cuisses écartées, sa vulve gonflée, ses bras sans défauts grands ouverts. Elle le voulait. Elle tremblait et criait et ses yeux verts s'écarquillaient et papillonnaient de son extrême désir. C'était son besoin – de lui – qui l'avait poussé au bord de la folie. De son envie de lui, il n'aurait jamais son content.

Une vague de désir ardent se leva et monta, écumant du fond de ses entrailles, et il grogna tandis que des démons hurlaient pour que la vague explose. Quelques secondes volées à l'océan du temps et l'agonie cesserait. Mais seulement pour un temps. Il perçut son ange gardien près de son épaule, sentit sa main froide et spectrale toucher sa tête pour lui remémorer que c'était ainsi que le diable l'avait trompé jadis. Mensonge que d'imaginer que, en commettant un péché moindre, il pourrait prévenir d'une quelconque manière la commission d'un plus grand, comme si le mal était quelque chose qu'on pouvait boire d'une coupe de cristal et pas d'un marais fétide dans lequel on plongeait la tête la première pour y disparaître.

« Dieu, épargne-moi, cria-t-il. Dieu, pardonne-moi ! »

Pendant un instant, il crut avoir succombé. Mais la toile de sac n'était pas souillée, le carrelage à ses pieds non plus, et la vague et ses démons refluèrent. Il s'aspergea le visage d'eau fraîche. Il remercia saint Dominique. Il rinça la toile rêche et frotta son ventre et ses aines et la rinça à nouveau. Il frotta ses pectoraux. Il réfléchissait aux circonstances de sa chute.

Il avait alors vingt-six ans, et était à Malte sur ordre de son protecteur, Michele Ghisleri, qui exigeait la résignation de l'évêque de Mdina pour laisser place à un neveu favori. Se voir confier, à cet âge, une mission si délicate était une preuve de la confiance que lui portait Carafa. Mais, sur la haute route côtière surplombant les rouleaux écumants, Ludovico rencontra une fille et tomba sous son enchantement. Elle s'appelait Carla de Manduca. L'image de sa beauté s'installa dans son cœur et alluma une flamme qui le tourmentait sans répit. La flagellation ne faisait qu'exacerber sa lubricité et, alors qu'il priait pour que cette obsession l'abandonne, son emprise devenait plus forte. Il chercha à la revoir, dans l'espoir qu'elle ne signifiait rien, et sa folie s'aggrava. Ils se promenèrent et il accepta d'entendre sa confession. Entre autres péchés divers, elle admit des pensées impures. À son sujet. Elle l'emmena voir l'idole d'une déesse païenne géante dressée sur l'île depuis la jeunesse de la race des hommes. Et là ils firent l'amour, lui pas moins vierge qu'elle.

Les semaines suivantes virent leur fascination grandir, et pendant que Ludovico péchait, il arrachait toute dignité à l'évêque de Mdina. Il détruisit ce qui lui restait d'esprit avec le zèle de la jeunesse et le réduisit à l'état d'un ver rampant pour son pardon. Puis, il le bannit dans une cellule des friches de Calabre. Sa cruauté était attisée par la transgression, et la culpabilité avait figé ses entrailles et empoisonné son esprit. La folie et l'apostasie grandissaient et avec elles non seulement la perdition future, mais également la honte publique pour les Ludovici de Naples et la trahison envers Sa Sainteté à Rome. Au moment précis où il venait de décider d'abandonner sa vocation en faveur de la fille, Ludovico fut lui-même trahi. Il fut convoqué par le prélat de Malte pour entendre que les parents de la fille avaient porté plainte contre lui pour conduite infamante. Saisi par la panique et le désespoir, il s'enfuit à Rome pour confesser ses terribles iniquités à Ghisleri.

L'astucieux Ghisleri, comme pénitence autant qu'en récompense, envoya Ludovico en Castille pour apprendre l'art de l'Inquisition auprès du plus fameux maître espagnol, Fernando Valdes. En hommage à saint Dominique, Ludovico marcha pieds nus de Rome à Valladolid. Ce fut un voyage de révélation et de renaissance spirituelle, et, à son arrivée, il fut reçu comme un saint à l'esprit errant, possédé par l'esprit vivant de Jésus-Christ. Et peut-être en était-il vraiment ainsi alors car, par cet acte de volonté et de mortification suprêmes, il avait oublié Carla. Maintenant, après tant d'années, il lui semblait bien que non. Et Dieu ou le diable non plus, car l'un ou l'autre des deux l'avait placée ici, encore, à portée de lui, pour le pousser à l'erreur par la tentation et menacer son âme.

Ludovico n'avait pas eu vent, à l'époque, des intrigues qui avaient provoqué sa soudaine disgrâce à Malte. Des informations très récentes avaient révélé que l'évêque déchu comptait La Valette, alors amiral de la flotte, parmi ses alliés et que La Valette avait été, en fait, derrière la plainte portée pour méconduite. Ludovico ne lui en tenait pas grief. Les griefs étaient pour les faibles. Il allait orchestrer la chute de La Valette pour d'autres raisons. Quant à Carla, il ne lui voulait aucun mal. Si elle s'était effectivement retournée contre lui – un fait invérifiable –, elle était si jeune alors, donc son cœur ne pouvait que lui pardonner. Mais, même s'il lui permettait de mettre en danger son âme, il ne pouvait pas la laisser mettre en danger son œuvre. Il était certain qu'elle ignorait sa présence à Messine. Mais si elle retournait à Malte, ses plans seraient en péril. Il serait lui-même en danger. Sa réputation, son autorité aussi, et avec elles les ambitions de ses protecteurs à Rome. Qui pouvait savoir ce que voulait cette femme ? Qui savait quelles difformités le temps avait apportées à son esprit ? Et si le passé pouvait le capturer à nouveau avec une telle énergie sauvage, il pouvait tout aussi bien s'emparer de Carla – avec des passions rétives, qu'elles soient amour ou haine, que personne ne pouvait prédire ni contrôler. Son propre destin était immatériel. Mais il était l'instrument de l'Église. Il ne pouvait pas lui permettre d'émousser son tranchant.

Il rinça la toile rêche, ses ablutions presque achevées, et frotta ses aisselles et ses fesses. Une période de retraite en compagnie des saintes sœurs ne lui ferait pas trop de mal. Si Carla était mise au secret chez les minimes, était-il encore besoin de disposer également de Tannhauser ? Ludovico avait ignoré l'existence même de cet homme – et la présence de Carla à Malte – jusqu'au voyage depuis le Grand Port sur la *Couronne*, quand Starkey avait mis Ludovico dans la confidence. Starkey était convaincu que Tannhauser ne pouvait pas être gagné à la cause de la Religion. La Valette, pourtant, avait suggéré un stratagème selon lequel Carla recruterait l'Allemand pour eux.

Ludovico n'avait pas découragé le plan de Starkey. Quand le stratagème échouerait, il ne voulait pas que Starkey puisse soupçonner qu'il en était la cause. « Vous ne devez pas avoir l'air de supplier l'aide de madame la comtesse, avait conseillé Ludovico, au contraire, laissez-la penser qu'elle est la bénéficiaire de votre gentillesse. Exagérez le peu de chances de succès. Peignez Tannhauser de sombres couleurs, pour que le rayon de son espoir soit faible.

— Pourquoi ? » Le ton de Starkey avait révélé qu'il avait décidé de faire exactement l'inverse.

« Parce que cela excitera au plus haut point son ingéniosité. Dans la manipulation du cœur des hommes, les femmes aiment tenter l'impossible. Cela flatte le seul pouvoir qu'il leur a été donné d'exercer, qui est le pouvoir du désir. Pour ce qui est de Tannhauser, utilisez la technique inverse. Épuisez tous les arguments. Pressez-le sans ménagement. Sommez-le au point de l'insulter, pour que sa dignité le pousse à refuser. Ainsi, quand dame Carla jouera sa scène, la vanité de Tannhauser sera flattée de ce que la décision de se rendre à Malte n'appartienne qu'à lui seul. »

Même si Ludovico avait soutenu et raffiné le plan de Starkey, il avait résolu de le détruire, car il menaçait le succès de ses propres projets. Des projets d'une complexité si fantastique que la ruse du pauvre Starkey ressemblait à une farce. Le but de Ludovico était d'amener les chevaliers de Saint-Jean sous contrôle papal. Beaucoup avaient essayé et échoué. Deux siècles auparavant, la papauté avait conspiré pour l'élimination brutale des templiers, mais les hospitaliers étaient trop forts, trop à l'écart et bien trop aimés pour qu'une solution aussi crue puisse fonctionner. L'invasion turque créait une possibilité unique, dont l'étude avait occupé Ludovico à Malte. Si la forteresse de la Religion était détruite, leurs vastes propriétés foncières de toute l'Europe seraient mises sous séquestre par les princes et monarques locaux, plus particulièrement en France. Si les chevaliers survivaient, leur nouvelle gloire les rendrait encore moins vulnérables face au Vatican. À moins que le trône du grand maître ne soit occupé par un homme dont l'allégeance n'allait strictement qu'au Saint-Père. Ludovico avait un tel homme à l'esprit. Sa présente mission à Rome était d'acquérir les moyens d'installer cet homme au pouvoir. Rien ne devait exister susceptible de compromettre la dignité de Ludovico, ni son œuvre par contrecoup.

Il ne laisserait jamais Carla mettre un pied sur l'île de Malte.

Ludovico quitta le lavatorium et passa un habit propre.

Cet Allemand, Tannhauser, était redoutable et pourtant l'homme était prêt à se laisser aller à des passions dangereuses. Un homme vain. Un idiot. Son insolence sur les quais l'avait confirmé. Il pouvait très bien prendre Carla en pitié. Il pouvait fort bien être flatté d'accepter le rôle du champion, un honneur peu commun pour une racaille comme lui. Et nul doute qu'elle n'ait les moyens de le payer. Ludovico avait également perçu le potentiel sexuel de cet homme, ainsi que le font souvent les hommes de même trempe, comme des bêtes. Il sentit un soupçon de jalousie et se morigéna, car il n'y avait aucune équivoque possible. Cet homme était un blasphémateur et un hérétique. Et, comme Michele Ghisleri l'avait conseillé, à l'égard des nobles prééminents : « Ôte l'homme et tu ôteras le problème. »

Ludovico trouva son chemin jusqu'au parloir de l'abbé, où Gonzaga attendait des instructions.

Gonzaga était un *commissarius*, un prêtre local qui agissait pour l'Inquisition et fournissait des renseignements. Il avait des tendances vicieuses, dont Ludovico se méfiait, mais était très aimé, peut-être pour cette même raison, par les gens importants de Messine. Ces derniers, qui étaient fort nombreux, avaient été poussés à fonder une fraternité par les flatteries de Gonzaga : la congrégation de Saint-Pierre martyr. Ces frères étaient désormais les serviteurs du Saint-Office, prêts à accomplir à toute heure les devoirs de justice, et autorisés à porter les armes pour protéger les inquisiteurs. C'était un honneur particulièrement recherché, sans doute beaucoup parce qu'il conférait l'immunité face à la justice séculière. Qu'ils soient de haute ou de basse naissance, la *limpieza de sangre* – la pureté du sang – était requise, car aucun converti de lignée juive ne pouvait servir le Saint-Office.

Dans le parloir, Anacleto se tenait à l'entrée, il avait autant l'air d'une apparition que d'un être humain, comme toujours. Ludovico l'avait trouvé à Salamanque, en 1558, où on lui avait demandé de l'examiner pour découvrir des signes de possession diabolique. Ce jeune noble, qui avait alors dix-huit ans, était reconnu coupable d'inceste avec sa sœur, Filomena, et du meurtre de leurs deux parents qui avaient surpris leur progéniture *in flagrante delicto*. Anacleto ne niait pas ces horribles crimes, et ne s'en repentait pas plus. Filomena avait été pendue, et son corps jeté aux pourceaux, sous les yeux d'Anacleto. Son exécution, aussi, n'était plus qu'une formalité. Mais quelque chose dans l'âme noire du jeune homme avait ému Ludovico. De surcroît, il avait vu en lui un outil de grande valeur : un homme sans conscience, capable des actes les plus atroces. Un homme qui offrirait une immortelle loyauté à celui qui le rachèterait. Ludovico passa quatre jours avec le jeune homme et forgea un lien indestructible. Il arracha la pénitence d'Anacleto et lui donna l'absolution. Plus encore, il lui donna un but plus grand et une raison de vivre. Ainsi immunisé par l'Inquisition, Anacleto avait accompagné Ludovico et Fernando Valdes dans leur impitoyable nettoyage de la Castille, qui s'acheva en apothéose dans un terrible autodafé à Valladolid, auquel l'empereur Philippe assista en personne. Anacleto avait été, depuis, l'ombre de son maître, toujours prêt à le protéger et à garder les mains de Ludovico sans la moindre tache de sang.

Gonzaga se leva et s'inclina. Ludovico lui fit signe de se rasseoir.

« Ceci étant territoire espagnol, dit Ludovico, et sous la juridiction du bras de la congrégation espagnole, je n'ai aucun pouvoir formel ici. » Il leva une main pour prévenir l'offre de Gonzaga de toute l'autorité nécessaire. « Et je ne recherche aucunement de tels pouvoirs. Pourtant, il en va des plus urgents intérêts de Sa Sainteté que, d'ici huit heures ce soir, deux tâches soient accomplies sans faillir.

— Nos frères comprennent les meilleurs gendarmes de la ville, lâcha Gonzaga. Mon cousin, le capitaine Spano, nous fournira toute l'assistance requise.

— Par quels moyens ces tâches seront accomplies, et par qui, je ne veux pas le savoir. Aucune de ces actions ne devra être vue comme l'œuvre du Saint-Office, mais plutôt comme celle des autorités civiles. Ces deux tâches requièrent subtilité et rapidité, dans des mesures différentes.

— Oui, Votre Excellence. Subtilité et rapidité.

— En résidence dans la maison d'hôte de la villa Saliba, se trouve une noble dame nommée Carla de La Penautier. Elle doit être emmenée rejoindre les minimes du couvent du Saint-Sépulcre à Santa Croce, pour une période de prière et de contemplation qui ne devra pas durer moins d'un an. »

Le Saint-Sépulcre était perché sur un escarpement aussi fissuré que le visage de la désolation, à quelque trois jours de voyage vers le centre calciné de la Sicile. Les minimes étaient appelées ainsi parce que leur ordre de nonnes très fermé suivait des règles d'une sévérité inhabituelle. Elles vivaient dans un silence absolu et renonçaient à la viande, au poisson, aux œufs et à tout laitage. Ludovico pensa à la reine Juana d'Espagne, enfermée dans une cellule totalement obscure pendant trente ans, et il considéra que Carla était traitée avec bienveillance.

« Elle n'ira pas volontiers, mais une telle retraite ne sera que bénéfice pour son âme. »

Gonzaga prit une expression pieuse pour hocher la tête.

« Elle ne doit être accusée d'aucun crime, civil, moral ou hérétique, dit Ludovico. Rien ne doit paraître sur papier. Seuls les fous écrivent ce qu'ils peuvent accomplir par le seul discours, et le discours en question ne devra pas avoir un troisième témoin. Vous comprenez ? »

Gonzaga se signa. « Votre Excellence, tout se passera comme vous le demandez.

— La seconde tâche nécessitera le recours aux armes, suffisamment pour soumettre un homme à la fois habile au combat et répugnant à céder. Il a peut-être des amis. Nous avons rencontré cet homme ce matin, sur les quais.

— L'Allemand, siffla Gonzaga. J'aurais dû agir plus tôt, car l'homme est à moitié musulman et associé à un Juif, mais il n'est pas sans amis puissants dans la Religion.

— Tannhauser est un criminel. Fraude aux douanes, corruption de fonctionnaires d'État, et plus encore sans nul doute. Cela ne doit pas s'afficher comme une affaire ecclésiastique. Que le pouvoir civil s'en charge, mais veillez à ce qu'ils agissent rapidement et avec force.

— L'Allemand doit-il être pris vivant ? s'enquit Gonzaga.

— La vie de Tannhauser est négligeable.

— Je vais faire arrêter le Juif aussi », dit Gonzaga.

Ludovico avait toujours considéré la haine, si répandue, portée aux Juifs comme vulgaire et dénuée de logique. Contrairement à la lie luthérienne, ils ne représentaient aucune menace pour l'Église. Il dit : « C'est votre affaire.

— Leurs biens seront confisqués, bien évidemment, au profit de la congrégation, dit Gonzaga. Nous aurons également notre part.

— N'ai-je pas été assez clair ? »

Gonzaga pâlit. Sa bouche se tordit d'excuses qu'il n'osait pas prononcer.

« Il est de mon souhait, dit Ludovico, que le Saint-Office ne laisse pas la moindre trace de sa main dans cette affaire. Ce doit être, et doit apparaître, comme une affaire entièrement civile. Si le Saint-Office devait jamais être impliqué dans ces procédures, d'une quelconque manière, vous vous retrouveriez directement lié à cette faute. »

Gonzaga jeta un œil vers Anacleto et se retrouva face au regard qu'un cobra accorde à un crapaud. « Tout sera fait selon les ordres de Votre Excellence, dit Gonzaga. Rien d'écrit, pas de troisième témoin, aucune trace. Une affaire purement civile. Je ne prendrai pas un sou pour ma congrégation. »

Gonzaga attendait, comme pour recevoir quelque éloge ou quelque réconfort. Ludovico le fixa jusqu'à ce que ses tortillements le dégoûtent.

« Vous avez beaucoup à faire, frère Gonzaga. Veillez à ce que cela soit bien fait. »

Tandis que Gonzaga se dépêchait de sortir, Ludovico ressentit une pointe d'anxiété. Il n'avait jamais confié de telles affaires à Gonzaga. Désespéré de plaire comme l'était cet homme, il empestait l'excès de zèle et les ambitions mesquines si communes aux fonctionnaires de province. Pourtant, Gonzaga était l'éminence locale. C'était presque une honte que Tannhauser doive sa chute à une créature si basse. Quant à Carla, il reconsidérerait son sort en temps utile.

Ludovico s'approcha de la fenêtre et regarda dans la cour en dessous. Des chevaux sellés attendaient pour les emporter vers Palerme. Là, il allait prendre la mesure du vice-roi espagnol, Garcia de Toledo, avant d'embarquer pour se rendre à Rome. Après le vice-roi de Naples et le pape, Toledo était l'homme le plus puissant d'Italie, et en ce qui concernait l'invasion de Malte, plus important qu'aucun des deux. La Valette avait demandé à Ludovico de tout faire pour que Toledo envoie une armée en renfort ; mais cette partie de son plan devait attendre son retour de Rome. À Rome il allait rassembler les moyens dont il avait besoin pour s'assurer l'obéissance de Toledo.

Cela et plus. À Rome, il allait également se préparer pour son retour à Malte et son infiltration de la Religion. En de bonnes mains, la Religion pourrait vivre en accord avec son nom et devenir le véritable champion de l'Église. L'Ordre avait juré de ne jamais combattre d'autres chrétiens ; mais comme toutes les affaires politiques, cela pouvait être soumis à des changements. La guerre européenne contre le luthéranisme allait s'avérer plus sanglante que nul ne l'imaginait. Les armes et le prestige de la Religion seraient inestimables – s'ils survivaient à l'invasion turque. Mais ceci reposait dans les mains de Dieu.

En Dieu, Ludovico mettait une confiance absolue.

Ils quittèrent l'abbaye. Le soleil était haut et chaud. La route de Palerme était vide. Ils chevauchèrent vers le nord avec le vent de l'histoire dans leur dos.

MARDI 15 MAI 1565
La maison d'hôte de la villa Saliba

Tannhauser se releva du banc comme un loup sorti de quelque rêve primal, souple et immédiatement en alerte, et pourtant encore pris dans les rets d'un autre monde. Comme il la surplombait, toutes les hésitations qu'elle avait furent balayées à l'instant où son regard bleu lumineux tomba sur le sien. Son visage était marqué, mais encore plein de jeunesse. Une brûlure de poudre défigurait son cou à la lisière gauche de sa mâchoire. Une fine cicatrice blanche coupait son sourcil du même côté. Ses cheveux se balancèrent devant son visage quand il se leva et l'œil qui brillait au travers d'eux évoquait une créature non dressée considérant un monde trop civilisé, et impatiente de rentrer chez elle. Quand il ramena ses cheveux en arrière d'un geste, l'impression s'évanouit, et elle en fut désolée. Ses lèvres s'entrouvraient quand il souriait, révélant des dents ébréchées et inégales, et un rien de cruauté. Son pourpoint rouge bordeaux traversé de diagonales d'or était de très bonne qualité. Ses hautes bottes brillaient. L'ensemble était complété, et également compromis, par des culottes de cuir quelque peu clinquantes.

Carla fut alarmée par sa propre réaction. Rien qu'en se levant, il avait percé le crépuscule sexuel auquel elle s'était condamnée depuis longtemps. Il lui remuait le sang d'une manière qu'elle n'avait plus imaginée possible. Elle l'invita à entrer dans le salon pour prendre quelque rafraîchissement et il s'arrêta pour examiner la viole sur son pupitre.

« La viole de gambe, non ? C'est votre instrument. »

Il avait dit cela comme s'il savait qu'elle ne pouvait appartenir à qui que ce soit d'autre, et cela lui fit plaisir.

« C'était la passion de mon enfance et de ma jeunesse.

— Je vous félicite de votre choix, dit-il. J'ai admiré la musique de gambe dans les salons de Venise, où les bons instrumentistes abondent, mais je n'ai jamais entendu une telle vigueur et une telle flamme dans le jeu. » Il sourit. « Je pourrais même dire une telle furie. »

Le ventre de Carla s'agita.

« Et la composition ? demanda-t-il.

— Une improvisation de notre cru.

— Improvisation ?

— Une invention, un embellissement, à partir d'une suite dansante à la mode française.

— Ah, la danse, dit-il. Si toutes les danses étaient aussi inspirées, j'aurais sans doute étudié cet art moi-même, mais j'en suis parfaitement ignorant.

— Il peut s'apprendre.

— Pas sur le front de mer de Messine. Ou du moins dans aucun style que vous pourriez reconnaître. » Il avança la main vers le manche de la viole, mais s'arrêta juste avant de le toucher. « Puis-je ? demanda-t-il. Je n'ai jamais examiné une telle merveille. »

Elle acquiesça, et il l'ôta du pupitre et l'observa avec une grande attention pour les incrustations et les marqueteries et le grain du bois de pommier sur son revers.

« Étonnante géométrie », murmura-t-il. Son regard se porta sur Carla. « La forme est conçue autour d'un arrangement de cercles concentriques, de diamètres de plus en plus grands. L'harmonie de la géométrie produit l'harmonie du son. Mais, bien sûr, vous savez cela mieux que moi. »

En fait elle n'en savait rien et elle fut stupéfaite de son obscur savoir, mais tout en ne parvenant pas à hocher la tête, elle ne le dénia pas. Il regarda à travers les trous en forme de F, cherchant une signature.

« Qui a fait ce chef-d'œuvre ?

— Andreas Amati de Crémone.

— Superbe. » Il pinça une corde pour observer sa vibration. « La transmutation du mouvement en son, voilà un mystère pour vous. Mais la transmutation du son en musique est encore plus mystérieuse, vous ne pensez pas ? »

Carla cligna des yeux, trop saisie par ses observations pour s'aventurer à répondre. Tannhauser n'avait pas l'air d'attendre une réponse. Il tenait la viole à bout de bras et la tournait en tous sens, l'examinant de haut en bas avec un enchantement non feint.

« Mon vieil ami Petrus Grubenius disait que lorsque l'usage et la beauté sont mariés à la perfection, c'est là que l'on peut trouver la magie sous sa forme la plus pure. » Tenant toujours la viole en l'air, il la regarda en souriant à nouveau. « Si j'étais assez courageux, je m'aventurerais à dire qu'une telle notion engloberait également cette robe. »

Carla sentit ses joues chauffer. Elle ne se trouvait pas adaptée à ce compliment, et l'accepter paraissait impropre. Un sens du péché se resserra en elle. De telles peurs et de tels doutes avaient encerclé sa vie depuis aussi longtemps qu'elle pouvait s'en souvenir. Et pourtant, durant ces rares instants, il avait soufflé sur toute cette poussière comme une brise soudaine dans une pièce fermée depuis très longtemps.

« Vous croyez à la magie ? » demanda-t-elle.

Il ne vit aucune offense dans sa manière de fuir son hommage, et replaça la viole sur son pupitre. Il le fit avec la précision d'un homme dont l'intimité avec le matériel était naturelle et profonde.

« Je refuse d'avoir affaire aux incantations, à la sorcellerie et tout ce qui y ressemble, si c'est ce à quoi vous pensez, dit-il. De tels arts factices reposent sur la crédulité et la superstition, et, comme Platon le disait à Dion : "La philosophie ne devrait jamais être prostituée aux profanes illettrés." Non. La magie tire son nom de la Perse antique, où un magicien était un sage qui expliquait les mécaniques divines inhérentes à la nature. Des hommes comme Zarathoustra ou Hermès Trismégiste. Les Égyptiens considéraient la nature elle-même comme une magicienne. En ce sens, le sens de l'étonnement face au mystère de toutes choses, il n'y a rien auquel je crois plus profondément. »

Les espoirs de Carla de parvenir à plier cet homme à sa volonté commençaient à s'évanouir.

Il désigna le second instrument. « Et celui-ci ?

— Un théorbe. »

Il prit le luth à double encordage et examina sa construction avec une curiosité égale.

« La fille joue aussi comme une possédée, dit-il, mais par des anges plutôt que des démons. »

Il la regarda, et une fois de plus elle se sentit perdue pour répondre.

« Je suis confondu par sa maîtrise. Il y a plus de cordes que je ne puis en compter.

— Amparo a un don. Je n'ai guère que les bénéfices d'une longue pratique.

— Vous évaluez vos pouvoirs avec trop de légèreté. »

Elle fut soulagée quand Bertholdo, l'intendant, entra avec un plateau d'argent surmonté de deux coupes en cristal et d'une carafe de cordial à la menthe. Bertholdo fronça le nez et lança un regard désapprobateur à cet intrus vigoureux. Tannhauser n'apparut pas troublé par ce manque de courtoisie. Bertholdo posa le plateau, remplit les coupes et se tourna vers Carla.

« Ce sera tout », dit-elle.

Avec un quasi imperceptible signe de tête, Bertholdo s'en retourna pour partir. Il s'arrêta net, comme poignardé entre les deux épaules par la voix de Tannhauser.

« Un instant, mon bonhomme. »

Bertholdo se retourna, les lèvres exsangues.

« N'est-ce pas l'usage pour un serviteur de s'incliner devant sa maîtresse quand elle le congédie ? »

Elle vit Bertholdo envisager une riposte, ce qui n'était pas au-delà de son impudence, mais il comprit à l'expression de Tannhauser que le risque d'émettre un son était par trop grand. Il s'inclina devant Carla avec une obséquiosité exagérée. « Pardonnez-moi, ma dame. »

Carla réprima un sourire peu aimable. Bertholdo battit vivement en retraite et ils s'installèrent à table. Tannhauser regarda la carafe et sa soif était évidente. Elle leva sa coupe pour qu'il puisse prendre la sienne. La froideur du cristal provoqua un autre de ses sourires de loup.

« De la neige du mont Etna ? dit-il. Vous êtes bien approvisionnée. » Il leva sa coupe. « À votre santé. »

Elle trempa ses lèvres en le regardant descendre le cordial d'un coup et poser sa coupe avec un soupir.

« Une boisson exceptionnelle. Vous devez me laisser en acquérir la recette auprès de votre serviteur.

— Il y ajouterait sans doute de la ciguë. »

Tannhauser éclata de rire, un rire aisé et riche, et elle se rendit compte combien peu de rires d'hommes elle avait entendus dans sa vie, et quel appauvrissement c'était.

« Il me considère comme son inférieur, pourtant il est obligé de me servir. C'est un fouet qu'il applique à son propre dos, mais j'espère que vous me pardonnerez d'avoir versé un peu de saumure sur ses plaies. »

Carla lui remplit à nouveau sa coupe, désarmée par son franc-parler. Ce faisant, elle était consciente de ses yeux qui observaient la manière dont elle bougeait, et elle se demanda si elle se comportait avec la grâce adéquate. Lorsqu'elle reposa la carafe, elle heurta la coupe, qui bascula, et Carla sentit la panique l'envahir. Mais la main de Tannhauser fondit – il n'y avait pas d'autre mot – sur la coupe en train de tomber, et l'éleva vers ses lèvres sans qu'aucune goutte ne s'en soit échappée.

« Vous êtes trop bonne », dit-il, et il but à nouveau. « Et donc, ma dame, je vous repose la question : en quoi puis-je vous servir ? »

Carla hésitait. Le regard si bleu et si franc lui volait sa langue.

« Selon moi, dit-il, il y aurait beaucoup à dire sur votre bravoure pour arriver jusqu'ici. »

Elle déglutit. « Je suis arrivée ici il y a environ six semaines. Je me suis aperçue depuis que toutes les portes se fermaient à moi. On m'a donné à croire que vous représentiez mon unique et ultime chance.

— Je suis honoré, dit-il. Mais vous devez me dire quelle porte vous voudriez que je vous ouvre.

— Je cherche à passer dans l'île de Malte. »

Elle aurait pu en dire plus, mais le choc exprimé par l'immobilité soudaine de ses traits la réduisit au silence. Une fois de plus, il lui rappela un loup. Mais cette fois, un qui venait d'entendre les pas du chasseur.

« Vous êtes consciente, dit-il, de l'imprudence, de la folie d'une telle entreprise.

— J'en ai appris les multiples risques avec plus de détails que je ne pourrais en retenir en des années. Je suis devenue experte sur les cruautés du Turc et les perspectives effroyables qui attendent le peuple maltais. Malgré les nombreux rassemblements aux remparts pour mourir, l'on m'estime impropre à décider d'un tel sort par moi-même.

— Ce ne sont certainement ni les remparts ni la mort que vous recherchez.

— Non, je ne souhaite qu'accroître les difficultés de la Religion en les obligeant à me protéger, à gaspiller leurs vivres et leur eau, en me conduisant exactement telle qu'ils me voient : une femme prétentieuse et inutile, proche d'une simple d'esprit. »

La colère rentrée qui s'échappait de sa voix la surprit elle-même. Tannhauser ne dit rien, et elle rougit. Elle se leva, joignit ses mains et se détourna de lui.

« Pardonnez-moi, monsieur, mais comme vous le voyez, je suis au désespoir.

— Ils évacuent les bouches inutiles depuis des semaines, par milliers, dit-il, et leur raisonnement ne peut être pris en défaut. Au siège de Saint-Quentin, les défenseurs les ont évacuées trop tard, en les poussant dehors à la pointe de l'épée, pour les voir périr de la manière la plus malheureuse.

— Je ne contredirai pas votre affirmation. Je suis une bouche inutile.

— Pourquoi voulez-vous vous rendre à Malte ? »

Carla ne se retourna pas vers lui. « Je suis maltaise. » Elle n'avait jamais affirmé une telle identité ainsi auparavant, car sa famille était de sang sicilien. Mais l'instinct semblait vrai. Elle dit : « C'est chez moi.

— On n'entre pas en courant dans une maison en flammes parce que c'est chez soi, dit-il. À moins qu'il n'y ait quelque chose de précieux à l'intérieur. Quelque chose pour quoi on mourrait.

— Mon père vit dans l'île, à Mdina. » Aux yeux de son père, elle était morte depuis longtemps. Il aurait été tout aussi mort pour elle sans la douleur dans son cœur qui maintenait son souvenir vivace. Tannhauser ne répliqua pas. Elle savait que son explication était faible et elle se demandait quelles pensées trahissaient son visage, mais elle ne se retourna pas. Elle ajouta : « Quelle fille ne voudrait pas être au côté de son père dans une époque si sombre ?

— Vous me demandez de risquer ma vie, fit Tannhauser. Si vous le faites sur la base d'un mensonge, vous pourriez au moins me regarder pour mentir. »

Elle baissa les yeux sur ses mains. Ses doigts étaient devenus blêmes. Pourtant, elle ne se retourna pas. Elle parvint à dire : « Monsieur, vous avez été généreux de votre temps. Merci. Peut-être devriez-vous partir, maintenant. »

Elle fit un pas vers la porte, et c'était tout ce qu'elle pouvait faire pour ne pas courir. Elle ne l'entendit pas bouger, mais en un clin d'œil il apparut devant elle, lui barrant le passage autant du regard que de sa stature. Son visage était une fois de plus à moitié voilé par ses cheveux.

« Je vous ai entendue jouer de votre viole de gambe, dit-il. Après avoir entendu la vérité sous sa forme la plus pure, toute fausseté est douloureuse à l'oreille. »

Elle baissa les yeux et essaya de ne pas ajouter à son humiliation en fondant en larmes. Elle n'était pas accoutumée aux larmes. Ni à se rendre aussi ridicule.

« Vous devez me trouver méprisable », dit-elle.

En guise de réponse, il lui prit le bras. Son contact la remit d'aplomb. Quand elle osa le regarder dans les yeux, elle y trouva une étrange compassion, un besoin de la réconforter, qui jaillissait probablement d'une angoisse secrète et personnelle. Il leva la tête vers le plafond et ses splendides décorations.

« Des pièces comme celle-ci ont été construites pour y dire des mensonges, dit-il. Retournons dans le jardin. Il est difficile de jouer faux au milieu des roses. Et si ce que vous avez à dire est amer, leur parfum en adoucira le goût. »

Son cœur sentit soudain qu'il allait éclater si elle ne le lui ouvrait pas maintenant.

« J'ai un enfant. » Elle s'arrêta. Elle prit une respiration. « J'ai un fils, un fils que je n'ai pas vu depuis l'heure de sa naissance. »

Dans ses yeux, la sympathie prit une couleur plus profonde.

« C'est mon secret, c'est ma prison, dit-elle. Et c'est la porte que j'espérais vous voir ouvrir.

— Venez, dit Tannhauser. Racontez-moi tout. »

Ils s'installèrent à l'ombre des palmiers et une brise de mer décuplait la senteur des myrtes et des roses. Elle se retrouva en train de le regarder droit dans les yeux. Il avait raison. Le mensonge n'avait pas sa place ici. Et les secrets semblaient dénués de sens. Pourtant, au dernier moment, elle hésita.

« Je suis lâche », dit-elle. Et elle pensait que c'était la vérité. « Cela, vous avez le droit de le savoir.

— Un lâche ne serait jamais allé aussi loin.

— Si je vous dis tout, vous me mépriserez.

— Est-ce un jeu que vous jouez pour gagner ma pitié ? »

Elle trébucha. « Je voulais simplement dire que vos souffrances, quelles qu'elles aient pu être, sont certainement bien plus grandes que les miennes, que je ne dois qu'à moi-même.

— Mes souffrances ne sont pas le sujet de notre rencontre, dit Tannhauser. Mais pour soulager votre conscience, qui me semble très sensible, qu'il suffise de dire que je profite pleinement de la vie et suis en pleine forme. Quant aux atrocités, à la honte ou la disgrâce – car de tels fantômes semblent se dresser entre vous et l'expression de vos pensées –, soyez assurée que j'ai commis des crimes bien au-delà de vos estimations. Je ne suis pas ici pour juger, mais pour décider si je ferai comme vous le demandez et si je vous emmènerai à Malte.

— C'est donc possible ? Malgré le blocus turc ?

— La flotte turque n'est pas encore arrivée. Et même le shah Soliman n'a pas assez de navires pour encercler quarante milles de côtes. Un petit bateau, un bon pilote, une nuit sans lune. Atteindre l'île est le moindre des défis que nous aurions à relever. »

Elle se rendit compte qu'il avait déjà envisagé tout le voyage dans sa tête, et son estomac se serra d'une curiosité teintée de peur. Pour la première fois, la réalité de ce qu'elle avait entrepris se dressait devant elle. Ses émotions s'apaisèrent soudain, car pour tout ce qui était pratique, elle était assez fière de son réalisme réputé. « Quels autres dangers courons-nous ? demanda-t-elle.

— Tout doux, dit Tannhauser. Je voudrais en savoir plus sur ce garçon. Quel âge a-t-il ?

— Douze ans. »

Tannhauser serra les lèvres, comme si ce détail était important. « Et son nom ?

— Je l'ignore. Le privilège de le lui donner n'a pas été mien.

— Pouvez-vous me dire quoi que ce soit d'autre ? Sa famille ? Son apparence ? »

Carla remua négativement la tête.

« Ce monde est dur pour les bébés, dit-il. Comment savez-vous qu'il est encore en vie ?

— Il est en vie, dit-elle avec véhémence. Amparo l'a vu dans son instrument de vision. » Elle regretta cet éclat, qui confirmait un peu plus son évidente folie.

Mais il sembla plutôt intrigué. « La fille est un discerneur ? »

Le mot lui était inconnu. « Un *discerneur* ?

— Un médium lié au monde surnaturel, quelqu'un qui peut communiquer avec les esprits, ou recevoir des renseignements occultes ou des prémonitions de choses à venir.

— Oui, Amparo revendique de tels pouvoirs. Les anges lui parlent et elle comprend leur langue. Elle a des visions. Elle vous a vu, un homme sur un cheval d'or.

— Je ne tirerai pas de conclusions hâtives sur un simple cheval, dit-il. Je ne tiens pas à être lié par une prophétie. Du moins pas encore. »

Elle hocha la tête. « Vous avez raison, bien sûr. L'homme qu'elle a vu dans son cristal divinatoire était couvert de hiéroglyphes. »

Tannhauser recula comme si on l'avait frappé en pleine poitrine. « J'aimerais voir ce remarquable engin divinatoire.

— Je suis perplexe, monsieur, dit-elle, on m'avait fait comprendre que vous aviez peu de foi en Dieu.

— En ces temps d'ignorance, de telles affirmations peuvent coûter sa vie à un homme.

— Je voulais seulement dire que je suis étonnée par la croyance que vous êtes prêt à avoir pour les visions d'Amparo.

— Les charlatans abondent, mais Amparo est visiblement dénuée de toute fourberie. Or même ainsi, un cœur pur n'est d'aucune aide quand on est face à l'Inquisition. À la vérité, une telle pureté est certainement la plus damnable. Je connaissais quelqu'un doté des mêmes talents et il en a payé le prix. » Il baissa un instant les yeux, comme si ce souvenir était lugubre. « Mais en fait nous sommes tous perdus dans un univers infiniment plus vaste que nous ne pouvons le savoir. Ou même l'imaginer. »

Il la regarda.

« Mon ami Petrus Grubenius croyait que même le soleil n'est au centre de rien de plus que sa propre petite poignée de poussière cosmique. Ce qui est visible, ce qui est connu, est minuscule comparé à ce qui ne l'est pas, et la plupart des notions de Dieu se nourrissent de notre ignorance. Pourtant l'existence des étoiles et des constellations – et leur influence sur nous –, d'anges bons ou malfaisants, de royaumes et de forces cachées qui reposent hors de notre atteinte et au-delà de nos rêves, ne requiert pas l'existence d'une déité pour la régir. De même que le fait d'être n'exige pas une théorie de la Création, aussi paradoxal que cela puisse sembler, car si l'éternité n'a pas de fin, alors sans doute n'avait-elle pas de commencement. Qu'il existe un flux est évident, car nous sommes ici, jetés comme des épaves sur une mer turbulente. Que ce flux soit habité d'innombrables motifs subtils est également évident. Même le chaos aveugle a sa raison d'être. Et le destin est une toile dont nous ne reconnaissons les fils que lorsque nous sommes pris dedans. Mais, motifs ou raison d'être ou pas, toute religion met en avant de terribles légions de fous, au point qu'ils se traitent de démons les uns les autres et qu'ils nient la nature interne des choses. Il n'est pas d'autre Dieu qu'Allah, et Mahomet est son prophète, oui. Et Dieu a envoyé son bien-aimé fils mourir sur la Croix, oui. J'ai prié à la mosquée et devant l'autel, parce qu'on me disait de le faire, et j'ai obéi. Mais je n'ai entendu la voix de Dieu dans aucun des deux, ni senti sa grâce. À la fin, je n'ai plus entendu que les braiments des brûleurs de livres et les gémissements d'une peur inextinguible. »

Carla le fixait. Elle se sentait plus déconcertée que jamais. Mais elle réalisait qu'elle savait des choses qu'il ignorait. « Je n'ai pas les connaissances pour vous contredire, dit-elle, mais je sais que l'on ne peut imputer à Dieu la cruauté des hommes.

— Voilà qui me réconfortera le jour de mon exécution.

— La grâce de Dieu est un don. »

Elle avait dit cela avec assez de conviction pour l'arrêter. Il acquiesça avec respect.

« Alors, je n'ai pas fait assez pour la mériter, dit-il. Les moyens approuvés, on me l'a dit, passent par une indigestion de douleur, une denrée hautement prisée par l'Église romaine.

— La grâce de Dieu ne peut être gagnée. Elle ne peut qu'être acceptée, par vous aussi bien qu'un autre, si vous ouvrez votre cœur. Si vous ouvriez votre cœur à l'amour de Notre-Seigneur Jésus-Christ.

— Sans aucun doute. » Il souriait d'une façon qu'elle trouva un peu condescendante. « Mais laissons tout ceci pour un autre jour et occupons-nous de notre problème. Qui était le père du garçon ? »

Elle hésita. « Un moine.

— Bien, bien. Dites-m'en plus.

— J'avais quinze ans, et j'étais fille unique. Ma grossesse a jeté une honte extrême sur ma famille et, on me l'a dit, a hâté la mort de ma chère mère. »

Tannhauser émit un grognement, comme s'il pensait que cette dernière affirmation était une fable odieuse.

« Face à cette situation, mon père fit emporter l'enfant dès sa naissance. Je n'ai jamais revu mon bébé, et je ne sais rien de plus de sa destinée.

— Une histoire assez commune », dit Tannhauser.

Carla tressaillit.

Il haussa les épaules. « Tout le monde peut tomber dans le piège de la passion. Les pères siciliens sont jaloux de la vertu de leurs filles. Et quand on en vient à esquiver les conséquences de la luxure, les prêtres ont un avantage conséquent sur les autres. Les quais de Messine abondent de tels nouveau-nés, et leur destin est assez lugubre. » Il serra un poing pour la rassurer. « Mais si votre fils est en vie, il doit être fort. Avez-vous la moindre idée de là où on aurait pu le placer ?

— En général, les nouveau-nés sont emmenés à la sainte Infirmerie, dans le Borgo, puis placés en nourrice. Une fois sevrés, les garçons sont élevés dans la *camerata* – l'orphelinat – jusqu'à l'âge de trois ans, et alors, si une famille se présente, ils sont adoptés.

— Douze ans, s'amusa-t-il. C'est un sacré bout de temps avant de tenter de récupérer votre enfant.

— Comme je vous l'ai dit, je suis lâche. »

Sa bouche se tordit d'impatience. « Ce visage que vous mettez en avant, celui de quelqu'un manquant de courage, est un faux visage. Vos actes le contredisent à chaque instant. Je vous assure qu'il ne vous sied pas et qu'il ne gagnera pas ma pitié. D'un autre côté, la vérité le pourrait, elle.

— J'étais devenue inapte à l'excellent mariage que mon père avait prévu pour moi, commença Carla.

— Il existe des remèdes pour de tels problèmes, l'interrompit Tannhauser. Du sang de pigeon ou de lièvre séché, par exemple, qui une fois humidifié par…

— Monsieur, feindre la virginité était une option à laquelle je n'accordais que peu de pensées à l'époque. Mdina n'est pas Paris, et la fornication n'y est pas à la mode. Durant ma grossesse, l'oppression que je subissais était considérable. Mes parents s'étaient unis contre moi et mon seul secours était le Dieu que vous niez avec tant d'élégance. Je vous répète que je n'avais que quinze ans. Mon contrat de mariage, avec un homme dont même le nom m'était inconnu, fut signé à l'instant où mon fils naissait. Quand on l'eut emporté, je sombrai dans une profonde mélancolie et c'est dans cet état qu'on m'expédia en Aquitaine. Je ne veux pas votre pitié. Je cherche, tout au plus, à affréter votre expertise. »

Elle marqua une pause pour maîtriser la colère qui soulevait sa poitrine. Il ne dit rien.

« La Couronne espagnole, poursuivit-elle, autorise l'héritage par les femmes d'un titre de noblesse, et c'est de là que provient ma richesse apparente. J'ai eu de la chance. Le mari que l'intermédiaire avait trouvé était un riche veuf âgé qui voulait renforcer sa demande par un titre, et qui était trop douloureusement atteint par l'hydropisie pour exiger quoi que ce soit d'autre de moi. En fait il mourut dans la deuxième année de notre union. Pourtant, la lettre patente fut achetée au roi de France avant sa mort, et mon beau-fils, qui est plus âgé que moi, se comporte désormais comme le comte de La Penautier. Quant à moi, grâce aux conséquences heureuses de ce contrat, j'ai hérité de propriétés et de revenus suffisants pour assurer la fin de mes jours. Donc, vous voyez, monsieur, je suis le produit d'une classe bien trop civilisée pour s'en remettre à du sang de pigeon. »

Son amertume n'échappa pas à Tannhauser. Il inclina la tête. « Je me considère comme châtié et vous supplie de me pardonner », dit-il.

À cet instant, Carla ne se sentait pas disposée à exaucer son souhait.

« Pour ma défense, dit-il, permettez-moi de vous dire que, jeune homme, je suis entré dans un monde dont les femmes étaient entièrement exclues. Une société d'hommes qui reconnaissaient à peine aux femmes le droit à l'existence. Un homme qui connaissait des femmes, les désirait, rêvait d'elles, pouvait les aimer, était un faible. Les janissaires étaient forts. Ce n'est qu'après avoir quitté leur foyer, abandonné toute croyance, brisé chaque vœu et m'être retrouvé à Venise que j'ai redécouvert la compagnie des femmes. À cause de cet hiatus, les femmes restent un grand mystère pour moi et, même aujourd'hui, je commets parfois une offense alors que je n'en ai pas la moindre intention. »

Aucun homme ne lui avait jamais parlé avec une telle franchise. Son intention n'était visiblement pas de la captiver et pourtant il y parvenait. Pour la forme, elle lâcha : « Il n'y a pas d'offense, et mon pardon vous est accordé. » Mais elle percevait qu'il n'avait pas raconté tout cela juste pour s'excuser. « Pourquoi me dites-vous cela ? demanda-t-elle.

— Je ne connaîtrai jamais les femmes de la même manière que les autres hommes. Et, de même, j'entends votre histoire comme aucun autre homme ne le peut. »

Elle le fixait, complètement privée de réponse.

« Vous n'avez jamais serré votre bébé dans vos bras, dit-il. Vous ne lui avez jamais donné la tétée. Vous n'avez jamais tenu sa main pour le guider à travers ses sottises et ses peurs. »

Elle prit une soudaine inspiration, comme si on l'avait poignardée, et se détourna.

« On a dénié au bébé les choses dont tout enfant a besoin, comme l'on vous a privée des choses dont toute mère a besoin. Vous n'aviez aucun pouvoir d'empêcher ce crime hideux, et pourtant la culpabilité ne se cache pas là où elle devrait – chez ceux qui ont commis le crime – mais en vous, toujours, comme une pierre tombale qui vous écrase le torse. Parfois vous vous éveillez en pleine nuit et vous ne parvenez pas à respirer. Vous voyez le visage du bébé dans vos rêves, et votre cœur se brise en morceaux. Ses cris résonnent dans un vide que rien sur cette terre ne peut combler. Et, avec le temps, la certitude de votre innocence s'est mise à cingler votre conscience, plus qu'aucun mal ne pourrait jamais le faire. »

Elle se retourna pour le regarder. Il avait les yeux ardents mais sans malveillance.

« Oui, j'entends votre histoire, dit-il. Je comprends. Et mieux que vous ne pouvez l'imaginer. »

Carla sentit des larmes brûler sa gorge. Elle les ravala.

« Comment pouvez-vous parler de ces choses d'une manière aussi poignante ?

— Peu importe, dit-il. Permettez que je vous repose la question, car vous n'y avez pas répondu : pourquoi recherchez-vous ce garçon seulement maintenant ? »

Elle rassembla ses esprits, maîtrisa son sentiment et s'éclaircit la gorge.

« Il y a environ trois mois, le chevalier Adrien de La Rivière a fait halte chez moi en chemin vers Marseille où il espérait pouvoir s'embarquer pour Malte. Il connaissait mes origines et savait qu'il serait bien accueilli. Quand j'ai appris que l'île risquait de tomber aux mains des Turcs, j'ai su immédiatement qu'il fallait que je retrouve mon fils, à n'importe quel prix, et quelle que soit la brièveté du temps que Dieu impartirait à nos retrouvailles. »

Rien chez Tannhauser ne pouvait faire penser qu'il trouvait cela irrationnel. D'un mouvement de tête, il lui fit signe de continuer.

« Je me disais que c'était absurde. Mais la même nuit, j'ai eu une visitation. Je l'ai vue comme je vous vois, la Sainte Vierge tenant son enfant Jésus Notre-Seigneur dans ses bras. J'ai reçu à cet instant une profonde consolation. Je me suis rendu compte que retrouver mon fils n'était pas une lubie. C'était la volonté de Dieu. Si je ne parvenais pas à revendiquer cette vérité de ma propre existence, alors le reste de ma vie se poursuivrait comme une imposture. Car je vais vous dire, capitaine Tannhauser, ma vie n'a été qu'une imposture depuis le jour où je les ai laissés me prendre mon enfant, et que je n'ai même pas levé la main pour les arrêter. »

Des larmes brouillaient sa vision. Elle eut peur qu'il ne pense qu'elles étaient des larmes d'apitoiement sur elle-même, alors qu'en vérité c'étaient des larmes de rage. Elle les essuya. Tannhauser la considérait en silence.

« Voilà, dit-elle, je vous ai tout raconté. Maintenant dites-moi si vous acceptez ma proposition, et à quel prix. Quel que soit le montant, je paierai.

— Le moine qui vous a fait cet enfant, qui était-il ? demanda Tannhauser.

— Je ne vous ai pas livré assez de scandales à raconter dans votre taverne ? »

Tannhauser éclata du même rire franc qu'auparavant et elle eut soudain terriblement envie de le frapper.

« Il en faudrait bien plus pour amuser cette racaille, dit-il. Non, ma question est pertinente. La fornication n'est peut-être pas à la mode, mais il y a plus d'un bâtard de chevaliers dans les ruelles de Malte. Si votre amant – j'emploie ce mot avec tout mon respect – était un hospitalier, et s'il fait partie de ceux qui se sont rassemblés là-bas, il serait aussi bien de le savoir.

— Ce n'était pas un moine soldat, mais un simple frère, d'un autre ordre monastique. Il a fui Malte, sans prévenir, avant même que je me rende compte que j'étais enceinte. » Elle s'arrêta pour retenir une autre vague de colère. « Je n'ai plus jamais entendu parler de lui.

— Il vous a brisé le cœur », dit Tannhauser.

Carla attendit d'être certaine que sa voix serait posée. « Il m'a fallu des années pour oublier son visage. Et j'oublierais son nom, si je le pouvais. Mais demandez-moi de le prononcer, et je le ferai. »

Il refusa d'un geste de la main. « Vous parlez avec la colère de blessures non refermées, dit-il, mais tant que ce n'est pas le bailli de Lango, ou quelque autre éminent chevalier, l'homme est sans conséquence pour moi. Oubliez-le du mieux possible. »

Il se leva du banc et fit une douzaine de pas autour du massif de roses. Puis il s'arrêta et revint vers elle.

« Si je comprends bien tout, la tâche consiste à aller jusqu'à Malte, en échappant au blocus turc, à trouver un garçon de douze ans dont nous ignorons le nom et l'apparence, et, avec son accord – ce qui, soit dit en passant, n'est pas forcément garanti –, revenir en Sicile sans nous faire pendre comme déserteurs par les chevaliers, ou comme espions par le Grand Turc. »

Elle le fixait, à peine capable de parler. Sa consternation l'intrigua.

« J'ai mal représenté l'entreprise ? demanda-t-il.

— Non. Vous l'avez élargie au-delà de mes attentes.

— Comment cela ?

— Vous ramèneriez mon fils en Sicile ? »

Il écarta les paumes. « Pourquoi y aller, sinon ?

— Je n'avais jamais rêvé au-delà de le retrouver et de lui avouer que j'étais sa mère. » Carla sentit sa gorge se serrer. Elle déglutit. « Un passage pour Malte et un moment de réunion – peut-être, avec l'aide de Dieu, un moment de pardon –, c'était tout ce que j'imaginais.

— De tels moments pourraient très bien expier vos péchés et apaiser votre conscience. Ils pourraient même sans doute vous apporter consolation et joie. Mais ils ne vous permettront pas à vous ni à votre fils d'échapper à l'acier turc. À cet âge, il fera partie des combattants, ne vous leurrez pas. Les Maltais constituent le gros de la garnison de La Valette. Ils vont faire le plus gros des combats. Et le plus gros des morts. »

Carla se sentit mal. « Vous croyez que le combat est sans espoir ?

— Je ne dirais pas cela, mais c'est un sacré coup de dés pour n'importe quel amateur de jeu. Cinq faces en faveur du Turc, je dirais, et une seule pour les chevaliers de la Religion. Mais quel que soit le vainqueur ou le vaincu, mon évaluation se tient. Vainqueurs et vaincus vont le payer très cher en sang. À moins que vous n'entrepreniez ce voyage uniquement pour le voir mourir, nous devons l'escamoter de là.

— L'escamoter ? » L'expression l'excita. « Est-ce faisable ? »

Il revint s'asseoir près d'elle sur le banc.

« J'ai fait sortir des cargaisons bien plus grosses de ports bien plus fermés. Mais nous devons d'abord le trouver.

— Je le reconnaîtrai quand je le verrai, croyez-moi, dit-elle.

— Bien sûr, dit-il sans le moindre brin de confiance. Mais nous pouvons difficilement demander à La Valette de mettre en rangs tous les gamins du Borgo pour que vous puissiez choisir. »

Son cœur se plomba aussi vite qu'il s'était enflammé. Elle avait fait tout ce chemin sur la base d'un conte de fées, si absorbée par son aventure dans le vaste monde qu'elle avait oublié les détails pratiques les plus évidents. Elle était idiote. Mais Tannhauser, c'était de plus en plus clair, était loin d'être stupide.

« Les Maltais ont l'Église romaine chevillée au corps, dit-il. Le garçon a dû être baptisé, bâtard ou pas, et son nom dûment répertorié dans un registre des naissances. Si votre information sur l'orphelinat est bonne, il devrait également y avoir des traces dans l'Infirmerie sacrée.

— Mais, comme vous le faisiez remarquer, nous ignorons "son nom". »

L'effort qu'il fit pour dissimuler son expression lui fit ressentir sa stupidité encore plus profondément. « Bien sûr. Mais vous vous souvenez au moins de sa date de naissance.

— Le dernier jour d'octobre 1552. »

Comme pour l'âge du garçon, sa date de naissance sembla le frapper d'une signification particulière.

« La veille de la Toussaint, dit-il. Le Soleil dans le Scorpion. » Il secoua la tête. « D'étranges chemins, madame la comtesse, de bien étranges chemins nous ont menés dans ce jardin au-dessus de la mer. »

Il n'en dit pas plus et, avant qu'elle ne puisse lui demander ce qu'il entendait par là, il serra le poing.

« Mais pourquoi n'êtes-vous pas venue me voir plus tôt ? Vous êtes ici depuis six semaines ! Nous aurions largement fait l'aller et retour, et sans autre danger que de nous noyer pendant la traversée. »

Une nausée lui monta dans la gorge. « Jusqu'à ce matin, j'ignorais votre existence. »

La suspicion lui plissa le front. « Et qui vous a mise au courant ?

— Frère Oliver Starkey, de la langue anglaise. »

Elle vit la colère étinceler dans ses yeux, comme le bleu au cœur d'une flamme, et elle craignit qu'il ne l'abandonne. Pourquoi le nom de Starkey l'énervait ainsi, elle ne le savait pas.

« Frère Starkey a été très élogieux sur vos talents.

— J'en suis certain.

— Sa lettre…

— Sa lettre ?

— Sa lettre disait que vous êtes un homme d'une habileté remarquable, qui n'a peur de rien et qui a pour toute autorité – morale, légale et religieuse – un mépris absolu. » Pourquoi cela devait-il le flatter, elle n'en était pas bien sûre, mais elle croyait que cela le ferait. « Il disait, surtout, que vous êtes un homme de parole.

— Cet Anglais est plus ingénieux que je ne l'imaginais. »

Elle sentit enfin qu'elle avait un renseignement utile à offrir. « Frère Starkey disait aussi qu'il pouvait nous embarquer sur la *Couronne*. »

Son humeur ne semblait pas s'améliorer le moins du monde. « Je n'en doute pas.

— La *Couronne* part ce soir à minuit.

— Elle partira sans nous. »

Il ravala sa colère et sourit.

« La guerre a le bras long, et ses doigts sont serrés autour de ma gorge, mais je lui fausserai pourtant compagnie.

— La *Couronne* ne serait pas le moyen le plus sûr de nous rendre là-bas ?

— Peut-être. Mais il vaut mieux réserver un pacte avec le diable pour une heure plus désespérée que celle-ci. »

Il s'arrêta, comme s'il était au bord d'une falaise escarpée. Puis il hocha la tête.

« Laissez-moi m'occuper de tout et oubliez frère Starkey. Vous aurez de mes nouvelles d'ici deux jours tout au plus. »

Il lui fallut un moment pour réaliser que, avec ces mots, il avait accédé à sa requête. Elle voulut parler, mais ne trouva pas ses mots. Tannhauser se leva du banc et s'inclina avec une galanterie manifeste. Il désigna la maison.

« Maintenant, si je puis, je serais curieux de voir l'engin divinatoire de la jeune fille. Son... cristal ? »

Carla se leva. « Nous n'avons pas discuté de vos émoluments. »

Il hésita, comme s'il avait déjà fait son prix, mais le pensait exorbitant.

Il dit : « Si je vous ramène de Malte, vous et votre fils, et en vie, je voudrais que vous m'épousiez. »

Carla en resta sidérée. Elle crut avoir mal entendu. « M'épouser ? »

Il eut l'air confus et toussa. « Mariage légitime, mariage consacré, publications des bans. Et ainsi de suite. »

Pendant un instant ses instincts s'émurent. Des impulsions dormantes s'agitèrent dans son bassin. Elle chancela, prise d'un étourdissement soudain. Elle sentit sa main lui prendre le bras. Elle le regarda. Ses yeux étaient si clairs qu'elle ne pouvait rien y lire. Elle ne savait pas ce qu'il voyait dans son visage, mais il le lisait comme une sorte d'horreur.

« Cette requête est d'une impertinence grossière, dit-il. Pourtant mes motifs ne sont pas discourtois, et à peine cupides. Même l'ombre du parfum de noblesse qu'une telle union m'apporterait serait inestimable pour mes affaires. Le prix que je demande est élevé, certes. Et si l'on considère nos statuts respectifs, peut-être outrageant. Mais le risque inhérent à notre quête l'est tout autant. Nous pouvons décider par contrat, bien évidemment, que je n'aurai aucun droit sur vos propriétés ni vos revenus, que je ne convoite pas. Bien plus, vous avez ma parole d'honneur que je ne tirerai pas d'avantages malvenus de notre arrangement. »

La joie de son rêve naïf s'évanouit. Ce n'étaient que des affaires ; rien de plus. Ils étaient aussi éloignés de tempérament, comme de position sociale, que deux individus pouvaient l'être. Elle n'avait pas le droit de penser à mal de lui. À dire vrai, elle n'avait jamais tenu un homme en aussi haute estime. Et en retour de ce qu'il lui offrait, le prix était dérisoire. Mais, même ainsi, quelque chose se fana soudain, quelque chose qui avait bourgeonné en elle durant l'heure qui venait de s'écouler. Elle tenta de garder une voix égale, mais sentit qu'elle sonnait froide.

« Vous vous méprenez quant aux complexités de la noblesse, dit-elle. Le mariage seul vous apporterait l'apparence d'un titre, mais guère plus.

— Pourrai-je légitimement me comporter comme un comte, et insister pour être appelé "monseigneur" ou "Votre Excellence", ou autre obséquieux titre de courtoisie ?

— Je crois que oui.

— Alors l'apparence vaut une fortune, même si elle est frauduleuse, et j'en serai plus que satisfait.

— Très bien, dit-elle. Mon titre a déjà été vendu par le passé. Au moins, cette fois, cela ne dépend-il que de mon propre choix.

— Alors, nous sommes tombés d'accord ?

— Voulez-vous qu'un notaire le signifie par contrat ?

— Une poignée de main suffira pour le moment. »

Il tendit la main. Elle était large et rude, la paume couverte des durillons de la poignée d'une épée. Elle tendit sa propre main pour la prendre et il recula.

« Puis-je ajouter un avenant à notre pacte ? » Il y avait de l'espièglerie dans ses yeux.

Le charme qu'il était capable d'exercer était exaspérant. « Vous pouvez essayer, dit-elle.

— À notre retour, vous jouerez encore pour moi de votre viole de gambe. »

Une confusion de sentiments s'éleva en elle. « Pourquoi faites-vous cela pour moi ? »

Ses sourcils se froncèrent. « Parce que je considère que la transaction est équitable, et que c'est une bénédiction pour mes affaires.

— Votre foi en mon intuition est sans doute fragile, dit-elle, mais j'ai la sensation que vous entrez dans cette entreprise pour des motifs plus profonds que d'améliorer simplement vos affaires. »

Tannhauser la considéra pendant ce qui sembla des minutes mais aurait pu n'être que quelques secondes. Il avait l'air de calculer combien il devait révéler de lui-même, et elle perçut qu'au cœur de ce moi existait un chagrin aussi profond et aussi pénible que le sien. Peut-être même plus profond. S'il l'avait prise dans ses bras, elle n'aurait pas résisté.

Tannhauser dit : « J'ai connu un jour une autre mère qui s'est battue pour son fils.

— Est-ce tout ?

— La mère a perdu », dit-il.

Carla attendait. Mais de cela, Tannhauser ne dit plus rien.

Il sourit avec sa dent ébréchée et tendit sa main.

Carla la prit, il la serra, et un frisson soudain se propagea sur toute sa peau.

Elle souhaita qu'ils aient scellé leur accord d'un baiser.

MARDI 15 MAI 1565
La route de Messine – L'Oracle

Tannhauser chevauchait, traversant des collines peintes de mauve et de mordoré par le coucher de soleil. Les femmes de la villa Saliba l'avaient coincé comme deux lévriers qui ramènent un daim, et pourtant il était très content.

Amparo, d'abord, était une trouvaille. Son allure sexuelle, dont elle semblait parfaitement ignorante, lui démangeait l'esprit et le bas-ventre. Son appareil divinatoire était une véritable merveille. En majorité, de tels engins étaient des sphères de cristal pur. Grubenius avait eu un miroir d'obsidienne polie. L'appareil d'Amparo tenait plus de l'effet d'optique – construit un peu comme un article de fantaisie –, mais avec le génie divinatoire qui pave le chemin de la connaissance, elle lui avait reconnu une fonction bien plus haute. C'était un tube de cuivre avec une lentille sur le devant, alors qu'à l'autre bout deux minces roues de cuivre à triple rayon tournaient sur un axe, l'une contre l'autre, mais indépendamment. Entre les rayons de chaque roue était disposé un entrelacs complexe de morceaux de verre teinté. Le long du tube étaient fixées deux fines bandes de miroir, leurs surfaces réfléchissantes opposées selon un angle de trente degrés.

À première vue, les roues paraissaient sombres, mais quand on les dirigeait vers la lumière du soleil ou d'une chandelle, une myriade de couleurs apparaissait, et quand on faisait tourner le tube d'un mouvement de doigts, les couleurs, et la somme de leurs parties, tournoyaient en d'étonnantes combinaisons qui défiaient l'œil. Le moindre mouvement des roues modifiait les couleurs visibles et Tannhauser comprit qu'en altérant la vitesse de leur rotation, et leur vitesse relative l'une par rapport à l'autre, le temps lui-même était brisé en particules infiniment petites. Plus encore, le caractère du champ de vision dépendait de la source d'illumination – plus on était près de la flamme, plus les couleurs étaient incandescentes. Le côté fumé de la chandelle, l'intensité du soleil, la texture de l'éther, ces trois éléments changeaient ce qui se modifiait quand ils changeaient eux-mêmes. Et quand les roues s'immobilisaient, et que le hasard choisissait une combinaison particulière de couleurs et de lumière, là, pendant un instant, un tesson d'éternité se retrouvait captif. En bref, dans le tube divinatoire de la fille se trouvait un modèle du cosmos – du gigantesque flux, du destin lui-même.

Parfois Amparo ne voyait rien d'autre que la beauté des couleurs ; d'autres fois, des images d'une clarté saisissante lui emplissaient l'esprit. Quelquefois, elle entendait la voix des anges. Personne ne pouvait connaître le futur ; Amparo n'y prétendait pas. Mais dans l'infinité des choses qui pourraient arriver un jour, reposent toutes les choses qui seront. C'était cette possibilité qu'elle voyait dans le vortex. Ce qui reposait dans le creuset de ce qui n'était pas encore. C'était, du moins à ce qui lui semblait, ce qu'Amparo comprenait, encore que d'instinct.

La nuit tombait quand il approcha de la porte nord. Dans les dernières lueurs du couchant, un carrosse à deux roues grimpait la route qui montait vers lui. Le conducteur portait un casque et une plaque de cuirasse, et le système de mise à feu d'un mousquet luisait près de son siège. Quand le véhicule le croisa, le visage jeune et chafouin d'un prêtre le regarda de sous son chapeau. Tannhauser n'y prêta pas vraiment attention. Il passa le garde en faction à la porte et traversa la ville. L'agitation qui marque la fin du jour avait presque cessé et bientôt les rues furent tranquilles. Il atteignit le front de mer et se dirigea vers l'Oracle.

Ce soir, il allait s'enivrer et passer son désir sexuel sur Dana. Sans doute, songeait-il, cette impulsion n'était-elle pas très galante, mais Amparo et dame Carla avaient enflammé ses fantasmes. La vie était ainsi faite. Il se demandait quel son chacune d'elles émettrait dans les affres de l'amour. La férocité avec laquelle Carla attaquait sa viole de gambe résonnait encore dans son esprit. Mieux encore, elle était visiblement d'une haute intelligence, ce qui représentait une force érotique qu'il n'avait jamais encore rencontrée. Il s'imagina en train de décoller cette robe de soie rouge, même s'il doutait qu'elle y consentît jamais avec un homme tel que lui. Sa seule et unique expérience amoureuse lui avait apporté punition et honte, puis l'exil loin de tout ce qu'elle aimait. Elle avait tout droit d'être méfiante. Quoi qu'il en soit, il remua sur sa selle pour faire un peu de place à son membre.

Le long des quais, l'obscurité était totale, brisée par les lanternes jaunes des navires. La lune venait de se lever sur la mer, pleine moins une nuit. L'Oracle n'était plus qu'à une centaine de pas et une foule curieuse était rassemblée devant ses portes. Tannhauser s'arrêta. Derrière la foule, il remarqua que les reflets des torches faisaient briller deux casques d'acier. Ces casques appartenaient à deux hommes en armes. Des gens d'armes de la cité. Et les foules adoraient contempler le malheur.

Un meurtre à la taverne ? Il n'y en avait jamais eu, grâce à Bors, mais c'était loin d'être impossible.

C'est alors que Tannhauser entendit les lamentations d'un cri.

Il était étouffé par les murs et la distance, mais bien assez clair. Un frisson de peur agita ses entrailles. Dans une douleur aussi extrême que l'annonçait ce cri étouffé, les hommes se ressemblaient tous étrangement.

Pourtant Tannhauser savait que ce cri provenait de Sabato Svi.

Il descendit de cheval et mena Buraq dans le passage entre l'entrepôt et le garde-fou fait de cordages. À l'arrière des bâtiments qui donnaient sur le front de mer s'étendait un labyrinthe d'ateliers, de remises, de chariots et d'écuries, traversés dans le plus grand désordre par des ruelles tordues à peine plus larges que ses épaules. Il s'engagea dans l'obscurité, se guidant aux reflets de la lune. Buraq le suivit tranquillement. Comme il approchait de l'arrière de leur entrepôt, il entendit un nouveau cri, bien plus perçant ici, et saturé de terreur et de désespoir.

Quelqu'un torturait Sabato Svi.

Buraq sentit la détresse de son maître et il renâcla des naseaux comme par sympathie. Tannhauser se racla la gorge. Il attacha Buraq à un anneau de fer du mur et le rassura. Il déroula le cuir de ses hautes cuissardes pour protéger ses cuisses et ses parties et tira son épée. Il s'avança lentement vers l'entrepôt dont le toit formait un parapet d'un noir absolu sur fond d'étoiles. Un instinct sauvage l'arrêta net. Il n'avait pas entendu le moindre bruit. Mais, par-dessus la puanteur de l'allée, il percevait une odeur de sueur et de cuir qui n'était pas la sienne. Puis une respiration sourde. Il protégea ses yeux de la lueur du ciel au-dessus pour accoutumer ses yeux à l'obscurité. Une silhouette de mastodonte se dissimulait là, devant les ténèbres plus pâles du mur. Tannhauser fit un pas de plus. L'odeur était distincte. Il chuchota.

« Bors. »

La forme se déplaça de côté, comme un crabe, et fonça vers lui. Une arbalète émergea à deux pas, visant sa poitrine. Tannhauser se mit en équilibre, prêt à frapper si son impression était fausse. Le visage de Bors apparut. Il releva l'arbalète vers le ciel en l'appuyant sur sa hanche. Ses traits ronchons étaient tirés. Il garda la voix basse, mais ne parvint pas bien à en cacher le tremblement.

« Police de la ville. Deux dehors, quatre dedans. Cuirasses et casques. Deux arquebuses et un pistolet à l'intérieur.

— On les connaît ? »

Bors fit non de la tête. « Pas de notre quartier. Ils sont menés par l'inquisiteur famélique de la *Couronne*. »

Tannhauser eut la certitude qu'il pouvait entendre le cliquetis des roues qui font tourner l'Univers. Un de ces moments où l'architecture de vos ambitions s'avère être un bordel construit sur du sable ; où l'aiguille de la boussole a cassé et toutes les horloges se sont arrêtées ; où le futur que vous aviez imaginé et celui qui s'étale sous vos pieds se sont séparés à jamais.

« Que veulent-ils ? demanda Tannhauser.

— Je suis remonté des caves vers la fin. Ils te cherchaient, toi.

— Et Sabato ?

— Il a fallu qu'il fasse un esclandre. Il s'est moqué d'eux, quelque chose de bien, et ils l'ont flanqué par terre. Le jeune Gasparo l'a mal pris. » La bouche de Bors se tordit. « Et ils l'ont abattu. »

Tannhauser sentit un crissement à l'intérieur de son crâne. C'étaient ses propres dents.

« J'ai gardé la tête basse, dit Bors. Quand les gens d'armes ont vidé la taverne, je me suis faufilé dehors avec les autres. Personne ne m'a dénoncé.

— Dana ? Les filles ?

— Je les ai laissées en sécurité avec Vito Cuorvo, et je suis revenu. »

Un autre cri d'agonie monta. Bors grimaça.

« Où sont les vilains maintenant ? demanda Tann-hauser.

— Ils ont vidé le bâtiment et ils se sont regroupés dans la taverne. Par l'arrière, notre route est ouverte.

— L'inquisiteur est l'un des quatre ? »

Bors opina. « Nous avons trois gens d'armes dedans, dont un capitaine. Il faut faire attention à ne pas alerter les deux qui sont dehors.

— Un cri ou deux, ils se diront que c'est ce pauvre Sabato, mais on ne peut pas se permettre de coups de feu. » Tannhauser désigna l'arbalète. « Tu te sens d'attaque ?

— Comme un roc. »

Bors posa l'arbalète sur son coude, et sortit un morceau de chandelle de trois pouces d'une poche. Il détacha de sa ceinture un petit pot en fonte et souleva le couvercle ventilé. À l'intérieur luisait un petit morceau de charbon brûlant.

« Un inquisiteur et cinq gens d'armes, s'amusa Tann-hauser. Cela va nous mettre aussi hors la loi que des hommes peuvent l'être. »

À cette idée, le visage de Bors était déjà gris.

« Si on s'enfuit tous les deux maintenant, dit Tann-hauser, je doute qu'ils nous poursuivront à travers les détroits.

« — Si on m'avait dit un jour que je risquerais ma sale tête pour sauver un Juif, ça m'aurait fait hurler de rire. » Bors réprima un sourire. « De toute manière, je ne te crois pas. »

Tannhauser lui flanqua une claque dans le dos. Bors alluma le morceau de bougie avec le charbon de son petit pot de fonte. Guidés par cette maigre lumière, ils se glissèrent dans l'Oracle.

À l'intérieur de l'entrepôt, l'obscurité était complète, et, sans la chandelle, ils auraient erré à l'aveuglette. Tannhauser traça son chemin à travers ce qui restait de leur stock, jusqu'à ce qu'il trouve un faisceau de javelots, rangés avec les piques et les lances. Il trancha la corde qui les liait, rengaina son épée et choisit trois des fines armes, faites de cinq pieds de frêne avec de longues pointes en acier aiguës comme des poignards. Il testa l'équilibre de chacun des javelots. À courte portée ils étaient aussi mortels que des mousquets, et bien plus prompts et silencieux.

Comme ils se faufilaient vers la taverne à l'avant du bâtiment, la lumière des lampes se faisait plus présente, passant par le portail ouvert. Avec elle venait une tirade aiguë qui était presque extatique de bigoterie. Tannhauser entendit le mot « Juif » hurlé comme si, à lui seul, c'était une insulte sans rivale. Sabato éructa une malédiction qui fut avalée par l'agonie. Puis sa voix s'étrangla, remplacée par un haut-le-cœur guttural. Le ventre de Tannhauser se retourna et ses jambes se firent si faibles qu'il crut qu'elles allaient céder sous lui. Il retint une irrésistible envie de vomir. Cela faisait si longtemps. Il se remémora que c'était normal et il respira à fond jusqu'à ce que ses spasmes s'éteignent. Bors souffla la chandelle et leva son arbalète. Tannhauser avança jusqu'au bord du portail et se pencha discrètement pour regarder dans la taverne.

Il vit les deux gens d'armes et leur capitaine, armés comme l'avait décrit Bors. Le capitaine, qui était grassouillet comme un perdreau, se tenait les poings sur les hanches et surveillait l'alcôve. Et de l'alcôve provenaient les gémissements de Sabato. Tannhauser ne parvenait à voir ni Sabato ni le prêtre. Des deux gens d'armes, l'un se tenait debout entre les tables désertées, à mi-chemin de la porte du devant. Il portait son arquebuse sur l'épaule et tenait la mèche rougeoyante entre ses doigts. Le second était avachi sur un banc, son long mousquet debout entre ses genoux, et il buvait à même une cruche. Tannhauser estima que le premier était à neuf pas, et le second à moins de cinq. Il recula et mima l'action de boire avec son pouce, puis désigna Bors de l'index. Bors jeta un œil de l'autre côté du chambranle puis se recula. Il fit un signe de tête à Tannhauser.

La voix perçante s'éleva, venue de l'alcôve. « Sang et circoncision ! Combien de braves gens as-tu réduits à la mendicité avec tes mensonges et tes desseins empoisonnés ? Où est ton or, Juif ? L'or que tu nous as volé, à nous qui t'avons montré tant de générosité chrétienne ! Nous qui t'avons laissé vivre parmi nous, comme si tu étais un homme alors que tu n'es qu'un chien, voleur et enragé ! Quel démon t'a amené dans notre pays ? Dieu n'a pas invité ta progéniture diabolique ! L'or, Juif ! L'or ! »

Tannhauser souleva un javelot de sa main droite, tenant les deux autres de la gauche. De la tête, il donna le signal à Bors, puis se propulsa de deux pas à l'intérieur de la taverne. Au moment où son pied gauche se posa sur le sol, son bras troubla son champ de vision en passant, et il entendit le claquement de l'arbalète derrière lui, puis le sifflement et le craquement du carreau qui frappait. L'homme d'armes en face de lui grogna quand le javelot le frappa sous sa cuirasse et s'enfonça à travers son pubis. La pointe acérée pénétra de deux pieds ses entrailles et le fit valdinguer entre les tréteaux, où il donna des coups de pieds convulsifs, en clignant des yeux, le souffle coupé, comme le font souvent les animaux transpercés et mourants. Tannhauser prit un second javelot dans sa main droite et se tourna vers le capitaine qui restait bouche bée, sous le choc précédant la terreur. Tannhauser avança. La main potelée du capitaine se porta vers la boucle de sa ceinture, mais le pistolet n'était pas plus une menace que le pet de panique qui s'échappa de son cul.

« Pense à ta femme, lui conseilla Tannhauser. Pense à tes enfants. »

Le capitaine le fit ; et le peu qu'il lui restait de résistance fut définitivement sapé. Tannhauser lui colla le javelot contre la gorge, puis se tourna et tendit celui qui lui restait à Bors. Il sortit le pistolet de la ceinture du capitaine. C'était une pièce magnifique, de fabrication espagnole, équipée du dernier système de ressort ; le genre d'arme qu'un petit prétentieux grassouillet devait imaginer que sa vanité exigeait. Tannhauser souffla sur la poudre pour l'enlever du foyer et remit le pistolet dans la ceinture du capitaine. Il regarda un peu plus loin et aperçut Gasparo. Le jeune homme était allongé sur le dos près des escaliers, avec un trou sanglant en pleine poitrine. Le garçon avait été loyal et il en était mort. Tannhauser réprima une terrible envie avant de se retourner vers le capitaine. Les bajoues du capitaine tremblaient autour de la pointe du javelot alors qu'il essayait de ressusciter une vague ombre de son ancienne autorité.

« Mon nom est… »

Tannhauser lui flanqua un revers de main au travers de la joue. Sa lourde bague en or la lui ouvrit jusqu'à l'os. « Garde ton nom pour toi, dit Tannhauser, je n'en ai pas l'usage. »

Le capitaine gémit et ferma les yeux. Tannhauser regarda par-dessus son épaule. L'un des gens d'armes était couché en travers d'une table, le visage et la barbe comme laqués de sang. Le carreau d'arbalète l'avait frappé sous un œil et s'était logé si profond dans son crâne que l'os avait à moitié fendu le bois. L'autre était crispé, haletant, sur le sol, attendant l'arrivée d'une marée de douleur si monstrueuse qu'il n'osait ni bouger ni hurler, et à peine respirer. Tannhauser se tourna vers l'alcôve. Le prêtre avait les yeux baissés vers le plancher, comme s'il espérait que cette tactique pourrait le rendre invisible.

Tannhauser regarda Sabato Svi.

Sabato était assis dans le célèbre fauteuil de Tannhauser. Ses mâchoires étaient exagérément écartées par une poire de fer enfoncée dans sa bouche. Une vis et une clé dépassaient du bout de la poire pour augmenter son diamètre et le porter à des dimensions encore plus douloureuses. Tannhauser regarda plus bas. Les mains de Sabato avaient été clouées aux bras du fauteuil. Le regard de Tannhauser croisa ses yeux noirs et il vit que quelque chose avait été arraché de son âme. Quelque chose qui lui prendrait une vie à récupérer, sans succès, car telle est la moisson de la torture.

Tannhauser se tourna vers Gonzaga.

« Toi, le prêtre, dit-il, ôte cette atrocité de sa bouche. »

Gonzaga n'osa pas relever la tête.

« Si je l'entends ne serait-ce que soupirer, poursuivit Tannhauser, tu en payeras la note. »

D'une main tremblante, Gonzaga chercha le crucifix du rosaire noué autour de sa taille et marmonna quelques foutaises en latin. Le geste fit exploser Tannhauser de rage. Il traversa la salle. Le javelot tournoyait en demi-cercles dans ses doigts. Comme il venait sur Gonzaga, le misérable inquisiteur releva finalement la tête.

« Pitié, Votre Éminence, coassa-t-il. Pitié, au nom du Christ ! »

Tannhauser planta le javelot dans le pied gauche du prêtre. Gonzaga poussa un cri perçant et s'accrocha à la hampe. Tannhauser lui arracha le crucifix et une pluie de grains noirs se répandit sur le sol. Il se pencha et fixa les deux tunnels de terreur abjecte qui tournoyaient dans le visage du prêtre. Il tint le crucifix devant eux. Il cracha sur la croix et de la salive éclaboussa les traits contorsionnés de l'inquisiteur.

« Tu es fier de ta cruauté, n'est-ce pas, prêtre ? » Il jeta le crucifix dans la cheminée. « J'ai été turc pendant treize ans. Et ceci n'est rien pour moi. »

Il balança son poids de l'autre côté et enfonça le javelot plus profond à travers les os du pied en charpie. Gonzaga n'avait plus de respiration pour hurler, et il ne parvenait plus à trouver la force d'en prendre une. Sa bouche demeurait grande ouverte, sans un son. Ses lèvres tremblantes tournaient au pourpre.

Tannhauser le saisit à la gorge.

« Tu n'as même pas encore commencé à comprendre la cruauté. Mais maintenant, tu vas comprendre. »

D'une torsion, il libéra le javelot et cloua au sol l'autre pied de Gonzaga. L'inquisiteur commença à plier les genoux, mais Tannhauser le retint bien droit. Il existait une vénérable école de pensée qui affirmait que des actes aussi vicieux réduisaient leur auteur au niveau de son ennemi. Tannhauser ne souscrivait pas à cette philosophie. Une fois de plus il remua le javelot plus profond et il sentit comme des bulles de douleur remonter la trachée qu'il serrait dans son poing. Les ignobles yeux du prêtre se révulsèrent et il gargouilla pour sauver sa vie. Tannhauser fut soudain distrait par un grognement angoissé venu du fauteuil. Il se tourna.

Il regarda Sabato Svi, et dans ses yeux il vit la peur. Il se rendit compte qu'un manteau d'effroi mortel s'étalait sur la salle, et qu'il en était maintenant la seule source. Il retira le javelot et poussa le prêtre à moitié étouffé à travers la pièce. Gonzaga glissa dans ses propres empreintes sanglantes et il tomba aux pieds du capitaine. Tannhauser posa le javelot sur la table. Il regarda Bors.

Bors rigola et dit : « À quand mon tour ? »

Tannhauser s'approcha de Sabato. Avec grand soin, il tourna la clé de la poire de fer jusqu'à ce qu'elle retrouve une taille permettant de la lui ôter de la bouche sans provoquer de blessure supplémentaire.

« Pardonne-moi », dit Tannhauser.

Sabato remua la mâchoire et cracha du sang. Il était choqué, blanc, mais alors qu'il n'avait aucune violence en lui, il était aussi résistant que les clous qui le rivaient au fauteuil. Tannhauser les examina. Leurs têtes plates dépassaient d'un pouce au-dessus des mains de Sabato.

« Tu peux supporter quelques instants encore, mon ami ? Nous ne sommes pas encore en sécurité. »

Sabato parvint à produire un sourire sinistre. « Je resterai là. »

Tannhauser saisit le javelot et se dirigea vers les prisonniers. Il se pencha sur Gonzaga et lui écrasa la poire de fer entre les lèvres. Il la fit pénétrer plus avant et sentit que des dents cédaient.

« Debout », dit-il.

Le prêtre ne parvint pas à faire autre chose que grogner et gémir.

« Debout ! Lève-toi, j'ai dit ! »

Le prêtre se leva péniblement sur ses pieds perforés et se tint là, frissonnant, ses narines cherchant l'air au-dessus du bâillon de fer. Tannhauser le poussa vers Bors.

« Déshabille-le. »

Avec le plus de violence possible, Bors commença à arracher son habit à Gonzaga. Tannhauser saisit le capitaine rondouillard par le cou. Il le traîna jusqu'à son homme d'armes haletant toujours sur le javelot qui lui taraudait le ventre. Il poussa la tête du capitaine vers le bas.

« Regarde-le ! »

La pointe de la lance avait déchiré les intérieurs de l'homme et cherché la sortie la plus facile, qui était son anus. Ses culottes étaient couvertes d'excréments et pissaient le sang. Le capitaine s'étrangla. Tannhauser frappa l'extrémité du javelot avec le côté de sa botte et l'enfonça quatre pouces de plus dans les entrailles de l'homme qui tressaillit avec un grognement horrible. Le capitaine lâcha un jet de vomi sur son subordonné tordu de douleur. Bors éclata de rire.

Tannhauser balaya du regard la profanation de sa taverne : les tables et les bancs vides, les taches de lumière jaune, les vacillements d'ombres et de ténèbres, le sang en flaques noires comme du pétrole sur le carrelage. Il se retourna vers le capitaine, dont le petit visage gras tremblotait de peur dans la pénombre. Il le saisit et lui parla à l'oreille.

« Regarde bien et emplis tes yeux de ce que tu as provoqué. »

Le capitaine le fit avec une grimace de désarroi.

« Vois les morts, le mourant, l'horreur. Vois le barbare qui rit. Le prêtre nu. Le Juif crucifié. Sois le témoin de la vengeance de tes ennemis. »

Le capitaine leva les épaules pour frotter sa barbe couverte de vomi. De la pointe du javelot, Tannhauser releva le menton du capitaine pour pouvoir le fixer droit dans les yeux.

« Sache que tu es en enfer. Et que nous sommes ses démons. »

Les narines du capitaine moussaient de morve et il faisait tout pour ne pas sangloter. Il s'enveloppa la tête de ses bras, comme un enfant étonné. Tannhauser revint à l'homme d'armes mourant, leva son javelot et enfonça la pointe acérée dans la tempe de l'homme et jusque dans son cerveau. Le craquement remonta jusque dans son bras et l'homme ne bougea plus. Il venait de tuer un gendarme assermenté à la Couronne espagnole. Sa vie était devenue autre chose que ce qu'elle devait être. Il était un tueur, une fois de plus. Qu'il en soit ainsi. Il perçut la résistance de l'os quand il libéra le javelot. Il regarda le capitaine.

« Tourment ou pitié, dit-il, tu as le choix. »

Le désespoir qui animait le capitaine était si grand que l'idée de sauver sa vie lui fit rompre son silence terrorisé. « Monseigneur, Excellence, je suis votre serviteur. » Il étouffa un sanglot. « Je suis à vos ordres. »

Tannhauser désigna le cadavre. « Traîne-le jusqu'au mur, là-bas. »

Pendant que le capitaine se penchait sur son travail, Tannhauser lança un regard à Bors, désignant le mort qui saignait sur la table. Bors posa ses armes, se pencha et prit le cadavre dans ses bras. Il le porta jusqu'à la porte de l'entrepôt et le balança dans le noir. Gonzaga se tenait, nu et tremblant, sur les loques noires et blanches de son habit. Bors regagna le banc et s'empara de l'arquebuse. Il enfonça le museau de l'arme avec force dans les côtes de Gonzaga.

« À genoux, dit-il. Agenouille-toi comme un chien. »

Gonzaga tomba à quatre pattes, étouffant à cause de la poire, et Bors rit à nouveau.

Tannhauser ramassa la deuxième arquebuse sur le sol. Il souffla sur la mèche d'allumage, se dirigea vers une fenêtre, écarta un volet et regarda dehors. Deux autres gens d'armes et au moins une vingtaine de badauds tournaient en rond dans la rue. Il fit claquer ses doigts à l'intention du capitaine, qui laissa tomber le corps près du mur et trottina pour le rejoindre.

« Nettoie ta barbe », dit Tannhauser.

De ses manches, le capitaine se frotta les narines et le menton.

« Tu as deux hommes dehors, dit Tannhauser. Tu dois être vraiment en colère après eux. »

La confusion dévora le visage du capitaine. « En colère ?

— Je suis en colère après eux. Ils n'ont rien fait pour disperser la racaille. C'est outrageant.

— Outrageant, oui, oui, acquiesça le capitaine.

— Si tu veux épargner leurs vies aussi bien que la tienne, tu vas leur ordonner de tirer avec leurs arquebuses pour vider la rue. Ensuite, tu les congédieras pour le reste de la nuit. Dis-leur de rentrer chez eux. Si jamais tu les trouves en train de traîner, ils seront flagellés.

— Flagellés jusqu'au sang ! bredouilla le capitaine.

— Quand tu leur auras donné tes ordres, tu leur claqueras la porte dessus. Parce que tu es très en colère.

— Je suis furieux ! » s'écria le capitaine.

Tannhauser lança un regard à Bors, qui s'était positionné hors de vue de la porte, l'arquebuse épaulée, le javelot à portée de main. Tannhauser propulsa le capitaine en avant.

« Si tu fais un pas dehors, dit Tannhauser, nous vous tuons tous. »

Avant que le capitaine ne puisse réfléchir trop abondamment, Tannhauser ouvrit le battant gauche des portes. L'officier, enfin libre de se décharger, et d'une manière en laquelle il se croyait expert, déversa toute l'émotion de son supplice dans les remontrances dont il accabla ses deux subordonnés. Quand la menace d'une flagellation s'augmenta de toutes sortes de mutilations et d'une double pendaison, Tannhauser lui piqua le cul de la pointe du javelot. Le capitaine claqua la porte au nez de ses laquais au beau milieu d'une phrase. Il guetta l'approbation de Tannhauser, qui lui arracha son pistolet de la ceinture. Sans que personne ne le lui demande, le capitaine tendit un flacon de poudre en cuivre ouvragé et une giberne de balles et de bourre.

« Va rejoindre le père Gonzaga, dit Tannhauser. À genoux. »

Pendant que le capitaine se hâtait d'obéir, convaincu de s'être accordé les bonnes grâces de son tortionnaire, deux coups de feu grondèrent à l'extérieur. Tannhauser rechargea le pistolet et jeta un nouveau coup d'œil au travers des volets. La petite foule s'enfuyait, abandonnant deux corps gémissants sur le pavé. Les deux gens d'armes formaient une troisième statue, figés sur les crosses de leurs arquebuses. Tel était le prix que payaient les badauds. Tannhauser se colla le pistolet dans la ceinture et ajouta l'arquebuse à la collection de Bors.

Bors fit un geste de la tête vers Sabato. « Je vais chercher un pied-de-biche. »

Sabato se contorsionna d'anxiété et Tannhauser secoua la tête. « Faisons-le sans lui casser les mains. » Il prit une lampe sur une des tables, fila dans l'entrepôt et localisa sa trousse à outils. Il en sortit une scie à métaux aux dents très fines et se hâta de revenir. Il examina une nouvelle fois les clous qui traversaient les mains de Sabato.

« J'ai payé quinze talents d'or pour ce fauteuil.

— Tu t'es fait voler », grommela Sabato Svi.

Tannhauser se mit au travail avec la scie, à petits coups brefs et rapides.

« Ainsi notre aventure sicilienne est terminée, dit Sabato Svi.

— Il y aura d'autres aventures, plus grandioses et plus lucratives. » La tête du premier clou tomba. « Ne bouge pas. » Il attaqua le second.

« Au moins tu n'auras pas à t'embarquer pour l'Égypte, avec le Grec.

— Il y aura plus de poivre aussi. Ça pousse sur les arbres. » La scie décapita le second clou et Tannhauser la posa. « Détends ta main », dit-il. Il prit le poignet gauche de Sabato. Il entrelaça les doigts de sa main droite avec ceux de Sabato et les crocheta sous le côté paume de ses articulations. « Détends la main, je te dis. » Tannhauser arracha la main du fauteuil, aussi vite que l'on claque un fouet.

« Voilà. Maintenant, l'autre. Détends-toi. »

Une seconde plus tard Sabato était libre. Il se leva du fauteuil et fit travailler ses doigts avec précaution, puis serra les poings, surpris.

« Blessures de chair », dit Tannhauser.

De la fenêtre, Bors lança : « La rue est vide. »

Les trois amis se rassemblèrent autour des prisonniers, qui, dans la pénombre tremblotante, se vautraient sur leurs coudes et leurs genoux. Entre les bras écartés du prêtre, il y avait une flaque de bave. Les deux hommes empestaient leurs propres souillures. Tannhauser se tourna vers Sabato.

« Ils sont à toi, si tu les veux. »

La voix du capitaine chevrota d'en bas. « Mais, Votre Excellence… »

Bors lui flanqua sa botte dans les dents.

Sabato fit non de la tête. « Cela ne m'apporterait aucune joie. »

Tannhauser désigna le capitaine à Bors.

« Tue-le. »

Bors posa le museau de l'arquebuse à la base du crâne du capitaine et laissa tomber la mèche. Il y eut un très bref temps mort, que le capitaine emplit de l'attente de celui qui savait qu'il allait mourir sans absolution ni extrême-onction. Puis le contenu de son crâne explosa de son front dans un éclat de flammes charbonneuses et souilla le carrelage. Gonzaga recula vivement, le visage maculé de morceaux de cervelle et de fragments de plomb. Bors posa l'arquebuse et remit sur pied le prêtre bâillonné et nu. Il saisit la poire de fer par sa clé et l'arracha de la bouche de Gonzaga, laissant une masse de chicots brisés au passage.

« Regarde, le prêtre s'est chié dessus », dit Bors avec dégoût. Il brandit la poire de fer. « On aurait dû la lui enfoncer dans le cul.

— Père Gonzaga », dit Tannhauser.

Gonzaga tournait en rond, ses cuisses nues dégoulinant de saleté marron, et il fixait les bottes de Tannhauser. Ce n'était plus un être humain, mais un sac plein de terreur et de désespoir.

« Il est temps de passer à table, dit Tannhauser, et maintenant que tu es seul, tu n'as plus à avoir peur de tes camarades. »

Gonzaga cligna des yeux d'incompréhension. Bors marcha sur les restes de la tête du capitaine. Pris de nausées, Gonzaga chancela et Bors flanqua une gifle sur son crâne tonsuré.

« Tu entends ça, prêtre ? Seul, et sans ami. »

Tannhauser dit : « Tu as accompli cette atrocité sur ordre de frère Ludovico ? »

Gonzaga opina du chef. « Frère Ludovico. Oui, oh oui. » Il hésita, puis lâcha : « Et crucifier le Juif était un ordre du capitaine, pas de moi. Je suis innocent de cet acte.

— Il parle comme un avocat, dit Sabato.

— Je hais les avocats », fit Bors.

Il saisit la tête de Gonzaga à deux mains et lui enfonça les pouces dans les narines avec une telle violence qu'elles éclatèrent en morceaux. Gonzaga hurla, tortillant sa langue entre ses dents brisées. Bors le lâcha. De la table la plus proche, Tannhauser prit une coupe de vin à moitié bue et la donna au prêtre. Gonzaga la saisit à deux mains. Il attendit.

« Bois », dit Tannhauser. Gonzaga but. « Dis-moi, pourquoi Ludovico s'est-il retourné contre nous ? »

Gonzaga rabaissa la coupe. Des rigoles de sang dégoulinaient de son nez éclaté jusque sur son menton. « Pourquoi ? » Il essayait de rassembler son courage pour répondre. « Pourquoi… parce que… parce que… » Il hésita et se cacha derrière la coupe. D'une gifle, Bors la lui fit tomber des mains. Gonzaga se souilla à nouveau bruyamment. Il joignit des mains implorantes à l'adresse de Tannhauser. Son visage était un portrait de celui pour qui Dieu n'avait désormais plus de sens, et qui ne voulait que vivre à n'importe quel prix. Tannhauser se demandait combien de fois Gonzaga avait lui-même vu un tel portrait, et il ne ressentait aucune pitié.

« Parle librement, dit-il, et n'aie pas peur de nous offenser. »

Bors ricana. Mais Gonzaga se cramponnait au moindre mot de Tannhauser.

« Vous êtes un musulman, dit-il, un hérétique, un anabaptiste, un criminel. Vous vous associez à des

Juifs. Vous dédaignez le Saint-Père. » Il désigna les étranges ouvrages posés sur la table de Tannhauser. « Les textes interdits sont étalés ici à la vue de tous.

— Cela ne suffirait pas à Ludovico pour abattre ses cartes. Dis-moi la vraie raison.

— Votre Excellence, Ludovico ne m'a rien dit de plus. » Ses yeux ne quittaient pas Bors. « Rien du tout. Votre impertinence sur les quais me semblait une raison plus que suffisante. »

Bors s'avança. « Laisse-moi lui arracher sa bite décharnée. »

Tannhauser l'arrêta du bras. Gonzaga couvrit ses parties de ses mains en frissonnant… « J'avais ordre de laisser l'affaire entre les mains de la police. »

Bors essayait de passer. « Mais, à la place, tu as eu envie de clouer mon ami à un fauteuil ? »

Gonzaga ferma les yeux.

« Il doit y avoir autre chose, dit Tannhauser. Raconte-moi tout. Tout ce qui s'est dit entre vous. »

Gonzaga luttait pour rassembler ses pensées. « Il y avait une deuxième tâche. Ludovico a ordonné la réclusion d'une noble dame au couvent du Saint-Sépulcre à Santa Croce. »

Même s'il devinait déjà la réponse, Tannhauser demanda : « Quel était le nom de cette femme ?

— Carla de La Penautier, à la villa Saliba. »

Sabato et Bors se tournèrent pour fixer Tannhauser.

« Quand cette tâche devait-elle être accomplie ?

— Elle est déjà accomplie. Ce soir. »

Tannhauser se souvint du prêtre dans le carrosse à la porte. « Par qui ?

— Le qualificateur de notre congrégation sacrée, le père Ambrosio.

— Est-ce que cette créature a une face de rat ? »

Gonzaga minauda. « Oh oui, exactement, Votre Excellence ! »

Tannhauser jeta un regard vers Bors et Bors flanqua un coup de poing dans les reins du prêtre. Gonzaga tomba. Saisissant une de ses oreilles, Tannhauser le remit à genoux.

« Fera-t-on du mal à cette noble dame ? »

Gonzaga luttait pour reprendre son souffle. « Non. Bien au contraire. Ludovico a donné des ordres stricts. »

Ainsi, le mystérieux moine qui avait défloré la jeune comtesse, et qui l'avait abandonnée en ignorant qu'elle attendait un enfant, n'était autre que Ludovico Ludovici, et Ludovico voulait effacer l'ardoise. C'était l'une des toiles d'araignée les plus embrouillées dans laquelle Tannhauser s'était jamais fait prendre. Mais comment Ludovico avait-il su que Carla avait cherché son aide pour se rendre à Malte ? Par Starkey ? Par inadvertance, peut-être. Mais Gonzaga ne pouvait pas avoir la réponse, et Tannhauser ne le lui demanda pas.

« Quelles sont les charges relevées contre nous ? demanda Tannhauser.

— Aucune n'a été préparée. Nous avions ordre de ne rien mettre sur papier. »

C'était au moins une bonne nouvelle. « Et où est Ludovico maintenant ?

— Il est parti cet après-midi pour voir le vice-roi. Ensuite, de Palerme, il ira à Rome.

— Pour quelles affaires ?

— Je l'ignore. Celles du grand maître La Valette, peut-être. Et les siennes. Toujours les siennes. Il ne m'a jamais rien confié sur de tels sujets. »

Tannhauser le considéra. D'un mouvement de tête, il fit signe à Bors. « Il n'a plus rien à nous dire. »

Sabato Svi s'éloigna.

Bors dégaina sa dague. Il hésita. « Je n'ai jamais tué un prêtre avant. »

Gonzaga commença à marmonner en latin. « *Deus meus, ex toto corde poenitet me omnium meorum peccatorum eaque detesto...* »

Tannhauser prit la dague à Bors. « Moi non plus. »

Il réduisit au silence la dernière prière de Gonzaga en le frappant derrière la clavicule, tranchant l'alimentation de son cœur. Pendant la rébellion du faux Mustapha, quand les janissaires avaient massacré des milliers de gens dans les rues d'Andrinople, Tannhauser avait découvert que cette méthode était plus sûre que l'égorgement. Et le sang restait proprement contenu dans la poitrine. Gonzaga mourut sans un soupir. Tannhauser le laissa retomber et rendit sa dague à Bors.

« C'est à peu près la même chose que de tuer n'importe qui d'autre », dit-il.

Bors essuya la dague sur sa cuisse et la rengaina. « Et maintenant ? »

Tannhauser réfléchissait. Santa Croce était loin à l'intérieur des terres, dans les montagnes au sud-ouest de l'Etna. La route pour y aller depuis la villa Saliba – la route de Syracuse – partait plein ouest par rapport à l'Oracle, en passant par la porte sud de Messine. Ambrosio et son escorte ne devaient pas avoir encore atteint la villa Saliba. Carla, il l'espérait, aurait le bon sens de ne pas opposer de résistance. Et Amparo ? Mais toute spéculation était inutile. Il avait largement le temps de leur couper la route de Syracuse. Il se sentit soudain un peu nauséeux et en comprit la raison.

« Je n'ai rien avalé depuis le petit déjeuner », dit-il. Il désigna les cadavres. « Balançons ces saletés dans l'entrepôt. Et puis, pendant que je me remplis le ventre, nous parlerons. »

Tannhauser fit boire Buraq, l'étrilla et le laissa manger un sac d'avoine et de trèfle. Quand il revint, Bors avait balancé des seaux de vinaigre sur le sol pour ôter la puanteur. Le pauvre Gasparo était allongé sur une table. Pendant que Bors allait piller la cuisine, Tannhauser grimpa dans sa chambre prendre son coffret de médecine.

Quand il redescendit, Bors avait couvert la table de pain, de fromage, de vin et d'un quart de cygne rôti froid. Il ajouta une bouteille de brandy et trois verres. Sabato Svi était assis, la tête dans ses mains ensanglantées. Ses épaules tremblaient. Tannhauser posa son coffret de médecine sur la table et l'ouvrit. Il passa un bras autour des épaules de Sabato et sentit les sanglots silencieux dans sa poitrine. Il attendit qu'ils cessent puis dit : « Montre-moi tes mains. »

Sabato s'essuya le visage d'une manche, puis prit une grande respiration et la laissa ressortir lentement. Il évitait les yeux de Tannhauser. Sa barbe était maculée de mucus et de sang. Tannhauser prit un linge dans le coffret et commença à lui essuyer le visage. Sabato s'empara du linge pour le faire lui-même.

« Tu dois penser que je suis moins qu'un homme, dit-il.

— Je t'ai entendu leur cracher au visage. Aucun homme n'aurait pu être plus brave. »

Mais Sabato détournait toujours son visage. Tannhauser jeta un regard à Bors.

« Je me suis déjà souillé pour moins que ça, crois-moi », déclara Bors.

Sabato regarda Tannhauser. Ses yeux étaient hantés. « Je n'avais jamais tout perdu avant.

— L'Oracle ? dit Tannhauser. Ils n'ont fait que briser une chaîne qu'on avait à la cheville.

— Ce n'est pas ce que je voulais dire », murmura Sabato.

Tannhauser acquiesça. « Je sais. Pourtant, en perdant tout tu gagnes la chance de découvrir ce qui est précieux. »

Sabato vit qu'il parlait du fond du cœur. Il hocha la tête.

« Maintenant, fais-moi voir ces mains. »

Tannhauser prit un flacon dans le coffre. Il avait appris des rudiments de médecine de guerre par nécessité, et avait acquis la connaissance de nombreux remèdes auprès de Petrus Grubenius. Mise à part la manière dont elles avaient été infligées, les blessures de Sabato n'avaient rien de remarquable, déjà refermées d'elles-mêmes en deux petits trous qui ne saignaient quasiment plus. Tannhauser les nettoya avec du coudrier et les cautérisa avec de l'huile d'Hispanus. Il décida de ne pas les bander.

« Laisse l'air et le soleil les cicatriser, dit-il. Garde-les bien sèches, car l'humidité risque de les rendre purulentes. Si tu dois les cacher, j'ai une paire de gants de chevreau dans mon armoire que tu peux prendre. Elles te feront plus mal dans les jours qui viennent que maintenant, mais, malgré tout, tu dois bouger tes doigts sinon tu en perdras l'usage. »

Sabato plia les doigts. Il était pâle et son exubérance naturelle semblait affadie, mais loin d'être éteinte tout de même. Puisque la bravade semblait à l'ordre du jour, Tannhauser s'installa dans son fauteuil et fit un signe de tête à Bors pour qu'il remplisse de brandy les tulipes de cristal. Tannhauser en tendit une à Sabato.

« Ces choses te vident l'air de la poitrine, dit-il, mais pourtant, c'est dans de telles flammes que notre courage est retrempé. »

176

Sabato le regarda dans les yeux. Il leva son verre : « *Usque ad finem.* »

Bors et Tannhauser levèrent également leurs verres : « Jusqu'à la fin. »

Ils descendirent le brandy et Bors rechargea les verres.

Sabato Svi dit : « Brûlons-le. »

Ils levèrent les sourcils.

Sabato dit : « Tu parlais de flammes. Brûlons l'Oracle jusqu'aux caves. »

Tannhauser regarda Bors et vit que lui aussi, dans l'œil de son esprit, contemplait soudain un enfer de flammes dévorant tout ce qu'ils avaient construit, et sans le moindre effroi.

« Magnifique, s'exclama Bors.

— Sabato Svi, dit Tannhauser, finalement tu es un vrai poète comme je les aime. » Il leva son verre. « Au feu, et merde !

— Au feu ! »

Ils burent. Le rayonnement de bravoure qui s'élevait du ventre de Tannhauser était plus que bienvenu. Il se tourna vers la nourriture et attaqua la volaille rôtie. Sabato, comme s'il rechignait à ce que la seule poésie justifie l'incendie volontaire, ajouta un raisonnement précis à sa déclaration. « Notre crédit et la plupart de notre argent se trouvent à Venise. Quand nous les retrouverons, nous serons hors d'atteinte de la Couronne espagnole.

— Vrai, lui accorda Tannhauser.

— Et un incendie sur le port occupera toute la cité au moins jusqu'à midi, heure à laquelle nous serons partis.

— Avec douze quintaux de poudre encore en magasin, la moitié du front de mer également », dit Bors. Il avait pris trois belles bagues au capitaine et les essayait sur son petit doigt. Aucune ne rentrait. Il les mit dans une poche et but encore un brandy.

Tannhauser dit : « Je pars pour Malte. »

Sabato le regarda. Bors gloussa, et remplit son verre à nouveau.

« Donc je pars seul pour Venise, dit Sabato.

— Ta femme et tes enfants t'attendent, dit Tannhauser.

— Seule la mort vous attend à Malte.

— Pas moi, rétorqua Tannhauser. Comme toi, je n'ai pas de querelle avec le Turc.

— Donc c'est la comtesse, La Penautier, c'est elle qui se cache derrière ce désastre, dit Sabato.

— Elle est innocente de tout, sauf d'amour », répliqua Tannhauser. Il ignora les regards qui accueillirent cette affirmation. « L'inquisiteur, Ludovico, est responsable de notre ruine, personne d'autre. Il voulait ôter à la comtesse toutes chances de provoquer sa disgrâce.

— De tout sauf d'amour ? s'étonna Sabato Svi.

— Un amour comme tu les aimes. L'amour de son seul enfant. Son fils. »

Sabato et Bors le regardaient pour obtenir la suite. Il fit non de la tête.

« Une puissance, fatale au-delà de l'imagination, a entrelacé la route de dame Carla et la mienne. Ne me questionnez pas davantage. Je me contenterai de vous dire que nous profiterons tous de cette relation.

— Comment ça ? demanda Bors.

— Quand notre accord sera conclu avec succès, elle et moi, nous nous marierons, et vous vous retrouverez associés à un aristocrate. Un comte, rien que ça.

— Le comte Tannhauser ? fit Sabato.

— J'ai choisi le "comte von Tannhauser". Et je sais, de haute autorité, que, à partir de ce moment-là, vous devrez m'appeler "monseigneur". »

— Je bois à ça », dit Bors, et il joignit le geste à la parole.

Tannhauser vit le doute sur le visage de Sabato.

« Sabato, dis-moi en quoi un tel titre n'équivaut pas à une fortune ? Pour nous tous.

— Si tu es mort, peu importe que tu sois même roi, répliqua Sabato.

— Le destin a travaillé dur pour serrer le nœud qui nous lie tous trois à cette aventure. Mais nous sommes ici et il est serré. Chacun doit faire ce qu'il doit.

— Je vais venir avec vous à Malte, dit Sabato.

— C'est la seule idiotie que tu m'aies jamais dite. »

Sabato se renfrogna. Tannhauser se pencha vers lui.

« Sabato. Toutes ces années, tu m'as appelé ton frère, et aucun titre n'était plus cher à mes oreilles. Mais tu dois rentrer à Venise, et tenir notre futur prêt pour notre retour. Je n'ai aucun désir de combattre dans la guerre de Malte. Oublie le sourire narquois de Bors. Nous arriverons un mois après toi, tout au plus. Dimitrianos peut te faire passer en Calabre à l'aube. »

Tannhauser se leva. Il regarda Bors.

« Sous le plancher de ma chambre, tu trouveras environ soixante livres d'opium iranien. »

Bors prit un air chagrin. « Pourquoi on ne me l'a pas dit avant ?

— Parce qu'il en resterait beaucoup moins. » Tannhauser referma le coffret de remèdes sur la table. « Emporte ça aussi et tout l'alcool et les sucreries que tu trouveras. Donne à Dana et aux filles quarante talents d'or chacune…

— Quarante ? » Bors s'étranglait rarement, mais là il le fit.

« Dis-leur de ne pas traîner à Messine. Si Vito Cuorvo les fait passer à Naples, il peut prendre nos chars à bœufs en paiement.

— Je vais emmener les filles avec moi à Venise, proposa Sabato.

— Non », dit Tannhauser. Le cœur de Dana serait affligé par sa disparition, mais les circonstances ne lui laissaient pas le choix ; et sans doute se flattait-il un peu. « Voyage seul pour attirer le moins d'attention possible. Avec quatre filles aussi appétissantes, tu attirerais les foules. Les filles doivent s'en sortir seules, comme nous tous. »

Sabato acquiesça et Tannhauser se retourna vers Bors. « Attends-moi sur la *Couronne*. Ne laisse pas Starkey partir sans nous. » Tannhauser ouvrit ses bras à Sabato Svi. « Souhaite-moi bonne fortune, j'en aurai besoin car l'aventure m'appelle. »

Sabato Svi se leva. « Que personne ne compare jamais notre amitié à l'amitié ordinaire. »

Ils s'embrassèrent. Tannhauser réprima la douleur de l'amour dans sa poitrine et recula.

« Maintenant je dois y aller, dit-il. J'ai encore deux hommes à tuer avant minuit. »

MARDI 15 MAI 1565
La route de Syracuse

L'intérieur du carrosse était totalement noir et les grincements des ressorts et le fracas des roues étaient les seuls bruits qu'elle pouvait entendre. La seule indication de la présence du prêtre sur le banc opposé était une odeur – de sueur, d'oignons et de vieille urine – qui retournait l'estomac de Carla quand une bouffée parvenait jusqu'à elle. Elle gardait le visage tourné vers le volet de la fenêtre, heureuse d'un filet d'air et d'occasionnels coups d'œil vers les étoiles. Quand elle avait ouvert le volet, un peu plus tôt, le prêtre l'avait rabaissé sans un mot.

Il ne lui avait pas dit son nom, ni sous quelle autorité il agissait. Il lui avait seulement déclaré qu'elle devait embrasser une vie de contemplation au couvent du Saint-Sépulcre à Santa Croce. En dehors d'une cape pour couvrir sa robe de soie rouge, il lui avait été interdit d'emporter quoi que ce soit. Elle n'avait pas discuté, car elle savait qu'elle n'aurait besoin de rien. La Sicile était le bord du monde. Au-delà de ses ports cosmopolites, dans des montagnes moins civilisées que n'en renfermaient les étendues de l'Espagne, peu de choses avaient changé en un millénaire. Une saison, une année, une décennie, le temps d'une vie, une ère. Un monde dans lequel de telles notions avaient peu de sens. Un monde qui avait regardé les civilisations passer, l'une après l'autre, les empires des puissants tombant comme des feuilles d'automne. Un monde régi par la mortification et l'obéissance aveugle. Elle pouvait disparaître dans cette sauvagerie, comme d'autres femmes gênantes avant elle : ses cheveux cisaillés, sa robe indécente déchirée, contrainte au silence absolu et vouée à la mascarade d'implacables icônes se faisant passer pour Dieu. Elle se rendit compte, de surcroît, qu'elle avait déjà virtuellement disparu.

Son enlèvement s'était accompli avec un étrange manque de drame. Un homme en armes et un prêtre étaient apparus, sans être annoncés. Aucun signe de Bertholdo et, Dieu merci, d'Amparo. Juste deux étrangers, dont l'un portait – quelle absurdité ! Pensaient-ils vraiment lui tirer dessus ? – un mousquet fumant. Non, elle n'avait enfreint aucune loi. Non, elle n'était pas en état d'arrestation. Non, elle ne pouvait pas savoir la raison de ce traitement, ni de quelle autorité il était issu. Le prêtre ne savait rien d'elle. Il ne savait que ce qu'on lui avait ordonné de l'obliger à faire. Toutes les questions trouveraient réponse en leur temps, sans nul doute, mais, pour l'instant, elle servirait au mieux ses intérêts en montant avec le prêtre dans son carrosse et en gardant son calme. Elle avait bien senti que le prêtre voyait en sa robe rouge une raison bien suffisante pour son arrestation et sa réclusion. Dans l'œil de l'homme d'armes qui l'accompagnait, elle avait vu une supplique : qu'elle ne l'oblige pas à la traiter trop durement.

Être traînée jusqu'au carrosse en hurlant n'aurait servi à rien de bon. Cela n'aurait fait qu'ajouter perte de dignité à la perte de liberté ; et cela aurait impliqué Amparo dans la catastrophe. L'impression d'impuissance totale évoquait à Carla ses plus anciens cauchemars. Alors qu'elle rassemblait les efforts requis pour garder la tête haute, elle s'était retrouvée comme à quinze ans, marchant vers le carrosse qui devait l'emporter hors de la maison de son père pour la toute dernière fois. Cette fois, pourtant, une voix s'était rebellée en elle, et l'avait incitée à se battre. Mais se battre comment ? Et pour quelle fin ? Et avec quoi ? Et que serait-il advenu d'Amparo ? Au moment de l'arrestation de Carla, Amparo faisait tourner ses miroirs divinatoires. L'habit du prêtre ne donnait aucune indication sur son ordre, ni sur l'homme qu'il servait, mais le fait qu'il ait été choisi pour exécuter cette sinistre tâche suggérait l'Inquisition. Tannhauser l'avait prévenue que les dons d'Amparo étaient dangereux. La pensée qu'elle puisse être torturée ou brûlée emplissait Carla de la plus grande horreur. Amparo serait mieux protégée en demeurant inconnue, même si cela signifiait l'abandon. Amparo survivrait. Elle avait réussi à faire son chemin vers Tannhauser. Il avait admiré la jeune femme comme personne avant lui. Pas même Carla. Il la protégerait. Elle ne pouvait pas lier le sort d'Amparo au sien.

Ces calculs l'avaient propulsée dans le carrosse sans résistance. Pourtant, contrairement à la dernière fois, quand l'agent de son père l'avait emportée loin de Malte, elle voyait désormais son rôle dans une machinerie d'oppression beaucoup plus vaste. À chaque moment, et à travers tout le monde humain, tout un chacun exerçait un pouvoir sur quelqu'un d'autre. C'était le parfait simulacre d'un tableau de l'enfer qu'elle avait vu à Naples, dans lequel de grotesques personnages se précipitaient les uns les autres dans les flammes, ne pensant qu'à eux-mêmes. N'avait-elle pas été transportée en Sicile grâce au labeur de centaines de galériens ? À qui elle n'avait accordé aucune pensée au-delà de ses protestations sur leur terrible odeur ? Elle n'avait jamais rien su d'eux, ni de ce qu'ils avaient fait pour mériter une telle dégradation. Et elle ne l'avait pas demandé. Exactement comme ce prêtre qui l'emmenait vers l'oubli, ne se souciait en rien d'elle et ne lui posait aucune question. Elle n'était qu'un de ces personnages grotesques, perdus – damnés – dans l'émeute intéressée de l'existence humaine.

Et même ainsi, elle se demandait ce qu'elle avait fait pour provoquer sa réclusion. Tout avait changé depuis hier, ou depuis le jour précédent, depuis l'arrivée de la lettre de Starkey et la visite de Tannhauser. Son emprisonnement dans un couvent ne pouvait visiblement profiter ni à l'un ni à l'autre. Peut-être avait-elle été espionnée ? Par Bertholdo ? Mais pour qui et pour quelle raison ? Le seul candidat était son propre père, don Ignacio, à Mdina. Elle avait fait suffisamment connaître son désir de retour pour qu'il en entende parler, surtout parce qu'elle le brandissait, lui, comme motif. Elle pouvait facilement imaginer qu'il la méprisait assez, même encore maintenant, pour empêcher qu'elle revienne chez elle. Sa réclusion au milieu de nonnes qui vivaient dans l'autoflagellation paraîtrait juste aux yeux d'un homme si religieux. Mais elle ne trouvait toujours pas le cœur à le haïr. Il y avait déjà assez de haine sur terre sans qu'elle y ajoute sa donation.

Le carrosse se balançait dans la nuit. L'haleine nauséabonde du prêtre emplissait tout l'espace. Ils ralentirent pour gravir la pente abrupte d'une colline. Elle se mit à espérer que le cocher les inviterait à épargner le cheval et à descendre pour marcher. Elle souhaitait, s'il en décidait ainsi, trouver le moyen de s'enfuir. Avec ses bottines ridicules et sa robe ridicule. Elle souhaitait être un homme, comme Tannhauser, qui n'avait jamais enduré la faiblesse d'être une femme. Pas étonnant qu'il les trouve mystérieuses. Elles acceptaient un esclavage qui ne les flattait même pas de chaînes.

Le carrosse s'arrêta complètement, vitesse à peine plus lente que celle qu'ils avaient atteinte dans la pente, et elle sentit le déclic du frein contre la roue. Puis, elle entendit un échange verbal dur et lourd de menaces, étouffé par l'épaisseur du volet. De vagues sons et des bruits sourds émanaient d'au-dessus, et la menace fut répétée. Il y eut un coup de feu, à quelques pouces de là, sembla-t-il, épouvantable dans sa violence inattendue. Le petit prêtre sursauta dans le noir. Le coup de feu fut suivi d'un cri, et du bruit de quelqu'un qui tombait – cela ne pouvait être que le cocher –, et le cheval avança, mais pas le carrosse, dont le frein grinça en bloquant l'essieu. L'invisible prêtre ne fit aucune tentative pour se renseigner. Au contraire. Il demeura parfaitement immobile et des odeurs plus repoussantes qu'auparavant se répandirent dans le carrosse. Carla ouvrit le volet et le prêtre ne l'en empêcha pas.

Après tant d'obscurité suffocante, la lumière de la lune et des lanternes du carrosse semblait énorme. Le paysage qu'elle apercevait – l'étendue d'argent brillant de la mer au loin, le flanc gris pâle de la colline surplombant la route – emplit Carla d'euphorie. Elle regarda le prêtre tassé en face d'elle. Elle ne pouvait pas voir ses yeux, mais son corps était rigide et ses lèvres paraissaient trembler d'une prière silencieuse. Elle se rendit compte, avec quelque surprise, qu'elle ne ressentait aucune peur, malgré le fait que ces collines étaient infestées de bandits. Tannhauser avait raison. Elle n'était pas dénuée d'une certaine sorte de courage. Si le prêtre craignait ce qui les attendait dehors, elle pas du tout. Elle ouvrit la portière du carrosse et descendit.

Il y eut un éclair de lune quand Tannhauser baissa son épée. La lame dégoulinait d'un liquide noir visqueux. Il était à pied et tenait dans sa main gauche un pistolet dont le museau laissait encore monter un dernier petit filet de fumée grise. Ses yeux étaient comme des charbons ardents bleus dans leurs orbites, ses cheveux étaient en bataille et sa lèvre était ourlée d'un sourire qui, une fois de plus, lui fit penser à un loup, mais cette fois ce loup avait été dérangé sur les lieux d'une tuerie. Cette comparaison était très appropriée, car, affalé la tête en bas, coincé dans les traits de l'attelage, la cuirasse zébrée et luisante du même liquide noir, se trouvait le corps du cocher.

« Êtes-vous blessée, ma dame ? » demanda Tannhauser, comme si, peut-être, elle s'était tordu la cheville.

Carla fit non de la tête. Elle regarda le cocher. Elle n'avait jamais vu un homme qu'on venait juste de tuer. « Est-ce que cet homme est mort ?

— Aussi mort qu'une pierre, ma dame. »

Il se tut, comme s'il attendait qu'elle tombe en pâmoison ou qu'elle l'embarrasse d'une manière quelconque. Elle ne ressentait aucune inclination pour la première hypothèse et était déterminée à éviter la seconde, mais elle n'arrivait pas à trouver quelque chose d'utile à dire. Elle regarda les cieux étoilés.

« Quelle belle soirée », s'aventura-t-elle.

Tannhauser contempla le ciel d'un regard cultivé. Il glissa le pistolet dans sa ceinture.

« Effectivement, acquiesça-t-il, comme si elle avait dit quelque chose de particulièrement pertinent. Orion le Chasseur est descendu, et le Scorpion vient de se lever. Les étoiles ont tranché en notre faveur. » Il la regarda. « Mais les hommes, j'en ai peur, ne le feront pas. » Il désigna le carrosse d'un mouvement du menton. « Le prêtre est dedans ?

— J'ai bien peur d'ignorer son nom ainsi que celui qu'il sert.

— Il s'appelle frère Ambrosio et il sert l'Inquisition. » Il paraissait parfaitement juste qu'il sache tout cela alors qu'elle n'en savait rien. « Est-il armé ?

— Seulement de sa foi, dit-elle.

— Alors, il n'a rien à craindre, de l'éternité au moins. » Il désigna l'autre côté du carrosse. « Là-bas se trouve mon cheval et bon compagnon Buraq. Il se méfie des étrangers, mais laissez-le prendre votre mesure et ne montrez aucune timidité. Glissez-lui un mot affectueux, et il vous laissera le monter. Attendez-moi au pied de la colline. »

Elle se rendit compte qu'il avait l'intention d'assassiner le prêtre, et d'un sang si froid qu'elle se demanda s'il n'était pas gelé dans ses veines. Elle le regarda et il força un sourire pour la rassurer, et elle vit qu'il était un tueur de la plus noire espèce, et que, malgré sa vaste intelligence et sa grandeur d'âme, il y avait un défaut, un vide, dans sa conscience, qui était presque aussi vaste. Elle se demanda ce qui avait créé ce vide et depuis quand il était là. Cela l'attrista, car ce qui l'avait ouvert devait lui avoir causé une très grande angoisse, et à un prix si élevé qu'il en avait oublié combien il avait payé. Elle pensa faire objection à ce meurtre, mais il entachait son âme pour elle, et elle tint sa langue. Elle n'offrirait plus jamais de faux visages. Elle n'insulterait plus cet homme du haut de sa pieuse hypocrisie. Elle embrasserait le monde dans lequel elle se trouvait désormais impliquée d'une manière si sanglante. Elle allait apprendre, enfin, à être sincère envers son moi le plus profond.

« Je souhaite rester ici avec vous, dit-elle.

— Je vous rejoindrai sous peu, dit-il. Il n'y a aucune raison d'avoir peur.

— Je n'ai pas peur. Même si j'ignore comment je suis cause de ce désastre, je ne me cacherai pas de ses conséquences.

— Peut-être ne comprenez-vous pas, dit-il, mais je vais tuer le prêtre. »

Un bruit secoua l'intérieur du carrosse et elle se tourna pour regarder. Ambrosio était tombé à genoux, les doigts serrés en prière. Son maigre visage l'implorait d'une supplique désespérée.

« Il rampe pour sa vie, comme la plupart, dit Tannhauser, mais si je l'épargne, il nous fera à nouveau du mal, vous avez ma parole. »

Elle regarda Tannhauser dans les yeux. « Ne prenez pas de retard à cause de moi. »

Tannhauser, à la fois surpris et soulagé par son flegme, se frotta la bouche d'un revers de main. « Vous êtes sûre ? »

Elle hocha la tête. Il passa devant elle pour atteindre la portière du carrosse et étudia le prêtre.

« Ces créatures sont comme des rats. Ils ne sortent que la nuit. »

Le prêtre eut un mouvement de recul et Tannhauser fit tomber son chapeau de la paume de la main.

« Qui t'a envoyé remplir cette tâche indigne et lâche ? »

La bouche d'Ambrosio s'ouvrit et se referma. Tannhauser se pencha et posa sa main gauche comme une griffe sur son crâne tonsuré. D'un bref coup d'épée, il trancha l'oreille du prêtre. Carla tressaillit pendant qu'Ambrosio proférait sa première et piteuse réponse et que des ruisselets noirs comme du soufre coulaient dans son cou. Ses yeux clignaient vers elle, de surprise et de terreur. Non, se dit-elle, tu ne regarderas pas ailleurs. Tannhauser tourna le visage du prêtre vers le sien.

« Réponds-moi, chien. »

Ambrosio cherchait son souffle. « Le père Gonzaga, de la congrégation de Saint-Pierre martyr.

— Bien. Quels étaient tes ordres ?

— De convoyer la *signora* jusqu'au couvent du Saint-Sépulcre à Santa Croce, pour qu'elle y soit détenue indéfiniment pour le bien de son âme immortelle.

— Et qu'en est-il du maître de Gonzaga, Ludovico ? »

Ce nom choqua Carla plus que tous les singuliers événements qu'elle avait endurés jusqu'ici. Elle ne l'avait pas entendu prononcer depuis treize ans. Elle attendit la réponse d'Ambrosio.

« Je n'ai pas entendu parler de Son Éminence depuis des mois, depuis qu'il est allé à Malte. »

Tannhauser se pencha sur le trou sanglant qui remplaçait l'oreille d'Ambrosio. « Maintenant, tu dois mourir. Et sache que si ton Dieu a vraiment créé un paradis et un enfer, Lucifer va se frotter les mains en te regardant brûler.

— Jésus ! »

Tannhauser inclina l'épée vivement et la plongea dans le creux de sa gorge. Ambrosio émit un hoquet bouillonnant et sa main se serra sur le dos de Tannhauser en une ultime embrassade. Tannhauser le poussa dans le carrosse et nettoya sa lame sur son habit de moine. Le sang était tenace, et il lui fallut un moment avant d'être satisfait. Pendant que Carla l'observait, comme de la fenêtre d'un rêve sombre et tourbillonnant, Tannhauser refaçonnait le monde comme un maçon ensanglanté, abattant un mur tout en élevant un nouveau. Il rengaina son épée et tira sa dague.

« Où est votre bonne compagne, Amparo ? demanda-
t-il.

— À la villa. Mes ravisseurs ignoraient son existence, je ne les en ai pas éclairés.

— Vous avez très bien fait. »

Elle le regarda trancher les traits de l'attelage pour
en libérer le corps du cocher, et elle recula d'un pas
quand il souleva le cadavre comme une balle de paille.
Il le fourra dans le carrosse sur le prêtre et referma la
portière. Il examina son pourpoint croisé d'or comme
pour y chercher des taches. Sa satisfaction de n'en trouver aucune était celle d'un homme si habitué à ce genre
de boucherie que le résultat était exactement celui
auquel il s'attendait. Il essuya ses mains sur ses cuisses
et débarrassa le cheval de son harnachement et de sa
croupière.

Il dit : « J'ai conclu de la conspiration montée contre
nous que Ludovico est le père de votre fils.

— Je regrette de ne pas vous l'avoir dit plus tôt.
Vous auriez peut-être pu éviter cette calamité. »

Tannhauser fit non de la tête. « La mort était déjà
décidée. Quand je suis revenu de votre villa, un groupe
de gens d'armes de la ville a essayé de me prendre au
piège. »

Il libéra le cheval du carrosse et le calma de mots et
de caresses. Il désigna sa propre monture sur le côté de
la route. Comme pour prévenir l'impression que son
offre n'était que pure galanterie, et donc source d'argumentation, il dit : « S'il vous plaît, Buraq m'a porté loin
aujourd'hui et il appréciera un poids plus léger. »

Au clair de lune, l'animal apparaissait aussi blanc
que lait.

« Il semble aussi pur qu'une allégorie de la Vertu,
dit-elle.

— Je suis certain qu'il dirait la même chose de vous, s'il pouvait parler », fit Tannhauser.

Menant le cheval par la bride, Tannhauser tint Buraq le temps que Carla relève ses jupes et monte avec aisance. Elle vit Tannhauser remarquer ses courtes bottines de cuir, et sa délectation l'électrisa. Buraq l'accepta avec calme et elle sentit immédiatement sa force et son merveilleux équilibre. Elle frissonna de joie de sa beauté, de sa noblesse, de son odeur. Elle frissonna des étoiles et de la nuit. Elle frissonna de l'homme qui se tenait auprès d'elle et qui étudiait ses jambes avec une appréciation si dénuée de timidité. Tannhauser lui tendit les rênes.

Elle rassembla ses esprits et dit : « Vous disiez que les autorités vous attendaient ? »

Le sourire qui était passé dans ses yeux cet après-midi réapparut. « Les forces de police de Messine vont être légèrement affaiblies pendant quelque temps. » Le sourire fantôme disparut et quelque chose de froid traversa son humeur. « Ils ont tué le jeune Gasparo, pour avoir voulu défendre Sabato Svi. Ils ont soumis Sabato Svi à la torture, parce qu'il est juif. Ces deux hommes m'honoraient de leur amitié.

— Je suis désolée, dit-elle.

— Quand les puissants se tournent contre nous, nous devons agir comme les puissants agissent, c'est-à-dire dans leur propre intérêt, et sans moralité ni pitié. Nous les avons tués comme des chiens et ma conscience est en paix. Soyez donc assurée que personne ne reste vivant pour évoquer votre nom à propos de tout ceci – personne, sauf Ludovico. Mais il restera tranquille, car son rôle dans cette débâcle lui ferait honte devant ceux qui sont encore plus puissants que lui. »

Il lui prit le poignet et serra. Ses doigts mordirent ses os, comme s'il avait l'intention de la sortir de son rêve.

« Ludovico est parti pour Palerme, et ensuite pour Rome. Retournez chercher Amparo. Ce prêtre, là, ne vous a jamais enlevée, et de cette boucherie vous ne savez rien. Ne dites rien et personne ne vous demandera rien. Prenez Buraq, et prenez soin de lui, retournez en France, demain, comme si rien de tout ceci n'avait eu lieu. »

Les doigts de Tannhauser lui faisaient mal. Mais il l'avait sortie de son rêve dès le premier moment où elle l'avait vu, son visage encore humide de larmes dans le jardin de roses. Dieu avait voulu qu'elle emprunte ce sentier, et par ce sentier il la graciait. C'était cela qu'elle savait, ici, maintenant, avec ce grand cheval respirant sous ses cuisses, les étoiles incandescentes au-dessus et la morsure des doigts de cet homme sur sa chair.

« Je pars pour Malte, dit Tannhauser. La forteresse des chiens de l'enfer. Starkey est arrivé à ses fins après tout. Mais je trouverai votre fils, quoi qu'il advienne. Et je le ramènerai sain et sauf entre vos bras. »

Carla ne doutait absolument pas de lui. Pourtant, elle dit : « Je viens avec vous. Tel était notre accord. »

Il la considéra en silence, ses yeux indéchiffrables. Il lâcha son poignet, se tourna et s'éloigna. Elle le vit manœuvrer le carrosse jusqu'au bord de la route. Il le poussa dans la pente et le carrosse et sa cargaison morbide disparurent en roulant dans le noir. Il revint et monta à cru sur le cheval du carrosse.

« Le navire rouge part à minuit. » Tannhauser leva les yeux vers la lune pour y mesurer le temps. « Si nous devons passer prendre la fille, il faut nous hâter.

— Amparo ? » Carla avait été sûre qu'il ne voudrait pas s'encombrer d'un poids supplémentaire.

Dans un imbroglio comme celui-ci, une devineresse et ses visions ne sont pas à négliger.

Il donna un coup de talon et partit au grand galop. Buraq suivit, de son propre chef, aussi sûr que son pied était léger. Carla se souleva de la selle et rejeta ses épaules en arrière. Le vent soufflait dans ses cheveux. Elle se sentait comme s'il lui avait poussé des ailes.

MERCREDI 16 MAI 1565
Port de Messine, la Couronne

La *Couronne* était à un demi-mille au large quand l'Oracle explosa. Le feu qui s'ensuivit était immense et toute la baie était illuminée du jaune de ses flammes. Du chaos humain qui s'étendait le long des quais, tout ce que Bors parvenait à voir, c'étaient de minuscules silhouettes désespérées qui se détachaient sur fond de fournaise.

Comme ils s'enfonçaient dans l'obscurité, les rugissements provenant du front de mer furent peu à peu noyés par le grincement du bois et des cordages, par les allers-retours des cinquante-deux immenses rames, le boum du gong, le claquement des fouets et le cliquetis des fers et des chaînes. Sur le pont de nage ouvert en dessous, des esclaves enchaînés, cinq par banc, se penchaient sur les rames. Ils chiaient et pissaient là où ils étaient assis, sur des peaux de mouton encore souillées des excréments de la veille. Bors enfonça du tabac dans ses narines et s'appuya au bastingage. L'Oracle était mort, mais la vie était belle. Les lointaines silhouettes désespérées étaient dans leur monde, et il était heureux d'être dans le sien.

Mattias était arrivé sur le quai juste au moment où Giovanni Castrucco et Oliver Starkey semblaient au bord d'en venir aux mains à propos du temps qu'ils devaient encore gaspiller à attendre. Bors, rechignant à gaspiller plus de poudre qu'il n'en fallait pour faire sauter l'Oracle, alors qu'elle pouvait être utilisée pour tuer les infidèles, avait transporté huit des douze quintaux qui leur restaient sur la *Couronne*, avec leurs coffres de guerre, baudriers et provisions, ainsi que les mousquets des gens d'armes vaincus. Par contraste, Mattias était arrivé montant un cheval à cru, encombré de deux femmes et d'une collection d'instruments de musique, comme une troupe de troubadours qui avaient perdu leur chemin et se retrouvaient en route vers la perdition. Pour un homme qui avait tué deux prêtres et trois officiers de la Couronne d'Espagne, Mattias se conduisait avec un sang-froid insensé, et en menant sa paire de *femmes*[1] et son étalon doré devant les chevaliers stupéfaits, il avait même fait montre d'une sympathie charmante. Mais Mattias était tout cela et bien plus encore.

Il se tenait maintenant sur le gaillard d'arrière, conversant avec le célèbre capitaine italien et le lieutenant turcopolier, comme s'il était tout à fait leur égal, et pas, comme c'était le cas désormais, l'homme le plus recherché de Sicile, voire même de l'empire. Bors sourit. Cet homme était une merveille. À regarder l'expression sur son visage, il était aussi stupéfait que les autres devant l'enfer embrasant le front de mer. Pour Bors, ce n'était pas surprenant que le grand maître le veuille pour la bataille. Mais le vieux pirate avait gagné un double lot, car quand il s'agissait de massacre, Bors possédait deux ou trois astuces de son cru à montrer à ces moines combattants.

Et les femmes que Mattias avait prises sous son aile ? Seul Dieu savait quels futurs ennuis elles allaient appor-

1. En français dans le texte.

ter. La comtesse et la fille aux yeux sauvages se tenaient près de Bors sur le plat-bord des *rambades*, observant le rivage. Il leur avait donné un demi-citron à chacune pour combattre la puanteur des esclaves et elles tenaient le fruit sous leur nez d'un air délicat. La comtesse n'arrêtait pas de regarder Mattias sur le gaillard d'arrière. Bors voyait très bien que tous ses espoirs – et qui savait quels rêves ? – reposaient désormais entre les mains de son ami, et les espoirs et les rêves d'une femme étaient le fardeau le plus lourd qu'un homme puisse connaître, surtout quand il partait à la guerre. La fille à côté d'elle ne portait aucun intérêt au navire et à son tohu-bohu nauséabond, mais fixait les flammes, seule chose encore visible du rivage obscur et distant, comme si elles exerçaient une force enchanteresse, comme si elle pouvait lire en elles quelque chose que nul ne pouvait voir. Les femmes allaient rendre la vie plus hasardeuse. Les décisions deviendraient floues. L'amour allait empoisonner le puits et quiconque y boirait. Mais la vocation sacrée de Bors était de surveiller les arrières de Mattias, et ça, il le ferait.

À une distance exagérément respectueuse des deux femmes, et observant le rivage de l'Europe qui disparaissait, se tenait une vingtaine de chevaliers en pourpoints noirs. Leurs poitrines portaient des croix de soie blanche à huit pointes et, au clair de lune, de ces croix émanait une étrange et pâle lueur. Ils avaient tous autour de la quarantaine mais la plupart semblaient avoir moins de trente ans. Tous portaient de grandes barbes fournies, très belliqueuses. Tous murmuraient des Notre-Père. Les chevaliers étaient obligés de réciter cent cinquante Pater Noster chaque jour, mais comme il était très dur de ne pas se tromper dans le décompte, ils s'arrêtaient rarement, et en mer ils priaient pendant des heures, en une transe mystique. Chaque homme tombait graduellement en rythme avec un autre, jusqu'à ce qu'ils chantent tous leur prière à l'unisson, et Bors sentait un frisson lui parcourir la moelle épinière, car le son de tant de tueurs en parfaite harmonie était capable de faire trembler un bloc de pierre. Il vit que la comtesse avait rejoint les chevaliers dans leur incantation, mais pas la fille.

Bors regarda à nouveau vers la Sicile. Ils naviguaient vers un bain de sang, et pourtant il l'attendait avec impatience. Il le souhaitait plus que la richesse, plus que l'honneur. Seul le combat brise les chaînes de la moralité. Seul un bain de sang, où toutes les investitures antérieures sont soudain nulles et non avenues, dénude un homme jusqu'au cœur de son être. Il n'y avait que là qu'on pouvait trouver la transcendance. La plus grande part de l'humanité travaillait et mourait sans jamais connaître une telle extase. Une fois qu'on la connaissait, tout le reste perdait sa saveur. L'horreur – dont le monde abondait de toute manière – était un tout petit prix à payer pour la connaître à nouveau. Avec un fracas de poids et force claquements de toile et de filins, les gigantesques voiles latines rouges descendirent des mâts et se gonflèrent sous la brise. Une énorme croix d'or brillait sur la grand-voile. Mattias apparut à ses côtés et passa un bras sous le coude de Bors.

« Alors, dit Mattias, ton souhait est exaucé. L'ordre naturel est rempli.

— Je ne l'aurais pas souhaité à un prix si élevé, répliqua Bors.

— Au moins, tu ramèneras quelques histoires à raconter à la veillée. »

Bors désigna les deux femmes du menton. « Et tu as amené des ménestrels en jupons pour accompagner nos divertissements.

— Là où nous allons, la musique sera plus précieuse que des rubis, dit Mattias. Mais écoute-moi bien et souviens-t'en. Je n'ai aucune intention de rester jusqu'à la fin de ce combat. Nous y allons pour escamoter un garçon des mâchoires de la guerre. »

À l'âge de neuf ans, ou à peu près, Bors avait assommé son père avec une bêche, et s'était enfui de Carlisle pour s'enrôler dans l'armée du roi de Connaught. Pensant à cela, il fronça les sourcils. « Quel garçon voudrait être escamoté ainsi ?

— Peut-être ne voudra-t-il pas. Mais je n'ai pas l'intention de lui laisser le choix.

— Peu importe qui il est, dit Bors. J'ai une dette envers lui. »

Mattias acquiesça en souriant. Et Bors remercia Dieu Tout-Puissant d'avoir pu, sur le long chemin tordu de la vie, gagner une telle amitié. Bors aurait chevauché aux côtés de Mattias s'il lui avait demandé d'aller sous terre arracher Satan à son trône brûlant. Après avoir serré le bras de Bors, Mattias se dégagea et rejoignit les femmes.

Bors reporta les yeux vers l'écume remontée des profondeurs par les lames des rames. Dans une autre partie de cette mer si ancienne, des dizaines de milliers de *gazi* approchaient de leur propre moment de vérité. Cinquante jours épuisants entassés joue contre joue dans les vaisseaux du sultan. Après un tel confinement, le débarquement les verrait hurler leur soif de sang chrétien. Bors n'avait jamais combattu les Lions de l'islam, mais s'il existait un seul guide valable pour cela, c'était bien Mattias. Cette perspective fit frissonner ses cuisses et ses entrailles. Les raisons qui les avaient amenés ici, Mattias et ses femmes aussi, n'avaient plus d'importance. Le Dieu de la guerre avait parlé, et ils avaient accouru à son appel. La litanie rythmique des chevaliers se glissa dans sa poitrine.

« *Pater noster, qui es in caelis, sanctificetur nomen tuum. Adveniat regnum tuum. Fiat voluntas tua sicut in caelo et in terra. Panem nostrum quotidianum da nobis hodie, et dimitte nobis debita nostra, sicut et nos dimittimus debitoribus nostris. Et ne nos inducas in tentationem, sed libera nos a malo. Amen.* »

Sur un navire rouge et noir, traversant une mer noire et argent, ils filaient sous la lune vers les portes de l'enfer. Quand les chevaliers reprirent leur litanie du début, Bors se joignit à eux.

VENDREDI 18 MAI 1565
Baie de Kalkara, le Borgo, Malte

Quand un coup de canon l'avait éveillé à la première heure du jour de son logement sans toit près de la crique, Orlandu avait vu la mince silhouette du lévrier qu'il dressait dans ses rêves, découpée sur le ciel. Des amas de nuages pourpres s'éloignaient de l'est, comme une armée de la nuit fuyant devant l'irruption du jour, et la brise, jamais aussi fraîche ni aussi douce qu'à l'aube, portait sur ses ailes les voix d'hommes chantant des psaumes.

Au second coup de canon, le lévrier se retourna vers lui. Ils n'étaient pas à plus de douze pieds l'un de l'autre, le chien le regardant du haut d'un tas de caisses pleines de voiles sur le quai de Kalkara. Un rayon de lumière s'échappa des nuages et il vit que le chien était d'un blanc immaculé. Ses oreilles étaient dressées et ils s'étudiaient, le chien et le garçon aux pieds nus, l'un aussi pur de lignes que Dieu l'avait fait, l'autre couvert de morsures et de sang séché. Orlandu saisit son couteau de boucher dans les pierres près de sa tête et se leva très lentement. Les yeux du lévrier étaient tristes et brillants. Son âme se dévoilait. Sa noblesse transperça le cœur d'Orlandu.

Du peu qu'Orlandu en savait, ce lévrier blanc était le dernier chien en vie sur l'île. Qu'il en soit ainsi ou pas, on n'entendait plus un aboiement ni un hurlement dans toute la ville. Qu'il en soit ainsi ou pas, Orlandu avait l'intention de tuer ce magnifique lévrier blanc avant la fin de la matinée.

Au troisième coup de canon, le lévrier sauta de son perchoir et, furtif comme un fantôme, s'évanouit dans les rues. Orlandu fila à sa poursuite dans le Borgo, et il était si absorbé par sa chasse que le soleil avait déjà éclairci l'horizon quand il se souvint soudain. Il s'arrêta. Trois coups de canon du château Saint-Ange étaient le signal que tous attendaient avec un effroi sans mesure. L'armada turque venait d'être repérée au large. Les hordes de l'islam avaient atteint les rivages de Malte.

Le massacre des chiens avait pris trois jours. Aujourd'hui, c'était le quatrième. Leur extermination avait été décidée par le grand maître La Valette. Lors du siège de Rhodes, disait-on, La Valette avait vu le peuple manger des chiens et des rats. Pire, les chiens avaient mangé les cadavres des massacrés. Il avait donc décrété qu'à Malte, la mort viendrait pour tous avant qu'une telle dégradation ne soit tolérée. Orlandu avait aussi entendu que, entre tous les animaux de la Création, La Valette réservait son amour le plus tendre à ses chiens de chasse. Avant de rendre son décret public, La Valette avait pris son épée et tué de sa propre main ses six chiens bien-aimés. Après cela, disait-on, La Valette avait pleuré de compassion.

Si le décret était assez simple, son exécution s'était avérée plus malaisée que quiconque aurait pu s'y attendre. Beaucoup, qui avaient leurs chiens à portée de main, suivant l'exemple de La Valette, les tuèrent eux-mêmes. Mais cette politique ne pouvait être cachée aux animaux ainsi condamnés. Au crépuscule du premier jour, alertés par les hurlements de leurs semblables et avec leurs maîtres qui se tournaient contre eux de tous les côtés, chiens domestiques et errants confondus s'étaient tous regroupés en bandes aux yeux sauvages, qui arpentaient les rues et les ruelles de la cité. Comme la ville était fermée de remparts et entourée par la mer, aucune échappée n'était possible et tout sanctuaire était exclu.

Puisque, à cet égard, les chiens ressemblent étrangement aux hommes, les bandes étaient menées par les plus sauvages et les plus astucieux d'entre eux. En si grand nombre, et animées par la terreur et l'odeur de leurs pairs dont les carcasses étaient quotidiennement brûlées, ces bandes s'avérèrent extrêmement dangereuses et d'un courage inouï. Comme la chasse et le meurtre de chiens faisaient partie des basses œuvres, indignes des combattants et des chevaliers, que tous ceux qui pouvaient marcher étaient employés à la préparation de la guerre, et que cette tâche n'était pas faite pour les femmes, un sergent d'armes eut la brillante idée d'utiliser les garçons recrutés comme porteurs d'eau pour servir les fortifications pendant le siège. Orlandu, qui avait été assigné au bastion de Castille, avait été parmi les premiers à se porter volontaire.

Pour la Religion, il aurait été volontaire pour n'importe quoi. Comme tous les gamins, il considérait les chevaliers comme des dieux sur terre. On lui avait donné un couteau à désosser – aiguisé par l'usage en forme de croissant et tranchant comme un rasoir – et on lui avait dit que, comme ils allaient bientôt tuer des musulmans, ils pouvaient aussi bien commencer par des chiens, qui devant Dieu n'étaient que des bêtes d'une espèce similaire, leur principale différence étant qu'ils sentaient moins mauvais et n'iraient pas en enfer. Cette remarque fit qu'Orlandu se demanda si les chiens avaient une âme ou non. Le père Guillaume, le chapelain qui bénissait les bouchers juvéniles avant qu'ils ne s'élancent pour leur croisade, lui avait assuré qu'ils n'en avaient pas, pas plus qu'un mouton ou un lièvre, mais la manière dont chaque chien se débattait face à la mort était si particulière, et son amour de la vie si poignant, qu'au premier soir Orlandu était convaincu du contraire.

Quand il avait tué un chien, le garçon emportait sa carcasse vers un chariot stationné près de la porte Provençale, où le chien mort était éviscéré pour que ses entrailles servent à empoisonner les puits du Marsa une fois que les Turcs seraient arrivés. Ce qui en restait était charrié jusqu'à un bûcher de poils et d'os au-delà des remparts. À la fin du deuxième jour, heure à laquelle la plupart des garçons avaient supplié qu'on les excuse de ces tâches hideuses, les vêtements en loques d'Orlandu étaient rigides des excréments et du sang séchés des animaux qu'il avait tués, et éviscérés, et balancés sur leur bûcher funéraire. Sa chair enflammée lui faisait mal de plus de morsures qu'il n'en pouvait compter. Il était nauséeux. Il était épuisé. Il était saturé et révolté par le massacre. Et il décida que le père Guillaume avait raison, finalement, quant à leur âme, car croire l'inverse rendait le travail trop déchirant à supporter.

Il dormait seul sur les quais, sur une palette de sacs de grain. Quand il se levait et arpentait les rues en quête d'une proie, les gens s'écartaient, comme s'il était un fou furieux récemment échappé d'un refuge pour les simples d'esprit. Au début, il s'était imaginé que c'était parce qu'il empestait, mais l'éclat dans les yeux du boulanger à qui il avait acheté son petit déjeuner lui fit comprendre que c'était parce qu'il inspirait un effroi repoussant. Le boulanger avait peur de lui. À la suite de ça, il se tint plus droit quand il marchait, et arbora un air sévère et impassible à la manière des chevaliers.

Chez le tanneur, il se procura un morceau de peau de mouton, frotta le cuir au gras de poulet et l'attacha, laine contre peau, autour de son avant-bras gauche. Avec une telle armure, il pouvait tenter les mâchoires d'un chien avant de lui couper la gorge.

Mais même ainsi, crocs et dents abîmaient son bras jusqu'aux os, car c'étaient les chiens les plus sauvages et les plus malins qui, à ce jour, avaient survécu au massacre, et, le second soir, sa main gauche était entièrement bleue. Les sentinelles des quais partageaient avec lui des petits pains aux rognons, rôtis sur les charbons de bois de leurs braseros. Ils le pressaient de questions sur l'avancée de la chasse, et il se joignit à leurs rires vulgaires pour des choses qu'il ne trouvait pas drôles du tout. Ils lui demandèrent combien il en avait tué. Il ne parvenait pas à s'en souvenir. Vingt, trente, plus ? Croyant qu'il ne les voyait pas, ils jetèrent des coups d'œil à ses bleus et ses blessures, et échangèrent des airs mystérieux, le trouvant bizarre. Il les avait laissés à leur feu, et à l'instant où il s'était allongé sur ses sacs en levant les yeux vers les étoiles, il n'était plus le garçon qui s'était levé le jour précédent. Pas encore un homme, peut-être, mais déjà une sorte de tueur, ce qui était presque aussi bien. En quoi était-ce plus difficile de tuer un musulman ?

C'était un bâtard et, banni qu'il le veuille ou non, il avait choisi une vie sur les quais plutôt que l'esclavage dans la porcherie où il avait été élevé. Il travaillait dans les bassins, carénant les galères, faisant bouillir la poix et radoubant les quilles détrempées de saletés. Un labeur repoussant ; mais il était libre. Et libre de rêver d'être un pilote de la marine de la Religion. Cette nuit-là, il avait contemplé les cieux et regardé l'étoile Polaire dans la queue de la Petite Ourse. Il s'était endormi et son sommeil avait été troublé d'impressions malfaisantes et de rêves menaçants, qui étaient sombres, sanglants et vides de toute consolation.

L'aube apporta le magnifique lévrier immaculé, regardant Orlandu comme s'il avait lu ses rêves et veillé sur son sommeil. Au premier instant, il l'avait pris pour un esprit, et cela avait restauré sa croyance en l'âme des chiens, qui ne disparut pas même quand la vision s'avéra bien charnelle. Quand le lévrier blanc fila dans les ruelles ombrées de pourpre, Orlandu le suivit.

Comme le fantôme d'une fable qui expliquerait la nature de la futilité, le lévrier blanc le promena entre les taudis de la crique de Kalkara, jusque dans la cité elle-même, vers les voix élevées à la louange du jour renaissant. L'église abbatiale de San Lorenzo se dressait, baignée d'une lumière violette spectrale. De ses portes ouvertes émanait une pulsation jaune qui trouait la façade monumentale, et l'âme d'Orlandu fut entraînée vers ce portail sacré. Il laissa son couteau près d'un arc-boutant et entra dans l'église à pas feutrés. Les dalles étaient froides à ses pieds. Le plain-chant le faisait frissonner. Il trempa ses doigts dans l'eau bénite, fit une génuflexion, et un signe de croix, puis il avança vers la brillance jaune. San Lorenzo était l'église des chevaliers de Saint-Jean le Baptiste. Orlandu n'avait jamais passé ses portes auparavant. Son cœur battait et il osait à peine respirer en s'avançant dans le vestibule. Au-delà des deux larges piliers qui flanquaient la nef, l'intérieur s'ouvrait devant lui et ses sens en restaient stupéfaits.

L'ensemble des prêtres de la Religion se tenait assemblé comme un seul homme et les pierres tremblaient alors qu'un demi-millier de soldats de la croix élevaient leurs voix vers Dieu. Les moines guerriers étaient debout, rang après rang, dans leur simple habit noir, plus humbles que l'agneau et plus fiers que des tigres, liés par l'amour de Jésus-Christ et saint Jean-Baptiste, fiers de leur présence et sans peur, et chantant, chantant avec une exaltation grondante. Les fumées d'encens se dispersaient dans les allées et lui firent tourner la tête. Le vaste espace brillait et tremblait d'innombrables cierges allumés. Pourtant, il semblait que tous les rayons de lumière émanaient de la représentation du Christ torturé, placé haut au-dessus de l'autel. C'était vers cela que le regard d'Orlandu était attiré, ainsi que ceux de toute cette formidable congrégation : vers le visage noble et décharné de celui qui avait souffert et était mort pour tous les hommes, vers la couronne d'épines sanglantes et les mains clouées de douleur, vers le corps émacié et percé qui se tordait sur la Croix, comme si ses affres ultimes n'étaient pas encore terminées.

Orlandu était empli de chagrin. Il savait que Jésus l'aimait. Un sanglot s'échappa de sa poitrine, il joignit ses mains bleuies et ensanglantées et tomba à genoux.

« Je confesse à Dieu Tout-Puissant, à sainte Marie toujours vierge, à saint Michel archange, à saint Jean-Baptiste, aux saints apôtres Pierre et Paul, et à tous les saints, que j'ai péché en pensée, en paroles, et en actes, c'est ma faute, c'est ma faute, c'est ma très grande faute. »

Il n'était pas seul à invoquer le pardon, ni à pleurer. Des larmes brillaient sans honte sur les visages de nombreux moines. Le chagrin et la joie emplissaient l'église jusqu'en haut de ses arches voûtées. Depuis la tragédie de Rhodes, jamais autant de frères de la Religion ne s'étaient rassemblés en un même lieu. Si aucun d'entre eux ne pensait qu'un tel nombre puisse à nouveau se rassembler un jour, c'était parce que chacun d'eux était venu à Malte afin de mourir pour sa foi. Dieu avait appelé leur congrégation à la guerre. Le feu et l'épée étaient les saints instruments de leur credo. Emporté par le vortex de vénération autour de lui, Orlandu embrassait cette destinée aussi volontiers que tout autre. Lui aussi aspirait à mourir pour le Christ rédempteur. Pourtant son instinct ne l'abandonnait pas. Il se retourna juste à temps pour voir le chapelain, père Guillaume, arriver au coin de la nef, le visage changé en un masque de fureur face à cet intrus en haillons. Orlandu se remit sur pied et fila à travers le vestibule, jusqu'au lilas de l'aube, dehors. Il ramassa son couteau caché près de l'arc-boutant et détala, tournant au coin de l'église.

Et là, comme s'il avait entamé un jeu dont il ne pouvait ni comprendre les règles, ni anticiper la finale, le lévrier blanc immaculé l'attendait.

Dans la lumière grandissante, Orlandu vit que les minces flancs du chien – ses côtes étaient nettement visibles, même s'il n'avait pas l'air mal nourri – étaient défigurés de récents coups de couteau. D'autres avaient essayé de le tuer, donc, et ils avaient échoué. Avec ses yeux encore humides et sa poitrine encore prête à éclater de sa communion avec les chevaliers, l'estomac d'Orlandu renâclait face à la perspective d'une boucherie. Mais La Valette avait bien tué ses chiens, les bêtes qu'il aimait plus que tout au monde. Il les avait tués pour le peuple, pour la Religion et pour Dieu.

Pour tenter d'attirer l'animal plus près, Orlandu songea à lui tendre la peau trempée de gras encore attachée à son bras ; mais duper ce chien, comme il l'avait fait avec les cabots sauvages des jours précédents, lui sembla ignoble, et peut-être impie. Il montra son couteau au lévrier.

Le lévrier se retourna et fila.

Orlandu partit à sa poursuite.

Toute la matinée, alors que la fraîcheur s'estompait et que la chaleur montait, haute et dure, Orlandu poursuivit, perdit, retrouva et perdit à nouveau le lévrier fugitif, avant de le repérer encore. Du haut au bas du Borgo, de la porte Provençale dans l'énorme enceinte côté terre jusqu'aux quais de la crique des Galères, de Kalkara à Saint-Ange, à travers les marchés et les masures, et du soleil à l'ombre. Et tandis que le chien et le garçon parcouraient chaque rue et chaque ruelle, la ville elle-même se transformait en une ruche terrorisée.

Des tambours roulaient, et des trompettes et des cloches sonnaient. La stupéfaction et l'émoi s'emparaient de la population. Le petit peuple avait cru que les Turcs n'arriveraient pas avant un bon mois. Chaque visage tourmenté était blême d'effroi. Beaucoup couraient s'enfermer dans leurs maisons. D'autres se pressaient frénétiquement de-ci de-là, sans le moindre but. Et à travers toute l'île, ceux qui n'étaient pas encore derrière les remparts se précipitaient vers le Borgo pour demander asile. Les paysans menaient avec eux tout le bétail qui pouvait être utilisé ou mangé. À dos d'âne, dans des chariots ou sur leurs propres épaules opiniâtres, ils apportaient aussi le reste des récoltes moissonnées à la hâte et les fruits arrachés à tous les vergers. Ils amenaient leurs femmes et leurs enfants, leurs légumes et leurs chèvres, et ces précieuses petites choses qui rappellent la vie et ce qu'on a été. Ils apportaient leurs icônes et leurs prières, leur courage et leur peur. Et, dans toutes les directions, des fumées montaient en spirale dans le ciel. Chaque champ, chaque lopin de terre impossible à moissonner et toutes les provisions qu'ils ne pouvaient pas transporter devaient être brûlés. Ils incendiaient la terre. Leur propre terre. Ils empoisonnaient tous les puits avec les entrailles des chiens, des herbes mortelles et des excréments. Rien ne devait être laissé pour le Turc, car le Turc était là.

On aurait dit que tout Malte était en feu.

Une seule fois Orlandu s'arrêta dans sa poursuite, sur le port, là où il avait commencé, qui était maintenant empli d'une agitation tumultueuse. Il n'avait ni mangé ni bu depuis le brasero des sentinelles la veille, et il se sentit défaillir tout d'un coup, et les visages des gens et des chevaux commencèrent à danser devant ses yeux. Il se retrouva à quatre pattes, les narines pleines de la puanteur terreuse du crottin des mulets. Il appuya son front sur le pavé et vomit une pleine bouche de bile. Puis une paire de mains osseuses saisit ses épaules pour le remettre debout.

Il ferma les yeux pour arrêter le tourbillon et fut guidé jusqu'à un seau renversé pour s'asseoir. On lui poussa dans la bouche quelque chose de mouillé, à la fois aigre et sucré, qu'il mâcha et avala. Son estomac se serra sur le pain trempé de vin. Il réussit à le garder pendant que des doigts osseux lui en remplissaient à nouveau la bouche. La nausée et les vertiges disparurent aussi vite qu'ils étaient arrivés. Il cligna plusieurs fois des yeux et découvrit son sauveteur.

Les yeux du vieil homme étaient aussi brillants que ceux d'un enfant, et son nez était si crochu qu'il paraissait rejoindre les poils de son menton pointu. Orlandu le reconnut immédiatement. C'était Omar, le vieux *karagozi*. Derrière lui se dressait le minuscule théâtre délabré où il exerçait son singulier métier. De toute mémoire, l'homme du *karagozi* avait toujours été une figure des quais. Certains disaient qu'il était là bien avant l'arrivée des chevaliers. C'était la personne la plus vieille qu'Orlandu ait jamais vue, plus vieux que La Valette lui-même ou Luigi Broglia, et avec tous les autres enfants et beaucoup de marins fatigués et de débardeurs aussi, il avait souvent fait ses délices des bouffonneries des marionnettes d'ombres à qui le vieil homme donnait vie sur un écran de mousseline. En dehors des esclaves qui traînaient leurs chaînes, Omar était le seul Turc de Malte. Personne ne savait comment il était arrivé ici, ni pourquoi il était resté, et sans doute aujourd'hui Omar ne le savait-il plus bien lui-même. Il était inoffensif et apportait du rire, et donc personne ne semblait se soucier qu'il soit musulman. On pensait aussi qu'il était fou, car il vivait seul dans un tonneau, et il accompagnait la pantomime de ses marionnettes de papier avec des grognements, des bruits de bouche et des petits cris qu'aucune personne saine d'esprit n'aurait su faire.

« Aha ! Aha ! caqueta Omar, en désignant les morsures d'Orlandu. Les chiens, c'est ! Les chiens ! »

Son maltais approximatif fut suivi d'une série de divers aboiements remarquablement imités qui s'acheva avec un hurlement douloureux et un sourire complètement édenté. Orlandu acquiesça et Omar lui offrit une autre ration de pain au vin qu'il mangea aussitôt.

« Le grand maître sait ! Il sait tout ! » Omar désignait la tour du château Saint-Ange. « Ils dansent sur sa musique ! Turcs ! Romains ! démons ! Tous ! Ils servent sa volonté. Oui ! »

Orlandu, stupéfait, hocha la tête pour l'encourager, comme on le fait avec un fou.

« Chiens, hommes, enfants, femmes, pouf ! » Omar mima une éruption avec ses mains puis les essuya avec un geste extravagant et présenta ses paumes vides. « Les chiens montrent chemin ! » Il mima un couteau qu'on aiguise. « Le maître crache sur pierre à aiguiser. Oui ! »

Orlandu n'avait pas compris un traître mot de ce qu'avait dit le vieil homme. Par gratitude, il répliqua :

« Oui ! » et fut récompensé d'une autre bouchée de pain d'Omar. Orlandu avait repris ses forces. D'avoir entendu parler du grand maître alimenta sa volonté d'achever sa tâche. Il se leva, dominant le *karagozi*, et ses membres lui parurent à nouveau solides. Il remarqua pour la première fois qu'une galère s'était amarrée le long du quai. Ses marins parcouraient les gréements pour rouler les voiles rouges. Un nouveau contingent de chevaliers débarquait.

La marine de la Religion comptait sept galères. Il avait gratté bernacles et algues sur les coques saturées d'excréments de chacune d'entre elles. Celle-ci, c'était la *Couronne*. Chez les garçons de la ville, surtout ceux qui avaient l'honneur de servir comme porteurs d'eau, on se faisait une fierté de reconnaître et de nommer autant de nobles héros que l'on pouvait. Chaque rencontre était notée et racontée avec force discussions sur qui étaient les combattants les plus meurtriers, les marins les plus intrépides, les plus proches de Dieu. Mais tous les chevaliers à bord de la *Couronne*, supervisant le débarquement de leurs chevaux et de leur matériel, lui étaient parfaitement inconnus. Ces retardataires devaient provenir des plus lointaines commanderies de l'Ordre, peut-être de Pologne ou de Scandinavie, ou même de Moscovie, ces terres fabuleuses tout au bout de la terre où fleurissait la magie, peuplées de tribus païennes qui rôtissaient encore dans leur armure les chevaliers capturés.

Il vit une figure célèbre descendre la passerelle, mais dont la cote de férocité n'était pas très haute. C'était Oliver Starkey. Derrière lui venaient deux étrangers d'une stature redoutable et d'une allure fougueuse, qui, d'après leurs vêtements, n'étaient clairement pas des chevaliers du tout. Il devina que ce devait être des *soldados particular* – des gentilshommes aventuriers –

211

attirés à Malte par la chevalerie, la foi et la perspective d'action et de gloire. Ils ne réclamaient pas de paye, n'obéissaient à personne et combattaient avec ceux qu'ils choisissaient. Ces deux-là suggéraient assez peu la chevalerie et la courtoisie, mais ils étaient certainement nés pour l'action. Le premier était aussi énorme qu'un char à bœufs, avec des cheveux grossièrement taillés, une barbe gris fer, et plein de cicatrices. Il portait une veste de guerre brigantine cloutée de cuivre et s'était couvert d'armes, dont une flamberge allemande qu'il portait dans le dos et un mousquet de muraille dans les bras, assez long pour contenir un manche à balai.

Le plus grand des deux était encore plus impressionnant. Il avait une crinière de lion qui, au soleil, flambait comme du bronze en fusion. Parmi les habits simples des chevaliers, son pourpoint croisé d'or était une note de bravade, et ses hautes bottes à revers arrivaient presque jusqu'en haut de ses longues cuisses. À la hanche, il portait une épée et il avait passé dans sa ceinture un pistolet à long canon de conception compliquée. Des hommes à l'air martial, qu'ils soient nobles ou pas. Orlandu se lança dans une nouvelle rêverie. Il ne serait jamais chevalier, car son sang était de basse naissance et impur, mais il pourrait aspirer un jour à devenir un homme tel que ceux-là.

Derrière eux venaient deux femmes. Il n'avait plus vu une femme débarquer depuis des mois, mais cela n'excita pas sa curiosité. En présence de tels géants arpentant maintenant le quai, les femmes étaient de minuscules oiseaux au plumage terne. Il fut beaucoup plus attiré par le magnifique étalon doré que la plus jeune des deux menait par la bride. Il n'avait jamais rien vu de pareil et il en avait vu beaucoup, car la cavalerie des chevaliers était des meilleures. L'étalon ne pouvait pas être à la fille, ni même – du moins l'espérait-il – à sa maîtresse. Il devait appartenir à l'homme aux cheveux de lion. Malgré cette splendeur, son intérêt se tourna soudainement vers le grand maître, La Valette, qui venait accueillir les nouveaux arrivants.

Orlandu redressa les épaules et raidit son dos. Peut-être que La Valette allait regarder dans sa direction, voir ses blessures et se rendre compte que, comme lui, Orlandu était un tueur de chiens, et ainsi être fier de lui. Il s'avançait sur le quai, souple comme une panthère malgré les années, et plus grand que la plupart, la foule s'écartait à son passage, sa pèlerine noire se balançait derrière ses pieds, une simple dague à la ceinture, ses yeux d'épervier fixés droit devant lui, et il voyait pourtant tout. Oui, il voyait certainement Orlandu aussi, même s'il ne regardait pas de son côté.

La Valette avait livré quatre-vingt-sept batailles navales, certains disaient quatre-vingt-neuf. La Valette avait, de sa main, tué un millier de Turcs. La Valette avait survécu aux bancs des galères du terrifiant Abdul Rahman. La Valette avait survécu au terrible siège de Rhodes et ses camarades avaient dû le traîner jusqu'aux navires parce que, même si tout était perdu, il voulait continuer à se battre. Ni l'empereur Philippe en sa lointaine Castille, ni même le Saint-Père à Rome n'avaient d'emprise sur La Valette. Sa harangue pour la milice, la semaine précédente, était gravée dans l'esprit de tous les garçons, comme les Saintes Écritures.

« Aujourd'hui notre foi est menacée. La bataille qui va avoir lieu à Malte déterminera si les Évangiles – les paroles et les actions du Christ – doivent céder au Coran. Dieu nous a demandé de sacrifier les vies que nous lui avons vouées. Heureux sont ceux qui mourront pour sa cause sacrée. »

Le bonheur emplissait la poitrine d'Orlandu. Quand il priait Dieu, dans son for intérieur Dieu ressemblait à La Valette.

La Valette accueillait maintenant les deux intrépides aventuriers et, avec une grâce fugitive mais impeccable, les femmes, puis il se mit immédiatement à discuter avec l'étranger aux cheveux de lion, et ils commencèrent à s'éloigner sur le quai en direction du château Saint-Ange. Ils passèrent à moins de dix pas d'Orlandu, qui retint son souffle. Pendant que La Valette parlait, désignant différentes parties du paysage, l'étranger balayait le quai du regard, au-delà des laborieuses silhouettes des débardeurs, et Orlandu se retrouva soudain transpercé par des yeux bleu de flamme. Il faillit chanceler, comme si une force physique l'avait poussé ; mais il tint bon et le regard bleu se détourna.

Comme les femmes passaient, Orlandu prêta peu attention à la plus âgée et la plus majestueuse des deux. Elle détournait le visage, en grande conversation avec Oliver Starkey. Mais la fille qui menait l'étalon doré le regarda droit dans les yeux, avec une expression qu'il ne pouvait pas déchiffrer. Son visage était déséquilibré et étrange, et il se demanda si elle avait le pouvoir de lui jeter un sort, car elle le regarda à nouveau, par-dessus son épaule, au moment où elle disparaissait dans la foule. Orlandu attribua son intérêt à son allure extravagante. Il espéra que son maintien sanguinaire avait impressionné l'étranger aux yeux bleus. Le guerrier large comme un bœuf fermait la marche, adressant de la tête des signes de sympathie aux débardeurs comme s'ils s'étaient rassemblés là pour l'accueillir. Quand il vit Orlandu, il éclata de rire et leva le long canon de son mousquet pour le saluer. Orlandu frissonna de fierté. Quelle journée ! Quels hommes ! Il remercia Dieu de l'avoir placé là, à cet instant précis, parmi de si remarquables personnages et en des temps si extraordinaires.

« Un monde de rêves ! Aha ! Oui ! »

Orlandu se retourna vers Omar. Le *karagozi* souriait de toutes ses gencives, se balançant d'un pied sur l'autre, comme s'il avait lui-même chorégraphié ces événements avec les ombres de ses pièces.

« Oui, admit Orlandu, sans bien comprendre ce que le vieil homme voulait dire. Un monde de rêves. » Il examina le pavement à la recherche de son couteau et le ramassa. « Merci. » Il inclina la tête. « Je dois partir. »

De ses doigts, Omar imita une araignée qui court. « Le djinn blanc ! Oui ! » Il aboya deux fois et hurla à la mort.

Orlandu hocha la tête. « Oui. Maintenant, je dois y aller. » Il commença à s'éloigner.

« Le jardin de… » Le maltais d'Omar lui fit défaut. Mais, comme nombre d'habitants du Grand Port, comme Orlandu également, sa tête renfermait des fragments d'une douzaine de langues. Le Borgo était une tour de Babel. Les mains d'Omar se mirent à onduler vers le haut pour illustrer la pousse des plantes, puis il mima le fait d'avaler une potion et fit la grimace comme si le goût en était amer. « Le jardin de simples », dit-il en français.

Orlandu acquiesça, car son français était assez bon.

Omar revint au maltais. « La maison des Italiens. Oui ! »

Sur l'arrière de l'une des auberges italiennes se trouvait un jardin de simples clos de murs, où le père Lazaro, maître de l'Infirmerie sacrée, cultivait fleurs et herbes médicinales. De même qu'ils étaient les plus grands guerriers du monde, les hospitaliers étaient également les plus grands médecins. Mais que voulait dire le vieil homme ? Omar regarda la ruelle, mais aucun signe du lévrier.

« *Dans le jardin*[1] ! Le djinn blanc ! Oui ! »

Omar lança la tête en arrière et hurla vers le ciel.

Orlandu n'avait rien à perdre, et les fous savent souvent des choses que les autres ignorent. Il traversa la ville en proie à la panique, se dirigeant vers le jardin des plantes médicinales. Le soleil d'Afrique du Nord était aussi sans pitié que le désespoir, et toute la gratitude du garçon allait à l'ombre des étroites ruelles. Dans celles qui n'étaient ni pavées ni dallées, là où vivait le commun des gens, la poussière soulevée par le tumulte s'envolait en nuées, se collait à ses cheveux, saupoudrait ses haillons et plâtrait sa langue. Chaque pas était encombré de réfugiés cherchant un abri pour leurs familles et leurs chèvres. Orlandu considérait leur frayeur avec dédain, mais c'étaient des paysans, naturellement timides et peu accoutumés à la guerre, et il fallait s'y attendre. Les chevaliers les protégeraient, les chevaliers et les autres combattants – les *soldados particular*, les *tercios* espagnols, la milice maltaise, les tueurs de chiens comme lui-même. Il décida de donner l'exemple en marchant bien droit et sans peur, se dépêchant d'atteindre l'auberge.

Chaque langue de la Religion avait ses propres auberges. Les chevaliers les plus jeunes et les sergents d'armes dormaient dans d'austères dortoirs. Les commandants et les chevaliers plus âgés avaient leurs propres maisons, achetées avec la *spoglia*, l'argent ramené par leurs caravanes pirates. Les Italiens, langue la plus importante et la plus riche, avaient plusieurs

---

1. En français dans le texte.

bâtiments, dont leur propre hôpital, aux abords du rivage de la crique des Galères. Le mur du jardin de l'auberge du père Lazaro faisait six coudées de haut. On y entrait par l'arrière, grâce à une grille de fer forgé.

Orlandu regarda entre les barreaux de la grille. Bien évidemment, le lévrier blanc était allongé à l'ombre du mur du fond, mâchonnant les tendres feuilles d'un buisson vert foncé comme pour soigner ses blessures. La compulsion du devoir faisait comme une lourde pierre dans le ventre d'Orlandu. Il ne pouvait pas s'y dérober. S'il pénétrait dans le jardin, il savait qu'il risquait une bonne flagellation, ou même un séjour dans les cellules de Saint-Antoine, et pourtant s'il demandait la permission, il savait qu'on la lui refuserait. C'était comme si le chien avait cherché ce sanctuaire pour cette raison précise. Il leva le loquet, ouvrit la grille, et le chien se tourna pour le regarder, les oreilles dressées vers l'avant, sa gracieuse silhouette parfaitement immobile.

Orlandu referma la grille derrière lui.

Il s'avança sur le sentier entre les plantes. Et s'approchant, il vit les yeux du lévrier pour la première fois. Ils étaient grands, humides et noirs comme de l'huile de pétrole. Ils étaient emplis d'une inexprimable tristesse. Ils le percèrent jusqu'au cœur. Au dernier moment, le chien se laissa tomber sur le flanc et agita ses pattes dans l'air devant lui, comme s'il espérait qu'il allait lui caresser le ventre et que cette invitation à jouer épargnerait sa vie. Orlandu fut secoué de s'apercevoir que le chien, contrairement à ce qu'il s'imaginait, était une femelle.

Orlandu mit les mains sur ses hanches et la chienne se redressa d'un bond, et appuya son crâne fuselé et son long cou blanc contre sa poitrine, sa langue rose pendant, haletant de chaleur. Orlandu passa un bras autour de son cou. Elle était tout en os, poumons et muscles, mais son poil était aussi fin que du velours et il sentait son cœur battre contre sa paume. Le couteau tremblait dans sa main. Ce ne serait pas un bien grand péché que de se faufiler par la grille et de la laisser ici à l'ombre.

« Dieu te pardonnera. »

Orlandu tomba sur un genou et se retourna tout en serrant un peu plus le lévrier. Sur le pas d'une porte à l'arrière de l'auberge se tenait un moine. Ses cheveux avaient reculé jusqu'à ne plus être qu'une frange grise autour de son crâne. Sa voix était gentille, et ses yeux étaient aussi tristes que ceux du chien. Orlandu reconnut le père Lazaro, car Lazaro l'avait soigné d'une grave fièvre de poitrine des années auparavant. Peu des chevaliers daignaient apprendre le maltais, car c'était le langage du « petit peuple », mais comme les paysans et les gens de la ville étaient ses patients les plus fréquents, le père Lazaro le parlait couramment. Ce n'était pas un chevalier de l'ordre, mais un chapelain. Il s'avança vers Orlandu.

« Tu aurais également ma gratitude, dit-il. À ma grande honte, cette tâche s'est avérée plus douloureuse que mon courage ne le supportait.

— Elle est à vous ? balbutia Orlandu.

— J'en ai hérité, parce qu'elle ne montrait pas un grand amour pour la chasse. La nuit dernière, je l'ai lâchée dans les rues pour que quelqu'un, quelqu'un comme toi, porte le fardeau de son sort. Et pour cela, je dois te demander ton pardon. »

Orlandu inclina la tête. Son cœur battait aussi rapidement que celui de la chienne. Il se rendit soudain compte de ses pieds noirs de crasse, de sa chemise et sa culotte souillées, de la saleté et de la puanteur de la peau de mouton attachée autour de son bras, et du fait que, à l'évidence, il était, contrairement à ce gentil saint moine, un meurtrier chevronné.

Il dit : « Mon père, s'il vous plaît… » Sa gorge était sèche et il déglutit. « S'il vous plaît, pourriez-vous entendre ma confession, après ? »

Lazaro s'arrêta à côté de lui et posa une main sur sa tête. Ce contact fit irradier un réconfort cicatrisant dans tout son corps. « Tu ne dois pas faire ceci contre la voix de ta conscience, dit Lazaro, car cela serait désobéir à Dieu, et il vaut mieux que tu désobéisses au grand maître.

— Comment s'appelle-t-elle, mon père ? »

Lazaro enleva sa main, et qu'il fasse cela sembla sceller, aux yeux d'Orlandu, le destin du lévrier. Lazaro dit : « Il vaut mieux que tu ne le saches pas.

— Pourquoi ?

— Parce que, homme ou animal, il est plus facile de détruire une victime qui n'a pas de nom.

— S'il vous plaît, mon père, que je sache son nom ou pas, ce ne sera pas facile. J'aimerais pouvoir me souvenir d'elle dans mes prières.

— Je l'appelle Perséphone. »

Orlandu ne comprit pas, mais prononça le nom. « Perséphone. »

Lazaro regardait le lévrier qui léchait la gorge d'Orlandu.

Il dit : « Il semble qu'elle te pardonne aussi. »

Orlandu serra les dents et posa la pointe de son couteau sur la poitrine de Perséphone.

Par émulation envers les chevaliers, il chuchota : « Pour le Christ et le Baptiste. »

Il enfonça le couteau jusqu'à ce que son poing frappe l'os proéminent du sternum. Perséphone laissa échapper un cri qui était presque humain et s'agita sous son bras avec une force alarmante. Orlandu serra plus fort et retira à moitié la lame, avant de changer d'angle pour la renfoncer. Il sentit quelque chose céder, puis éclater autour de la pointe, et en un instant toute la force de la chienne se fondit dans le néant et son long cou blanc tomba en travers de ses genoux.

Orlandu libéra la lame et des jets écarlates se répandirent sur le poil blanc. Il voulut lâcher son couteau, mais il ne pouvait pas abandonner une telle saleté dans ce jardin. Sans l'essuyer, il le glissa dans le dos de sa ceinture de corde. Il commença à soulever la carcasse dans ses deux bras pour la porter vers le chariot afin qu'elle soit brûlée, mais Lazaro posa une main sur son épaule.

« Je ferai le reste. Laisse-la ici. »

Orlandu reposa le lévrier sur le sol sous le buisson. Il fit un signe de croix.

« Mon père, est-ce que les chiens ont une âme ? »

Lazaro sourit. « Ce n'est pas un péché d'espérer qu'ils en aient une. Et puisque toi et moi devons prendre bien soin de nos âmes, nous irons voir le père Guillaume pour nous confesser ensemble. »

Même si Lazaro n'était pas un chevalier de justice, et n'avait donc jamais fait partie de ses héros militaires, Orlandu fut confondu par cet honneur. Il s'inclina, honteux une fois encore de son apparence de basse naissance.

« Mais d'abord, dit Lazaro, tu dois me laisser soigner ces blessures avant qu'elles ne se putréfient. »

Lazaro retourna vers l'auberge. Orlandu hésita à le suivre, incapable de croire qu'on allait lui permettre de pénétrer à l'intérieur. Lazaro se retourna et lui fit signe, et Orlandu suivit. La pièce au-delà du seuil était fraîche et sombre, et pleine d'un mélange d'odeurs prégnantes. Lazaro frotta les morsures d'Orlandu avec de la saumure et les badigeonna d'onguents, pendant qu'Orlandu se mordait l'intérieur des joues sans proférer un son.

Quand il eut fini, Lazaro dit : « Tu as vu les navires ?

— Les navires ?

— La flotte du Grand Turc. »

Orlandu se rappela les coups de canon de l'aube, la consternation dans les rues, mais il avait été si tourmenté par sa chasse au lévrier qu'il en avait oublié la cause de l'alarme. Il secoua la tête. « Non, mon père, mais j'aimerais bien. »

Lazaro mena Orlandu jusqu'à un escalier qui grimpait sur le toit de l'auberge. De là-haut, Orlandu pouvait voir au-delà des maisons de grès et de la baie de Kalkara, jusqu'aux gibets de la pointe aux Potences, et tout le large de la mer. Les eaux d'un bleu éclatant étaient masquées par un étrange tapis multicolore qui tremblotait comme un mirage sous la chaleur. Il était énorme, son extrémité lointaine frangeant l'horizon et sa marge orientale obscurcie par le mont San Salvatore.

En plissant les yeux, Orlandu se rendit compte que cet immense tapis était entièrement composé de navires de guerre. Le soleil faisait étinceler les proues dorées et les plaques d'argent, et les couleurs venaient de brillants auvents de soie, de bannières extravagantes et de voiles gonflées, et, dans un terrible silence, d'énormes rangs de rames plongeaient et se relevaient comme des battements d'ailes. Les navires filaient plein sud. Et il y en avait des centaines. Des centaines ? Orlandu se frotta les yeux et regarda encore. La marine de la Religion comptait sept galères, et Orlandu avait cru qu'elle était la plus puissante du monde.

Il sentit que Lazaro l'observait et, pris d'une impulsion encouragée par la patience du vieux moine, il demanda : « Mon père, est-ce un monde de rêve ? »

Lazaro le considéra et ses yeux chassieux se teintèrent de mélancolie.

Il dit : « Quand nous entrerons au royaume des cieux, peut-être notre monde nous paraîtra-t-il ainsi, oui. »

LUNDI 21 MAI 1565
L'auberge d'Angleterre

La rue Majistral était vide.

L'ensemble de la minuscule cité semblait retenir son souffle.

Tous les combattants étaient sur la grande enceinte. Les femmes s'étaient abritées dans leurs maisons pour se protéger de la chaleur et murmuraient des prières à leurs icônes et à leurs saints. Les pressentiments rampaient comme un brouillard dans l'auberge d'Angleterre, et accroissaient la frustration de Carla. Le désœuvrement l'ulcérait et pourtant il n'y avait aucune tâche pressante qui aurait pu l'occuper. Les suppositions d'Oliver Starkey étaient exactes : elle était une bouche inutile. Elle rejoignit Amparo dans le jardin rabougri et desséché. Mattias arriva à midi. Il portait une cuirasse striée, un pistolet et une épée, et tenait un mousquet dans sa main gauche. Accroché sous le même bras pendait un casque morion[1].

« Le Turc est à nos portes, dit-il. L'Iliade maltaise commence. Je pensais que vous pourriez me souhaiter bonne chance avant que je me joigne à eux. »

Depuis le retour de Carla, le Borgo avait bouillonné d'excitation. Le désespoir le disputait à la jubilation.

---

1. Dérivé de l'espagnol *morrion*, sorte de casque léger relevé sur l'avant et sur l'arrière.

Les émotions allaient et venaient en suivant les marées des rumeurs qui enflaient à chaque coin de rue. Les Turcs se dirigeaient vers le sud, puis vers le nord. Les Turcs, ayant vu leurs défenses, allaient repartir bien vite vers la Corne d'Or. Les Turcs avaient déjà débarqué à Marsamxett. Les Turcs allaient conquérir l'île en une semaine. Il y avait des espions partout. Et des saboteurs. Et des assassins envoyés pour tuer le grand maître dans son sommeil. Des sentinelles avaient été placées sur les bouchons de pierre qui scellaient les caves à grains et les citernes d'eau. L'énorme chaîne de six cents coudées qui barrait l'embouchure de la crique des Galères avait été relevée du fond marin par son cabestan. Les navires turcs rôdaient au large. Le Borgo, L'Isola et Saint-Elme étaient désormais coupés du reste du monde chrétien.

Dans une telle tourmente, les inquiétudes personnelles de Carla semblaient bien petites, or c'était l'endroit de sa naissance et celui dans lequel elle avait donné naissance, et elle exultait d'être revenue. De tous les habitants, c'étaient les garçons, dont le nombre semblait illimité, qui montraient la plus grande euphorie. Ils ne marchaient jamais s'ils pouvaient courir. Ils ne se taisaient que lorsqu'un chevalier passait. Ils mimaient des combats dans les rues, faisant des provisions de rêves de sacrifices héroïques, dans lesquels leurs propres morts apparaissaient comme les plus héroïques de toutes. La moitié d'entre eux étaient nu-pieds et beaucoup portaient de petites armes – couteaux, hachettes de charpentier, marteaux, bâtons – qui semblaient tout à fait futiles pour cette tâche. Leurs visages étaient tannés et brillants d'une vie maigre et dure. Mais si tous l'émouvaient, aucun d'eux ne provoquait la moindre réaction instinctive suggérant qu'il était son fils.

Les chevaliers étaient solennels et sans peur, car ils étaient les martyrs de Dieu. Dans les rues, des moines en armure passaient devant Carla comme si elle n'avait guère plus d'importance qu'un papillon, chacun préoccupé par des pensées sur son devoir et sa place parmi les saints. Les Maltais avaient un air plus lugubre. Comparés aux chevaliers, ils étaient piètrement armés et protégés. Étant dix fois plus nombreux, ils ne doutaient pas le moins du monde qu'ils allaient mourir en bien plus grand nombre. Ceux qui avaient femme et enfants les rassuraient, puis allaient prendre leur poste. Ces hommes combattaient pour bien plus que Dieu. Leurs femmes étaient celles qui portaient le plus grand fardeau. Elles calmaient les peurs de leurs hommes et gardaient les leurs pour elles-mêmes. Elles emmagasinaient des provisions et échangeaient des remèdes pour les blessures. Elles préparaient leurs cœurs à la mort et à la mutilation de leurs aimés. L'amour était le fragile et secret contrepoids à l'irrésistible peur.

Carla avait l'impression d'être laissée en rade. Sa requête pour aider à l'hôpital avait été refusée ; de même que sa demande pour travailler à l'intendance. Cette dernière tâche lui paraissait tout à fait dans ses cordes, mais le fait qu'en Aquitaine elle gérait une ferme, une vigne, une presse à vin et deux métairies ne comptait pour rien. Elle craignait qu'on ne finisse par lui donner le rôle que les chevaliers avaient imaginé : celui d'une vaine et faible femme qu'il fallait nourrir et protéger. Oliver Starkey lui avait abandonné sa propre petite maison de la rue Majistral. La maison était austère et masculine, avec une surabondance de livres. Sa chambre contenait un simple lit très dur et une écritoire. Amparo avait eu droit à un simple grabat dans une pièce adjacente. La maison communiquait avec l'auberge d'Angleterre, qui la jouxtait. Puisque cette dernière était vide depuis des années, Mattias et Bors en avaient pris possession.

Elle avait peu vu Mattias depuis leur arrivée. Durant le voyage depuis Messine, il avait passé des heures à converser avec Starkey et Giovanni Castrucco, et, au moment où ils avaient débarqué, il en savait plus sur la situation militaire, sur la disposition des forces de l'ordre, ses réserves, son moral, et ses communications avec Mdina et Garcia de Toledo, qu'une poignée de chefs des chevaliers eux-mêmes. À l'arrivée, La Valette lui avait personnellement fait visiter l'enceinte et les probables positions turques, et Mattias était revenu, ce soir-là, avec deux jeunes gens costauds qui portaient une caisse de chandelles de cire d'abeille, un tonneau de vin et quatre poulets rôtis.

Ils avaient mangé au réfectoire de l'auberge. Mattias ramenait des nouvelles des Turcs, qui avaient jeté l'ancre au nord, dans la baie de Ghain Tuffieha, que Carla connaissait bien. Il y avait eu des bruits comme quoi les Turcs attaqueraient Mdina, mais il pensait que c'était une feinte et avait conseillé à La Valette de ne pas se laisser entraîner à effectuer une sortie. Ses connaissances des Turcs étaient encyclopédiques, et elle percevait de la fierté quand il parlait de leur valeur et de leur sophistication, et une affection empreinte de nostalgie pour leur manière d'être. Malgré sa réticence à être embringué dans la guerre, le drame titanesque qui se déployait avait nettement captivé son imagination.

« Je suis désormais lié par certaines obligations, dit-il. Je serai très occupé jusqu'à ce que les Turcs aient débarqué et que leurs intentions soient mieux connues, mais, une fois prouvée ma loyauté, je serai libre de faire ce que je veux, car c'est d'une telle liberté que dépendra ma valeur pour La Valette. »

C'était trop opaque pour Carla, mais Bors le connaissait mieux.

« Tu vas aller chez les impies ? demanda Bors.

— Avec le bon accoutrement, qui peut aisément se trouver, je peux plus aisément passer pour l'un des leurs que je ne le fais au milieu de vous, les Francs.

— Et si vous êtes capturé ? demanda Carla.

— Pendant ce temps, dit Mattias en ignorant sa question, je vous laisse le soin d'examiner les registres de l'église de l'Annonciation, de l'hôpital sacré, et de la *camerata*.

— Que devrai-je leur dire ?

— Vous leur direz que vous cherchez l'identité du garçon parce qu'il doit recevoir un legs inattendu. » Il regarda sa bouche, habitude à laquelle il se laissait de plus en plus souvent aller. « Un legs d'une certaine valeur. Vous agissez pour le bienfaiteur du garçon, dont vous avez l'entière confiance, et dont vous devez cacher l'identité. » Il écarta les mains, comme s'il n'existait rien de plus simple. « Ainsi, vous ne proférez pas le moindre mensonge, tout en ne livrant pas d'otages au hasard. Personne ne serait assez grossier pour questionner une femme d'un maintien et d'une piété aussi nobles. »

Ses yeux bleus lumineux papillonnaient, comme contre sa propre volonté, vers la naissance de sa gorge. Elle savait qu'il la désirait charnellement et que, en esprit, il avait déjà ses mains sur son corps. Avec une intensité quasi liquide, Carla le désirait aussi. Le fait qu'elle l'ait vu jeter des regards lascifs vers Amparo ne faisait qu'accroître son désir. Mattias se leva et entraîna Bors.

« Nous allons aux bastions faire une estimation des mercenaires et de la milice. Dans l'obscurité, les hommes révèlent certaines pensées qu'ils gardent pour eux en plein jour. »

C'est sur cela qu'il la laissa, à se demander quel effet lui auraient fait ses mains.

Le samedi, il s'arrêta au retour d'une reconnaissance, rapportant qu'une avant-garde de trois mille Turcs, dont une division de janissaires, avait débarqué dans la baie de Marsaxlokk, à cinq milles vers le sud. Ils avaient mis à sac le village de Zeitun et débordé la patrouille chrétienne, qui n'avait réussi à s'échapper qu'avec la perte amère de plusieurs chevaliers, morts ou capturés. L'un de ceux que les Turcs avaient pris était Adrien de La Rivière, à qui Carla avait offert l'hospitalité quelques mois auparavant. Quand elle demanda quel sort lui serait réservé, Mattias lui répondit qu'il serait torturé par des experts en cet art, puis pendu. Cette nuit-là, Carla dormit très mal. La Rivière avait semblé si indestructible de jeunesse et de chevalerie. Elle se demanda ce qu'elle avait fait en amenant ses compagnons dans un monde si périlleux et cruel.

Le dimanche, elle ne vit pas Mattias du tout.

Ce soir-là, le commandant en chef turc, le pacha Mustapha, et la majeure partie de son immense armée avaient débarqué dans la baie de Marsaxlokk. Ils établissaient leur camp dans la plaine du Marsa, à l'ouest du Grand Port. Carla apprit de Bors qu'il y avait eu de violents débats pour savoir s'il était sage de laisser les Turcs débarquer sans résistance, mais les vues de La Valette, soutenues par Mattias, avaient emporté la décision. Les chrétiens n'étaient pas en nombre suffisant pour risquer une bataille frontale sur les plages. Mieux valait laisser les Turcs s'écraser contre les remparts. Comme l'obscurité tombait, les feux de veille de l'avant-garde des janissaires étaient visibles dans le hameau de Zabbar, à seulement un mille de distance dans l'ondulation ocre des collines au-delà des remparts.

Durant tous ces jours, Amparo dit peu de chose, recevant le maelström d'activités avec des yeux attentifs et en tirant des idées qu'elle était seule à connaître. Elle avait décidé de faire revivre le petit jardin sur l'arrière de la maison, gaspillant de l'eau sur les pousses combatives, avec pour justification que si tous les humains devaient mourir, comme elle l'avait entendu dire avec une fréquence assommante, alors le moins qu'ils puissent faire était de laisser quelque beauté derrière eux en guise de monument. Son instrument de vision ne montra rien durant ces trois premières nuits de leur résidence, comme si un rideau avait été tiré pour masquer la fenêtre ouverte sur d'autres mondes, et Carla ne s'en plaignait pas, car ses pronostics auraient probablement été très tristes. Elles ne jouèrent pas de musique ensemble, car cela semblait peu correspondre à l'humeur générale fort lugubre. Leurs instruments reposaient dans la chambre de Carla, jamais encore touchés.

Le lundi, quand Mattias vint en visite, en route vers l'ouverture des hostilités, Carla et Amparo étaient à genoux dans le jardin négligé, arrachant des mauvaises herbes. Carla se retourna et découvrit qu'il souriait, comme si une vision aussi absurde était un fortifiant.

« Je suis heureux de voir que vous vous attaquez à notre affreuse propriété avec une telle confiance », dit-il.

Carla se frotta les mains pour en ôter la fine terre, et s'avança vers lui. Son cœur battait à regarder son visage et à entendre le son de sa voix, et elle se demanda combien cela pouvait paraître évident.

« Nous aimerions nous rendre plus utiles, dit-elle, mais on ne nous laisse faire que peu de choses. Le père Lazaro nous a dit que l'Infirmerie est un domaine réservé aux hommes. Et nous avons, bien évidemment, interdiction d'approcher les remparts.

— Quand l'Infirmerie débordera dans les rues, Lazaro chantera une autre chanson. »

Qu'il ait l'air aussi gaiement certain qu'une telle horreur advienne détruisit complètement sa joie.

« Avez-vous découvert la moindre trace de notre garçon ? » demanda-t-il.

Son utilisation de « notre garçon » l'émut. Elle fit non de la tête. « La *camerata* ne connaît personne né ce jour-là, ou aux alentours. À l'église de l'Annonciation, les naissances les plus proches ont eu lieu au moins une semaine avant, et après. C'étaient deux filles. Les moines de l'Infirmerie étaient trop occupés pour répondre à ma requête.

— Il reste du temps, mais plus vite nous viderons cette coupe, mieux ce sera. »

Ils étaient tout près l'un de l'autre, et, pendant un instant, nul ne parla. Son torse musclé l'attirait et elle se sentait ankylosée par l'anxiété. L'impulsion de battre en retraite bataillait avec le désir de son cœur, mais elle était la plus forte des deux. Du lointain leur parvint un concert d'harmonies martiales : tambours, cuivres et instruments à vent d'une sonorité étrangère vibraient avec un héroïsme poignant, et pour la première fois quelque chose d'humain s'attacha à l'idée que Carla se faisait du Turc. Mattias entendait la musique aussi, et il dressa l'oreille. Elle ressentit à nouveau le poignard du remords pour l'avoir attiré dans ce conflit qu'il cherchait à éviter.

« Pardonnez-moi, dit-elle.

— De quoi ? répliqua-t-il.

« — J'ai apporté la mort dans votre sphère.

— C'est une de mes plus vieilles connaissances. Ne vous attardez plus à cela. »

Il pencha son visage vers elle et elle se rendit compte qu'il avait l'intention de l'embrasser sur la bouche. Avant qu'elle ne puisse le maîtriser, son instinct lui fit reculer la tête. Elle le regretta immédiatement, mais c'était fait. Elle n'avait pas embrassé un homme depuis la moitié d'une vie, mais elle pouvait difficilement lui expliquer cela maintenant et lui demander d'essayer à nouveau. Mattias plissa les yeux et se détourna, peu troublé, lui sembla-t-il. Et ce fut comme si ce moment n'avait existé que dans son propre esprit. Il s'adressa à Amparo en espagnol.

« Amparo, quelles nouvelles de tes miroirs divinatoires ? »

Amparo les observait de loin. Voyant qu'elle était incluse dans leurs espérances, son visage s'illumina et elle s'approcha d'eux. Elle semblait plus à l'aise avec Mattias qu'avec toute autre personne que Carla avait connue, y compris elle-même, constata-t-elle avec un serrement.

« Le miroir est sombre, dit Amparo, depuis que nous avons pris le bateau.

— Ainsi les anges nous auraient abandonnés, dit-il, avec un sourire insouciant. Avec ces milliers d'âmes qui les appellent à l'aide, ce n'est pas une surprise. »

Amparo sembla découragée par son échec. Mattias se rallia à elle.

« Si je puis, j'aurais une faveur à demander, dit-il. Il va y avoir beaucoup de bruit et d'explosions toute la journée. Buraq n'est pas entraîné pour la guerre, et il est d'âme sensible. Si tu pouvais passer une heure ou deux en sa compagnie, je t'en serais très redevable. »

Amparo se sentit grandir de cet honneur. Ses yeux

brillaient d'adoration. L'attirance de Carla pour Mattias grandit d'une mesure égale, et elle regretta encore une fois d'avoir évité ses lèvres.

« Oh, avec joie ! dit Amparo. Buraq possède la plus noble des âmes.

— Tous les chevaux sont plus nobles que pas mal d'hommes, acquiesça Mattias, mais Buraq est un prince sans égal. Tu le trouveras dans les écuries du grand maître, près du château Saint-Ange. »

Amparo jeta ses bras autour de son cou et l'embrassa en plein sur les lèvres. Carla sentit ses joues devenir brûlantes quand Mattias passa son bras autour de sa taille et la serra, puis la serra encore plus, et Carla dut se détourner. Puis il la lâcha et Amparo recula, rougissant à son tour.

« Je ne suis jamais parti à la bataille avec un baiser aux lèvres, dit-il. Cela crée un admirable précédent. »

Carla étouffa son chagrin. Elle ne savait plus où regarder.

« Deux baisers seraient probablement encore plus bénéfiques », dit Mattias.

Carla le regarda et il sourit. Ses joues la brûlaient encore plus sauvagement et une saute d'humeur perverse la fit presque refuser. Son esprit était agité d'émotions insondables. Elle se força à lever le visage et Mattias se pencha et l'embrassa sur la bouche, aucunement avec la violence à laquelle elle s'attendait, et qu'elle désirait vraiment, mais avec une tendresse qui lui vola les sens. Le moment du contact s'étira pour l'éternité, et elle ferma les yeux alors que des larmes jaillissaient de nulle part, car son baiser semblait sonder les abysses dans lesquels sa féminité avait été exilée si longtemps auparavant. Et à peine sa bouche avait-elle couverte la sienne qu'il se redressa, lui laissant le souvenir d'avoir effleuré un plaisir trop intense pour qu'on puisse jamais en faire le tour. Elle détourna la tête pour maîtriser ses émotions.

« Me voilà protégé de tout mal », dit-il.

Carla se retourna vivement vers lui. « S'il vous plaît, dit-elle, promettez-moi que vous ferez grande attention.

— L'audace est une vertu de la jeunesse, répondit-il, et j'ai laissé les deux loin derrière moi. »

Elles traversèrent l'auberge pour l'accompagner et s'arrêtèrent sur le seuil de la rue Majistral. Deux austères sergents de l'Ordre passaient, traînant un étrange vieil homme avec des yeux d'un éclat peu commun et un visage édenté en forme de croissant. Ses mains étaient liées dans son dos et, alors que Carla se demandait quel crime il avait bien pu commettre, elle vit un nuage sombre passer sur les traits de Mattias.

« La terre appelle ce vieil homme », dit-il. L'expression n'était pas familière à Carla, mais Mattias n'expliqua rien. Il dit : « Je ferais mieux d'aller sur les remparts.

— Je prierai pour vous, dit Carla. Même si vous ne craignez pas Dieu.

— Toutes les prières en ma faveur sont les bienvenues, dit-il, quel que soit le dieu qui les entend. »

Il leur jeta un dernier regard, les salua et s'engagea dans la rue. Loin devant lui, elle entrevit le vieil homme, sa démarche bondissante et folle entre les pas impitoyables de ses gardiens. L'ancien jeta la tête en arrière et émit un hurlement désespéré, presque un aboiement, et Carla se rendit soudain compte que depuis son arrivée, dans tout ce dont elle avait été témoin, elle n'avait pas aperçu le moindre signe, ni perçu la moindre présence sonore d'un quelconque chien. Comme c'est étrange, songea-t-elle. Un des sergents étouffa le cri du vieillard d'une main, et tous trois disparurent au coin de la rue.

Mattias les suivit, et même si elle voulait qu'il le fasse, il ne se retourna pas vers elle.

Elle remonta sur le seuil pour trouver une Amparo aussi lugubre qu'elle. Carla la prit dans ses bras et elles se serrèrent très fort. Elle sentait le cœur d'Amparo battre à la même vitesse que le sien. Sa peur pour Mattias lui taraudait l'estomac, cela et peut-être un peu plus. Peut-être était-elle en train de tomber amoureuse. Elle regarda Amparo et se demanda si la fille ressentait la même chose. Son instinct lui disait que oui. C'était plus que de l'instinct : c'était écrit sur le visage endommagé d'Amparo. S'il en était ainsi, se dit Carla, alors ce devait être la volonté de Dieu, et Dieu avait ses raisons. Elle décida d'accepter à bras ouverts tout ce qu'il ordonnerait. Une espèce de sagesse si profonde qu'elle ne pouvait venir que du Christ s'éleva du fond d'elle-même. Dans les jours à venir, il ne pourrait y avoir aucun excès d'amour, quelle que soit sa nature. Sans amour, ils ne seraient rien. Pire que cela, ils seraient damnés.

LUNDI 21 MAI 1565

Le bastion de Castille – Le bastion d'Italie –
Le bastion de Provence

Du haut des remparts, Orlandu regardait, depuis des heures, un vortex de poussière rouge au-dessus de l'horizon sud, et les légions du sultan Soliman qui émergeaient de ses spires. La horde musulmane s'avançait en ordre parfait, jusqu'à couvrir entièrement l'ocre des collines au-delà du Grand Terre-Plein, et ce spectacle était si glorieux et si courageux que certains des chevaliers qui le contemplaient en pleuraient sans honte. Orlandu, en reconnaissance des blessures reçues lors du massacre des chiens, avait gagné une place convoitée sur le bastion de Castille, qui s'avançait de la gauche de l'enceinte à la base de la baie de Kalkara. Sur les fortifications extérieures s'alignaient des *arquebuceros*, et la fumée âcre de leurs mèches d'allumage lui piquait les yeux. La plupart d'entre eux étaient des Castillans issus des *tercios* de Sicile et de Naples. Leurs corselets et leurs habits étaient très variés, car chaque homme fournissait les siens. Leur uniforme, si l'on peut dire, consistait en une petite croix rouge lie-de-vin cousue sur leurs pourpoints. Ils étaient groupés par six, et se surnommaient *las camaradas*. Derrière eux se tenait l'infanterie maltaise, avec leurs demi-piques. Ils étaient vêtus d'armures de cuir très artisanales et de simples casques. Dispersés entre les premiers rangs, les chevaliers espagnols et portugais donnaient la seule note de grandeur, une armure brillante recouverte d'un manteau de guerre écarlate, la poitrine blasonnée de la simple croix blanche des croisés. Orlandu se tenait sur le bord d'un tonneau d'eau à l'arrière de ces lignes, et, de ce point élevé, il avait une vue avantageuse sur le déploiement ennemi. Le contraste d'éclat entre les deux armées stupéfiait ses sens.

Le Grand Terre-Plein était une étendue de terre plate, d'un millier de pas de large, qui se déroulait depuis le fossé au pied des remparts de la ville jusqu'aux hauteurs de Santa Margharita. Sur ces coteaux, la horde était maintenant rassemblée. Les Turcs étaient caparaçonnés de plus de splendeurs qu'Orlandu aurait pu imaginer qu'il en existait, un déploiement éclatant de verts et de bleus vifs, de jaunes irradiants et de rouges violents, de mousqueterie brillante, de forêts de lances et de lames damasquinées, de masses de turbans blancs et de hauts bonnets, de fanions virevoltants et de gigantesques étendards décorés de scorpions, d'éléphants, de hérons et de faucons, de croissants de lune et d'étoiles de David, d'épées à lame double, et d'indéchiffrables calligraphies exotiques. Même les montures de la cavalerie, rassemblée en deux énormes carrés sur chaque flanc du sommet, étaient recouvertes d'or et protégées de bronze poli. Et toute cette pompe était iridescente de soieries brillantes et étincelait comme la surface de la mer tandis que le soleil clignotait sur une fortune en bijoux et ornements dorés, comme si ces hôtes si puissants avaient fait tout ce voyage non pas pour livrer une bataille sur cette plaine lointaine, mais pour monter un festival de splendeur sauvage et extravagante.

Orlandu se demanda soudain pourquoi ils étaient tous là, ce qui les avait amenés aussi loin, pourquoi Dieu l'avait-il ainsi béni en le plaçant là pour voir tout cela, et sa poitrine s'emplit d'une excitation si intense qu'il pouvait à peine respirer. Si l'extravagante multitude du sultan semblait inexorable, les immenses remparts de la cité gardée par la Religion paraissaient imprenables, et cette contradiction était si absolue, pensa-t-il, que ces deux adversaires devaient arriver à une entente cordiale et aller chacun son chemin. Pendant un instant, il eut cette peur : que tout ceci ne finisse par fondre, comme un rêve inoubliable qui s'achève sans arriver à sa fin. Il ne voulait pas que la horde reparte. D'une extrémité du temps à l'autre, il était donné à peu de témoigner d'un cataclysme tel que celui qui était suspendu maintenant en équilibre devant lui. Les visages des chevaliers le lui disaient. Les pierres sous ses pieds nus le lui disaient. Quelque chose le lui disait, qui prenait racine dans ses entrailles et ses os. Et parce que tous les êtres présents sous cet azur brûlant savaient qu'il en était ainsi, Orlandu comprit que le cataclysme était déjà là, et qu'il échappait à toute juridiction et tout contrôle, et que désormais rien dans les cieux ni sur terre ne pouvait plus l'arrêter.

Un tapage soudain le fit se retourner. Deux sergents d'armes traînaient une forme aux mains liées. Le prisonnier avait une démarche étrange et sautillante, et quand Orlandu parvint à mieux le distinguer entre les haies de lances, il vit que c'était Omar, le vieux *karagozi*. Sa bouche était bâillonnée d'un nœud de corde de bateau. Comme on l'emmenait vers le bastion d'Italie, Orlandu le perdit de vue. Puis il regarda plus loin et vit qu'on avait érigé un gibet, au-dessus du fossé, sur la première avancée du mur surplombant la porte de Provence. De la potence pendait un nœud coulant, qui se découpait, noir comme de l'encre, sur le ciel turquoise.

Quand Omar réapparut, c'était sous la potence. Ils lui arrachèrent ses haillons et ses os pointaient comme des difformités sous le manteau tavelé de sa peau. Orlandu les regarda pousser le *karagozi* sur le bord du créneau et lui passer le nœud autour du cou. Omar était trop vieux et trop fou pour être un espion. Et il ne s'éloignait jamais beaucoup de son tonneau. Orlandu regarda la multitude massée sur les collines. Tous les yeux semblaient fixés sur le vieillard tordu, qui gigotait et sautillait et bavait sous le bras du gibet. Et Orlandu comprit.

La Religion allait pendre Omar parce qu'il était musulman.

Et c'était vrai, songea Orlandu.

Le vieux *karagozi* était un musulman.

Et son monde de rêves était terminé.

Quelque part, Orlandu sut que le sien l'était également.

Tannhauser avait eu droit à une place d'honneur sur le bastion de Provence. La Valette lui-même n'était qu'à quelques coudées de lui sur le chemin de ronde, et auprès de lui se tenaient son jeune page, Andréas, et le grand colonel Le Mas, ainsi qu'un groupe d'autres grands aux visages sévères. Tannhauser n'avait jamais rencontré une société si inquiète du rang et de la pureté du sang. Dans l'empire des Ottomans, un esclave pouvait devenir général ou vizir, s'il avait les qualités requises. L'amiral Piyale, dont les navires entouraient désormais Malte, était un enfant trouvé serbe des rues de Belgrade. Il fallait pourtant bien dire que, pour la masse des nobles Francs, la chevalerie était devenue une charade ; l'élite de la Religion était la plus plantureuse fraternité de tueurs que Tannhauser eût jamais vue. C'étaient des barbares du douzième siècle, munis d'armes modernes. Et, sans le moindre doute, ils cherchaient la bagarre.

Tandis que l'armée à laquelle il avait voué un tiers de sa vie s'étalait sur les hauteurs, de turbulentes vagues de souvenirs roulaient en lui. Les soldats de l'ombre de Dieu sur cette terre n'avaient jamais été si beaux. Il n'y avait pas d'autre mot. Ils étaient également terrifiants, d'une manière dont il n'avait jamais été conscient auparavant. La précision sans faille avec laquelle quarante mille hommes de troupe se rangeaient sur ces hauteurs aurait suffi à elle seule à faire trembler les entrailles de quiconque. La qualité de leurs armes était exceptionnelle, tout comme l'était la qualité des hommes. D'avoir réussi à transplanter cet ensemble sur un rocher desséché à l'autre bout du monde était une merveille de puissance crue.

Il voyait les équipes d'artilleurs de Topchu traîner leurs colossales couleuvrines à bouches de serpent pour les mettre en place. Il voyait les spahis et les iayalars, et les bannières jaunes du Sari Bayrak, et les pourpres du Kirmizi Bayrak, et, entre ces corps de cavalerie, il vit le pavillon de soie du pacha Mustapha se dresser soudain, brillant comme une sphère d'or contre l'horizon accidenté. Au-dessus du pavillon de Mustapha, le *sanjak* i-sherif fut déployé, la bannière de guerre noire du Prophète, marquée de la *Shahada* : « Il n'est d'autre Dieu qu'Allah et Mahomet est son prophète. » L'ancêtre direct de Mustapha avait porté la même bannière au combat, pour le Prophète lui-même. Ce fait remplissait Tannhauser d'un effroi mêlé d'admiration, car le fantôme du Prophète se dressait au-dessus de cette colline ; et Mustapha et ses légions le savaient, car ils sentaient sa main sacrée posée sur chaque épaule.

Tannhauser voyait aussi des bannières identifiant des régiments qu'il avait connus jadis pour leurs exploits et leur trempe, et auprès desquels il avait combattu dans les friches autour du lac Van. Mais parmi les *orta* de janissaires, il ne voyait pas l'étendard de la sienne : la roue sacrée des quatrièmes *agha boluks*. Pour Tann-hauser, les janissaires étaient ce qui se rapprochait le plus d'une notion de pays. Ses sentiments pour leur foyer, sa loyauté, son amour avaient été aussi profonds que ceux de La Valette pour sa Sainte Religion. En abandonnant leurs rangs, tant d'années auparavant, il avait abandonné une partie de son âme ; mais s'il ne l'avait pas fait, il aurait perdu l'intégralité de son âme, car tel aurait été le prix des sombres exploits qu'on exigeait de lui. Même si leurs fifres et leurs tambours lui remuaient encore le sang et le cœur, il faisait main-tenant face à ses anciens frères sur le champ de bataille. La poitrine et la gorge serrées, il attendait un son qu'il n'avait jamais entendu mais avait seulement proféré.

Les terribles Lions de l'islam allaient rugir.

Quand chacun des grands carrés de troupes, à cheval ou à pied, eut fini de prendre position en ordre de bataille, les hululements obsédants des cuivres et les mélodies frénétiques de la fanfare des *mehterhane* ces-sèrent brusquement. Les grands mouvements s'arrêtè-rent et un silence d'un autre monde tomba sur la plaine. Un silence et un calme tels que ceux qui avaient dû régner sur les premières aubes de la Création. Et dans cette stupéfiante tranquillité, des dizaines de milliers d'âmes, chrétiennes et musulmanes, se contemplaient chacune d'un côté du gouffre pour lequel elles allaient sacrifier leurs vies, et seuls les battements mêlés de leurs cœurs ridaient la surface de ce calme, de ce silence. Une bande de terre poussiéreuse et un amon-cellement de pierres les séparaient. Ils allaient se dis-puter ces pierres et cette poussière comme un mandat pour l'éternité.

C'était un moment où Tannhauser comprit, et il n'était pas le seul, que, malgré tout ce qu'un homme quelconque pourrait accomplir sur ce terrain, cette bataille n'était qu'une marque de plus sur une route pavée de tombes. Une route qui datait de sept siècles avant la naissance de tous ceux qui étaient rassemblés ici et qui allait tracer son sillon sanglant pendant d'innombrables siècles encore.

Tannhauser aurait pu souhaiter être ailleurs, mais il était ici, et ne pouvait aucunement être ailleurs, car telle était sa destinée. La route droite et le chemin sinueux ne faisaient plus qu'un, enfin. Et il comprit, pour la première fois depuis un matin de printemps glacial dans les lueurs d'une forge de montagne, que les musulmans étaient les ennemis de son sang. Il était un Saxon. Un homme du Nord. Maintenant, confronté aux implacables hommes de l'Est, il sentait le flot de ses origines au plus profond de sa moelle.

Bors, à qui l'on avait également accordé d'être présent au poste d'honneur, se détourna du déploiement du Grand Turc et inspira profondément, comme pour humer un parfum capiteux, avant de regarder Tannhauser.

« Tu la sens ? » chuchota Bors.

Tannhauser fixa ses yeux gris anglais qui se plissaient d'un sourire.

« La gloire », dit Bors.

Tannhauser ne répliqua pas. La gloire était plus puissante que l'opium. Il craignait son emprise.

Bors regarda le long des murs de la forteresse, puis vers la vaste multitude étincelante sur les hauteurs.

« Est-il vraiment possible, dit-il avec un effroi mêlé de respect, que la plupart de ces hommes soient voués à mourir ? »

Tannhauser les regarda aussi. Une fois de plus il ne livra aucune réponse, car il n'y en avait nul besoin.

Avec son étalage de joyaux, le Grand Turc avait

porté le premier coup au moral des défenseurs. La Religion allait maintenant répliquer. La Valette fit un signe à Andréas et le page s'inclina, avant de se diriger vers les créneaux, où il fit passer l'ordre du grand maître à un frère chevalier. Le chevalier leva, puis abaissa une épée qui étincela au soleil.

Tannhauser se tourna.

Sous la potence dressée au-dessus de la porte Provençale se tenait la figure nue et tremblante du vieux marionnettiste, que Tannhauser avait involontairement suivi, pas à pas, depuis la rue Majistral. Un sergent d'armes s'avança et, de la hampe de sa lance, frappa le marionnettiste entre les épaules. Toute la dignité que le vieillard avait tenté de garder lui fut arrachée et ses jambes se mirent à trembler sous lui comme des roseaux tordus, il se souilla et son cri d'agonie fut étouffé par le nœud enfoncé entre ses gencives. Il bascula dans l'espace. La chute parut longue. Puis la corde claqua comme un coup de feu dans la plaine et les deux armées virent le *karagozi* sauter et danser comme une des poupées de son propre théâtre, soixante pieds au-dessus du fond des douves.

La Valette avait décrété qu'un musulman serait pendu chaque jour que durerait le siège. Tannhauser trouvait le stratagème brillant, pas seulement parce que son horreur était une parfaite réplique à la splendeur du Turc, mais aussi parce qu'il affirmait aux deux armées que ce conflit n'aurait d'autre issue que l'extinction complète de l'une ou de l'autre. Eu égard aux défenseurs, le choix du vieux *karagozi* était très inspiré aussi. Le vieux marionnettiste était connu de tous les habitants de l'île, et, à la vérité, jouissait d'une certaine affection générale. Pour la majorité, il était le seul visage humain de l'islam. Et maintenant, il pendait sous le bras du gibet, le contenu de ses entrailles et de sa vessie dégoulinant sur ses pieds tordus. De ce simple coup, La Valette avait rendu toute la population complice d'un meurtre cruel et inique. Il avait changé chaque cœur en pierre. Il les avait liés ensemble comme des monstres aux yeux de leurs ennemis Et si ce combat devait être livré avec une extrême sauvagerie et amoralité, chacun des hommes sur le rempart chrétien le savait désormais.

Au bout de la corde, les spasmes du vieil homme cessèrent et il tourna, obscène et sans vie, au-dessus du Grand Terre-Plein.

Le colonel Le Mas leva son épée et lança un cri vers les collines, d'une voix rugissante.

« Pour le Christ et le Baptiste ! »

Quand la voix de Le Mas faiblit, les chrétiens amassés sur les remparts reprirent son cri. Il roula vers la droite et vers la gauche, de l'un des bastions jusqu'au suivant, en un crescendo de fureur, et il se déversa à travers la crique des Galères et le long des murs de la forteresse Saint-Michel, et en chemin ce pacte se garnissait des sarcasmes et des obscénités de la soldatesque. Le cri de bataille trouva son écho de l'autre côté des eaux du Grand Port, sur les remparts du lointain Saint-Elme. Puis ce fut fini.

Les cuivres turcs sonnèrent à nouveau et les couleuvrines des hauteurs ruèrent comme des dragons enchaînés, puis des flammes jaillirent de leurs gueules et la *guerre à outrance*[1] commença.

Une volée de boulets de pierre décrivit un arc de cercle en direction du Borgo. Quand les missiles éclatèrent contre les murs de Castille, faisant trembler la maçonnerie sous leurs pieds, un régiment de janissaires Tüfekchi chargea du haut des collines, traversant la

1. En français dans le texte.

plaine. Tannhauser les regardait s'espacer en triples rangs de tir – la perfection de leur géométrie était stupéfiante – leurs mousquets à long canon étincelant à l'instant où leurs gueules s'abaissaient pour tirer. Les mousquets lâchèrent une salve et les tireurs disparurent derrière un banc de fumée. Trop d'entre eux semblaient hors de portée, mais Tannhauser se méfiait. Il se baissa derrière un créneau et le sifflement des balles se perdit dans le lourd et violent fracas de celles qui touchèrent les armures des chevaliers. Le jeune page de La Valette avait été touché à la gorge et Tannhauser le vit tomber au pied de son maître. La Valette ne tressaillit pas le moins du monde et fit signe aux servants de l'emporter.

Tannhauser se redressa et posa son fusil dans le créneau.

Son armure et son casque étaient étouffants et il n'y avait pas d'ombre. Il essuya son front avec le foulard qu'il gardait dans sa manche. La fumée déroulée dans la plaine s'estompait et il vit le premier rang des janissaires recharger leurs armes. Sous leurs hauts bonnets blancs, leurs visages étaient flous. Il appuya la crosse dans son épaule et visa un homme au centre de la ligne. Il fit un bref calcul pour la hausse et pressa la gâchette. La roue chanta contre les pyrites et le fusil tonna. Il avait négligé de prendre de la cire pour ses oreilles. Il regarda à travers la fumée de son mousquet. Sa victime était étendue, immobile, dans la poussière. Un de ses camarades enjamba son cadavre pour prendre sa place. Et ce fut tout. Tannhauser, une fois de plus, était à la guerre. Il sentit une main claquer sur son épaule.

« Du pain bénit ! dit Bors. Je dirais que tu peux revendiquer le premier mort !

— Non, dit Tannhauser, ce prix revient au pendu. »

Les arquebuses chrétiennes firent feu tout du long de l'enceinte, mais elles ne faisaient pas le poids face

243

aux mousquets turcs de douze paumes. Dans la plaine, un voile de poussière rouge se leva quand chaque balle tomba, beaucoup trop court. Les prévôts crièrent à leurs hommes de cesser de tirer et, avant que la poussière ne retombe, une nouvelle vague de *gazi* traversa la fumée en hurlant pour lâcher une seconde salve. Des bastions d'Italie et de Castille, les canons de la Religion vomirent des flammes à travers la fumée qui s'épaississait, et les équipes d'artilleurs se jetèrent sur les bêtes qui reculaient pour les remettre en place et nettoyer leurs gueules. Les gros boulets de cuivre rebondissaient sur la terre battue comme si Satan lui-même les avait lancés et ouvraient des tunnels sanglants à travers les rangs des Ottomans. Des cris enthousiastes s'élevèrent des fortifications et le feu des mousquets chanta du haut des pierres. Un bataillon de chevaliers enragés investit la porte Provençale en hurlant pour qu'on l'ouvre afin d'apaiser leur soif de sang.

Tannhauser se détourna de ce théâtre de déments et vit que Bors souriait.

« Ce cuivre ressemble furieusement à nos munitions », dit Bors.

Tannhauser posa la crosse de son fusil au sol et mesura une charge de poudre qu'il fit descendre dans le canon. La gloire ? Non. Pas encore. Pas à cette distance. Et il espérait ne jamais s'approcher davantage. Du moins la meilleure part de lui l'espérait-elle. Comme tuer des prêtres, tuer d'anciens camarades était un peu comme tuer n'importe qui. S'il ressentait quelque chose, ce n'était qu'une ombre de joie obscure et l'excitation de ce pouvoir qui était, jadis, le privilège jaloux de dieux particulièrement vicieux : priver un homme d'existence d'un simple coup de tonnerre. Au travers du goût de la fumée, les baisers d'Amparo et de Carla demeuraient encore sur ses lèvres. Quelle

244

splendide paire elles formaient. Et quelle vie splendide était la sienne.

Tannhauser décida d'être enjoué.

Il se tourna vers Bors qui louchait sur la longueur du canon de son mousquet.

« Est-ce que tu as apporté de la cire ? » demanda Tannhauser.

Bors planta un doigt dans son oreille pour montrer qu'elle était bouchée.

« Apporté quoi ? »

LUNDI 21 MAI 1565
Les hauteurs de Santa Margharita – Le Grand Terre-Plein

Selon la volonté d'Allah, ils avaient combattu au corps à corps pendant six heures. Dans les rayons du soleil qui descendait, les belligérants épuisés projetaient des ombres étirées qui dansaient sur la plaine maculée de sang, comme si ce n'étaient pas seulement des hommes qui étaient en proie au délire, mais aussi leurs fantômes. Et pourtant ce n'était que l'ouverture d'un drame à peine en gestation.

Abbas bin Murad, *aga* des Sari Bayrak, était assis sur son pur-sang arabe noir d'ébène, à la tête de sa brigade, et il ne pouvait que remarquer que, parmi les centaines de cadavres jetés comme du linge sale au travers du champ de bataille, la proportion d'infidèles atteignait moins de un pour dix. En soi, cela pouvait être acceptable. Il n'y avait pas de plus grande joie que de mourir pour Allah et au service du shah Soliman, refuge de tous les peuples du monde. Mais les espions qui avaient assuré à Mustapha que Malte pouvait être prise en deux semaines allaient y perdre leur vie. Abbas n'avait pas combattu les Francs depuis les guerres de Hongrie, des décennies auparavant. Sur la Drava, ils avaient massacré l'ensemble des Autrichiens de Ferdinand et envoyé les têtes de leurs commandants à Istanbul dans des jarres d'argile. Et quand, en 1538,

Ferdinand avait été assez impudent pour reprendre possession de Buda, la campagne du sultan le long du Danube avait été une promenade. Mais ces chevaliers de Saint-Jean-Baptiste – ces enfants de Satan – étaient d'une ardeur bien différente.

Les deux chevaliers faits prisonniers à Zeitun, le samedi, un Français et un Portugais, avaient été torturés pendant trente heures par les plus habiles interrogateurs de Mustapha, et aucun n'avait prononcé un traître mot, en dehors de prières à son dieu. Quand, finalement, ils avaient craqué, chaque chevalier – indépendamment et dans l'ignorance absolue de l'autre – avait juré que le point le plus faible de la défense chrétienne était le bastion de Castille. En fait, l'assaut de cet après-midi avait brutalement prouvé que Castille était le point le plus fort de toute l'enceinte.

Abbas observa l'ancien esclave qui cuisait toujours au soleil sous le gibet au-dessus de la plaine comme l'homuncule d'une invocation démoniaque. Cette exécution était une insulte barbare, qu'Abbas avait d'abord prise pour une bravade. Mais quand les portes de la forteresse s'étaient ouvertes et qu'une masse de chevaliers s'était élancée dans un immense cliquetis, maniant l'épée et la masse à travers les janissaires, cette illusion s'était évanouie. Les chiens de l'enfer avaient attaqué avec une sauvagerie si rageuse qu'il semblait que les janissaires n'auraient pas d'autre choix que de battre en retraite. Ils ne l'avaient pas fait, malgré le coût, car les Tüfekchi seraient plutôt morts jusqu'au dernier. L'honneur avait été sauvé, au prix d'une contrepartie meurtrière. Les chevaliers étaient maintenant réduits à un carré d'acier autour de leur pont-levis. La longue journée s'achevait, et Abbas contemplait le marécage anarchique de poussière, de fumée et d'armes brandies, les éclairs des mousquets et des lames, les lamentations des estropiés et des éventrés. L'argile dure et cuite de cette plaine était devenue une boue rouge humide de sang, d'urine et d'excréments, et, dérapant dans la saleté de cette première sortie, chaque camp avait pris la mesure de son ennemi.

Abbas, attendant toujours l'ordre de rejoindre l'échauffourée, se retourna pour regarder ses hommes. Comme il s'y attendait, il les trouva inébranlables et avides d'action. Mais à l'ouest, le soleil avait mordu la cime de la montagne – le mont Sciberras, pensa-t-il – et s'ils ne chargeaient pas bientôt, ils ne verraient pas de sang du tout, du moins aujourd'hui. Son aide de camp lui désigna quelque chose et Abbas fit volter sa monture. Venu du pavillon doré du pacha Mustapha au sommet de la colline, un messager descendait au galop.

Mustapha était un Isfendiyaroglu. Son ancêtre avait porté la bannière de guerre du Prophète durant la conquête d'Arabie. À soixante-dix ans, sa valeur personnelle était légendaire, comme l'étaient son tempérament violent et sa prodigalité envers ses hommes. Mustapha avait personnellement humilié les chevaliers de Saint-Jean à Rhodes, en 1522, quand seule l'auguste pitié du jeune Soliman avait épargné l'annihilation complète de l'Ordre. Les chiens avaient récompensé cette clémence par quarante ans de terreur, infligée pour la plus grosse part aux pèlerins et aux marchands musulmans. Maintenant, cette erreur allait être corrigée. La place forte des chiens de l'enfer allait être rasée et seul leur grand maître serait épargné, pour qu'il s'agenouille, enchaîné, devant le padisha. Mais cela ne s'accomplirait pas en deux semaines. L'esprit d'Abbas fut traversé par la pensée lugubre que cela pourrait prendre deux mois.

Il tourna à nouveau son regard vers le champ de bataille. Les douves et les murs chrétiens étaient formidables. Les fortifications étaient grossières, mais habilement conçues. La potence en haut du bastion attira à nouveau son attention. Il était dit qu'après la mort les âmes humaines pouvaient se rencontrer, dans les rêves des hommes et des femmes de ce monde. Quelqu'un accueillerait-il l'âme de l'esclave pendu ? se demanda Abbas. Ou celles des janissaires agonisant dans la chaleur rouge du crépuscule ? La poussière soulevée par le messager s'approchait. Abbas savait qu'il apportait aux *silahadar* les ordres d'attaquer. Il fit signe au trompette du régiment à ses côtés. Il dégaina son sabre et murmura :

« Que soit loué et remercié le Seigneur de tous les mondes, Allah, le Compassionné, le Miséricordieux, Souverain du Jugement dernier. Nous n'adorons que toi seul, et à toi seul nous demandons aide. Montre-nous le droit chemin.

« Le chemin de ceux à qui tu as accordé ta grâce. Pas le chemin de ceux qui endurent ta colère, ni de ceux qui errent, égarés. »

DEUXIÈME PARTIE

L'ILIADE MALTAISE

LUNDI 4 JUIN 1565
Le monastère de Santa Sabina, Rome

Ludovico acheva le voyage de Naples à Rome en un peu plus de trois jours. La route était poussiéreuse et éprouvante. Anacleto chevauchait à ses côtés. Ils priaient en galopant et des gens de toute condition s'inclinaient à leur passage, comme s'ils les prenaient pour des revenants vengeurs lancés dans une mission féroce dont il valait mieux ne pas connaître la nature. Ils passaient d'innombrables tombes et catacombes païennes, marques d'une terrible puissance aujourd'hui vouée à l'oubli. Ils mangeaient en selle et avaient perdu le compte du nombre de chevaux qu'ils avaient épuisés en route. L'endurance de Ludovico était également poussée à ses limites. Mais tout cela était bienvenu, car il avait besoin d'endurcir ses muscles pour les épreuves à venir.

Dans cet état de fatigue extrême, les rues de Rome en effervescence sous les étoiles d'une nuit d'été torpide paraissaient plus oniriques et dépravées qu'à l'accoutumée. Ludovico passa la porte de Saint-Paul la tête sous son capuchon, car il y avait toujours des espions partout, et il craignait qu'on ne le reconnaisse. Le long des rues de la Ripa, maquereaux et prostituées cherchaient impudemment à l'attirer, pas le moins du monde découragés par son habit monastique, et offrant même de tendres garçons si tel était son goût. Oiseaux et animaux exotiques – perroquets braillant des obscénités, singes araignées, lémuriens, minuscules dragons verts en laisse de soie rouge – étaient brandis vers son visage. Des arômes alléchants assaillaient également son nez et son palais, émanant des braises des marchands ambulants, mais il résista à leurs appels. Dans cette ignoble Sodome d'aujourd'hui il fallait résister à nombre de choses.

Rome était une dictature théocratique, non pas sous l'influence souveraine de Jésus-Christ mais du désir. Désir d'or, de propriété et de beauté, désir de sexe, de chère et de vin, désir de titres, de grandeur et d'ostentation, désir d'intriguer et de trahir. Le pouvoir à l'état cru, décliné en plus de myriades d'incarnations qu'il n'en existait nulle part ailleurs en ce monde. Même la piété suscitait le désir et était à vendre comme toute autre matière première. En contraste avec le Nord industrieux et les domaines espagnols du Sud, l'oisiveté abondait à Rome, à la fois au sein des masses grouillantes des démunis, qui rôdaient dans les quartiers misérables comme des chiens édentés, et parmi les légions rapaces des riches dans leurs opulents palais. De vastes quantités d'argent – soutirées aux fidèles à chaque coin de rue de la chrétienté, empruntées aux nouveaux clans de banquiers internationaux, et extorquées à l'économie rurale grâce aux taxes papales – se déversaient dans la gorge de Rome en une incessante bacchanale de satisfaction charnelle. Églises et cathédrales étaient le théâtre de l'art des établissements de bains, où les parties génitales et les culs de pédérastes concupiscents étaient peints ou statufiés sur chaque mur, où des martyrs impubères se tordaient en tourments érotiques, où des fantasmes pédophiles se faisaient passer pour des appels à la dévotion. Des cardinaux adolescents qui pouvaient à peine réciter une bénédiction traînaient sur la Via della Pallacorda – d'un terrain de jeu de paume à une salle de jeu, jusque dans un bordel, et ainsi de suite –, protégés par d'insolentes bandes de *bravi* qu'ils louaient. Dans une ville qui ne pouvait pas se glorifier d'avoir une seule grande guilde ni un seul vrai corps de métier – il y était même difficile de faire ferrer un cheval –, la seule industrie qui prospérait était la prostitution, et avec elle la petite vérole et les verrues anales, et chaque fille aux beaux yeux, chaque garçon à la peau douce, semblaient destinés à un matelas imbibé de sperme. En dehors de la cité, des armées de mercenaires sans emploi, déshérités de la société, détritus des guerres franco-espagnoles, ravageaient les campagnes. Et par les hauts cols des Alpes, les eaux empoisonnées du protestantisme – calvinistes, luthériens, vaudois, anabaptistes, hérétiques de tout poil et de toute conviction – se faufilaient vers les rivages de la mer sainte.

Ludovico traversait cet égout comme le Christ avait marché sur les eaux. Les prélats qui se gavaient dans leurs salles de marbre, sous des ciels pornographiques de dryades en rut et à des tables qui débordaient de viandes, pâtisseries et liqueurs, considéraient son austérité avec crainte. Et ils avaient raison, car il les méprisait. Durant son dernier séjour, Ludovico avait détruit l'évêque de Toulon, un certain Marcel d'Estaing, qui était un homosexuel notoire, avec une faiblesse pour les diamants et les vêtements de femmes. Tandis que la Bible, saint Paul, Aquin et de nombreuses autres autorités condamnaient à la fois la fornication et la sodomie, une lecture attentive révélait que le sexe avec de jeunes garçons n'était décrit nulle part comme un péché, ni véniel, ni mortel. Cette omission expliquait la profusion de chérubins mâles – les *bardassos* – dans les nombreux bordels de la ville. En négligeant d'exploiter cette lacune et en se laissant aller, au contraire, à des relations sexuelles avec des hommes adultes – on disait qu'il connaissait bien mieux la vue de ses orteils que l'intérieur de son église –, l'évêque de Toulon avait scellé sa destinée. Ludovico avait fait mettre le prélat pleurnichant dans un sac qu'il avait fait coudre et jeter dans le Tibre.

Et pourtant, entrelacé dans cet état sordide de sodomites, de jouisseurs et de voleurs, existait un réseau d'hommes remarquables à qui Rome devait sa survie en tant que pivot du monde chrétien. Des hommes de dévotion, aussi habiles qu'impitoyables, qui, sans soldats, sans navires et nantis de coffres ne contenant guère plus que des promesses, tentaient de gouverner la politique des nations et de garantir la destinée morale de l'humanité. Des hommes possédés par le désir le plus puissant de tous : la compulsion de modeler l'argile de l'histoire pendant qu'elle tournait sur la roue devant eux. Ludovico et le cardinal Ghisleri étaient de ces hommes. Et leur armée était le Saint-Office de l'Inquisition romaine.

Les deux voyageurs descendirent enfin de leurs montures dans le monastère dominicain fortifié de Santa Sabina. Ludovico envoya Anacleto prendre son souper avec les moines. Officiellement, Ludovico servait le pape Pie IV, Giovanni Médicis. En vérité, il servait l'ennemi juré de Médicis – et, avec un peu de chance, le pape à venir –, Michele Ghisleri. Le cardinal Ghisleri accueillit Ludovico avec joie et ils se retirèrent dans ses appartements privés pour prendre un repas très simple.

Ludovico écoutait les dernières nouvelles tout en mangeant. Une vague de complots meurtriers au collège des cardinaux, entre le parti français et les Habsbourg, avait culminé en un combat au couteau dans le transept à moitié achevé de Sainte-Marie-des-Anges. La famine attendue pour l'hiver suivant – une certitude puisque des pluies torrentielles avaient provoqué une seconde année de mauvaises récoltes – avait déclenché une frénésie de spéculation sur le grain, grâce à laquelle le pape espérait d'ailleurs augmenter sa fortune. Quatre mille mendiants avaient été conduits hors de la cité à la pointe de l'épée, pour aller mourir de faim ailleurs. Les miasmes de leurs cadavres avaient provoqué une alerte à la peste, et les émeutes qui en avaient résulté n'avaient pu être maîtrisées qu'en incendiant une grande quantité de maisons de travailleurs, causant la perte de plusieurs douzaines de vies.

Dans la Ville éternelle, semblait-il, tout était un peu comme à l'habitude.

Et il en était ainsi, également, dans toute l'Europe. Les Habsbourg espagnols et les Valois français restaient à couteaux tirés pour diverses chamailleries, dont certains fragments d'Italie qu'ils se disputaient. Les membres des deux familles royales avaient utilisé l'Italie comme champ de bataille pendant un siècle, se la divisant entre eux dans un sens, puis dans l'autre, et accordant à ses natifs aussi peu de respect qu'ils n'en avaient envers les aborigènes du Mexique. Charles Quint avait même mis Rome à sac et emprisonné le pape. Son fils Philippe pillait désormais systématiquement les plus riches régions : Milan et le Nord, Naples et le Sud. Chaque patriote italien – Ludovico et Ghisleri étant de ceux-là – haïssait ces deux dynasties avec fougue. Une Italie indépendante des envahisseurs français et espagnols, tel était le rêve qu'ils caressaient depuis longtemps ; mais sa réalisation avait été contrecarrée, principalement par une succession de papes corrompus qui manquaient de sagacité, ou des qualités d'un chef, pour réunir les différents États italiens entre eux. Par cela et par un manque de ressources diplomatiques et militaires. Ces crises politiques, insolubles depuis si longtemps, étaient ce qui animait Ghisleri dans son désir de revendiquer le trône papal.

Ludovico finit son fromage et entama avec Ghisleri le sujet qui l'avait amené si loin : le sort de la Religion, sa place dans un plan plus vaste, et le rôle que Ludovico y pourrait jouer.

« Malte ? » dit Ghisleri.

Il était osseux, avait les cheveux blancs et, à soixante et un ans, son esprit était plus aiguisé que jamais. « La plupart de ces idiots sont incapables de la désigner sur une carte, et pourtant cet été toute la ville ne parle que de ça. Chaque maison royale d'Europe veut se draper de la cape d'une gloire d'emprunt. » Il ricana. « Même Élisabeth, l'hérésiarque anglaise, a eu le culot de faire dire des messes pour la délivrance des chevaliers. Quant à Médicis, on pourrait presque penser qu'il est debout sur les remparts, brandissant une épée, alors qu'il est sur son lit pendant que ses mignons attendent leur tour pour le sucer.

— Médicis est un maquereau, approuva Ludovico. S'il savait que je suis ici dans vos appartements, il me ferait assassiner. Mais j'apprécie sa confiance.

— Bien, dit Ghisleri en serrant l'avant-bras de Ludovico. Très bien. »

Giovanni Médicis était le pape Pie IV. Il régnait depuis déjà plus de cinq ans, et, eu égard à sa valeur – intellectuelle ou autre –, il n'aurait jamais dû accéder au fauteuil de saint Pierre. Sa seule qualification pour ce Saint-Office consistait en trois décennies de flagornerie dans les pourtours ténébreux du Vatican. Après trois mois d'impasse amère lors du conclave de 1559, son élection avait été un compromis sordide – payé par le clan Farnese – pour empêcher l'accession de Ghisleri au trône papal. Médicis n'était pas un ami de l'Inquisition. Il était tendre envers l'hérésie et avait ouvert les portes des geôles pour libérer de nombreux dissidents. Corrompu jusqu'à la moelle, il avait créé quarante-six nouveaux cardinaux – plus que durant tout le siècle précédent –, chacun d'eux le payant d'une monnaie ou d'une autre. Et, pour tenter d'acheter son immortalité, il avait dépensé sans compter les millions d'écus arrachés aux poches de la paysannerie en nouveaux embellissements architecturaux pour sa tapageuse capitale.

Maintenant, Médicis était vieux et faible. Sa négligence pour la double menace du luthéranisme et de l'islam lui avait attiré de nombreux nouveaux ennemis. Chez ses détracteurs les plus fanatiques couraient des rumeurs d'assassinat. Il était de notoriété publique que le mieux qu'il ait fait pour aider l'ordre des chevaliers de Saint-Jean dans leurs ennuis présents avait été d'envoyer dix mille misérables écus depuis ses toilettes en or massif. En cette saison d'extrême fièvre politique, la valeur de Malte était un reproche permanent à l'indolence papale. Médicis désespérait désormais d'être vu comme le champion de Malte. C'était ce besoin que Ludovico avait l'intention d'exploiter.

« De quelle humeur sont les chevaliers ? demanda Ghisleri.

— Intraitable, répliqua Ludovico.

— Peuvent-ils gagner ?

— Avec l'aide de Dieu, La Valette croit qu'ils le peuvent.

— Et toi ?

— Si les chevaliers s'avèrent aussi fanatiques qu'ils l'affirment, oui, ils peuvent prévaloir.

— La Religion et l'Inquisition devraient être des alliés naturels. L'épée et le livre. » Ghisleri se frotta la barbe. « Et sous l'égide d'un Vatican nettoyé et revivifié… »

Ludovico mit un terme à son fantasme. « La Valette n'a confiance en personne en dehors de l'Ordre.

— Y compris Médicis ?

— Surtout Médicis. Médicis a ignoré l'ambassadeur de La Valette pendant des mois.

— Fais-moi confiance, Médicis ne passera pas l'année », affirma Ghisleri.

Ludovico se demanda comment. Pour porter les sandales du Pêcheur, Ghisleri aurait à liquider tous les chapeaux rouges du conclave. Mais l'expression de Ghisleri lui suggéra de ne pas pousser plus loin ses questions.

« Si le successeur de Sa Sainteté (par là, Ghisleri entendait lui-même) pouvait compter sur l'allégeance politique de l'Ordre, un ordre victorieux, les héros de toute l'Europe, il exercerait un pouvoir dont nul pape n'a joui depuis des générations. »

Ludovico acquiesça. Tous les papes voulaient contrôler les chevaliers de Saint-Jean : pour leur puissance militaire et leur immense prestige, pour leurs vastes terres et richesses. Si le Vatican s'emparait des rênes de la Religion, son pouvoir pourrait à nouveau rivaliser avec celui d'une nation majeure. Mais aucun pape n'avait jamais réussi à le faire.

« Les princes respectent la victoire encore plus que la pureté du sang, et certainement plus que la piété, grinça Ghisleri. La Religion, si elle survit, incarnera les trois. De tels ambassadeurs, déjà si bien intégrés dans les lignées de l'aristocratie européenne, seraient inestimables. » Ses yeux chassieux brillaient à la lueur des chandelles. « Si je – si le Vatican – pouvait forger une alliance avec la Religion et s'en servir pour unifier les princes italiens, et gagner la faveur des Français, alors nous pourrions commencer à contrer la puissance espagnole. Et alors l'Italie pourrait forger sa propre destinée, comme par le passé.

— Les chevaliers méprisent les querelles européennes, dit Ludovico. Ils ne vivent que pour combattre l'islam. Ils rêvent encore de Jérusalem.

— Toi aussi ?

— Je rêve d'une Italie libérée des armées étrangères, dirigée et unie par l'Église, comme vous. Mais vous n'obtiendrez jamais l'allégeance des chevaliers tant que La Valette les commandera. Il est trop entièrement français, et gascon de surcroît.

— Tu as déjà réfléchi à une éventuelle solution, affirma Ghisleri.

— Oui. Nous devons arranger l'élection d'un Italien comme grand maître. »

Ghisleri fronça les sourcils. Ludovico savait pourquoi. Le collège électoral de la Religion était le plus complexe qu'on n'ait jamais inventé, superbement conçu pour empêcher toute interférence extérieure, surtout de Rome. À la mort d'un grand maître, son successeur devait être élu sous trois jours. Ce seul fait remettait le processus entre les mains des seuls chevaliers présents dans l'île à ce moment précis. Et même ainsi, soixante-douze heures d'intrigues fiévreuses s'ensuivaient invariablement – corruption, pressions directes, chantages et serments extravagants – entre les frères des huit langues en compétition. Beaucoup marchaient masqués pour déguiser leurs allégeances, avait-on dit à Ludovico. Les chevaliers, après tout, étaient une enivrante distillation de nobles sangs, et charriaient dans leurs veines le plus ancien des vices aristocratiques : l'obsession du pouvoir. Leur système électoral compliqué, développé pendant des siècles, n'avait fait que rendre la compétition encore plus sauvage.

« Est-ce possible ? demanda Ghisleri.

— Le mécanisme de l'élection est byzantin, dit Ludovico. Chaque langue se réunit dans sa propre chapelle et élit un chevalier pour la représenter. Ces huit chevaliers choisissent alors un président de l'élection. Ils choisissent aussi un triumvirat comprenant un chevalier, un chapelain et un frère sergent d'armes, chacun d'une langue différente. À partir de là, le président, ainsi que le conclave originel de huit chevaliers, ne prennent plus part à la procédure. Ce nouveau triumvirat choisit alors un quatrième membre, puis ces quatre en choisissent un cinquième, les six un septième, et ainsi de suite – chaque nouveau membre d'une langue différente du précédent – jusqu'à atteindre un total de seize électeurs. Au moins onze de ces électeurs doivent être chevaliers de justice, mais aucun ne peut être un grand maître. Ces seize, enfin, votent pour élire le nouveau grand maître, avec le président en réserve pour voter en cas d'égalité parfaite. »

Ghisleri enregistra tout cela et dit : « Un grand maître italien serait merveilleux. Et j'ai arrangé autant d'élections que n'importe qui à Rome. Mais avec de tels garde-fous, comment faire ?

— Avec votre bénédiction, dit Ludovico, j'ai l'intention de devenir chevalier de la Sainte Religion. »

Ghisleri le dévisagea.

« Une fois dans la place, poursuivit Ludovico, je pourrai agir pour le candidat approprié.

— Et qui est-il ? demanda Ghisleri.

— Un brillant soldat, admiré par toutes les langues pour sa maîtrise de la guerre, et un homme que vous connaissez très bien.

— Pietro Del Monte », dit Ghisleri.

Ludovico acquiesça. Del Monte était prieur de la langue italienne et amiral de la flotte de la Religion. À soixante-cinq ans, sa réputation n'était plus à faire.

Ludovico continua. « Sa seule faiblesse, un manque de sophistication politique, est à notre avantage. Il sera sensible à vos besoins, ou devrais-je dire à ceux du pontife. Et les autres langues trouveront en lui l'élu le moins désagréable par rapport à leurs propres aspirants.

— Comment cela ? demanda Ghisleri.

— Face au Turc, tous les frères donneraient leur vie pour leurs frères. Pourtant, ils ne manquent pas de rivalités internes. Les Français ont dominé l'Ordre pendant presque tout notre siècle. Les Espagnols, Catalans et Portugais en conçoivent une grande amertume. Un Français, L'Isle Adam, a perdu Rhodes, et même La Valette n'est pas à l'abri de l'intrigue et du désastre – dix-huit mille Espagnols massacrés à Djerba ; l'échec de la libération de Tripoli ; Zoara a été leur pire défaite depuis Rhodes. C'est une tricherie française qui a fait perdre Tripoli, et La Valette n'a pas seulement fait libérer le coupable, Gaspard Vallier, de sa geôle, mais il lui a promis l'intendance de Largo. En temps de paix, les querelles et les affaires politiques des Français et des Espagnols sont à peine plus vicieuses qu'en temps de guerre. Chaque camp s'opposera au candidat de l'autre. Il ne faudra pas tellement plus qu'appliquer la simple raison – et distribuer les faveurs nécessaires – pour faire de Del Monte l'héritier préféré de ces temps de guerre.

— Vous tenez cela pour certain ?

— Les chevaliers sont des hommes pratiques. La bataille est imprévisible et chez La Valette l'amour de la guerre dépasse toute autre passion. Les légions de l'enfer ne pourraient pas l'arracher à ses remparts. Si La Valette venait à mourir au combat (à ces mots les

263

sourcils de Ghisleri se soulevèrent), alors les machinations électorales habituelles seraient impossibles, ou plutôt suicidaires. Le moral des troupes exigerait qu'un nouveau grand maître soit immédiatement élu. Et, dans des circonstances si affreuses, les prétendants sérieux peuvent se compter sur les doigts d'une main. Del Monte est l'un d'entre eux. Avec mon aide, il gagnerait.

— Et si Del Monte est tué aussi ?

— On peut aussi compter sur Mathurin Romegas, général des galères et grand héros. Moins docile que Del Monte, peut-être, mais un bon fils d'Italie. »

Ghisleri joignit ses doigts tendus et baissa les yeux sur la table. Il était troublé.

Ludovico dit : « La croix n'est pas donnée aux faibles. »

Ghisleri releva les yeux. « Si La Valette devait mourir au combat... Et si ce n'était pas au combat ?

— Votre conscience ne doit pas s'inquiéter, murmura Ludovico. Et vous ne devriez pas être plus amplement informé. Tout ce dont j'ai besoin, c'est de votre bénédiction pour rejoindre la Religion.

— Ma bénédiction, en admettant que je la donne, est le moindre de tes besoins. Entrer dans leur ordre est un honneur difficile à gagner. De plus, ils accueilleront difficilement un inquisiteur dans leurs rangs.

— Je n'ai jamais rien fait pour m'attirer leur inimitié, à leur plus grande surprise, et je jouis même du respect de La Valette, car je lui ai promis de défendre son cas devant le Saint-Père. Deux démarches supplémentaires me gagneront leur affection. La première est d'apporter à leurs défenses une contribution militaire significative.

— À cette date, c'est au-delà des pouvoirs de Rome, soupira Ghisleri.

— Mais pas de ceux du vice-roi espagnol de Sicile, Garcia de Toledo, répliqua Ludovico.

— Toledo interviendra, ou pas, seulement en fonction de ses intérêts et de ceux de Madrid.

— Tout à fait. Pour l'instant, il est beaucoup trop risqué de fournir à La Valette les importants renforts qu'il a mendiés. Mais imaginez ceci, car nous pouvons être certains que Toledo l'a fait. Si les chevaliers de la Religion défont le Turc sans aide, toute la gloire sera leur. Si, au contraire, la Religion est annihilée, alors une armée turque rongée jusqu'à l'os par un siège terrible et coincée sur une île aride, perdue à des milliers de milles de chez elle, serait une proie tentante pour le genre d'armée que Toledo aura rassemblée en Sicile d'ici le début de l'automne. La mort tragique de la Religion, suivie par une brillante *reconquista*, permettrait à Toledo de graver son nom sur les tables du temps.

— Est-il capable d'une telle perfidie ? demanda Ghisleri.

— Il est castillan.

— Et l'empereur Philippe laisserait tomber Malte lui aussi ?

— S'il pouvait la regagner ensuite et en faire une place forte purement espagnole, pourquoi pas ? Charles Quint a loué Malte aux chevaliers pour qu'ils cessent de le harceler après leur expulsion de Rhodes. À l'époque l'île était pauvre et de peu d'importance stratégique. Mais c'était il y a quarante ans, avant la maturité de Soliman, avant les désastres en Afrique du Nord, avant que Charles Quint ne divise l'empire entre ses fils, avant que Luther ne tranche la chrétienté en plein milieu. Depuis que les chevaliers sont arrivés à Malte, le monde est sens dessus dessous. »

Ghisleri secouait la tête. Il n'était pas encore convaincu.

Ludovico poursuivit. « Toledo hésite parce que la perte de Malte et de la flotte espagnole de Méditerranée serait un désastre trop grand à supporter. Et en ce qui concerne les Turcs, le désastre a déjà eu trop de précédents. Toledo va prendre son temps et voir de quel côté souffle le vent. Mais si je parviens à le persuader d'envoyer un petit renfort – disons un millier d'hommes ? –, alors Toledo pourra revendiquer qu'il a fait de son mieux, et, du coup, les chevaliers de La Valette me seront reconnaissants par ricochet, inquisiteur ou pas. »

Ghisleri soupesa les possibilités. « Mais notre congrégation peut-elle rassembler les fonds nécessaires ? Corrompre le riche coûte cher, c'est pourquoi, d'ailleurs, je ne suis pas encore pontife. Toledo n'est pas pauvre, et la cupidité espagnole n'est pas une simple légende.

— Les promotions, richesses et reliques sacrées à la portée du Saint-Père dépassent largement celles de notre congrégation. Le Vatican pourrait fournir plus que nécessaire pour corrompre non seulement Toledo, mais des éléments clés au sein même de la Religion. » Ludovico se pencha en avant. « Que Médicis paye le joueur de flûte pendant que nous dirigeons la musique. »

Une fois de plus Ghisleri tira sur sa longue barbe blanche.

« Ton stratagème en appellerait à Médicis autant qu'à son successeur. Et tu aurais toute l'autorité de la volonté papale.

— Demain, dit Ludovico, je vais feindre d'arriver à Rome et j'irai faire mon rapport à Médicis, comme si je ne venais le voir que lui, et lui seul. Le pape me fournira les instruments et les promesses dont j'ai besoin.

— Puis tu retourneras à Malte ?

— En Sicile voir Garcia de Toledo, et ensuite à Malte, oui.

— Et si Malte est déjà tombée aux mains du Turc ? »

Ludovico ne répondit pas. Il se leva. « Une fois que j'aurai montré ma figure au Vatican, je serai surveillé pour le restant de mon séjour. Nous ne devons donc plus nous rencontrer avant mon départ. »

Ghisleri fronça les sourcils. « Tu disais qu'il fallait deux étapes pour que la Religion t'admette en son sein. Quelle est la seconde ?

— Je me joindrai aux chevaliers sur les remparts et je verserai de mon sang dans la bataille contre l'infidèle. »

Une différente palette d'émotions colora les yeux de Ghisleri. Il tendit une main et la posa sur le bras de Ludovico. « Je t'en supplie, ne va pas plus loin que la Sicile… »

Ludovico le regarda sans répondre.

« Tu m'es plus proche qu'aucun fils ne le serait, dit Ghisleri. Et tout aussi cher. »

Ludovico, inaccoutumé à l'affection, se trouva soudain ému. Mais il ne répondit toujours pas.

« Tu es encore un jeune homme, dit Ghisleri, un jour tu pourrais toi-même porter l'anneau du Pêcheur. En vérité, c'est mon espoir et je prie pour cela. »

Ludovico savait cela. Il avait envisagé chaque pas qu'il lui faudrait faire, comme un sentier de gros galets jetés pour traverser un torrent. Mais il avait maladivement soif d'accomplir l'impossible. Soif de la chute de La Valette. Soif du jugement de la bataille. Ces désirs insatiables, pensait-il, étaient l'expression d'un pouvoir à la fois fondamental et profond : la volonté de Dieu.

« Vous m'interdisez d'y aller ? » demanda-t-il.

Ghisleri soupira, balançant doucement la tête. « Et si tu meurs ?

— Je m'en remets à la garde de Dieu. Ai-je votre bénédiction ?

— En tant que membre de notre sainte congrégation ? Ou en tant que chevalier de Saint-Jean ?

— En tant que ce dont j'ai besoin pour servir la volonté de Dieu. »

MARDI 5 JUIN 1565
Le front de mer – Le Borgo – La nuit

Nuit. Vent. Étoiles. Mer. Pierres.

Les jours étaient d'une chaleur sans pitié, mais les nuits étaient fraîches, comme celle-ci l'était, et la robe de lin verte d'Amparo ne suffisait pas à lui tenir chaud. De ses bras minces, elle enveloppa ses genoux, frissonnant sous la brise. Les faibles ondulations de la mer étaient enrubannées d'argent et une lune gibbeuse descendait dans la poussière des cieux. Les directions ne signifiaient rien pour Amparo, pas plus que le temps. De là où elle était assise, cachée entre des piles de chevrons sur la baie de Kalkara, ces tendres amis – vent, mer, étoiles, lune, nuit – étaient les seules choses qu'elle connaissait et qui la réconfortaient. Sur ses genoux reposait son instrument de vision dans son cylindre de cuir. Elle avait essayé de lire les secrets de ses cristaux à la lumière de la lune, mais les anges n'avaient pas parlé. Elle n'avait vu que des volutes de couleurs. De jolis dessins, rien de plus. Les anges avaient-ils fui la haine qui prospérait tout autour d'elle ? Ou Amparo n'avait-elle plus besoin qu'ils la guident parce qu'elle était amoureuse ?

Tannhauser était parti chez les impies, quelque part au-delà des murs monstrueux qui les enfermaient tous à l'intérieur et la faisaient se sentir piégée. Sans lui, ni Buraq, pour emplir les heures, la journée avait passé

269

lentement. L'intendant l'avait réprimandée parce qu'elle gaspillait de l'eau pour ses fleurs et elle n'avait plus grand-chose à faire que de les regarder mourir. Au coucher du soleil, Tannhauser n'était pas revenu. Fatiguée d'attente et d'inquiétude, elle avait erré sur le front de mer pour boire le silence. Le silence avait complètement disparu de cette ville. Le canon secouait la terre de l'aube au crépuscule. Venus de l'infirmerie, des cris incessants lui perçaient l'échine. Des hommes criaient ou marmonnaient des prières. Fouets, sifflets et jurons menaient les équipes d'ouvriers et de pauvres épaves enchaînées, qui, dans cette cité de hauts murs sans fin, étaient contraints d'en construire encore et encore. À l'auberge, Carla broyait du noir car elle ne parvenait pas à trouver son fils. Peut-être, même si elle ne l'avait pas dit, Carla était-elle également abattue parce que Tannhauser avait pris Amparo pour amoureuse.

En ce qui concernait le garçon inconnu, Amparo ne ressentait pas grand-chose. C'était une quête qui exigeait de relier des événements morts depuis longtemps à un futur qui n'existait pas, et cette énigme la déroutait. Son imagination ne s'étendait qu'à quelques heures avant ou après le moment présent. Demain était très loin et hier avait déjà disparu. L'ambition était un mystère et ses souvenirs étaient rares. Elle espérait qu'ils trouvent le garçon, car cela rendrait Carla heureuse. Jusqu'à ce que Carla apparaisse un jour dans les saules, comme un ange sorti de son tube divinatoire, la vie d'Amparo se résumait à tout subir. Depuis, son existence avait été semée d'émerveillement et de beauté. Amparo aimait Carla. Mais la recherche du garçon était une entreprise à laquelle elle se sentait étrangère.

Quant à Tannhauser, elle l'aimait d'une passion sauvage et terrible, qui la secouait dans son sang, au tréfonds d'elle-même, jusque dans son cœur et son âme.

Elle l'avait aimé du jour où il lui avait raconté l'histoire du rossignol et de la rose. La rose rouge qui avait tué celui qui l'adorait. Du bazar turc, Tannhauser lui avait rapporté les chaussons de cuir jaune qu'elle portait maintenant. Il lui avait ramené le peigne d'ivoire, enchâssé d'argent et d'arabesques florales, qu'elle portait dans ses cheveux en bataille. Il l'avait fait gémir dans la nuit quand elle était allongée sous lui. Il l'avait fait pleurer, la tête posée sur sa poitrine tandis qu'il dormait, et qu'elle avait peur qu'il meure. Amparo se savait différente de toutes les autres femmes. Comment ou pourquoi, elle ne pouvait pas l'expliquer, mais il en avait toujours été ainsi. Elle pensait qu'elle avait connu le sexe. Il avait toujours été présent autour d'elle. Dans le rut des taureaux que son père élevait. Dans les masures sordides qu'elle avait partagées au cours de ses errances. Dans les rues encombrées et violentes de Barcelone. Dans la figure du marchand de sucreries qui lui avait défoncé le visage à coups de pied. Dans les garçons de ferme qui riaient en la maintenant par terre et qui, après, lui pissaient dessus. Mais dans le monde qu'elle avait partagé avec Carla, monde de musique, de chevaux et de paix, de telles choses n'existaient pas, n'étaient jamais évoquées, si totalement exclues qu'au début Amparo avait trouvé cela étrange. Dix ans avaient passé et elle les avait oubliées, et, pour elle, de même que pour Carla, le sexe était devenu un mystère négligé et inconnu. Et puis elle avait vu Tannhauser nu. Son cœur s'était presque arrêté de battre en découvrant les dessins, les roues, les croissants de lune et la dague rouge fourchue avec la poignée en tête de dragon dont ses bras, ses mollets et ses cuisses étaient bravement tatoués. Il était vraiment l'homme qu'elle avait vu dans son instrument divinatoire. Elle lui avait montré sa propre nudité, avec une joie sauvage et sans honte, et elle s'était donnée à lui, et il l'avait prise.

Tannhauser et Carla se marieraient un jour, peut-être. Ce fait ne l'émouvait pas et elle ne s'en inquiétait nullement, car c'était l'affaire d'un très lointain futur. Il ne lui semblait pas qu'ils étaient amoureux. Il ne lui semblait pas que Carla le voulait, car elle n'en avait rien dit. Amparo l'avait vue tressaillir sous son baiser dans le jardin de l'auberge. Et si Carla ne parlait jamais de telles choses, que pouvait-elle donc bien en savoir ? Son découragement ne devait provenir que du garçon, raisonna Amparo, et, le cœur plus léger, elle ne pensa plus à tout cela.

« Holà! »

Elle se retourna vers la voix, mais sans s'alarmer, même si son propriétaire était arrivé sans un bruit. C'était le gamin, plutôt, qui semblait surpris d'être tombé sur elle. Son visage était maigre et doux et imberbe, ses traits d'adulte pas encore pleinement dessinés. Mais il était presque aussi grand, sinon aussi carré, que la plupart des Maltais. Ses cheveux étaient collés de terre et il portait un justaucorps de cuir grossièrement clouté de cuivre. Ses braies étaient en haillons et retenues par une corde, et ses pieds calleux et nus. Un couteau de boucher était passé dans sa ceinture de corde. Un homme enfant. Elle le reconnut du premier jour sur les quais. Il était apparu couvert de sang séché et le vieux marionnettiste avait dansé une folle gigue pour lui. Elle le regarda sans rien dire. Il avança en traînant les pieds pour reprendre ses esprits.

« Vous parlez le français ? » demanda-t-il dans cette langue, et puis en espagnol : « Espagnol ? »

Elle hocha la tête et sans doute comprit-il qu'elle voulait dire les deux, car il continua à parler dans un patois composé d'un peu de chaque. « Vous êtes blessée ? »

demanda-t-il en voyant comment elle serrait ses genoux avec ses bras.

Elle fit non de la tête. Il examina l'étendue du quai, d'un côté à l'autre.

« C'est pas un bon endroit pour vous, dit-il. C'est dangereux, pour une fille. »

Amparo désigna le ciel et il leva les yeux. Pendant un moment, elle pensa qu'il devait trouver cela inepte, mais quand il la regarda à nouveau, il hocha la tête comme si ce qu'elle voulait dire était d'une clarté absolue.

« Les étoiles, oui. » Il gonfla sa poitrine et pointa l'index vers le firmament. « La Vierge. La Grande Ourse. La Petite Ourse. » Il lui jeta un coup d'œil pour voir si cela l'impressionnait. « Mais c'est dangereux ici. Les soldats. Les *tercios*. » Il s'arrêta, comme s'il avait évoqué quelque chose d'inconvenant. Il l'étudiait, poings sur les hanches, comme si cet endroit était son domaine. Il dit : « Vous avez froid. »

Sans attendre de réponse, il partit en courant et disparut, ses pieds claquant sur les pavés jusqu'à ce que le silence revienne. Elle se demanda si Tannhauser était revenu. Elle allait se lever pour retourner voir à l'auberge quand les pas revinrent et le garçon réapparut avec un morceau de tissu élimé dont la fonction première était obscure mais qui maintenant lui servait, semblait-il, de couverture car il le drapa sur les épaules d'Amparo pour l'en entourer. Le tissu sentait la saumure. Elle en prit un coin et se serra dedans.

« Tu es gentil », dit-elle.

Il haussa les épaules. « Je vous ai vue. Avec l'Allemand.

— L'Allemand ?

— Le grand. » Il bomba la poitrine et posa une main sur la poignée de son couteau, mimant une démarche virile. « Le grand capitaine, Tannhauser. Il espionne les Turcs pour La Valette. Il se déplace parmi eux comme le vent. Il tranche leurs gorges pendant qu'ils dorment. »

Cette vision des activités de Tannhauser la dérangea. Elle n'y croyait pas.

« Et l'autre, l'Anglais comme un taureau, continua le garçon. Et la *belle dame*[1]. Vous êtes venue avec eux sur la *Couronne*, quand on a vu les navires de guerre des infidèles la première fois. Oui ? »

Amparo se souvint de la manière dont il avait regardé Tannhauser et comment les yeux du garçon avaient croisé les siens, et comment en eux elle avait vu le spectre de la vie qu'elle avait laissée loin derrière elle. Elle le voyait à nouveau, dans son honnêteté sans fard, dans sa fierté poignante et désespérée. Elle acquiesça.

« Je t'ai vu aussi, avec le vieux marionnettiste.

— Le *karagozi* », corrigea le garçon, et il eut l'air triste.

Plus tard ce jour-là, Amparo était revenue sur les quais et le vieil homme, sans qu'on le lui ait demandé, avait exécuté un spectacle dans son théâtre d'ombres, braillant un fantastique mélange de langues. Cela semblait dresser le portrait d'un homme riche qui demandait à un pauvre de mourir à sa place, avec la promesse d'une grande récompense dans un autre monde béni, mais si le sens en était tout sauf clair, la chorégraphie de ses marionnettes de papier avait empli Amparo de délices. Quand elle lui avait fait signe qu'elle n'avait pas la moindre pièce à lui donner, le *karagozi* était tombé à ses genoux et lui avait baisé les pieds. Elle ne

---

1. En français dans le texte.

l'avait plus revu depuis que les soldats l'avaient traîné dans leur rue le jour de la bataille.

« Où est-il maintenant ? demanda-t-elle.

— En enfer, répondit le garçon.

— Non », s'exclama-t-elle. Cette pensée la blessait. « L'enfer n'a pas été fait pour une telle âme. »

Il réfléchit ; et peut-être était-il d'accord. « Mais, pour sûr, le *karagozi* est mort », dit-il. Il mima un nœud enserrant sa gorge et baissa subitement la tête, elle frémit. Le garçon sourit, comme si c'était ce qui faisait de lui un homme et d'elle une simple fille. Puis ses yeux distinguèrent quelque chose dans le noir, et il mit un index devant ses lèvres et, de l'autre, désigna le sol.

« Regardez », dit-il.

Sous la pâle lueur de la lune, un long et mince lézard se faufilait sur le quai et s'arrêta à deux pas pour les observer de ses yeux protubérants. Le garçon plongea, lança sa main et Amparo cria : « Non ! », mais il l'avait saisi par la queue. Le lézard gigotait et le bout de sa queue lui resta dans la main. La créature coupée disparut dans l'obscurité. Le garçon s'accroupit à côté d'elle et lui montra la chose écailleuse.

« Gremxola, dit-il. Très malin. Ils se brisent pour pouvoir vivre. Ils survivent. »

Il balança la queue dans le noir et la regarda, leurs visages au même niveau.

« Ainsi, dit-il, ils vous ont mise dehors. »

Amparo haussa les sourcils à cette absurdité. Il lui adressa un sourire chagrin, ses dents blanches et inégales dans son visage tanné de soleil.

« Moi aussi. Dedans, dehors. Dedans, dehors. C'est le jeu. Mais je suis pas triste. Quand les Turcs en auront tué beaucoup, beaucoup, les chevaliers me laisseront combattre avec eux en première ligne et si je meurs pas, je deviendrai un grand homme aussi. C'est comme ça qu'on avance dans la vie, en tuant beaucoup. Tann-hauser, La Valette, tous. Pour les tueurs, le monde est ouvert – il est libre – et je veux le voir. Cette île, c'est tout ce que je connais. Elle est petite. Elle est méchante. Chaque jour est le même que le suivant.

— Aucun jour n'est le même que le suivant », murmura Amparo. Le garçon ne se découragea pas. « Vous avez vu le monde. Est-il aussi grand qu'ils disent ?

— Plus grand que qui que ce soit puisse savoir, dit-elle. Il est beau et il est cruel.

— Il y a beaucoup d'arbres verts, dit-il pour prouver son savoir. Plus que l'on peut en voir à cheval en une semaine. Et il y a des montagnes trop hautes pour qu'on y grimpe. Et de la neige.

— Des arbres et de la neige et des fleurs et des rivières si larges qu'on ne peut pas en voir l'autre rive », acquiesça Amparo. Le garçon hocha la tête comme si cela confirmait ce qu'il avait entendu. Dans ses yeux brillait la passion d'un rêve fabuleux, et la pensée que leur lumière pourrait s'éteindre la rendit triste. « Et si jamais tu meurs ici, dans cette guerre ? dit-elle.

— Je serai accueilli au paradis par Jésus et ses Apôtres, répondit-il en faisant le signe de croix. Mais je suis trop malin pour mourir, comme le gremxola. C'est vous qui êtes en danger. Vous me croyez pas, mais vous inquiétez pas, je connais Guzman, un *abanderado* du *tervio* de Naples, et il connaît le taureau anglais – Barras ?

— Bors, corrigea Amparo.

— Bors, oui. Je demanderai à Guzman de parler à Bors, et ils vous feront rentrer. Tannhauser ne vous laisserait pas vivre sur les quais, ça, j'en suis sûr, mais peut-être qu'il est là dehors (il lança un bras vers l'obscurité au-delà de la baie), en train de tuer des généraux turcs ou de mettre le feu à leurs navires. »

Comme ses fantasmes devenaient extravagants, Amparo était troublée. « Comment sais-tu ce que fait Tannhauser ?

— Au poste de Castille, les hommes parlent de lui, dit-il, comme pour laisser entendre qu'il fallait le compter parmi leurs membres. *Los soldados particular*. Même les chevaliers le considèrent. La porte de La Valette est ouverte à Tannhauser comme à nul autre. Seul Tannhauser ose sortir au milieu des ennemis. » Comme s'il avait remarqué sa détresse, il ajouta : « N'ayez pas peur pour le capitaine Tannhauser. Ils disent qu'il ne mourra jamais. Tannhauser connaît le Turc. Tannhauser connaît le sultan Soliman lui-même. Et peut-être bien le diable aussi. Mais dites-moi, est-ce la *belle dame* qui vous a mise dehors ? Qu'est-ce que vous avez fait ?

— On ne m'a pas mise dehors, dit-elle. Je vis à l'auberge d'Angleterre. »

Il l'étudia avec des yeux neufs, et avec l'ombre d'une crainte respectueuse. « Alors pourquoi vous êtes ici ?

— Je suis venue pour la paix.

— La paix ? » L'idée parut le stupéfier. Il se redressa. « Je vais vous escorter jusqu'à l'auberge. C'est la maison de Starkey, le dernier des Anglais. Je le connais bien, très bien, oui. »

Il se remit sur pied. Il semblait si enclin à la galanterie qu'Amparo ne pouvait refuser. Elle se leva aussi. Elle ôta la couverture de ses épaules et la lui rendit. Il la prit, comme s'il considérait maintenant que c'était une offense d'avoir offert un tel haillon à une femme visiblement de si grande condition. Il la roula et la fourra dans le tas de poutres. Il remarqua le cylindre de cuir suspendu à son cou.

« Qu'est-ce que c'est ? » demanda-t-il.

Amparo fit glisser le cylindre sous son bras. « C'est

une curiosité », dit-elle. Il se renfrogna en comprenant que c'était tout ce qu'elle lui laisserait savoir. Elle lui demanda son nom.

« Orlandu », dit-il. Il ajouta : « Quand je partirai pour voir le vaste, vaste monde, et que je deviendrai une personne de qualité et un homme d'honneur, je serai Orlandu di Borgo.

— Pourquoi vis-tu ici, sur les quais ? demanda-t-elle.

— Ici, je suis libre.

— Où est ta famille ?

— Ma famille ? » La lèvre d'Orlandu se retroussa. Il fit un bref geste du tranchant de la main, comme frappant avec une hache. « J'ai coupé avec eux, dit-il. Ce ne sont pas des gens bien. »

Elle aurait aimé en apprendre plus, mais son expression suggérait qu'il ne dirait rien, et que c'était un sujet douloureux pour lui.

« Et votre nom ? dit-il.

— Amparo. »

Il sourit. « Très joli. Espagnole, donc. Êtes-vous une noble, comme la *belle dame* ? »

Elle fit non de la tête et son sourire s'élargit, comme si cela les liait encore un peu plus. Elle se demanda s'il la désirait, et, ce faisant, sut qu'il n'en était rien. Il voulait être un homme, avec un désespoir si palpable que cela lui faisait mal à elle aussi, mais il était encore trop près du garçon pour connaître le vrai désir. En un éclair, elle se demanda aussi s'il n'était pas le fils de Carla.

« Tu rencontreras Tannhauser à son retour, annonça-t-elle. Je lui dirai que tu es un galant homme, qui m'a protégée des *tercios*, et que cela te ferait plaisir de lui serrer la main. »

Orlandu ouvrit des yeux ahuris.

« Cela te ferait plaisir ? demanda-t-elle.

— Oh, vraiment, dit Orlandu, vraiment à la vérité. »
Il se frotta les cheveux comme s'il se peignait déjà pour
cette occasion. « Quand ?

— Je lui parlerai demain », dit-elle.

Orlandu saisit sa main et l'embrassa. Personne
n'avait jamais fait cela auparavant.

« Maintenant venez, dit-il. Laissez-moi vous raccompagner chez vous, avant que la lune descende. »

Amparo espérait que c'était le garçon que Carla cherchait. Elle aimait son cœur. Et si ce n'était pas le garçon, elle se demanda s'ils ne pourraient pas faire croire
qu'il l'était tout de même.

VENDREDI 8 JUIN 1565
L'auberge d'Angleterre – Les Terres étrangères – Le château Saint-Ange

« *Allahu Akabar !* Dieu est le plus grand ! *Allahu Akabar !*

Je porte témoignage qu'il n'est d'autre dieu qu'Allah.

Je porte témoignage que Mahomet est le prophète d'Allah.

Venez à la prière !

Venez à la prière !

Venez à la prière !

Venez à la prière !

Allahu Akabar !

Il n'est d'autre dieu qu'Allah. »

Tannhauser s'éveilla au point du jour, à la poésie de l'appel du muezzin. Depuis dix-sept jours, l'*adhan* avait dérivé des hauteurs du Corradino jusqu'aux fenêtres de l'auberge. Après tant d'années parmi les Francs, cette musique le hantait – selon ses rêves – d'effroi respectueux, de crainte, de fierté, d'empressement au combat ; d'une obscure angoisse dont il ne pouvait pas définir la nature. Il importait peu que les mots soient indistincts. L'*Al-Fatihah* était gravée dans ce qui passait pour son âme, et ne s'effacerait jamais.

280

« Guide-nous vers le droit chemin,
Celui de ceux à qui tu as accordé ta grâce,
Pas le chemin de ceux qui endurent ta colère,
Ni de ceux qui errent, égarés. »

Il y avait un vide dans son cœur, aussi vaste que l'univers autour de lui, et, dedans, il ne trouvait ni grâce, ni chemin qui parût droit, et *a fortiori* aucun guide. Et même en suivant ses propres lumières, il avait erré aussi égaré qu'un homme peut l'être sans se retrouver au gibet. Le bras d'Amparo glissa sur sa poitrine et ses doigts, mus par quelque tendre rêve, caressèrent son cou, et elle émit un petit soupir. Tannhauser respirait sa senteur et avec elle l'espoir inhérent à cette nouvelle et éclatante journée.

Une pâle lueur citronnée perçait les profondes fenêtres sans carreaux, et éveillait la lueur de sa peau là où elle se lovait contre lui. Le drap rejeté était entortillé sur ses cuisses. Sa tête reposait dans le creux de son épaule, ses cheveux étalaient leur noir sur sa joue, ses lèvres enténébrées étaient entrouvertes et de la couleur d'un grenat précieux. Ses flancs révélaient les lignes de ses côtes tandis qu'elle respirait et il déplaça sa tête d'un pouce ou deux pour étudier les courbes de ses fesses. Elle lui apparaissait comme une véritable beauté, malgré son visage imparfait et son étrange esprit. Ses parties étaient engorgées et cela s'aggrava tandis qu'il laissait sa paume glisser sur les muscles du dos d'Amparo. Du bout des doigts, il palpa les renflements de ses vertèbres, un par un, jusqu'à ce que la dureté de l'os disparaisse dans le nid, entre les courbes qu'il appréciait tant. Un homme pourrait s'abandonner pour toujours à une telle abondance sensuelle, si le monde avait pu le permettre. Mais entre tous les mondes, celui-ci ne le pouvait pas, car son cœur était de pierre. Il envisagea de la réveiller tout doucement, de baisers et de ruses habiles, car il savait désormais que son corps était aussi avide de ses mains que ses mains l'étaient d'elle. Ensuite il s'engouffrerait de sa grosseur et glisserait en elle et la pilonnerait sur le matelas, pratique pour laquelle, il le savait aussi aujourd'hui, elle avait un appétit admirablement grand.

Son désir penchait vers l'irrépressible, et il changea d'appui pour dégager ses couilles d'un geste de la main. À cet instant Amparo murmura dans son sommeil et se retourna sur le dos. Ses seins descendirent légèrement de chaque côté de sa poitrine, leur peau à peine marbrée de bleu là où ils pendaient le plus, et il regarda ses tétons privés de la chaleur de son corps qui s'assombrissaient à la fraîcheur de l'air. Plus aucun vide ne le troublait désormais. La douleur turbulente qui l'emplissait auparavant, les pensées d'elle qui occupaient de plus en plus son esprit, l'abandon dévorant qui meublait autant de ses journées qu'il pouvait en préserver, tout cela aurait été condamné comme péché et abhorré par les croyants des deux camps entre lesquels il était échoué. Pourtant, alors qu'il admettrait volontiers des vices et crimes sans nombre, il ne parvenait pas à trouver de mal dans les transports qu'Amparo lui procurait. À un demi-mille de là où ils étaient enlacés dans leur demi-sommeil, des milliers d'autres corps étaient enlacés, les uns sur les autres, dans une fosse commune puante, livrés en pâture aux mouettes et aux corbeaux. Les cadavres qui l'emplissaient, et ceux dont les mains avaient rendu cette horreur possible, étaient tous destinés aux champs du paradis, absous de tout péché ; mais la culpabilité des fornicateurs ensommeillant la lueur de l'aube ne faisait aucun doute.

Il écarta délicatement les cheveux d'Amparo pour découvrir son visage et le regarder, et ses traits étaient si paisibles, si innocents de toute préoccupation et même de toute connaissance de la folie dans laquelle elle était venue se jeter – si semblables à ceux d'une enfant – qu'il ne pouvait se résoudre à l'extraire d'un tel éden. Et cette pulsion de retenue lui était si peu habituelle qu'il se demanda si ce sentiment, au fond de son cœur, n'était pas de l'amour. Il l'observa plus attentivement : les plis estompés qui encerclaient sa gorge, les textures variées de son teint parfait, les doux contours de son ventre, la luisance sur le renflement de ses cuisses, ses poils pubiens. De ses lèvres, il caressa les siennes, si doucement qu'elle ne bougea pas. Il ferma un instant les yeux et s'assit, dos au mur.

C'était absurde. Quel genre d'homme était-il en train de devenir ? Ils n'avaient quasiment pas quitté la chambre depuis deux jours, une indulgence louable même selon ses normes, et cela lui avait troublé l'esprit. Aussi furtivement que possible, il se leva. Il se retourna et la regarda. Il l'embrassa à nouveau. Troublé, oui, vraiment. Il entendit un cliquetis d'armures et des protestations de désespoir étouffées dans la rue en bas, et même s'il savait ce qu'il allait trouver, il s'approcha de la fenêtre.

Deux sergents d'armes de la Religion, apparemment aragonais par leur uniforme, faisaient avancer un Turc nu et entravé dans la rue Majistral. Les cicatrices qui ridaient son dos, comme une infection sous-cutanée boursouflée de vers, le désignaient comme étant un galérien. Dans sa bouche, un nœud de cordage étouffait les prières qu'il essayait de dire en route vers le gibet. En application du décret de La Valette, cet esclave était le dix-neuvième musulman à être pendu depuis que le marionnettiste avait été balancé du bastion de Provence. L'inconvénient majeur de ce décret était que les condamnés passaient sous leur fenêtre tous les matins, et Tannhauser prit note de demander à Starkey si l'on ne pouvait pas emprunter un autre itinéraire. Le dix-neuvième esclave lui remémora qu'il s'était déjà bien trop attardé à Malte.

Il avait battu la ville de haut en bas pour trouver le nom – et même moins qu'un nom, un souvenir, une trace, une rumeur – d'un garçon né la veille de la Toussaint en l'an 1552, et n'avait rien trouvé. Si le fils de Carla était encore en vie, Tannhauser doutait qu'il soit encore sur l'île. Il avait envisagé de persuader Carla de partir immédiatement, avant que la guerre ne les dévore, mais sa fierté rechignait à accepter la défaite. Et de toute manière, Carla n'abandonnerait pas. Il ramassa ses bottes et ses vêtements sur le plancher de chêne nu, et, tout aussi nu, descendit l'escalier.

Dans le jardin sur l'arrière de l'auberge, il avait fait installer par deux esclaves une double barrique pleine d'eau de mer. Dans le sol sous cette baignoire, Tannhauser et Bors avaient enterré un coffre contenant cinquante livres de leur opium. Au fur et à mesure que la guerre avancerait, sa valeur irait croissant, et ils pensaient se faire une fortune le jour de leur départ. Tannhauser soulagea sa vessie dans la poussière et enjamba le tonneau, pestant contre le froid saisissant de l'eau. Il s'accroupit lentement, jusqu'à avoir de l'eau salée au ras de la gorge, et il s'installa pour contempler le ciel qui passait d'un rose nacré teinté de gris à un tendre bleu pâle. Il allait passer le reste de la journée dans une chaleur étouffante et, dans ces moments glacés, il éprouvait une nostalgie réconfortante pour la montagne et la neige. C'était grâce à cette baignoire, du moins en partie, que son histoire avec Amparo avait commencé.

Un matin où il trempait dans l'eau, elle était assise sur le mur du jardin, comme si, pour elle, les murs n'avaient été construits que dans ce but précis, et elle s'était approchée de la barrique sans la moindre honte ni timidité apparente pour admirer ses tatouages.

Il lui avait expliqué la signification des tatouages, et lui avait un peu parlé du culte sacré des janissaires, qui vivaient dans des casernes avec leurs *babas*, leurs pères derviches, fuyaient la compagnie des femmes, récitaient des poèmes autour de leurs feux de camp, et souhaitaient plus que tout autre chose mourir au service d'Allah. Mais alors qu'elle ne feignait même pas le plus petit soupçon d'intérêt pour le contenu de cette conférence, il la découvrit plus que fascinée par les dessins sur sa chair, qu'elle suivait et caressait de ses longs doigts aux ongles en amande, et cela s'avéra une provocation bien supérieure à son endurance. Il n'avait jamais été dans ses intentions de batifoler avec l'une ou l'autre des femelles dont il avait la charge, car le désastre rôde toujours dans les fourrés de l'amour, mais il s'était raisonné, se disant que la vie était courte, et qu'elle pouvait même devenir encore plus courte à n'importe quel moment. Il s'était levé du tonneau dans un état d'excitation impossible à masquer, et, à force de petits bonds et de grands gestes, elle se retrouva entre ses bras, et, de là, il la porta jusque dans la chambre où elle reposait maintenant.

Il était idiot, mais c'était comme ça, et il n'y avait pas grand-chose à y faire. Tandis que la fraîcheur de l'eau effaçait de son esprit et le sommeil et le désir, ainsi que les souvenirs morbides de l'islam et l'énigme d'aimer une femme – si c'était de l'amour – alors qu'il projetait d'en épouser une autre, il récapitula sa situation dans ce qui était certainement l'endroit le plus étrange de toute la terre.

Depuis la première bataille, sans résultat concluant, le 21 mai, Tannhauser n'avait plus pris part à aucun combat, ce qui le satisfaisait grandement. Les Turcs n'avaient pas encore isolé complètement le Borgo de la campagne environnante, car leur attention se portait ailleurs – vers Saint-Elme – et ce n'était pas grand exploit que de se faufiler dehors par la porte de Kalkara avant les premières lueurs du jour. Il avait fait ainsi de nombreuses sorties au-delà de l'enceinte, déguisé en marchand d'opium de l'*ordu bazaar*, l'intendance mobile de l'armée turque installée au-delà des collines dans la plaine de Marsa.

Comme lors de toutes les campagnes militaires ottomanes majeures, ce marché était une ville en soi – transplantée au-delà des mers – de plus de cent cinquante tentes et pavillons de soie. En ces lieux, une multitude de commerçants et d'artisans déployaient leurs talents et leurs marchandises. Barbiers, bouchers et chirurgiens ; confiseurs, épiciers, forgerons ; tailleurs et bottiers ; apothicaires ; fabricants d'armures et de harnais, armuriers, maréchaux-ferrants ; fabricants de chandelles, charrons et maçons ; il y avait même des joailliers et des orfèvres pour fournir les richesses dont les officiers et les *beys* festonnaient leurs vêtements et leurs armes. Ces marchands servaient l'armée, mais restaient indépendants. Comme la noblesse ottomane nourrissait une certaine méfiance envers les banquiers, ils emportaient leurs richesses dans leurs bagages partout où ils allaient, et l'argent qui coulait à flots dans le bazar rendait Tannhauser très heureux.

D'au-delà du bazar provenaient les douces odeurs de milliers de fours à pain, dont les briques étaient venues par bateau du vieil Istanbul. Un fleuve de chameaux et de chars à bœufs faisait l'aller-retour entre le camp turc et Marsaxlokk, le port naturel du rivage sud où l'armada du sultan avait jeté l'ancre. Là, Tannhauser avait vu étalé le génie administratif qui sous-tendait la suprématie ottomane. Des centaines de navires marchands et de galères déchargeaient des centaines de milliers de quintaux d'avoine, de farine et de riz, de fer, de cuivre, de plomb et d'étain. De miel, beurre, biscuits, huile, citrons et poisson salé. Des troupeaux de moutons et des hordes de bétail. Du bois pour le feu, des poutres et des fascines. Des meubles pour les pavillons et les tentes. De la poudre à canon en vastes quantités. Les énormes canons à vis de quatre ou cinq tonnes pour le siège. De l'or et de l'argent pour la solde des soldats. De la glace pour les sorbets des généraux. Et chaque once était pesée et calculée en un véritable *tour de force*[1] de finesse et d'intelligence logistique.

Tannhauser aurait aimé que Sabato Svi puisse le voir aussi. Un millier d'Oracle pendant mille ans n'auraient pas pu accomplir le dixième d'un exploit pareil. Tannhauser se considérait comme un homme de ressource peu commun, et même un peu téméraire, mais, devant ce vaste et grouillant tableau de l'audace de Soliman, il se sentait tout petit. Livrer ainsi au hasard, dans un jeu ultime, tant de vies, et tant de fierté et de prestige, et les rançons de tant de rois, sous les yeux du monde entier, était un acte de quasi-démence qui rendait les paris de Tannhauser sur la bonne fortune vraiment timides. Le shah Soliman était réellement le roi des rois. Mais, grand ou petit, c'était le jeu qui donnait saveur à la vie, et qui rendait la guerre, au-dessus de toute autre entreprise, si éternellement irrésistible à l'espèce.

Ainsi enhardi par l'exemple de Soliman, Tannhauser chevauchait dans ce tourbillon incessant. Il portait un magnifique caftan vert, un turban blanc et un cimeterre

1. En français dans le texte.

d'une élégante splendeur. Buraq, dont la robe dorée et le sang asiate suscitaient beaucoup d'admiration, complétait son déguisement.

Les odeurs, les couleurs et les sons, la précision raffinée de la machine ottomane malgré le chaos de la conquête, ravivaient en Tannhauser plus que des souvenirs. Au-delà des murs du Borgo, Malte faisait déjà partie du royaume du sultan et cela lui évoquait une manière d'être – de sentir et de percevoir, de marcher, de parler et de rire – qui avait été forgée jusqu'au plus profond de lui. Comme tout homme revenant dans un monde où il avait habité jadis, avant de l'abandonner, il en ressentait une douce amertume, qui devenait nostalgie poignante quand une *orta* de janissaires passait, avec leurs longs *borks* blancs, leurs mousquets de neuf paumes et leur maintien martial. Mais si ces ambiguïtés du cœur le troublaient parfois, son esprit restait d'une clarté sans tache. Chez les janissaires, il avait été un *kullar*, l'esclave du sultan, psalmodiant des prières à une idole monstrueuse et sans visage, et tuant avec une obéissance aveugle au nom d'une race qui n'était même pas la sienne. Maintenant il était un homme libre. Les folies dans lesquelles il pouvait se perdre, il les avait au moins choisies et calculées.

Comme le service civil ottoman et les classes marchandes étaient largement composés de chrétiens islamisés, sa peau claire et ses yeux bleus ne créaient aucune suspicion. Puisqu'il pouvait discuter avec érudition des problèmes de l'humidité de la poudre, du prix des muscades, de la qualité de l'acier et du manque de patience perpétuel qu'affichaient les officiels militaires du haut en bas de la hiérarchie, et parce qu'il se joignait à leurs prières quotidiennes avec une aisance absolue, personne ne questionnait jamais sa légitimité. Il faisait de petits cadeaux discrets, d'or et d'opium, comme pour s'assurer des faveurs futures, mais surtout pour délier les langues. À l'occasion, pour établir sa prééminence sur les intendants et les marchands, il révélait, comme par inadvertance, la roue des janissaires ou le sabre Zulfikar tatoués sur l'un ou l'autre de ses bras, et à cette vue ils blêmissaient de respect et changeaient de ton. Il évitait tout contact avec les campements des soldats et des officiers pour éviter le léger risque que quelqu'un le reconnaisse. De toute manière, tous les bruits circulaient à travers le bazar, et marchands et fournisseurs avaient, additionnés, une bien meilleure connaissance des débours et du moral des troupes de Mustapha que la plupart des capitaines de son armée.

Par de tels moyens, Tannhauser apprit que l'île était actuellement occupée par quelque chose comme trente mille *gazi* du sultan et au moins autant en bataillons de main-d'œuvre, ingénieurs, rameurs et auxiliaires. Il apprit également qu'au moins dix mille hommes de renforts étaient attendus, pirates variés et alliés nord-africains. Hassem, vice-roi d'Alger, avait embarqué des côtes barbaresques avec six mille hommes d'élite. Ali El-Louck, gouverneur d'Alexandrie, devait amener un corps d'ingénieurs égyptiens et des troupes de mamelouks. Le grand Torghoud Raïs, « le Sabre brandi de l'islam », était en route avec une douzaine de galères et deux mille corsaires. Des tueurs de quarante nations et suivant deux credo, et des dizaines de tribus, grouillaient dans cette tour de Babel, portant tous l'épée à la main et la haine au cœur. Seule la guerre pouvait en inviter autant à un tel carnaval.

Les renseignements glanés par Tannhauser étaient d'une telle valeur pour La Valette qu'il obtint le genre d'accès à Oliver Starkey dont seuls les sept prieurs des langues disposaient. Au retour de chaque reconnaissance, il s'assurait de ramener quelques petits cadeaux pour les gardes de la porte de Kalkara – miel, beaux morceaux d'agneau, poivre et mélasse, petits gâteaux aux amandes et raisins –, il leur demandait leurs impressions sur la campagne, et partageait avec eux quelques nouvelles des lignes turques. Cela flattait leur sens de l'importance et renforçait par là même la confiance qu'ils avaient en lui et qu'il savait qu'il aurait à exploiter un jour. Sa réputation était ainsi établie d'un bout à l'autre de la hiérarchie de la Religion, et comme les combattants aiment à discuter des hauts faits de chacun, elle se répandait auprès de tous. Ce processus s'était déclenché quand il avait réussi un coup d'éclat, lors de sa première errance solitaire, la nuit du 21, juste après l'ouverture des combats.

Ce soir-là – alors que les premiers cadavres refroidissaient sur le Grand Terre-Plein –, le pacha Mustapha avait convoqué un conseil d'état-major avec le pacha Kapudan Piyale, haut amiral de la flotte, et tous ses généraux. Était présent pendant toute la durée de cette réunion un des gardes du corps de Mustapha, un jeune Macédonien d'une remarquable beauté, qui était chrétien de naissance. Après le conseil, par un coup de chance, Tannhauser tomba sur ce jeune Grec et eut une longue discussion avec lui.

Des feux de camp constellaient l'obscurité de la plaine de Marsa et, au lointain, le jeune homme et lui pouvaient entendre des fifres et des tambours, et le bourdonnement des poètes janissaires psalmodiant leurs légendes. Ils firent griller de l'ail sauvage à la pointe de leurs couteaux et parlèrent de leurs origines, de leurs voyages et des parents qu'ils avaient laissés derrière eux. Ils évoquèrent le combat à venir et la terrible réputation de la Religion. Au bout d'une heure, jouant la comédie du contrecœur vaincu par la bonne camaraderie, Tannhauser lui fit cadeau d'une pierre d'immortalité, dont il transportait une réserve dans une petite boîte de nacre.

Tannhauser avait connu ces pierres chez Petrus Grubenius, qui en avait jadis appris les secrets, à Salzbourg, auprès du grand Paracelse lui-même. À vrai dire, Tannhauser avait une assez piètre connaissance de la véritable recette alchimique, mais la sienne marchait admirablement. Dans la cuisine de l'auberge d'Angleterre, il avait roulé des boulettes d'opium brut et les avait fait mariner une nuit dans un brouet d'huile de citrus, de brandy et de miel. Le lendemain, il les avait aspergées de fines paillettes d'or, limées d'un ducat vénitien, et les avait fait durcir au soleil. Quelle contribution apportait l'or à leur pouvoir, il l'ignorait, mais il donnait aux pilules un aspect irrésistible, au jour ou à la lumière d'un feu, qui contribuait grandement à la promotion de leur pouvoir. Il montra au jeune soldat la pilule pailletée d'or dans sa paume.

« Dans l'éternité, lui dit-il, il n'y a pas de chagrin. »

Les yeux du Macédonien suggérèrent qu'il en avait eu plus que sa part.

« Là, il n'est ni peur, ni colère, ni désir, ni même volonté, poursuivit Tannhauser, car, dans l'éternité, tous les hommes font partie de l'intelligence divine, comme une goutte d'eau fait partie de la vaste mer. Ainsi nous sommes libérés et ainsi nous devenons un tout, et ainsi nous retournons aux fondements et à la source de toutes choses. »

Il plaça la pilule noire et dorée dans la main du Macédonien comme si c'était une hostie.

« Ces pierres, les pierres d'immortalité, ouvrent une fenêtre vers ce royaume métaphysique. Elles nous livrent un aperçu de ce que peut être l'existence d'un pur esprit – de la paix infinie qui nous attend –, dételé des nombreux fardeaux de notre mortalité. »

Même s'il était tenté de s'y laisser aller, Tannhauser feignit de jeter une pilule dans sa bouche, et le Macédonien avala la sienne. Il s'appelait Nicodemus et il avait dix-huit ans. Tannhauser lui conseilla de regarder le feu devant lequel ils étaient assis en tailleur, et ils passèrent une nouvelle heure en silence, et tandis que Tannhauser entretenait les flammes, Nicodemus tomba sous l'emprise mystique de la pierre. Quand il vit le jeune homme se balancer en suivant un rythme intérieur personnel, Tannhauser désigna le feu.

« Dans la danse du vent et de la flamme, expliqua-t-il, et dans la transmutation du bois en chaleur et lumière, et finalement en cendres et poussière, nous voyons un portrait – ou, comme le disaient les anciens, un microcosme – non seulement de nos vies, mais du chaos dans lequel toute création s'abîmera un jour. »

Nicodemus le fixait comme s'il était vraiment un très grand sage.

« Tu comprends », dit Tannhauser, sachant qu'il importait peu qu'il comprenne ou pas. Nicodemus hocha la tête. Ses yeux étincelaient à la lueur du feu, ses pupilles réduites à des têtes d'épingle dans ses yeux enfoncés dans leurs orbites comme des billes huilées. « Bien, dit Tannhauser. Maintenant regardons le feu mourir lentement, et prenons-y le courage pour affronter les dangers qui nous attendent. »

Ils regardèrent. Et le feu s'effondra enfin en rubis de braises et se mit à palpiter dans la nuit comme un cœur arraché à une bête infernale, et à cet instant Nicodemus était parvenu en cet endroit où inconsolable ne signifiait plus rien. Et dans cet état muet et extatique, Tannhauser le chargea sur Buraq et l'emporta au galop vers le Borgo.

Bors avait monté une longue garde pour attendre le retour de Tannhauser et il s'assura que les deux silhouettes ne soient pas abattues quand elles atteignirent la poterne de Kalkara. Pour Nicodemus, alors que Tannhauser le menait à travers les ruelles étroites de la ville et sur le large pont de bois du château Saint-Ange, c'était une étrange renaissance, doublée d'une reconversion, mais pas moins réelle pour cela. La ville étalait une profusion de crucifix, icônes et lieux de pèlerinage, dans des fumées d'encens et de chandelles votives, et Nicodemus se mit à faire un signe de croix devant chacun d'eux. Les visages sévères et les pieuses auras des chevaliers qui flanquaient leur chemin, et qui les escortèrent tout au long d'un labyrinthe semé de torches jusqu'au bureau du grand maître, le firent frissonner d'un respect mêlé d'effroi, comme le faisait le symbole du Christ qu'on voyait partout, sur les pèlerines et les chasubles. Même s'il était passé minuit, La Valette était encore en conférence avec ses principaux piliers. En se retrouvant face à lui, le Macédonien tomba à genoux, comme devant un saint bien vivant, et fit profession de son amour pour Notre-Seigneur Jésus, et supplia qu'on le rebaptise et qu'on l'accepte à nouveau parmi les agneaux de Dieu.

Quand La Valette apprit qu'il s'appelait Nicodemus, il leva un sourcil et il y eut des murmures parmi les frères chevaliers, parce qu'il semblait qu'il existait un personnage d'une certaine importance dans l'Évangile selon saint Jean qui aurait, réellement, parlé avec saint Jean-Baptiste lui-même, et qui portait ce même nom. Même si Tannhauser n'y trouvait rien de remarquable, car, après tout, chaque homme présent dans la pièce, lui y compris, portait au moins un prénom tiré de la Bible, les frères prirent cela pour un signe de faveur de

Dieu, et dirent à Nicodemus que les chapelains seraient appelés avec joie pour veiller à la renaissance de son âme. Et c'est ainsi que Nicodemus leur raconta tout ce qui s'était passé lors du dernier conseil d'état-major turc.

Suite à l'assaut repoussé devant le bastion de Castille, il y avait de violentes divisions dans le camp du pacha Mustapha, ce qui n'était pas du tout une surprise pour Tannhauser. Si les Turcs avaient une faiblesse, c'était bien que l'armée en campagne, sauf si elle était menée par le sultan en personne, était rongée par des jalousies latentes, des rivalités et les intrigues de ses commandants. Mustapha avait voulu prendre d'abord la ville de Mdina – où La Valette avait posté sa cavalerie sous les ordres de Copier – avant d'entamer le siège de L'Isola et du Borgo. Mais l'amiral Piyale avait protesté parce que son armada n'était pas en sécurité dans son ancrage à Marsaxlokk, exposée, ainsi qu'il le croyait à tort, au grégal[1].

Piyale était le conquérant d'Oran, de Minorque et de Djerba. Il était marié à la petite-fille de Soliman. Il était le favori du sultan. Et Piyale avait insisté pour que la première étape de la campagne soit la prise du fort Saint-Elme. Cela ouvrirait la sécurité de l'ancrage de Marsamxett à la flotte turque. De surcroît, la prise du fort leur permettrait de prendre en enfilade Sant'Angelo et le Borgo avec les canons de leurs navires depuis le Grand Port. Comme l'ingénieur en chef turc avait attesté que le petit fortin était faible et tomberait en moins d'une semaine, le conseil avait conclu que leur prochain assaut devait porter sur Saint-Elme.

1. Vent froid et fort du nord-est soufflant sur la Méditerranée centrale et occidentale, particulièrement près de Malte.

Le récit de Nicodemus sema la consternation. Il y avait quelque huit cents hommes stationnés à Saint-Elme, des troupes d'élite comprenant un tiers des soldats bien entraînés et des chevaliers dont disposait La Valette. On avança des arguments pour l'évacuation et la destruction du fortin. D'autres pour la résistance symbolique d'une équipe réduite pour sauver l'honneur. D'autres encore pour qu'on y envoie immédiatement des renforts. Mais nul ne remettait en question que le fortin tomberait fatalement.

La Valette se tourna vers Tannhauser. « Capitaine Tannhauser, qu'en dites-vous ? »

Tannhauser renifla. « Le mieux que puissent offrir vos hommes, c'est une semaine de résistance ? »

Certains des grands frémirent sous l'offense, mais La Valette les calma d'un geste de la main.

Tannhauser poursuivit. « Si c'est comme ça, évacuez-les maintenant. Cela fournirait à Mustapha une victoire qui réchaufferait les sangs de ses *gazi*, chose qu'il serait sage d'éviter. »

La Valette acquiesça, comme si cela reflétait ses propres vues.

« Alors, dites-moi combien de jours de résistance changeraient leur victoire en humiliation ?

— Ils ne s'abaisseront jamais à l'humiliation. Est-ce que la consternation suffirait ?

— La consternation suffirait, oui. »

Tannhauser réfléchit. Entre autres prodigalités, la guerre exigeait que les arts des mathématiques, des augures et de la lecture des pensées humaines soient élevés à leur plus haut degré. Temps, matériel, hommes, moral, cadavres. C'était une algèbre qui ne pouvait être tentée qu'en tripotant les entrailles d'un homme, et d'un homme au courage ballotté dans des éternités de violence et de peur.

Tannhauser choisit un but qu'il pensait impossible. « Trois semaines. »

La Valette serra les lèvres et leva les yeux. En l'observant, Tannhauser se remémora que le courage de La Valette pouvait être jugé à l'aune du siège de Rhodes. Même chez les janissaires, la férocité primitive de Rhodes demeurait légendaire quarante ans plus tard. À Rhodes, disaient-ils, les survivants affamés de la Religion étaient sortis de trous dans la neige comme des monstres dont la seule nourriture était le sang humain. La Valette semblait plongé dans une vision apocalyptique connue de lui seul. Il baissa les yeux et dit : « Ce sera donc vingt et un jours. »

Avant que des objections ne s'élèvent, Le Mas prit la parole. Excellence, mes hommes et moi sommes prêts à tenir votre promesse. Le poste d'honneur. »

Le poste d'honneur était le poste de la mort certaine et Tannhauser sentit sa gorge se serrer. Il aimait bien Le Mas avec qui il avait passé à l'Oracle quelques nuits mouvementées et bien peu monastiques. Tandis que les chefs des différentes langues se disputaient l'honneur de cette position, Tannhauser réprima une soudaine envie de se joindre à eux. C'était une compagnie bien dangereuse.

« J'ai vu le train d'artillerie de siège des Turcs, dit-il. Il est énorme. »

Le chœur de l'abnégation s'interrompit soudain.

« Une douzaine de couleuvrines de quatre-vingts livres, des basilics qui tirent des pierres de trois cents livres, des quarante livres par vingtaines. Et Torghoud va apporter une batterie de siège personnelle.

— Torghoud est attendu ? demanda Le Mas.

— D'un jour à l'autre », répliqua Tannhauser.

Le Mas se tourna vers La Valette. « Alors je réitère et redouble ma revendication. Le poste d'honneur.

— Ils vont réduire Saint-Elme à un tas de graviers, dit Tannhauser.

— Par la grâce de Dieu, dit La Valette, Saint-Elme sera défendu jusqu'au dernier gravier.

— Alors je ne chercherai pas à vous dissuader, dit Tannhauser, mais les Ottomans combattent avec la pioche autant qu'avec le sabre. Vous devrez faire de même. Le Borgo est plus faible que vous ne le pensez. »

La Valette réprima un soupçon d'agacement. « Comment cela ? »

Tannhauser désigna la carte étalée sur la table. « Avec votre permission ? »

La Valette inclina la tête et tous les grands se rassemblèrent autour, tandis que Tannhauser faisait courir son index le long de la ligne de l'enceinte principale. » Des blocs de grès, non ? Un revêtement de pierre de taille empli de gravier. »

La Valette acquiesça.

« Les Ottomans utilisent un système scientifique, continua Tannhauser. Boulets de fer pour traverser le revêtement, marbre et pierre en rotation pour défaire le gravier. Ces murs sont immenses, mais ils tomberont. Quand les mamelouks arriveront, ces bastions (il les désigna) seront minés, malgré la douve. Les ingénieurs de Mustapha lui creuseraient un tunnel pour rentrer en Égypte s'il le leur demandait.

— Nous ne nous attendions pas à moins, dit La Valette.

— Si Saint-Elme peut vraiment vous faire gagner autant de temps, vous devez l'utiliser pour construire. Vous avez mille esclaves qui pourrissent sous terre. Ici, au poste de Castille, un second mur... »

Les têtes se penchèrent pour suivre son index qui dessinait une ligne sur la carte.

« Un second mur, invisible des hauteurs avec des embrasures pour les canons, ici, et ici, pour leur briser le cœur quand ils franchiront la première enceinte en hurlant.

— Pourquoi Castille ? demanda La Valette.

— La fierté, répondit Tannhauser. Mustapha est ulcéré par le revers d'hier. Il est enragé. Et la rage turque est d'une qualité que je n'ai jamais vue dans l'âme franque. De plus, s'il attaque Castille, il peut protéger son flanc droit avec des batteries sur San Salvatore. Plus encore, la plaine est plus étroite à cet endroit pour ses ingénieurs et sapeurs. » Il indiqua la forteresse Saint-Michel. « S'il attaque L'Isola en même temps – ce que je ferais à sa place –, votre garnison sera obligée de s'étirer d'une extrémité à l'autre de l'enceinte. Et si l'une ou l'autre cède, tout sera terminé, sauf les hurlements. »

La Valette jeta un coup d'œil à Oliver Starkey, comme pour lui dire que les bienfaits du recrutement de Tannhauser dépassaient toutes ses attentes. Puis il tourna ses yeux gris mer vers Tannhauser. C'étaient les yeux les plus froids qu'il ait jamais vus et il les avait tous vus. Même ceux de Ludovico Ludovici étaient plus humains ; ils avaient au moins connu l'amour. Tannhauser eut la désagréable impression que La Valette avait une opinion identique de lui. Il cligna des yeux et se pencha à nouveau sur le plan.

« Ces rues – ici, ici et là – encore des murs. Un entonnoir. Démolissez ces bâtiments pour en faire un champ de tir, et, quand ils passeront, brisez-les à nouveau.

— La bataille vient à peine de commencer, dit Le Mas, et vous voyez déjà les infidèles au milieu de nous.

— Dans l'esprit de Mustapha, c'est une certitude, dit Tannhauser.

— Le capitaine Tannhauser a raison, affirma La Valette. L'ouvrage aidera le peuple à comprendre ce qui existe en magasin et ce qui est exigé. »

Zanoguerra, le maigre Castillan, prit la parole. « Capitaine, nos simples soldats parlent des janissaires comme s'ils étaient des démons. Que pouvez-vous nous dire pour dissiper leurs superstitions ?

— Superstitions ? s'emporta Tannhauser. Les janissaires sont des hommes de Dieu, tout comme vous, et homme pour homme les égaux de chacun de vous. » Il ignora leurs grognements, car ils comprendraient bien assez tôt. « Mais, question armures, ils sont faiblement protégés et Mustapha va gaspiller leurs vies. Là se situe sa faiblesse. C'est un Isfendiyaroglu, un descendant par le sang de Ben Welid, le porte-étendard du prophète Mahomet. Il est sans peur. Il est craint. Il est maître en tous les arts de la guerre, et des sièges surtout. Mais il est rigoureux. Il est vain. Il est fier. Brisez sa fierté. Ménagez vos hommes. » Il jeta un regard à La Valette. Cela n'était pas fait pour critiquer le grand maître, mais s'il ne pouvait pas s'exprimer à cœur ouvert, il ne leur était d'aucune utilité. « La sortie d'hier à la porte Provençale était un gâchis, un…

— Nous en avons massacré dix pour un des nôtres, le coupa Zanoguerra.

— Vous ne pouvez pas vous permettre ce un pour dix, le contra Tannhauser. Mustapha peut. La bravade scellera votre perte. Laissez les janissaires faire les grands gestes de bravoure. Car même s'ils sont hommes entre les hommes, ils ne sont que des hommes. Ils se fatigueront d'être gaspillés. Ils se lasseront de la mauvaise nourriture, de l'eau sale et de la chaleur brutale. Sapez leur foi envers Allah, goutte à goutte. Minez la fierté de Mustapha. » Il regarda La Valette. « Mais si vous voulez briser le cœur turc – et je ne connais personne qui l'ait fait –, vous devez endurcir le vôtre au-delà de toute mesure. »

La Valette dit : « Vous ne vous offenserez pas si je vous dis que vous pensez comme un Turc.

— Au contraire, répliqua Tannhauser. Ils vous considèrent comme de pauvres barbares. »

À la surprise générale, La Valette éclata de rire, comme s'il n'avait jamais rien entendu d'aussi flatteur. C'est cet instant que choisit Nicodemus pour s'effondrer, tête la première, tout droit, juste devant le crucifix accroché au mur qu'il regardait depuis un bon moment.

Tannhauser se précipita, s'agenouilla près de lui et le retourna sur le dos. Il était connu que les pierres d'immortalité pouvaient s'avérer aussi bonnes que leur nom l'indiquait ; certains ne s'éveillaient jamais du rêve d'infini. Mais la respiration de Nicodemus était régulière et ses lèvres arboraient un sourire. Tannhauser décida d'être moins généreux en opium quand il referait une série de ces pierres. Les chevaliers qui s'étaient rassemblés autour d'eux, et qui ignoraient l'intoxication du jeune homme, virent dans son évanouissement un signe d'extase religieuse. Tannhauser ne les détrompa pas. Avec l'aide de Le Mas, il souleva le jeune Macédonien et le porta sur son épaule.

« Nous reparlerons », dit La Valette.

Tannhauser titubait un peu en partant, car le jeune homme était loin d'être nain, mais il le porta jusqu'à l'auberge. Le lendemain, quelques gifles le réveillèrent, et, toujours en extase, Nicodemus fut baptisé à San Lorenzo et la tache de l'islam effacée de son âme pour toujours.

Toujours assis dans son tonneau d'eau de mer, Tannhauser sentait maintenant l'odeur du feu de bois et du café qui passait par la porte ouverte. Dans le bazar, il avait acquis une aiguière de cuivre et un service à café, de délicates tasses venues d'Izmit – en turquoises serties d'or –, et deux sacs de grains torréfiés. Il avait trouvé en Nicodemus quelqu'un sachant le préparer de la bonne manière. Le Macédonien, qui traitait Tannhauser avec la vénération qu'on accorde à un mage, était désormais résident à l'auberge d'Angleterre, et comme – au grand désappointement de Tannhauser – aucune des deux femmes ne montrait un quelconque intérêt pour l'art culinaire, il s'honorait de préparer le petit déjeuner de Tannhauser.

Tannhauser escalada le tonneau d'eau salée, complètement rafraîchi, et laissa l'air sécher sa peau avant de s'habiller. Tout en mangeant des rognons d'agneau, du fromage de chèvre et du pain frit, il réfléchissait à l'énigme du fils de la comtesse. Ils étaient sur l'île depuis presque trois semaines et si le garçon était là, ils ne l'avaient pas trouvé. Ils ignoraient toujours son nom. Les registres baptismaux des églises du Borgo n'avaient rien donné, et ce, malgré le fait que les prêtres de douze des églises de l'extérieur avaient emporté les registres avec eux quand ils avaient fui les Turcs. Pendant ses sorties dans l'île, Tannhauser avait fait des recherches dans sept autres églises et chapelles, dont Malte abondait. Il avait trouvé cinq autres registres enterrés sous les pierres des autels, mais eux non plus n'avaient rien donné.

Son plan pour retrouver le garçon par cette méthode – qui avait semblé si inspiré alors qu'il était ivre de musique, de roses et de seins devinés – s'était avéré tout aussi ridicule que l'entreprise dans son entièreté. Le désir ardent d'impressionner une femme avait mené d'innombrables hommes de bon sens vers des désastres qu'ils auraient pu éviter. Il était assez peu réconfortant de penser qu'il était le dernier d'une rangée d'imbéciles qui remontait jusqu'au paradis perdu.

Il y avait des centaines de garçons dans la ville. Ce n'était pas chose facile d'identifier parmi eux un bâtard né douze ans auparavant la veille de la Toussaint. Il lui venait maintenant à l'esprit qu'un tel garçon pouvait très bien ignorer jusqu'à sa propre date de naissance. L'illégitimité était un sujet épineux dans cette communauté, où une fierté bourrue était de mise chez les Maltais et où les hautes réputations, surtout en ce qui concernait la piété, étaient jalousement protégées parmi les chevaliers. Et pour enterrer les délits sexuels de ses serviteurs célibataires, l'Église romaine profitait d'une expertise affûtée pendant un millénaire de pratique courante.

« Je saurai que c'est lui quand je le verrai », avait affirmé Carla. Mais s'il en était ainsi, elle ne l'avait donc pas encore vu. Tannhauser avait scruté tous les visages pas lavés, cherchant des échos de Carla et Ludovico. Un jour, il repérait une demi-douzaine de jeunes qui évoquaient parfaitement les traits de l'un ou de l'autre ; le lendemain, les mêmes physionomies rendaient sa crédulité risible. Il avait même vu des garçons qui auraient pu passer pour les fruits de sa propre semence. Et tout cela en admettant que le garçon était encore ici plutôt que mort depuis longtemps, ou livré à la pédérastie dans un bordel libyen ou le lit d'un cardinal. Tannhauser avait envisagé de dire à Carla qu'il avait découvert la pierre tombale du garçon dans un cimetière perdu loin au-delà des remparts. Quel chagrin pourrait-elle ressentir envers un être si abstrait ? Mais ce serait la défaite, plus que le chagrin, qui mouillerait ses yeux et il ne voulait en rien éteindre leur lueur, surtout avec un mensonge. Carla semblait voir sa vie comme un conte sur la reddition sans résistance ; les forts rechignaient toujours à pardonner ou à expliquer leurs échecs. Sa quête du garçon était la dernière bataille de Carla. Si elle la perdait, il craignait qu'elle n'ait jamais le cœur d'en livrer une autre, et il détesterait voir cela.

Il fit passer une pleine bouchée de rognons avec une lampée de vin. Il réfléchissait à une tromperie alternative, inspirée par Amparo, tandis qu'il se bataillait avec les boutons de sa robe à son retour de la conférence de minuit. Il s'agissait de substituer un imposteur pris parmi les nombreux orphelins de la cité. Elle s'était liée d'amitié avec un vagabond des quais et avait demandé si elle pouvait le lui présenter. Il serait assez facile de gagner la confiance d'un tel garçon, de lui démontrer les avantages d'un tel stratagème, et de lui faire revendiquer la date de naissance appropriée, qui pourrait être validée grâce à un simple faux rajouté dans l'un des registres paroissiaux qu'il avait trouvés. Tout le monde serait content, et ils pourraient tous s'échapper promptement de cette île de folie et de mort.

Il se retrouva en train de considérer le dernier morceau dans son assiette avec une soudaine envie de vomir. L'honneur était une calamité monstrueuse. Il menait à la destruction plus certainement qu'aucun vice. L'amour et le respect des femmes étaient encore pires, étant capables de gâcher un excellent petit déjeuner entre autres choses. Il fit signe à Nicodemus d'apporter le café. Il prit une petite gorgée du savoureux breuvage et attendit que sa bonne humeur revienne. Il n'avait pas encore été jusqu'à Mdina, l'ancienne capitale de l'île. La Valette restait en contact avec sa garnison, grâce à ses fameux éclaireurs maltais, mais le voyage était hasardeux. Néanmoins, le garçon était né à Mdina et il fallait y aller. Si le voyage s'avérait aussi infructueux que les autres, il n'aurait plus qu'à persuader Carla que sa quête était terminée.

Des deux mains, il se frotta le visage. Son seul désir présent était de retourner au lit et dans les bras d'Amparo, mais c'était un désir similaire qui, depuis le début, l'avait précipité dans ces épreuves. Carla lui avait demandé de l'amener à Malte et il l'avait fait, et plus encore. Il avait remis quelque couleur sur ses joues. Il lui avait fait goûter à l'aventure. Ils avaient échoué, mais avec honneur. Dans ces conditions, elle pourrait certainement calmer ses démons. Il avait apporté des agnelles dans un repaire de loups et cela lui pesait terriblement. Désormais, son obligation était assurément de les en faire sortir. Allait-elle lui dénier son titre de noblesse par mariage ? Il avait négligé de spécifier cette circonstance dans les détails de leur pacte : une évidence de plus de sa stupidité face à une jolie paire de seins. Il était épris de Carla d'une manière peu commune, bien plus qu'il n'avait jamais voulu l'admettre jusqu'ici. Un homme pouvait faire bien pire pour une femme. Et pourtant, il avait sali cet océan en s'abandonnant aux charmes d'Amparo. Cela avait blessé Carla, pas moyen de le nier, et un poing griffu lui serrait le ventre. Si seulement la comtesse avait été un peu plus réceptive. S'il n'avait pas bousillé le baiser qu'il avait essayé de voler dans le jardin. Et que dire de l'émotion immense qu'il ressentait en regardant Amparo dormir, moins d'une heure auparavant ?

Damnation ! Il était entravé de chaînes invisibles. Torturé par des instruments psychiques fabriqués par des monstres. Un homme astucieux arrangerait son propre départ sans hésiter plus longtemps. Mais il n'était pas un homme astucieux, du moins en apparence, et il conclut ces ruminations futiles d'un soupir pesant.

« Vous avez des problèmes, Mon Seigneur ? » dit Nicodemus.

Tannhauser grogna et baissa les mains. Le visage de Nicodemus était impressionnant de beauté, avec des traits intenses et de symétrie et de proportion parfaite. Ses yeux noirs aux longs cils regardaient le monde avec l'innocence violée des icônes sur les murs de l'Aya Sofy. C'était probablement ces qualités qui l'avaient promu dans la garde personnelle de Mustapha, car les hommes âgés trouvent du réconfort dans le miroir de la jeunesse. Ils parlaient en turc.

« Je me laisse trop aisément aller à l'introspection, dit Tannhauser. Ce n'est pas une habitude que tu devrais cultiver.

— Vous m'avez montré le chemin de retour vers le Christ », dit Nicodemus. Ses yeux brillaient de l'idéalisme de celui qui est trop jeune pour savoir. « Ma vie est à vous.

— Je ne suis pas un homme religieux, dit Tannhauser en souriant.

— Vous voyez au cœur des choses comme seul un religieux le pourrait. »

Tannhauser ne voyait aucune raison de le contredire. La loyauté, quelle que soit son origine, est une matière précieuse. Nicodemus souleva la manche de sa chemise, dévoilant un avant-bras bronzé et musclé, et autour un bracelet d'or pointillé. Il ôta le bracelet et le lui tendit.

« S'il vous plaît, dit-il, acceptez ceci de ma part. Cela éloignera vos ennuis. »

Tannhauser l'examina. C'était un cercle incomplet et lourd, peut-être sept ou huit onces, et très masculin de conception. Il y avait des variations inégales dans la teinte du métal, et la finition n'était pas des meilleures : les marques du marteau du forgeron étaient visibles dans le travail de repoussage, et la symétrie était imparfaite. L'or avait un pouce et demi de large en son centre, et se rétrécissait jusqu'à un pouce à chaque bout. Ses extrémités étaient façonnées en têtes de lions rugissants. Il fit tourner le bracelet à la lumière et vit quelque chose d'écrit en arabe tout le long de sa face intérieure. Il le lut à haute voix.

« Je suis venu à Malte, non pour les richesses, mais pour sauver mon âme. »

Il regarda Nicodemus. Il se demandait qui le lui avait donné, et pourquoi, mais il n'était pas certain de vouloir connaître la réponse. Tannhauser passa le bracelet à son poignet. Il sentit une inexplicable chaleur envahir sa poitrine. L'inscription, peut-être, imprégnée de quelque pouvoir surnaturel.

« Je le chérirai plus que tout ce que je possède », dit Tannhauser. Il leva le bras et le bracelet brilla d'une lueur terne, presque ocre. « Il contient un pouvoir que l'œil ne peut pas voir. »

Nicodemus, solennel, hocha lentement la tête.

« Avant d'être couronné sultan, dit Tannhauser, Soliman Khan avait été formé à l'art des orfèvres.

— Oui, répliqua Nicodemus, moi aussi. » Tannhauser le regarda. « Du moins, j'ai été apprenti pendant cinq ans. Je n'ai jamais été admis dans la guilde. »

Les imperfections mineures du bracelet prenaient tout leur sens. « Ainsi, c'est ta création. »

Nicodemus acquiesça. « À partir de quarante-neuf pièces d'or. » Il dit cela comme si les pièces avaient été payées pour quelque chose qui n'aurait jamais dû être vendu.

« Alors tu as transformé quelque chose de bas en quelque chose de beau, dit Tannhauser. Il n'existe pas de plus haute magie. »

Une ombre de mélancolie persistait sur le visage du Macédonien.

Tannhauser sourit. « Laisse-moi t'embrasser. »

Nicodemus s'approcha et Tannhauser le serra contre sa poitrine. « Maintenant, va me sortir Bors de son trou. » Il le laissa aller. « Et prépare quelque chose de savoureux pour les femmes quand je serai parti. Elles mangent comme des moineaux. » Nicodemus commençait à partir quand Tannhauser l'arrêta. « Nicodemus. Tu as effacé mes soucis. »

Le visage du jeune homme s'illumina d'un sourire. Il s'inclina et sortit. Tannhauser s'approcha de la porte et le soleil fit naître des rayons éclatants du bracelet. Seul l'or ressemblait à de l'or et faisait l'effet de l'or. Tout le reste était enclin à décevoir, et c'était pour cela que les hommes l'aimaient. Il perçut un léger tremblement sous les semelles de ses bottes quand le son d'une douzaine d'explosions atteignit l'auberge. Les canons de siège avaient ouvert le feu depuis les pentes du mont Sciberras. Un autre jour venait de commencer pour le fort Saint-Elme.

VENDREDI 8 JUIN 1565
Piazza de l'hôpital, château Saint-Ange

Bors ravalait son mécontentement d'avoir raté un petit déjeuner chaud en engloutissant du pain et du fromage arrosé de vin, tandis qu'ils traversaient la ville.

« Les femmes me rendent fou », dit Mattias.

Bors feignit la surprise. « Qu'ont donc encore fait ces deux jeunes et tendres filles ? »

Mattias gonfla ses joues et soupira. « Il leur suffit de respirer, non ? » Il écarta ses paumes, comme pour se rendre victime de forces plus puissantes et plus astucieuses que lui. « J'ai l'une, mais je désire également l'autre.

— La comtesse ? fit Bors. Je l'aurais pensée trop hautaine pour toi.

— Elle engendre une fascination dont elle n'est même pas consciente.

— Eh bien, j'oserais dire que tu trouverais un accueil torride entre ses bras, si tu arrêtais de faire danser sa bonne amie et de t'abaisser. À la voir, on n'a pas attenté à sa pudeur depuis la naissance de son fils. Mais, bien sûr, elles sont bien plus habiles à dissimuler ces choses que nous.

— Si ce n'était qu'une question de désir, il n'y aurait pas autant de mystère. Mais j'ai de l'affection pour les deux.

— Attends, dit Bors, quand tout va bien, l'amour est un maquereau perfide.

— Je n'ai pas parlé d'amour.

— Discutons plutôt du nombre d'anges qui peuvent danser sur une tête d'épingle. »

Mattias dit : « Continue.

— En temps de guerre, l'amour agit comme une épidémie, poursuivit Bors. Des rivaux qui se haïssaient deviennent frères, la malveillance devient camaraderie solide, et de parfaits étrangers se serrent dans les bras. Regarde La Valette. Je parierais qu'il y a six mois n'importe lequel des chevaliers italiens ou espagnols aurait dansé la gigue de joie, si quelqu'un lui avait planté un couteau entre les omoplates. Du moins, c'est ce que j'ai entendu. Mais aujourd'hui, il marche sur l'eau. Pourquoi ? » Il s'arrêta pour ménager ses effets dramatiques. « Parce que l'amour est le cheval qui tire le brave chariot de la guerre. Sinon, pourquoi redemanderait-on à se battre ? Quant aux femmes, pendant la guerre, jamais leur chair n'est aussi douce, ni leurs vertus plus éclatantes, ni leur gentillesse plus bienvenue à nos âmes. » Il s'arrêta pour fixer Mattias droit dans les yeux. « Et jamais le trou entre leurs cuisses n'est un puits assez profond dans lequel se jeter. »

Mattias demeura silencieux un moment, réfléchissant à tout cela, et Bors se sentit gratifié. En temps normal, Mattias avait réponse à tout. « Alors, quel est ton conseil ? demanda-t-il.

— Mon conseil ? » Un rire bref s'échappa de la gorge de Bors. « Il y a une putain sous le vent de la crique des Galères que je peux te recommander chaudement, même si elle pèse à peu près aussi lourd que moi. Rien que la voir nue est déjà une merveille inoubliable.

— Ma question était sérieuse.

— Ma réponse également. Ici, le jeu consiste à rester vivant. Et être amoureux, ou livré au désir, est un sérieux handicap pour le joueur. » Il haussa les épaules. « Mais je gaspille mon souffle, car le jeu sans entraves n'est plus du tout un jeu, du moins pour les gens de ton espèce. Mon conseil, donc, serait de les sauter toutes les deux et de laisser le diable lever son tribut. Ce n'est que lorsque tout cela sera terminé que tu en comprendras peut-être la signification. Et encore. »

Mattias ruminait cela quand ils pénétrèrent sur la piazza face à l'Infirmerie sacrée. Son attitude changea quand il aperçut le père Lazaro qui en sortait, descendant les escaliers.

« Attends, dit Mattias, j'ai un compte à régler. »

Il s'inclina devant Lazaro, qui, en retour, lui décocha un regard prudent.

« Père Lazaro, Mattias Tannhauser, de Messine. J'espère que vous ne me trouverez pas insolent, mais j'ai une faveur à vous demander. Dame Carla est désireuse d'apporter quelque réconfort aux blessés, fait que vous n'êtes pas sans connaître, et pourtant on lui dénie toute opportunité de servir. J'espérais que vous et moi nous pourrions arriver à un accord en cette affaire.

— Soigner les malades est le travail le plus sacré de l'Ordre, et ce n'est pas un sujet susceptible d'un quelconque accord, dit Lazaro. De toute manière nous sommes les seuls à posséder le savoir-faire nécessaire.

— Quel savoir-faire faut-il pour tenir la main d'un homme et lui murmurer quelques mots d'espoir ?

— C'est une femme.

— Le son d'une voix de femme donnera à un homme de bien meilleures raisons de vivre que toutes vos potions et vos élixirs mélangés ensemble.

— Nos hommes survivront par la prière et la grâce de Dieu, dit Lazaro.

« — Alors c'est Dieu qui vous envoie la comtesse. Elle a passé la moitié de sa vie à genoux.

— Aucune femme n'est admise dans l'Infirmerie sacrée.

— La seule chose qui les en exclut, c'est votre fierté – ou devrais-je dire votre vanité ? »

Face à cette effronterie, le moine resta bouche bée. « Devrions-nous ouvrir les portes à toutes les femmes du Borgo ?

— Vous pourriez faire pire, dit Mattias. Néanmoins, ce ne serait pas un grand exploit de faire une exception pour une aristocrate comme elle. »

Lazaro semblait décidé à ne pas plier. Mattias posa une main sur l'épaule du moine. Lazaro tressaillit, comme si personne n'avait jamais, de sa vie, osé prendre cette liberté. « Mon père, vous êtes homme de Dieu, et si vous voulez bien me pardonner, avancé en âge. Vous ne pouvez pas imaginer ce que la vue – la présence, le parfum, l'aura – d'une belle femme peut faire pour le moral d'un combattant. »

Lazaro leva les yeux vers le visage barbare et buriné surplombant le sien. « J'aurais aimé éviter de soulever cette objection, mais j'ai entendu dire que dame Carla n'est pas aussi pieuse que vous l'affirmez. »

Mattias leva un sourcil, comme pour l'avertir. « Vous avez un avantage sur moi, père.

— Ne vit-elle pas avec vous en état de péché mortel ?

— Vous me décevez, père, dit Mattias. Amèrement, si je peux me permettre. »

La bouche de Lazaro se recroquevilla en quelque chose qui ressemblait à un anus de mouton. Mattias jeta un coup d'œil à Bors, qui se détourna pour étouffer un rire.

« De tels ragots sont sans fondement et pernicieux, poursuivit Mattias. Moïse lui-même n'a-t-il pas établi que le faux témoignage était un crime ? » Ses yeux s'assombrirent. « Je ne porte pas moi-même un nom qui vaille qu'on le défende, mais, en tant que protecteur de la dame, je vous déconseillerais de telles insinuations sur son honneur.

— Ce ne serait pas vrai, donc, dit nerveusement Lazaro.

— Je suis choqué que les frères puissent entretenir de tels potins salaces. »

Lazaro, quelque peu embarrassé, offrit une faible défense. « Peut-être ne le savez-vous pas, mais la dame a quitté cette île en pleine tourmente.

— Elle me l'a raconté elle-même, car elle est tout à fait dénuée de fourberie. La honte à laquelle vous faites allusion – et il y en avait pas mal à l'époque – était due à d'autres, bien plus puissants qu'elle. De plus, c'était il y a longtemps. Votre piété est-elle si exorbitante que vous ayez abandonné le message de pardon du Christ ? Oseriez-vous bannir Marie Madeleine du pied de la Croix ? Honte sur vous, père Lazaro. » Comme Lazaro pliait sous cette tirade, Mattias recula d'un pas et adoucit le ton de sa voix. « Si vous choisissiez de vous montrer plus chrétien, une livre d'opium iranien pourrait bien réussir à trouver son chemin jusqu'à votre apothicaire. Peut-être même deux ? »

Lazaro cligna des yeux, à présent complètement perturbé. « Vous détenez de l'opium en réserve ? Alors que l'hôpital déborde de blessés graves ? »

Bors songea à la grosse réserve cachée sous la barrique d'eau. Mattias feignit un sourire triste.

« J'ai peut-être mérité la piètre estime en laquelle vous me tenez, père Lazaro, même si nous étions des étrangers jusqu'à aujourd'hui. Mais mettre de l'opium en réserve ! »

Lazaro battit en retraite. « Peut-être les plaintes de mes patients ont-elles provoqué une conclusion quelque peu hâtive…

— Néanmoins, continua Tannhauser levant les paumes pour l'arrêter, en prenant un grand risque personnel, et à un prix considérable, je pourrais acquérir ladite drogue pour vous au bazar turc. »

Saisi de repentir, Lazaro lui prit la main. « Pardonnez-moi, capitaine, je vous en supplie. »

Mattias inclina la tête avec un geste gracieux. « Dame Carla sera très honorée d'accepter votre invitation. »

Le visage de Lazaro se rida d'inquiétude. « Mais dame Carla sera-t-elle assez forte pour un travail aussi lugubre ? » De la tête, Lazaro désigna l'escalier qui menait au cloître des hospitaliers. « On voit des choses, là-dedans, qui retourneraient l'estomac le plus solide, et briseraient le cœur le plus vaillant.

— La comtesse a un cœur d'or. Mais si son estomac est trop faible, alors votre fierté sera justifiée, et la sienne justement châtiée. Vous la trouverez, avec sa compagne, à l'auberge d'Angleterre.

— Sa compagne ?

— Amparo. Si ce sont des ragots vulgaires que vous cherchez, c'est elle la femme avec qui je vis dans le péché. » Lazaro cligna des yeux. Mattias fit le signe de croix. « *Dominus vobiscum* », dit-il.

Et ils s'éloignèrent.

Dominus vobiscum, songea Bors. Donner sa bénédiction à un prêtre ! Seule une parfaite ignorance des bonnes manières pouvait expliquer un tel culot. Mais l'ignorance jouait un rôle minuscule dans tout ce que faisait Mattias.

Le château Saint-Ange se dressait au-dessus du Grand Port comme une énorme ziggourat flottante, ses murs à pic descendant en gradins de grès jusqu'au bord de l'eau. Du toit de Saint-Ange, la vue du fort Saint-Elme, de l'autre côté du Grand Port, était inégalée, et comme ils escaladaient le dernier escalier de pierre, le cœur de Bors tapait fort, mais pas seulement de fatigue. Il avait été invité dans la loge impériale, et même Néron n'avait jamais disposé d'un cirque aussi spectaculaire que celui-ci.

Ils émergèrent dans le soleil aveuglant, juste à temps pour être rendu à moitié sourd par une salve du cavalier de Saint-Ange. La grande plateforme d'artillerie, dont les poutres tremblaient et grinçaient sous la force de la détonation, avait été remodelée pour fournir un meilleur poste de tir sur les positions turques. Des jets de fumée filaient au-dessus des eaux cristallines tout en bas, et Bors mit sa main en visière pour observer les artilleurs. Ils se jetaient sur les seize livres comme sur de dangereux animaux à entraver. Ils étaient torse nu alors que l'air était encore frais, leurs bouches grandes ouvertes, cherchant l'air dans les vapeurs sulfureuses, et chaque pouce de leur peau était peint d'un noir de goudron par les relents de poudre et la graisse. Leurs haillons sales dégoulinaient de sueur et étaient tachetés d'ulcères dus aux brûlures qui faisaient partie du travail. Et tous autant qu'ils étaient, neuf par équipe, maudissaient Dieu et le diable, et leurs chères vieilles mères qui leur avaient donné vie en se battant avec les grandes bêtes de bronze pour les remettre en position, le blanc de leurs yeux strié de rouge et leurs visages couverts de suie, comme si c'était une *commedia* satanique, et qu'ils en étaient les ménestrels fous et démoniaques.

« J'étais apprenti canonnier, quand j'avais neuf ans,

dit Bors, dans l'armée du roi de Connaught. J'en porte encore les marques.

— Oui, les commotions au cerveau peuvent durer une vie entière », approuva Mattias.

Bors éclata de rire. « Comme mon serment de ne plus jamais travailler dans l'artillerie. »

Dans le haut ciel clair du matin, des douzaines de vautours aux larges ailes noires planaient au-dessus du fort Saint-Elme en cercles placides et contraires aux aiguilles d'une montre, leurs orbites parfaitement étagées les unes au-dessus des autres par cette mystérieuse science connue d'eux seuls. Un grand moine mince se tenait sur le chemin de ronde du mur nord-ouest, étudiant les monstrueux oiseaux comme s'il voulait leur arracher leur secret. Starkey avait une silhouette aussi scolastique et aussi peu guerrière qu'on pouvait imaginer, et pourtant il avait fait son temps dans les caravanes de la Religion, ravageant la côte levantine, les îles Égée, et malmenant les vaisseaux ottomans dans la mer Ionienne.

Mattias dit : « Voilà notre homme. »

Pendant qu'ils faisaient le tour du vaste toit rond et plat pour rejoindre Starkey, Bors dit : « Quelles nouvelles du fils de la comtesse ?

— Il me reste un dernier endroit où chercher. Si je ne trouve pas signe de lui là-bas, il sera temps de partir. » Il regarda Bors. « Sabato attend à Venise. Et tu pourras te vanter d'avoir combattu avec la Religion.

— Vaut mieux ne pas se vanter de déserter. Et s'ils nous attrapent, ils nous pendront.

— Je ne déserte personne, dit Mattias. Je n'ai donné aucun blanc-seing, et signé aucun contrat. Et malgré cela, j'ai rendu des services inestimables pour pas un sou en retour. Cette dette, j'ai l'intention de la réclamer. »

Bors connaissait Mattias depuis longtemps. « Tu as un bateau ?

— Pas encore. La Valette a caché plus d'une vingtaine de felouques tout le long de la côte, à l'usage de ses messagers pour la Sicile. Il ne faudra pas plus d'une journée pour en trouver une. » Mattias lut son expression et s'arrêta au pied de l'escalier menant au chemin de ronde. « Nous avons tous deux bien mieux à faire que de mourir sur ce tas de fumier. Pour l'instant la campagne vers le sud est très peu patrouillée, mais quand Saint-Elme tombera, Mustapha encerclera cette ville et fuir sera mille fois plus risqué. Mon idée est de vendre notre opium dans le bazar – où nous aurons un bien meilleur prix et où on pourra l'échanger contre des perles et des pierres précieuses plutôt que de l'or – et de faire voile vers la Calabre, cette semaine.

— Et si Lady Carla décide de rester ?

— Je ne peux pas créer son fils en pétrissant un bloc d'argile. Et l'amour ne vaut pas qu'on meure pour lui, pas plus que pour Dieu.

— Qu'il soit loué.

— Tu viendras ou tu resteras ? » demanda Mattias.

Bors haussa les épaules. « Je suppose que le parfum de la gloire s'en remettra.

— Bien.

— Mais comment passerons-nous la porte de Kalkara tous les quatre ? »

Mattias ne répondit pas.

Ils montèrent les marches et quand Bors atteignit le parapet, il resta sans voix. À moins d'un demi-mille de distance de l'autre côté du port, l'armée turque entière assiégeait le petit poste avancé du fort Saint-Elme. Le mont Sciberras dépassait de l'eau comme le dos d'un énorme bœuf à demi immergé, son échine descendant vers le fort, qui était perché sur l'extrémité de la péninsule rocheuse. La colline donnait un gros avantage à l'artillerie turque, mais ses flancs ne recelaient pas un brin de végétation, ni même une poignée de terre où celle-ci aurait pu survivre. La nature n'offrait aucun endroit où enterrer des canons ou des troupes. D'aussi loin que le bassin de Bingemma, des milliers d'esclaves noirs ou chrétiens avaient arraché des tonnes de terre au maigre sol de l'île et les avaient transportées dans des sacs jusqu'aux pentes stériles de la colline. Ils avaient tressé des gabions – d'énormes paniers de vannerie – avec des branches de saule apportées par bateau. Ils avaient ensuite empli ces paniers de moellons et de gravier, et des cadavres de leurs compagnons abattus en foule par les tireurs du fort. Ces gabions étaient disposés en une série de redoutes d'où les gueules des canons de siège turcs pointaient et rugissaient, vomissant fer et marbre vers les murs de Saint-Elme.

Au prix de pertes encore plus prodigieuses en vies turques, des tranchées avaient été taillées dans le roc et s'étendaient désormais, comme une toile d'araignée, tout le long des pentes pour entourer le côté sud du fort. De ces sillons dans la pierre, des tireurs d'élite janissaires visaient les défenseurs des remparts et tout ce qui naviguait dans la baie, ce qui, en plein jour, revenait à rien. Depuis le rivage de la baie de Marsamxett, au-delà du fort, où des troncs et des écrans de branchages les dissimulaient, d'autres janissaires tiraient sur tout chrétien qui montrait la tête au-dessus des remparts ouest. En contrebas des massives batteries de canons, toute la pente de la colline tourbillonnait des étendards sous lesquels les guerriers musulmans étaient rassemblés par milliers. Des jaunes canari luttaient contre des écarlates vifs et des verts perroquet, toutes soies luisantes, et le soleil faisait étinceler l'argent des calligraphies ornant les drapeaux. Au centre de tout cet apparat et de tous

317

ces coups de feu, Saint-Elme fumait comme la gorge d'un volcan récemment éveillé.

« Comme ils aiment les couleurs vives, ces porcs musulmans, dit Bors. Que disent ces bannières ? demanda-t-il.

— Des versets du Coran, répondit Mattias. La *sourate* de la Conquête. Ils exhortent les fidèles au massacre, à la vengeance et à la mort.

— La voilà, la différence entre eux et nous, dit Bors, car Jésus-Christ n'a jamais appelé ses fidèles à commettre de telles horreurs !

— Selon toute évidence, Jésus savait qu'il n'avait pas besoin de le faire. »

Le fort assiégé était construit en forme d'étoile avec quatre saillants principaux. Ses remparts et ses bastions côté terre disparaissaient pour l'instant dans la fumée et la poussière. Ses arrières et ses flancs orientaux tombaient à pic dans la mer. Après quinze jours de bombardement, on ne pouvait plus que deviner ses formes et sa conception originelles. Les murs faisant face aux batteries de la colline étaient troués de brèches et la maçonnerie béait comme les chicots d'une vieille paysanne. Des masses de cailloux descendaient en cascade dans la douve sous le rempart, et ces tertres étaient bariolés des corps des fanatiques turcs déjà massacrés. Des vagues d'assaut féroces, d'une heure environ, avaient alterné avec les bombardements, et on en attendait d'autres aujourd'hui.

Malgré tout cela, l'étendard de Saint-Jean – la croix blanche des croisés sur champ rouge sang – flottait encore au-dessus des ruines, troué de balles, et des créneaux effondrés et des contrescarpes improvisées provenait un crépitement régulier de mousquets et de coups de canons. Jusqu'ici, contre toute attente des assaillants aussi bien que des défenseurs, les attaques massives turques avaient été repoussées. Les défenseurs qui mouraient de jour étaient remplacés de nuit par La Valette, grâce à des barques qui traversaient le port depuis les quais de Saint-Ange. Il ne manquait jamais de volontaires et Bors ne s'en étonnait pas. Il serra le poing sur la poignée de son épée, souhaitant en faire partie. Une main serra son bras.

« Tu as les larmes aux yeux, dit Mattias. Je pensais que vous, les Anglais, vous étiez plus raisonnables. »

Bors se renfrogna et essuya des deux mains ses orbites offensantes. « Non, tout ce que nous sommes bons à faire, c'est de nous vanter dans les tavernes des exploits que nous avons vus mais auxquels nous n'avons pas pris part. »

Mattias désigna Starkey d'un mouvement de tête. « Ton compatriote me semble un peu plus flegmatique. »

C'était vrai : Starkey observait cet holocauste avec autant d'émotion qu'un spectateur de jeu de boules. « Starkey, lui, n'a pas décidé de filer comme un voleur à la faveur de la nuit. »

Mattias ignora cette pique et s'avança sur le chemin de ronde, et Bors le suivit.

Starkey se retourna pour les accueillir. « J'ai entendu dire que vous aviez changé ma maison en un évier d'impiété.

— Comme Jésus nous l'a appris, répliqua Mattias, l'homme ne vit pas seulement de pain.

— Le Christ parlait de questions spirituelles, comme vous-même le savez très bien. » Starkey se tourna vers Bors et s'exprima en anglais. « Vous êtes un fils de l'Église, je vous ai vu à la messe. »

Bors entendait si rarement sa langue natale que le son lui semblait particulièrement étranger ; pourtant sa musique l'émouvait toujours. « Oui, Votre Excellence. Un bon fils.

— Comment avez-vous pu prendre un homme si impie comme compagnon d'armes ?

— Par une nuit glaciale, dans une douve pleine d'eau, quand Mattias allait quitter ce monde, avec l'aide de Dieu, je l'ai soigné et ramené à la vie. » Il ne servait à rien de flatter un homme de l'influence de Starkey, mais un petit coup de piété ne ferait pas de mal. « Maintenant, si Dieu le veut, j'espère le guider vers la vie éternelle aussi. C'est-à-dire le remettre entre les bras de notre mère l'Église, là d'où il vient. »

Starkey semblait éprouver autant de plaisir que lui à entendre leur langue. « C'est une tâche colossale que vous entreprenez là.

— Mattias a été enlevé par les musulmans quand il était enfant, et il a vu sa famille se faire massacrer dans l'affaire, je vous supplie donc de lui pardonner ses blasphèmes, qui sont nombreux, je dois l'admettre. Le Christ parle encore à son cœur, s'il voulait bien l'entendre. »

Starkey le scruta et dit : « Je crois bien que vous êtes sincère. »

Bors fronça les sourcils. Pour quel genre de crapule Starkey le prenait-il ? « En matière de religion, je suis toujours sincère.

— Je ne doute pas que votre discussion porte sur des choses très intéressantes, dit Mattias en italien, mais j'ai aussi quelques affaires à évoquer.

— Le sujet en était le salut éternel, dit Starkey. Votre salut.

— Alors vous pouvez m'aider, dit Mattias. J'ai dans l'idée de me rendre à Mdina, mais dans le bazar j'ai appris que la cavalerie du maréchal Copier considérait fouineurs, éclaireurs ou porteurs d'eau comme les loups regardent des lapins. Je préférerais ne pas me faire couper en morceaux et j'ai besoin de plus de protection que ne m'en offre mon astuce.

— Elle vous a assez bien servi jusqu'ici, répliqua Starkey.

— Les Turcs ne sont pas aussi prompts à assouvir leur soif de sang, dit Mattias. C'est une race civilisée. Ils adorent parler. Les chevaliers en armure et casqués sont assez durs d'oreille, surtout quand ils voient un homme en turban.

— Emmènerez-vous dame Carla avec vous ? » demanda Starkey.

Cette question prit Bors par surprise, et il aurait flanché, mais Mattias réagit comme si aucune question n'était plus naturelle. « Pas aujourd'hui, même si tel est son souhait, car elle aimerait être auprès de son père dans ces sombres jours. Mais sans un "passe-porte" – pour elle et ses gardiens –, je ne serai pas autorisé à leur faire passer les remparts. Puis-je entendre cela comme une offre de nous délivrer un sauf-conduit ? »

Gardiens, bon Dieu ! pensa Bors. Comme ça, tout simplement. Avec un passeport pour franchir la porte de Kalkara – et un bateau –, ils seraient tous partis.

« Donc dame Carla n'a pas encore trouvé son fils », dit Starkey.

Mattias avait eu l'intention que le haut commandement demeure dans l'ignorance en ce qui concernait cette affaire, de peur qu'il ne l'interprète pour ce qu'il était, un motif de tricherie. Mais une fois encore Mattias répondit sans sourciller.

« Connaissez-vous le garçon, et savez-vous où il est ? »

Là, ce fut plutôt Starkey qui sourcilla. Il secoua la tête. « Durant les années précédant l'élection de notre actuel grand maître, la conduite morale de l'ordre dégénérait. Les hommes ne sont que des hommes. De jeunes chevaliers rejoignaient l'ordre plein de fierté et de rêves de chevalerie, pour trouver une vie de jeûne et de privations, totalement coupée du monde. De saints vœux étaient prononcés, mais pas toujours suivis. On jouait aux dés, il y avait de la prostitution, de l'ivrognerie et même des duels. Seule la plus sévère discipline peut empêcher les jeunes gens de faire ce que font les jeunes gens. La Valette l'a imposée. Comme il le dit : "Nos vœux sont d'une conception inhumainement dure. Ils sont le marteau et l'enclume grâce auxquels notre force est forgée."

— Vous avez évité ma question, dit Mattias. Vous connaissez le garçon ?

— Je ne sais absolument pas qui est le fils de dame Carla – ni avec qui elle a fauté. » Il prit un air déconfit. « Est-ce un membre de l'Ordre ?

— Le fils de la comtesse est né la veille de la Toussaint », dit Mattias.

Il avait décidé de ne pas révéler l'ascendance du garçon. Que l'inquisiteur, Ludovico, soit son père était une raison suffisante. L'affaire était déjà assez scandaleuse comme ça.

« Je ne compterais pas trop sur le fait que le garçon puisse connaître sa date de naissance, dit Starkey. Les Maltais sont une race primitive, insulaire et très pieuse. Que ferez-vous, si vous le trouvez ?

— Je les réunirai, lui et sa mère.

— Elle pourrait être très désagréablement surprise. La vie d'un porcher peut éradiquer tout vestige d'un sang noble.

— La comtesse a le cœur tendre.

— Et après cela ? Pourrons-nous toujours compter sur votre allégeance ?

— J'ai prouvé ma fidélité envers la Religion.

— Une réponse bien prudente, dit Starkey.

— À une question que d'aucuns prendraient pour une insulte mortelle », répliqua Mattias.

Starkey battit en retraite de bonne grâce… « Aucun homme n'est aussi haut que vous dans l'estime du grand maître.

— Alors je vais vous donner une raison de l'élever encore plus, et de m'envoyer à Mdina du même coup. »

Mattias désigna quelque chose derrière l'épaule de Starkey. Starkey se retourna. Ils regardèrent tous vers la pointe aux Potences, une langue de terre qui, avec le fort Saint-Elme, formait les mâchoires de l'entrée du Grand Port. Conformément aux prédictions de Mattias, Torghoud Raïs était arrivé avec sa flotte le 30 mai. Il avait installé ses canons de siège sur la pointe aux Potences, et ceux-ci canonnaient désormais Saint-Elme depuis l'est. D'ailleurs, pendant qu'ils regardaient, ces batteries lâchèrent une salve sur le fort enfumé.

« Les Turcs envoient trois cents boulets à l'heure sur le fort, dit Tannhauser, avant de désigner le chenal qui menait au Grand Port. Et les canons de Torghoud menacent vos barques de ravitaillement. Au lieu de tuer des porteurs d'eau et des chameliers, que la cavalerie de Copier fasse un peu un travail d'homme. Envoyez-moi à Mdina, et je guiderai une compagnie de ses chevaliers jusqu'à la pointe aux Potences.

— Votre audace m'étonne, comme toujours, dit Starkey.

— Et les passe-portes ? » demanda Mattias.

Un boulet de seize livres rugit hors du cavalier et Bors le regarda voler au-dessus de la baie. Il atterrit au milieu d'un groupe d'esclaves noirs qui prolongeaient une tranchée et, en rebondissant dans l'étroite fosse, il laissa un enchevêtrement de corps humains hurlants.

« Venez avec moi, dit Starkey, je vais vous établir

les papiers nécessaires. Je puis aussi vous expliquer où trouver le père de dame Carla, don Ignacio. Il est très malade, et peut être assez peu sympathique, mais si quelqu'un sait quelque chose du garçon, ce sera lui. »

Starkey se dirigea vers l'escalier. Mattias le suivit. Bors regrettait de perdre cette vue olympienne. « Votre Excellence », dit-il. Starkey s'arrêta. « Avec votre permission, je vais rester et diriger les tirs des canonniers. Je vois un bon nombre de boulets qui se perdent.

— Je vais donner des instructions aux équipes », dit Starkey en acquiesçant d'un mouvement de tête.

Mattias dit : « Aujourd'hui, c'est le sabbat musulman, et donc leur attaque sera inhabituellement violente. » Il prit Bors par l'épaule et désigna les redoutes turques sur le mont Sciberras. « Tu vois le grand turban blanc ? »

Bors balaya du regard les minuscules silhouettes prises dans les nappes de fumée. « Je vois un millier de turbans blancs.

— Il y en a un plus grand que les autres, pour indiquer un rang supérieur. La cape verte. Là, au-dessus de l'emplacement des six canons, les couleuvrines aux gueules de dragon. »

Bors, scrutant toujours le champ de bataille, s'arrêta quand il trouva un énorme turban blanc posé sur une silhouette en vert de la taille d'une épingle. « Je l'ai.

— C'est Torghoud Raïs. »

Bors sentit ses babines se retrousser.

« Il dort dans les tranchées avec ses hommes, dit Mattias. Il partage leur nourriture. Ils l'adorent. Sa mort vaudrait l'équivalent d'une division. Balance quelques boulets vers lui et le hasard fera peut-être le reste. »

Mattias se retourna et Bors lui prit le bras. « Bonne chance, mon ami.

— Dis aux femmes que je serai de retour demain dans la nuit. »

Bors regarda Starkey et Mattias descendre l'escalier du chemin de ronde et traverser le toit. Le cavalier cracha un boulet de seize livres et Bors se retourna pour suivre la trajectoire et évaluer les éventuelles corrections nécessaires. Il prit une grande inspiration, avec joie. Telle était la vie que Dieu lui avait donnée. Il se signa et remercia Jésus-Christ.

VENDREDI 8 JUIN 1565

Mdina

Dans la chaleur étouffante du jour qui déclinait, les rues tortueuses de Mdina rappelaient Palerme à Tannhauser. Les maisons étaient grandes, dans le style normand mais tristes, comme si elles avaient été construites par des gens qui craignaient trop leur propre importance. Au bout d'une ruelle aveugle qui donnait dans la rue Ferdinand, il trouva, comme indiqué, la casa Manduca. Il frappa et un majordome aux cheveux gris et au teint cireux qui avait peut-être soixante ans lui ouvrit la porte. Il portait un manteau bleu foncé en velours, sur lequel on avait récemment épongé des taches. Il avait l'aspect et l'odeur de quelqu'un qui quittait rarement le bâtiment. Il s'inclina comme si cela lui faisait mal au dos. Il fixait la poitrine de Tannhauser sans chercher à croiser son regard. D'étranges serviteurs servent d'étranges maîtres et Tannhauser se demandait ce qu'il allait trouver à l'intérieur.

« Capitaine Tannhauser, dit-il, pour don Ignacio. »

Le majordome le mena dans un hall où des lampes tremblotaient en éclairant de lugubres portraits de famille et des descriptions de martyrs dont aucun, aux yeux de Tannhauser, n'avait de grand mérite artistique. Ils passèrent devant un escalier obscur et un certain nombre de portes closes. Les tapis sous leurs pieds étaient mangés par les mites, les meubles austères et aussi lourds que le bâtiment lui-même. On aurait dit un mausolée, construit pour enterrer un fantasme de grandeur perdue. C'était ici que Carla avait grandi. Dans une tombe de piété provinciale, sombre et suffocante. Il imagina son tout jeune esprit se battant pour s'envoler de cette prison. Le sien étouffait déjà au bout de vingt pas. Il ressentait de la pitié pour la jeune fille qu'elle avait été et comprenait mieux les entraves qui la marquaient en tant que femme. Tannhauser n'était pas surpris qu'elle ne soit jamais revenue, et sa tendresse envers elle se fit plus profonde. Il ne pouvait s'empêcher de penser qu'en envoyant sa fille en exil, quelle que soit la cruauté du geste, don Ignacio lui avait rendu service.

Le majordome ouvrit une double porte laquée et se tint sur le côté, sans l'annoncer. L'air étouffant qui en sortit sentait le renfermé et une puanteur saturée d'urine, de flatulences et de pourriture s'en dégageait. Il emplit Tannhauser d'une irrésistible envie de fuir – fuir la solitude, le désespoir, la vie prolongée à un prix qui ne la valait pas. Il regarda le majordome. Même habitué comme il l'était forcément, le serviteur arborait l'expression d'un homme qui essaie de retenir une nausée intolérable. Il s'inclina et fit signe à Tannhauser d'entrer seul. Regrettant de ne pas avoir en main un brin de romarin à coller sous ses narines, Tannhauser entra comme s'il avançait dans un bain de vomi, et le majordome ferma les portes laquées derrière lui.

Un profond fauteuil prolongé d'un repose-pieds était placé dans la lumière que dégageait un grand feu de bois. Dedans, un homme était assis, son crâne aussi chauve et pâle qu'un asticot. Il était enveloppé dans une robe de chambre aux revers de fourrure, d'une couleur qui apparaissait brune à la lueur du feu. Un des revers de sa robe était couvert de mucosités provenant soit de la fente exsangue qui lui tenait lieu de bouche, soit de l'énorme lésion qui distordait ses lèvres et envahissait sa joue droite. Tannhauser n'aurait su le dire. La barbe blanche de l'homme était maculée et collée également. Le corps contenu dans la robe apparaissait aussi desséché qu'une plante privée d'eau, et les mains étiolées qui dépassaient des manches étaient constellées de grosses taches marron. Les yeux qui le scrutaient étaient noirs, avec des cercles jaunes autour des iris. Tannhauser n'aurait pas su dire si l'homme voyait bien, mais il sentait qu'il ne percevait guère plus que la lueur du feu. C'était don Ignacio Manduca. Tannhauser décida qu'il serait prématuré de se présenter comme le futur gendre de don Ignacio.

« Ne vous alarmez pas de mon affliction », dit don Ignacio. Il parlait italien avec l'accent local. Sa voix ne tremblait pas, ultime manifestation d'une force qui s'accrochait tout juste à l'existence. « Elle m'a été envoyée par Dieu pour me punir de mes péchés. Si je jurais contre son jugement, je perdrais les miséricordes du purgatoire, et je vous demande donc de l'accepter, comme je l'accepte. »

Tannhauser fit un pas plus avant et regarda à nouveau la lésion. C'était un cratère aux bords pourpres, au fond à vif et suintant, qui s'étendait du pendant de son oreille jusqu'au bord de sa narine, et de sa tempe jusqu'à l'angle de sa mâchoire. Sous cette dernière, son cou était enflé de tumeurs, comme si on avait enfoui une série d'œufs de caille sous sa peau.

Tannhauser dit : « Seuls les vaniteux craignent la laideur de la chair, don Ignacio. Et de tous les vices, la vanité est celui qui sied le moins à un homme.

— Bien dit, capitaine Tannhauser, bien dit. » Il louchait. « Tannhauser… Cela sonne comme un *nom de guerre*, si je peux le faire remarquer.

— Vous avez l'instinct d'un aventurier, répliqua Mattias.

— Un aventurier ? » Don Ignacio hocha la tête et grimaça de ce que Tannhauser pensa être du plaisir. « Oui, oui, même si vous ne pourriez pas le penser en me voyant maintenant. Dois-je croire que vous êtes recherché pour un crime commis dans un coin reculé de ce monde malade et plongé dans les ténèbres ?

— Pour de nombreux crimes, dans de nombreux coins. »

Don Ignacio se mit à rire comme un corbeau sur une charogne. « Eh bien, vous pouvez compter sur le sanctuaire de ces lieux. J'ai combattu pour Charles Quint à Tunis, il y a trente ans. Sous Andrea Doria. Je connaissais beaucoup de lansquenets à l'époque. N'ont-ils pas également mis Rome à feu pour Charles Quint ?

— Et emprisonné le pape dans ses propres geôles. »

Un autre rire de freux. « De braves combattants, les Allemands, mais juste aussi bons que leur paye est bonne. Est-ce que La Valette vous paye bien ?

— Le grand maître ne me paye pas.

— Alors c'est un idiot, mais ce n'est pas nouveau pour moi. Si vous voulez parler de vanité, parlez donc des chevaliers. La Religion. Bah. » Le mépris tordit un peu plus ses lèvres déformées. « On dirait que le Christ a été crucifié rien que pour eux. Et des Français par-dessus le marché, ou contrôlés par eux, plus ou moins. Il y a plus de vanité chez un Français que de mensonges hurlants au fond de l'enfer. Vous me pardonnerez mes blasphèmes, je le sais, parce que tous les Allemands ont le cœur impie. Trop de forêts et de terres sauvages dans leurs âmes. Mais les chevaliers me contrarient, à se pavaner sur notre île, à réformer notre politique à

329

leur convenance. Et ce, sans même demander la permission. Et je ne suis pas seul à avoir ces sentiments. Sans leur croisade, les Turcs nous auraient laissés tranquilles. Les corsaires, oui, nous leur avons damé le pion pendant cinq cents ans. Mais une armée capable de reconquérir Grenade ? » Il renifla, bava et passa une main tremblotante sur sa bouche. « Allons, je vous fais perdre votre temps. Comment un mourant peut-il aider la toute-puissante Religion ?

— Je ne suis pas envoyé par la Religion, dit Tannhauser, mais pour demander une faveur personnelle.

— J'apprécie la compagnie d'un gredin, et cela fait bien longtemps que cela ne m'était pas arrivé. Demandez ce que vous souhaitez.

— Je représente dame Carla, votre fille. »

Le visage grotesque se tourna vers lui, comme s'il essayait de distinguer les traits de Tannhauser dans l'obscurité. « Je n'ai pas de fille. » Sa voix fit le bruit d'un piège qui claque. « Je mourrai sans enfants et sans héritiers. Par Dieu ma lignée est éteinte, et je suis le dernier des Manduca. » Il désigna la maison au-dessus de lui. « Tout cela ira à notre mère l'Église, si Dieu veut qu'elle survive à cette invasion pour en profiter.

— Dame Carla ne cherche pas vos possessions, ni même votre reconnaissance.

— Votre dame Carla est une putain ! » Les lèvres couleur foie de don Ignacio se tordirent et des gouttes de phlegme malodorant suintèrent dans la fente. « Comme sa mère l'était avant elle. Quand on dit que le mariage est un pacte dont seule l'entrée est gratuite, c'est la vérité. »

Des veines semblaient se tordre sur son scalp floconneux, les tumeurs de son cou enflaient, et le cratère malfaisant luisait aux flammes de la cheminée, comme s'il était déjà enchaîné et hurlant dans l'un des plus bas cercles de l'enfer. Tannhauser attendait pendant que le vieil homme perçait ses propres furoncles.

« Pas une goutte de mon sang ne coule dans les veines de Carla. Son père était un chevalier d'Auvergne, un des purs et saints chevaliers – oh oui –, qui a fait des cabrioles dans mon lit pendant que je défendais l'empire. Et à peine Carla a-t-elle eu l'âge d'écarter les cuisses qu'un autre de ces glorieux frères est entré dans la brèche. Ils ont déposé leur graine sacrée entre deux visites au confessionnal. » Ses poings se serrèrent en forme d'araignée, les pouces et les index immobilisés par des difformités dues à la goutte. « Mes aïeux ont bâti cette maison en conquérants. En mon absence, on l'a changée en bordel. »

La nouvelle que Carla n'avait aucun lien de parenté avec cette créature était particulièrement bienvenue. Tannhauser dissimula le mépris de sa voix. « Carla sait-elle qu'elle n'est pas votre fille ? »

Don Ignacio planta un doigt noueux sur l'ulcère qui mangeait son visage, et sans nul doute son esprit avec. « Quelle est la cause de cette obscénité, à votre avis ? Des décennies de tromperie et de faux-semblants. De mensonges. De luxure et de mensonges. Et de honte et d'imposture et de fornication et de chuchotements moqueurs et de rires derrière mon dos. Non. Carla ne sait rien. »

Don Ignacio se pencha en avant avec un air plaintif. Il échangea sa répugnance morbide envers lui-même pour un tourment plus poignant. « Je l'ai élevée comme si elle était de moi, dit-il d'une voix proche d'un gémissement. Et pas seulement pour protéger mon honneur, mais parce que je l'aimais plus que tout autre être vivant. Demandez-lui de le jurer – sur la Vierge des chagrins – et elle vous en dira autant elle-même. »

L'homme semblait penser qu'il méritait un peu de sympathie, peut-être même de l'admiration.

Cet étalage ne pouvait que susciter une plus grande révolte encore chez Tannhauser.

« Et malgré tout cela, malgré tout mon amour pour elle, elle m'a trahi, moi et le nom que je lui avais donné, avec un fils de pute du Baptiste.

— Son amant n'était pas un chevalier de Saint-Jean, mais un prêtre dominicain.

— Chevalier, prêtre, dominicain, que la vérole soit sur eux tous ! »

Les cabotinages du vieil homme confirmaient à Tannhauser que lorsque l'infortune frappait les privilégiés, ils la supportaient avec bien moins de dignité et bien plus d'apitoiement sur eux-mêmes que ne le faisait le reste de l'espèce humaine.

« Dites-moi, Votre Excellence, quel fut le destin de l'enfant de Carla ? Son fils. Quel était son nom ? qui l'a élevé, et où ? »

Les yeux d'Ignacio brillèrent de malice. « Ainsi, sa conscience la démange enfin. Croyez-moi quand je vous dis qu'il vaut mieux que ma fille ne le sache jamais. »

Tannhauser soupira et se gratta le front. La chaleur et la puanteur étaient étouffantes. « Je suis aussi impatient qu'elle de retrouver cet enfant, dit-il. Je vous demande cette faveur par simple courtoisie envers moi. »

Don Ignacio arbora un regard salace dégénéré, rendu plus grotesque encore par sa difformité. « Ainsi elle vous a aussi ouvert ses cuisses. »

Tannhauser le saisit tout à coup par les revers en lapin de sa robe de chambre et le souleva du fauteuil. Sous le lourd velours, il était encore plus décharné que Tannhauser ne s'y attendait et il vola dans les airs avec un gémissement outragé. Tannhauser le fit plonger dans le foyer et serra son cou, son propre estomac se retournant en sentant les œufs des tumeurs rouler sous ses doigts. L'air offusqué de don Ignacio cessa et se changea en terreur quand Tannhauser poussa son visage malade à quelques pouces des flammes qui pétillaient dans l'âtre. Le fond rose cru du cratère se vitra et ses suppurations éclatèrent comme des bulles sous la chaleur. Don Ignacio hurla.

« Espèce de vieux cocu dégoûtant. Dis-moi comment trouver le garçon, fumier, ou cette nuit va être très longue, même pour toi. »

Le vieil homme cria dans les flammes qui roussissaient ses sourcils.

« Le garçon est mort ! »

Tannhauser le souleva et le flanqua à nouveau dans son fauteuil. Sa main était collante du dépôt gluant de la robe. Il l'essuya sur la moitié intacte du visage de don Ignacio. La peau en était si fragile qu'il la sentit presque se déchirer. Tandis que le vieil homme cherchait à reprendre son souffle, Tannhauser se pencha sur lui, une main sur chacun des accoudoirs.

« Comment le sais-tu ? »

La fente qui était sa bouche s'ouvrit et se referma. « On l'a emmené en mer dans une barque et enfermé dans un sac et… » Il s'arrêta en sentant qu'il était très proche d'une nouvelle torture. « Il n'était pas le premier. Le fond de la mer est couvert de bâtards !

— Vous avez fait croire à Carla que le garçon avait été abandonné comme un enfant trouvé. Pourquoi ?

— Je lui aurais dit la vérité et elle aurait hurlé à l'infanticide… »

Tannhauser se retint de frapper le vieil homme en plein ventre. « Vous n'avez pas assez de cran pour avoir commis un tel exploit vous-même. Qui avez-vous envoyé pour accomplir ce crime affreux ?

— La première fois que j'ai été trahi, à la naissance de Carla, j'ai ravalé ma fierté. J'ai supporté les chuchotements et les regards baissés dans les rues. La deuxième fois… » Le souvenir d'une rage intolérable lui étouffa la suite dans la gorge.

Tannhauser se souciait peu de l'âme du vieillard. Il alla pour le saisir à la gorge, puis se souvint des œufs glissants et flanqua un grand coup dans le ventre décharné.

« Dites-moi ! Qui avez-vous envoyé ?

— Mon majordome. Ruggiero. »

La porte à deux battants s'ouvrit et le majordome apparut sur le seuil. Il observa Tannhauser, et la terreur de son maître, sans émotion discernable.

« Son Excellence m'a appelé ? »

Tannhauser se redressa et tourna le dos au vieux comte tordu de douleur pour s'avancer vers le majordome. Ruggiero fit deux pas en arrière. Tannhauser referma la porte sur le bouge derrière lui.

« Ruggiero… »

Ruggiero rentra la tête. Des décennies de servitude rampante avaient rendu l'homme indéchiffrable, et l'avaient peut-être purgé de tout sentiment humain.

« Tu sers un monstre, dit Tannhauser.

— Messire, vous êtes un brave et vigoureux soldat. En conséquence, ne servez-vous pas également des monstres ? »

Tannhauser le plaqua contre le mur. « Ne joue pas sur les mots avec moi, esclave. Je représente dame Carla, dont tu dois trop bien te souvenir dans les heures les plus sombres de tes nuits. »

Ruggiero cligna des yeux, mais à part cela l'habituelle fadeur de son expression ne changea pas. « C'était toujours un plaisir de servir la jeune comtesse.

— En assassinant son enfant nouveau-né ? »

Le tressaillement de surprise fut bref et uniquement perceptible dans les yeux de Ruggiero. Il essaya de s'extirper du mur. « Avec votre permission ? »

Tannhauser le considéra, puis recula.

Ruggiero prit une lampe sur une console. « Venez avec moi, messire, s'il vous plaît. »

Tannhauser suivit Ruggiero dans un corridor, puis dans un escalier étroit qui menait à une série de passages et à d'autres marches, jusqu'à être certain qu'il lui faudrait une heure pour retrouver son chemin. La pensée du sac jeté à la mer serrait sa gorge d'amertume et emplissait son cœur d'échos de ses propres crimes infâmes – motifs de sa démission des *agha boluks* – car la remarque du majordome avait touché juste. Il avait, lui aussi, servi des monstres. Un troisième escalier et une porte que Ruggiero déverrouilla les menèrent à une vaste pièce aux fenêtres à petits carreaux. Il se dit que ce devait être les quartiers privés de Ruggiero. Un lit, une armoire, un fauteuil et, sous les fenêtres, un bureau. Une petite madone de pierre blanche. Les piètres récompenses d'une vie de servitude. Ruggiero posa la lampe et se servit d'une clé pour ouvrir un tiroir dans le bureau. Tannhauser regarda dedans. Vide, il ne contenait qu'un morceau de papier, plié plusieurs fois et scellé à la cire rouge. Ruggiero sortit le document et se retourna.

« Vous savez lire ? » demanda-t-il.

Tannhauser s'empara du document et étudia le sceau à la lueur de la lampe. Son sceau ne signifiait rien pour lui, mais il était intact. Deux lignes d'écriture étaient emprisonnées sous la cire. Il brisa le sceau avec soin et gratta la cire avec l'ongle de son pouce. La première ligne disait : *Ma donna della Luce*. La seconde précisait une date : *XXXI Octobris MDLII*.

La veille de la Toussaint. 1552.

Tannhauser eut soudain la bouche sèche et il déglutit. « Madonna della Luce, dit-il. Le nom d'une église ?

— Ici, à Mdina », approuva Ruggiero.

Tannhauser déplia le papier. Une longue missive en latin, tracée d'une belle écriture. Il s'arrêta au premier mot, le cœur battant. Il continua. Il reconnut Père, Fils et Saint-Esprit. *Domine*. Un nom : Orlandu. Un autre : Ruggiero Pucci. En bas, il y avait une signature.

Son regard fut à nouveau attiré par le premier mot : *Baptizo*.

Il fixa Ruggiero dans les yeux. La culpabilité les écarquillait. Et la peur aussi. Tannhauser lui rendit le document. « Mon latin est inégal. »

Ruggiero ne prit pas la lettre. À la place, il la récita de mémoire.

« Baptisé ce jour, 31 octobre 1552, un garçon, Orlandu, comme en témoigne Signor Ruggiero Pucci, son tuteur. » Sa voix se chargea d'émotion et il toussa pour le cacher. « Entendez nos prières, Seigneur Dieu, et veillez sur votre serviteur, Orlandu. Que la force ne lui fasse jamais défaut car nous avons tracé sur son front le signe de la croix du Christ. » Ruggiero s'éclaircit à nouveau la gorge. « C'est signé par le père Giovanni Benadotti. »

Tannhauser attendait le reste de l'histoire.

« Je sers don Ignacio depuis que je suis enfant. Je lui dois tout ce que je suis. Quand il était jeune homme, il était pur, charitable et juste, avec le cœur le plus généreux.

— Je ne suis pas ici pour pleurer la perte de grâce de ton maître.

— Puis-je m'asseoir ? »

Tannhauser lui désigna le fauteuil et s'appuya sur un coin du bureau. Ruggiero reprit son souffle.

« Don Ignacio était possédé du démon cette nuit-là – la nuit où l'enfant est né. Peut-être le possède-t-il encore... Quand je suis sorti par la porte de derrière avec le bébé dans les bras et avec, dans la poche, le sac qui devait lui servir de linceul, j'avais l'intention d'exécuter les ordres de mon maître. Comme j'avais toujours exécuté tous ses ordres. » Il hésita.

« J'ai eu ma part d'obéissance à des ordres monstrueux, dit Tannhauser. Continue.

— Le garçon n'émettait pas un son, comme s'il savait ce que sa naissance entraînait, et cela me brisait le cœur encore plus que s'il avait crié sans cesse. Je ne pouvais me résoudre à l'expédier dans les limbes, qui, même s'ils manquent de flammes, sont un des cercles de l'enfer. Je l'ai emmené chez le père Benadotti à l'église de Notre-Dame-de-Lumière pour qu'il soit accueilli dans le temple du Christ. Le baptême lui assurerait la vie éternelle. Je me suis présenté comme parrain de l'enfant, car il n'y avait personne d'autre pour répondre de lui, et quand il a été oint du saint chrême, mes larmes sont tombées sur le visage de l'enfant. C'est à ce moment que Benadotti a compris mon but. Il n'a proféré aucune accusation, mais il me regardait comme si... »

Ruggiero serra convulsivement ses mains jointes. Il poursuivit.

« Je ne parvenais pas à regarder le prêtre dans les yeux. Quand le rite fut achevé, il m'emmena dans la sacristie et inscrivit le nom du garçon dans le registre de la paroisse, puis prépara le document que vous tenez. Il me le fit lire, puis le scella, et le mit sous clef. Il me dit que, une fois qu'il aurait l'assurance que l'enfant était en de bonnes mains, je pourrais revenir chercher son certificat de naissance. Sinon, ce certificat servirait de preuve d'un crime monstrueux. »

Tannhauser regarda à nouveau la signature. « Le garçon était baptisé, le prêtre avait agi avec décence et sagesse. Et ensuite ?

— Je suis tombé à genoux et j'ai imploré son pardon pour le meurtre que j'avais dans le cœur, mais Benadotti a refusé de me confesser. Il m'a donné le nom d'une femme dans le Borgo. Elle me trouverait une nourrice, si j'y étais sensible. Si je ne l'étais pas, je ne pourrais jamais plus pénétrer dans son église car, tout aussi certainement, et quelle que soit la pénitence que je payerais, je n'aurais plus jamais le droit d'entrer au royaume des cieux. »

Tannhauser faillit le saisir par le col. « Tu as épargné le garçon ?

— Je l'ai emmené dans le Borgo cette même nuit. »

Tannhauser avait été si près d'abandonner tout espoir que cette nouvelle le laissa presque sans voix. Mais il voulait en savoir plus. « Quel est le nom de la famille qui l'a adopté ?

— Boccanera.

— Et ils l'ont élevé ? »

Ruggiero baissa la tête. « Le père travaillait aux chantiers navals, jusqu'à ce qu'il soit écrasé en carénant une galère.

— Tu sais encore quelque chose sur le garçon ?

— Je l'ai vu pour la dernière fois lorsqu'il avait sept ans, quand l'accord passé pour ses frais d'entretien s'est achevé, un traitement que j'ai fourni de ma propre poche.

— Orlandu Boccanera, dit Tannhauser. Donc, le mieux que tu saches, c'est qu'il est encore en vie et dans le Borgo ? »

Ruggiero acquiesça. Tannhauser prit la statue de la Madone sur le bureau et la colla dans les mains de Ruggiero. « Tout ceci, tu le jures sur la Sainte Vierge, et sur ta vie, que tu perdras, et qui sera damnée si tu mens.

— Tout ceci, dit Ruggiero, je le jure sur le sang du Christ.

— Orlandu Boccanera. » Tannhauser murmura à nouveau le nom comme si c'était un charme. « Tu n'as jamais dit à la comtesse ce que tu avais fait. Pourquoi ?

— Le temps que je place le bébé chez Boccanera et que je revienne du Borgo, dame Carla était partie, sur une galère pour Naples. Le contrat de mariage était déjà scellé. Je ne l'ai jamais revue. Mon maître don Ignacio préfère les choses bien faites.

— Effectivement. »

Tannhauser pensa à Carla et son cœur en fut transpercé. Entassée dans une galère puante tout en étant encore déchirée et épuisée par l'accouchement. Toujours effondrée par le chagrin et l'ignominie, et bannie vers les terreurs inconnues d'une terre lointaine. À seulement quinze ans. Ce n'était pas la première fois que Tannhauser remarquait la violence et la cruauté dont étaient capables les Francs envers leur propre famille, surtout quand on en venait à la honte et à l'honneur de la famille. Les incartades sexuelles les menaient à la folie. Au meurtre. Tannhauser n'était pas exactement délicat quand on en venait aux actes de cruauté, mais celui-ci lui faisait bouillir les sangs. Un stratagème lui vint soudain à l'esprit.

« Bon, dit-il. J'aime également que les choses soient bien faites. »

Ruggiero se rétrécit dans son fauteuil.

« En tant que majordome de cette maison, es-tu familier avec toutes les affaires de don Ignacio ? Ou au moins les comptes, le paiement des loyers et ce genre de choses ?

— Je suis au courant de tout, messire. Sa grâce dépend entièrement de moi.

— Et tu as les talents et le savoir pour rédiger un document légal simple, disons à la manière d'un testament sur un lit de mort – des dernières volontés –, dans lequel le comte pourrait établir clairement ses souhaits pour les dispositions de tous ses biens terrestres ? »

Ruggiero le fixait, stupéfait.

« Tu as perdu ta langue ? fit Tannhauser.

— Oui, je pourrais rédiger un tel document.

— Et il ferait force de loi ? Je veux dire, pourrait-il tenir face aux avocats de l'Église ?

— Je ne peux pas le dire avec certitude. Le testament, au minimum, requerrait un témoignage, d'un gentilhomme de bonne réputation.

— Tu l'as devant toi. »

Ruggiero se tourna dans son fauteuil. « Alors, je dirais qu'un tel document aurait au moins une bonne chance de reconnaissance légale, qui dépendrait de l'habileté de ses avocats.

— On s'occupera de passer ce pont plus tard. » Tannhauser agita le certificat dans sa main. « Une fois que tu avais récupéré ceci, la menace du prêtre ne courait plus. Pourquoi l'avoir préservé avec un tel soin ?

— J'espérais que ma dame Carla reviendrait un jour.

— Tu n'as jamais pensé à lui écrire ?

— Souvent. » Ruggiero se courba sous le regard de Tannhauser. « J'avais trop peur. De réveiller le scandale. Et de l'angoisse de don Ignacio. De sa rage. »

Tannhauser se remémora la créature pourrissant près de son feu dans les étages en dessous. « Je ne peux te blâmer pour cela, dit-il. Sache que Carla est ici. Dans le Borgo. »

Ruggiero se leva d'un coup, comme si elle venait d'entrer dans la pièce en chair et en os.

« Elle a une dette envers toi, dit Tannhauser, et moi aussi, maintenant. »

Il replia le certificat et sortit sa petite boîte de nacre. Il l'ouvrit et fit tomber deux pilules de Grubenius dans sa paume. Elles brillaient, huileuses et pailletées de jaune à la lumière de la lampe. Ruggiero les regardait.

« Ces pierres sont la médication la plus puissante du monde. Opium, extraits d'or, de minéraux, et décoctions connues seulement des sages. Elles bannissent la douleur et apaisent le plus tourmenté des esprits, qu'elles imprègnent du plus aimable caractère. Pourtant, à haute dose, elles sont fatales à la plus robuste constitution. Si un homme était malade et fragile, et souffrait d'intolérables douleurs, elles lui porteraient secours. Et qui se questionnerait sur les dernières volontés d'un tel homme, surtout si son testament léguait toutes ses possessions à sa fille bien-aimée ? »

Ruggiero entrevit la justice de ce plan ; pourtant, les vieilles loyautés s'accrochaient. Il ne répondit pas.

« Contesterais-tu un tel testament ? demanda Tannhauser.

— Non, dit Ruggiero.

— Bien, fit Tannhauser, alors prends une plume et du papier. » Il mit le certificat dans sa poche. Il voulait voir le visage de Carla quand elle le lirait. « Plus tard, dit-il, tu pourras aller chercher un prêtre pour don Ignacio. Une âme aussi noire que la sienne aura besoin de tous les derniers sacrements que l'Église peut offrir. »

SAMEDI 9 JUIN 1565
La pointe aux Potences

La lune avait disparu et ils avançaient à la lueur des étoiles en suivant les pas de leur prudent guide maltais. Ils menaient leurs montures à pied, harnachements emmitouflés, en suivant des sentiers à moutons dans des défilés traîtres. Dans le ciel au-dessus des crêtes, la queue du Sagittaire leur indiquait leur chemin vers le sud. Ils quittèrent le haut pays et virèrent vers l'est en suivant l'œil de la Gorgone vers la côte. Ils ne rencontrèrent pas de patrouilles turques. Aucun homme ne parlait. C'était une affaire bizarre, se dit Tannhauser, que de voyager en compagnie de tueurs dont on ignore le nom, surtout en pleine nuit. Le poids de l'or autour de son poignet le rassurait : « Ni pour la richesse, ni pour l'honneur, mais pour sauver mon âme. » Dans sa poche, le certificat du prêtre l'encourageait. Dans la froidure précédant l'aube, il menait trente-cinq chevaliers commandés par le chevalier de Lugny vers la crête du mont San Salvatore. Ils s'arrêtèrent pour regarder la perspective qui s'étendait devant eux.

Une brume superficielle s'étendait sur les basses terres. Dans cette vague pâleur, à moins d'un demi-mille de distance, rougeoyaient les braises des feux de camp de la pointe aux Potences. Un seul feu brillant marquait le périmètre, et Tannhauser imaginait les sentinelles qui se réchauffaient les mains en parlant de chez eux. Les chevaliers ne portaient qu'une moitié d'armure et pas de bouclier. Leur monture n'était pas caparaçonnée d'armure. Les moines guerriers descendirent de cheval et allongèrent leurs étriers pour la charge. Pour que leurs montures gardent leur calme, ils leur couvrirent la tête d'écharpes de soie et leur firent descendre la colline jusqu'à la baie de Bighi. À moins de mille pieds du feu de garde, ils s'arrêtèrent, dans la brume jusqu'aux genoux, comme une compagnie de goules récemment arrivées d'un quelconque monde inférieur, et, avec de nombreux regards impatients vers l'horizon oriental, ils déchargèrent leurs armes. L'eau de la mer était trop noire pour être visible et dans le cercle de leur silence le doux rythme de ses vaguelettes paraissait très fort. Comme il y avait encore du temps à tuer, les chevaliers s'agenouillèrent près de leurs montures, les rênes passées autour de leurs coudes. Ils se signèrent, inclinèrent leurs têtes vers les poignées de leurs épées et leurs lèvres remuèrent d'inaudibles prières au-dessus de la brume.

Ils restèrent ainsi en génuflexion jusqu'à ce que la première annonce de l'aube soit signalée par un chant d'oiseau. Le ciel indigo fit émerger une grande traînée de violet de l'horizon lointain et, comme le violet s'éclaircissait doucement en lilas et mauve, les chevaliers firent à nouveau le signe de croix et se relevèrent. On enleva les écharpes de soie, les chevaux soufflèrent à travers leurs naseaux et martelèrent le sable de leurs sabots, et les étriers et les harnais grincèrent tandis que les chevaliers remontaient en selle et nouaient leurs rênes courtes. Ils roulèrent leurs épaules, s'étirèrent et remuèrent leurs coudes pour libérer les joints graissés de leur équipement. Dans la lumière incertaine, leurs visages étaient aussi dénués de pitié que tous ceux que Tannhauser avait vus. Le terrain en face d'eux était plat comme un parquet de danse, tacheté de touffes d'herbe parcheminée et sans rocher ni bosquet en vue pour faire obstacle à leur promenade.

Ils s'alignèrent en triangle, en profondeur, avec Lugny et Escobar de Corro en leur centre, et de quelque part dans le lointain parvint l'écho fantomatique et funèbre d'un chant :

Allahu Akabar
Allahu Akabar
Allahu Akabar.

Lugny leva sa lance et les chevaliers se mirent en marche et prirent de la vitesse. Contrairement à l'ennemi qui montait des chevaux arabes et barbes, courts et légers, les chevaliers montaient d'énormes bêtes, mélanges de races nord-européennes et andalouses, élevées pour leur force capable de porter deux cents livres en chargeant et entraînées pour être aussi assoiffées de sang que leurs maîtres. Tannhauser se tenait sur le rivage et caressait la tête de Buraq en les regardant partir. Il avait rempli son rôle et n'avait aucun appétit pour la bagarre, et encore moins pour une blessure. Malgré cela, c'était un spectacle à ne pas manquer. Il monta en selle, dégaina son cimeterre et regarda du haut de sa selle.

À cinq cents pieds de là, les cavaliers formés en un coin furieux étaient au grand galop et rien sur terre ni au-dessus n'aurait pu les rappeler. Il vit l'orbe du soleil levant émerger sur la carapace de la pointe, et, dans la lumière oblique qui traversait la langue de terre, les casques et les plaques dorsales des cavaliers luisaient d'un rose iridescent. Ainsi parés des couleurs criardes du jour naissant, ils fondirent sur le campement et attaquèrent les défenseurs engourdis de sommeil avec un appétit enflammé par la droiture et la haine.

Des formes humaines paniquées se dressaient et étaient immédiatement renvoyées à terre. Des masses d'armes tournoyaient et matraquaient, et des lances traversaient la chair nue, et des haches se levaient et retombaient au milieu de soudaines giclées. Les lames des épées volaient en rouge au-dessus des armures rosées. Un immense vacarme de mules terrifiées, de cris d'alarme, de hurlements de mort et d'ordres inutiles, rompit le cristal du matin, et au milieu des clameurs et des gémissements on pouvait entendre les noms de Jésus-Christ et de Jean-Baptiste, d'Allah et du Prophète, et, comme toujours quand les hommes rencontrent leur Créateur dans des circonstances horribles, le mot « mère », en différentes langues, sorti des bouches de fils qui ne les reverraient plus jamais.

Tannhauser donna un coup de talon et lança Buraq au trot.

Comme il atteignait le périmètre du feu de veille, dans lequel reposaient les entrailles fumantes et pourpres d'un cadavre éventré, deux rescapés cherchaient à s'éloigner du carnage en courant. Voyant le turban blanc de Tannhauser, son caftan vert foncé et son cheval mongol doré, ils coururent vers lui, aveuglés par l'espoir d'être sauvés. Ils avaient l'air de Bulgares ou de Thraces, étaient sans casques, et leurs yeux roulaient dans leurs orbites comme ceux des fous. Ils étaient à peine plus que des adolescents. Mais même s'il avait été enclin à la pitié, il ne pouvait pas les laisser le reconnaître un jour, ailleurs. Il tua le premier d'un seul coup alors qu'il s'agrippait à la bride de Buraq, et du sang chaud éclaboussa le poitrail de l'animal pendant qu'il le faisait virer sur le côté. Il ouvrit le cerveau du second par-derrière alors qu'il abandonnait son camarade et fuyait comme du gibier condamné. Devant, les cavaliers de Lugny avaient balayé le camp jusqu'aux sept canons de siège en bronze qui commandaient la baie, et ils faisaient demi-tour pour un second passage, dans une envolée de sable projeté par les sabots. Tannhauser arrêta Buraq et essuya le sang de sa lame pendant qu'il était encore humide, puis il regarda l'entreprise sanglante des chevaliers tirer à sa fin.

Des soixante-dix et quelques artilleurs et servants, la plupart étaient morts ou gisaient gravement blessés. Le reste essayait de fuir, invoquait Allah, ou répondait aux appels de leur commandant, qui brandissait un étendard au croissant rouge près de sa tente couleur safran. Chacun de ces choix eut un résultat similaire. Les chevaliers de Lugny, leurs coursiers à moitié épuisés par la charge, retraversèrent le camp au petit trot et massacrèrent les musulmans un par un. Leurs armes et leurs harnachements étaient maculés de sang et de cervelle. Leurs montures de guerre s'ébrouaient, cognaient des côtes d'un coup d'épaule, écrasaient des crânes avec leurs sabots couverts de fer et coupaient des mains et des doigts avec leurs grandes dents carrées. Le commandant du camp et sa garde furent embrochés à la lance comme un troupeau de cochons et tandis que l'étendard turc était triomphalement brandi vers le ciel, quelques chevaliers mirent pied à terre pour fouiller les ruines en quête de trophées et achever les blessés gémissants là où ils étaient.

Tannhauser fit avancer Buraq dans les décombres. Il se pencha sur son cou pour lui murmurer un *gazel*, car l'animal était gentil et peu habitué à la puanteur des conséquences d'une bataille. Comme ils avançaient vers la tente safran, les prières des blessés furent réduites au silence, une par une, jusqu'à ce que seul le son de la victoire demeure. Les chevaliers, si durs d'habitude, étaient euphoriques de leur succès complet, et des sourires étincelaient un peu partout, pendant que des remerciements joyeux étaient adressés aux saints et que des plaisanteries grossières fusaient à propos d'un corps démembré ou d'une tête tranchée. Pourtant cela ne troublait en rien l'efficacité dont ils usaient pour accomplir leur tâche. Ils massacrèrent les mules capturées en troupeaux criards et firent éclater les barils d'eau potable. Sur la berge de la baie, ceux désignés pour démolir les affûts d'artillerie et pour planter des clous dans les canons travaillaient comme un seul homme. D'autres roulaient vers les hauts-fonds les tonneaux de poudre à canon, entassés çà et là en abondance, ouverts à coups de hache pour que leur contenu se répande dans l'eau. Des sacs de farine et des provisions, en tonneaux ou en balles, suivaient le même chemin, jusqu'à ce que la plage ressemble aux épaves d'une catastrophe maritime. Et tout ceci sans jamais se servir de feu, même si cela eût été plus rapide, car une longue chevauchée les attendait pour rentrer à Mdina et leur nombre était très réduit.

Par endroits le sol était encombré d'entrailles et maculé de sang ; Buraq renâclait de dégoût et Tannhauser l'écartait pour les éviter, tout en cherchant le chevalier de Lugny. En faisant le tour des massacrés qui avaient livré leur dernier combat autour de la tente safran, Tannhauser aperçut un mousquet de neuf paumes sur le sol. Son amorce fumait encore. Sa crosse était aplatie sous le cadavre de son propriétaire. Le métal bleu nuit du canon damasquiné, qui semblait luire du fond de sa propre substance, et les arabesques de fils d'argent dont le bois était marqueté annonçaient le travail d'un maître armurier. Il repéra son emplacement dans les ruines et rejoignit Lugny qui, en selle, donnait des ordres à Escobar de Corro. Corro posa quelques questions que Tannhauser n'entendit pas.

« Retournez au Borgo immédiatement, dit Lugny, et emportez ça. » Il tendit à Corro l'étendard au croissant rouge. « Cela leur remontera le moral. »

Lugny se tourna vers Tannhauser en inclinant la tête.

« Une bonne matinée de travail, capitaine Tannhauser, dit Lugny. L'angélus n'a pas encore sonné et nous n'avons même pas un blessé. Acceptez mes compliments de la part du maréchal Copier.

— Ne traîne pas trop, dit Tannhauser. Quand la batterie n'ouvrira pas le feu, Torghoud comprendra ce qui se passe et il enverra des spahis en espérant vous prendre en embuscade.

— Qu'il le fasse », ricana Escobar de Corro.

Tannhauser lui jeta un regard, mais n'exprima pas son opinion. « Avec votre permission, je m'en vais. »

En guise de salut, Lugny leva une épée luisante de sang. « Avec la bénédiction du Seigneur. »

Tannhauser revint sur ses pas, s'arrêta et sauta à terre. Il s'empara du mousquet damasquiné, qui de plus près était encore plus beau qu'il ne le supposait. Il arracha au cadavre un sac de balles et un flacon de poudre. Le mort était un jeune aux traits d'une exquise beauté. Il avait reçu un coup de lance à la base du crâne. Dans son turban était accrochée une rangée de rubis sertis d'or blanc. Il s'en empara aussi. Il remonta en selle et, en accrochant le mousquet le long de sa cuisse, il surprit le regard qu'Escobar de Corro jetait au long canon bleuté, comme si c'était un trophée qu'il avait repéré pour lui-même. Il regarda Tannhauser dans les yeux et Tannhauser s'arrêta pour lui laisser sa chance ; mais Escobar ne dit rien et Tannhauser fit volter son cheval, aussi impatient que lui de quitter la puanteur de ce champ de massacre. Le soleil avait quitté l'horizon et ils filèrent vers lui. D'ici à la nuit, il espérait trouver le bateau qui l'emmènerait loin de cette île de fanatiques et de fous. Il caressa le cou de Buraq avec une soudaine pointe d'angoisse.

En turc, il dit : « Je ne pourrai pas t'emmener avec moi, mon vieil ami, mais à qui vais-je te laisser ? Aux chrétiens ou aux Turcs ? »

SAMEDI 9 JUIN 1565
L'Infirmerie sacrée – L'auberge d'Angleterre

Carla trempa une cuiller d'argent dans un bol d'argent et leva une cuillerée de bouillon jusque devant les lèvres du pauvre homme. Il les entrouvrit, prit le bouillon et l'avala, sans faim ni joie, car il était au-delà de telles sensations, mais comme par sens du devoir et, elle s'en rendit compte, pour lui plaire. Il s'appelait Angelu, pêcheur de métier, qui n'irait plus jamais en mer, car il était désormais aveugle et ses mains ressemblaient à des morceaux de cire décolorée dans lesquels on aurait enfoncé des morceaux de brindilles.

Comme des vingtaines d'autres blessés graves, il avait été évacué du fort Saint-Elme après un assaut turc de huit heures que seule la nuit avait interrompu. La tête d'Angelu avait été éclaboussée par un jet de feu grégeois que ses camarades destinaient aux Turcs. En arrachant la gelée incendiaire de son crâne en feu, il avait grillé ses deux mains jusqu'aux os. Il était assis, recroquevillé dans un fauteuil, la position la moins agonisante qu'il ait trouvée. Son cuir chevelu cramé était comme une touffe obscène et ravagée, tirée par-dessus ses oreilles sur sa voûte crânienne, et il dégageait une odeur corrompue qui surpassait tous les onguents et les lotions qu'on lui appliquait. Angelu avait déjà reçu l'extrême-onction et le père Lazaro ne s'attendait pas à ce qu'il survive une nuit de plus. Carla ne croyait pas qu'Angelu le désirait.

Ce matin-là, Lazaro l'avait emmenée à l'Infirmerie sacrée. Carla avait demandé à servir et pourtant elle était emplie de peur. Peur de son manque de talent et de savoir, des frères au visage de marbre, de l'hôpital lui-même qui ressemblait à une forteresse. Une partie d'elle-même souhaitait ne s'être jamais plainte de son inutilité. Elle la méprisait, mais pourtant les jours passés à ne rien faire s'écoulaient vite. Facile de contempler le monde jusqu'à ce que le coucher de soleil jette un voile dessus. Facile de rêver sans se souvenir de quoi. Lazaro l'avait accompagnée jusqu'à l'Infirmerie comme s'ils allaient au gibet. Telle avait été, du moins, son impression. En fait c'était quelque chose de plus décourageant encore.

La salle principale de l'hôpital faisait deux cents pieds de long, avec une rangée de fenêtres masquées de volets sur son côté sud. L'entrée voûtée était encadrée de pierre de Malte. Au-dessus de l'arche était gravé *Tuitio fidei et obsequium pauperum*, la devise de l'Ordre qu'elle comprit comme « Défenseurs de la foi et serviteurs des pauvres ». Deux rangées de cinquante lits se faisaient face de chaque côté de l'allée centrale. Chaque lit avait un baldaquin à rideaux rouges au-dessus de sa tête, avec un bon matelas et des draps fins. Armures, vêtements et armes étaient rangés dessous. On servait leur repas aux patients dans de la vaisselle en argent, car les moines faisaient grand cas de la pureté. Le sol était dallé de marbre et lavé à grande eau trois fois par jour. Du bois de Tyr brûlait dans des encensoirs pour purifier l'air, masquer la putréfaction et chasser les mouches. Tout au fond de la salle se dressait un autel où la messe était célébrée deux fois par jour et derrière lui était accroché le Christ en croix. Sur le mur qui faisait face aux fenêtres était suspendue la précieuse bannière sous laquelle les chevaliers avaient abandonné leur place forte de Rhodes. Elle montrait la Vierge et l'Enfant Jésus au-dessus de la légende : *Afflictis tu spes unica rebus*.

« En tout ce qui nous afflige, tu es notre seul espoir. »

Le père Lazaro affirmait que c'était le meilleur hôpital du monde, avec des chirurgiens et des médecins à l'avenant. « Nos seigneurs les malades, disait Lazaro, reçoivent gratuitement tout ce que nous pouvons leur donner. C'est ici, dans l'Infirmerie sacrée, qu'on peut trouver le vrai cœur de la Religion. »

L'encens entêtant, les murmures des prières, la concentration révérencieuse des moines allant de lit en lit pour laver, nourrir et panser les blessures de leurs seigneurs, donnaient à l'hôpital l'atmosphère d'une chapelle, et induisaient un sens de la tranquillité inimaginable autrement au milieu de tant de souffrances. Cela permit également à Carla de maîtriser l'horreur de sa première rencontre.

Après le flot de blessés des jours récents, la salle était presque pleine. Même si nombre de cadavres étaient emportés de leurs lits à chaque aube, et que les blessés étaient renvoyés dès que leurs jours n'étaient plus en danger, l'espace allait vite manquer. Comme Angelu, la plupart des patients étaient de jeunes hommes de la milice maltaise ou des *tercios* espagnols. Peu d'entre eux demeureraient entiers. Lazaro et ses collègues avaient procédé à de nombreuses amputations et trépanations, et, du mieux qu'ils le pouvaient, avaient réparé les terrifiantes blessures faciales qui abondaient. Ceux qui étaient transpercés ou frappés d'une balle dans le ventre étaient allongés raides comme des planches et viraient lentement au gris dans l'agonie de la mort. Ceux qui étaient affligés de monstrueuses brûlures étaient ceux qui souffraient le plus. Du lointain, derrière les murs protecteurs, parvenait le grondement permanent du canon.

À son arrivée, elle devait se laver les mains et les pieds au lavatorium, et passer des chaussons pour ne pas transporter la poussière des rues, car la propreté plaisait à Dieu. Il lui était interdit de toucher une blessure ou un vêtement quelconque. Elle pouvait servir la nourriture, du vin et de l'eau, mais ne pouvait pas laver les patients. S'ils avaient besoin de vider leur vessie ou de déféquer, elle devait en informer un des frères. Si elle remarquait un saignement nouveau, une fièvre ou une éruption de boutons, elle devait en informer un des frères. Si un homme demandait la confession, ou la sainte communion, ou semblait proche de la mort, elle devait en informer un des frères. Elle était tenue de parler d'une voix faible et douce. Elle devait, autant que cela était possible, encourager nos seigneurs à prier, non seulement pour leurs propres âmes, mais pour la paix, la victoire, le pape, la libération de Jérusalem et de la Terre sainte, le grand maître, les frères de l'Ordre, les prisonniers aux mains de l'islam, et pour leurs propres parents, qu'ils soient morts ou vivants. Parce que les malades étaient les plus proches du Christ, leurs prières étaient les plus puissantes de toutes, pareilles à celles des cardinaux de Rome.

Lazaro lui fit traverser la salle, où elle fut immédiatement consciente de tous les yeux qui se tournaient vers elle. Ceux des frères qui servaient étaient visiblement choqués. Ceux des blessés clignaient comme s'ils entrevoyaient une apparition divine au milieu d'un cauchemar. Certains des simples soldats se léchaient les babines et poussaient des soupirs. Elle se sentit rougir et ses grandes intentions chancelèrent. Quel bien pouvait-elle faire ici ? Elle était au beau milieu de plus de douleur crue qu'on ne pouvait en rassembler sous un seul et même toit. Pourtant, elle serait damnée, au moins pour elle-même, si elle battait en retraite. Elle n'était pas dénuée d'outils, se dit-elle. Elle avait la foi, et elle était forte. Elle avait beaucoup d'amour à donner. Elle avait même un minimum d'espoir. Elle se raidit et marcha bien droite. Puis Lazaro s'arrêta et la présenta au pauvre Angelu. Silencieux, aveugle, désespéré. Déformé au-delà des plus sauvages rêves de cruauté.

Elle se rendit compte qu'Angelu allait constituer l'épreuve de sa dévotion.

Carla resta assise avec lui toute la journée et l'homme ne proféra pas un son. À certaines de ses questions, il répondait d'un simple hochement du chef ; à d'autres il remuait doucement la tête de droite à gauche. Les questions étaient simples, car son maltais était pauvre. Même si elle avait grandi ici, cela n'avait été qu'un langage pour parler aux servantes et aux valets, et elle en avait honte aujourd'hui, car cet homme, et des milliers d'autres comme lui, était en train de mourir pour la défendre. Pourtant sa voix provoquait quelque animation dans sa posture contorsionnée. Dans la sombre salle de torture que son corps était devenu, il était conscient. Elle sortit son rosaire et pria, et dans sa veille silencieuse et aveugle, Angelu pria avec elle. Du moins le crut-elle.

Par moments la pitié la submergeait, des larmes roulaient sur son visage et sa voix s'altérait, mais elle offrait sa pitié à Dieu et implorait son pardon pour ses inquiétudes égoïstes. Elle nourrissait Angelu et portait des coupes d'eau ou de vin à ses lèvres. Elle se demandait pourquoi il ne parlait pas, et s'il en était même capable – le feu avait peut-être brûlé sa gorge à vif aussi –, mais elle n'était pas là pour demander, seulement pour servir. Elle priait avec lui et pour lui, et pour eux tous, tandis que les heures passaient et les Ave la traversaient comme une chanson sacrée et sans fin, et peu à peu son horreur disparaissait, car l'horreur n'était que la complainte de ses propres sens fragiles, autant dire une blessure supplémentaire pour l'homme si torturé qui lui faisait face. Puis sa pitié disparut aussi, car avoir pitié de lui, c'était le voir moins humain qu'elle-même. Et même son chagrin se réduisit à ses braises, et un amour incandescent emplit son être ; elle se rendit compte que le Christ était entré en elle, en son âme et en son corps, avec une force au-delà de tout ce qu'elle avait expérimenté ou imaginé. L'amour du Christ se répandait en elle avec la puissance d'une révélation et elle comprit, et elle sut, qu'au travers d'un tel amour tous les péchés étaient pardonnés, même les atrocités qui l'entouraient avec une telle profusion. Elle voulut le dire à Angelu et rouvrit les yeux pour le regarder : regarder son demi-crâne et sa moitié de visage, les orbites opaques et noircies qui remuaient derrière ses cils calcinés et sous ses sourcils brûlés, les griffes noircies qui dépassaient de ses mains difformes. Angelu marchait sur son propre chemin du Golgotha. C'était lui qui avait invité le Christ à entrer dans son cœur.

Elle dit : « Jésus vous aime. »

Angelu redressa brusquement la tête et sa bouche se tordit pour s'ouvrir. Elle ne savait pas ce que cela signifiait, ou si elle l'avait blessé, ou s'il n'avait pas entendu ce qu'elle avait dit. Pendant un instant, elle eut peur.

Elle répéta : « Jésus vous aime. » Puis elle dit : « Je vous aime. »

Les lèvres d'Angelu se mirent à trembler. Sa respiration se fit trépidante. Elle posa une main sur son épaule. C'était la première fois qu'elle osait le toucher. Calmement, car, même dans ses ténèbres, sa force ne l'avait pas entièrement déserté, Angelu baissa à nouveau la tête et se mit à pleurer.

Plus tard, ils entendirent la messe et elle l'aida à s'agenouiller pendant qu'ils recevaient la communion, et s'il dit « Amen », ni elle ni le chapelain ne l'entendirent. Ensuite, elle lui servit du bouillon de bœuf avec le bol en argent, et, voyant qu'il n'avait pas d'appétit, elle posa la nourriture de côté. Comme toute la salle était occupée par l'heure du repas, et pensant subitement que cela pouvait le perturber d'ignorer qui était son étrange compagne, elle lui raconta du mieux qu'elle pouvait des choses sur elle-même, sur le but de son retour ici, retrouver son fils perdu, dont elle ignorait jusqu'au nom. Angelu ne dit rien, et à ce moment elle fut certaine qu'il était absolument incapable de parler. Carla aussi retomba dans le silence, et elle se demanda si elle ne devait pas lui parler aussi de Mattias Tannhauser.

Ce jour-là, elle avait prié pour Mattias, portant son image en son cœur, plus souvent que n'importe quelle autre. Il était allemand – un Saxon –, race dont elle n'avait aucune expérience ni aucune connaissance, mais dont la réputation était marquée par la brillance et la barbarie en portions égales. Il n'avait pas une goutte de sang noble dans les veines, et pourtant il évoluait au milieu des chevaliers de Saint-Jean, secte obsédée par de telles notions, comme s'il était né dans la pourpre. Son admiration pour les Turcs semblait excéder ses opinions sur ceux qu'il appelait les Francs et pourtant il s'était tourné contre eux. Il avait assassiné un prêtre, sans un soupçon de conscience, néanmoins la gentillesse et la courtoisie étaient plus profondément enracinées en lui que chez tous les hommes qu'elle avait connus. Il ne croyait en aucun dieu qu'il pouvait nommer et pourtant était empli de spiritualité. Ses appétits charnels, comme ses passions pour la beauté et la connaissance, étaient sans inhibitions et vastes, mais il avait vu tout ce qu'il possédait réduit en cendres sans un mot de regret ni de reproche. Malgré tout son pragmatisme brutal, il avait pris son parti à elle, et chassait même maintenant pour elle un fantôme sur le plus mortel des territoires. Il la plongeait dans la plus grande perplexité.

Cet homme allait-il vraiment devenir son mari ? Allait-elle devenir sa femme ?

Son aventure avec Amparo, l'érotisme véhément de sa conduite et des sentiments qu'il provoquait dans ses propres pensées nocturnes plongeaient ses émotions dans une lutte qu'elle parvenait difficilement à maîtriser. L'homme avait droit à ses caprices ; c'était un soldat de fortune et un homme qui avait vu le vaste monde ; elle ne pouvait pas s'attendre à moins ; et il ne lui avait fait aucune promesse d'idylle. Ce mariage était un contrat d'une sécheresse équivalente à ceux qu'il passait pour du bois ou du plomb. Or, en était-il réellement ainsi ? N'avait-elle pas senti en lui quelque chose de plus ? ou n'avait-il que senti en elle sa peur des relations charnelles ? Cette peur était forte et jamais explorée, car il était impossible de l'examiner sans ressusciter ses souvenirs de Ludovico.

Sa passion physique pour Ludovico avait été aussi extatique et désinhibée que celle d'Amparo pour Mattias, peut-être même plus, car ces derniers n'avaient pas franchi des frontières interdites, alors que Ludovico et elle avaient brisé toutes les règles, sacrées et profanes. Cette transgression avait donné à leurs ardeurs une intensité compulsive et délirante qui l'avait entraînée si loin dans la folie qu'elle était terrifiée pour toujours à l'idée de s'en approcher encore. Et pas seulement dans la folie, mais dans une tragédie qui avait détruit sa vie et sa famille, qui lui avait coûté son enfant sans nom, et dont les conséquences présentes menaçaient également ceux qu'elle aimait aujourd'hui. Les souvenirs la rendaient encore malade de peur, de honte et de culpabilité. Les souvenirs réveillaient encore ses plus douloureux désirs sexuels – quand elle se laissait aller ; ce qu'elle ne faisait pas. Sec comme du bois et du plomb, voilà comment devait être son mariage avec Mattias. Elle finirait comme une vieille fille et ne provoquerait plus jamais le chaos. Et si, malgré ses espoirs déclinants, elle finissait par retrouver son fils, cela serait un aboutissement pour lequel elle remercierait Dieu, éternellement.

Malgré tout cela, la jalousie la torturait.

Elle voulait qu'Amparo soit heureuse et la voir ainsi emplissait Carla de joie. Mais dans le même et exact temps, cela versait aussi de l'acide sur son cœur. La crudité de ses fantaisies la révoltait ; car oui, Carla souhaitait que ce soit elle qui gémisse la nuit sous les muscles de Tannhauser. Elle était assoiffée de tendresse et de baisers et du regard de l'amour. Elle souhaitait qu'il lui ait ramené un peigne argenté du bazar turc. Une telle mesquinerie la dégoûtait d'elle-même, et pour s'épargner un peu, elle commençait à éviter Amparo. Pourtant ce n'était pas Amparo qui était à blâmer de s'être abandonnée à un tel homme. Amparo tolérait la modération autant qu'un cheval sauvage la bride. Amparo avait connu des tragédies qui faisaient paraître la sienne banale. Si quelqu'un méritait ce bonheur, c'était bien la jeune femme. Et en cela Dieu était juste et tout de sagesse. Il avait donné à Carla cette épreuve pour endurcir son âme. Elle y parviendrait. Le fil qui les liait tous trois était fragile et tout autour d'eux des forces violentes étaient lâchées, quotidiennement. Carla priait pour ne pas être celle qui briserait ce lien. Peu importaient ses sentiments, elle ne ferait rien pour s'immiscer entre eux deux. Elle se rendait compte que c'était là la raison de sa présence à l'Infirmerie. À l'Infirmerie, des problèmes comme la jalousie n'étaient que vétilles.

Le soir tomba et les moines allumèrent trois lampes, qui brûleraient toute la nuit pour protéger les patients des illusions, du doute et de l'erreur. Les deux frères de garde pour la nuit se déplaçaient de lit en lit avec une chandelle dans une main et une jarre dans l'autre. « Eau et vin de Dieu », disaient-ils à chaque patient. La Valette vint en visite avant que l'obscurité ne soit complète dehors. Il dit peu de chose et Carla sentit qu'il possédait peu de chaleur naturelle, pourtant sa présence fut comme une inspiration pour les blessés, qui voulurent tous se lever de leurs lits pour le saluer. Il remarqua Carla assise près d'Angelu et un de ses sourcils se leva très brièvement. Il ne dit rien à Carla et sortit bientôt dans un chœur d'acclamations.

Après le départ de La Valette, le père Lazaro s'approcha de Carla pour lui indiquer qu'il était temps qu'elle s'en aille. Il ne lui fit aucun éloge, mais ses manières paraissaient plus chaleureuses qu'avant et elle sentit qu'elle s'était acquittée de sa tâche avec honneur. Comme Lazaro s'éloignait, elle se tourna vers Angelu.

« Je dois partir, maintenant, dit-elle. Merci pour tout ce que vous m'avez apporté. »

Elle se leva.

« Reviendrez-vous, ma dame ? » dit Angelu.

Elle le regarda. C'était la première fois qu'il parlait de la journée. Et à la manière dont il avait posé la question, elle sentit qu'il avait remis sa vie entre ses mains. Pendant un instant, elle en resta comme choquée.

« Oui, bien sûr, finit-elle par dire. Demain, à la première heure. »

Angelu tendit ses deux poings calcinés, comme s'il avait voulu les serrer s'il avait pu. « Dieu vous bénisse, ma dame. Et qu'il vous guide saine et sauve jusqu'à votre fils. »

Les yeux de Carla s'embuèrent. Sa voix la déserta. Elle se détourna et s'enfuit presque vers la sortie.

Carla quitta la salle la poitrine comprimée d'une turbulence d'émotions. Elle avait donné quelque chose d'elle-même, quelque chose plaisant à Dieu. Ce sentiment ne lui était pas familier. Mais il était merveilleux. Toute sa vie, elle n'avait fait que posséder, ou être dépossédée. Elle n'avait fait que danser comme un bouchon sur l'océan de l'existence. Ses actes de charité avaient été abstraits, des investissements dans une éternité qu'elle ne méritait pas. Elle avait adopté Amparo afin de soulager sa propre solitude. Pour avoir quelqu'un à materner. Même sa quête pour retrouver son fils était, en partie, pour apaiser la culpabilité qui rongeait son cœur. Mais aujourd'hui le Christ l'avait emplie de son amour divin, un amour pour toute la Création, un amour même pour sa propre médiocrité, car il était absolument vrai que c'était ici, au milieu de l'extrême pauvreté, qu'on trouvait plus volontiers le Christ. Elle passa entre les rangées de blessés, leur douleur se transmuait en murmure de prière, leurs gémissements réprimés par la fierté stoïque qui les liait. Plus tard, quand les barques venues de Saint-Elme ramèneraient leur lot de mutilations fraîches, il y aurait des cris sur les tables de chirurgie où Lazaro allait passer les heures d'obscurité plongé dans le sang jusqu'aux coudes.

Sur le seuil, l'air du soir était si doux qu'elle en perdit presque ses sens, elle sentit sa tête partir, s'arrêta et ferma les yeux de peur de tomber. Le canon tonnait toujours vers le nord, plus fort ici. Comme sa gorge n'était plus envahie d'encens, elle décela dans la brise des odeurs de feu de bois et de viande et elle eut faim. Une faim comme elle n'en avait jamais connu. Une faim méritée. Quelle sensation étrange d'être si vivante au centre de tant de mort. Terrible. Il n'y avait, dans le monde entier, aucun endroit aussi tragique que celui-ci, et pourtant elle n'aurait jamais voulu être ailleurs. La vie qu'elle avait connue et la femme qu'elle avait été semblaient infiniment loin. Qu'allait-elle devenir quand tout cela serait fini ?

Elle sentit une main sur son bras. « Carla ? »

Elle rouvrit les yeux sur Amparo qui la fixait. Il y avait une brillance dans ses yeux, un amour qui l'emplissait. Elle portait, dans ses cheveux, le peigne d'ivoire si magnifiquement ouvragé. Carla découvrit que ce cadeau ne l'irritait plus, et elle en fut soulagée. Amparo était rayonnante. Ou était-ce que Carla voyait désormais le monde d'une manière nouvelle et qu'elle pouvait voir rayonner des choses auxquelles elle avait été aveugle avant ? L'émotion remonta dans sa gorge, joie et tristesse entremêlées. Sans parler, Amparo la prit dans ses bras. Carla s'accrocha à elle et se sentit curieusement enfantine, sans doute à cause de la force des bras d'Amparo, une force dont elle avait ignoré l'existence jusqu'ici, car elle ne s'était jamais reposée dessus. Le monde de Carla était sens dessus dessous. Mais, subitement, elle se sentait libre. Amparo lui caressa les cheveux.

« Tu es triste ? demanda la jeune femme.

— Oui, répondit Carla en relevant la tête. Triste, mais dans un bon sens.

— La tristesse n'est jamais mauvaise, dit Amparo. La tristesse est le miroir du bonheur. »

Carla sourit. « Je suis heureuse aussi. De te voir, surtout. Tu me manquais.

— Je veux que tu fasses la connaissance de mes amis », dit Amparo.

Amparo n'avait jamais revendiqué l'amitié de personne, mais elle aussi changeait au fil de ces terribles jours. N'étant plus confinée dans le cercle de Carla, elle allait et venait comme un oiseau échappé de sa cage. Elle était plus proche d'esprit de ces gens que Carla ne le serait jamais, et elle errait dans leurs rues et sur leurs quais avec une liberté anonyme que Carla ne connaîtrait jamais. Carla baissa les yeux vers les marches de l'hôpital sur lesquelles se tenaient deux jeunes Maltais. Le plus vieux des deux, vingt ans environ, avait un pansement frais à la place de son avant-bras droit. Elle le reconnut. Il était arrivé dans la salle la nuit précédente et avait été rendu à la vie civile dans la soirée. Son visage était encore grisâtre de douleur, ses yeux encore caves et habités du choc de la bataille.

Le plus jeune, à peine plus qu'un garçon, peut-être quatorze ans, était pieds nus et pas lavé. La chair douce d'adolescent qui aurait pu adoucir ses traits avait été brûlée par l'existence qu'il avait menée, lui laissant des pommettes en lame de rasoir et un nez aquilin. Ses yeux étaient sombres et sauvages, comme s'il pouvait à peine contenir les énergies enfermées en lui. Il portait une cuirasse et un casque suspendus à la lame d'une épée sans fourreau, dont elle supposa qu'ils appartenaient à l'autre. Contrairement à son compagnon, qui avait baissé les yeux quand elle l'avait regardé, il la scrutait avec une curiosité effrontée. Dans son étrange état d'animation, elle se demanda ce qu'il voyait d'elle.

Amparo présenta l'amputé, Tomaso. Il recula, inclinant respectueusement la tête. Le plus jeune, plus grand, masqua très mal un sourire de délectation.

« Lui, c'est Orlandu », dit Amparo.

Orlandu fit une sorte de révérence compliquée, et elle se demanda s'il ne se moquait pas d'elle. « Orlandu di Borgo », dit-il. Il ajouta, avec jubilation : « À votre service, ma dame. »

Ses dents étincelaient dans son visage sale et noirci de soleil. Carla réprima un sourire.

« Tu parles français ? demanda-t-elle.

— Français, italien, espagnol, dit-il en haussant les épaules. Espagnol, très bien. Très bien. Du port, des chevaliers, des voyageurs. » Il pointa un doigt vers son oreille, puis vers un œil. « J'écoute, je regarde. Un peu d'arabe aussi, des esclaves. *Asalaamu alaykum*. Ça veut dire : "La paix soit avec vous." »

Sa crânerie rappela soudain Mattias à Carla. « Et ton ami ? demanda-t-elle, il parle aussi plusieurs langues ?

— Tomaso ne parle que le maltais, mais il est brave, très brave. Nous travaillons avec les bateaux. Maintenant, il combat avec les héros, à Saint-Elme. » Son français avait dégénéré en une mixture de langues, mais restait passable. Carla hocha la tête. Tomaso, guère heureux d'être le centre d'attention, rentra la tête dans les épaules, silencieux. Orlandu dit : « Vous êtes la comtesse qui cherche le garçon perdu. Le bâtard. »

Carla vacilla. Elle regarda Amparo, dont les yeux retenaient la question vitale. Et en même temps, ils débordaient d'espoir. *S'il te plaît, dis-moi que c'est lui.*

« Vous l'avez trouvé, alors ? » demanda Orlandu, aussi brave que culotté.

Carla se sentit soudain comme assaillie. « Tu es au courant de cette affaire ? demanda-t-elle.

— Bien sûr. Tout le monde sait. Le grand capitaine demande partout. Tannhauser. » Il prononça ce nom comme s'il était excessivement fier de le connaître.

« Le gros Anglais aussi. Ils demandent, les gens entendent, ils parlent. Vous êtes surprise ? »

La surprise d'Orlandu face à la sienne la fit se sentir stupide, mais elle trouvait sa bravade trop charmante pour s'en soucier. Cela pouvait-il vraiment être lui ? Elle cherchait dans son ventre et dans son cœur, mais ne sentait aucune émotion. Elle ressentait plutôt une envolée de panique. Elle fit non de la tête.

« Je ne crois pas que vous le trouverez, dit Orlandu.

— Pourquoi pas ? dit Carla.

— Douze ans, oui ? Né la veille de la Toussaint, oui ?

— Oui. »

Son sourire étincela. « Je connais les nouvelles. J'entends. Je regarde. » De l'épée, il désigna la nuit. « Ce matin, le capitaine Tannhauser a rasé le canon du Turc sur la pointe aux Potences. »

L'anxiété de Carla prit un nouveau tournant. « Où est-il maintenant ?

— Tannhauser ? fit Orlandu en haussant les épaules avec un air mystérieux très exagéré. Il vient. Il va. On dit que son cheval, Buraq, a des ailes. » Il regarda Amparo, comme si elle était la source de cette légende et qu'il souhaitait qu'elle confirme son authenticité. « Amparo dit que je peux le rencontrer. Avec votre permission.

— Certainement. Mais dis-moi, pourquoi ne trouverais-je pas le garçon ?

— Parce que vous ne l'avez pas encore trouvé, dit-il comme si c'était plus encore que l'évidence même. Personne ne connaît un garçon comme ça.

— Quel âge as-tu, Orlandu ? »

Il chercha ses mots, ses doigts s'enroulant et se déroulant dans sa paume. Il dit : « Dix-sept. » Il vit son incrédulité totale et fit machine arrière. « Quinze ! Oui, je pense. Bientôt. Au moins. » Il secoua l'épée. « Assez vieux pour combattre le Turc, quand ils me laisseront. J'ai tué des chiens, beaucoup de chiens, et les musulmans ne sont pas différents.

— Quand est ton anniversaire ? » demanda Carla.

L'assurance d'Orlandu fut momentanément ébranlée. Il haussa les épaules. « Les anniversaires, c'est pour les enfants. Les enfants riches.

— Moi non plus, je n'ai pas d'anniversaire, dit Amparo.

— C'est vrai ? » demanda Orlandu.

Amparo fit oui de la tête et le sens de la dignité d'Orlandu en fut restauré.

« Je suis née au printemps, dit Amparo.

— Et moi en automne, dit Orlandu. Je sais juste ça. »

Il regarda Carla et il devait avoir perçu la tourmente en elle, car il eut un petit mouvement de recul, et sourit en agitant la tête. « Moi ? Votre garçon ? dit-il. J'aimerais bien, oh oui, mais je ne pense pas.

— Pourquoi pas ? »

Il haussa les épaules et confirma le préjugé qu'elle n'osait pas admettre avoir en elle. « Vous êtes trop bien, dit-il. Regardez-moi. » Ce qu'elle fit. Le torrent d'espoir mourut en elle. Orlandu se justifiait d'un sourire. Il dit : « Vous pensez que je suis le garçon que vous cherchez ? »

Tomaso changea d'appui en grimaçant et Carla se sentit honteuse de l'obliger ainsi à rester debout dans la rue. Elle ne répondit pas à Orlandu. Elle s'adressa à Amparo.

« Pourquoi n'invites-tu pas tes amis à venir manger avec nous ? »

Orlandu écarquilla les yeux. Amparo fit un petit mouvement du menton vers lui.

« Oui, dit-elle. Venez manger avec nous à l'auberge. »

Orlandu parla rapidement à Tomaso, qui reculait sous l'effacement et la timidité. Orlandu, sans indulgence discernable envers l'état de son ami blessé, le saisit par son bon bras et sourit à Carla. « Merci, votre dame, beaucoup. Nous venons. »

À l'auberge d'Angleterre, Nicodemus prépara des galettes et de l'agneau, et l'excitation d'Orlandu devint inextinguible quand il apprit à un moment des préparatifs que le grand capitaine Tannhauser était attendu. Entre-temps, il eut son content de frissons, parce que Bors revint des batteries de Saint-Ange, le visage noirci de poudre et une dame-jeanne de vin à la main, et se transforma en parfait substitut pour l'admiration aveugle du garçon. Orlandu s'installa à la table du réfectoire avec le barbare anglais et Tomaso, héros de Saint-Elme, et se posa comme interprète, et qui aurait pu lui dénier sa fierté d'être accepté comme un homme par deux hommes tels qu'eux ?

Tout en mangeant et en buvant, ils discutèrent du siège sinistre et meurtrier qui avait lieu de l'autre côté de l'eau, de la prodigieuse valeur des défenseurs et du courage suicidaire des janissaires, et du miracle qui faisait que le fort tenait encore au bout de dix-sept jours. Même les plus hardis des chevaliers de Saint-Elme, raconta Tomaso – Le Mas, Luigi Broglia, Juan de Guaras –, ne croyaient pas qu'ils pourraient survivre au-delà de trois ou quatre couchers de soleil, malgré les renforts nocturnes. Aucun homme sur place ne s'attendait à survivre, sauf, peut-être, les nageurs maltais à qui l'on avait ordonné, quand le fort tomberait, de repartir à la nage pour continuer le combat le lendemain. Par moments les yeux d'Orlandu se chargeaient de larmes, et Carla se demanda pourquoi la bravoure remuait le cœur des hommes avec une puissance sans égale.

Comme dessert, Nicodemus servit du pain frit dans du beurre et couvert de pâte d'amandes et de sucre, et le cuisinier fut unanimement traité de génie, puis la conversation se tourna vers le futur de la campagne. À la lumière des chandelles, des cartes furent dessinées sur la table, du bout des doigts ou du couteau, et du vin renversé en guise d'encre. Des stratégies furent discutées, avec des pour et des contre, et l'on opposa la fourberie de Torghoud – que Bors avait juré de tuer du haut de sa batterie de canons – et la rage du pacha Mustapha, à la brillance de La Valette. Bors raconta quelques-unes de ses aventures durant les guerres de Charles Quint, et quelques exploits de Tannhauser quand il servait la bannière de Soliman. Et à chaque explication les yeux d'Orlandu s'agrandissaient et débordaient d'ardeur martiale. Et même si elle ne parlait pas, Carla était attristée, car c'était ainsi que les mythes de la guerre étaient nourris et replantés, par ceux-là mêmes qui auraient dû savoir que ces mythes étaient une justification de la cruauté et de la folie.

Mais peut-être ne le savaient-ils pas, ou ne pouvaient-ils pas l'admettre parce que leur fascination était inextinguible. La conversation dériva vers les armes, et la suprématie de la mousqueterie turque. Puis vers la faiblesse des armures turques et les mérites respectifs, au corps à corps, de la masse d'armes, de la hache, des hallebardes, des dagues et des piques, des largeurs variables des épées, de leur longueur et de leur garde, et enfin de la masse simple, que Bors trouvait très sous-estimée, alors que c'était un outil incomparable.

Pendant tout ce temps, les deux femmes étaient comme des ombres sur le mur, et alors qu'Amparo semblait heureuse de partager la chaleur et la convivialité, Carla était submergée par l'épuisement. Elle ne pouvait en aucun cas mettre en adéquation cette célébration du combat avec la douleur entassée dans la grande salle de l'Infirmerie sacrée. Mattias ne revenait pas et personne ne savait quand il allait le faire. Elle s'excusa, essuyant un chœur de bénédictions et de remerciements, et se retira pour tomber dans un sommeil profond et immédiat.

Elle s'éveilla en sentant une main sur son épaule, découvrant Amparo debout près du lit, une chandelle à la main. La fille était enveloppée dans une serviette et parvenait à peine à contenir son excitation.

« Carla, dit Amparo, c'est Orlandu ! C'est vraiment Orlandu ! »

Carla fit basculer ses jambes du matelas et se leva. Son cœur était en avance sur son esprit, parce qu'il lui avait sauté à la gorge. Elle saisit la main d'Amparo. Elle parvint à dire : « Orlandu ?

— Tannhauser dit qu'Orlandu est ton fils. »

Carla sentit sa tête lui tourner, et elle faillit se rasseoir. Un tremblement de désespoir lui comprima la poitrine. Elle prit une profonde respiration. Orlandu était son fils.

Des larmes brouillaient sa vision. Elle dit : « Orlandu est mon fils.

— N'est-ce pas merveilleux ? » dit Amparo.

Carla passa rapidement devant elle et saisit sa cape. Puis elle la raccrocha au mur. Elle ne pouvait pas l'accueillir en chemise de nuit. Ses cheveux, pensat-elle. Ils étaient emmêlés de sommeil. Le garçon n'y attacherait aucune importance, bien sûr. Mais tout de même.

Elle prit une autre grande inspiration. « Dis à Orlandu que je descendrai dans quelques instants. »

Carla fit passer sa chemise de nuit par-dessus sa tête et la jeta sur le lit.

« Orlandu n'est plus là », dit Amparo.

Carla vacilla sous le coup d'une prémonition terrifiante. Elle ferma les yeux, puis les rouvrit et fixa Amparo. La joie de la jeune femme, toujours réelle, était maintenant nimbée d'ombre. Carla se fit acier.

« Où est-il ? demanda-t-elle avec tout le calme qu'elle pouvait rassembler.

— Je ne sais pas. Tannhauser et Bors sont partis à sa recherche, sur le quai. »

Carla reprit sa chemise de nuit et la remit. La cape suffirait après tout et que ses cheveux aillent au diable. « Le quai de Kalkara ? » dit-elle. Elle prit sa cape au crochet et chercha ses bottes sur le plancher.

« Non, répliqua Amparo. Celui de Saint-Ange. »

Carla s'arrêta net, la cape à moitié passée sur ses épaules.

Sa journée à l'Infirmerie l'avait rendue bien trop consciente que le quai de Saint-Ange était le point d'embarquement pour l'abattoir du fort Saint-Elme.

Un cri s'échappa de sa gorge.

Elle se précipita pieds nus dans les escaliers puis se jeta dans la rue Majistral.

SAMEDI 9 JUIN 1565
Zonra – Marsaxlokk – L'auberge d'Angleterre –
Le quai

Une longue mais bonne journée, se disait Tannhauser
en traversant le Borgo en direction de l'auberge
d'Angleterre. Bonne pour lui, du moins. Il venait juste
de faire son rapport dans le bureau de Starkey, où ses
divers exploits avaient reçu toute l'admiration due, et
où il avait trouvé le haut commandement chrétien en
état de choc à la suite de vingt-quatre heures de crise
au fort Saint-Elme.

Après dix-sept jours de violents combats continus au
corps à corps, les Turcs tenaient la douve de Saint-
Elme, avaient pris les avant-postes défensifs de la porte
principale et avaient bâti des terrassements et des passerelles menant à une brèche colossale ouverte dans le
flanc sud-ouest de l'enceinte. Cette situation extrême
avait provoqué une mutinerie chez les plus jeunes chevaliers, qui avaient décidé de tenter une sortie pour
mourir en hommes, plutôt que d'attendre comme des
moutons enfermés dans des ruines indéfendables. Avec
le génie qui le caractérisait, La Valette avait fait passer
à ces rebelles un message leur enjoignant de « fuir pour
rejoindre la sécurité du Borgo ». Accusés de quelque
chose de très proche de la couardise, et malgré le courage quasi inhumain qu'ils avaient prouvé maintes et
maintes fois, les mutins désespérés – ainsi condamnés

à revenir en arrière sous les yeux méprisants de l'ordre dans son ensemble – avaient supplié le grand maître de ne pas les relever de leurs postes, et avaient juré obéissance absolue à tous ses ordres.

Quand Tannhauser quitta Saint-Ange, un renfort de quinze chevaliers et de quatre-vingt-dix miliciens maltais se rassemblaient sur les quais pour traverser les eaux. Tant mieux pour eux, pensa Tannhauser. Car, avec un minimum de chance, le lendemain à la même heure, il battrait lui aussi en retraite et sans vergogne à travers les eaux de la mer couleur lie-de-vin jusqu'aux rivages de Calabre.

Après avoir quitté au matin la cavalerie de Lugny, Tannhauser avait suivi la côte vers le sud pendant deux milles, à la recherche des barques à voile cachées par l'ordre. Il atteignit le hameau côtier de Zonra sans en trouver une. Le hameau – une douzaine de chaumières de pêcheurs – avait été mis à sac par les Turcs et les maisons débarrassées de tout ce qui pouvait servir de combustibles – meubles, portes, architraves, cadres de fenêtres, charpentes. De ce qui avait été une minuscule jetée, ne restaient que les piliers de bois, sciés juste à la limite des eaux. Il suivit le rivage pendant une heure encore, examinant chaque rocher d'une baie en forme de Y sans le moindre succès, et il commençait à se demander si La Valette n'avait pas dissimulé toutes ses barques vers le nord. La plupart des bateaux étaient peut-être bien cachés au nord, oui, car cela les plaçait plus près de Mdina et de la Sicile aussi ; mais tous ? Il continua jusqu'à ce que le rivage s'élève en un promontoire rocheux. Il était assez escarpé pour défier quiconque n'était pas un grimpeur déterminé, et s'avançait d'une centaine de pas dans les vagues. Cela excita son instinct de contrebandier.

Comme la majorité des hommes, Tannhauser n'avait jamais appris à nager. Il se déshabilla pourtant et s'avança en pataugeant le long de l'escarpement rocheux. Parvenu à l'extrémité qui faisait face au large, il avait de l'eau jusqu'au cou et il dut ne pas céder à des embrasements de panique quand l'écume lui envahit la bouche, pendant que le schiste glissait sous ses pieds. Il se reprit et fit le tour de la pointe. Il y avait une petite calanque derrière – moins une crique qu'une ride dans la côte – et, avec le sel qui lui piquait les yeux et qui le faisait tousser, il ne vit rien digne d'être remarqué. Il allait jurer pour maudire sa propre astuce et s'accrocher pour regagner la terre sèche quand un mouvement à la surface attira son regard. Ce n'était guère plus qu'une fausse note dans les rebonds de la lumière sur la mer et les rochers, mais il s'essuya le visage et regarda mieux, et elle était là : la coque d'un douze-pieds, accrochée contre le rocher. Une astucieuse longueur de toile avait été clouée le long du plat-bord et drapée sur tout le bateau jusqu'à ce que les bords retombent dans l'eau. Ainsi drapée, la barque prenait l'apparence, même à quelques pieds de distance, d'un simple amas de rocher grisâtre comme la côte en recelait tant. Pour une galère passant à trois cents pieds ou plus – le seul point de vue qu'auraient jamais les Turcs –, le voilier était parfaitement invisible.

La joie de Tannhauser était telle qu'il perdit pied et s'enfonça sous les vagues. Son esprit vacilla, jusqu'à ce qu'il saisisse le rocher à deux mains, retrouve un appui pour ses pieds et se propulse vers le haut pour aspirer de l'air. Il était humilié qu'un élément qu'il aurait dû maîtriser puisse le rendre si impuissant, mais il avança comme un crabe le long du promontoire et atteignit enfin le voilier sans se noyer. Avec de l'eau à la taille et ses doigts de pieds posés sur du rocher solide, il souleva la toile et se glissa à bord.

Dans le fond reposaient deux paires de rames, un gouvernail, un mât et une voile latine roulée. Un tonneau d'eau, un coffre scellé à l'asphalte – il présuma que c'était du biscuit – et, dans une cachette ménagée dans le plat-bord, il y avait un couteau, des hameçons et du fil, ainsi qu'une boussole enveloppée dans du papier huilé. La Sicile était à cinquante milles au nord ; les côtes de Calabre, où personne ne désirait empaler sa tête sur une pique, seulement à cinquante de plus.

Il détacha la barque de deux crochets de fer cloués dans le rocher et la ramena jusqu'au rivage d'un coup de rames. Elle fendait les petites vagues comme une lame, et, avec la voile latine et un souffle de vent, elle battrait à la course n'importe quelle galère. Sur la plage, il récupéra son équipement et laissa à Buraq un sac d'orge à manger. Il rama vers le nord, pour traverser la baie jusqu'à Zonra. Il traîna le bateau sur la plage et le dissimula en bord de mer, à l'abri d'un appentis dont il ne restait que les murs. Il recouvrit la barque de la toile grise et de morceaux de schiste pelletés à la main pendant une heure. De la mer, on ne pouvait pas la distinguer des murs de l'appentis. De la terre, seules des recherches approfondies pourraient la révéler. Et comme le hameau n'avait ni puits ni source et qu'il avait été dévasté récemment, il était improbable que les Turcs reviennent. D'ici, à pied – et même avec deux femmes à la remorque –, ils pourraient mettre les voiles trois heures après avoir quitté la porte de Kalkara.

Tannhauser se rhabilla et, à pied, rejoignit Buraq, enroula son nouveau mousquet de Damas dans une couverture, et poursuivit son chemin vers le sud et la baie de Marsaxlokk, où la majeure partie de la flotte du sultan était encore à l'ancre. Des vaisseaux de ravitaillement faisaient l'aller-retour avec les ports d'Afrique du Nord et les plages fourmillaient. Il fit boire Buraq et se joignit aux prières de l'après-midi, puis prit un thé accompagné d'amandes au miel avec un navigateur égyptien. Ils parlèrent d'Alexandrie et Tannhauser glana que l'amiral Piyale craignait trop le grégal pour affecter plus d'une douzaine de galères au blocus. Quelques-unes patrouillaient le chenal de Gozo et les autres rôdaient au large de l'embouchure du Grand Port, deux secteurs que Tannhauser pouvait aisément éviter. C'était pour assurer la sécurité du mouillage de Marsamxett que la bataille pour Saint-Elme faisait toujours rage.

Sa confiance en une heureuse traversée grandie par ces nouvelles fort bienvenues, Tannhauser se joignit à un train de mules portant vers le Marsa du bois de chauffe et de la farine pour les fours à pain de l'armée. Il parla de l'attaque contre la batterie de Torghoud au capitaine de leur escorte de spahis, qui n'était pas au courant. Comme souvent auparavant, on lui servit une vision de la Religion du point de vue des Turcs. Un culte de fanatiques de Satan. Moins soldats que criminels. Esclavagistes, pirates, démons humains, peut-être même sorciers. Une peste qu'il fallait éradiquer pour le salut de la paix et le bien du reste du monde. Tannhauser n'eut pas grande honte à acquiescer.

Une fois au principal camp turc du Marsa, il se dirigea vers le bazar et renoua connaissance avec certains de ses habitants. Ils burent du yaourt avec du sel et de la coriandre, et il apprit combien sauvages avaient été les pertes turques devant Saint-Elme. Plusieurs *orta* de janissaires avaient été virtuellement anéanties par leur refus de battre en retraite. Même si la campagne s'avérait plus ardue que prévu, nul ne doutait de la victoire de leur sultan, selon la volonté de Dieu. Ils s'accor-

daient tous pour dire que lorsque les marchands diri-
geraient le monde, l'harmonie régnerait entre les
nations ; mais en attendant cette date lointaine, ils en
profiteraient comme ils pouvaient.

Les discussions portaient beaucoup sur les vertus des
ports de Malte, ainsi que sur leur utilisation quand ils
seraient absorbés dans les dominions du sultan. Sous
l'hégémonie démoniaque des chiens de l'enfer, l'île
n'était rien de plus qu'une caserne et un marché aux
esclaves. Sous la domination ottomane, elle prospére-
rait. Ici, au carrefour d'une demi-douzaine de routes
commerciales majeures, et une fois éliminée la piraterie
chrétienne, on pourrait bâtir des fortunes. Ces commerçants étaient prêts à revendiquer leurs droits. C'était
pour cela qu'ils étaient venus si loin et à si grands
risques. Tannhauser se découvrit envieux. Puis il se
rendit compte que, une fois Malte devenue une fontaine
d'argent ottoman, Sabato Svi et lui pourraient y plonger
leur seau, même depuis la lointaine Venise. Malgré
quelques querelles périodiques, la Sereine République
avait toujours tenu la première place dans le commerce
ottoman. Il évoqua cette idée, en termes très généraux,
devant les marchands rassemblés, qui la reçurent avec
enthousiasme. L'un d'eux connaissait Sabato Svi de
réputation et Moshe Mosseri en personne. On faisait
confiance aux Juifs et on les respectait. Tannhauser
visualisait les yeux de Sabato Svi imaginant deux fois
plus d'affaires, avec une distance deux fois moindre.

Il lui vint à l'esprit que cela exigeait un triomphe
turc aux dépens de la Religion. Mais le fait est que si
la Religion était balayée, personne ne la pleurerait longtemps. Des messes seraient dites et les morts seraient
honorés. Monarques, princes et papes se disputeraient
ses terres. Ceux qui haïssaient La Valette ne tariraient
pas d'éloges sur sa réputation, pour pouvoir gonfler la

leur. Les chevaliers s'effaceraient des mémoires, emportant avec eux la cause pour laquelle ils étaient morts. Et le temps consignerait leurs noms dans les étagères de l'histoire, aux côtés de dynasties, de tribus et d'empires trop divers pour que l'on puisse les dénombrer.

« Qui sont les Grecs maintenant, malgré mille ans de Byzance ? »

Il avait murmuré cette pensée à voix haute, et les autres le regardèrent étrangement, peut-être parce que la réponse était évidente pour tout le monde. Les Grecs dotés de quelque talent étaient les esclaves du shah Soliman, et reconnaissants de l'être. Les autres étaient des paysans arrachant aux rochers de quoi survivre. Il se reprit et leur fit part de son expertise du marché du poivre. De Malte, ils pourraient traiter directement avec Gênes, Barcelone, Marseille, et supplanter les Vénitiens du même coup. Des prix furent échangés et des calculs silencieux plissèrent les fronts. Le reste du jour passa ainsi en spéculations civilisées. Le café était fort, les gâteaux sucrés, et personne ne parla de tuer qui que ce soit. Le soleil tombait derrière le haut pays de l'Ouest. Le muezzin lança son appel. Tannhauser se joignit à ses amis pour la prière, et, tout imposteur et blasphémateur qu'il fût, il y trouva du réconfort. Après, le marchand de grains galatéen le plus intrigué par ses prévisions sur le poivre, et qui avait des amis dans la famille Mendes, laissa échapper la rumeur selon laquelle Mustapha prévoyait de surprendre Saint-Elme le lendemain, par une attaque de nuit lors du sabbat des infidèles.

Nanti de cette friandise pour nourrir Starkey, Tannhauser quitta le camp et mena Buraq à travers l'obscurité, jusqu'à la porte de Kalkara. Comme Mustapha était obsédé par Saint-Elme, le flanc oriental du Borgo était assez peu patrouillé, et il n'eut aucun ennui en chemin. Une journée pour trouver Orlandu Boccanera. Certainement pas plus que deux ou trois. Le garçon avait été élevé dans le Borgo, et c'était probablement là qu'il le trouverait. Et ensuite il emmènerait ceux dont il se souciait loin de cet enfer sur terre, et abandonnerait les autres à la volonté de Dieu.

Quand il atteignit l'auberge d'Angleterre à son retour de Saint-Ange, la rue Majistral était déserte et le ciel au-dessus était clair et bleu indigo. La lune était montante et elle brillerait pleinement pendant la semaine à venir, mais elle se couchait entre une ou deux heures du matin et ne mettrait pas en péril leur fuite nocturne vers Zonra. Cinq, c'était beaucoup pour passer la garde de la porte de Kalkara, même avec les passe-portes pour Mdina. Mais comment les sentinelles pourraient-elles s'imaginer qu'ils allaient ailleurs ? Il sourit. Les femmes seraient une preuve absolue contre tout soupçon de passage à l'ennemi turc.

Il entra dans le réfectoire, trouvant Bors et Nicodemus en pleine partie de backgammon. Bors avait cette expression d'anxiété extatique propre aux joueurs compulsifs au bord d'une grosse perte. Un troisième homme qu'il ne connaissait pas était endormi, la tête posée sur la table. Un moignon bandé pendait de son épaule. Amparo surgit de nulle part et jeta ses bras autour de Tannhauser, et il la serra et embrassa ses lèvres appétissantes. Elle était plus étrangement belle que jamais. Son visage allongé, asymétrique, était coupé en deux par la lumière des chandelles, sa pommette fracturée perdue dans l'ombre, et il découvrit qu'elle lui avait manqué et qu'il ne l'aurait pas souhaitée sans ce défaut, même si cela avait été possible. Elle portait le peigne d'ivoire dans ses cheveux et cela le toucha. Il s'arracha à ses bras, et elle aux siens, mais avec réticence. Il posa contre le mur le mousquet damasquiné roulé dans sa couverture.

« Ainsi, dit Bors, le grand khan est de retour. » Des ruisselets de sueur séchée zébraient les traces de poudre noire de son visage, lui donnant l'apparence d'un gamin géant et indiscipliné. « Quelles nouvelles de La Mecque ? »

Tannhauser aperçut la dame-jeanne. « Il reste du vin ?

— Non.

— À souper ?

— Le cuisinier est occupé. »

Nicodemus lança les dés, et Bors jura vilement et frappa du poing sur la table. La nuit était encore tiède et Tannhauser songea à l'eau fraîche contenue dans sa baignoire. Pourquoi pas ? Il déboucla son cimeterre et déboutonna son caftan. Il regardait Nicodemus faire claquer des osselets blancs autour du plateau de back-gammon avec une évidente expertise.

Tannhauser lui dit, en turc : « Nicodemus, laisse-le gagner. Imagine qu'il n'est qu'un petit gamin que tu aimes tendrement.

— Il joue comme un gamin, oui, dit Nicodemus. Mais pourquoi devrais-je abandonner le jeu ?

— Cela apporterait la tranquillité à tout le monde, et ce soir j'apprécierais. Et ce serait un bon investissement pour de futures parties. »

Bors lança les dés et jura à nouveau. « Ces dés sont ensorcelés. Qu'est-ce que ce chien de Grec vient de dire ?

— Il m'a dit qu'il aimerait te couillonner, mais il attend que tu prennes ton bain.

— Il m'a déjà couillonné, une douzaine de fois. Je vais peut-être devoir t'emprunter un peu d'or.

— Vous jouez de l'or ? »

Bors se renfrogna, son énorme main sale levée au-dessus du plateau. « Alors, quelles nouvelles, j'ai dit ? Quelles nouvelles ?

— Ils réchauffent notre dîner en Calabre », répondit Tannhauser.

Bors oublia momentanément le jeu. Il le regarda avec aigreur. « Et le pilote ?

— Nous avons un compas. Je suis notre pilote.

— Magnifique.

— J'ai également identifié le fils de la comtesse. »

Bors se remit à examiner le plateau avec une rage à peine voilée, puis il y plongea la main, comme si c'était un nid de scorpions. Les osselets noirs claquèrent en revenant au départ. « Ça ne m'intéresse pas, grogna-t-il.

— Où est Carla ?

— Elle dort, répondit Amparo.

— Alors je vais prendre un bain », dit Tannhauser.

Bors l'ignora et balança les dés dans le cornet de cuir. Irradiant de menace, il l'aplatit sur la table devant Nicodemus. « Lance, et sois damné, démon musulman. »

Tannhauser vit Amparo s'alarmer, et il sourit. « Aie pitié de lui », dit-il. Bors était le meilleur joueur de backgammon de Messine, du moins le pensait-il.

« Une fois de plus je me retrouve piégé au milieu des circoncis, dit Bors. Ici, dans le bastion de la foi catholique ! C'est contraire à l'ordre naturel. » Il regarda les dés rouler puis se figea comme un chat espionnant une souris mourante quand Nicodemus effectua un mouvement d'une ineptie flagrante. « Va prendre ton bain, dit Bors, et laisse les hommes à leurs affaires. »

Tannhauser se rendit dans sa cellule, se déshabilla, et prit une serviette pour aller au jardin. Une fois dans son bain, il aperçut comme un éclair d'ivoire et d'argent. Amparo était déjà immergée dans le tonneau sous les étoiles. Il s'arrêta. C'était un concept très nouveau et plutôt bizarre. Il n'était pas dans ses habitudes de partager son bain. Il était plus que content d'être savonné, frotté, huilé, massé, et ainsi de suite, du moins par une femme, mais se laver dans la même eau ? Le visage d'Amparo dépassait du bord cerclé de fer, angélique, pâle et adorable sous le clair de lune. Il était clair qu'elle n'avait aucune idée de la radicalité de cet acte, mais c'était dans une telle ingénuité que résidait beaucoup de son charme sans égal. Il ne serait pas très gentil de lui demander de s'en aller et encore pire de refuser de la rejoindre. Il s'approcha et tâta l'eau. Elle gardait encore la chaleur du jour. Son corps allait se détendre, sans être saisi de froid, et face à cette perspective le dilemme se fit plus critique. Puis la lumière argentée qui tombait sur son visage fut réfléchie par deux majestueux hémisphères blancs. Ils crevaient la surface de l'eau comme la récompense du héros dans quelque mythe ancien et érotique, et le dilemme fut balayé de son esprit comme une ombre d'un écran. La franchise du regard qu'elle dirigea vers ses parties qui s'engorgeaient rapidement acheva de ridiculiser sa pruderie, et, sans plus d'hésitation, il passa par-dessus le bord et s'installa à côté d'elle.

Il avait souhaité ce bain pour relaxer ses membres et vider son esprit de toute excitation pendant un moment. La sveltesse immaculée de la chair laiteuse qui l'entoura totalement sabota d'un coup ces deux envies. Il se retint de ne pas jouir immédiatement et laissa ses mains courir sur ses cuisses sous l'eau.

« Tu as détruit les canons turcs aujourd'hui », dit Amparo.

Ce n'était pas un souvenir qu'il avait envie d'évoquer. Ses lèvres posées dans son cou, il grogna vaguement.

« C'était terrible ? demanda-t-elle.

— Terrible ? » marmonna-t-il, perplexe. Peut-être essayait-elle de l'apaiser. « Nous avons tué beaucoup d'hommes, dit-il. Mais tu n'as pas besoin de t'inquiéter de choses si terre à terre. » Il embrassa sa gorge. Il fit courir ses doigts dans ses cheveux. Un sein emplit sa main, comme de sa propre initiative, et il soupira du tréfonds de sa poitrine tandis que la béatitude le submergeait. Pourtant, il demeurait obscurément troublé par sa demande. Il n'attendait pas d'elle de tels sujets de discussion.

« Amparo, dit-il, comment sais-tu pour les canons ?

— C'est Orlandu qui me l'a dit. »

L'excitation de Tannhauser disparut avec une brusquerie déconcertante. Il se leva et elle glissa de son perchoir entre ses cuisses. « Orlandu ? dit-il. Qui est Orlandu ?

— Mon ami du port. Je t'en ai parlé, il pense que tu es un grand héros et il voulait te rencontrer. » Il se souvenait vaguement de cette histoire, mais il n'y avait pas vraiment prêté attention. Amparo poursuivit. « Il était ici, dans le réfectoire. Il a partagé notre souper, il y a à peine une heure.

— Quel âge a ton ami ?

— Il dit qu'il a quinze ans, mais il n'en est pas certain. » Elle comprit son agitation. « Il ne croit pas qu'il est le fils de Carla, et Carla non plus. »

Tannhauser n'était pas rassuré. « Quel est son nom de famille ?

— Orlandu di Borgo. »

Il rit, mais sans humour. Leur fuite miroitait devant ses yeux et avec elle un effroi sans nom qu'il devait résoudre le plus vite possible.

« Qui est l'homme à table, avec un bras en moins ?

— L'ami d'Orlandu, Tomaso.

— Attends-moi ici », dit Tannhauser. Il passa par-dessus bord.

« Tu es en colère contre moi ?

— Bien au contraire. Sois patiente, c'est tout. »

Il fila jusqu'à la porte de l'auberge et se rendit compte qu'il avait laissé la serviette derrière lui. Il ne fit pas demi-tour. Le claquement de ses pieds nus sur le carrelage lui semblait anormalement fort. Il atteignit le réfectoire au moment où Bors éclatait d'un rire exubérant, avant de le regarder entrer.

« Le vent a tourné ! » rugit Bors. Les marques de sueur sur ses joues ressemblaient à des larmes de joie. « La justice a forgé son chef-d'œuvre !

— Réveille le Maltais », dit Tannhauser.

Bors réagit au ton de sa voix en se penchant pour enfoncer un doigt épais comme un manche à balai dans les côtes de l'homme assoupi. Tomaso se redressa d'un coup, désorienté par ce qui l'entourait et par plusieurs pintes de vin, alarmé par le personnage nu et dégoulinant d'eau qui le surplombait dans la pénombre des chandelles.

« Orlandu Boccanera », dit Tannhauser.

Les yeux de Tomaso firent le tour de la table comme pour le désigner, avant de fouiller l'obscurité quand il ne le vit pas. C'était une réponse suffisante.

« Où vit-il ? demanda Tannhauser en italien. Où est la maison d'Orlandu ? »

Tomaso regarda autour de lui comme s'il cherchait de l'aide.

« Je sais où dort Orlandu », dit Amparo. Sa tête avait apparu dans l'encadrement de la porte. Elle était drapée dans la serviette.

« Bien, dit Tannhauser. Rhabillons-nous vite. »

Comme il allait s'éloigner, Tomaso dit quelque chose que personne ne comprit. Il désignait un coin du carrelage près du mur. Tannhauser frappa la table du poing… « Bors ?

— C'est là que Tomaso avait laissé son épée et son armure, dit Bors en soupirant. On dirait bien que le jeune Orlandu les a emportées. »

Tomaso se remit à parler et ses mots incluaient *Sant'Elmu*.

Tannhauser regarda Bors. « Dis-moi que j'ai mal entendu. »

Bors passa un doigt sur sa moustache. « Eh bien, le gamin brûlait de se joindre à la bagarre. Et je dois dire qu'on a un peu alimenté la chaudière.

— Il a douze ans, soupira Tannhauser.

— Avec une cuirasse et un casque, il aurait vraiment l'air d'un homme. Il ne serait pas le premier à mentir sur son âge pour devenir soldat. Et je dois dire que ce gamin n'a pas la langue dans sa poche pour arriver à ses fins. »

Tannhauser sentit un gouffre s'ouvrir sous ses pieds.

« Tu viens avec moi au quai Saint-Ange, dit-il.

— Mais ma partie, protesta Bors. Je l'ai mis à genoux ! »

Tannhauser courut jusqu'à sa cellule pour prendre ses bottes et des hauts-de-chausses.

Tannhauser et Bors mirent un temps fou à descendre les ruelles. Entre la crête crénelée du mur d'enceinte et la silhouette du château Saint-Ange, la ville était un lac de ténèbres. En s'approchant de la forteresse, ils perçurent des voix et des gémissements, croisèrent des brancardiers ramenant les blessés du jour vers l'infirmerie à la lueur des torches. Les évacués ne se distinguaient pas seulement par leurs blessures, mais aussi par une absence dans leurs yeux, comme si l'horreur leur avait volé à chacun quelque chose de très précieux. Ils continuèrent à courir.

Le château Saint-Ange se dressait sur son propre rocher, séparé du Borgo par un canal. Le pont de bateaux en travers du canal menait au pied du château et au quai en courbe d'où les barques faisaient voile pour Saint-Elme. Le pont était encombré d'une circulation humaine sanglante et désespérée. Tannhauser força le passage en intimidant l'officier de garde, et ils se frayèrent un chemin à travers la foule avec toute l'insensibilité nécessaire. Sur les pierres nues du quai reposaient des corps qui avaient expiré pendant le trajet. À leurs côtés étaient allongés une douzaine d'hommes qui, visiblement, ne survivraient pas à la traversée du pont. Il y avait du sang partout, en flaques et en grumeaux coagulés, et il collait à leurs bottes tandis qu'ils enjambaient les mourants et les morts. Deux chapelains se déplaçaient entre les moribonds, oignant de chrême leurs fronts, leurs narines et leurs lèvres.

« Par cette sainte onction, que Notre-Seigneur vous pardonne tous les péchés et toutes les fautes que vous avez pu commettre. »

Les évacués ramenaient avec eux la terrible saveur du siège : blessures ouvertes, peur crue, bouffées du chaos de la violence. La Valette mettait un point d'honneur à toujours accompagner le départ des nouveaux volontaires : le fait que Tannhauser ne le voie nulle part sentait mauvais. Ils continuèrent. Ils croisèrent un officier turc capturé, ensanglanté, à demi nu et couvert de chaînes, et Tannhauser entendit un fragment de ses murmures.

« Accroche-toi vite à la corde d'Allah... »

« Ce bonhomme va avoir un sacré choc », fit observer Bors.

Tannhauser se pressait, écoutant à peine. Bors ne se découragea pas.

« Dans les caves de Saint-Anthony, les bourreaux se gardent sous la main un géant nègre. Ils le traitent comme un roi, nourriture et vin à volonté. Quand ils veulent délier la langue d'un nouveau Turc, ils le déshabillent et le plient sur une barrique pour que le nègre le sodomise pendant qu'ils rigolent, en lui rappelant que c'est comme ça que le vieux Mahomet prenait son plaisir. » Bors rigolait lui-même. « Ils disent que les résultats sont une pure merveille. »

Tannhauser ne fit aucun commentaire et regarda tout autour d'eux. Les eaux du Grand Port brillaient comme du vif-argent, leur surface troublée par le sillage et les coups de rames de deux longues barques qui s'éloignaient. Chacune contenait une vingtaine d'hommes et diverses provisions. Devant une table éclairée par une lanterne, étaient assis un sergent, avec un grand livre, et un intendant dont les manifestes nageaient dans la flaque d'un encrier renversé. Des mots très peu fraternels volaient dans les deux sens. Tannhauser reconnut le sergent, un Lombard nommé Grimaldi, et il frappa des phalanges sur la table pour attirer son attention.

« Frère Grimaldi, j'ai besoin de savoir si un certain homme est parti avec les volontaires.

— Ce soir ? demanda Grimaldi.

— Ce soir, oui. Un certain Orlandu Boccanera. »

L'intendant n'apprécia pas l'interruption. « Vous n'avez pas autorité ici. Nous avons du travail à faire.

— Du travail ? » Tannhauser posa les mains sur la table et se pencha sur lui. « Ce matin, j'ai dirigé le raid sur la pointe aux Potences. Alors dis-moi, comptable, combien de Turcs as-tu tués aujourd'hui ? »

L'intendant se leva, sa main passant devant sa taille vers la poignée de son épée. Même si Tannhauser était penché en avant, l'homme devait encore lever les yeux pour le regarder.

« Qui êtes-vous, messire ?

— Je te conseille de continuer à renverser de l'encre, mon ami, dit Bors, et de laisser les flaques de sang à des gens comme nous.

— Assieds-toi, dit Grimaldi, c'est l'homme de Starkey. »

L'intendant s'éloigna, murmurant un Pater Noster pour calmer sa colère. Grimaldi parcourut la feuille de départ. Son doigt s'arrêta vers la fin d'une colonne de noms.

« Pas de Boccanera ici. Mais nous avons un Orlandu di Borgo, dit Grimaldi. Ce ladre était aussi impudent que son nom. » Il désigna le port d'un mouvement de sa barbiche. « Il est dans la dernière barque. »

Tannhauser se redressa, se tourna et regarda l'eau. Au lointain de la nuit, et au-delà de tout espoir de rappel, les rames de la dernière barque fendaient le vif-argent. Pour le plaisir d'une fantaisie sur le poivre, d'une tasse de café de trop ou d'un bref plongeon dans sa baignoire, la pierre angulaire de son plan était réduite à néant. Orlandu était en route vers le poste de la mort certaine. Lors de tous les hauts et les bas des semaines récentes, Tannhauser ne s'était jamais laissé aller au désarroi. Mais maintenant si. Il se détourna de l'eau et son moral coula un peu plus profondément.

Courant pieds nus dans les flaques de sang, les cheveux volant furieusement sur ses épaules, Carla arrivait. Elle vit son expression et s'arrêta. Et Tannhauser se sentit exactement comme s'il l'avait poignardée en plein cœur.

DIMANCHE 10 JUIN 1565 – PENTECÔTE

Lieu saint de Notre-Dame de Philerme –
L'auberge d'Angleterre – Le château Saint-Ange

L'icône de Notre-Dame de Philerme était accrochée dans une chapelle de l'église San Lorenzo. Après la main droite de Jean-Baptiste, les chevaliers considéraient cette icône comme leur relique la plus sacrée. Saint Luc l'avait peinte, disaient certains, et un miracle l'avait apportée à Rhodes sur les vagues de la mer. Quand Soliman avait conquis Rhodes, les chevaliers survivants avaient emporté l'icône avec eux. Le visage de la Madone était primitif, presque sans expression, et pourtant ses yeux contenaient tout le chagrin du monde. On disait qu'elle avait versé de vraies larmes, et de nombreux miracles avaient été attribués à ses pouvoirs. Carla s'agenouilla devant l'icône et pria ; sinon pour un miracle, du moins pour un conseil. En ce jour où le Saint-Esprit était descendu sur les Apôtres, elle pouvait espérer au moins cela. Dehors, c'était l'heure du loup, et l'église était vide.

« Le sort est contre nous, lui avait dit Mattias alors qu'elle était sur le quai, statufiée, du sang jusqu'aux chevilles. Laissez-moi vous ramener en Italie. En France. Rester ici, c'est mourir, et pour quoi ? Oubliez toute cette histoire et entamez une nouvelle vie. »

Elle lui avait promis une réponse avant le matin. Elle était venue dans ce lieu saint pour en trouver une. Elle était encore sous le choc de savoir qu'Orlandu était son fils. À une distance de quelques pouces, et malgré des heures de présence, elle avait échoué à reconnaître sa propre chair. Elle l'avait laissé lui filer entre les doigts vers une mort certaine.

Elle ne doutait plus de son identité. Dès qu'Amparo le lui avait dit, elle avait su qu'il en était ainsi. L'histoire du baptême racontée par Ruggiero, la lettre du père Benadotti : elle n'avait pas besoin de ces confirmations. Elle avait senti un lien avec ce garçon, senti une chaleur pour lui, et pourtant elle avait mis cela sur le compte de son charme insolent, de son amitié pour Amparo, du pouvoir de l'amour du Christ qui avait empli son âme dans l'Infirmerie sacrée. Et, au milieu de tout ça, elle n'avait ressenti aucune reconnaissance maternelle explicite. Vanité. Vanité. À quoi s'était-elle attendue ? À sentir des coups et des spasmes dans ses entrailles ? À voir un halo luire au-dessus de la tête du garçon ? Elle n'était pas une vraie mère. Elle n'avait jamais donné le sein. Comment pouvait-elle espérer le connaître ? Son fantasme d'elle-même l'avait condamné, lui. Ça et aussi, comprenait-elle avec honte, sa bigoterie sociale. Tout charmant qu'il était, il était sale et fruste, un butor aux pieds nus qui s'était vanté de tuer des chiens. Une sorte de sens inné de sa condition avait aveuglé ses yeux et réprimé son cœur, la malédiction de sa supposée noblesse. Elle pensa à son père, don Ignacio. Mattias l'avait vu.

« Votre père vous supplie de lui pardonner d'avoir volé votre enfant, avait dit Mattias, et d'avoir condamné ce garçon à une vie de si basse extraction. Le plus amer de ses regrets allait à la cruauté haineuse qu'il vous a infligée. Si je puis citer ses propres mots : "Je l'aimais plus qu'aucune autre âme vivante." »

En entendant cela, elle avait sangloté, car la pensée de la haine de son père avait été une profonde blessure.

« Don Ignacio était mourant, avait dit Mattias. Quand je suis parti, son temps pouvait se mesurer en heures. Le prêtre était à ses côtés. Votre père avait éprouvé une grande consolation à l'idée que vous étiez revenue. J'ai pris sur moi de lui dire qu'il avait encore toute votre affection et votre respect, et que votre pardon était certain, et pour cela il m'a donné sa bénédiction. Peut-être vous ai-je mal représentée, mais un mourant mérite la charité, même si ses péchés étaient vils. »

Carla sanglotait encore devant l'icône. D'amour pour la gentillesse de Mattias. De chagrin pour la mort de son père. D'une gratitude désespérée pour l'amour de don Ignacio car, dans un minuscule coin de son cœur, elle n'avait jamais perdu sa certitude à ce sujet. De chagrin pour Orlandu et de la douleur de sa propre folie. Elle sentit que quelqu'un entrait dans la chapelle derrière elle et elle étouffa ses larmes.

C'était La Valette.

Il s'agenouilla non loin d'elle et se plongea immédiatement dans de profondes dévotions. Il ne l'avait pas remarquée. Il semblait presque en transe. Elle songea aux fardeaux qui pesaient sur sa conscience. Ses peurs pour le peuple maltais. Les hommes qu'il envoyait quotidiennement à la mort de l'autre côté du port. Les erreurs – les siennes surtout – qui devaient en avoir envoyé encore plus. Carla regarda l'image de Notre-Dame et lui demanda ce qu'elle devait faire. Et Notre-Dame le lui dit.

Après les dures épreuves de ces derniers jours, Mattias avait droit à du repos, et Carla attendit qu'il se réveille avant de s'adresser à lui. Il resta au lit jusque dans l'après-midi, et elle se demanda s'il n'avait pas pris un soporifique. Ou alors il s'occupait d'Amparo. Penser à eux deux lui causait encore des vagues de nausée ; mais pour cela, elle se réprimandait elle, et pas eux. Quand Mattias émergea enfin, il semblait déprimé. Ils se retrouvèrent seuls dans le réfectoire, où il mangeait sans appétit. Ils parlèrent de choses et d'autres, puis il la questionna sur ses intentions futures.

« Ma vraie place dans le monde est ici », dit-elle.

Il prit cela avec un regard sinistre vers sa tasse de café. La tasse était minuscule, magnifique et absurdement délicate dans son poing aux phalanges comme des noix. « Orlandu ne reviendra pas, dit-il. Du moins pas entier.

— Ma place est ici, que je revoie un jour Orlandu ou pas. » Elle le vit tenter de réprimer une frustration glaciale. Il n'était pas homme à se laisser aller au découragement – et cette résignation face à l'infortune la stupéfiait vraiment – et cela lui faisait mal de le voir si désespéré. Surtout par sa faute. Elle tendit la main et toucha le dos de la sienne. « Vous voulez que je quitte l'île et je comprends pourquoi…

— Ça, j'en doute beaucoup. » Sa voix était tranchante et elle se sentit repoussée. Et il ajouta comme une annexe. « Vous n'avez jamais vu les Turcs saccager une ville. Vous seriez violée pendant des heures, voire des jours. Et puis, avec de la chance, vous seriez massacrée. Avec moins de chance, vous seriez vendue et envoyée dans un bordel d'Afrique du Nord. »

Elle cilla face à la brutalité de son langage. « Mais il est impossible de quitter Malte.

— Ai-je perdu votre confiance ? demanda-t-il.

— C'est absolument impossible. » Elle sourit, mais Mattias ne lui rendit pas son sourire. « Dieu m'a accordé la vocation – l'appel – qui s'était dérobée à moi toute ma vie. C'est pourquoi je dois rester.

— Nous sommes encerclés par les appelés, dit Mattias. Ils se découpent tous en morceaux pendant qu'on parle.

— Je ne me déroberai pas, dit-elle. Je ne souhaite que servir les gens, ceux qui souffrent en suivant les pas du Christ. J'accepterai tout ce que la Providence ordonnera. »

Il se détourna et jeta le marc de sa tasse avant de la remplir avec l'aiguière de cuivre. Puis il regarda le noir de son café en évitant ses yeux. Elle savait qu'il la prenait pour une folle mais, pour une fois dans sa vie, elle savait qu'elle ne l'était pas.

« Mattias, s'il vous plaît, écoutez-moi. » Il la regarda. Elle poursuivit. « Vous avez fait tout ce qu'un homme pouvait faire et bien plus encore. Vous m'avez amenée ici, vous avez été mon gardien et mon guide. Je cherchais mon fils et je l'ai perdu, encore une fois, mais j'ai été gratifiée d'autre chose – quelque chose d'infiniment précieux – que je ne m'attendais pas à trouver. » Elle se souvint de leur conversation dans la roseraie. Elle dit : « Appelons cela la grâce de Dieu. »

Mattias acquiesça. Sans proférer un son.

« Si ma quête pour trouver Orlandu m'a menée à cette connaissance – de mon âme propre, de ma propre place dans le cœur de Dieu et sa Création –, alors je ne peux pas considérer cela comme un échec. Et vous ne devriez pas non plus.

— Et Amparo ? dit-il. Doit-elle rester ici et mourir avec les fanatiques ?

— Je ne suis pas une fanatique.

— Je parle de ceux qui, à eux tous, vont réduire cette ville en poussière.

— Amparo a toujours été libre. Je ne la commande en rien. Elle vous aime, Mattias. » Elle hésita. « Je vous aime. Je vous aime tous les deux. »

Mattias tressaillit, comme si cette information ne faisait qu'ajouter à ses fardeaux. Il battit une fois de plus en retraite dans son café.

« Quant à notre accord, continua-t-elle, je m'y tiendrai avec joie si vous le souhaitez. Nous pourrions nous marier avant votre départ et mettre tout cela sur papier. Vous auriez votre titre. »

Il leva la main. « Nous sommes désormais bien au-delà de telles trivialités, dit-il. Et vous méritez un époux bien meilleur que moi. Votre engagement va vers quelque chose de noble. Plus que noble. Vous voulez ma bénédiction ?

— Il n'existe rien que je chérirais davantage. »

Il sourit, de son sourire d'avant. « Alors, elle est à vous, librement et pleinement », dit-il. Il se leva. « Mais il est des choses auxquelles je dois réfléchir pour moi-même. » Il fit une courbette, avec la galanterie primitive qui l'avait touchée, avant. « Voulez-vous bien m'excuser ? »

Carla se leva aussi. « Bien sûr. De toute façon, je dois aller à l'Infirmerie. »

Il lui offrit son bras. « Alors je revendique l'honneur de vous escorter. »

Carla posa sa main sur son bras et cela faisait du bien. Elle eut peur de ne jamais plus le revoir. Elle aspirait encore à son amour. Et pourtant elle avait fait la paix avec elle-même. Elle ne pouvait pas demander plus.

Quand elle arriva à l'Infirmerie, Lazaro lui dit qu'Angelu était mort.

Tannhauser et Bors étaient assis entre des merlons sur les remparts de Saint-Ange comme deux gamins désœuvrés, leurs jambes pendant dans le vide, à plus de cent pieds au-dessus de l'eau claire et bleue. Ils partageaient une outre de vin et une cruche d'olives, et regardaient le coucher de soleil derrière le mont Sciberras. La fumée ocre des canons de siège prêtait au coucher de soleil une lueur infernale. Du cavalier, derrière leur tribune, le canon cracha une salve de fer et de malheur. De l'autre côté de la baie, le fort Saint-Elme semblait n'être plus qu'un tas de pierres désintégrées mais, malgré toutes les probabilités, son enceinte explosée fourmillait de bravade.

« C'est paradoxal, dit Tannhauser, que des hommes envoyés à la mort s'accrochent à la vie avec une telle ténacité.

— La gloire », dit Bors.

Il regarda Tannhauser et le cœur de celui-ci s'emplit d'une tristesse inattendue face à ces yeux gris sauvages et à ce visage nordique noueux.

« Toutes chaînes mortelles brisées, toutes dettes morales abandonnées, poursuivit Bors. Nul éloge, ni honneurs, ni grande renommée mais l'extase et un avant-goût du divin. Voilà ce qu'est la gloire. » Il emplit sa gorge de vin et essuya ses lèvres. « Mais tu connais cette joie aussi bien que moi. Nie-le si tu veux, et je te traiterai de menteur.

— La gloire est un moment qui ne peut être connu qu'en enfer.

— C'est bien possible, mais à quoi peut-on la comparer en ce monde ? à l'argent ? à la célébrité ? au pouvoir ? à l'amour des femmes ? » Il renifla. « Un moment, oui, mais une fois qu'on a vu sa lumière, tout le reste n'est que mélancolie. »

La mélancolie de Tannhauser avait d'autres racines.

« Mettre la main sur ce garçon est comme essayer d'arracher des poux dans l'entrejambe de quelqu'un d'autre. Déplaisant, frustrant, hasardeux et sans réel bonheur au final.

— En général, ce sont les poux qui te trouvent, et le garçon n'est pas passé loin. » Bors vida une autre prodigieuse gorgée et tendit l'outre à Tannhauser, qui fit non de la tête. « Nous partons pour la Calabre, alors ? demanda Bors. Et est-ce que ces tendres et belles dames viennent avec nous ?

— Après avoir prié Notre-Dame de Philerme, Carla a décidé que sa place était ici, dans le Borgo. La divine Providence, la grâce de Dieu, la guideront désormais. Elle va se changer en martyre pour ceux qui souffrent, ou un non-sens dans le même style. » Il fit un geste las de la main. « Tel était le fond de sa pensée.

— Eh bien, on ne peut contredire la Providence, dit Bors. Mais n'était-ce pas une livre d'opium qui lui a ouvert la porte de frère Lazaro ? »

Tannhauser n'avait pas besoin qu'on le lui rappelle. Ses motivations pour lui obtenir cette faveur semblaient parfaitement insondables aujourd'hui. « Je lui ai demandé si Amparo était obligée de rester dans cette splendide théocratie.

— Et ?

— Amparo est libre de faire ce qui lui plaira.

— Eh bien, voilà de bonnes nouvelles, dit Bors. Tout le monde est content, semble-t-il, et tu peux partir avec la conscience tranquille et une fille splendide à ton bras. »

Tannhauser se renfrogna. « Si je devais entendre un jour la voix de Dieu, aujourd'hui serait le jour parfait.

— Donc, tu n'es pas content. »

Tannhauser regarda l'autre côté de la baie. Saint-Elme avait été flagellé par les tireurs d'élite et émietté par la canonnade depuis les premières lueurs de l'aube. Ici et là, les reflets rosâtres du couchant faisaient luire des casques et des armures dans les nuées de poussière. Quelque part dans ces ruines, Orlandu di Borgo avait son premier avant-goût de la guerre ; s'il avait survécu à cette journée.

« Cela ne me convient pas de laisser une chose inachevée, dit Tannhauser. Et de voir mes projets contrariés à la dernière minute.

— Tu as déjà pris des raclées. Ces bleus finiront par s'effacer.

— La cervelle du gamin était pleine de mythes néfastes.

— On a parlé d'armes et de choses comme ça. Est-ce un crime ? » Bors renifla, puis leva l'outre et la rabaissa sans y boire. « De quoi d'autre aurions-nous pu parler ? Du prix du poivre ?

— C'est un enfant. S'il ne meurt pas, ils vont le ramener estropié. D'un côté comme de l'autre, il ne sera jamais ce qu'il aurait pu être. Il ne fera jamais les choses qu'il aurait pu faire. Il ne connaîtra jamais les choses qu'il aurait pu connaître.

— Ainsi va la vie. » Bors leva à nouveau l'outre et en but une longue rasade.

« On lui aura volé ses droits de naissance avant qu'il ait eu la chance d'en profiter. Comme pour toi et pour moi.

— Nous ? » dit Bors en s'étranglant presque. Il s'essuya les lèvres. « Ne sommes-nous pas debout ?

— Seulement au milieu des singes.

— Cette guerre est certainement justifiée, même si je te concède que d'autres ne le sont pas. Nous ne pouvons pas laisser une horde de barbares graisseux nous forcer à étaler nos visages dans la boue en vomissant leur charabia la tête tournée vers La Mecque. Regarde ce qu'ils t'ont fait.

— Quand tu sauras que les hommes peuvent être dressés comme des chiens à croire et faire n'importe quoi, dit Tannhauser, vraiment n'importe quoi, cela te fera apprécier ton propre conseil, et te rendra soupçonneux face à tout autre.

— Allez, souris, mon vieux, et abandonne cette philosophie lugubre. Cela n'y changera rien. De plus, tu aimes tuer. Tout comme moi. Et c'est une bonne chose aussi car, sans tueurs, il n'y aurait pas de guerre, et sans guerre… » Il s'arrêta car sa pensée s'égarait droit vers le sol. « Eh bien, voilà, sans guerre, nous ne saurions pas de quoi parler. Du tout. »

Tannhauser prit l'outre et avala une gorgée. Il fixait la mer entre ses pieds. L'idée de sauter lui fit tourner la tête. Il existait d'autres sauts, tout aussi absolus. Peut-être même encore plus absolus. Il releva les yeux vers le fort Saint-Elme de l'autre côté de la baie.

« Donc, dit Bors qui le connaissait trop bien, tu as décidé d'aller dans le chaudron et de ramener le garçon ? »

Tannhauser ne répondit pas.

« Si tu veux mon avis, dit Bors, c'est la voix de Dieu.

— Quand il fera nuit noire, Mustapha a décidé d'attaquer les brèches en force, dit Tannhauser. Une attaque de nuit par les Turcs, c'est vraiment quelque chose à voir.

— Alors laisse-moi le ramener pour toi », dit Bors.

Tannhauser se mit à rire. « Je ne vous reverrais plus, ni l'un ni l'autre.

— Tu doutes de ma bonne foi ?

— Jamais. Mais il règne là-bas une rage qu'on ne peut même pas imaginer d'ici, et tu es trop enclin à la saisir et à délirer. Même moi je crains sa séduction.

396

— Alors, emmène-moi avec toi. Laisse-moi goûter à ce calice, et je te ramènerai à Venise en ramant moi-même. »

Tannhauser quitta l'embrasure du créneau et réussit à se lever sans plonger vers sa mort. Il regarda vers l'est, de l'autre côté de la baie de Bighi. Dans le crépuscule qui s'épaississait, la pointe aux Potences était une ruche turque industrieuse. Les hommes de Torghoud réparaient les canons cloués et reconstruisaient les batteries, ainsi qu'une palissade défensive contre une attaque ultérieure. L'aube de la veille semblait appartenir à un lointain passé ; et demain paraissait bien loin. Peut-être que Carla avait raison. Peut-être avaient-ils tous raison. Embrasse la Providence. Et que la volonté de Dieu soit faite.

« Difficile de faire cesser les piqûres à coups de pied, murmura-t-il.

— Quoi ? » dit Bors.

Les canons du cavalier crachèrent à nouveau et des boulets aspirèrent l'air en passant au-dessus de leurs têtes. Dans quelques secondes, dans la pénombre lointaine, quelques autres vies allaient être anéanties et ne le savaient pas encore.

« Viens, dit Tannhauser, allons voir si le grand maître m'a octroyé mon souhait. »

DIMANCHE 10 JUIN 1565 – PENTECÔTE

L'auberge d'Angleterre – La traversée – Le poste d'honneur

Tannhauser se pencha sur son coffre de guerre et empila quelques articles dans un sac. Dix tablettes d'opium emballées dans un tissu huilé, divers médicaments et décoctions, deux bouteilles de brandy, une demi-douzaine de jarres de conserves sucrées – coings, abricots et fraises. De tels cadeaux étaient nécessaires, car il faudrait sans doute corrompre ou graisser quelques pattes. Il refusait d'envisager qu'il pourrait se retrouver à les consommer lui-même. Carla n'était pas encore revenue de l'Infirmerie, et il était heureux d'éviter explications et au revoir.

« Que fais-tu ? »

Il se retourna vers la voix douce et musicale avec un serrement de cœur. Amparo se tenait dans la lumière jaune et les ombres, à la porte de sa cellule monastique. Il sourit. « Là où je vais, deux choses deviennent inestimables, pendant que l'or et les pierres précieuses prennent autant de valeur que la poussière. Peux-tu deviner quelles sont ces deux choses ?

— La musique et l'amour », répondit-elle sans hésiter.

Il se mit à rire. « Tu as ridiculisé ma devinette, et j'avoue que tu as raison. Ma réponse était bien moins poétique. » Il posa le sac sur le lit où son armure était déjà emballée. « Des choses qui calment la douleur et des douceurs sucrées. Mais au moins, je peux les mettre dans un sac.

— La musique et l'amour ne sont pas bienvenus en enfer ? »

Il s'approcha d'elle. Ses yeux étaient noirs et sans peur, et il combattit son envie de perdre son âme en eux. « Au contraire, le diable lui-même en a un besoin maladif.

— Tu y vas pour ramener Orlandu de la guerre », dit-elle.

Il fit oui de la tête. Saisi d'une impulsion, il dit : « Peux-tu garder un secret ?

— Mieux que quiconque. »

Il fut surpris de constater qu'il n'en doutait pas. « Après cela, je prévois d'échapper à la guerre elle-même et de retourner en Italie. Viendras-tu avec moi ?

— J'irai n'importe où, où tu voudras que j'aille. »

Sa bouche s'entrouvrit et son corps oscilla comme pour contrer le désir de se presser contre lui. Il la prit par la main pour la faire entrer dans la pièce et l'adossa au mur. Elle leva son visage et il l'embrassa. Elle ne ferma pas les yeux et lui non plus. Ceux d'Amparo étaient pleins de questions ; peut-être reflétaient-ils les siennes. Ils avaient déjà satisfait certaines envies moins d'une heure auparavant et pourtant il sentait son sexe se gonfler de lubricité. Il la lâcha, avant que la retraite ne soit plus réalisable, et il recula.

« Quand reviendras-tu ? demanda-t-elle.

— Demain, dans la nuit. »

Il passa le sac sur son épaule et saisit son armure emballée et son mousquet à ressort, graissé de frais et amorcé. Il avait laissé le pistolet dans le coffre. Il désigna le mousquet de Damas, toujours enveloppé dans une couverture et posé contre le mur. Le flacon à poudre turc ouvragé et la poche de balles y étaient accrochés.

« Tu veux bien porter cela pour moi ? » demanda-t-il.

Dans le réfectoire, Bors couvait son vin. Quand Tannhauser posa ses affaires sur la table, Bors mit un point d'honneur à ne pas lever les yeux.

« Eh bien, que voilà un amer au revoir pour un vieil ami », fit remarquer Tannhauser.

Bors grogna et le repoussa d'un geste de la main.

Tannhauser prit le fusil roulé dans la couverture qu'Amparo portait. « Puisque tu en avais toujours voulu un, donne-moi ton opinion. » Il fit glisser la couverture sur la table.

Bors se leva et la prit à deux mains, comme par réflexe, pour évaluer son poids. Ses yeux luisaient. Il posa le paquet et défit les liens. Il déroula la couverture et quand l'argent, l'ébène et l'acier furent dévoilés, il laissa échapper un soupir de connaisseur. L'arme sauta dans ses mains comme si elle était vivante, et il l'épaula et visa et la balança en arc, de droite à gauche, en braquant la pièce. L'argent clignota et les neuf paumes du canon damasquiné luirent dans la lumière des lampes de table.

« Perfection, marmonna-t-il. Perfection sans prix. » Il abaissa le mousquet et, avec l'effort de quelqu'un qui s'arrache ses propres dents, le reposa sur la couverture, en un étalage appuyé du triomphe des bonnes manières sur la convoitise. « Unique. Exquis. Avec ça, je pourrais arracher les roustons d'un musulman à cinq cents pieds. » Il ajouta, avec un large sourire : « Si jamais j'arrive à m'approcher aussi près.

— Il est à toi », dit Tannhauser.

Bors le regarda, surpris, et Tannhauser crut voir sa lèvre trembler. Les mains de Bors se mirent en mouvement pour saisir le mousquet, mais elles s'arrêtèrent juste au-dessus. « Tu en es bien sûr ? Parce que si je le prends, il faudra me passer sur le corps pour le récupérer. »

Tannhauser fit oui de la tête. « Il te sera très utile à Saint-Elme. »

Bors s'empara de l'arme et la caressa, émerveillé, le visage rayonnant. Alors que ses yeux admiraient les volutes gravées dans le métal, son visage se tourna subitement vers Tannhauser. « À Saint-Elme ?

— Prépare tes affaires », dit Tannhauser.

Carla revenait de l'hôpital dans la pénombre des ruelles. Aujourd'hui était jour de Pentecôte, *Pascha Rosatum*, jour où le Saint-Esprit était descendu en langues de feu sur les Apôtres du Christ, et, lors de la messe dans la grande salle, ils avaient couvert l'autel de pétales de roses, et la nature de ce que Dieu exigeait d'elle était devenue plus claire. Angelu était mort la nuit précédente, et son corps avait été emmené avant qu'elle n'arrive. Avec la mort d'Angelu, certains de ses vains fantasmes avaient été mis en sommeil. Jacobus, avec qui elle avait passé la matinée, était mort à midi. Un homme que personne ne parvenait à identifier, et dont le visage était trop déchiré de coups de sabre pour qu'il puisse s'identifier lui-même, était mort en lui tenant les mains quelques minutes avant son départ. Ils avaient voulu la faire sortir au coucher du soleil, mais elle avait lutté contre les moines et elle avait gagné. Son habitude de tout faire exactement comme elle l'entendait avait au moins servi à quelque chose. Elle s'était affligée avec chacun de ces hommes, et avait découvert que, à chaque fois qu'elle croyait que son cœur allait se briser, il était devenu plus fort, et la présence du Christ s'était faite plus puissante. Si elle tenait les mains des hommes, alors Jésus tenait les siennes.

Quand elle atteignit l'auberge, elle pensait qu'il n'y avait personne, jusqu'à ce qu'elle ait fouillé les cellules monacales pour découvrir Amparo qui pleurait sans bruit. Elle était allongée sur la paillasse, serrant son peigne d'ivoire. Elle avait posé sur le drap le cylindre de cuivre contenant ses cristaux de vision. Carla ne l'avait jamais vue pleurer. Sans dire un mot, Carla s'agenouilla et lui caressa les cheveux.

« Ils ont traversé la baie, dit Amparo. Pour aller en enfer.

— À Saint-Elme ?

— J'ai entendu beaucoup de gens en parler. Ils l'appellent tous l'enfer.

— Et qui est parti là-bas ?

— Tannhauser. Bors. Ils disent qu'ils y vont pour ramener Orlandu. »

Un poignard d'anxiété et de culpabilité perça l'estomac de Carla. Mais elle apprenait également à maîtriser ces vieux ennemis. « Ils agissent par charité, et Dieu les protège. Ils reviendront.

— J'ai regardé dans ma pierre de vision, et je n'arrivais pas à le voir. Je ne pouvais plus voir Tannhauser. » Une petite bulle se formait sous son nez. Elle l'essuya d'un revers de main et prit une profonde respiration. « Oh, je l'aime tant. »

Carla entrevit combien cette notion était étonnante et écrasante pour elle. Elle prit les mains d'Amparo et les serra. « Mattias est un homme bien, dit-elle. Avec un grand cœur.

— Est-ce que tu l'aimes aussi ?

« — Oui, à ma façon », dit-elle en souriant. À sa propre surprise, ce n'était pas un sourire feint. « J'ai vu comment il te regarde. Je l'ai vu au tout premier instant, quand tu lui montrais les roses dans le jardin.

— Il m'avait dit que le rossignol était heureux dans la mort, parce qu'il avait connu l'amour. Mais peut-être pas Tannhauser. »

Carla ne comprit pas la signification du rossignol. Mais ce n'était pas le moment de demander. « Je suis sûr que si, dit-elle. Et je suis tout aussi certaine qu'il ne va pas mourir.

— J'ai peur, dit Amparo. Je n'avais jamais eu peur, avant.

— L'amour apporte toujours la peur, dit Carla. Ils voyagent main dans la main, car connaître l'amour, c'est savoir que tu peux le perdre. Aimer exige courage et force. Mais tu as les deux.

— Resteras-tu avec moi cette nuit ? »

Carla s'allongea à côté d'elle sur la paillasse.

« Pourrons-nous jouer notre musique encore une fois ? demanda Amparo. Ensemble ?

— Oui, répondit Carla. Bientôt. »

Elle pinça la mèche de la chandelle entre son pouce et son index et l'obscurité tomba. Elles étaient allongées dans les bras l'une de l'autre et aucune ne parlait, ni ne dormait, et chacune calmait la terrible douleur de l'autre. Au bout d'un moment, les canons qui étaient demeurés silencieux depuis le crépuscule explosèrent avec un bruit de tonnerre, et elles se serrèrent encore plus dans le noir.

L'eau était aussi calme que la nuit et le seul son qu'ils entendaient en quittant Saint-Ange venait du va-et-vient des rames qui les poussaient en avant. La lune était à trois jours de sa plénitude et, en dehors du croissant charbonneux qui manquait sur sa gauche, elle était radieuse. Elle venait juste de passer le méridien et, à quelques degrés de son bord manquant, la tête du Scorpion brillait autant qu'elle. En cela Tannhauser entrevit un bon augure.

Au pire, cela ne pouvait pas faire de mal.

Dans la barque, les hommes étaient silencieux, chacun confiné dans son propre cercle de ténèbres. Tous savaient que la seule manière de rentrer serait dans le berceau de sa propre mutilation. Ils trouvaient réconfort dans la certitude que la mort, quand elle viendrait, serait celle d'un martyr et que leur sacrifice pourrait faire gagner à ceux qu'ils aimaient la vie et la liberté, face au joug de l'islam.

Tannhauser et Bors étaient assis à l'arrière du troisième et dernier bateau, dans lequel étaient entassés cinquante soldats maltais et espagnols, douze chevaliers déclarés et sergents d'armes de l'ordre, des vivres, dix esclaves enchaînés et quelques moutons encapuchonnés pour les empêcher de bêler. La grande ombre noire du mont Sciberras se dressait sur leur gauche, et une telle profusion de torches et de feux brillaient sur ses pentes qu'ils rivalisaient avec le firmament étincelant au-dessus de leurs têtes. Sur le rivage en bas de l'escarpement, au-delà de l'angle étroit qui pliait la côte au sud du fort Saint-Elme, un bataillon d'ouvriers turcs montait ce qui ressemblait à une palissade, un ouvrage apparemment défensif dont Tannhauser ne parvenait pas à comprendre l'utilité. Puis un chant aigu s'éleva dans le silence. La mélopée de la voix de l'imam, montant et descendant sur son rythme répétitif, troubla le cœur de Tannhauser. Le Coran renfermait les instructions d'Allah pour l'homme, et l'arabe était le langage qu'il avait parlé. Il ne pouvait être traduit en aucun autre. Même si, à cette distance, les mots étaient indistincts, la réaction qu'ils évoquaient en lui – le serrement instinctif de son ventre, l'air devenant ténu dans ses poumons, le battement de son sang dans ses oreilles et sur ses tempes – ne lui laissait aucun doute, car il l'avait déjà entendu bien trop souvent, sur beaucoup trop de champs de bataille sanglants.

Les mots et le rythme étaient ceux d'*Al-Fath*, la sourate de la Conquête.

Suivant les battements du chant de l'imam, Tannhauser murmura en arabe : « Si quelqu'un ne croit pas en Allah et en son Prophète, nous avons préparé pour ceux qui le rejettent un feu ardent. »

Bors lui jeta un regard.

« Prête une oreille attentive, dit Tannhauser. Les Lions de l'islam rugissent. »

Un holocauste d'explosions furieuses se répercuta sur l'obscurité des montagnes, au moment où pas loin d'une centaine de canons de siège lâchaient une première salve qui sembla avaler l'air de leurs poitrines. Des flammes rugirent, orange et jaune et bleu, sorties des canons des couleuvrines ornées de têtes de dragons, et des cascades d'étincelles s'élevèrent dans l'air embaumé de la nuit. Dans la brève mais étincelante lumière surgie des gueules de bronze, ils aperçurent des soldats massés sur les pentes en énormes carrés. Des soldats massés par milliers et dizaines de milliers.

Et tous impatients et désireux de voir le visage de Dieu.

« Dieu du ciel », dit Bors, avec une crainte mêlée de respect.

Dans le stupéfiant silence qui suivit le monstrueux tir de barrage, un imam cria une exhortation à la multitude des croyants. La horde de *gazi* répondit comme un seul homme, avec un rugissement d'exaltation qui était plus fort et de très loin bien plus terrifiant que la colère du canon.

« *Allahu Akabar !* »

Le cri balaya la mer comme un vent sorti des portes de l'enfer. Aucun membre de cette petite troupe de chrétiens n'avait jamais entendu son pareil, et le sang de chaque homme se glaça comme les eaux du Styx.

« *Allahu Akabar !*

— Pour le Christ et le Baptiste ! » hurla Bors, car il refusait d'être battu, et les hommes dans les barques entamèrent la riposte. Mais ils étaient peu, et on ne les entendait pas, et la gorge de la horde s'ouvrit encore une fois.

« *Allahu Akabar !* »

Et Tannhauser sut, à cet instant, comme d'autres hommes autour de lui et pas seulement dans les rangs musulmans, que c'était le hurlement primal du plus profond de son cœur. Le hurlement qui faisait écho aux millénaires. C'était la voix d'un dieu dont le pouvoir avait été ancien quand toutes les autres déités n'étaient pas encore nées, dont la domination subsumait toutes les fois et les croyances plus faibles, et dont le règne verrait toutes les autres idoles se changer en poussière. C'était l'ordre de s'agenouiller devant l'autel de la guerre. Une invitation à soulager cette soif qui affligerait toujours les hommes, et qui ne serait jamais complètement étanchée. Tannhauser sentit son souffle se bloquer dans sa poitrine et des larmes lui montèrent aux yeux. Il les essuya et inspira la quintessence du sens de la mortalité. C'était cela que signifiait être un homme. Cela, et rien d'autre que cela ; que ce soit élevé ou indigne.

« Oh, mon Dieu », dit Bors. Et ses yeux aussi brillaient de larmes. « Oh, mon Dieu. »

Le cri de bataille des musulmans se changea en un grognement de rage informe, et les fanfares martiales des janissaires résonnèrent tandis que des volées de tirs de mousquets éclataient. Puis des trompettes aiguës sonnèrent et les bannières se dressèrent haut dans les airs, et la horde invincible roula sur les pentes vers Saint-Elme.

Le fort répliqua avec des coups de canon, des tirs d'arquebuses craquèrent tout le long des bastions. Les fusées turques explosaient bien au-dessus et quand la première vague atteignit la douve et s'élança sur les ponts improvisés, des jets de feu grégeois firent irruption des mâchicoulis des remparts chrétiens, et des arcs brûlants dégringolèrent dans le noir pour piéger l'ennemi. En quelques minutes, tout le saillant sud-ouest fut illuminé d'hommes en feu, d'explosions et de lacs de flammes. Il y avait assez de lumière pour que les canons de seize livres de Saint-Ange puissent ouvrir le feu, et des boulets hurlèrent loin au-dessus du convoi, ouvrant des brèches furieuses de sang dans la charge musulmane. Une fumée mordante se répandait sur l'eau, avançant vers eux, et des spirales tordues grimpaient vers le visage de la lune. Les rameurs se penchèrent sur leurs bancs, tirèrent, et les barques reprirent leur avancée à travers la chaleur et la fumée comme si elles emportaient leur charge d'Argonautes vers le lointain rivage de la damnation. Puis une volée de coups de feu éclata, à moins de trois cents pieds d'eux, et un cri retentit en espagnol.

« Les infidèles sont sur nous ! »

Tannhauser scruta les ténèbres argentées. Une barque turque s'était faufilée sous la fumée et avait tiré une vaste salve de mousquets sur la première barque de leur convoi. Le bateau n'était plus qu'un chambardement de moutons bêlants et d'hommes désespérés, rames valsant en tous sens, dérivant sans direction, alors que les Turcs, en panne à trente pieds, rechargeaient leurs armes. Un groupe d'archers turcs criblaient les survivants chrétiens stupéfaits de volées de flèches vicieuses jaillies de leurs arcs de corne. Il y avait peu d'armes à feu sur les bateaux chrétiens, les mousquets de Saint-Elme passant directement des morts aux vivants. Le second bateau s'éloignait rapidement du premier, ramant avec force vers le quai de Saint-Elme. Un choix avisé dans de telles circonstances. Il y avait plus que de fortes chances pour que la barque de Tannhauser reçoive la seconde volée de balles. Ensuite les Turcs auraient tout loisir de les exterminer tous. Bors épaula le mousquet de Damas.

Tannhauser l'arrêta. « Garde ta balle, mon vieux.

— Je ne suis pas venu aussi loin pour me noyer comme un foutu marin.

— Moi non plus. »

Ils étaient assis sur le premier tiers avant du bateau, près de cinq frères de la langue aragonaise vêtus de leur tenue de combat complète. Le *caballero* Geronimus Aiguabella, du prieuré de Cerona, commandait. Tannhauser lui saisit l'épaule et Aiguabella, un fanatique au visage en lame de couteau et aux yeux noirs comme des perles de rosaire, se retourna pour l'écouter.

« Déplacez vos frères vers la poupe, pour que leur poids soulève la proue. » Tannhauser accompagna ses mots de gestes pour préciser la manœuvre. « Puis ordonnez à l'homme de barre de viser la barque turque en plein milieu, en oblique. Vous comprenez ? »

Aiguabella cligna des yeux et regarda l'eau pour envisager l'idée de Tannhauser.

« Au dernier moment, sur votre ordre, nos rameurs devront rentrer leurs rames, dit Tannhauser. Les rames des Turcs formeront une rampe qui nous fera passer par-dessus, et le bateau des infidèles se renversera dans notre sillage. »

Aiguabella était tout oreilles, mais il le regardait d'un air dubitatif.

« C'est ça, ou essuyer leur feu, ajouta Tannhauser. Si nous ralentissons assez pour essayer de les prendre au corps à corps, ils nous tireront comme des lapins.

— *Bueno* », dit Aiguabella.

Il lança des ordres à ses chevaliers et mena la procession maladroite et cliquetante vers la poupe. Le timonier maltais, chantant le rythme d'une voix calme et saumâtre, avait déjà lancé les rameurs à pleine vitesse. Le sifflement de leurs respirations accompagnait le raclement des dames de nage, et de l'écume jaillissait sur les plats-bords à chaque coup. Si quelqu'un voulait tenter une manœuvre si hasardeuse en mer, songea Tannhauser, il ne pouvait pas souhaiter mieux qu'un Maltais à la barre. Tandis qu'il préparait son mousquet, la chaloupe changea de trajectoire pour filer droit sur le bateau turc, maintenant à moins de deux cents pieds. Bors et lui étaient désormais tout à l'avant de leur équipage, et ils pouvaient voir les mousquetaires musulmans qui bataillaient pour recharger leurs armes, les bourrer et les allumer. Ils étaient une quarantaine, vêtus de costumes bariolés et hétéroclites. Des cris d'alarme furent échangés quand ils virent que la proue de la barque chrétienne écumait le vif-argent de l'eau à toute vitesse, et leur frénésie augmenta, leurs rameurs relevant les lames de leurs rames pour reprendre de la vitesse.

« Des corsaires ! » dit Bors. Il poussa l'allumage de son arme jusqu'à un jaune intense. « C'est agréable de leur faire un tour de corsaire !

— Leur barreur, tu le vois ? demanda Tannhauser.

— Oh oui », répondit Bors.

Bors cala son pied contre un banc, posa son coude sur son genou et épaula son arme. Il suivit le balancement de la proue pendant deux coups de rames, le laissant gagner son corps. Quand la chaloupe s'éleva une troisième fois, il pressa la gâchette et se maintint bien en équilibre le temps que la mèche atteigne le bassinet. Le canon de neuf paumes rua et retentit, et Tannhauser s'accroupit sous la fumée pour regarder. Le barreur musulman fut éjecté de son siège et disparut dans l'obscurité enfumée derrière la poupe.

« En pleine poitrine », gloussa Bors. Il embrassa l'acier trempé d'eau du canon de son mousquet. « Quel baptême pour cette beauté. Son premier tir. Je vais l'appeler Salomé, en l'honneur de Jean le Baptiste. Salomé était une saleté de musulmane, non ?

— Il n'y avait pas de musulmans à cette époque, l'informa Tannhauser. Il n'y avait qu'une douzaine de chrétiens, ou à peu près. »

Bors prit cela pour une plaisanterie. « Mais plein de garces, de ça on peut être sûr. »

Tannhauser épaula et visa en regardant les rameurs corsaires qui trouvaient leur rythme et commençaient à faire filer leur barque. Les Algériens se présentaient par le travers. Pour pouvoir se remettre proue devant, il fallait qu'ils virent, de tribord vers bâbord, mais sans le barreur pour les guider la plus grande confusion régnait. Un autre homme bondit pour prendre le gouvernail et Tannhauser, qui attendait une telle manœuvre, fit feu quand il était en haut de la vague, expédiant l'homme au milieu de ses compatriotes, toussant du sang. La collision était désormais inévitable. Il glissa le mousquet en travers du banc sous ses cuisses, espérant le maintenir au sec. Il saisit les deux plats-bords, les pieds bien calés, et s'accrocha, se cramponnant à la vie. Bors enfonça la mèche de son arme, encore allumée, dans le revers de sa botte et attendit la suite. Des flèches volaient vers eux et venaient se planter dans la proue. Ils parcoururent les cent derniers pieds à une vitesse alarmante, irrésistible. La rangée de rames musulmanes brassait l'eau juste devant eux. Leur chaloupe filait à la surface de l'eau. Aiguabella poussa un rugissement et Tannhauser entendit le cliquetis des dames de nage quand leurs rameurs soulevèrent leurs rames.

Les dents des corsaires étincelaient dans leurs visages féroces, des Algériens d'après leur allure, et une douzaine de mousquets tardifs firent feu, sauvagement. Du bois éclata en charpie d'échardes et Tannhauser s'accrocha à la vie quand la proue se souleva devant lui, ses entrailles dégringolèrent, et tout ce qu'il put voir fut un éclair du ciel criblé d'étoiles. Il y eut des cris et des jurons et le rugissement de la mer qui s'abattait sur les corsaires. Son estomac remonta quand la proue replongea vers le bas. Il se retrouva trempé par les énormes éclaboussures de l'eau escaladant la coque. Ils étaient de nouveau à niveau, roulant et tanguant, mais à flot, et il entendit les rames se remettre en place pour les stabiliser. Il se retourna.

Dans leur sillage flottait la quille de la barque corsaire retournée. Autour d'elle, un groupe d'hommes désespérés pataugeaient en éclaboussant partout, bouches ouvertes. Des survivants du premier bateau chrétien éclata un chœur de hourras. Aiguabella demanda au barreur de faire demi-tour et l'équipage se leva de ses bancs comme de terribles harponneurs, et pendant que les Algériens balbutiaient leurs dernières oraisons, les Maltais les achevèrent à coups de rames.

Ils s'amarrèrent au quai de Saint-Elme et le soulagement de Tannhauser en sentant la terre ferme sous ses pieds fut indescriptible. Au-delà de la silhouette menaçante et dévastée du fort en ruine, une lueur jaune sauvage envahissait le ciel enfumé. De grands pans de maçonnerie arrachés aux remparts s'empilaient, à moitié submergés, au bas de la pointe rocheuse sur laquelle le mur était construit. L'accueil qu'on leur réserva fut chaleureux mais bref et ils grimpèrent les marches taillées dans la pierre derrière Aiguabella et ses frères chevaliers. Sur la terre ferme, les chevaliers étaient aussi agiles que des chèvres, malgré leur armure. Tannhauser portait sur son dos son casque et sa cuirasse, qu'il n'avait pas passés dans le bateau par crainte de l'eau.

« Si nous allons dans le chaudron, je veux un peu plus d'acier que ça sur ma peau.

— Eh bien, dit Bors, allons nous trouver quelques morts. »

Quand ils atteignirent la porte, Tannhauser demanda aux gardes où se trouvait l'hôpital de campagne, et on le dirigea vers la chapelle située à l'extrémité nord du fort. Ils passèrent la poterne et là ils s'arrêtèrent, bouche bée, le spectacle qu'ils avaient sous les yeux étant visible par très peu d'hommes. Et, de ceux-là, encore moins resteraient en vie pour le raconter.

La cour intérieure du fort était une étendue désertique crevée de cratères sur laquelle aucun homme n'osait s'aventurer. Ses dalles éclatées et pulvérisées étaient jonchées de boulets de fer et de granit, certains assez gros pour s'asseoir dessus, et maculées de taches sinistres si nombreuses que par endroits elles se rejoignaient pour peindre des sections entières de la cour d'une gélatine noirâtre. Ici et là demeuraient les traces de bâtiments plus petits, démolis soit à dessein, soit par les tirs des canons. Leurs pierres avaient été utilisées pour renforcer les vagues murets qui zigzaguaient un peu partout dans cet espace ouvert, car il restait à peine un pied carré à n'être pas désormais sous le feu des mousquets turcs.

Sur leur droite, le mur nord-ouest était ouvert de trous béants, et un second rempart avait été érigé derrière lui avec des pierres arrachées ailleurs, de la terre, des poutres à moitié déchiquetées et des paillasses. Cet ouvrage défensif n'était pas gardé pour l'instant et il avait l'air d'une folie érigée par un dément et abandonnée dans un instant d'irritation.

Côté sud, faisant face aux avant-postes capturés et aux principales positions turques sur le mont Sciberras, le mur d'enceinte ne pouvait plus vraiment être décrit comme un mur, mais plutôt comme un vaste tas de cailloux – convenant mieux à des troglodytes qu'à une armée moderne – remontés pour former une sorte de remblai défensif brut. Sous leurs yeux, des chaînes d'esclaves s'épuisaient au clair de lune, sous les sifflets et le fouet, nus et comme des fantômes, couverts qu'ils étaient d'une croûte de poussière collée par la sueur et le sang, passant des blocs de maçonnerie de mains sanglantes en mains sanglantes, jusqu'à ce que les pierres regagnent le rempart d'où elles étaient tombées. Le bord de l'avant-poste en forme de V pris par les Turcs était désormais plus haut que les défenses chrétiennes. De derrière ce voile protecteur provenaient les aboiements intermittents de tirs de mousquets hostiles.

Mais l'avant-poste était une diversion. Le gros de l'attaque de nuit de Mustapha était dirigé contre une énorme brèche dans la pointe occidentale du saillant sud du fort. C'était là que la lumière des flammes, la brillance des explosions et le désespoir des combats étaient les plus intenses.

En ce jour, la garnison comprenait peut-être cinq cents miliciens maltais – dont le courage et la ténacité avaient surpris tout le monde, et les Turcs les premiers –, plus deux cent cinquante des légendaires *tercios* espagnols et à peu près quatre-vingts chevaliers de l'Ordre. La moitié de cet ensemble était engagée pour repousser les vagues d'assauts. Des sentinelles étaient postées à divers points du périmètre pour signaler une éventuelle attaque secondaire. Quelques canons chrétiens mugissaient depuis leurs emplacements précaires et dévastés. La plupart des réserves étaient installées à l'abri du mur ouest et protégées des tireurs d'élite par les murets et les fortifications intérieures improvisées. Des esclaves chrétiens affranchis – criminels, homosexuels, hérétiques – étaient employés à ramasser les projectiles dans la cour pour alimenter les canons. Des Juifs libérés étaient employés comme brancardiers et faisaient un va-et-vient incessant vers le front, courbés sur leurs brancards, emportant les hommes touchés vers un solide bâtiment, proéminent parmi ceux qui étaient accolés sous le mur nord, côté mer.

Les yeux de Tannhauser scrutaient la mêlée sauvage et tempétueuse. Où pouvait bien être Orlandu dans de tels ravages ? Il n'avait aucun talent de combattant et guère de force. Face à un danger si omniprésent, il avait très bien pu subir le même sort que les morts entassés en abondance près de l'enceinte.

« Toi qui connais Orlandu, dit-il, où l'aurais-tu assigné ? »

Bors fronça les sourcils. « Au transport de poudre ? Ou comme porteur d'eau ? »

Tannhauser avait repéré quatre batteries à l'intérieur du fort. Il y en avait une cinquième, comprit-il, sur un cavalier élevé à l'extérieur de l'enceinte et relié par un pont au mur septentrional, côté mer. Cela ne faisait qu'une journée qu'Orlandu était ici. « La poudre, je n'y crois pas. Il faut apprendre trop de choses et c'est terriblement hasardeux. »

Bors était trop content de partager cet avis. « Porteur d'eau le placerait en plein dans la bagarre. »

L'intérieur de la chapelle tremblotait sous les lueurs des chandelles et était parfumé d'encens et de fumée de thym. Les bancs avaient été retirés pour servir aux parapets et les blessés étaient allongés le dos sur les dalles, ou assis contre les murs, tordus d'angoisse. Un chapelain portant les riches habits de *Pascha Rosatum* disait la messe sur un autel de pierre couvert de feuilles de roses, et que quelqu'un se soit fatigué à apporter ces feuilles dans ces lieux de laideur et d'horreur semblait à la fois merveilleux et démentiel. Des cris de douleur jaillissaient des hommes opérés par les chirurgiens, qui n'étaient plus que deux. Ils se tenaient autour d'une table dans un bourbier de sang coagulé qui envahissait le sol du chœur. Ils étaient aussi incarnats que des bouchers, et leurs visages étaient grisâtres de cette fatigue particulière qui provient de l'infliction de tourments pour chercher à soulager. Un homme se contorsionnait sur la table entre eux deux, et, derrière ses cris, on pouvait entendre le grasseyement d'une scie. Malgré leurs tribulations inhumaines, et le fait qu'ils ne dormaient que deux ou trois heures par jour depuis quinze jours, les chirurgiens arboraient une expression imperturbable – peut-être même une sérénité rongée d'inquiétude – qui était plus émouvante et plus majestueuse que tout ce que Tannhauser avait vu de sa vie. Après tout, ces chevaliers étaient les hospitaliers, et ces héros si graves étaient les gardiens de la flamme sacrée.

Inspirés par une telle noblesse placide, ou peut-être par la découverte que crier ajoute souvent à la douleur, tous les autres patients étaient silencieux, attendant leur tour. Les corps de cinq chevaliers morts étaient alignés dans le vestibule, couverts de linceuls immaculés, attendant d'être emportés vers la crypte de San Lorenzo. Comme Tannhauser l'avait espéré, leurs armures et leurs épées étaient placées près d'eux. Les chevaliers traitaient leurs propres morts avec une délicatesse particulière, et, contrairement à toute raison, ils n'auraient jamais même imaginé passer leur équipement au commun des soldats dont cela aurait pourtant augmenté la longévité – et dont les cadavres étaient jetés à la mer avec bien moins de cérémonial.

« Choisis vite et bien. Jambières, cuissardes, chausses. Gantelets, s'ils vont.

— Où vas-tu ? demanda Bors.

— Donner de la laine aujourd'hui pour pouvoir prendre quelques moutons demain. » Il ouvrit son sac. « Souviens-toi de ma devise : Celui qui a de l'opium n'est jamais sans ami. »

Pendant que Bors choisissait parmi les plus larges pièces d'armure, Tannhauser s'approcha de l'autel. Il regarda les chirurgiens achever l'amputation d'une jambe sous le genou. Ils scellaient le moignon grâce à un ingénieux arrangement de lambeaux de peau, avec seulement l'utilisation la plus subtile d'un fer à cautériser, et cela lui donnait une chance d'obtenir leur attention.

« Est-ce là la nouvelle technique recommandée par Paré ? » demanda-t-il.

Le chirurgien qui avait l'air de diriger le regarda avec surprise. « Vous êtes très bien informé, messire.

— J'étais à Saint-Quentin, où monsieur Paré était chirurgien général quand il s'est insurgé contre l'abus de la cautérisation par le feu. » Il se rappela soudain que Paré était un huguenot, et par conséquent un hérétique, et il espéra qu'il n'avait pas fait mauvaise impression. « Je présume que vous approuvez.

— Les résultats parlent d'eux-mêmes. »

Tannhauser tendit la main. « Mattias von Tannhauser, de la langue allemande.

— Jurien de Lyon, de Provence. »

Jurien hésita à lui serrer la main, car la sienne était pleine de sang, mais Tannhauser la prit comme si de rien n'était. Il dit au noble chirurgien qu'il était mandaté par La Valette pour l'inspection des défenses, et lui montra le sceau du grand maître sur le parchemin qu'il avait obtenu de Starkey. Puis il entama avec Jurien une discussion sur l'état des blessés et fit l'éloge de sa politique de n'envoyer sur les barques que ceux ayant quelque espoir de survie et de retour au combat. Il impressionna vivement frère Jurien par ses connaissances de la magie naturelle et des potions vulnéraires, secrets appris de Petrus Grubenius, et il commença à sortir de son bagage divers sacs de chanvre dont il décrivit le contenu.

« Dans ceci nous avons consoude, pirole et aristoloche, relevées avec du *Tanacetum parthenium* et de l'aigremoine. Faites bouillir le cataplasme dans les proportions d'une once pour deux onces de vin et, après avoir mélangé avec une pincée de sel, attachez les herbes sur la blessure. Le vin qui reste peut être administré en décoction, une cuiller matin et soir suffit. »

Jurien de Lyon, familier de ce régime, hocha la tête pour exprimer sa gratitude.

Tannhauser sortit ensuite un flacon de verre hermétiquement fermé, plein d'une huile rouge grenat.

« Huile d'Hispanus : graines de lin et extraits de camomille augmentés de baies de laurier, de bétoine, de cannelle et de moût de Saint-Jean. Quelques gouttes prises dans du vin noir, trois fois par jour, aident à soulager les blessures en contractant les nerfs qui les enflamment. Gardez-le bien fermé, sinon ses vertus s'évaporent et disparaissent. »

Il y eut soudain un tel fracas venu du vestibule qu'il coupa court aux gémissements de douleur, et le malaise qui s'ensuivit poussa Tannhauser à être plus généreux que nécessaire dans son dernier don. Il sortit de son sac deux plaques d'opium emballées dans du tissu huilé.

« Ceci n'a pas besoin que je vous le présente. Opium des champs de pavot d'Iran. »

Jurien fit presque un pas en arrière. « Frère Mattias, vous êtes l'envoyé des cieux.

— Comme toutes les merveilles de cette sorte, le pavot est une libéralité de Dieu, même s'il fleurit le mieux sur les terres des diables chiites. Acceptez ces modestes contributions, donc, de la part de votre frère allemand. »

Malgré un dernier regard circonspect vers le sac, Jurien était très ému par cette générosité et il lui assura que toute faveur demandée lui serait accordée. Comme il jugeait l'homme incapable du moindre écart, Tannhauser boucla son sac et le confia à la garde de Jurien.

En retraversant le vestibule, il commit l'impensable en volant l'épée d'un chevalier mort. Il la choisit d'instinct, et donc il choisit bien. Même dans son fourreau, l'épée semblait une extension de son bras. Sa propre rapière, de Julian del Rey, était sans égale dans un combat de rue, mais trop délicate pour l'ouvrage qui l'attendait. Pour la bataille, il fallait un instrument qui ait la résistance d'un soc de charrue. Il laissa la del Rey près du cadavre et se faufila dehors.

Il retrouva Bors dans une allée près de la chapelle, debout au milieu d'un amas d'acier et essayant d'introduire ses pieds gros comme des barques dans une paire de sabatons en forme de pattes d'ours. Tannhauser les trouvait assez grands pour recouvrir ses propres bottes et examina le reste de la collection. Il n'y avait pas de jambières assez longues pour lui convenir, il fit donc sauter quelques rivets pour démonter diverses plaques, roula ses bottes jusqu'à ses genoux, et enfonça une paire de jambières dedans. Il trouva des genouillères qui pouvaient être remodelées facilement pour s'accommoder à ses genoux. Il remonta ses bottes jusqu'à l'aine, et glissa des cuissardes d'acier sur leur devant. L'ensemble bougeait un peu ici et là, mais était largement préférable à un coup de cimeterre en travers des tibias. Il défit son propre paquetage et revêtit sa cuirasse striée qui avait été forgée à Nuremberg par Kunz Grünwald. Bors l'aida à boucler les épaulières et les hauts-de-bras. Il abandonna les sabatons mais lutta pour la seule paire de gantelets qui pouvait aller à l'un d'eux. À cause du mousquet de Damas, Tannhauser gagna et les passa dans sa ceinture. Bors trouva une paire de mitaines de fer et s'en contenta. Leurs casques étaient des morions, avec une haute crête, laissant le visage découvert, mais protégeant les joues et la mâchoire avec des gardes d'acier attachées sous le menton par des rubans de soie rouge. Tous deux plus lourds d'une cinquantaine de livres, ils prirent leurs longs fusils et commencèrent à avancer vers le périmètre ouest, vers les flammes.

En passant devant les réserves, ils s'enquirent d'Orlandu. Personne ne le connaissait. C'était de la chair fraîche, et nul ne s'en souciait. La mathématique séculaire était à l'œuvre : plus longtemps vous surviviez, plus longtemps vous aviez de chances de survivre. Dans des conditions d'une telle sévérité, où huit heures d'assaut suivaient immédiatement douze heures de bombardement, les vétérans étaient forgés en deux jours, et voyaient plus de sang versé que toutes les autres troupes en dix ans de service. Ceux qui étaient ici depuis le début du siège – dix-huit jours, maintenant –, et dont nombre étaient des *tercios*, étaient tous faits d'une argile différente. Ils se ramassaient sur leurs talons dans la poussière, leurs hallebardes et pertuisanes posées près d'eux sur le sol, tous habités par la mort, et leurs yeux caves possédés d'une tranquillité anormale. Leurs vêtements étaient en lambeaux et leurs bottes déchirées par les gravats. Leurs cheveux et leurs barbes étaient maculés de saleté, leurs visages de croûtes et de bleus. La plupart affichaient des blessures, grossièrement pansées, des doigts coupés et des bras en écharpe, des brûlures et des claudications douloureuses, qu'ils supportaient avec l'attitude fataliste des chiens blessés.

Les chevaliers se regroupaient par langue à la tête de chaque compagnie : Français, Auvergnats et Provençaux. Les Italiens et les Aragonais, apprirent-ils, étaient actuellement dans la mêlée. Le sifflement de l'acier sur les pierres à aiguiser se mêlait au son des Pater Noster. La discipline était serrée. Le moral semblait plus haut qu'on aurait pu l'imaginer. Quel que soit l'épuisement que ces soldats ressentaient, et il était gravé sur leurs visages de spectres, l'air pétillait d'une sorte de force commune invisible. Ils auraient volontiers invoqué le Saint-Esprit pour expliquer ce phénomène, mais Tannhauser l'avait déjà ressenti, de l'autre côté du mur lointain où Allah était proclamé comme son arbitre et sa source. Était-ce là la différence pour laquelle ces guerriers se mettaient en pièces ? Un nom – un mot – pour le même concept essentiel d'unicité divine ? Ou bien n'y avait-il pas de Divin, et cette force aveuglante était-elle la création des hommes eux-mêmes, des hommes qui se trouvaient jetés les uns contre les autres pour des raisons qu'aucun ne pouvait expliquer, des hommes liés par le plus pur accident : la naissance, la géographie, le destin ?

Tannhauser s'était déjà retrouvé dans cette lointaine région, et avait connu le même frétillement du sang qu'il ressentait à cet instant. Combattre et mourir dans le partage de n'importe quelle cause, que ce soit pour le bien ou pour le mal, ou pour quelque dieu que ce soit, ancien ou nouveau, évoquait en eux tous la même compulsion. Bors avait touché juste. Le même amour. Le sortilège était d'une puissance irrésistible. Malgré lui, son cœur appelait le combat. Son mentor, Petrus Grubenius, en aurait été fou de désespoir.

« Tu n'es venu ici que pour le garçon », se remémora-t-il. Amparo l'attendait, et ses yeux qui, quand ils regardaient dans les siens, ne voyaient que lui. Un regard comme il n'en avait jamais vu, sauf dans des souvenirs perdus depuis si longtemps qu'ils prenaient plus la forme d'un rêve. C'est seulement ici, dans la puanteur enfumée de la poudre et du sang, qu'il se rendit compte qu'il l'aimait. Mais n'aimait-il pas encore plus cette puanteur de guerre ? Était-il tombé trop loin de l'éventuelle grâce qu'il avait reçue à la naissance ? Et le garçon n'était-il pas rien de plus qu'un fantôme de sa propre création, invoqué pour le leurrer afin de le ramener vers les caniveaux sanglants auxquels il appartenait ? Et que dire de la comtesse, dont il avait gagné la main ? Le cœur de Carla aussi appelait le sien depuis l'autre côté des abysses. Deux femmes admirables et une guerre admirable se combattaient pour l'attirer.

« Je dois être aussi fou que tout le reste, murmura-t-il pour lui-même.

— Mattias », grogna Bors.

Tannhauser remit les pieds sur terre et le regarda.

« Qu'est-ce qui ne va pas, mon vieux ? Tu regardes la lune comme si tu t'attendais à trouver une quelconque réponse là-haut. Il n'y en a pas.

— Tu crois que cela va nous coûter nos âmes ?

— Bah… S'il en est ainsi, on a eu un bon prix. Je te connais bien : tu considères les choses trop profondément. Là-bas, tu devrais me laisser penser. Mon cerveau n'est pas troublé par des rêveries oiseuses et des prétentions féminines.

— Féminines ? » Tannhauser fit un pas menaçant vers lui.

« Voilà qui est mieux. Regarde, maintenant. Le Mas est là. Il nous appelle. »

Tannhauser se retourna vers le colonel Pierre Vercoran Le Mas qui avançait lentement vers eux. Il boitait et portait une échelle de points de suture tout frais en travers de la mâchoire, ainsi que sur le cou, sous la jugulaire de son casque. Il sourit et tendit les deux bras pour embrasser Tannhauser. Sa cuirasse était couverte d'une sorte de tablier de sang coagulé.

« M'attendais pas à vous voir ici, dit Le Mas. Il n'y a certainement aucun profit à en tirer, et je ne vous ai jamais considéré comme un adepte du martyre.

— On nous a dit que l'air, ici, était très bon pour la santé », dit Bors.

Le Mas respira par le nez. « Vraiment, c'est charmant. Non, sérieusement.

— Nous sommes venus pour ramener un garçon dans le Borgo, dit Tannhauser. Sur les ordres du grand maître. Orlandu Boccanera. Un fugueur. Il peut se faire appeler Orlandu di Borgo.

— Un garçon d'une telle importance mérite un surnom aussi stylé. Je ne le connais pas, mais je vais faire passer le mot. Je vais vous dire, s'il était garçon en arrivant, il ne l'est déjà plus. Mais venez voir par vous-mêmes. Mes Provençaux et une foule de vos Espagnols, nous montons au combat. »

Le Mas leva une hallebarde dont les multiples tranchants vicieux étaient affûtés de frais. Bors dégaina son énorme épée à deux mains allemande.

« Donnez à Mattias une demi-pique, dit Bors, ou un de ces adorables couteaux à découper les Turcs.

— Il y aura plein d'armes à ramasser là-bas », dit Le Mas.

Quand des hommes sont rassemblés pour le grabuge, il faut plus que la simple volonté pour se mettre à l'écart. Tannhauser se soumit aux événements, et ils accompagnèrent Le Mas là où il fit se relever sa section qui se reposait. Certains saisirent leur chance de vider leurs intestins et leurs vessies, puis se secouèrent, posèrent leurs piques sur leurs épaules et vérifièrent les équipements les uns des autres. Tannhauser fit la queue devant le tonneau d'eau et s'envoya dans la gorge deux pleins quarts. Puis il rejoignit le colonel à la tête de la colonne. Le Mas, malgré l'incroyable vacarme général, conversait comme s'il arpentait un chemin en pleine campagne.

« Qui est à la tête de votre taverne, l'Oracle ? Le Juif ?

— L'Oracle est encore moins réparable que ce fort. Il n'en reste que des cendres.

— Comment se fait-il ?

— L'Inquisition.

— Alors ma conscience est encore plus lourde. Je suis heureux d'avoir la chance d'implorer votre pardon.

— Pourquoi ?

— Quand je suis revenu de Messine, j'ai dit à frère Jean – La Valette – quel genre de brave vous étiez, et comment vous aviez recruté les ex-*tercios* pour me faire une faveur, et ainsi de suite, et il a eu l'air étonnamment intéressé. De plus, et il faut que cela soit dit, malgré toute sa piété, il est doté d'un esprit habile et sans scrupule. Ensuite, je savais que vous gagneriez son estime complète quand vous avez réussi à sortir de nulle part ce janissaire grec. Donc, si quelqu'un doit être blâmé pour votre présence ici, c'est bien moi.

— Il a fallu un beaucoup plus gros paquet de gredins que vous et La Valette.

— Le paquet comprenait-il des femmes ? »

Tannhauser le regarda et Le Mas se mit à rire. « Vous savez, dit-il, frère Jean m'a demandé : "Est-il un homme à femmes ?" et j'ai répondu, eh bien… » Il le regarda. « Eh bien, je vous le demande, Mattias, qu'auriez-vous voulu que je réponde ? »

Il se remit à rire, et Tannhauser avec lui, et s'il y avait eu quelque chose à pardonner, c'était pardonné, et ils progressèrent jusqu'à la limite fracturée du mur d'enceinte qui se dessinait sur leur droite. Alors, aux oreilles de Tannhauser, le vacarme devint un requiem du diable ; les appels à Dieu dans une douzaine de langues différentes, les jurons et les malédictions, le fracas et le cliquetis de milliers de lames brandies, le crépitement du feu grégeois et les détonations des canons se mélangeaient et tourbillonnaient vers le ciel comme la clameur d'une griserie mortelle. Des flammes plus brillantes que le jour, et assez chaudes pour faire fondre le cuivre, s'élevaient tout le long de la ligne. Du côté du saillant le plus au sud du fort en forme d'étoile, une section du rempart, minée, s'était effondrée sur une largeur de cinquante pas et changée en un énorme tas de débris. En travers de cette crête déchiquetée, une immense foule d'hommes combattaient comme des animaux enragés pour la possession d'un tas de pierres. Et malgré ses plus fervents efforts pour suivre en paix son chemin, en ignorant l'appel de la bête, Tannhauser se retrouva lui-même, une fois de plus, au fond de son antre.

LUNDI 11 JUIN 1565
La tranchée – L'enceinte – La chaussée

Comme une escarbille de vie migrante dans une forêt primitive, Orlandu se faufilait et rampait à travers le hallier de demi-piques et les buissons de hallebardes qui emplissaient l'étroit espace entre le front et la seconde ligne des défenseurs. En frayant son chemin le long de cette espèce de tranchée à moitié remplie de gravats et qui était, comme lui, couverte d'un compost puant de pisse, vomi, entrailles, merde et sang répandu, son esprit était totalement occupé à la tâche de trouver le prochain misérable endroit où poser les pieds pour poursuivre son avance. Il n'avait pas cette faculté supplémentaire qui lui aurait permis d'observer la progression du combat, et encore moins de se soucier de son issue. Il avait l'impression que sa tête était l'intérieur d'une cloche d'alarme. Son propre vomi collait au cuir de sa cuirasse, à son menton, et avait déjà été mélangé à la pâte fétide sur laquelle il marchait. Son anus luttait douloureusement pour s'ouvrir, même si, avant de rejoindre la bataille, il s'était vidé de tout, sauf d'un mucus liquide. Son corps n'était plus qu'une masse de bleus tatoués par les talons des bottes, les hampes des lances et les coudes qui punissaient son passage. Quand il devait enjamber ceux qui étaient tombés ou morts, il ne les voyait que comme des obstacles, et plus comme des hommes. S'il ressentait la terreur, c'était comme le poisson doit percevoir la mer, une immersion si absolue qu'il n'en avait même pas conscience. C'était sa troisième incursion dans le tunnel de bois et d'acier ; et le travail ne devenait pas plus facile.

Un doigt répétitif s'enfonçait dans ses côtes, mais il était si insensible à de telles insultes que la main dut le saisir par le cou et le soulever de terre. Il se retrouva face à un large visage barbu qui lui hurlait dessus, sous un casque édenté, les yeux démoniaques à la lueur des flammes, et il resta bouche bée d'incompréhension totale. Le *tercio* pointa son doigt vers le bas et Orlandu, bouche grande ouverte et haletant dans l'air suffocant et ammoniaqué, se tourna et regarda. Le baquet qu'il traînait derrière lui par sa corde était vide. Le *tercio* cracha dedans pour marquer son dégoût et se remit à crier. Orlandu se leva et changea de direction, trop ébloui pour ressentir ni offense pour l'invective, ni gratitude pour le répit. Le *tercio* lui flanqua un coup de pied au cul et il se courba à nouveau pour prendre sa place dans les rangs de ceux qui quittaient la brèche pour regagner l'arrière.

Tous les avertissements quant aux tireurs d'élite étaient oubliés depuis longtemps.

Comme une créature venant juste d'apprendre à marcher sur ses pattes arrière, il traversa la surface dévastée de la cour. La bassine vide rebondissait bon gré mal gré derrière lui. À la porte de ce qui avait été les écuries, dans la pointe maritime du mur le plus à l'est, il s'arrêta et lâcha la bassine pour s'affaler contre un mur. Son casque, rempli de toile pour le rendre à sa taille, glissa de sa tête et il le laissa là où il était tombé pour ôter la toile trempée qui lui couvrait encore le crâne. Il essora une demi-pinte de sueur et s'essuya le visage. Ses yeux le piquaient et quelque chose d'infantile surgit en lui, sa poitrine se secoua et il se rendit compte qu'il allait pleurer, pas de tristesse, ni de peur, ni même de soulagement, mais comme sanglote un enfant, d'un ahurissement et d'une impuissance sans limites. Avant qu'il ne s'y laisse aller, une sorte d'instinct contraire s'éleva, tout aussi inattendu, fit reculer l'enfant, et Orlandu serra les dents et reprit son souffle.

Pour le Christ et le Baptiste. Pour la Religion et ses compatriotes. Pour Malte. Il reprit ses esprits. Il enroula la toile mouillée autour de sa tête et remit son casque. Il traîna la bassine vide dans les écuries, qui servaient désormais d'intendance. Le cuisinier, Stromboli, leva le nez de ses bouteilles, tonneaux et paniers, et agita le couteau avec lequel il coupait les miches de pain.

« Où étais-tu ? lança-t-il en italien. Les soldats ont soif. »

Orlandu cracha sur le sol, posa la bassine vide et flanqua un coup de pied dedans. Il répondit, en maltais : « Pendant que je rampais dans la merde, tu faisais quoi, espèce de vieux couillon ? »

Depuis qu'il était là, Orlandu savait que Stromboli avait passé suffisamment de temps à marchander avec les Maltais pour comprendre. Le cuisinier se pencha et lui flanqua un bon coup de poing sur le côté de la tête.

« Du pain et du vin de Dieu. Voilà ce que je faisais. Et sans moi, la bataille serait terminée. »

Du couteau, il désigna trois autres bassines qui attendaient, alignées, pleines à ras bord de morceaux de pain trempé dans l'huile d'olive et plongé dans une marinade de vin rouge, de sel et d'herbes revitalisantes. Plus tôt, un chapelain avait béni ces vivres en les aspergeant d'eau bénite. S'il était vrai que ces rafraîchissements maintenaient les hommes sur pied, Stromboli ne témoignait aucune reconnaissance à Orlandu pour les amener jusqu'à leurs bouches.

« Allez, dépêche-toi, maintenant. Et ne renverse rien. Et longe les murs, sinon la nourriture sera gâchée par tes morceaux de cervelle. »

Orlandu tint sa langue. Il prit la bassine la plus proche par les deux anses, trouva son équilibre, le récipient collé à ses cuisses bleuies de coups, et franchit la porte pour sortir. Une fois dehors, il la posa et saisit une grosse poignée dégoulinante de cette mixture rougeâtre, comme le faisaient les soldats quand il traînait sa bassine le long de la ligne des combats, et il la fourra dans sa bouche. Il l'avala, mâchant à peine les croûtes douces et succulentes, et la trouva plus délicieuse que tout ce qu'il avait mangé de sa vie. C'était la première fois qu'il avait le bon sens de se nourrir lui-même, et il sentit immédiatement de nouvelles forces se diffuser de son ventre vers ses membres. Stromboli était un bâtard, mais ses bassines étaient emplies d'un élixir. Pain et vin de Dieu. Il avança la main pour en reprendre une poignée, mais le couteau émoussé de Stromboli s'abattit sur son poignet.

« La nourriture est pour les soldats, pas pour les cochons ! »

Orlandu reprit la bassine et s'enfonça dans l'obscurité qui régnait sur la cour intérieure. Les cordes lui sciaient les doigts et ses avant-bras le brûlaient, comme ses bras, ses épaules et sa poitrine, son dos, son ventre, ses fesses et ses cuisses. La pauvre armure de cuir qu'il avait volée à Tomaso, qui était large comme un tonneau, lui avait arraché la peau des hanches et des coudes, jusqu'à l'os. Sa respiration lui écorchait la gorge. Il pensa à saint Jean-Baptiste dans le désert, ne survivant que de sauterelles et de miel sauvage. Il pensa au Christ supplicié. Il pensa aux chevaliers en première ligne de cet enfer, depuis des heures sur la brèche et avec Dieu savait combien d'heures à tenir, encore. Il était faible ; mais il deviendrait fort. Il avait déjà porté cette bassine plus loin que les autres. Son corps hurlait. Les cordes glissaient entre ses doigts écorchés. Il allait devoir la poser. Non. Encore dix pas. À huit, la corde glissa de sa main gauche, emportant sa peau avec elle, et la bassine tomba et une grande vague passa par-dessus bord, éclaboussant le sol.

Il regarda, mortifié, mais Stromboli n'était plus en vue. Il remercia sainte Catherine car là, le long du mur d'enceinte, les dalles étaient en bon état, pas pulvé-risées. De ses deux mains, il ramassa ce qu'il avait renversé et le remit dans la bassine. De grosses mouches vertes, abandonnant les corps décomposés, surgissaient des murs en essaims bruissants pour réclamer leur part et il les chassa de la main, mais sans effet. Le vin piquait ses paumes à vif, mais il ne laissa pas un croûton der-rière lui. Il roula sa manche et mélangea bien ce qu'il avait ramassé avec ce qui restait dans la bassine, puis il avala une autre pleine bouchée. Elle avait le même goût merveilleux que la première. Les brûlures de ses muscles avaient disparu. Il enleva son casque et le posa contre le mur. Que les Turcs lui éclatent le crâne, il s'en fichait. Il découpa le tissu trempé avec son couteau et enroula les morceaux autour de ses mains. La sueur piquait aussi. Il allait s'accorder deux autres haltes pour se reposer avant d'atteindre le front, et au prochain voyage deux seulement. Il regarda de l'autre côté de la cour, vers le bouillonnement nocturne qui l'attendait.

Des flamboiements et des fusées incendiaires explo-saient au-dessus des tueurs d'hommes à l'œuvre. À une certaine distance du pied de la pente, une section de combattants frais étaient rassemblés. À leur tête, Orlandu reconnut – en partie parce qu'il riait – le célè-bre aventurier français, le colonel Le Mas, plus brave entre les braves, et même considéré dans cette compagnie comme un homme entre tous les hommes. Qui d'autre pouvait bien trouver de quoi rire dans un endroit aussi affreux ? Avec un frisson d'excitation, Orlandu se demanda si Le Mas n'allait pas prendre du pain et du vin de Dieu dans sa propre bassine. Il imaginait. Il jura de garder la tête droite, cette fois. De toute façon, il devait attendre jusqu'à être certain de ne pas gêner leur manœuvre. Le Mas gesticulait à l'adresse de deux compagnons très grands et costauds, plus larges que lui-même, et ils riaient aussi, et l'un d'eux, un vrai taureau, épaula le plus long mousquet qu'Orlandu eût jamais vu, son canon incrusté d'argent brillant à la lueur des flammes, et un panache de fumée blanche fusa vers quelque chose tout en haut du parapet intact. Un corps tomba, et tandis que le taureau abaissait son arme en hochant fièrement la tête à l'intention des autres, le deuxième homme ôta son casque et le lui tendit, et Orlandu vit que c'était le capitaine Tannhauser, et que donc l'autre devait être Bors, qui avait appelé Orlandu « mon ami » et avait promis de lui apprendre le back-gammon. Tannhauser épaula lui aussi un long mousquet et tira, très vite apparemment. Une seconde masse de vêtements colorés tomba du haut du mur. Une paire de tireurs d'élite turcs venait juste de se faire abattre comme des lapins. Quels tireurs ! Tannhauser parlait tout en remettant son morion et les trois hommes se mirent à nouveau à rire. Inimaginable. À rire !

Orlandu souleva la bassine par les cordes et reprit sa marche. Ses mains chantaient de douleur. Il ne renverserait plus rien. Juré. Il espérait qu'ils ne le remarqueraient qu'après son deuxième arrêt, quand il pourrait peut-être rassembler plus de forces qu'il en possédait. Il commença à courir, à petits pas, surveillant la bassine où la mixture tournait en spirale, et les brûlures revinrent dans ses muscles, presque partout en même temps.

Son visage se contorsionnait et ses poumons rugissaient. Il gardait les yeux attentifs au moindre signe indiquant que les trois hommes le voyaient, mais il était dans l'ombre et pas eux. Il fallait qu'il s'éloigne du mur. Il sentit les cordes glisser à nouveau, et il s'arrêta pour poser la bassine en la maudissant. Il décida que sa prochaine avancée devait le mener plus près de Bors, qui l'appellerait sûrement pour le présenter à Tannhauser et Le Mas, comme n'importe quel ami le ferait. Et alors il pourrait leur offrir de sa délicieuse mixture. Et Bors dirait à Le Mas que son bon ami Orlandu méritait mieux comme devoir que de traîner une bassine de vin à travers la merde et…

D'étranges cuivres hululèrent et un cri général d'épuisement mélangé de jurons obscènes suggéra que l'assaut turc était repoussé. Orlandu remercia la Vierge, car peut-être les troupes pourraient-elles venir chercher elles-mêmes leur pain trempé dans le vin. Les trois hommes regardèrent le haut de la pente, où la masse des défenseurs se portait sur les côtés en bon ordre pour ouvrir un espace en leur centre. Tannhauser et Bors tendirent leurs longs mousquets à un aide de camp et passèrent leurs gantelets. Puis chacun d'eux tira son épée en roulant des épaules. Un autre coup de trompe, une trompette chrétienne cette fois. Des sifflets. Des bannières avec des inscriptions diverses s'agitèrent pour instruire leurs compagnies respectives. La section de Le Mas se mit en forme de coin. Le coin pointait vers l'espace qui s'ouvrait tout en haut de la pente sanglante, et les réserves commencèrent à monter le tas de débris jusqu'au rideau de fumée ocre et brûlante.

Cela voulait-il dire que la bataille n'était pas terminée ? Les Turcs seraient-ils assez fous pour revenir à l'assaut ? Orlandu saisit sa bassine et, chancelant le long du mur, s'avança pour le découvrir.

La section de Le Mas se répandit en travers de la brèche et les hommes qui l'avaient tenue jusqu'à minuit se retirèrent. Ils étaient imprégnés, comme d'une boue, des produits liquides du combat, et le soulagement précipita en eux un épuisement soudain. Les Espagnols de Le Mas achevaient les blessés turcs à coups de pique, là où ils reposaient, et ils balançaient ensuite les cadavres dans les douves, à coups de pied. Sous le couvert du combat, les sapeurs turcs avaient rempli diverses sections du fossé pour former d'étroits passages. Ils avaient également jeté en travers des passerelles fabriquées avec des mâts. À l'extérieur, dans les tourbillons de fumée fétide, il devait y avoir au moins quatre cents corps frais en piles déchiquetées, dont certains bougeaient encore en murmurant des phrases du Coran. Beaucoup étaient brûlés et grillaient encore dans des flaques de feu grégeois. Derrière ceux qui étaient tombés, Tannhauser aperçut des groupes de *yerikulu*, traînant la patte, tirant des camarades blessés entre eux, sous l'œil méprisant de leur *aga*.

« Tes janissaires ont décidé de souper tôt », dit Bors.

Tannhauser fit non de la tête, désignant les caftans verts et les turbans blancs entremêlés dans la douve. « Infanterie régulière, des azebs du *yerikulu*. Les janissaires viendront ensuite. »

Bors demanda : « Que font ces aides ? »

Selon des intervalles de vingt pas au pied de la brèche, des ordonnances avaient roulé d'énormes barriques et cloué des passerelles de planches sur leurs bords. On était en train de les remplir d'eau de mer prise dans des tonneaux sur un chariot.

« Si vous recevez du feu grégeois, dit Le Mas, vous sautez dans les barriques pour vous rafraîchir. »

Il indiqua les parapets des deux côtés de la brèche, où les équipes de feu grégeois assemblaient leurs batteries. Soufre, salpêtre, huile de lin, sel d'ammoniac, térébenthine, asphalte et naphte. Les Turcs y ajoutaient de l'encens et de l'étoupe pour le rendre collant. Les Vénitiens y rajoutaient du verre pilé et de l'eau-de-vie. Contre les murs du parapet, les équipes empilaient des rangées de trompes, bouche vers le haut – des tuyaux de cuivre, fixés sur des hampes de piques, pleins de ce liquide incendiaire. Une fois allumée et pointée, la mixture bouillonnant dans le tuyau expédiait des flots de boules de feu. Les équipes installaient aussi, entre les créneaux, des caisses de poêlons de terre emplis du même liquide. Les Turcs les appelaient *humbaras*[1] : des pots en terre tenant dans le poing et scellés de papier, percés d'une mèche et emplis de feu grégeois gélifié. La plus ingénieuse invention de tous ces feux d'artifice était à mettre au compte de La Valette : des cerceaux de joncs noueux tressés, trempés dans le brandy et l'huile de Peter[2], puis emballés de laine et trempés dans le même liquide inflammable que contenaient les trompes. On les allumait puis on les balançait à l'aide de pinces vers les rangs musulmans montant à l'assaut. L'effet était horrible. Ces équipes faisaient un travail infernal. Tannhauser prit le bras de Bors et changea de position dans la ligne pour être le plus hors de portée possible d'un déversement accidentel.

On fit passer un pot de baume camphré et ils s'en couvrirent barbe et moustache, contre la puanteur. Un invisible tireur d'élite fit feu au-dessus d'eux. L'un des

1. Sorte d'ancêtre turc de la grenade à main, faite en terre cuite ou en verre.
2. Pétrole.

tercios fut touché en pleine face, et ses camarades le remirent debout et l'envoyèrent, titubant, vers l'arrière.

« Fais-moi un peu de place », dit Bors.

Il en avait besoin pour manier son épée allemande à deux mains, dont la poignée faisait douze pouces et la lame soixante. Il fit tourner l'épée autour de sa tête pour réchauffer ses muscles et la lame siffla, dessinant une énorme forme de huit autour et devant lui. Avec la dextérité d'une dame pliant un éventail, Bors ramena soudain la flamberge vers lui et la planta entre ses pieds.

Tannhauser passa ses gantelets et examina l'épée qu'il avait prise dans la chapelle. La lame faisait trois pieds de long, avec une section centrale en forme de diamant aplati. Il évalua son poids à plus de deux livres. Italienne. Milanaise, avec un peu d'espoir. Il passa sa langue sur le tranchant et sentit du sang mais aucune douleur. Il se déplaça vers le tas d'armes récupérées par les ordonnances partout sur la brèche. Il choisit une masse de cinq livres, avec un manche d'acier et sept lames à ailettes soudées dans la boule. Un fleuron de fer acéré de quatre pouces de long était vissé au sommet. Il regagna la ligne et se tourna vers l'homme sur sa droite, un vétéran, petit mais solide, avec des yeux insensibles.

Tannhauser leva son épée en guise de salut. « Mattias Tannhauser. »

Le chevalier lui retourna son geste. « Guillaume de Quercy. »

L'homme à la droite de Guillaume, un Provençal au nez crochu qui brandissait deux courtes épées jumelles, s'inclina et fit de même. « Agoustin Vigneron », dit-il.

Cet échange suffit à cimenter leur fraternité, ils ne dirent plus rien. Avec un Gascon d'un côté et un Provençal de l'autre, Tannhauser ne pouvait rien demander de plus. La fanfare *mehterhane* s'éleva. Flûtes, timbales et cloches. Même maintenant, il n'existait pas de sons plus émouvants à son oreille. Des trompettes retentirent. La bannière de Saint-Jean fut brandie, sa croix blanche devenant lumineuse au clair de lune. Un chapelain leva une icône du Christ d'une main et agita une cloche de l'autre, puis se mit à réciter l'Angelus :

« *Angelus Domini nuntiavit Mariae.* » L'ange du Seigneur s'est annoncé à Marie.

Des Ave furent chantés *en masse*[1] et le pouvoir de la Vierge invoqué.

« Prie pour nous, ô Sainte Mère de Dieu.

« Que nous soyons faits dignes des promesses du Christ.

« Déverse, nous t'en supplions, ô Seigneur, ta grâce dans nos cœurs... »

La première ligne de chevaliers escalada les éboulis jusqu'à la crête glissante de sang et Tannhauser grimpa avec eux. Il était le seul homme de tous à n'avoir pas une prière aux lèvres, car il lui semblait que n'importe quelle déité valant qu'on s'adresse à elle condamnerait l'exultation qui montait dans sa poitrine, et que tous les dieux de miséricorde ne se réveilleraient qu'après cette longue nuit.

Les chevaliers et les sergents occupaient le devant de la ligne, et les Espagnols et les Maltais, environ trois cents en tout, se déplaçaient derrière, les pointes de leurs demi-piques et leurs lames remplissant les trous dans ce mur d'armures. Tannhauser étudia le sol à ses pieds, expédiant de côté quelques débris instables, notant ses irrégularités, avant de planter son pied gauche en avant, l'épée dans sa main droite pointée vers le sol et le manche de la masse incliné contre sa hanche.

1. En français dans le texte.

Maintenant, n'existait plus que la conscience de ce qui se passait. La conscience de sa propre petite sphère dont les limites étaient définies par les deux hommes à sa droite et à sa gauche, et par tout ce qui pouvait surgir de la nuit face à la pointe de sa lame. Il se remémora de respirer régulièrement et profondément. C'était facile de l'oublier dans la bagarre, et perdre son souffle était fatal. Respiration. Posture. Mouvements des pieds. Sous son armure, la sueur bouillait de chaque pore de sa peau, car la chaleur de la nuit était sauvage et sans pardon. Il avait la bouche sèche. Il était placé juste devant la gorge d'un des passages ménagés par les Turcs. Trois hommes pouvaient avancer de front, serrés sur ce tablier inégal, et Tannhauser se tenait à l'extrême gauche. Le Gascon, Guillaume, était en son centre, et Agoustin Vigneron couvrait le côté droit. À la gauche de Tannhauser, Bors commandait la lèvre de la douve. Bors fouilla dans ses poches et en sortit deux pierres blanches et lisses. Il en mit une dans sa bouche.

« Je ne t'avais pas dit que ce serait grand ? » dit-il.

Il offrit la seconde pierre à Tannhauser qui la prit, la suça, et la sécheresse de sa bouche diminua.

« Surveille mes arrières, veux-tu », dit Bors.

Les rythmes martiaux du *mehterhane*, les milliers de pieds frappant le sol, le fracas du métal, les chants aigus des appels des imams vers Allah, se fondaient en un maelström sonore qui roulait du haut des ombres chatoyantes de flammes au-delà de la douve. Dans son sillage cinq *orta* de janissaires, étendards et bannières dressés, rugirent du fond de la nuit et se jetèrent vers les passages et au travers du fossé débordant de cadavres.

Les chrétiens les aiguillonnaient en braillant comme pour les inviter à la danse. Dans ces cris, Tannhauser percevait un brouhaha de prières en latin et en diverses langues profanes. À sainte Catherine et à sainte Agathe.

À saint Iago et à saint Pablo. Au Christ et au Baptiste. Priez pour nous pauvres pécheurs. Que ton règne arrive. Que ta volonté soit faite. Maintenant et à l'heure de notre mort. Amen. L'invocation la plus populaire, comme si l'homme était déjà béatifié, allait à La Valette et à la Sainte Religion.

À une soixantaine de pas, les premiers rangs lâchèrent une pluie de *humbaras*, leurs mèches enflammées laissant des traînées d'étincelles. Tannhauser les regarda suivre une courbe en l'air, prêt à bondir pour s'écarter, mais la chance était avec lui. Elles passèrent au-dessus de sa tête et il sentit des vagues de chaleur intense et entendit des cris d'horreur et de panique, mais il ne se retourna pas. Au même instant, les esclaves du diable dans les équipes d'artificiers de l'ordre lâchèrent des torrents grinçants de mort liquide avec leurs trompes, et d'énormes arceaux brûlants tracèrent des spirales jaunes en s'élançant dans les airs. Les janissaires en rangs serrés furent pris par deux ou trois dans ces cercles de flammes. Leurs robes de coton bleu s'enflammèrent comme si elles étaient faites de papier, et, ainsi que des damnés enchaînés ensemble pour leur perdition, ils s'entre-déchiraient, se tordant, brûlant, mourant.

De chaque côté, la brillance était si violente que le champ de bataille était aussi incandescent qu'un soleil de midi. À travers cet holocauste, l'avant-garde de cette marée humaine continuait à rugir, inébranlable. Ils brandissaient un échantillonnage complet d'armes et, avec leurs yeux fébriles, leurs longues moustaches et leurs bonnets blancs ornés de cuillers de bois, ils évoquaient une foule de cuisiniers déments qu'on aurait bannis des fourneaux d'une maison de fous. Ils se répandirent dans la douve. Ils chargèrent sur les ponts en flammes. Ils traversèrent les passages débordant de feu.

Tannhauser fit face à son premier adversaire émergeant de la horde qui sortait de l'entonnoir. L'homme portait des bottes noires – le commandant de l'*orta*. Il brandissait une lance *mizrak* par-dessus son bouclier rectangulaire des Balkans. Tannhauser fit un pas en avant sur le tablier pour se donner de l'espace et laissa la masse pendre le long de sa cuisse. Il ouvrit sa poitrine, juste assez pour attirer la lance, et, quand le coup vers le bas arriva, il recula sa jambe droite, pivotant pour se mettre en oblique, et détourna la hampe d'un coup d'épée pour enfoncer la pointe de la masse dans l'aisselle ainsi exposée, faisant glisser son poing autour du manche pour avoir une prise plus courte. L'homme beugla, comme tout homme l'aurait fait. Son poumon éclata, ses pieds quittèrent le sol, et, pendant qu'il le poussait en arrière et vers le bas, Tannhauser lui passa l'épée au travers de la gorge, le décapitant à moitié.

Il s'écarta du jet de sang, releva son épée pour bloquer un coup de cimeterre venu d'au-dessus et accompagna le mouvement de sa tête en tendant les jambes, enfonçant la crête de son casque dans un visage. Du sang et de la sueur volèrent, et il suivit avec la masse, toujours tenue courte, enfonçant la pointe sous la mâchoire de l'homme ; il entendit le craquement des os. L'homme ouvrit la bouche comme un thon embroché, du sang dégoulinant de ses narines et de ses yeux. Tannhauser s'abrita derrière cette nouvelle proie pour s'enfoncer dans la mêlée, inspirant et expirant, tandis que des lames turques tranchaient les bras de l'homme, répondant de son épée milanaise sur une cotte de mailles, raclant l'acier qui perça un ventre et rencontra des vertèbres. Il ressortit sa lame en la tournant, et balança son bouclier humain démembré au pied du suivant qui chargeait. Il trébucha et tomba à quatre pattes. Tannhauser prit le manche de la masse plus bas et le matraqua, le tuant d'un coup, les lames mordant l'arrière de son crâne et teintant le bonnet blanc de rouge.

Redresse-toi, inspire et expire, secoue la sueur. Sa respiration était bruyante. Sa poitrine était contractée, sa gorge comme écorchée. Il se sentait nauséeux et faible. Il était beaucoup trop avancé. Recule.

La horde se pressait épaule contre épaule dans sa frénésie de passer le point d'étranglement, armes emmêlées, un bouclier obstruant l'autre. Repère les ouvertures. Avale la bile qui remonte. Tue-le, tue-les, tue-les tous. Un coup fut dévié par son casque et frappa son épaulière comme un marteau. Transperce ses parties, tranche sa gorge. Le soldat continuait à se battre, à genoux, aveuglé par la fontaine de ses artères, essayant toujours, avec son poignard, de trouver la faille dans la cuirasse de Tannhauser. Tannhauser enfonça le fleuron dans sa tempe et recula. Maintenant recule encore. Tiens-les à distance. Il balança un coup de taille vers les cuisses, un revers vers l'estomac et un coup de pointe vers la poitrine, profond et en faisant tourner son épée. Ne regarde pas dans ses yeux. Il est fini. Et respire, espèce d'idiot, garde tes genoux souples, ignore les cris de la bataille. Recule. Mouvement sur la gauche – en dessous –, un visage dans la douve, frappe aux yeux, oublie-le, fais front, recule, le voilà, bloque en croix, pas la place de frapper du revers, visage face à la poitrine, haleine chaude et acide, il est fort – ah oui ? –, frappe du pommeau, ouvre-le en deux, frappe aux épaules, enfonce sa poitrine, meurs, meurs, pique-le au ventre, et ressors, et repique, et ressors, et un peu d'acier dans la gorge pour le sultan, et recule – mais là-bas –, non, recule maintenant, patience, respire, secoue la sueur, souffle-la. Encore trop avancé dans le passage. Exposé. Dix secondes de repos. Ou cinq. Il n'avait pas le choix.

Il s'appuya sur son épée, hors d'haleine.

Les dix premières minutes étaient terminées et il se sentait malade jusqu'au plus profond de ses entrailles et épuisé. Son corps suppliait déjà pour avoir un léger rafraîchissement et huit heures de sommeil. Où étaient la force et le souffle qu'il avait un jour possédés en abondance ? Il était secoué. Il n'avait jamais combattu des hommes si difficiles à tuer, si réticents à mourir même quand ils étaient morts. Ces janissaires étaient des fous et il ne l'était pas ; il ne l'était plus. La nuit s'étendait devant lui et il ne pouvait en voir la fin. Il avait peur, pas de la mort, mais de l'effort. Pourtant son second souffle viendrait. Lui ou une tombe partagée dans la douve sanglante. Attirés par le fracas et le sifflement de la masse et de l'épée, Guillaume de Quercy et Agoustin Vigneron vinrent à son niveau sur le passage, chacun couvert du casque aux chausses de sang semé de sueur, leurs barbes toutes collantes et coagulées, comme s'ils venaient de sortir d'un baril de mélasse.

Tannhauser rappela sa fierté. Il ne pouvait pas laisser une paire de Français lui faire honte.

Tous trois se mirent de front devant la redoute grandissante de cadavres empilés à leurs pieds et commencèrent à empaler l'ennemi turc quand il escaladait ses morts. C'était rapide et cruel, à coups de masse, de pic et de lame, et les Maltais s'aventurèrent derrière eux avec leurs longues piques et leur donnèrent quelque répit face au véritable poids de la chair. L'assaut des robes bleues commença à s'embourber sur le mur de lances, et une nouvelle averse de *humbaras* s'envola en arcs au-dessus du charnier. Tannhauser s'accroupit sous eux et les lanciers reculèrent, trébuchant dans la panique, lances changées en cendres quand les flammes éclataient de jaune parmi eux. Ceux qui étaient couverts de gelée enflammée fuyaient vers les barils d'eau et c'était chacun pour soi, car les récipients ne pouvaient pas les contenir tous. Et à cet instant, les choses prirent un sale tour, car sur le terrain vide que les lanciers avaient abandonné derrière eux, les *gazi* du sultan surgirent, jaillissant de la douve, et l'assaut redoubla derrière le charnier, et les trois frères en armure se retrouvèrent encerclés et coupés des leurs.

« Dos à dos ! » rugit Quercy.

La masse d'armes de Quercy lança comme un éclair, et sa pointe s'enfonça dans un visage jusqu'au manche, l'arrachant à moitié. Tannhauser pivota et les épaulières des trois chevaliers s'entrechoquèrent. Épaule contre épaule, ils se tenaient dans un cercle de malheur, et leurs assaillants ne trouvaient que malheur pour les accueillir. Comme une bande de loups acculés, ils ravageaient et massacraient tout ce qui passait à leur portée, et les coups hostiles faisaient sonner leurs armures tandis qu'ils abandonnaient le terrain conquis et reculaient lentement à travers les flammes vers leurs lignes, trébuchant et glissant sur le matelas fumant des mutilés et des morts.

L'odeur dense et répugnante de viande humaine grillée était horriblement appétissante, et la bouche de Tannhauser s'emplit de jus. En courant, un très jeune homme au visage très pâle vint s'embrocher sur l'épée de Tannhauser, avec une telle frénésie que sa poitrine finit par frapper dur contre la garde. Il piqua la tête du jeune avec la pointe de sa masse et, comme un fermier soulevant une balle de foin, il le balança de côté. Un coup le frappa à la tête et Tannhauser para avec le manche de sa masse, puis frappa du tranchant de sa lame italienne dans une jambe dure comme du cèdre. L'autre tomba à genoux, Tannhauser planta son épée dans sa poitrine et une nausée incontrôlable explosa dans son gosier. Tandis que sa masse se balançait, retenue à son poignet par sa bride de cuir, il se courba sur son épée, tenant la poignée à deux mains, et vomit un torrent de bile et de flegme sur le visage hurlant de l'homme qui mourait. Tannhauser plissa ses yeux emplis de larmes, le spasme gastrique enfonçant la lame encore plus profond. Il s'appuya sur la garde jusqu'à ce que la crise ait passé, puis il cracha et dégagea sa lame avant de pousser le cadavre de côté d'un coup de pied, clignant des yeux et secouant la tête pour faire s'envoler sueur et mucus, lorsqu'il entrevit dans le flou deux têtes chapeautées de blanc qui fonçaient vers lui. Il se prépara à encaisser leurs coups quand une lame festonnée siffla. Les deux têtes disparurent en même temps, les crânes tranchés dans un fatras de globes oculaires, de cervelle, et de jets de sang. Une gorge béante et une demi-mâchoire surmontaient la seconde paire d'épaules et, alors qu'elle disparaissait, il vit Bors relever l'énorme épée à deux mains et planter sa pointe dans une troisième tête qui émergeait de la douve.

Bors s'immobilisa, la bouche grande ouverte dans son visage maculé de sang. « Je t'avais demandé de surveiller mes arrières. »

Tannhauser bataillait aussi pour reprendre son souffle. « Je ne suis pas en forme pour combattre », admit-il.

Il y eut un calme relatif dans l'assaut et les quatre hommes s'alignèrent de front et achevèrent les blessés à leur portée, puis ils se reposèrent et pendant un moment le passage n'afficha plus de vie humaine que les leurs.

« La chose étrange, dit Bors, c'est qu'ils sont – eh bien – beaucoup comme nous.

— Slaves, Grecs, Magyars, Serbes, dit Tannhauser. Et même quelques Autrichiens.

— Jamais vraiment aimé les Autrichiens », marmonna Bors.

Ils regagnèrent leurs lignes et reprirent leurs postes. Tannhauser se sentait mieux. La purge de son estomac lui avait fait du bien. Alors qu'il crachait un résidu acide, ses yeux tombèrent sur une bassine de pain et de vin qui passait. Il posa son épée au creux de son coude, se pencha pour saisir un quignon dans son gantelet et l'engouffra. C'était merveilleux. Sucré et salé à la fois. Avec un soupçon de romarin ? Il appela Bors et désigna la cuve qui disparaissait lentement. Bors se pencha pour se servir. Tannhauser se retourna vers la dévastation et reprit ses esprits.

Dix minutes avaient passé en une seconde, du moins le pensait-il. Son corps paraissait plus souple, sa poitrine tendue comme la peau d'un tambour. Son esprit était clair comme du cristal. Il atteignait son second souffle. Il roula des épaules et assouplit ses hanches, puis se prépara à recevoir ce qui allait leur arriver. Cela ne pouvait qu'empirer, mais il était prêt. Une nouvelle vague de fanatiques se formait dans l'obscurité à l'autre bout du passage. Ils portaient des *dolamas* jaunes et des casques de bronze : les janissaires de la division d'élite des Peyk, portant des lassos redoutables, des *gaddaras* ressemblant à des hallebardes et des arbalètes *zemberek*, avec des carreaux épais comme le pouce. Il vida ses poumons, puis prit une grande inspiration. Pendant que les champions de la Religion rassemblaient leurs forces, Bors s'approcha de lui en claquant des lèvres. Il surprit le regard de Tannhauser.

« Eh bien ? » fit Bors.

Tannhauser lui flanqua une petite claque dans le dos et dit : « La gloire. »

LUNDI 11 JUIN 1565
No man's land

Quand l'aube se leva sur les fortifications de l'est, sa lumière incertaine prêta aux bancs huileux de fumée une nuance de jaune, et quelque part au-delà de cette lueur ocre, les cuivres turcs sonnèrent la retraite, et les restes vaincus d'une douzaine *d'orta* de janissaires dérivèrent dans la brume comme des spectres flagellés, puis ils disparurent. Le long de la crête couverte de sang, les soldats de la croix, en lambeaux, regardaient avec une indifférence abrutie l'ennemi disparaître, trop épuisés pour vraiment comprendre que la nuit était leur et que leur bannière verrait un autre jour.

Tannhauser tomba sur un genou, s'appuya sur la garde de son épée pour reposer son front sur ses gantelets et ferma les yeux. Pendant quelques instants précieux, il fut seul dans un silence démesuré, dans lequel il n'émit aucune question et duquel ne lui vint aucune réponse. Puis il entendit les murmures hululants des blessés, et une succession de sanglots rauques et de prières s'élevèrent, non pour louer Dieu, mais pour lui demander son pardon.

Tannhauser releva la tête. Son cou était raide et douloureux du poids de son casque et des nombreux coups qu'il avait supportés. Ses gantelets étaient couverts d'une croûte lie-de-vin, qui s'en alla par plaques quand il les ôta. Ses mains étaient noires de bleus et ses phalanges lui firent mal quand il les plia. Le bracelet d'or qu'il avait au poignet portait l'empreinte de deux coups de cimeterre. *Non pour les richesses ou l'honneur, mais pour sauver mon âme*. Il rangea les gantelets et planta la masse dans le sol avant de se relever. Il remit son épée au fourreau. L'air était malsain et devenait putride à respirer. Le jour naissant dévoilait un paysage infernal si funeste et si répugnant qu'aucun artiste n'aurait osé le peindre de peur d'attirer une malédiction sur son talent.

Au-delà des remparts dévastés sur lesquels il se tenait et s'enfonçait – dans une marinade fétide de sang, de détritus, membres, organes, cervelles et des contenus évacués de milliers de vessies et d'entrailles –, s'étendaient les corps de quelque quinze cents musulmans. Ils débordaient de la douve gémissante et s'étalaient au travers du *no man's land* souillé et pestilentiel comme les traces de quelque catastrophe contre nature. Et Tannhauser se sentit honteux. Puis il eut honte de sa honte, car c'était mensonge, et tuer au moins était honnête. Ici et là des flaques de feu grégeois frémissaient encore et un bras s'éleva puis retomba, et une forme se contorsionnait vainement pour s'éloigner du bouillon fumant avant de rejoindre les morts fraîchement massacrés, pour retomber dans le bourbier et cesser de lutter.

« Tous ces hommes étaient nés chrétiens ? »

Tannhauser se retourna vers Agoustin Vigneron. Les yeux du Français étaient rouges et gonflés et sa voix sèche comme une râpe.

« La plupart d'entre eux », dit Tannhauser.

Agoustin secoua la tête. « C'est terrible que leurs âmes soient désormais damnées pour l'éternité. »

Tannhauser dénia à son propre désespoir le luxe de cette expression. Il laissa la masse plantée debout dans les cailloux, comme un monument païen à sa propre malfaisance, et partit à la recherche de Bors.

Il le trouva dans le *no man's land*, étalé, le dos tourné et sans casque, contre un monticule de janissaires morts vêtus de jaune. Sa main droite tenait encore une dague plantée dans la poitrine d'un cadavre. Tannhauser avança lourdement vers lui, ses bottes en lambeaux trébuchant sur les débris laissant apparaître des blessures aux chevilles et aux genoux. Bors était sans connaissance et, à en juger par le stridor rauque de sa gorge, il s'étouffait dans son propre sang. Il fallut deux tentatives pour remettre sur le dos son énorme torse couvert d'acier. Tannhauser eut un mouvement de recul, momentanément dégoûté par ce qu'il vit. Le visage de Bors à moitié coupé en deux. Une entaille large et profonde descendait d'au-dessus de son sourcil droit jusqu'à l'angle gauche de sa mâchoire. Nez et joue étaient tellement ouverts qu'os, cartilage, gencives et dents brillaient le long de cette faille sanglante. Le côté droit de son visage était si bien tranché de ses attaches qu'il avait glissé sur son menton. Ses lèvres tordues étaient bleues. Le saignement était spectaculaire, mais, après un examen rapide, il ne pouvait être qualifié de torrentiel.

Tannhauser maîtrisa son horreur, et, de la main gauche, il remit sa chair pendante en place, lui ouvrit la bouche et chercha dedans avec ses doigts. Il en sortit un bouchon épais et gélatineux et une dent cassée, qu'il balança de côté. Bors respira bruyamment. Tannhauser remit sa main, plus profondément, et évacua une autre masse visqueuse. Bors eut un haut-le-cœur, jeta sa tête et ses épaules en avant, et vomit une pâtée rouge sur ses cuisses, puis ses mains battirent l'air pour saisir ses genoux, et sa poitrine explosa en violents spasmes de toux.

Le poing de l'effroi se serra sur l'estomac de Tannhauser. Il saisit la dague plantée dans le cadavre pour
couper les lanières d'un côté de la cuirasse de Bors.
Avec les convulsions qui secouaient la masse de
l'Anglais, c'était un sacré travail, mais il réussit et il
balança les lourdes plaques sur le sol. La poitrine délivrée de cette constriction, Bors toussa suffisamment
pour s'éclaircir les poumons, et ses esprits suivirent
rapidement, du moins au point qu'il essaya de saisir
Tannhauser à la gorge. Le lambeau sanglant masquait
un œil, l'autre était fermé tant il était gonflé, et pour le
moment Bors était aveugle. Tannhauser saisit les poignets tâtonnants pour éviter d'être étranglé.

« Bors, c'est Mattias. Le combat est fini. C'est
Mattias.

— Mattias ? » Le visage sanglant et aveugle se
redressa subitement.

« Oui. La bataille est terminée, répéta-t-il. On les a
battus, pour l'instant.

— Suis-je irréparable ? demanda sa voix qui n'arrivait pas à articuler à cause des difformités.

— Non, tu as juste gagné de quoi justifier tes van-
tardises pendant les vingt prochaines années. » Tannhauser enleva les mitaines d'acier ensanglantées de
Bors. « Tu peux te lever ? Prends mes mains. »

Bors cracha et se remit debout, puis trouva son équilibre.

« Ne bouge pas », dit Tannhauser. Il repoussa le lambeau d'arcade sourcilière à sa place, sur l'os du crâne
apparent, et un œil cligna face à la lumière matinale.
« Tiens. » Tannhauser prit la main droite de Bors et la
guida pour qu'il puisse maintenir le lambeau de chair
en place avec ses propres doigts. Puis Tannhauser passa
la cuirasse défaite sur son épaule, la tenant par les
lanières rescapées.

« Accroche-toi à mon bras, dit-il.

— Tu me prends pour une femme ? »

Bors localisa son épée à deux mains et, opiniâtre, il la récupéra pour s'en servir de béquille. Ils traversèrent le funeste remblai et Bors s'arrêta et se retourna pour contempler la vue de son seul bon œil. « Blessures du Christ ! » lâcha-t-il.

C'était un inventaire de l'ouvrage de cette nuit aussi bon qu'un autre et Tannhauser, qui n'avait rien à y ajouter, se contenta d'acquiescer. Mais l'exclamation de Bors répondait à quelque chose de plus que le carnage. Il désigna de sa main libre une direction que Tannhauser suivit.

À une vingtaine de pas de distance, une forme maigre, tête nue, était ramassée sur ses talons en haut de la monstruosité emmêlée de cadavres qui débordait de la douve. Sa cuirasse de peau couverte de saletés était trop grande pour sa poitrine, et ses longs bras minces qui en dépassaient lui donnaient l'air d'un scarabée sur une colline d'excréments. Il tenait entre ses doigts quelque chose qu'il examinait et qui brilla en prenant la lumière, peut-être une broche ou une dague incrustée de joyaux. Une sorte d'intuition de loup lui fit relever la tête et il regarda droit vers eux, le visage aussi souillé que sa pauvre cuirasse. Des dents étincelèrent dans la saleté et il leva une main pour les saluer.

« Oui, bien sûr, dit Bors. Je te jure que c'est Orlandu di Borgo. »

Le garçon courut vers eux quand ils lui firent signe, s'arrêtant pour ramasser la masse abandonnée par Tannhauser. Ainsi, il l'avait observé. Le sentiment était étrange. Orlandu s'arrêta devant eux, fier comme un coq de combat d'avoir été appelé par de tels géants du champ de bataille, et il fit une courbette. Sous la crasse, et mince comme il l'était, ses traits étaient rougis par la sève de la jeunesse. Ses yeux étaient d'un fort marron tirant sur le jaune. Un nez fin et des lèvres délicates. Un gamin vif d'esprit, et apparemment capable de petites fourberies. L'ensemble rencontra l'approbation de Tannhauser. Il s'imagina qu'il parvenait à voir le fantôme de Carla – une sensibilité innée, peut-être – et, plus certainement, les longs membres et une capacité à ruminer les pensées venant de son père, Ludovico.

« Ainsi, tu es Orlandu Boccanera, dit Tannhauser.

— Orlandu di Borgo, Mon Seigneur », corrigea le jeune, aussi impertinent que possible. Il releva la tête. « Et vous êtes le brave capitaine Tannhauser.

— Tu m'as fait mener une drôle de danse », dit Tannhauser.

Le garçon eut l'air sur ses gardes, comme si on l'accusait d'une espièglerie, sans bien savoir de laquelle. L'objet brillant n'était nulle part en vue.

« Qu'as-tu volé au mort ? » demanda Tannhauser.

Il regarda Orlandu envisager une supercherie. Tannhauser tendit la main. Le bras du garçon vola et une dague apparut dans sa paume. Sortie de sa manche avec art. Il la donna à Tannhauser avec l'air piteux de qui voit disparaître quelque chose de précieux, à jamais. Le fourreau était de cuir vert mousse, avec un bout du même argent que ses incrustations. Il sortit la dague. Sa garde était ornée d'une émeraude.

« C'est un *hancher*, dit-il. Appartenant à un *corbacy*, au moins. C'était un chevalier turc qui le portait ? Tu pourrais te raser avec si tu pouvais déjà revendiquer une barbe. » Orlandu haussa les épaules, déterminé à montrer un visage brave face à sa perte. Tannhauser rengaina la dague. Il la lui tendit et le garçon se lécha les babines. « Ne laisse pas les Espagnols la voir, sinon il te faudra la leur coller entre les côtes. »

La dague disparut aussi vite qu'elle avait apparu et Tannhauser sourit.

« Viens, dit-il. Bors a besoin de quelques travaux d'aiguille, et je ne veux pas qu'il fasse la queue, car elle va être longue.

— Dois-je me mettre à votre service, Mon Seigneur ? » demanda Orlandu. La perspective semblait l'enchanter.

Tannhauser se mit à rire. L'épuisement engendré par la tragédie de cette nuit s'estompa. C'était un endroit de bon augure pour retrouver le garçon. Ils étaient tous en vie, après tout, et, de l'autre côté de la baie et au-delà de la porte de Kalkara, à Zonra, son fameux bateau les attendait. Les bras d'Amparo l'attendaient aussi, et un sourire sur le visage de Carla. Le vent avait tourné, enfin. Plus. Il le poussait déjà vers chez lui, vers les côtes de l'Italie.

« Dois-tu te mettre à mon service ? dit Tannhauser en balançant l'armure de Bors dans les bras longilignes d'Orlandu. Pourquoi pas ? Voilà un changement qui sera le bienvenu aujourd'hui. »

MARDI 12 JUIN 1565
Saint-Elme – La Barbacane – Le Solaire – Le quai

Le temps que Tannhauser emmène Bors à la chapelle, un bûcher funéraire de membres amputés emplissait déjà l'enceinte d'une odeur de viande brûlée. La masse des morts était empilée dehors dans la poussière et il leur fallut se frayer un chemin dans un fatras de corps mutilés. Tannhauser ferma ses oreilles à leurs murmures demandant miséricorde. Dans la chapelle, à l'autel, se tenait une messe de remerciement pour leur victoire. À quelques pouces du chapelain, les chirurgiens aux tabliers écarlates maniaient leurs scies. Espérant épargner à Bors le plus de supplice possible, Tannhauser localisa son sac et en sortit une bouteille de brandy, que Bors fit descendre dans sa gorge en employant le plat de son épée pour défendre sa gloutonnerie.

Tannhauser trouva un chemin entre les blessés, glissant de temps à autre sur les innombrables caillots, et vint encourager les chirurgiens. Coincé par ses suppliques, Jurien de Lyon fit attendre un soldat espagnol dont les tripes coagulées pendaient sur l'entrejambe, et inséra vingt-sept sutures en boyau de mouton dans le visage de Bors. À la fin – et l'amélioration était tout à fait remarquable – les traits rassemblés de Bors étaient de la couleur d'une aubergine pourrie et si enflés qu'il

451

n'y voyait plus rien. Tannhauser mit son sac sur son épaule, avala les gouttes de brandy survivantes, et guida la masse aveugle et trébuchante de Bors dehors en traversant le tapis des infortunés.

Ils trouvèrent un coin d'ombre et Orlandu éleva sa réputation en ramenant un excellent petit déjeuner de foie de bœuf et oignons rouges, accompagnés d'une outre de vin. Peu après, Orlandu fut assailli par un moine enragé et flétri brandissant une louche de cuivre et seul Tannhauser sauva ce Stromboli de goûter à la lame *hancher*. Mais le vieil homme se montra si odieux et si ingrat que Tannhauser, légèrement irritable après six heures sur la brèche, le déposséda de sa louche et la plia si serrée autour de sa gorge qu'il en devint bleu.

« Va peler tes oignons et tes machins, lui dit Tannhauser, pendant que ceux qui combattent retrouvent leur énergie. »

En s'installant pour une sieste, Tannhauser remarqua que cet échange l'avait fait aimer un peu plus du garçon. Il se réveilla aussi raide qu'une planche et nettement plus perclus de douleurs qu'à la fin de la bataille. Quand le soir s'annonça et que l'air se rafraîchit, il devint clair que Bors ne voulait absolument pas « fuir vers le Borgo » à cause de « cette égratignure ».

« Je ne pourrai jamais vivre avec ce souvenir », bêla-t-il.

Le passage de Bors de l'autre côté du port avait déjà été assuré, en échange d'un pot de confitures d'abricot, en prime d'un tas de choses de bien plus grande valeur. Les barques allaient déborder de tant de blessés graves que Tannhauser fut incapable d'acheter deux places pour lui et Orlandu. Tout était possible, mais la fierté, ou la honte, ou l'épuisement, ou quelque regrettable combinaison des trois, le persuada de reporter leur départ à la nuit suivante. Après un revers si brutal, il allait falloir des jours à Mustapha pour préparer un nouvel assaut et le danger était acceptable. Pour apaiser la truculence que Bors mettait à boire, Tannhauser lui fit avaler un morceau d'opium qui aurait tué deux hommes de moindre stature, fourra une livre de ladite matière sous sa chemise, et, trois heures plus tard, il le conduisit comme un barreur vers les bateaux qui attendaient. Bors, qui avait déjà été adouci par le retour de son mousquet de Damas, était à cette heure en proie à l'illusion qu'il était affecté à Saint-Elme plutôt que d'en être éloigné, et ce fut avec soulagement que Tannhauser le regarda finalement glisser sur les eaux.

Le mardi et le mercredi les barques étaient pleines jusqu'au plat-bord des amputés, des mourants et des aveugles. Debout aux côtés de Le Mas et du noble Jurien, Tannhauser se refusa à présenter un tel spectacle de lâcheté. Il passa ces journées à dormir autant que le bombardement continuel le permettait. Il aida Le Mas à décider des meilleurs endroits où placer les batteries, s'attachant discrètement à ne pas prendre part à la défense contre les raids nocturnes, mineurs mais vicieux, dont les Turcs les harcelaient. Tout en faisant attention à ne pas se changer en nuisance, Orlandu le collait comme son ombre, échappant ainsi à nombre de travaux pénibles, et se préoccupa d'autant des besoins de Tannhauser qu'il pouvait satisfaire.

Tannhauser ne voyait aucune logique à stupéfier le garçon en lui révélant la véritable nature de son intérêt pour lui. Qui savait l'effet que de si choquantes révélations pourraient avoir sur son cerveau tout neuf ? L'affection instinctive qu'il avait ressentie pour le garçon lors de leur première rencontre crût et s'approfondit. Orlandu riait facilement, la plus admirable des vertus selon la bible de Tannhauser, et son stoïcisme était louable. Bien éduqué, il ferait un parfait coquin aventurier. Carla lui ferait sans nul doute étudier le quadrivium, et c'était certainement le chemin le plus haut où voyager. Il lui vint à l'esprit que, en tant que futur beau-père du garçon, il aurait son mot à dire sur ces questions, et il résolut de ne pas l'encourager au péché et d'essayer d'être un bon exemple partout où cela serait possible. En attendant, l'homme et le garçon prenaient plaisir à l'éducation délivrée par le premier sur l'utilisation des armes à feu.

Au coucher du soleil le jeudi, tandis que la chute de l'orbe rouge teintait de rose la fumée des canons, un émissaire du pacha, nerveux comme un comédien débutant, grimpa sur le ravelin devant la barbacane et demanda à parlementer. À la requête du gouverneur Luigi Broglia, Tannhauser se rendit sur le rempart afin de traduire pour les commandants.

Tannhauser et l'ambassadeur turc criaient à cent pas l'un de l'autre. Il s'avéra que Mustapha offrait les termes d'une reddition pacifique du fort. Cela donna un coup de fouet considérable au moral des grands. Broglia était un Piémontais noueux de plus de soixante-dix ans qui affichait plusieurs blessures récentes avec insouciance. Il arbora un méchant sourire, les lèvres froncées par les grands vides de sa dentition.

« Mustapha doit avoir le trou du cul à vif, dit-il. Quels termes propose-t-il ?

— Mustapha jure sur sa barbe, répondit Tannhauser, sur les tombes de ses saints ancêtres, et sur la barbe du Prophète, béni soit son nom, qu'il accordera libre passage à tout membre de la garnison désireux de partir ce soir. »

Le Mas désigna les myriades de cadavres en décomposition qui entouraient le fort. « Dis-lui, par la barbe de ses femmes, que nous avons encore plein de tombes toutes prêtes pour lui et ses descendants.

— Libre passage pour aller où ? » demanda Broglia.

Tannhauser posa la question à l'émissaire. Pour sa part, il aurait accepté l'offre en un clin d'œil.

« À Mdina, rapporta-t-il. Aucun homme se retirant ne sera molesté.

— Peut-on lui faire confiance ? » demanda Broglia.

L'espoir fit accélérer le cœur de Tannhauser.

« Même s'ils peuvent vous sembler comiques, ce sont des serments très graves, et faits en public. Il ne blasphémerait jamais devant ses propres troupes. Et Mustapha a tenu parole envers vous à Rhodes, non ? »

Broglia, avec La Valette, était l'un des membres de cette minuscule élite qui avait survécu à cette épopée légendaire. Il fit la grimace, comme si le souvenir de cette reddition lui restait encore en travers de la gorge.

« Dites à Mustapha que nous avons décidé de mourir là où nous sommes. »

Tannhauser se retourna pour faire passer cette riposte malvenue.

Broglia l'arrêta d'un geste de la main. « Mieux encore, que cet ambassadeur meure là où il est. » Il désigna le mousquet à mécanique que tenait Tannhauser. « Abattez-le. »

Tannhauser cligna des yeux. C'était juste le temps imparti pour décider que la délicatesse morale ne lui apporterait aucun mérite face aux gens autour de lui. Il épaula son arme et l'émissaire, attentif à la probabilité d'une telle perfidie, aperçut son mouvement et se retourna pour descendre de son perchoir. Face à un mousquet à mèche, il aurait pu réussir, mais la mécanique allumait la charge à l'instant où l'on pressait la gâchette. La balle de plomb de calibre seize frappa le malheureux ambassadeur au milieu de la colonne ver- tébrale et précipita son corps brisé du haut du ravelin. Le Mas gloussa et, alors qu'un furieux duel de mous- quets mettait un terme à la conférence de paix, Tann- hauser battit en retraite vers le corps de garde. Avant qu'il ne puisse partir, aller chercher Orlandu et se diri- ger promptement vers le quai, il fut invité à un conseil de guerre dans le Solaire, et aucune de ses excuses ne fut acceptée.

Le Solaire – la grande salle intérieure du cœur de la forteresse – portait elle-même des traces de bombarde- ment. Les arches des voûtes étaient fissurées, deux contreforts ne tenaient plus que grâce à des planches clouées, des morceaux de plâtras effondrés jonchaient le sol et des grains de poussière dansaient dans la lumière des chandelles et des lampes. Mais Stromboli cuisinait bien et Tannhauser s'emplit la panse avec l'un des moutons qui l'avaient accompagné lors de sa tra- versée du Grand Port. Il dînait avec Broglia, Le Mas, Medran, Miranda, Aiguabella, Lanfreducci et Juan de Guaras. Ils mangeaient et parlaient autour d'une splen- dide table de chêne, portant toujours leurs harnache- ments couverts de sang coagulé au cas où l'alarme serait sonnée. Le sujet de la discussion tournait autour du meilleur moyen d'étendre leur défi au prix le plus exorbitant pour le Turc. Aussi estropiés ou affaiblis que pouvaient l'être la plupart des hommes assis à cette table, parler du combat revitalisait leur humeur. Leur conviction que le dessein de Dieu et le leur ne faisaient qu'un était irréfragable. Une gaieté singulière régnait, dont Tannhauser se sentait exclu. Il festoyait avec des déments. Puis le capitaine Miranda, pas un chevalier déclaré, mais un aventurier espagnol, demanda son opi- nion à Tannhauser.

« Comme le dit le proverbe arabe, répondit-il, une armée de moutons commandée par un lion pourrait battre n'importe quelle armée de lions dirigée par un mouton. »

Guaras se leva presque de table et Tannhauser se hâta d'assurer au fier Castillan qu'il n'était pas le commandant mouton en question.

« Si, dit Tannhauser, Mustapha avait plus de patience et d'astuce – qui sont des vertus aussi léonines que le courage –, il ne laisserait que quelques batteries solidement défendues sur la colline avec celles de la pointe aux Potences, et il déplacerait l'ensemble de son armée pour assiéger le Borgo. Il pourrait bombarder ce fort de trois directions, selon son bon plaisir, vous ne recevriez plus de renforts, votre moral baisserait rapidement, et la pomme tomberait de l'arbre. C'est le fait que Saint-Elme représente le prix de cette épopée qui vous permet de continuer à combattre si durement. Si vous étiez relégués à un combat secondaire... » Il haussa les épaules.

« Eh bien ? fit Le Mas. Ce chien est-il si astucieux ?

— Non, répondit Tannhauser. Les méthodes de Mustapha ont été forgées dans d'autres guerres, à des époques désormais révolues, et le léopard ne changera pas sa stratégie. C'est sa rage qui conseille Mustapha, ainsi que le frisson d'envoyer des hommes mourir au combat. Il poursuivra cette offensive jusqu'à sa fin la plus amère. Puisque vous avez assassiné son ambassadeur – une insulte difficile à surpasser –, Mustapha va essayer de submerger le fort, dès sa prochaine tentative. Qui, je pense, aura lieu dans trois jours tout au plus. »

Une certaine mélancolie s'installa dans la pièce et Tannhauser pensa que c'était le moment de faire sa sortie. Mais Le Mas lui tapa sur l'épaule, qui était encore noire et bleue, ce qui le fit presque s'étrangler de douleur. « Un tir admirable, à propos, dit le vigou-reux Français. Tiré comme une caille sortie des fourrés.

— À cette distance, j'aurais pu le toucher avec cette table, dit Tannhauser.

— Je ne parlais pas de votre adresse de tireur, dit Le Mas en souriant, mais de votre allant. »

Il y eut une onde de jovialité et leur bonne humeur revint. On porta un toast à la dureté du cœur de Tann-hauser. Ses tentatives d'échapper à leur compagnie et de se faufiler vers les bateaux furent rondement écartées, un délicieux armagnac d'Auch fut servi, et ils le cajolèrent pour qu'il leur fasse le récit des lointaines campagnes dans le Nahjivan et les marches chiites, qu'il leur décrive le temple de Jérusalem, qu'il était le seul d'entre eux à avoir vu, et qu'il leur détaille la carrière sanglante du shah Soliman. Leurs préjugés se renforcèrent en entendant que Soliman avait ordonné que ses deux propres fils, et les fils de ses fils, fussent étranglés par les célèbres eunuques muets de son sérail. Ils s'étonnèrent de découvrir combien les règles sacrées et les us et coutumes des janissaires étaient semblables aux leurs, et ils furent émus d'apprendre que Tannhau-ser avait jadis porté leurs couleurs, et les grands consi-dérèrent Tannhauser différemment, et Tannhauser ne se sentit plus si étranger en leur compagnie. Guaras lui demanda pourquoi il avait quitté les janissaires, et Tannhauser donna une fausse réponse, affirmant qu'il avait redécouvert Jésus-Christ, et cela leur plut. Mais pas même Bors n'en connaissait la vraie raison, entre toutes les sombres actions qui avaient pu faire honte à Tannhauser, l'action qui avait provoqué sa désaffection était, de loin, la plus méprisable.

Lorsqu'il parvint enfin à s'en aller, et en titubant quelque peu, les barques s'étaient évanouies dans la nuit depuis longtemps. Quand Tannhauser s'installa pour dormir à l'abri de la chapelle, avec Orlandu couché à ses pieds comme un chien attentif, il se sentait triste pour les vieux chevaliers de la Religion, car ils étaient tous vieux d'esprit, attachés comme ils l'étaient à un monde et à un rêve morts depuis des lustres. Puis il pensa à Amparo et son cœur connut une douleur différente. Et il songea à Carla, à ses yeux verts soulignés de noir, à sa robe de soie rouge et à son cœur de martyre. Et aussi à Sabato Svi à Venise et à l'argent qu'ils allaient gagner. Puis, en sombrant dans le sommeil, il se remémora qu'il ne fallait pas se laisser séduire par la fraternité rare et noble des chevaliers car, en fin de compte, c'était un culte de la mort, et il avait eu plus que son content de telles amitiés.

Le jour suivant, le vendredi 15, les Turcs reprirent leur bombardement. La boulangerie fut détruite. Des boulets de soixante et de quatre-vingts livres rebondissaient dans la cour, démembrant quiconque se trouvait sur leur passage. Courbés derrière les murets et les remparts vacillants, les défenseurs couverts de poussière s'agitaient comme des fourmis assaillies par des enfants barbares. Personne ne doutait que la fin fût proche. Tannhauser décida de partir cette nuit-là, à quel que prix que ce soit.

Quand l'obscurité tomba, il conclut son arrangement avec le sergent qui organisait les départs du quai, et deux futurs évacués pris au hasard furent abandonnés sur leurs brancards près de la poterne. Orlandu descendit bravement les marches, brutalement surchargé du sac et de l'équipement de Tannhauser. Ils se frayèrent un chemin jusqu'au bout du quai, à travers une foule d'esclaves portant des brancards et de fugitifs estropiés, trouvèrent un endroit où poser leurs affaires et attendirent que les chaloupes arrivent.

« Pourquoi on fait retraite ? demanda Orlandu.

— Retraite ? se moqua Tannhauser. Tu commences à parler comme Bors. Si nous restons, nous allons mourir, et même si cette ambition est très populaire par ici, cela n'entre pas dans notre plan.

— Tous ceux qui sont ici vont mourir ? Guaras ? Miranda ? Medran ? » Il marqua une pause, comme stupéfié par sa propre imagination. « Le colonel Le Mas ? »

La bataille avait peut-être embrumé ses esprits au point de penser que ses héros étaient immortels.

« Tous, répliqua Tannhauser. C'est leur choix et leur demande, mais pas la mienne. Et cela ne devrait pas être la tienne non plus. » Il releva sa barbe, désignant les eaux. « Quelque part au-delà de cette folie, un monde beaucoup plus vaste attend, dans lequel des hommes tels que nous pourront prospérer et laisser une marque plus décente qu'une inscription tarabiscotée sur une tombe. À la vérité, personne à Saint-Elme ne laissera autant que ça.

— Ils laisseront leurs noms.

— Le peu qui le feront sont plus que bienvenus de le faire. J'ai déjà vécu plus longtemps qu'Alexandre et c'est un réconfort bien plus grand pour moi que son nom ne l'est pour lui. Pour ce que valait ce nom, le poète Dante l'a consigné dans les entrailles de l'enfer.

— Alexandre ? dit Orlandu.

— Tu vois ? Ton ignorance te fait honte. Tu es tout juste bon à trimballer une bassine de gras à travers la cour. Est-ce une habileté ou un accomplissement dont on peut être fier ? »

La lumière s'obscurcit dans les yeux d'Orlandu et il baissa la tête pour masquer combien il était blessé que son héros le juge si insignifiant. Tannhauser réprima un serrement de cœur. Cela ferait du bien au garçon.

Viser haut requérait quelque connaissance sur l'endroit où l'on se tenait.

« Ajoute ta vitalité à mon conseil, dit-il, et tu apprendras qu'il existe des joies ailleurs que dans la vénération des martyrs. »

Orlandu se reprit. « Quel est votre plan ?

— Notre plan, garçon. »

Orlandu s'égaya. Pas un bouder, donc. Bien.

« Oui, répéta Tannhauser, notre plan. Mais si nous ne quittons pas ce quai, nous tomberons au premier coup de torchon, mais je te parlerai de ce plan plus tard, car voici nos bateaux. »

La première des trois chaloupes venait d'apparaître au sud-est, les rames éclaboussant d'argent en se levant et en retombant. La Voie lactée se joignait à l'Archer, et la Lune, seulement à deux jours de déclin, était levée depuis une heure. La baie, donc, n'aurait pas pu être plus brillante. La barque était chargée d'hommes et de vivres, et, lamentablement visible à cent pas de distance, d'un baril haut comme un homme de feu grégeois frais, attaché en plein milieu avec des cordes. Et c'est à cette distance que les canons turcs ouvrirent soudain le feu.

Tannhauser réalisa d'un coup que c'était à cela que servaient les nouvelles palissades turques dont l'emplacement avait intrigué les guetteurs du fort. C'était un écran de poteaux de bois, de terre et de sacs de terre qui descendait la pente est du mont Sciberras jusqu'à ras de l'eau. Là, et c'était très clair maintenant, une batterie de canons légers avait été installée, avec une unité de mousquetaires Tüfekchi, très astucieusement abrités des canons de Saint-Elme et de Saint-Ange. L'éclair des déflagrations de leurs gueules et les panaches de fumée des mousquets étaient la seule chose que l'on pouvait voir. Ça, et les résultats calamiteux de leur précision.

Une éclaboussure de bois, d'eau et de morceaux de corps expédiés en l'air jaillit de la première chaloupe, qui s'enfonça, les rames s'agitant en tous sens, tandis que l'estomac de Tannhauser se serrait. À peine un instant plus tard, le tonneau de feu grégeois, ouvert par un boulet et allumé par la mèche d'un *arquebucero* déjà noyé, explosa en un volcan jaune qui illumina la baie un quart de mille à la ronde, en expédiant des morceaux enflammés de cette mélasse incendiaire de tous les côtés.

Un certain nombre de ces diaboliques projectiles volèrent vers la foule d'estropiés et de blessés sur le quai, la panique souffla sur cette multitude et une frénésie de survie éclata tout autour de lui. Des cris d'agonie se mêlaient aux cris de désespoir venus des brancards qui tombaient. Tannhauser, trouvant précaire l'emplacement qu'il occupait tout au bout du quai, commença à tracer sans ménagement son chemin vers l'intérieur des terres. C'est alors que deux boules de feu de la taille d'un poing s'abattirent au milieu de cette foule en proie à la panique, et la masse se sépara en deux cercles distincts, allant croissant, en s'éloignant des deux points d'impact. Un cercle entra en collision avec l'autre et le chaos fut encore augmenté quand ceux qui avaient été frappés par le feu poussèrent pour trouver leur salut dans l'eau. La pression de la foule était irrésistible. Malgré toute sa force, Tannhauser fut repoussé en arrière. La Voie lactée passa comme un éclair au-dessus de sa tête, son dos s'écrasa dans l'eau et ses oreilles devinrent abruptement sourdes au tumulte du quai.

Pendant un instant, la fraîcheur fut un délice, puis il se rendit compte qu'il coulait avec un homme affolé, lourd comme une meule à grain, appuyé sur son torse. Il se débattit, prit un coup de pied dans le ventre et coula plus profond. La fraîcheur atteignit ses pieds car ses hautes bottes étaient désormais pleines. Il battit des pieds avec autant d'effet que s'il avait été enterré vivant dans du sable. Il arracha son casque et agita les bras, perdant tout sens de l'orientation dans ce vide. Le néant s'ouvrait sous lui. Ses poumons refusaient ses ordres de ne pas éclater et se convulsaient de leur propre chef. La panique le traversa, aussi vive et brève qu'un éclair. Quand l'eau se précipita dans ses narines et sa gorge, la sensation s'améliora d'une manière remarquable. La noirceur dans laquelle il était immergé s'étendit comme de la chaleur dans son esprit et avec elle vint un soulagement qu'il n'aurait pas cru possible. Une image d'Amparo vint et repartit. Puis il entendit, aussi clair qu'une cloche, la voix de sa mère appelant son nom : « Mattie. »

Ainsi, c'était fini, pensa-t-il. C'était là ma vie. Ai-je agi si mal ?

Il pensa : Tu aurais pu faire pire. Mais cela t'aurait demandé un énorme effort.

Il revint à lui, le visage écrasé sur des dalles trempées. Il faisait noir et il avait la sensation que quelqu'un sautait sur son dos. De l'eau salée jaillit de sa bouche et piqua ses sinus. Il ne pouvait pas bouger et les sauts se poursuivaient. Il se rendit compte qu'il était vivant et que de l'endroit dont il revenait émanait une paix si profonde que cela n'avait pu être que sa mort. Les sauts sur ses omoplates étaient plus qu'il ne pouvait supporter et il rassembla ses forces pour donner un coup de coude derrière lui. Il toucha quelque chose de solide et l'assaut cessa. Des mains le firent se retourner sur le dos et il resta étalé comme ça, respirant bruyamment. Orlandu, les cheveux dégoulinants d'eau, le regardait d'au-dessus en souriant.

« Trimballer une bassine de pâtée à travers la cour ? dit-il, avec jubilation. Bien sûr, et trimballer une bassine de saindoux hors de l'eau. »

VENDREDI 15 JUIN 1565
Le rocher d'Amparo

Amparo était assise sur un promontoire escarpé de l'île de Saint-Ange et elle regardait deux chaloupes à moitié déchiquetées de boulets et de balles retraverser la baie noire et argentée. Elle frissonna dans la fraîcheur de la nuit, son cœur lui fit mal dans sa poitrine, elle se sentit inconsolablement seule, et elle trouva cela étrange parce que la solitude était son endroit, son foyer le plus familier.

Elle savait que Tannhauser n'était pas dans les bateaux, comme il n'avait pas été dans les bateaux les nuits précédentes. Elle les avait tous surveillés depuis que Bors était revenu. Elle avait surveillé chaque coup de rame, chaque ride qu'elle faisait sur l'eau. Pourquoi Bors et pas Tannhauser ? D'après les cargaisons sanglantes que les bateaux ramenaient maintenant sous ses yeux, d'après l'explosion qu'elle avait vue illuminer le port, elle savait que le fort dévasté de l'autre côté de la baie était désormais au-delà de toute aide et de tout renfort. Mais elle savait que Tannhauser était vivant. Elle avait vu son visage, à peine quelques minutes auparavant. Il avait trouvé une grande paix et il avait voulu qu'elle le sache. Puis il était parti, et elle avait eu peur, parce qu'elle ne parvenait plus à le trouver dans son cœur et elle avait pensé qu'il était mort. Et puis elle l'avait senti à nouveau. Plus du tout en paix, c'était vrai, mais vivant. À cet instant, elle avait conçu la notion que tant qu'il saurait qu'elle l'aimait, il ne mourrait pas. Pourtant, de son amour, elle n'avait jamais parlé. Comment aurait-elle pu ? Il n'y avait pas de mots capables de l'exprimer. Alors comment pourrait-il savoir ? Et comment pourrait-elle le lui faire savoir ?

Du cylindre de cuir suspendu à son cou, elle sortit son étrange appareil divinatoire, mit son œil dessus et pointa le tube de cuivre vers la lune. Elle fit tourner les cercles de miroirs tachetés. Elle ne vit rien qu'un vortex de couleurs. Depuis qu'elle était arrivée sur l'île, elle avait perdu sa faculté de vision. Cette perte était peut-être due à la malfaisante aura de la guerre. Ou peut-être était-ce parce qu'elle était si profondément tombée amoureuse.

Elle demeura assise sur le rocher jusqu'à ce que la lune ait achevé son voyage au travers de la nuit et reste suspendue, comme si elle était triste et hantée, au-dessus du bord occidental de la Création. L'horizon oriental virait à la pourpre derrière son dos, et dans sa pâle lumière violette elle vit qu'une quarantaine de navires de guerre turcs étaient entrés dans la baie et qu'ils étaient alignés poupe contre proue comme une impénétrable chaîne qui se courbait pour finir hors de vue, au-delà du cap où Tannhauser était piégé. Tout au bout de la péninsule, des flamboiements s'épanouirent comme une guirlande de feu autour de la gorge de Saint-Elme. Un immense arc de coups de feu s'abattit sur les pentes de la montagne au moment où quatre mille mousquetaires, en un seul incroyable rang, déchargèrent leurs armes. Les galères à l'ancre tanguèrent quand leurs canons firent feu à leur tour. La paroi du mont Sciberras parut vomir le contenu de terre en fusion qui la soutenait, car cent diaboliques canons de siège rugissaient à l'unisson. Et son amour était quelque part au centre de cet enfer.

Une coloration dégringola du flanc de la montagne qu'elle regarda sans sourciller, et son cœur sombra en elle et son sang se glaça quand dix mille voix élevées dans la haine violèrent son âme. Du bord fracturé du fort une maigre salve crépita en réponse, et une bannière en lambeaux fut brandie contre la nuit qui s'achevait.

Elle se rendit compte qu'elle avait vu tout cela dans sa pierre divinatoire. Le chaos sans fin. Le règne du désordre. Les abysses dans lesquels toute harmonie et toute structure avaient été plongées pour l'éternité. Elle leva une nouvelle fois son tube divinatoire et le braqua sur l'endroit où le soleil allait apparaître. Elle fit tourner les roues. Les couleurs tourbillonnèrent, ralentirent, et le rouge l'envahit, détrempant son être, et elle pensa que c'était du sang, puis pendant un instant, un instant terrible, infini et vrai, le rouge devint une robe, et une femme la portait, et cette femme en rouge se balançait au bout d'une corde serrée autour de son cou.

Le tube tomba de ses mains sur ses cuisses. Durant un bon moment elle fut sourde au rugissement des canons et aveugle à leur feu, à la naissance du jour, et elle ne percevait plus l'odeur de la mer et sa peau était insensible à la fraîcheur de la brise matinale. Elle avait sur la langue un goût aussi plat, sans vie et froid, que du cuivre. Elle remit le tube divinatoire dans son étui de cuir. Elle se dressa sur le rocher. Et elle jeta le tube dans la mer.

Il disparut sans éclaboussure. Et même si quelque chose de précieux en elle s'évanouissait avec ces étranges pierres, quelque chose de nouveau venait de naître. Elle ferait face au futur sans pronostic, et au présent comme elle n'avait jamais osé le faire aupara-vant : avec espoir. Les anges l'avaient abandonnée. Et

467

elle ne savait pas comment faire appel à Dieu Tout-Puissant, parce qu'elle n'avait jamais pensé à l'appeler avant. Elle tourna le dos au chaos des mortels, ferma les yeux et entrecroisa ses doigts.

« S'il vous plaît, Dieu, dit-elle, protégez mon amour. »

Elle ouvrit les yeux. De derrière la plus lointaine courbe du monde, un soleil vermillon s'élevait dans un ciel taché de nuages. Et en réponse à sa prière, elle n'entendit que la rage des canons musulmans.

SAMEDI 16 JUIN 1565
Saint-Elme – Les remparts – La forge

La découverte la plus surprenante qu'Orlandu fit à propos du combat était que c'était du travail. La peur, la puanteur, l'horreur, la rage, les coups de panique et d'euphorie totalement inattendus, la haine, la loyauté et la valeur, tout ceci avait formé une partie de ce qu'il imaginait, érigé sur les histoires qu'il avait entendues toute sa vie. Parce que les histoires étaient courtes, les batailles qu'il imaginait étaient réglées en quelques moments de crises frénétiques et de drame absolu. Mais six, huit, dix heures de combat monstre étaient principalement composées de tâches accablantes et épuisantes, comme charrier des pierres sous une chaleur aveuglante pendant que quelqu'un tentait de vous poignarder dans le dos. C'était le labeur le plus ardu et le plus éreintant jamais conçu et pourtant Orlandu, qui avait passé ses jours à gratter des coques de galères, n'était pas étranger au travail. Par moments, deux guerriers épuisés de chaque camp s'arrêtaient au milieu d'un duel par consentement mutuel, et se reposaient sur leurs lances comme si c'était des pelles pour reprendre leur souffle. Puis ils se faisaient un signe de tête et recommençaient à se battre jusqu'à ce que l'un ou l'autre soit massacré.

Le premier assaut, ce jour-là, avait été accompli par des déments : des démons couverts de peaux de léo-

469

pards, de loups et de chiens sauvages, casqués d'or qui étincelait au soleil, et parfaitement indifférents à leur propre vie. Tannhauser les appelait des iayalars, qui mangeaient du haschich, fumaient du kif et chantaient toute la nuit pour alimenter leur frénésie. Certains chargeaient même entièrement nus, leurs parties se balançant entre leurs cuisses. Ils pataugeaient dans la pâtée d'excréments et d'asticots, et foulaient aux pieds les cadavres noircis et gonflés qui s'empilaient tout autour de l'enceinte, se frayant un passage entre les vautours qui caquetaient et battaient des ailes, trop gavés pour s'envoler. Ils arrivaient devant les murs avec des crochets de fer au bout de longues cordes, des échelles, et se faisaient massacrer par les *arquebuceros* et les canons des saillants qui les prenaient en enfilade, comme si leur seul but était de remplir de leur chair les douves gémissantes.

Quand leurs survivants repartirent en rampant vers la montagne, une foule de derviches trouva le chemin du paradis en hurlant. Après eux vint l'infanterie des azebs. Puis, sous l'éclat aveuglant du soleil au zénith, au rythme de leurs fanfares et des roulements de leurs tambours, les janissaires se joignirent à la bagarre. Encore et encore, ils dévalèrent la colline avant d'escalader les contrescarpes pestilentielles pour coller des échelles contre les murs, pour finir par dégringoler des remparts comme une vague sanglante.

Cela n'avait pas de sens.

Tannhauser avait choisi d'éviter les rigueurs des premières lignes en se servant de ses talents de tireur d'élite. En plus de son arquebuse à pierre, il avait ramassé un mousquet turc de sept paumes dans les piles d'armes prises à l'ennemi, et, avec Orlandu pour recharger ce dernier, il rampait le long de l'enceinte derrière les piquiers, tirant d'une embrasure ou d'une autre, et prélevant un horrible tribut parmi les officiers du pacha Mustapha. Il tira une demi-douzaine de fois sur le pacha lui-même, qui dirigeait ce théâtre de démence du haut du ravelin, avec Torghoud Raïs à ses côtés. Mais Allah devait protéger ce commandant rabougri, car Tannhauser réussit à abattre trois de ses gardes aux pieds mêmes de Mustapha mais ne parvint jamais à le descendre. Et personne d'autre non plus.

Pour Orlandu, porter douze livres de mousquet, un sac de dix livres de balles et un lourd flacon de poudre était à peine moins brutal que de traîner la bassine de soupe, et de loin bien plus onéreux en terreur. Il fallait vingt-deux étapes pour charger et tirer un coup de mousquet, et vingt et une lui incombaient. Sous le feu ennemi, le jeu devenait un cauchemar. Les surcharges et les doubles charges, dont le recul manqua faire tomber son héros du chemin de ronde, lui valurent malédictions et gifles. Les hampes des piques et les coups de coude des lanciers étaient aussi inattendus qu'avant. Et le canon surchauffé du mousquet lui dépeçait les mains. Des étincelles tombaient en ruisseaux sur le col de sa cuirasse, qui le cuisait comme un four. La poudre noire lui piquait les yeux et la fumée lui pelait la gorge. Par moments, il se retrouvait pris de sanglots parce que ses doigts avaient lâché le flacon de poudre. Il n'avait pas le droit de tirer, parce qu'il gaspillerait une précieuse balle. Mais malgré ses coups de colère, Tannhauser le traînait partout. Avec un mot d'encouragement, ou un conseil rapide. Avec une claque sur le dos ou un sourire encrassé. Avec une plaisanterie et un éclat de rire. Avec des moments d'inattention où son regard était empreint d'une affection qu'Orlandu n'avait jamais rencontrée, de sa vie entière.

Le maelström roula autour des murs chancelants, d'un bout à l'autre du jour. Quand la ronde tachetée de sang finit par se fondre en une nouvelle moisson de morts boursouflés, les musulmans s'inclinèrent devant la volonté d'Allah et se retirèrent, et les défenseurs s'agenouillèrent près de leurs armes et prièrent le Christ. Orlandu n'avait plus le moindre souffle à consacrer au Seigneur. Il se tassa près d'un créneau, le mousquet en travers des cuisses, et s'assoupit instantanément. Avant qu'il ne puisse rêver, une main le releva et le tint, fermement, jusqu'à ce qu'il retrouve ses esprits. Tannhauser prit les deux longs mousquets au creux de son bras. Ses yeux étaient des gouffres d'ombre dans son crâne.

« Viens, garçon, dit-il. Tiens-moi compagnie pendant que je mange. »

Ce soir-là, Tannhauser sombra dans la mélancolie et parla peu. Dès qu'il eut fini son repas, Orlandu s'endormit à même le sol, là où il était assis. Il s'éveilla d'instinct, dans le silence des premières heures, et vit la longue silhouette de Tannhauser traverser la cour au clair de lune. Le sommeil rappelait Orlandu, et son corps perclus de douleurs le suppliait de faire attention, mais quelque chose de plus fort le poussa à se lever et il le suivit, cheminant avec soin entre les boulets de canon qui jonchaient le sol.

Orlandu le rejoignit à la porte de l'atelier d'armurerie. Tannhauser portait un casque et une lampe, et il parut amusé et presque heureux de le voir. Ni l'un ni l'autre ne proféra un mot en entrant, et là Tannhauser s'arrêta pour respirer les odeurs, qui étaient de toile à sac, de graisse d'ours, de cendres et de charbon, et notablement saines après les miasmes pestilentiels qui régnaient à l'extérieur. Orlandu le regarda s'approcher de la forge, baisser la lampe et la barre et dégager les cendres jusqu'à un résidu de braises d'un rose corail. De celles-ci il fit jaillir les flammes et il appela Orlandu pour qu'il active les soufflets – doucement d'abord –, puis il lui montra comment nourrir la braise et bâtir le lit de charbon, et une fois de plus Orlandu fut intimidé par son expertise et se sentit écrasé de honte d'être un tel ignorant. Tannhauser dépouilla le casque de son rembourrage et le posa sur les charbons, et ils observèrent la couleur filtrer dans l'acier.

« Quand j'avais ton âge, dit Tannhauser, c'était le métier auquel je me destinais. Un forgeron, c'était tout ce que je voulais être, et je pensais que c'était l'art le plus noble du monde. » Il haussa les épaules. « J'avais certainement raison. Mais cela ne devait pas se passer ainsi. J'ai perdu le peu de génie que j'avais, mais cela me fait plaisir de ferrer un cheval de temps en temps, ou de travailler un morceau de métal dans la braise. » Orlandu allait lui demander pourquoi il ne devait pas en être ainsi quand Tannhauser dit : « Vois comment la couleur vire. » Il pointa le doigt vers un établi. « Passe-moi ce marteau. »

Tannhauser saisit le casque avec des pinces, plaça la portion rougie sur la corne de l'enclume et commença à le travailler à quatre pouces de sa couronne.

« Après avoir perdu le mien dans le port la nuit dernière, je n'ai pas réussi à en trouver un seul qui m'aille. » Il leva le nez de l'enclume. « Tu es un bon nageur. Et fort, avec ça. »

Orlandu en rougit presque. « Je pourrais vous apprendre », dit-il.

Tannhauser sourit et se remit à marteler. « Je serais prêt à dire oui, mais pas dans le peu de temps qu'il nous reste. Pourrais-tu traverser la baie jusqu'à Saint-Ange, comme le font les messagers ?

— Oh oui, facilement. » Facilement, c'était exagéré, mais il pouvait le faire.

Tannhauser remit le casque sur les charbons et pompa les soufflets. « Alors c'est cela que tu vas devoir faire. Ce soir. »

Orlandu le regarda. Les yeux bleus sauvages étaient ardents. Orlandu se sentit mal, sans savoir pourquoi. Il fit non de la tête.

« Je te l'ordonne », dit Tannhauser.

Orlandu sentit une pression dans sa poitrine à laquelle il ne pouvait résister. Il dit : « Non.

— Tu n'en as pas eu assez de la bataille ? De la fatigue et de la saleté ?

— Je vous sers, dit Orlandu en faisant un pas en arrière.

— C'est un bon début. La première règle, quand on sert, c'est d'obéir.

— Je ne suis pas un lâche. » L'étrange panique qui saisissait son ventre, la chaleur à l'intérieur de son cœur étaient telles que cette affirmation lui sembla mensongère. Il était submergé de peur.

« Rien ne pourrait être plus clair. Mais pourtant, il faut que tu partes.

— Pourtant, je n'irai pas.

— Tu as l'étoffe d'un bien pauvre soldat. »

Les mots paraissaient insultants, mais Tannhauser les prononça d'un ton approbateur. Il transféra l'acier rougeoyant sur l'enclume et ne dit plus rien pendant un moment, perdu dans son forgeage, étendant le nouveau renflement autour de la circonférence du casque et aplatissant sur les bords l'acier ramolli par la chaleur. Orlandu priait pour avoir cause gagnée, et pour ne pas être banni loin de Tannhauser. La perspective d'un tel exil l'emplissait d'une horreur si intense qu'il avait envie de vomir. Rien de ce qu'il avait ressenti en rampant le long du rempart n'approchait la terreur qui l'emplissait maintenant. Il observait les mains de Tannhauser, emporté par le rythme hypnotique du marteau et la soumission graduelle de ce qui n'était pas conçu pour céder.

« Il faut de la terre, de l'eau, du feu et du vent pour faire l'acier, dit Tannhauser. C'est en cela que réside sa force. Mon père me disait que Dieu a forgé les hommes des mêmes matériaux, mais simplement selon des proportions différentes. Ce sont les proportions allouées à chacun d'eux qui déterminent la qualité d'un acier. Ce casque doit être dur, mais non flexible, et donc la chaleur que nous employons est douce et nous ne le tremperons qu'une seule fois. Mais une épée doit plier sans se rompre ni perdre sa condition, et un canon de mousquet doit contenir les explosions qu'on relâche dedans, et donc ces aciers requièrent diverses techniques et des proportions qui leur sont propres. C'est ainsi que cela va. Tu comprends ? »

Tannhauser le regarda et Orlandu acquiesça, se lamentant encore de son ignorance mais excité par la pensée de tels mystères. Sa terreur s'effaçait.

Tannhauser poursuivit. « Résoudre ces énigmes – comment assortir la plus apte d'une infinité de proportions possibles à un but particulier – a été un travail millénaire, passant de père en fils, et de maître à disciple, chacun, avec un peu de chance, apprenant plus que le précédent. Et ainsi devrait-il en être du mélange de ces éléments qui font la trempe d'un homme. Le savoir est là, si nous voulons bien nous contenter de l'écouter. Mais en ce qui concerne le forgeage de leur propre ardeur, les hommes sont bornés et vains, et placent plus leur foi en leurs propres inclinations que dans les conseils des sages. »

Tannhauser lui accorda un sourire, mais un sourire qui le dérangea.

« Et pourtant, aussi bornés que soient les hommes, et aussi difficile à croire que cela puisse être, les garçons sont plus bornés encore. »

Orlandu se sentit défaillir et la panique revint quand il se rendit compte que la discussion était loin d'être achevée. Il tenta de changer de sujet. « Où est votre père ? » demanda-t-il avec une curiosité exagérée.

La grossièreté du stratagème fit glousser Tannhauser. Il remit le casque noirci sur les charbons et prit un marteau plus léger.

« Mon père est très loin, et je prie pour que sa paix ne soit que rarement troublée par des pensées à mon sujet. Mais tu n'échapperas pas à ce que j'ai à te dire. Je suis venu dans ce cloaque pour une seule et unique raison, et ce n'est pas pour mourir – pour Jésus-Christ, le Baptiste, la Religion ou qui que ce soit d'autre. Je suis venu ici pour te ramener dans le Borgo.

— Vous êtes venu pour moi ? » fit Orlandu.

Tannhauser hocha la tête.

« Pourquoi ?

— Je me suis posé cette question de nombreuses fois, et j'ai trouvé plusieurs réponses, mais aucune n'était satisfaisante. À un certain moment, "Pourquoi" n'a plus d'importance. Medran est mort aujourd'hui, et Pepe de Ruvo aussi. Miranda a une balle dans la poitrine. Le Mas a été salement brûlé. Une fois encore, il y a plein de raisons à cela, et à cette heure aucune d'elles ne compte. Tu vas nager jusqu'au Borgo, et pas parce que je te l'ordonne, parce que je te le demande. Va à l'auberge d'Angleterre. Tu pourras servir Bors et dame Carla jusqu'à mon retour.

— Mais comment reviendrez-vous ? Les barques ont encore été mises en pièces cette nuit et, eh bien... désolé de vous dire ça, mais vous ne savez pas nager. »

Tannhauser retira le casque du feu, fronça les sourcils, et l'enterra dans la cendre pour le refroidir. « J'ai mon propre moyen de sortir d'ici, mais tu ne pourrais pas me suivre. Maintenant fais ce que je te dis. Vas-y. »

Orlandu sentit ses yeux s'emplir de larmes et une tristesse serra sa gorge avec une douleur plus intense qu'aucune dont il pouvait se souvenir. Il sentait un chagrin et une peur qui frisait une fois de plus la terreur aveugle. Il allait perdre Tannhauser pour toujours. Il n'avait jamais rien eu à perdre auparavant. Sans Tannhauser, il restait... quoi ? Ces journées en sa compagnie, malgré l'épuisement et la folie, étaient les plus précieuses de sa vie. Les plus pleines. Les plus chères. Avant Tannhauser, il n'y avait rien eu. Tout ce qu'il pouvait se rappeler, c'était le vide. Être banni, retourner à ce vide, semblait pire que la mort. Tannhauser le prit par les épaules et se courba pour que leurs visages soient à niveau. Les yeux qui l'avaient regardé – qui lui avaient souri – avec tant de camaraderie le fixaient maintenant du fond des ténèbres avec autant de chaleur qu'une paire de pierres bleues.

« C'est dans le Borgo que j'ai besoin que tu sois. Tu n'as pas ta place ici. Je ne veux pas que tu restes. »

Tannhauser le repoussa et se retourna vers la forge.

« Maintenant, va-t'en. »

Orlandu ravala ses larmes et une rage sauvage le balaya du haut en bas. Mots et pensées étaient perdus dans le hallier d'émotions qui étouffait sa poitrine. Il se retourna, sortit en courant de l'armurerie et se retrouva dans la cour. Il continua à courir, des sanglots jaillissant de sa gorge. Il traversa toute la cour, passa la poterne et descendit l'escalier de pierre menant au quai. Deux gardes somnolaient sur les marches. Ils le regardèrent avec ce manque absolu de curiosité qui accompagne l'épuisement total. Orlandu reprit son souffle et s'arrêta à ras de l'eau.

Une seule idée jaillit de la tourmente en lui. Il arracha ses bottes, ses braies et sa chemise. Il plongea dans le port. Il connaissait l'endroit précis. Au quatrième plongeon vers le fond du port, douze pieds plus bas, ses doigts le touchèrent alors qu'il était à la limite de son souffle et il remonta les mains vides, pour reprendre de l'air. Au plongeon suivant, il le trouva du premier coup, tapa du pied sur le fond pour retrouver la surface et grimpa sur le quai, tenant le casque de Tannhauser.

Il s'assit, le posa sur ses cuisses et se servit de sa chemise pour le nettoyer de la vase et des algues. S'il devait partir, il pouvait au moins faire quelque chose qui ferait sourire Tannhauser, qui le rendrait fier. Quelque chose pour effacer le souvenir de ces yeux froids comme la pierre. Et celui des larmes d'enfant qui avaient piqué les siens. Alors qu'il frottait l'acier jusqu'à ce qu'il brille au clair de lune, il s'arrêta, pris d'une compréhension soudaine, et son estomac se retourna dans son ventre.

Lui, Orlandu, était le garçon que la comtesse avait cherché.

Et Tannhauser était payé par elle. Il n'avait rien à faire de la Religion. Ni du Christ. Ni de lui non plus. Orlandu n'était rien de plus qu'une marchandise, quelque chose qu'on allait vendre et se passer, un pion livré à la volonté des autres pour toujours, comme il l'avait été depuis toujours. Et depuis le jour de sa naissance. En soi, il n'était rien. La rage intérieure revint et le consuma.

Il remit ses braies et ses bottes trop grandes. Quand le son du marteau atteignit ses oreilles, il se rendit compte qu'il était revenu dans l'armurerie, sans le moindre souvenir du trajet de retour. Il pouvait à peine respirer, non pas de l'effort de sa course, mais à cause de la lanière de colère et de chagrin qui lui garrottait la poitrine. Tannhauser leva les yeux de l'enclume, vit son visage et cligna des yeux.

Orlandu jeta le casque. Il sonna sur les dalles jusqu'aux pieds de Tannhauser.

Orlandu luttait contre la brûlure dans ses yeux. Il dit : « Je ne vous sers plus. Et je reste ici parce que je suis libre, et je mourrai comme un homme pour la Religion. »

Il n'attendit pas la réponse. Sa colère s'estompait déjà et à sa place montait un terrible désir que Tannhauser le prenne dans ses bras. Il se mit à courir pour échapper à la confusion qui éclatait dans son crâne. Une fois dehors, il s'assit contre le mur, serra ses genoux entre ses bras et essaya de retrouver cet état qui avait existé avant que tout ceci ne se produise. Avant que Tannhauser lui ait fait signe de traverser le champ de mort. Avant qu'il ait connu le fléau de l'amour. Cette dame Carla, sa mère ? Il ne le croyait pas. Sa mère était une putain, comme Boccanera le lui avait dit mille fois pour accompagner ses coups de pied au cul. L'aube pointait et, de l'autre côté de la cour, des chevaliers se dirigeaient vers la chapelle. Orlandu entendit le marteau de Tannhauser continuer à taper et il se sentit abandonné.

Agoustin Vigneron s'arrêta en passant devant lui. Il le regarda d'en haut. « Viens à la chapelle, garçon, adoucir tes malheurs, dit Vigneron, c'est le dimanche de la Trinité. »

JEUDI 21 JUIN 1565 – *CORPUS CHRISTI*
Le Borgo – Saint-Elme

L'obscurité précédant l'aube semblait plus impénétrable aujourd'hui, ses ténèbres plus épaisses, l'écho de ses promesses détruit, et quand il se leva, le soleil était d'un rose pâle, blafard et maladif. Ou alors, songea Carla, ce n'était qu'un sort jeté par des milliers de cœurs sombres alors qu'ils essayaient de raviver leurs esprits pour une fête surplombée de sinistres nuages. Elle réveilla Amparo avec difficulté et l'habilla comme on fait avec une enfant, car elle avait sombré dans une mélancolie noire et ne quittait que rarement son lit. Bors aussi avait du mal à émerger de sa stupeur d'opium et de boisson, état qu'il recherchait davantage pour endormir son angoisse que la douleur de la cicatrisation de ses blessures. L'angoisse propre de Carla et sa culpabilité face au désastre dans lequel elle avait plongé Tannhauser étaient bien assez funèbres. Mais quelqu'un se devait de répandre l'amour du Christ, et elle se sentit bénie que ce soit elle. Elle arracha à Bors le serment de veiller à ce qu'Amparo assiste à la procession, car cela pourrait l'inspirer. Puis elle partit y prendre sa place, habillée et voilée de noir.

Carla avait été invitée par frère Lazaro à se joindre aux frères de l'hôpital et à ceux des blessés qui pouvaient marcher. Sans l'avoir aucunement cherché, elle était devenue un personnage révéré à l'infirmerie. Les

480

estropiés avaient soif de ses prières et de sa compagnie. On appelait son nom aux heures les plus sombres de la nuit. Si, contre toute attente, quelqu'un survivait, on l'attribuait à ses pouvoirs. Lorsque quelqu'un mourait en lui tenant la main, personne ne doutait qu'il était immédiatement accepté aux portes du paradis. Elle ne s'attribuait rien de tout cela elle-même. Elle savait qu'elle n'était rien d'autre qu'un canal pour l'amour de Dieu. Pourtant, elle trouvait en cela une sorte d'extase.

La sensation de chagrin qui s'étendait dans la cité était provoquée par le supplice des braves de Saint-Elme, dont la si longue survie était perçue comme un miracle et dont on attendait la chute d'une heure à l'autre. Les renforts que Garcia de Toledo, vice-roi de Sicile, avait promis pour le 20 n'étaient pas arrivés, et personne ne les espérait plus. Toutes les prières étaient offertes aux âmes des morts de Saint-Elme et aux âmes de ceux qui allaient bientôt les rejoindre. Le cœur brisé, Carla priait pour Mattias et pour sa délivrance, et pour Orlandu, son fils, qu'elle avait connu si brièvement et qu'elle avait échoué à reconnaître, mais qu'elle n'en aimait pas moins.

Le spectacle du *Corpus Christi* était aussi grandiose que les citoyens entassés, et durement éprouvés, avaient pu le réaliser. En dehors des soldats de guet, chaque chrétien qui pouvait marcher ou être porté était de sortie. Les rues grouillaient d'un mur à l'autre tandis que la procession serpentait vers San Lorenzo. Le grand maître menait ses chevaliers escortant le saint sacrement – *Corpus Christi*, le Corps du Christ – dans un magnifique ostensoir d'or orné de lys, et certains des habitants pleuraient de voir que de telles fleurs puissent encore exister dans la désolation que leur monde était devenu. L'icône de Notre-Dame de Philerme, couverte de soie damassée et de perles, et l'icône de Notre-Dame de Damas étaient portées, brandies vers le ciel. Des hommes déguisés en démons mimaient leur terreur de la divine présence. En tête du cortège, précédant la sainte eucharistie, des enfants habillés en anges chantaient le *Panis angelicum*, représentation des neuf chœurs du paradis.

À certains endroits, la procession s'arrêtait pour une bénédiction et une aspersion d'eau bénite, et l'on chantait le *Tantum ergo sacramentum* d'Aquin. Des chandelles brûlaient et l'encens fumait et un enfant menait un agneau tenu par un harnais de rubans rouges. Des bannières saluaient sainte Catherine et santa Juliana, et saint Jean-Baptiste et la Vierge des douleurs. Et les frères de la sainte Infirmerie portaient le précieux étendard de Rhodes à l'effigie de la Madone à l'Enfant : *Afflictis tu spes unica rebus.*

« En tout ce qui nous afflige, tu es notre seul espoir. »

Des fanfares jouaient et les cloches des églises carillonnaient pendant que les canons de siège turcs grondaient de l'autre côté de la baie. Quand la procession atteignit la place de San Lorenzo, la puissance de Dieu les envahissait comme une rivière sacrée et leurs cœurs s'élevaient en dépit de tout ce qu'ils avaient enduré. Et dans toutes ces vingt mille âmes, pas une n'aurait souhaité être ailleurs, dans toute la Création, car toutes savaient qu'ici plus qu'en tout autre endroit de ce monde mortel et perdu l'Agneau de Dieu aimait chacune d'elles sans exception.

À son retour de la messe, Carla aperçut Amparo dans la foule. La tristesse de ses yeux avait disparu, le lustre de sa peau était revenu et son corps était à nouveau souple comme un chat alors qu'elle se frayait un passage dans la cohue. Puis Amparo disparut et Carla sentit son cœur s'alléger. Elle se dirigea vers l'Infirmerie pour prier pour les blessés, et pour Tannhauser et pour son fils.

La solennité de la célébration du *Corpus Christi* ne modifia en rien le rituel quotidien dans les cachots des esclaves. Même si peu d'autres que ses exécuteurs en furent témoins, le trente-deuxième musulman prisonnier du siège fut choisi entre ses compagnons. Ils le bâillonnèrent avec de la corde pour étouffer son charabia païen, puis ils le traînèrent dans des ruelles où la procession pour le Christ ne passait pas, avant de lui faire grimper l'escalier des remparts jusqu'au gibet de Provence, et là ils lui passèrent la corde au cou et le regardèrent mourir.

De l'autre côté de l'eau, dans la coquille fumante de Saint-Elme, Tannhauser arpentait les défenses et il finit par trouver Orlandu à l'œuvre avec une bande de soldats maltais. Ils acheminaient des pierres sur l'escarpement de la brèche ouest, où la chaleur était intense et le ciel noir de mouches. Le garçon était torse nu, couvert de poussière collée par sa sueur. Comme Orlandu redescendait la pente de pierres, Tannhauser posa une jarre de gelée de coing sur le bloc qu'il avait l'intention de soulever. Orlandu cligna des yeux, comme pour conjurer un mirage, puis il se redressa et regarda son ancien maître.

« Ceci, dit Tannhauser à propos de la confiture, est la récompense la plus convoitée qui reste pour toute cette compagnie. » Il brandit une main. « Tes compagnons, là, se battraient aussi férocement pour elle qu'ils ont combattu pour cette brèche – s'ils savaient qu'elle était là. Que dirais-tu de m'aider à la finir ? »

Orlandu s'essuya la bouche d'un revers de main. Il jeta un coup d'œil sur la confiture sans répondre. Tannhauser prit le pot et le lança en l'air, et en un éclair les mains d'Orlandu le saisirent avant qu'il ne s'écrase sur les blocs. Tannhauser éclata de rire et arracha un sourire au garçon.

« Viens, dit Tannhauser, nous avons boudé comme des femmes bien assez longtemps. Et tu seras réconforté de savoir que jamais aucun homme n'a vendu sa fierté pour un prix aussi haut. »

Pendant que les Turcs avaient employé leurs tireurs d'élite et bombardé sans cesse depuis quatre points du compas, Orlandu avait évité Tannhauser jour et nuit. Il était clair qu'il nourrissait des sentiments blessés et que son sang latin bouillonnait d'insultes de sa fabrication personnelle. Tannhauser avait laissé les tâches épuisantes le calmer. Il avait gardé un œil sur sa sécurité et demandé à certains autres de faire de même. Maintenant, Tannhauser l'emmenait à la forge, qu'il s'était attribuée comme domaine personnel suite à la mort de l'armurier. Trois jours de solitude devant l'enclume, à refourbir des harnachements endommagés en buvant un vin de nostalgie, avaient restauré son contentement intérieur. La grande nouvelle du front – le Sabre brandi de l'islam, Torghoud Raïs, mortellement blessé à la tête par un tir de canon du château Saint-Ange – l'avait atteint comme venue de très loin. La fin était proche pour la garnison dépenaillée de Saint-Elme. Selon ses calculs, cette fin de semaine verrait Mustapha conclure le siège. Il était temps, donc, de calmer le garçon pour son départ.

Tannhauser prépara son ultime reste de café sur le feu et, tandis que les boulets de pierre malmenaient le donjon au-dessus et faisaient dégringoler des douches de plâtras des voûtes, ils mangèrent la gelée de coing avec une cuiller en bois et aucun d'eux ne trouva difficile de pleurer de plaisir. Tannhauser ne pressa pas le garçon sur ses intentions, car le culte de la mort l'avait avalé et ses intentions étaient évidentes. *A contrario*, ce fut Orlandu qui le pressa.

« Je suis le garçon que vous cherchiez, né la veille de la Toussaint, non ?

— Tu l'es, dit Tannhauser.

— Comment savez-vous ça ?

— Cela a été écrit par le prêtre qui t'a baptisé, et juré par un homme très pieux. Orlandu Boccanera.

— Je renie le nom Boccanera, parce que c'était un porc, et le père de gorets, et il ne m'a jamais revendiqué comme son fils. Il m'a vendu comme une mule aux gratteurs de bateaux. Je mourrai en tant qu'Orlandu di Borgo. » Il regarda Tannhauser comme s'il s'attendait à une dispute.

« Orlandu di Borgo, oui, répliqua Tannhauser, mais tu pourrais revendiquer un autre nom – et un bien plus vrai – si tu en avais l'intelligence.

— C'est donc vrai ? Je suis le bâtard de la dame Carla ?

— Tu es son fils.

— Boccanera m'a dit que ma mère était une putain.

— Peut-être la considérait-il comme telle, s'il savait qui elle était, ce dont je doute grandement. En cela, il n'était pas le seul. Les hommes, et les porcs, sont durs pour les femmes qui sacrifient leur vertu, surtout par amour.

— Un amour véritable ? demanda Orlandu.

— Je connais bien dame Carla, dit Tannhauser. Elle n'aurait pas cédé sa vertu pour quoi que ce soit d'autre. »

Les yeux d'Orlandu remuaient, excités, absorbés.

« Et mon père ? Qui était mon père ? »

Tannhauser s'attendait à cette question et il masqua sa réponse d'un sourire. « C'est un secret que dame

Carla garde pour elle-même, comme toute femme en a le droit. »

Orlandu avait visiblement déjà exploré cette énigme. « L'un des chevaliers de la Religion, non ? Une dame comme elle ne... sacrifierait jamais sa vertu pour moins que cela.

— Je suis certain que son goût était aussi raffiné qu'on peut s'y attendre.

— Peut-être l'un des grands chevaliers qui sont ici, à Saint-Elme... ou dans le Borgo, non ? »

En voyant la joie du garçon, une tristesse inattendue serra le cœur de Tannhauser. « Je n'ai aucun doute, dit Tannhauser, sur le fait que ton père était un homme très extraordinaire.

— Alors j'ai du sang noble ? demanda Orlandu.

— Si tu le souhaites, répondit Tannhauser. Ceux qui s'en vantent mettent sa valeur plus haut que la vertu, mais selon moi le sang en lui-même compte peu, ou même pas du tout. Jésus et ses disciples étaient des gens humbles, comme l'étaient Paracelse et Léonard, et la grande majorité des hommes qui se sont avérés des génies à toutes les époques. Et nombre des plus viles racailles du monde se targuent d'être nobles. La supériorité d'esprit et de caractère – si tel est notre idéal de noblesse – ne coule pas dans nos veines, mais provient de la manière dont nous conduisons nos vies. Pour répondre à ta question, je dirais que, d'un côté ou de l'autre, tu es en droit de le revendiquer. »

Orlandu hésitait, comme s'il se bataillait avec une notion qu'il savait insensée mais qui l'avait tracassé avec plus de ténacité qu'aucune autre. Finalement, il balbutia : « Vous n'êtes pas mon père. »

Tannhauser sourit, et fut ému, encore une fois. « Non, je ne le suis pas, mais j'aurais été plus que fier de l'être. Néanmoins, si la chance est avec nous, il se

486

pourrait qu'une variante d'une telle relation vienne à passer. »

C'était trop oblique pour le garçon et Tannhauser ne s'étendit pas sur le sujet.

« Mais alors, pourquoi n'est-il pas fier de l'être ?

— Qui ?

— Mon père.

— Il ne sait pas que tu existes, du moins à ce que j'ai cru comprendre. Ta mère ne le lui a jamais dit, pour protéger son honneur. » Tannhauser entrevit dans ses yeux d'autres questions non formulées, et ajouta : « Ne vois pas de mal dans le fait que dame Carla t'ait abandonné. Ce n'était pas son voeu. Des hommes puissants lui ont ôté tout choix dans cette affaire et l'ont traitée avec la plus grande cruauté, alors qu'elle était à peine plus âgée que toi. »

Orlandu assimila cela avec gravité, et hocha la tête.

« Ta mère a fait un long et très périlleux voyage pour te retrouver. Je sais que tu es toujours présent dans son cœur. »

Orlandu cligna deux fois des yeux et Tannhauser se demanda si l'heure de le persuader de partir était arrivée. En y réfléchissant, il avait été complètement idiot de ne pas raconter tout cela au garçon bien avant. S'il l'avait fait, ils ne seraient sans doute pas assis là, mais sous la voile de sa barque. Mais le mal était fait et c'était bien ici qu'ils étaient assis. Laisse donc le garçon envisager tout seul l'idée de partir.

Il dit : « Noble ou forgeron, chacun doit œuvrer soi-même à sa propre destinée, du mieux qu'il peut. » Il se leva. « À ce propos, j'ai beaucoup de travail à faire ici. Si tu veux bien, j'aurais besoin d'un bon coup de main. »

Ils passèrent la journée à aplanir des bosses et à décoincer des jointures d'armures, et pour tous deux ce fut l'un des jours les plus heureux de leur vie. Au crépuscule, Orlandu se rendit à la chapelle pour entendre la messe, recevoir la communion, et remercier d'avoir appris ses origines. Tannhauser acheva ses réparations. Il but un peu de brandy et s'assoupit à moitié sur une paillasse. Il émergea de l'oubli dans la faible lueur de la forge, et il se crut soudain perdu dans un rêve érotique : car Amparo était debout dans l'ombre, et elle le regardait.

Il se leva, essayant – l'espérait-il – de maîtriser les douleurs qui nouaient ses articulations. Quand il se retourna, il s'attendait à ce que l'apparition se soit évaporée. Mais il n'en était rien. Elle était toujours là.

Amparo était enveloppée dans un manteau de guerre écarlate et élimé, décoré d'une croix. Ses cheveux étaient plaqués sur son crâne et dégoulinants d'eau. C'est l'eau qui lui fit prendre conscience que ce n'était pas un rêve et qu'elle était bien là, en chair et en os. Ses bras minces et ses jambes musclées étaient nus. Ses pieds étaient couverts de poussière mouillée. Le vêtement flottant collait aux pointes de ses seins et il comprit qu'en dessous elle était nue. Il sentit qu'il bandait instantanément. La fente entre les épaules du manteau révélait des clavicules d'un blanc nacré et son long cou bronzé. Ses yeux brillaient à la lueur des braises et son visage était aussi ravi que celui d'un mystique. Il se demanda depuis combien de temps elle était debout là, à le regarder dormir.

Il balaya la forge d'un regard. Ils étaient seuls. Il regarda à nouveau son visage et des questions inutiles ou dont il connaissait la réponse se glissèrent dans son esprit sans atteindre ses lèvres. Tu as traversé la baie à la nage ? Qui t'a menée jusqu'à la forge ? Pourquoi es-tu venue ? Elle était là. Il chercha la colère en lui pour la réprimander, car il n'avait pas besoin de deux personnes à charge en enfer, mais il ne trouva que de la joie. Il passa sa main droite dans le flanc ouvert du manteau et la prit par la taille.

Sa peau était fraîche et douce, à peine sèche. Les muscles sous ses côtes étaient tendus. Sa main gauche écarta des mèches mouillées de son menton et caressa sa tête avant de prendre doucement l'arrière de son crâne dans sa paume. Une émotion monta dans sa poitrine, si intense qu'elle lui faisait mal. Elle n'était pas une personne à charge, mais un ange venu lui donner la force de tenir. La toucher – son existence même – était si doux, si aimant, si totalement différent de tout ce qui l'entourait, que ses sens étaient submergés et que ses jambes tremblaient sous lui, et pendant un instant il crut qu'il allait tomber. Amparo lança ses bras autour de lui.

« Appuie-toi sur moi », dit-elle.

Il reprit ses esprits, sourit et la rapprocha de lui. Il dit : « Amparo. »

Comme elle entrouvrait les lèvres, il pencha son visage vers elle, l'embrassa et la serra encore plus contre lui, comme s'il pouvait faire passer son corps dans le sien. Il sentit ses doigts creuser sous sa chemise comme si elle ressentait la même chose, sa barbe crisser contre sa peau, sa paume sur le bas de son dos et son membre qui appuyait fort sur son ventre. Elle leva un genou, entoura sa cuisse d'une jambe et se pressa contre lui avec une passion ingénue et exubérante à la fois.

Il écarta ses lèvres des siennes, et la regarda à nouveau. Elle était immaculée. Elle était, entre toutes choses, vraie. Il glissa ses mains sur ses seins, encore humides sous leur rondeur, et son souvenir de leur magnificence était ridiculisé par la beauté qu'ils concrétisaient maintenant. L'amour et le désir ne firent plus qu'un, chacun aussi irrésistible que l'autre, et il fit passer le manteau par-dessus sa tête pour sucer le bout de ses seins en caressant sa vulve gonflée jusqu'à ce qu'elle se mette à trembler, à s'accrocher à lui en miaulant de plaisir dans son oreille. Il la fit se tourner, ses yeux éperdus de plaisir, et il la fit se courber sur l'acier froid de l'enclume. Il défit ses chausses, libéra son membre et elle se souleva sur la pointe des orteils pour le recevoir. Il plia les genoux et entra en elle parderrière, et ses pieds quittèrent le sol et elle appela Dieu en se convulsant à chaque mouvement lent, la tête rejetée en arrière, battant des cils, et ses cris emplirent la forge jusqu'à ce qu'elle le serre de l'intérieur et qu'il explose dans son corps en une prière de son cru. Ils tombèrent sur le manteau étalé sur les dalles. Tannhauser la serra dans ses bras et lui caressa les cheveux pendant que son corps était secoué de sanglots.

Il ne lui demanda pas pourquoi elle pleurait, car il doutait qu'elle eût une réponse. Quand elle s'apaisa, il se leva, raviva la lumière du foyer, acheva d'ôter ses vêtements et lui refit l'amour sur le manteau de guerre écarlate. Elle se donna à lui comme une sorte de créature sauvage et indomptée, et il fit de même, et ni l'un ni l'autre ne parlèrent, car ce berceau de folie et d'horreur avait été conçu par des hommes et des mots, des mots pervertis des propres lèvres des dieux, et tous les mots étaient ici mensonges et ils n'en avaient nul besoin.

Il l'amusa de quelques petites niaiseries et ils rirent, leurs peaux collées de sueur, se caressant mutuellement avec l'émerveillement de simples d'esprit. Il fit griller sur les braises des tranches de pain saupoudrées de sucre et ils mangèrent. Il fit bouillir du thé dans un vieux casque et ils burent. De ses lèvres, elle explora les tatouages de ses bras et de ses jambes. La roue à huit rayons, le sabre Zulfikar, les croissants de lune et les versets sacrés. Elle lui chanta une chanson dans un dialecte qu'il ne comprenait pas mais dont il percevait le sentiment. Il récita des *gazels* érotiques en turc tout en l'excitant de ses doigts. Ils firent l'amour encore une fois et quand ce fut fini, ils restèrent allongés, comblés, sur la paillasse, regardant la lumière rouge des braises diminuer peu à peu.

Au bout d'un certain temps, il sentit des gens se mouvoir dehors et il s'approcha, nu, pour regarder discrètement. À l'autre extrémité de la cour, des moines en armure se dirigeaient bruyamment vers la chapelle pour leurs prières d'avant l'aube. Peu d'entre eux ne boitaient pas et beaucoup s'appuyaient sur des manches de piques ou sur l'épaule d'un camarade. La nuit était presque achevée et son sortilège n'allait pas tarder à se rompre, et ce qui avait semblé une éternité s'avérait maintenant n'avoir duré qu'un instant. Comme un illusionniste de carnaval, le temps avait fait jouer son paradoxe, une fois de plus.

Il revint près de la forge, s'habilla et enveloppa Amparo dans le manteau rouge. Il la souleva, elle mit ses mains en coupe de chaque côté de son visage et il la porta dehors sous les étoiles et à travers la cour dévastée. En marchant, il avait l'impression de tenir dans ses bras un être venu d'un autre monde, où la violence n'avait pas de prise, où tout ce qui vivait était aimable, et il lui semblait qu'elle ne pesait pas plus que la brise. Il lui fit passer la poterne, descendre l'escalier escarpé taillé dans le roc, jusqu'au quai. Il l'embrassa, la regarda et il ne voulait pas la laisser partir. Mais elle devait partir, et avant l'aube et les mousquets turcs qui rendraient sa traversée par trop dangereuse. Il la déposa sur les dalles et elle ne fit pas d'histoires.

« Je te protège, dit-elle. Tu le savais ?

— J'ai senti ton souffle dans mon cou une fois ou deux », répondit-il.

Elle caressa son visage, sa barbe, ses lèvres, les yeux sombres et liquides.

« Je t'aime », dit-elle.

Sa gorge se serra. Il ne répliqua pas et il ne savait pas pourquoi. Il ne savait pas comment le faire. Amparo retira le manteau et le laissa tomber sur le quai. Pendant un moment elle se tint debout devant lui, nue et pâle comme de l'ivoire. Il l'embrassa à nouveau puis desserra son étreinte. Alors elle se retourna et plongea, s'éloignant dans des lueurs d'écume, et Tannhauser regretta de ne pas en avoir dit plus.

De la chapelle parvinrent des chants, des montagnes s'éleva l'appel du muezzin, et à l'est l'indigo se fit plus pâle au-dessus de San Salvatore. Ainsi tournait le monde, mais pas Tannhauser. Il resta debout là, à regarder l'étendue de la baie, bien longtemps après que la fragile silhouette d'Amparo avait été avalée par la fin de la nuit.

VENDREDI 22 JUIN 1565

Saint-Elme – Saint-Ange – La cour

Le violent cirque de meurtres et de prières reprit à l'heure du loup et fit rage durant tout un autre jour brûlant. Les Turcs se vautraient dans un fossé de corps en putréfaction et de viscères répandus, leurs pieds crevant des ventres distendus qui explosaient parfois en flammes à cause des vapeurs délétères. Quand le soleil passa son zénith, les armures chauffées comme des fours luisaient et fumaient, maculées de sang. Des hommes s'évanouissaient, cherchant de l'air dans cette puanteur, leurs cervelles brûlant dans leurs crânes, et pris de spasmes ils mouraient. Et si le diable regardait tout cela, il devait se frotter les mains car, même dans son propre domaine, aucun spectacle ne pouvait être aussi démoniaque que celui-là.

Tannhauser souhaitait que la dernière heure du fort advienne, car avec elle – selon ses plans – viendrait sa seule chance de survie. Mais à chaque fois que la ligne des défenseurs pliait, ou était entamée, et que la folle escalade des Turcs semblait enfin parvenir à les submerger, un fou quelconque reprenait ses esprits – Lanfreducci, Guaras, ou plusieurs fois Le Mas – et, dans un délire de boucherie qui se répandait comme une contagion, les chrétiens rejetaient les envahisseurs dans la douve.

Tannhauser jouait habilement de son mousquet du haut du parapet, maudissant Dieu, les maudissant tous, maudissant le garçon récalcitrant accroché à ses basques. Il maintenait Orlandu en vie. Il combattait de vertigineuses vagues de folie personnelle quand l'envie irrésistible de plonger dans la mêlée venait l'importuner, et que la raison elle-même paraissait démente, avec la mort pour unique logique à suivre. La sainte musique du sacrifice de soi sonnait à ses oreilles, avec ses promesses de renommée éternelle et d'une libération rapide de tout chagrin ; mais il l'avait déjà entendue dans sa vie, et elle sonnait faux et ses notes étaient les cris des mourants.

« Garde la tête baissée, garçon », rugit-il.

Il saisit Orlandu par le cou et le plaqua à couvert. Dans cette tempête de courage détraqué, la peur qu'il lisait dans les yeux écarquillés du garçon faisait comme un signal d'alarme à contourner. Il lâcha le garçon stupéfié, puis lui serra le bras. « Nous verrons la fin de cette journée, tu m'entends ? »

Orlandu hocha la tête. À cet instant, Tannhauser était sur un genou, le mousquet posé sur sa cuisse. Un coup vicieux le frappa sur le flanc, le fit pivoter sur lui-même et manqua de le précipiter du haut du parapet. Il chancela au-dessus de quarante pieds de vide qui s'achevaient sur des cailloux pointus. Orlandu saisit le bras qui le serrait et ramena vivement son maître. Tannhauser se reprit et se glissa à l'abri du créneau pour explorer son corps du bout des doigts.

Il avait pris de nombreux coups dans sa cuirasse striée et deux de plus dans son casque, sans ne souffrir de rien de plus que de quelques hématomes. Cette balle avait frappé sa hanche gauche sous le bord de l'armure et s'était enfoncée dans le muscle du bas de son dos. Il pouvait sentir le morceau de plomb sous sa peau. Elle n'était pas entrée profond dans ses organes et ne risquait pas de le tuer bientôt. Néanmoins, la putréfaction, bien que lente, était un moyen tout aussi efficace de quitter cette terre. D'une poche, il sortit un linge humide dans lequel il avait emballé des cachets de consoude et de matricaire. Il en mâchouilla un rapidement, et inséra la pâte dans le trou. Le sang cessa de couler et, à la réflexion, il ne se sentait pas si mal que ça. Orlandu le regardait avec angoisse. Tannhauser rassembla un sourire.

« C'est la deuxième fois que tu me sauves la vie, mon garçon. Maintenant, va me chercher de l'eau, je suis desséché... »

Sur le toit du château Saint-Ange, Oliver Starkey et La Valette regardaient le soleil descendre derrière un voile de brume vermillon. Beaucoup des plus vieux chevaliers se tenaient auprès d'eux, murmurant des Pater Noster et des Ave. Sur son avancée rocheuse, Saint-Elme était enserré dans un cercle de feu crépitant. De temps à autre, la fumée se soulevait et révélait les échelles jetées contre les murs et l'essaim bariolé de la horde musulmane, les liquides incendiaires qui cascadaient le long des remparts noircis et les brefs éclairs des armures le long des fortifications et de la brèche. Par instants, la bataille semblait faire rage en silence. Puis de soudaines bouffées d'une cacophonie effroyable se répercutaient dans la baie. Malgré l'enfer de violence, la bannière de Saint-Jean flottait toujours, en lambeaux, mais invaincue au-dessus des flammes.

Les Turcs avaient été certains qu'il ne leur faudrait pas plus d'une semaine pour conquérir ce fort en forme d'étoile. Même La Valette ne s'était pas attendu à ce que sa rodomontade de trois semaines s'accomplisse.

Et pourtant, pour la vaillance de Saint-Elme, ce sinistre vendredi était le trentième jour de défi.

Starkey regarda La Valette. Le vieil homme demeurait infatigable, même quand Starkey chancelait d'épuisement, et il sacrifiait une heure de sommeil chaque nuit pour prier Notre-Dame de Philerme. Son travail était prodigieux. Il avait supervisé la conception et la construction du nouveau rempart intérieur presque brique par brique. Il avait achevé une nouvelle vérification des réserves de nourriture et de vin dans les cavernes sous la ville. Il avait ensuite refait ses calculs, deux fois, et, sur cette base, il avait doublé les rations des bataillons d'esclaves, ce qui lui permettait maintenant d'extraire de leurs corps deux heures de travail supplémentaires par jour. Il avait ordonné qu'on creuse des fosses communes sur L'Isola et qu'on les couvre de claies d'osier pour empêcher qu'on ne s'en inquiète. Il faisait des tournées quotidiennes, au hasard des heures, à l'hôpital, dans les bastions des différentes langues, sur les emplacements des batteries de canons, au marché et dans les armureries. Son charisme austère et viril donnait à tous ceux qu'il approchait la force d'endurer. Son comportement religieux soutenait et nourrissait leur fidélité, car il était le défenseur de la foi faite homme. Dans son visage buriné par les intempéries, qui semblait de plus en plus taillé dans le bronze, ils voyaient une absence absolue de doute de soi, et une parfaite absence de pitié. Les pendaisons quotidiennes de musulmans prisonniers de guerre leur rappelaient que s'ils craignaient le Turc, ils devaient craindre le grand maître bien plus encore.

En regardant ses frères mourant de l'autre côté de l'eau, La Valette avait l'air aussi serein qu'un portrait de Jérôme. Il savait que l'épopée de Saint-Elme n'était qu'un prélude au combat bien plus grand qui allait suivre – pour L'Isola et le Borgo. C'était un de ces moments où Starkey trouvait le sang-froid de La Valette inquiétant. Presque inhumain.

« Les poètes grecs, dit Starkey, utilisent le mot *ekpyrosis* pour décrire leurs héros. Achille, Diomède, Ajax. Cela signifie être consumé par le feu.

— Nos héros ne sont pas encore consumés, dit La Valette. Écoute... »

Des trompes turques résonnaient du haut du mont Sciberras, lourdes d'angoisse dans le crépuscule cramoisi. Les chevaliers retenaient leur souffle. C'est alors que des murs effondrés de l'autre côté de la baie jaillit un chœur de cris épuisés. Starkey avait peine à le croire.

« C'était un hourra ? » demanda-t-il.

Le cri de joie s'éleva encore une fois des remparts enfumés. Les voix des frères condamnés percèrent le cœur de chacun des hommes debout sur le parapet du toit de Saint-Ange. Certains se mirent à pleurer sans en ressentir la moindre honte. Tandis que les Turcs se retiraient, remontant sur la colline, La Valette se tourna vers Starkey, et Starkey comprit qu'il avait été un peu dur, car les yeux du vieil homme aussi étaient embués de larmes.

« Même les anciens n'ont pas connu des hommes comme ceux-ci », dit La Valette.

Pour parfaire l'apogée de son stratagème, Tannhauser enterra ses cinq dernières livres d'opium, ainsi que son bracelet d'or russe, sous une pierre dans le sol de la forge. Il fit disparaître tout signe de cette modification avec des cendres et de la paille. Il avait déjà caché son mousquet à mécanique et sa clé dans une des poutres fendues de la voûte du Solaire, avec de la poudre et des balles. Il prit la dernière bouteille de brandy de son sac et sortit dans la cour, profitant de la blessure de sa hanche. Le plomb turc était toujours dans sa chair, mais comme des centaines d'hommes horriblement blessés couvraient les dalles devant la chapelle, il ne se sentait pas en position de braver les chirurgiens. De toute manière, cette blessure non soignée pouvait s'avérer très utile à sa fuite.

Au milieu de ce vaste espace libre, un bûcher brûlait, dans lequel les chevaliers jetaient tout ce qui aurait pu avoir de la valeur pour les Turcs. Nourriture, bois, meubles, tapisseries, cerceaux pour les feux grégeois, manches de piques, arquebuses ; et même les icônes sacrées et tout le bazar qui pouvait être profané par ces monstres. C'était le signe le plus évident que Saint-Elme était près de sa fin. La cloche de la chapelle sonnait et les ténèbres avalaient les grandes flammes qui montaient en crépitant. Une étrange sensation de paix régnait sur cette nuit.

Orlandu retrouva Tannhauser près de l'énorme bûcher. En dehors de ses braies, il était nu, et son corps décharné, son visage sale et ses grands yeux noirs le faisaient paraître encore plus jeune que son âge. Il portait, autour du cou, un cylindre scellé de toile cirée et de cire. Tannhauser eut l'insigne honneur qu'il le lui montre. Le cylindre contenait une lettre pour Oliver Starkey, écrite par Tannhauser lui-même, détaillant certaines observations sur l'état des forces de Mustapha ainsi que le nombre et la taille de ses canons de siège et, anticipant le désir d'Orlandu de revenir à Saint-Elme, une requête selon laquelle le garçon ne devait en aucun cas être autorisé à le faire. Il demandait également à Starkey de faire ce qu'il pourrait pour assurer le confort et la sécurité des deux femmes.

« Le colonel Le Mas m'a chargé d'une mission, annonça Orlandu.

— C'est un grand honneur, dit Tannhauser, raconte-moi.

— Je dois porter ces lettres à La Valette et lui raconter ce qui s'est passé ici.

— J'espère que tu incluras la saga de mes propres actes de bravoure.

— Oh oui. On portera votre deuil au moins autant que celui de chacun de ces héros. Probablement plus. »

Tannhauser éclata de rire. « Ne m'enterre pas tout de suite, mon ami. Dis à La Valette que le renard a l'intention de courir avec les loups.

— Qu'est-ce que ça veut dire ?

— Il comprendra. » Il tendit la main et Orlandu la serra... « Fais attention aux tireurs d'élite turcs le long du rivage. Nage sous l'eau jusqu'à ce que...

— Je sais nager.

— Bien sûr. Pars vers le nord sur un quart de mille, avant de tourner.

— Je connais bien le chemin aussi.

— Dis à Bors et à dame Carla de tenir jusqu'à ce que je les retrouve, et ne les laisse pas imaginer que je veux dire dans l'au-delà. Dis à Amparo qu'elle est dans mon cœur. »

Orlandu cligna des yeux qui se voilaient de larmes. Il jeta soudain ses bras autour de Tannhauser, submergé d'émotion. Tannhauser réprima un cri car sa blessure le taraudait. Il lui passa un bras derrière les épaules.

« Nous nous reverrons aussi, dit-il. Ne l'oublie jamais. Maintenant, vas-y. »

Orlandu se retourna et partit en courant à travers la cour intérieure pour se perdre dans l'obscurité. Tannhauser était immensément soulagé. Il partit à la recherche de Le Mas. Le Français était monstrueusement affligé de coups de sabre et de brûlures mais, malgré tout, il était encore sur pied, dispensant des paroles d'encouragement aux frères et relayant les canons de la brèche à temps pour le lendemain matin. Ayant déjà confessé ses péchés au chapelain Zambrana et reçu la communion, il pouvait, et désirait, partager le brandy de Tannhauser.

Ils s'installèrent dans deux splendides fauteuils que Tannhauser avait sauvés du bûcher et il remercia Le Mas pour la faveur d'avoir renvoyé Orlandu. Il évoqua un peu l'histoire du garçon, que Le Mas prit pour une fable, pas plus invraisemblable que ce qu'ils avaient pu entendre de leurs compagnons aventuriers.

« Beaucoup des escapades les plus folles vont mourir ici sans jamais être racontées, dit Le Mas. À la fin, la vie de chaque homme n'est qu'une fable dite à celui qui l'a vécue, et à lui seul. Et donc nous sommes tous seuls, sauf pour la grâce de Dieu. »

Ils burent et s'étendirent sur ce qui s'était passé. Il ne restait plus que quatre cents défenseurs capables de tenir la brèche, et, parmi eux, seule une poignée ne portait pas de blessure grave. Durant cette seule journée, la plus sanglante de toutes, deux mille musulmans avaient été massacrés et, d'après Le Mas, sept mille au moins pourrissaient au pied de l'enceinte. Les pertes totales de la Religion, quand on en viendrait à les compter, ne seraient que de quinze cents.

« Cinq pour un, c'est pas mal, dit-il, si on considère notre infériorité en artillerie. Nous avons donné à réfléchir à tes païens. S'ils avaient le moindre bon sens, ils rentreraient chez eux dès demain matin. »

Nul ne le dit, même si tous deux le savaient, mais Mustapha pouvait plus facilement se permettre d'en perdre sept mille que la Religion quinze cents.

« Le bon sens est une denrée rare sur cette île, dit Tannhauser. Je dois te dire que si j'arrive à jouer parfaitement ma mascarade, j'ai l'intention de rejoindre l'ennemi déguisé en un de vos prisonniers de guerre turcs. »

Le Mas le regarda, fit descendre une goulée de brandy dans sa gorge, puis le regarda à nouveau.

« Pour un Allemand, dit-il, tu es l'homme le plus couillu que j'aie jamais rencontré. Si tu étais français, tu serais l'égal de La Valette lui-même.

— Ainsi, j'ai ta bénédiction.

— Bon vent, dit Le Mas en lui passant la bouteille.

— Dis-moi, demanda Tannhauser, combien d'esclaves turcs avons-nous encore ?

— Je dirais pas plus d'une douzaine, pourquoi ? »

Tannhauser avala une gorgée. « S'ils sont libérés, on les retrouvera en train de saper les murailles du Borgo d'ici la fin du mois. Peut-être même en première ligne turque.

— Très vrai, accorda Le Mas. Un détail qui m'a échappé. Et ce serait vraiment dommage qu'un de ces porcs puants trahisse ton stratagème, non ? » Il regarda Tannhauser. « Peut-être plus que dommage.

— Une catastrophe, dit Tannhauser.

— Merveilleux, dit Le Mas en renversant sa tête en arrière pour éclater de rire. Merveilleux. Dieu me pardonne, mais j'aime les hommes qui n'ont aucun scrupule à propos de la guerre. Après tout, sans eux, comment pourrions-nous mener la moindre guerre ? » Il reprit la bouteille, et son geste le fit grimacer de douleur. « Tranquillise-toi. Je les ferai tous mettre à mort, après le petit déjeuner. »

Tannhauser apaisa sa conscience en se disant que les prisonniers condamnés auraient au moins le temps de dire leurs prières matinales. Il l'apaisa encore plus en sortant deux des pierres d'immortalité. Il fit miroiter leurs paillettes d'or sous les yeux de Le Mas, lui expliquant leurs propriétés, à la fois soulageantes et mys-

501

tiques, et ils en firent passer une chacun d'un coup de brandy, puis ils restèrent assis à contempler les majestueuses constellations tournant dans le ciel au-dessus d'eux. La Grande Ourse se dirigeait vers le nord. Vers le sud, le Scorpion étincelait. Une demi-lune parfaite s'était levée dans le Verseau. Tannhauser – comme à son habitude à chaque fois que les trames des augures pouvaient être lues – vit un présage favorable dans cet enchaînement stellaire. Songeant à son propre sort, il pensa qu'il allait en avoir besoin.

Partout dans la cour intérieure, ce qui restait de la garnison était allongé sur le sol, chaque homme méditant sur la certitude que ce serait sa dernière nuit sur terre. Le crépitement du bûcher cessa et un baume de silence recouvrit les deux vieux amis, un silence dans lequel ils pouvaient se croire les deux derniers hommes vivants en ce bas monde. Ils joignirent leurs mains et leurs bras dans l'obscurité, et ce fut un réconfort sans limite pour chacun, puis Le Mas se mit à chanter dans sa barbe un psaume de David et des larmes roulèrent sur les cicatrices qui couvraient son visage pendant qu'il se mettait en paix avec Dieu. Au bout d'un moment, le brandy et l'opium eurent raison d'eux. Le Mas s'assoupit. Désormais seul, ou du moins se sentait-il ainsi, emmailloté dans la nuit, Tannhauser fixa le firmament et glissa dans une transe bienheureuse apportée par les étoiles et l'éternité.

Et dans cette transe, il se demanda comment il pouvait bien se faire que, dans un univers aussi beau que celui-ci, on ait réservé un peu d'espace pour ceux de son espèce.

SAMEDI 23 JUIN 1565
La chute de Saint-Elme

Tannhauser se considérait comme fortuné de s'être laissé aller au réconfort de l'opium la nuit précédente. Ses effets apaisants se poursuivaient et rendaient presque possible la difficile tâche de garder son sang-froid. Cet avantage était plus que bienvenu car, ce matin-là, les Turcs renoncèrent à leur bombardement coutumier. Les canons de siège placés sur les hauteurs ouvraient leurs museaux décorés de dragons dans le plus parfait silence. La dernière bataille de Saint-Elme allait se livrer pied à pied et au corps à corps avec l'acier des lames.

Quarante et quelques chevaliers de langue italienne et des trois langues françaises, une centaine de *tercios* espagnols environ et deux cents fantassins maltais montèrent former un carré sur les pierres noircies de sang de la brèche sud. Juan de Guaras et le capitaine Miranda, tous deux trop sérieusement blessés pour se tenir debout, réquisitionnèrent les fauteuils que Tannhauser et Le Mas avaient occupés, et se firent attacher aux dossiers. Les fauteuils et leurs occupants mutilés furent hissés jusqu'au sommet du talus de pierres, et ils s'installèrent, l'épée posée sur leurs cuisses, regardant l'armée turque sur les pentes en face. Là-haut, janissaires, derviches, iayalars, spahis et azebs attendaient les cris de leurs imams et l'éclat des trompettes.

Comme l'honneur avait été banni du champ de bataille depuis longtemps, une sorte de fierté primaire et sauvage devait diriger l'assaut final turc, car ils ignorèrent les murs non défendus, qu'ils auraient pu escalader aisément, ainsi que la porte principale abandonnée, et les nombreuses brèches moins importantes par lesquelles ils auraient pu se glisser sans rencontrer de résistance. Bien au contraire l'armée tout entière, avec un cri assourdissant affirmant la grandeur d'Allah, se précipita en rugissant du haut de la colline, comme une rivière portée à ébullition par la fin des temps. Son seul but était le fossé sanglant où tant de leurs compagnons étaient morts – et où les démons chrétiens chantaient à nouveau des hymnes et les huaient. La disparité de leurs nombres était presque comique. Pourtant les défenseurs n'allaient pas tomber sans enfoncer l'épine quelques pouces de plus dans le flanc du pacha Mustapha. Au grand étonnement de Tannhauser qui observait ce festin de sang démentiel d'une meurtrière au bas du donjon, la Religion soutint l'assaut pendant plus d'une heure.

Épée et dague, demi-pique et masse. Hurlements de rage et d'agonie. Prières jusqu'au fond du cœur ; Luigi Broglia, Lanfreducci, Guillaume de Quercy, Juan de Guaras, Aiguabella, Vigneron, ils baignaient tous dans le sang, sous la férocité qui éclatait autour des deux fauteuils. Tannhauser vit la hallebarde de Le Mas traçant de grands arcs brillants dans la lumière de l'aube, et son cœur s'envola vers lui. S'il n'avait pas eu en lui la tranquillité d'esprit engendrée par le pavot dans son ventre, Tannhauser aurait été violemment attiré par l'envie de le rejoindre. Il mourait d'envie de le faire. Mais sa mort était reportée, une fois de plus. Il n'y aurait pas de gloire pour lui aujourd'hui, rien que la survie ou une mort ignominieuse. Si cette dernière prévalait, au moins était-il vêtu pour la circonstance.

Il était nu, ne portant que ses bottes déjà bien déchirées, qu'il avait coupées à six pouces sous le genou et frottées de cendres et de charbon. On aurait dit qu'elles avaient été arrachées à un cadavre. Le bracelet d'or de Nicodemus, avec l'inscription qui maintenant se moquait de lui, mais qu'il n'avait pas cœur à abandonner, il l'avait refermé autour de sa cheville et entouré de chiffon. Dans l'autre botte, il avait caché ce qui lui restait de ses pierres d'immortalité. Il avait recouvert son torse d'une couche de saleté puante, abondante dans le fort. Même sans miroir, il avait confiance en son apparence d'esclave barbare. Le Mas, plus près du divin que jamais dans sa vie et avec une expression de franche gaieté, le lui avait assuré quand ils s'étaient dit au revoir. Le Mas, pour aider à la supercherie de Tannhauser, avait fait abattre à coups de mousquets les prisonniers turcs enfermés dans les écuries, plutôt que de les faire égorger comme on aurait pu s'y attendre. Maintenant, la blessure par balle de Tannhauser validerait d'autant plus sa prétention à être le seul survivant.

Il ne manquait qu'un accessoire à Tannhauser pour parachever son stratagème, et tandis qu'il observait les derniers combattants sur la brèche, il se présenta. Une silhouette à moitié en armure roula du haut du talus sanglant, et vint s'écraser sur les cailloux dans un nuage de poussière. L'homme roula sur lui-même et arracha son casque, comme s'il se noyait, puis il se releva appuyé sur ses mains et ses genoux et vomit du sang. Il rampa sur quelques pas, pour revenir vers la bataille, puis retomba sur les coudes. Il leva sa main droite vers son front, puis la dirigea vers sa poitrine et son épaule gauche, avant de s'effondrer sans avoir pu achever son signe de croix.

Tannhauser se retournait pour partir quand il entendit les appels aigus des trompes, qui le firent revenir à sa meurtrière. Sous les cris enthousiasmés de sang des survivants chrétiens, les Turcs se retiraient. Ce n'était que pour se reformer pour l'ultime assaut, très certainement. Mais même. Le Mas avait tenu la brèche une dernière fois. Il ne restait pas plus de quatre-vingt-dix hommes encore vivants sur le talus de pierres. La plupart des Espagnols et des Maltais étaient morts, restait le noyau de chevaliers préservé par leurs armures bien supérieures. Alors qu'ils se rassemblaient en phalange autour des fauteuils occupés par Guaras et Miranda pour attendre la fin, Tannhauser descendit les escaliers en courant et s'engagea dans la cour intérieure.

Il s'était réveillé avec une suée de fièvre sur le front, les jambes chancelantes et la blessure de son dos le brûlant comme un charbon ardent. Il tituba jusqu'au chevalier mort, propulsé par ses seuls genoux, et il le rejoignit dans la poussière et le souleva par les bras. La tête retomba. C'était Agoustin Vigneron. Poignardé à la gorge. La conception de son plan avait paru simple. Son exécution était bien plus éprouvante. Il s'accroupit, saisit le corps entre les jambes et le fit passer par-dessus son épaule, la cuirasse arrachant sa peau brûlée de soleil. Il serra fermement les cuisses du mort, planta un pied devant lui et poussa pour se relever. Il entendit le rugissement du combat qui reprenait et un énorme fracas d'acier entrechoqué non loin de lui. La rivière allait bientôt balayer les remparts et inonder le fort. Il avança en titubant vers les écuries.

Le poids du cadavre et du métal eut presque raison de lui. Son crâne tapait comme s'il allait éclater, ses jambes étaient des tubes de gelée, sa poitrine sifflait et de la bile remontait dans sa gorge. Seule la peur lui donna la force d'atteindre son but. Il laissa tomber le cadavre en travers du seuil des écuries et s'écroula sur les pavés. Quand il reprit son souffle, il regarda à l'intérieur.

Dans l'écurie, un amas de corps nus entrelacés s'étalait sur la paille. À peine une douzaine parmi des milliers. Mais ceux-ci étaient désarmés et misérables et ils avaient été assassinés pour assurer son salut à lui. Il étouffa la morsure de sa conscience, car la conscience était la démence la plus véritable de cet endroit. Il se détourna et observa la cour pour assister à la fin. Les hauts chapeaux blancs des janissaires se refermèrent sur les hommes d'acier. En une dernière extase frénétique de sang et de lames, les fauteuils des braves succombèrent et le fort Saint-Elme tomba.

Broglia. Guaras. Miranda. Guillaume. Aiguabella. Des hommes avec qui il avait combattu et bu du bon brandy. Des vies vouées à la guerre, finalement balayées dans l'éternité par ses marées. Le Mas fut déchiré en morceaux, ses membres coupés brandis en l'air. Quelques instants plus tard, sa grande tête apparut, plantée sur la pointe d'une lance.

Tannhauser n'avait pas besoin d'en voir plus. Il regarda sa poitrine. Lui aussi était maculé de sang. Il sentait que son dos dégoulinait aussi. Il regarda Vigneron étalé à ses pieds. Il tira l'épée du mort et la posa un peu plus loin. Il prit ensuite une dague à la ceinture du chevalier, et, de sa pointe, il retira l'emplâtre de sa blessure à la hanche et rouvrit les bords de la plaie, jusqu'à ce qu'elle saigne. Il planta la dague dans la nuque de Vigneron. Puis il s'allongea contre le cadavre en une sculpture de lutte.

Il ferma les yeux, la main sur le manche de la dague, et l'inconscience commença à l'envahir. Et avec elle vinrent des images. D'Amparo et du garçon, de Carla, de Bors, de Buraq, et de Sabato Svi. Sa tête commençait

507

à partir et il s'efforça de la retenir. Il rouvrit les yeux et vit le visage tanné d'Agoustin Vigneron, les poils dans ses narines, les furoncles sur son menton, l'éclat sans vie de ses globes oculaires. Il inhala la puanteur écumeuse de semaines de privations, d'urine évacuée par la mort et si dénaturée par la soif qu'elle était presque noire. Il sentit la résistance obscène de la chair morte et encore dense qui servait d'oreiller à sa joue. Tannhauser avait rampé à travers les boyaux de l'obscurité humaine jusqu'à finir dans ses excréments, là, luttant maintenant contre un sommeil drogué, vautré sur le cadavre d'un camarade avec du sang qui coagulait sur sa peau, baignant dans la puanteur des morts qui pourrissaient, charnier d'esclaves exécutés, et prétendant être ce qu'il n'était pas. Et pourtant, que n'était-il pas ? Tout ce qu'un homme peut espérer être sauf vivant. Il se dit à lui-même de penser turc. De rêver au vieil Istanbul. De prier dans la langue du Prophète. Il chercha son souffle et se mit à chanter, et sa voix cassée et desséchée était aussi caverneuse que les souffles de la désolation.

« Par les vents qui s'entremêlent jusqu'à se nouer, Et ceux qui portent le fardeau de la pluie, Et ceux qui glissent avec aisance sur la mer, Et ces anges qui obéissent à Allah et sèment des bénédictions, En vérité, ce à quoi tu es promis est sûrement vrai, Et, en vérité, le jugement et la justice viendront un jour… »

Des bruits de pas s'immiscèrent dans son délire et une main rude saisit son épaule. Il se dégagea en roulant, serrant la dague dans son poing, et, de ses dernières forces, il se redressa sur un genou, l'autre pied prêt à bondir, laissant la folie chuchoter à ses oreilles, les dents prêtes à mordre, la lame brandie.

Deux janissaires, minces et jeunes, se tenaient au-dessus de lui, cimeterres levés, échauffés par la victoire.

Mais à cette vue, ils reculèrent, et le plus jeune tendit une main pour abaisser le sabre de son compagnon. Ils voyaient le cadavre de Vigneron et les morts musulmans étalés sur le sol. Ils voyaient la roue sacrée des quatrièmes *agha boluks* tatouée sur le bras de Tannhauser à l'encre bleu nuit. Ils voyaient le sabre à double lame du Zulfikar tatoué en rouge. Ils voyaient son organe circoncis. Sur sa cuisse, ils voyaient la sourate d'*Al-Ikhlas* : « Allah est Dieu, l'Unique. Allah us-Samad, l'Éternel, Absolu. Il n'a pas engendré, ni n'a été engendré. Et nul n'est semblable à lui. » La camaraderie emplit les yeux des janissaires.

« La paix soit sur toi, mon frère, dit le plus jeune.

— Par la volonté d'Allah, tu es enfin parmi tes amis », ajouta le plus vieux.

Leurs sabres se relevèrent soudain sur un bruit qui fit se retourner Tannhauser. Le vieux Stromboli émergea du fond obscur des écuries. Il vit Tannhauser et resta bouche bée. Tannhauser bondit comme un dément, couvrit la distance qui les séparait en deux bonds de loup, poignarda Stromboli en plein cœur et le regarda mourir. Il laissa tomber le vieil homme. Il se retourna vers les jeunes Lions. Ils le regardaient avec un respect renouvelé.

Tannhauser dit : « *Allahu Akabar* », puis il s'effondra.

Ils l'enveloppèrent dans une grande cape de soie bleue, lui donnèrent du thé au miel et du bœuf séché, et il s'assit à l'ombre sur un énorme boulet de pierre pour regarder les Turcs passer leur colère sur les rares défenseurs chrétiens qui respiraient encore.

Neuf chevaliers avaient été pris vivants, et parmi eux Quercy et Lanfreducci. On les dénuda violemment avant de les forcer à s'agenouiller dans la cour. Ils entonnèrent des psaumes de David, jusqu'à ce que trompettes et tambours annoncent l'arrivée du pacha Mustapha. Il traversa la douve sur un cheval gris perle et ne leur jeta qu'un seul regard avant d'ordonner qu'ils soient tous décapités. Une par une, leurs voix hautes moururent, jusqu'à ce que Lanfreducci soit seul à chanter, et le sabre de l'exécuteur siffla et son corps s'éclaboussa en tombant dans le lac écarlate qui souillait la cour. Les blessés allongés dehors devant l'hôpital furent achevés sur place. Les chapelains furent traînés hors de la chapelle et découpés comme des cochons sur les marches ensanglantées. Les innombrables blessés à l'intérieur, à en juger par la clameur de leurs cris et de leurs oraisons, furent massacrés là où ils reposaient sur le sol de la nef.

Il y avait tant de morts dans cet espace étouffant, la vision de l'atrocité était devenue si monotone, que Tannhauser ne ressentait plus qu'une vague honte hébétée. Même quand ils amenèrent Jurien de Lyon, qu'ils lui tranchèrent les membres et les parties avant de lui fendre le crâne, cette horreur lui sembla presque abstraite. Jurien, qui avait recousu le visage de Bors, Jurien dont le savoir de guérison si vaste et si sacré n'aurait pas pu être racheté par les quelque cinquante mille âmes en présence, lui dont les doigts avaient des talents que des nations entières n'auraient pu rassembler, tout cela s'éteignit dans un spasme de malveillance triomphante. Quand de telles extinctions se multipliaient ainsi, même du peu que Tannhauser avait pu en voir dans ce monde qui en débordait, on avait la sensation que l'horloge de la civilisation tournait à l'envers. Oui, et le vieux Stromboli avait été un merveilleux cuisinier.

Les têtes des chevaliers furent rassemblées et plantées sur des pieux sur les murs donnant vers la mer, où les guetteurs de Saint-Ange pourraient les voir. La bannière de Saint-Jean fut amenée, foulée dans la poussière et arrosée d'urine, et le drapeau du sultan fut hissé sur la drisse à sa place. Tout était dit.

Malgré la chaleur du jour, Tannhauser frissonnait et il ramena sa cape autour de ses épaules. Sa fièvre ne faisait plus aucun doute et grandissait en lui. La blessure de son dos était comme un homard bouillant qui grimpait sous sa peau. Son sang était empoisonné. Un bandeau de pulsations fébriles enserrait son crâne. Il lui vint à l'esprit qu'il avait peut-être échappé à une fin glorieuse pour pourrir misérablement sur une paillasse souillée et mourir de la gangrène. Il sortit sa dernière boulette d'opium de sa botte et la fit descendre avec de l'eau tiède. Il s'en remit au destin. Et alors le destin passa, à cheval, les portes de Saint-Elme pour l'accueillir.

« Ibrahim ? »

Tannhauser releva la tête et ce mouvement fit tournoyer le ciel au-dessus de lui. Le soleil brillait au ras du rempart, aveuglant sa vision, et la sueur lui piquait les yeux. Il repoussa l'obscurité soudaine qui envahissait son crâne et s'essuya le visage. Il leva la main pour se protéger, cligna des yeux et vit un groupe de cavaliers arborant la bannière du Sari Bayrak, la plus ancienne cavalerie du sultan. Il se leva, chancela et se rassit. Une silhouette descendit de cheval et un visage se pencha vers lui. Un visage tanné, austère et marqué par les décennies écoulées depuis la dernière fois qu'il l'avait vu. Mais les yeux n'avaient pas changé dans leur pureté et la compassion les habitait encore. Une main se tendit et écarta les cheveux qui couvraient le visage de Tannhauser.

« C'est toi, dit Abbas bin Murad.

— Père », murmura Tannhauser.

Il se releva, partit en vrille vers le sol et fut rattrapé par le bras d'Abbas. Il entendit Abbas donner des ordres. Il essaya de parler, échoua et de fortes mains le soulevèrent pour le mettre en selle. Il serra les cuisses pour se maintenir. Il releva la tête, à la recherche d'Abbas. Mais à la place d'Abbas, il aperçut autre chose, comme dans un rêve. Il vit un groupe d'Algériens qui émergeaient de la poterne menant au quai. L'un d'eux tenait une corde. Et l'autre bout de la corde était noué autour du cou d'Orlandu. Tannhauser le regarda, puis le désigna, tournant la tête pour trouver son sauveur.

Abbas apparut, à cheval, à côté de lui, et posa une main ferme sur son épaule. « Tu es malade », dit Abbas. Son expression était grave. « Tu vas venir avec moi.

— Le garçon, dit Tannhauser, là-bas… »

Abbas ignora son délire et ordonna à deux de ses hommes de l'emmener jusqu'à sa tente. Tannhauser se tourna sur sa selle et regarda tout autour de lui. Contrairement à ses espoirs, Orlandu n'était pas une vision produite par l'opium ou sa fièvre. Le garçon était bien là, du sang plein les yeux, et tenu en laisse comme un chien par ces corsaires. Tannhauser le désigna à nouveau de la main et faillit dégringoler de sa selle. Abbas saisit son bras. Tannhauser chercha à tâtons dans le brouillard de sa pyrexie un stratagème qui pourrait marcher. Il n'en trouva aucun. Le brouillard s'épaissit et sa vision se teinta de rouge. Il s'accrocha à la crinière du cheval.

Il dit : « J'avais soif et ce garçon m'a donné de l'eau. »

Puis le soleil s'éteignit et tout devint noir et vide.

DIMANCHE 24 JUIN 1565 – LA FÊTE DE SAINT-JEAN LE BAPTISTE
Le château Saint-Ange – L'auberge d'Angleterre

Oliver Starkey priait pour La Valette, et pour sa propre âme, désormais contaminée. Tout cela à cause de l'amas chevelu et coagulé empilé près du cavalier de Saint-Ange. Et pendant sa prière même, plusieurs autres têtes coupées – des têtes humaines – furent déversées de sacs de toile sanguinolents sur le toit, comme la récolte d'une moisson obscène. Les lèvres des massacrés étaient bleues et tirées, révélant leurs dents en un rictus d'agonie. Les blancs d'yeux sans vie se bombaient, secs et sans éclat sous le soleil. Avec des plaisanteries affreuses et en débattant sur la charge de poudre la plus adéquate, les canonniers saisissaient les têtes coupées par leurs barbes et les enfonçaient, quatre ou cinq à la fois, dans les gueules des canons. Il y en avait des douzaines, des douzaines de têtes, plus que Starkey ne pouvait se résoudre à en compter, et il se demanda quelle impulsion de pénitent le poussait à être le témoin de ce crime. Certainement celle, au moins, de celui qui considérait qu'il devait être là ; car, tout aussi certainement, Jésus en était également le témoin affligé.

L'aube avait vu quatre planches de bois s'échouer sur le rivage de L'Isola. Nul ne savait combien d'autres planches avaient été lancées à la mer. Chaque planche portait le corps crucifié, nu et décapité, d'un chevalier de l'Ordre. Une croix avait été plantée dans la chair de chaque poitrine blême. Des lamentations s'élevèrent, et avec elles le poison de la haine envers le Turc. La Valette reçut cette nouvelle au moment où il sortait pour assister à la messe de l'aube. En voyant les cadavres mutilés, des larmes de rage et de chagrin avaient voilé ses yeux. Sourd aux conseils de Starkey, il avait ordonné que chaque prisonnier turc capturé depuis le début du siège soit sorti des geôles et décapité.

« Tous ? » demanda Starkey.

La Valette répondit : « Que le jugement soit rendu par le peuple. »

Cette décision fut rendue publique et les Maltais répondirent à l'appel. Les prisonniers furent traînés jusqu'à la plage et là, avec le zèle des forces du diable, les exécuteurs balancèrent leurs épées au travers des chairs et des os. Les Turcs enchaînés qui appelaient Allah furent voués aux plus brûlantes flammes de l'enfer pendant qu'on les décapitait. Certains s'enfuirent, cliquetant dans l'eau, et furent massacrés dans les vagues comme du gibier coincé. Ceux qui refusaient de s'agenouiller étaient frappés aux chevilles, aplatis au sol et décapités avec le visage enfoncé dans le sable. Le courage stoïque et les supplications pour la clémence étaient regardés avec un même mépris, car ce n'était pas des hommes, mais des musulmans ; il s'agissait de l'œuvre du Seigneur, et aucun des tueurs n'avait le moindre doute : Dieu souriait en les regardant faire.

Quand les derniers cris furent réduits au silence, que les tendons les plus tenaces furent tranchés, les cadavres emportés par la marée, les têtes soulevées par leurs chevelures sanglantes et mises dans des sacs, une immense flaque couleur bourgogne teintait le rivage et

Starkey ne parvenait pas à effacer le sentiment que son âme était entachée de la même manière.

La batterie sur le cavalier de Saint-Ange vomissait maintenant derrière lui. Une pluie de crânes fumants, dont certaines barbes et chevelures étaient enflammées, jaillissait des gueules de canons et partait en un immense arc de cercle qui franchissait la baie vers les lignes turques. Des cris malveillants les accompagnaient. Si Mustapha se voulait amateur d'atrocités, qu'il prenne leçon auprès des maîtres de cet art. La Valette ne montrait plus aucun signe d'émotion. Pendant que les artilleurs bourraient les canons et que les chargeurs ramassaient d'autres têtes dans les horribles piles, Starkey dit, en latin : « Et beaucoup se réjouiront au jour de son anniversaire. »

La Valette le fixa.

Starkey vacilla sous ce regard. Il ajouta : « Ainsi parlait l'archange Gabriel à propos de Jean le Baptiste.

— Beaucoup se réjouiront de la mort de chaque musulman sur cette île », dit La Valette.

Sur ces entrefaites, La Valette descendit sur la place principale avec sa suite et fit une annonce à la foule, déclarant qu'à partir de maintenant chaque Turc capturé, une fois le travail des tortionnaires achevé, serait livré au peuple, sans quartier, pour être mis en pièces selon leur convenance. Starkey regarda la populace pousser des cris de joie, louer son nom et remercier Dieu. Puis il s'éloigna. Par cet appel à une sauvagerie atroce, une défaite avait été changée en une espèce de victoire. Mais une victoire sur quoi, Starkey n'osait même pas y penser. Seul La Valette savait comment leur donner une chance de survivre. Starkey n'en doutait pas. Mais il remerciait son Seigneur Jésus-Christ que son propre devoir fût de suivre et pas de mener.

Carla vit le tir de barrage et pensa qu'il s'agissait de projectiles incendiaires. En apprenant que les objets volants étaient des têtes humaines, spectacle que dans le cours normal de son existence elle aurait pensé impossible à croire, elle découvrit qu'elle était dégoûtée mais pas surprise.

La cruauté et le grotesque formaient désormais le cours normal de la vie. Si elle était troublée par cette constatation, c'était parce qu'elle ne s'était jamais sentie aussi profondément satisfaite. La guerre avait concentré son univers à prendre soin des autres et sa vie n'avait jamais eu autant de sens. Ce n'était pas un sens qu'elle pouvait exprimer en mots. Elle était libérée de toute focalisation sur ses propres petites misères ou ses inquiétudes. Elle savait, enfin, que vivre était chose précieuse, plutôt que quelque chose qu'on devait endurer. La colère et l'horreur étaient futiles ; la victoire ou la défaite également. Dans un monde de haine et de malheur, elle se résolvait à ne plus les ressentir. Qu'il en soit ainsi. Jésus était en son cœur et il l'aimait. C'était tout ce qu'elle avait besoin de savoir.

Elle vit le monstrueux tir d'artillerie en allant de l'Infirmerie à l'auberge. Le père Lazaro lui avait prêté des pincettes et un scalpel pour enlever les sutures du visage de Bors. Elle rencontra ce dernier dans la rue où il s'était avancé à l'aveuglette en entendant la nouvelle de cette démonstration. Il eut la chance d'assister à une deuxième volée de têtes – et, à vrai dire, il poussa un grand cri de joie – et, de peur d'en manquer une troisième, il insista pour aller chercher un fauteuil, pour qu'elle puisse accomplir sa tâche dehors. Comme la lumière extérieure était bien meilleure et son travail facile, Carla n'émit aucune objection.

Les sutures étaient enterrées sous une croûte épaisse qui séparait le visage de Bors en une large diagonale brune. Le chirurgien avait réussi à restaurer une symétrie remarquable dans son visage et, comme il le disait lui-même, Bors n'aurait pas échangé sa cicatrice contre une bague de rubis. En grattant la croûte, elle parvint à couper les boyaux de chèvre, mais les extraire requérait plus de force qu'elle n'osait en utiliser. Après un certain nombre de tentatives infructueuses, Bors dit : « Tirez plus fort. » Elle s'exécuta et le premier point céda. Bors cilla à peine.

« Cinq nageurs maltais se sont échappés de Saint-Elme hier, dit-il. Ils ont été témoins des derniers moments. »

Carla réussit à extraire le second point de suture. Ses espoirs pour Mattias et Orlandu, comme sa culpabilité qu'ils aient pu perdre la vie à cause de ses manquements à son devoir, étaient enfouis dans un endroit très profond de son cœur, un endroit qu'elle avait choisi de ne pas visiter pour l'instant.

« J'ai parlé avec trois d'entre eux, poursuivit Bors, un peu chagriné qu'elle ne montre pas plus de curiosité. Personne n'a aucune nouvelle de Mattias ni de votre garçon. Mais personne ne les a vus mourir non plus.

— Il y a donc de l'espoir, lui accorda-t-elle. Et nous devons prier pour qu'ils aient tenu.

— Si un homme peut se sortir d'un tel bain de sang, c'est bien Mattias. C'est un vrai renard. Mais la fille l'a très mal supporté », dit Bors.

Carla acquiesça. Amparo était comme dévastée. Par certains côtés, elle était redevenue la créature sauvage et violentée que Carla avait rencontrée dans la forêt, repliée sur elle-même, changeante, perdue pour Dieu. Carla avait persuadé Lazaro de laisser Amparo travailler dans son jardin de simples. Elle espérait persuader Amparo de le faire.

« Vous saviez qu'elle lui avait rendu visite ? dit Bors. Aïe ! »

Un filet de sang courut sur sa joue quand le scalpel glissa des mains de Carla. Elle dit : « Amparo est allée à Saint-Elme ?

— Elle a nagé de nuit à travers la baie, nue comme au premier jour, dit Bors. Et je dois admettre que, de tous les événements extraordinaires que j'ai vus depuis mon arrivée ici, c'est de loin le plus agréable. »

Carla imagina Mattias et Amparo faisant l'amour. Son ventre se serra, malgré ses hautes intentions. Et comme pour nourrir davantage le serpent de la jalousie, son pelvis se contracta de désir et elle sentit ses joues brûler au rouge. Elle n'était donc pas aussi emplie de la grâce de Dieu qu'elle aimait à le penser. Elle essaya de se mordre la langue, mais échoua.

« Vous ne l'avez pas arrêtée ? » demanda-t-elle.

Bors la regarda. Il était homme à ne pas avoir honte de se réjouir à la vue de têtes enflammées volant à travers ciel. Poser une telle question à un tel homme revenait à demander la vérité sous sa forme la plus brutale. Elle se demanda si la rougeur qu'elle sentait sur ses joues était visible.

Bors dit : « Une telle nouvelle est dure à entendre pour vous. Je comprends. Mais, plus le jour avance, plus nos chances de mourir tous sur ce rocher demeurent excellentes. Qui donc aurait l'esprit assez méchant pour se mettre en travers d'une romance si belle et si improbable ?

— Je ne me suis pas mise en travers », dit Carla.

Bors sourit, avec force chaleur. « Et c'est tout à votre honneur. Pour ce que cela vaut, Mattias est grandement déchiré entre vos deux beautés. Et donc, entre vous et moi, le jeu n'est pas terminé. »

Les anxiétés, l'angoisse, les espoirs qu'elle pensait avoir bannis revinrent en un instant. Elle ne voulait pas entrer en compétition avec Amparo. Elle ne le ferait pas. Et pourtant. Elle voulait Mattias.

« Vous croyez vraiment qu'il est encore en vie ? dit-elle.

— Même si je suis le seul à parier, dit Bors, je jouerais mon argent là-dessus. »

Les canons du château tonnèrent et Bors sauta sur ses pieds pour regarder passer les crânes fumants. Il secoua la tête avec admiration, puis se réinstalla dans le fauteuil et reprit le fil de ses pensées.

« Mais il faut savoir, dit-il, qu'il y a un revers à cette médaille. Si Mattias et votre garçon sont encore en vie, ils sont aux mains de l'ennemi musulman. »

JEUDI 5 JUILLET 1565
Le front de mer – La porte de Kalkara – Le vénérable conseil

Amparo dormait sur le front de mer sous les étoiles. Le bruit caressant de la mer l'apaisait. Il l'emportait dans des rêves de la forge de Tannhauser, de ses mains et de ses lèvres sur son corps, et de son souffle sur sa joue, de ses gémissements à son oreille, comme le faisaient aussi la chaleur embaumante de la nuit et le froid de la pierre où elle était allongée.

Durant la journée, elle s'occupait du jardin de plantes médicinales de Lazaro et elle avait trouvé un endroit où poussaient des roses sauvages. Leurs bourgeons étaient mélangés avec des fleurs de sauge, de myrte et de marrube dans un de ses nombreux et ingénieux baumes. Sinon, elle évitait la société humaine autant qu'elle le pouvait. Elle passait de nombreuses heures à brosser Buraq, elle le montait à cru autour du paddock et calmait ses peurs quand le canon tonnait. En ces jours, la plupart de ses conversations avaient lieu avec le cheval doré de Tannhauser, et elle n'aurait pas pu souhaiter plus gentil et plus adorable compagnon.

Le déplacement des canons turcs vers les hauteurs de Corradino, l'attaque imminente contre le Borgo et L'Isola, la litanie de mort et de souffrance, les récits de bravoure sans cesse racontés, les intrigues des chevaliers, la perfidie du vice-roi, l'insondable malveillance des Turcs – rien de tout cela ne la concernait. Les gens s'imaginaient que cela comptait et, plus étonnant à ses yeux, que leurs discussions sur ces sujets comptaient aussi, et pourraient même les changer. Elle trouvait leurs bavardages ennuyeux, leurs récitations des malheurs sans intérêt, et leurs tentatives pesantes de l'impliquer dans leurs vies n'étaient que saignées de son énergie et de son moral. Le prix de leur compagnie était trop élevé. Cela n'avait pas de sens de payer pour quelque chose qu'elle ne voulait pas. Les gens la vidaient littéralement. Elle était heureuse de se tenir hors de leur royaume. Sa propre vie intérieure, sa communion avec les roses sauvages, l'affection de Buraq et sa beauté, tout ceci était bien plus irrésistible et lui redonnait de la force. Or les autres voyaient sa solitude comme une maladie, comme s'ils n'avaient pas déjà bien assez de problèmes personnels à gérer. Et donc Amparo restait distante et sans aucun regret. Il en avait toujours été ainsi. Qu'ils la prennent pour une gourde, tant qu'ils la laissaient tranquille.

Elle s'éveilla au son des rames et s'assit. Une brume couleur de lait reposait sur l'eau, comme éclairée de l'intérieur par une lune de cire. Elle aperçut de longues barques qui glissaient à travers ces vapeurs, l'une après l'autre, se dirigeant vers la crique de Kalkara. Une douzaine au moins et toutes apparemment vides hormis leurs squelettiques équipages de rameurs. Elles glissaient à travers l'obscurité nébuleuse avec une urgence silencieuse, leurs rameurs désincarnés, sans visages et muets, comme des trafiquants de vide qui auraient fait passer personne vers nulle part. Puis la dernière chaloupe fit le tour de la pointe, se fondit dans la brume et toute trace de leur passage disparut.

Parties, ne laissant pas plus d'empreinte en ce monde qu'elle-même n'en laisserait, songea-t-elle, et cette pensée lui apporta un réconfort. Il n'y avait que dans d'autres mondes que les choses duraient pour toujours. Sa dernière nuit avec Tannhauser appartenait à un tel monde. Elle était, puis elle n'était plus, et pourtant elle existerait toujours. Seuls les instants de beauté goûtaient à l'immortalité. Tout le reste combiné, toutes ces vanités grandioses pour lesquelles tant peinaient et mouraient ne pouvaient même pas revendiquer la magie d'un songe éveillé. Elle se rallongea sur le roc, toutes barques oubliées. Elle fixa le fourmillement du firmament. Est-ce que les étoiles et leurs cours allaient aussi disparaître un jour ? Elle demanderait à Tannhauser, la prochaine fois qu'ils se rencontreraient, car, malgré les perspectives lugubres, elle savait qu'ils se retrouveraient. D'une manière ou d'une autre. Quelque part.

Bors s'était porté volontaire pour la garde de nuit à la porte de Kalkara. Depuis les réprimandes sans pitié de la comtesse pour son indulgence envers un excès dont il convenait, il avait renoncé au secours de l'opium et le sommeil l'avait entièrement déserté. Même le brandy à pleine bouteille s'avérait un piètre substitut. Et cela tendait à démontrer que si la vertu était rarement source de sa propre récompense, elle en apportait parfois d'autres, car s'il avait été allongé, hébété dans son lit, il aurait manqué le plus récent détour de ce conte remarquable.

Un vent chaud et humide avait poussé jusqu'ici une brume venue de Tunisie et la première chose qu'il apprit de l'excitation qui traversait la nuit, c'était qu'un convoi de chaloupes clairsemées s'avançaient dans la crique et avaient soudain viré pour le rivage opposé, qui n'était qu'à quelque six cents pieds de l'autre côté de la baie de Kalkara, mais dans un linceul de brume. Ensuite, une petite troupe portant des torches descendit les rues et à leur tête marchait La Valette. Bors vérifia l'amorce de son mousquet et souffla sur le charbon pour le raviver. La porte de sortie en contrebas grinça en s'ouvrant et il vit le groupe sortir et se diriger vers le rivage. Starkey, Romegàs, Del Monte et une pelletée de sous-fifres. Comme si le pape, lui-même, était attendu dans la minute.

Alors les longues barques émergèrent de la brume et, comme revenant de quelque monde infernal au-delà du voile de celui-ci, elles s'avérèrent pleines à ras bord d'hommes en armes et en armures. Par centaines. Tandis que chaque groupe de fantômes débarquait, leur chaloupe repartait vers l'autre côté de la crique et revenait avec d'autres hommes encore et leurs bagages. Les troupes fraîches se répandaient dans le Borgo par la porte de Kalkara.

Bors se glissa au bas des escaliers et aborda l'un des nouveaux arrivants qui passait. Un *extrameño* nommé Gomez. Quatre galères envoyées par Garcia de Toledo avaient fait voile depuis Messine et débarqué quelques jours auparavant ce précieux renfort, commandé par Melchior de Robles, sur la côte nord-ouest de Malte. Ils s'étaient rassemblés à Mdina et avaient envoyé un messager à La Valette, puis, profitant du hasard heureux de cette brume d'été, ils avaient progressé sous son couvert jusqu'au Borgo, se faufilant au sud du campement turc, avant de passer les pentes du mont San Salvatore pour atteindre l'autre rive de la baie de Kalkara. Tous gens audacieux, ils étaient quarante-deux chevaliers de l'ordre, vingt gentilshommes aventuriers italiens, plus trois Allemands et deux Anglais de même acabit, cinquante artilleurs expérimentés et six cents hommes de l'infanterie impériale espagnole. C'était plutôt loin des vingt mille hommes qu'ils attendaient, mais La Valette les embrassa comme les héros qu'ils étaient.

Une nouvelle figure passa la porte, un homme de haute stature qui demeura un moment dans la lumière des torches comme pour savourer son retour. Les yeux de Bors furent attirés par la qualité exquise de son armure : une cuirasse striée laquée de noir. Il la portait par-dessus sa robe monastique. Une épée, plutôt qu'un rosaire, était ceinturée à sa taille. Quelque chose dans sa posture, le maintien de ses épaules, et le port de sa tête énorme, glaça le sang de Bors. Il portait un magnifique casque noir, avec des gardes pour le nez et les joues dans le vieux style vénitien, et sa crête était faite d'un christ en croix en relief. Il ôtait ce heaume maintenant et le plaçait sous son bras, puis il s'agenouilla sur les pierres, se signa et dit ses grâces. Létale comme l'était cette compagnie, il avait l'air d'un léopard courant avec les loups, et quand il se remit debout ses yeux étincelaient comme des billes noires dans les flammes. Il prit une profonde inspiration et balaya du regard tout ce qui l'entourait, comme un homme inspectant un royaume bientôt conquis.

« Par les blessures du Christ », murmura Bors pour lui-même.

Une nouvelle silhouette émergea de la porte derrière la première, plus mince, plus délicate, et pourtant aussi mortelle qu'un serpent dans son apparence. Lui aussi ôta son heaume qui révéla sa bouche dépravée – les yeux sensuels mais vides – dont Bors se souvenait très bien depuis les quais de Messine. Anacleto examina les murs et Bors se retourna pour grimper les marches vers le parapet.

Ludovico Ludovici était de retour. Il était temps pour les souris de marcher silencieusement.

Cette même nuit Ludovico rencontra La Valette et tous les baillis du vénérable conseil. Était également présent Melchior de Robles, le commandant des renforts, qui n'était pas un membre de la Religion mais chevalier espagnol de l'ordre de Santiago. Ludovico avait gagné la confiance de ce dernier durant la traversée depuis Messine. C'était Robles qui avait précisé au vénérable conseil que Ludovico avait persuadé Toledo d'envoyer ces renforts.

L'humeur du conseil reflétait l'état de la ville, qui était lugubre. Le surentassement était extrême et exacerbé par les démolitions d'un tas de maisons, effectuées par les chevaliers pour raisons défensives. Une colonie de tentes avait été établie pour les réfugiés, dans L'Isola, là où les canons de siège nouvellement installés par les Turcs provoquaient de terribles ravages. La nourriture n'était pas un problème. Chaque habitant recevait trois pains d'une livre par jour, et les réserves de grain, d'huile, de viande et de poisson salés demeuraient conséquentes. Pourtant, malgré le remplissage des citernes sous Saint-Ange et le stockage de quarante mille tonneaux, les réserves d'eau potable approchaient un seuil critique, tous les puits et toutes les sources étant situés hors les murs. Rasage, toilette et lessive avaient été prohibés et ceux qui enfreignaient cette règle, une majorité de femmes, avaient été flagellés en place publique. Entre les jérémiades et les rumeurs qui agitaient la multitude, de violents désordres avaient éclaté aux points de distribution d'eau, et ces émeutes n'avaient pu être calmées qu'en fournissant des groupes de prisonniers sur lesquels la foule pouvait passer son mécontentement. Certains des râleurs les plus acharnés avaient été menés au gibet et pendus.

Malgré ces efforts, ils n'allaient pas tarder à faire face au manque, dans ses extrémités les plus graves.

Ce qu'il restait d'eau devait être préservé pour la garnison. Un sourcier avait été mis à contribution et l'on creusait des trous partout dans les deux péninsules. S'il échouait, expliqua La Valette, il serait nécessaire d'expulser un bon nombre de petites gens hors des remparts, pour qu'ils s'en remettent à la merci des Turcs. Et comme, dans de telles circonstances, le risque de rébellion serait grand, c'était une décision qu'il ne prendrait que lorsqu'il n'aurait plus le choix. Mais il voulait que le conseil, et le conseil seul, sache qu'ils pourraient bien devoir tourner leurs armes contre la populace.

Personne ne protesta. L'amiral Pietro Del Monte, un homme robuste et puissant avec un nez crochu et des yeux de velours, demeurait assis, silencieux, durant tous ces échanges, jetant des regards occasionnels vers Ludovico. Comme La Valette, Del Monte était un modèle de vieil âge tenu à distance par une vie d'action. La Valette surprit l'un des coups d'œil de Del Monte et se tourna vers Ludovico.

« Fra Ludovico, dit-il, quelle est votre opinion sur les intentions de Garcia de Toledo ? »

Ludovico marqua un temps, comme pour rassembler ses pensées, puis répondit avec un ton bas et grave dont il savait qu'il retiendrait fortement l'attention. « À cette heure, il n'existe aucun renfort de la taille dont vous rêvez. » Il écarta les mains, comme pour un appel à la raison. « Gardez à l'esprit que le recrutement, le transport et le déploiement d'une telle armée, tâche dans laquelle Toledo est vigoureusement engagé, représenteront la plus grande aventure méditerranéenne d'une puissance chrétienne depuis que son prédécesseur a tenté de prendre Djerba. »

Il dit cela innocemment, comme si, contrairement à tous les autres attablés, il ignorait que La Valette avait été l'un des avocats de cette expédition malchanceuse. La Valette ne fit aucun commentaire.

Ludovico poursuivit : « Une flotte se rassemble à Séville pour amener quatre mille hommes de troupe, et des hommes de toutes les garnisons d'Italie sont envoyés avec la plus grande promptitude. J'ai cru comprendre qu'il faudrait quelque temps pour les rassembler ; des semaines au moins. »

Un murmure de désarroi parcourut la table. La Valette l'arrêta d'un geste de la main.

« Vous vous tromperiez en voyant dans ce délai le moindre signe de conspiration, dit Ludovico. Pour preuve de ses bonnes intentions, Toledo a envoyé son propre fils, Federico, combattre à nos côtés. »

Federico avait accompagné les renforts ; Ludovico l'avait persuadé en personne de se joindre à cette cause. La pression sur Toledo était désormais personnelle autant que politique. Des hochements de tête approuvèrent, vigoureux chez les Espagnols, parcimonieux chez les Français.

« Je peux également vous assurer, continua Ludovico, que Sa Sainteté le pape fait tous ses efforts pour notre cause. » Il nota que son utilisation du *nous*, et du *notre*, passait sans la moindre anicroche. « Le Saint-Père a demandé à tous les gentilshommes italiens de rejoindre les couleurs de l'Ordre, en particulier les chevaliers de Santo Stefano. »

Un certain nombre de grognements méprisants furent difficilement contenus. L'ordre de Santo Stefano, grossièrement modelé sur la Religion, avait été créé à peine quatre ans auparavant par le pape et son lointain parent, Cosimo de Medicis. Dans cette assemblée, ils étaient considérés presque unanimement comme une bande de ploutocrates bouffis, à peine capables de monter sur leurs chevaux.

« Peut-être pourront-ils nous envoyer quelques peintures », grommela Del Monte.

Il y eut un éclat de rire général et Ludovico sourit avec eux. Le moment était bon pour jouer du premier des instruments dont l'avaient équipé le pape et Michele Ghisleri avant son départ de Rome. De sur ses genoux, il produisit une sacoche de cuir portant les armes papales et la tendit à La Valette, qui reconnut immédiatement le sceau de plomb rond qui signifiait une lettre apostolique de la plus haute importance.

« Quand viendra le bon moment, dit Ludovico, Sa Sainteté espère que ceci s'avérera plus formidable que le canon. »

La Valette brisa le sceau de plomb dans un silence absolu et en sortit le vélin qu'elle contenait. La cire rouge scellant la lettre portait l'empreinte de l'anneau du Pêcheur. Il brisa également ce sceau et déplia la lettre. Le conseil attendit pendant qu'il la lisait. La Valette, visiblement ému, à vrai dire trop ému pour faire un commentaire quelconque, passa le document à Oliver Starkey, qui était assis à sa droite. Starkey parcourut rapidement le texte en latin et s'éclaircit la gorge.

« C'est une bulle papale, promulguée le 8 juin, qui accorde indulgence plénière à tous les chrétiens qui tomberont dans notre guerre contre les musulmans – frères de l'ordre, soldats, esclaves, civils, femmes. Tous. »

Des murmures circulèrent autour de la table. La bulle signifiait que chaque homme, femme et enfant qui mourrait dans la bataille pour Malte recevrait l'absolution totale de tous ses péchés, quels qu'ils puissent être ou avoir été. Pour un peuple plus que familier avec la dureté, la torture et les souffrances de toutes sortes, savoir que dans l'au-delà il ne passerait pas une heure à endurer les peines du purgatoire – en opposition aux siècles qu'il s'attendait à y passer –, auraient un effet plus qu'extraordinaire sur son moral.

« Dans sa sagesse, Sa Sainteté a parlé bien plus vrai que nous n'aurions pu l'imaginer, dit La Valette. Ceci vaut cinq mille hommes, si j'ose prendre la liberté d'y mettre un prix. »

Il tourna ses yeux gris fer vers Ludovico, et Ludovico comprit qu'il avait largement dépassé toutes les attentes que le grand maître avait pu placer dans sa mission à Rome.

« Au bon moment, comme vous dites, ceci restaurera foi et courage dans les cœurs les plus défaillants. » La Valette se leva. « Que chacun d'entre nous reconnaisse qu'en aidant à trouver des renforts, et en nous apportant au prix de telles difficultés cette précieuse bénédiction de notre Saint-Père de Rome, nous sommes les débiteurs de fra Ludovico d'une dette que nous allons nous empresser de rembourser. »

Les autres baillis se levèrent et inclinèrent la tête en direction de Ludovico. Il se leva et leur rendit humblement leurs saluts. Il s'inclina devant La Valette en dernier. « Votre Excellence, dit-il, je ne suis pas revenu à Malte pour mener les affaires du Vatican ni du Saint-Office, mais plutôt pour combattre. Pour ce faire, j'ai reçu de notre Saint-Père une dispense spéciale. »

Quelqu'un frappa du poing sur la table en guise d'approbation.

La Valette dit : « Nous sommes honorés que vous fassiez un tel sacrifice spirituel. »

Si son commentaire était empreint d'ironie, seul Ludovico sembla la percevoir. Il se tourna vers l'amiral de la flotte et chef de la langue italienne, Pietro Del Monte. « Et donc je demande votre permission, amiral, de prendre mes quartiers avec vos soldats et de servir dans leurs rangs.

— Avec les soldats ? fit Del Monte en secouant la tête. En tant que fils de Naples, vous êtes invité à loger avec les chevaliers à l'auberge d'Italie, et plus que bienvenu. »

Une fois le conseil achevé, Ludovico accompagna Del Monte à l'auberge d'Italie. Il déclina l'offre d'une cellule privée, insistant pour avoir un banc de pierre dans l'un des dortoirs, où quelque cent quarante chevaliers italiens étaient logés. Il apprit que plus de trente de leurs compagnons étaient morts à Saint-Elme. Le luxe le laissait indifférent, et dans les dortoirs il récolterait nombre d'informations. Comme Del Monte s'en allait, Ludovico le retint quelques instants et joua sa deuxième carte.

Il montra à Del Monte une chaîne d'argent où était accroché un cylindre d'argent, de la taille d'un doigt, avant de lui détailler le pas de vis ingénieux qui fermait le couvercle. L'extérieur du cylindre était orné de la croix et de l'Agneau de Dieu, les symboles du Baptiste. L'intérieur était recouvert de peau de chevreau, protégeant une petite fiole de cristal fine et élancée. Le fond de la fiole, quand il la sortit, semblait contenir une petite quantité d'un résidu terre de Sienne foncé.

« J'ai pour instruction de vous remettre ce cadeau personnel, à vous et à la langue italienne, de la part du cardinal Michele Ghisleri, qui prie quotidiennement pour votre sauvegarde et votre salut, et met toute confiance en cette relique sacrée, dûment attestée par les autorités les plus éminentes et les plus élevées, pour qu'elle vous apporte protection et délivrance dans les jours à venir. »

Del Monte prit la fiole dans sa main ravinée par sa vie de marin comme s'il avait peur que son toucher le plus léger ne brise le cristal.

Ludovico dit : « C'est une goutte du sang de saint Jean le Baptiste. »

Les yeux de Del Monte s'emplirent de larmes, il tomba à genoux et ses mains tremblaient quand il porta la fiole de sang sacré à ses lèvres avant de prier. Jamais la dévotion vraie n'avait été incarnée avec plus de sincérité. Cette vue donna satisfaction à Ludovico. Les faveurs de Del Monte étaient certaines, et même si l'homme ne le savait pas – et ne le saurait jamais –, il venait d'achever les fondations du plan de Ludovico. Ces premières étapes de son intrigue étaient nettement réussies. Mais il restait beaucoup à faire. Et il fallait surtout qu'il prouve ses aptitudes physiques à rejoindre l'ordre.

Et cela requérait de survivre à la bataille.

Le jour suivant l'arrivée de ces petits renforts, le pacha Mustapha envoya un émissaire pour entamer des pourparlers de paix. Les termes de la proposition étaient identiques à ceux que la Religion avait acceptés lors du siège de Rhodes, et étaient aussi généreux que possible, en dehors d'un retrait turc. Si La Valette rendait l'île immédiatement, lui et tous ses chevaliers obtiendraient la garantie d'un passage vers la Sicile en toute sécurité, avec leurs armes, reliques, étendards et leur honneur intact. Les populations seraient épargnées, deviendraient sujets du shah Soliman et jouiraient donc de sa protection, qui incluait la liberté d'adorer tout dieu selon leur convenance. Pour un certain nombre de très bonnes raisons, n'importe quel homme intelligent et amoureux de la paix aurait saisi cette offre à deux mains. La Valette écouta avec la courtoisie requise. Puis il ordonna que l'émissaire soit emmené au gibet de la porte Provençale et pendu.

TROISIÈME PARTIE

LES VENTS DISPERSANTS

DIMANCHE 15 JUILLET 1565
La forteresse Saint-Michel – L'Isola

Ludovico se tenait sur le bastion de la forteresse Saint-Michel et écoutait l'appel impie à la prière. Des démons, esclaves des rodomontades d'un dément du désert ! Selon les arcanes de sa propre érudition, il savait peu de l'islam, mais plus qu'assez pour reconnaître un credo antithétique à la raison, conçu pour exciter et duper les esprits les plus primitifs. En tant que telle, cette foi continuerait sans aucun doute à trouver une large audience chez les races inférieures. Mais tant qu'elle pourrait être maintenue sur les terres arides dont elle était issue, l'histoire la considérerait comme hors de propos, ou au pire comme des chaînes entravant la marche de l'humanité.

Les informateurs de Ludovico lui avaient raconté tout ce qui s'était passé ici pendant son absence. Mattias Tannhauser était mort au fort Saint-Elme. Le malotru compagnon de Tannhauser, Bors, était un chien qu'il valait mieux laisser dormir. L'histoire du garçon que Tannhauser avait suivi à la trace, et qui avait également péri, avait plongé Ludovico dans l'angoisse. Plus qu'il n'aurait osé l'imaginer. Il avait engendré un fils. Là où il aurait pu s'attendre à de la honte, il ressentait de la fierté. En lieu d'indifférence, une tristesse pénétrante. Ce garçon était une abstraction ; pourtant, il taraudait l'esprit de Ludovico. Tout comme Carla. Ludovico

535

n'avait fait aucune tentative pour la retrouver. Il craignait le pouvoir qu'elle avait sur son cœur, et par conséquent sur sa volonté ; et il avait bien d'autres priorités, surtout aujourd'hui. À un quart de mille de distance, dans l'obscurité profonde de Santa Margharita, résonnaient le cliquetis des équipements et le sourd grondement de milliers de pas. La Bête rouge de l'islam était réveillée et assoiffée de sang.

Anacleto était à ses côtés sur le chemin de ronde. Mèches et amorces luisaient tout le long des remparts, comme pour la célébration clandestine de rites interdits. Intercalés entre les porteurs de mousquets, les chevaliers de Saint-Jean se tenaient, ténébreux, silencieux, lugubres comme les sentinelles de l'avant-poste d'un pays dont l'entrée était interdite à quiconque, sauf aux damnés. Découpé sur le ciel du levant rayé de nuées écarlates comme d'autant de coups de couteau, il aperçut, assez loin, un groupe de silhouettes humaines. Il y eut une sorte de lutte. Puis une figure émaciée fut balancée de la potence qui pendait sur le plus avancé des bastions de Provence.

Comme si ce spectacle macabre avait déclenché quelque chose chez l'invisible ennemi, les ténèbres des hauteurs d'en face explosèrent de déflagrations d'artillerie, et une grêle de métal et de pierre s'abattit sur Saint-Michel. Un coin de maçonnerie effondrée et une nuée de pierres balayèrent un groupe de défenseurs jusque dans la cour. Des bruits sauvages bourdonnaient aux oreilles de Ludovico et, ne s'étant jamais fait tirer dessus, il comprit avec stupeur qu'il s'agissait de balles turques sifflant autour de lui. Dans la lumière qui montait, il aperçut, dans les ruines de Bormula, un lièvre solitaire et terrifié fuyant son terrier violé. Il cavalait vers la forteresse comme si ses portes allaient s'ouvrir pour lui offrir l'asile. Puis, juste derrière la poussière soulevée par la course du lièvre, et à peine moins vive, une horde de déments surgit en rugissant des basses terres empourprées, armes et bannières brandies, aboyant comme des chiens des prières à leur faux dieu et à son prophète dégénéré.

Chaînes, mitraille et boulets jaillirent des gueules des canons chrétiens. Mais les andains meurtriers qui trouaient les rangs musulmans ne ralentissaient pas leur progression d'un pouce. Ils chargeaient vers Saint-Michel comme vers la porte du paradis, de grandes échelles dispersées entre eux, des filins enroulés sur leurs épaules, et festonnés d'armes de toutes tailles et de toutes sortes. Pour accueillir leur arrivée, des chaudrons de gras de porc bouillant furent transportés jusqu'aux mâchicoulis. Les porteurs maltais crachaient des jurons dans leur langue étrange, pas seulement à l'encontre des fumées délétères qui leur brûlaient les yeux, mais destinés aussi à leurs camarades démembrés et sanguinolents qu'ils devaient piétiner pour avancer, et qu'ils étaient contraints d'éclabousser de ce bouillon qui leur arrachait les chairs. Une clameur digne de Babel, les vapeurs de soufre et les gémissements angoissés des blessés envahirent bientôt des portions entières du chemin de ronde, comme si l'enfer avait débordé d'une sorte de gauchissement dans le tissu de la Création, et que ses rescapés avaient enfin trouvé refuge en ces lieux. Ludovico était un érudit en ce qui concernait le pouvoir et la peur. Dans ce qui était sa première bataille, il était témoin de l'apothéose de leur union.

La machine de guerre du pacha Mustapha avait œuvré pour cet instant depuis la chute du fort Saint-Elme. La vaste organisation architecturale des canons de siège et des gabions avait été démantelée pièce par pièce et traînée depuis les pentes du mont Sciberras jusqu'à celles de Santa Margharita, Corradino et San Salvatore. Des tranchées creusées dans le grès par les sapeurs ouvraient des blessures à travers le Bormula, droit vers les murs de L'Isola. Et sous terre, des mines avançaient vers les fondations de la citadelle.

Comme l'entrée du Grand Port était interdite à sa flotte par les batteries du château Saint-Ange, Mustapha avait construit une route de troncs d'arbres graissés en travers du dos même du mont Sciberras. Puis ses esclaves nègres avaient passé trois jours sous le fouet et – exploit qui emplissait les chevaliers d'étonnement et de désarroi – ils avaient tiré des vingtaines de galères de combat de Piyale, une par une, depuis la baie de Marsamxett, par-dessus la colline. Les navires avaient surgi au-dessus de la crête, puis plongé en grinçant sur les troncs torturés, comme des bêtes aiguillonnées en proie à la plus grande confusion. Les cordes et les chaînes qui ralentissaient leur descente bruissaient de cette formidable tension, certaines éclatant avec une violence mortelle pour ceux qui peinaient à la tâche. Et pendant que les bateaux massifs glissaient tout le long de l'escarpement, leurs quilles s'empanachaient d'une fumée noire arrachée au suif, et lâchaient des étincelles qui enflammaient la graisse, tel un convoi venu de l'Hadès dont les capitaines étaient si impatients d'emplir leurs cales qu'ils étaient venus s'emparer des vivants plutôt que des morts. Et désormais quatre-vingts de ces vaisseaux, et leurs canons de pont aussi, menaçaient les fortifications qui couraient le long du rivage.

De chaque point cardinal, depuis les hautes terres, le port et la pointe aux Potences, les deux péninsules chrétiennes, le Borgo et L'Isola, avaient été ainsi prises en enfilade par l'artillerie turque et avaient été bombardées ces dix derniers jours, de l'aube au crépuscule. Des dizaines de femmes et d'enfants de la ville surpeuplée avaient été frappés à mort. Des douzaines de maisons avaient été détruites. Et maintenant chaque canon turc martelait Saint-Michel.

Ludovico ignorait les projectiles turcs et observait le carnage qui dévastait la horde musulmane. Il aligna son attitude sur l'amiral Del Monte, Zanoguerra et Melchior de Robles, observant leurs boulets de canon qui rebondissaient, et la souffrance qu'ils semaient dans leur sillage, avec le *sang-froid*[1] lugubre de porteurs de cercueils. Leur bastion surplombait à la fois le port et Bormula, et offrait une vue d'ensemble sur l'offensive qui était lancée sur terre et sur mer. Le fer de lance de l'assaut était formé par les Algériens.

Hassem, vice-roi d'Alger et vainqueur des sièges d'Oran et de Mers el-Kébir, était arrivé la semaine précédente avec cinq mille *gazi* et les corsaires d'Ali el-Louck. Depuis les hauteurs de Margharita, Hassem dirigeait l'attaque contre les murailles terrestres de Saint-Michel. Son lieutenant, Kandelissa, menait des troupes de marine vers l'ouest, depuis les rivages du Marsa. Ces dernières venaient par vingtaines de longues chaloupes écumantes, rames et armes étincelant dans les premiers rayons du soleil, des imams installés sur leurs proues, chantant des sourates.

Le rivage de L'Isola était défendu par une palissade de pieux enfoncés dans le fond marin, et reliés par de grandes longueurs de chaînes. Les chaloupes foncèrent à vitesse maximale comme des béliers mais les chaînes crissèrent tandis que les pieux chaviraient, entremêlant les bateaux dans un filet mortel. Sur les remparts au-dessus, les *arquebuceros* chrétiens balayaient les troupes qui débarquaient, salve après salve, mais les

1. En français dans le texte.

fanatiques s'enfonçaient jusqu'à la poitrine dans l'eau ensanglantée, se frayant un passage entre les cadavres et les rames abandonnées avec un calme que Ludovico trouva stupéfiant. Ils tiraient leurs échelles derrière eux, dans l'écume criblée de balles, et ils se regroupèrent sur le rivage, avant d'entrecroiser leurs boucliers face à la pluie de balles et de bassines de feu qui dégringolaient d'en haut, et là, sur la plage, l'étoile et le croissant furent déployés. Kandelissa rallia ses fidèles, et un vol noir de flèches s'envola vers le ciel de l'aube. Suivant son ordre, et affirmant la grandeur de Dieu, les Algériens commencèrent leur escalade des murailles de L'Isola.

Ludovico était revêtu d'une demi-armure qui descendait jusqu'au haut des cuisses. Cette carapace couleur de diamant noir – cadeau de Michele Ghisleri qui valait la rançon d'un baron – avait été fabriquée par Filippo Negroli de Milan. Elle était si parfaitement articulée que ses mouvements étaient à peine plus difficiles que dans ses vêtements de cérémonie. De par sa profession de foi en tant que prêtre, il ne lui était pas permis de verser le sang, mais le pape Pie IV lui avait accordé une dispense *in foro interno* pour combattre dans cette croisade. Comme une peste de vermine gargantuesque, les Algériens s'emparèrent de la douve et infestèrent les murs. De l'huile bouillante jaillissait en fumant par les meurtrières et brûlait les infidèles grouillants qui vociféraient en dessous. Des boules de feu grégeois fleurissaient de partout et une odeur de chair brûlée s'élevait, étouffant les assiégés. Quand le soleil monta vers le zénith, drapant cette fournaise d'un voile étincelant, les étendards algériens flottaient un peu partout sur le rempart, et Dieu fit avancer Ludovico vers son moment de vérité.

Ludovico avait été assigné au chevalier commandeur Zanoguerra, qui menait une section d'une vingtaine d'Espagnols et d'Italiens maintenus en réserve en cas de crise grave. Parmi eux se trouvaient trois frères qui avaient reçu de Del Monte l'ordre spécifique de veiller à la sauvegarde de Ludovico. Deux étaient italiens : Bruno Marra, d'Ombrie, et un jeune novice siennois baptisé Pandolfo. Le troisième, un fier Castillan, était Escobar de Corro, détaché de la cavalerie de Mdina. Ils se retournèrent tous.

Au-delà des moulins à vent, juste au nord, une énorme explosion et une fontaine de poutres et de flammes embrasèrent l'extrémité maritime des remparts de L'Isola. Même ici, à l'autre bout de la péninsule, où les fortifications formaient un angle concave par rapport à l'eau pour faire face aux hauteurs, des fragments de débris dégringolèrent du ciel sur leurs armures. Seule l'explosion d'un magasin de poudre pouvait expliquer une si vaste destruction. Ils regardèrent et virent un bastion et son mur d'enceinte glisser à travers le nuage de fumée avant de s'abîmer dans l'eau. Les bannières algériennes de Kandelissa s'agitaient, grimpant la pente vers les ruines fumantes. Zanoguerra se retourna vers sa section.

« L'heure est venue de périr pour notre sainte foi. »

Zanoguerra les mena au pas de charge le long du chemin de ronde côté mer. Leur trajet traversait le chaos et était aussi glissant que le dallage d'un abattoir. L'angle et le poids des échelles d'assaut ennemies les rendaient difficiles à déloger du mur – voire impossible quand elles étaient chargées de douzaines d'hommes – et, tout le long des fortifications, musulmans et chrétiens haletaient au corps à corps, s'éclaboussant de sueur, pour la possession des murailles.

Quelques pas au-devant d'eux, un milicien maltais marqua une pause tout en embrochant un musulman juste au bord du rempart. Il le tenait, transpercé en pleine poitrine et toussant du sang, pendant que ses camarades mahométans s'accrochaient à leur perchoir sur l'échelle d'assaut en dessous de lui. Le Maltais baissa ses braies d'une main, s'accroupit, et, à la vitesse d'un homme s'éclaircissant la gorge, il lâcha un gros étron fumant. Puis il remonta ses braies et reprit la torsion de la lance, l'enfonçant plus profond dans les poumons de sa victime. Comme Ludovico approchait, un autre Algérien grimpa par-dessus les épaules de son camarade empalé, qui s'accrochait obstinément des deux mains à la hampe de la lance pour empêcher qu'on ne la retire de sa poitrine. Le Maltais abandonna la lance, mais trop tard, car, au moment où il tirait sa dague, l'Algérien atteignit le créneau et le frappa à la gorge d'un coup de cimeterre. Le Maltais chargea l'Algérien aux genoux, le frappa de sa dague dans les cuisses, l'aine, le bas-ventre, l'amenant au sol, et il rampa sur lui entre les merlons, leurs têtes gigotant au-dessus du vide, au bord du plongeon vers la plage. Chacun d'eux grognait, ahanait, trempé du sang de l'autre et baignant dans celui du premier – toujours embroché, perché sur un barreau glissant, toussant toujours du sang et combattant toujours, qui arracha le casque du Maltais, lui tira les cheveux, lui arracha les yeux et glissa ses pouces dans la blessure ouverte sur son cou pour l'ouvrir davantage.

Ludovico se pencha au-dessus du Maltais mourant et enfonça son épée dans la bouche de l'homme embroché. Il sentit le claquement de dents brisées et le craquement de l'épée quand elle pénétra crâne et colonne vertébrale. Sa propre épine dorsale frissonna à cette sensation. Il retira la lame dans une gerbe de vomi sanglant et guida sa pointe souillée sous le corps du Maltais pour l'enfoncer profondément dans les chairs du musulman épinglé en dessous. Anacleto se joignit à lui et enfonça son épée dans la mêlée. L'assemblage d'hommes entortillés se convulsa en un spasme frénétique et grotesque, et Ludovico recula, son pied détectant l'aplatissement humide de l'étron, puis les trois hommes, Algériens et Maltais confondus, passèrent par-dessus bord, et dégringolèrent dans le vide pour aller s'écraser sur la masse nauséeuse de corps en contrebas.

Ludovico reprit son souffle. Dans sa poitrine, dans ses membres, dans sa gorge, s'élevait une extase sans nom, nantie de la force de la révélation. Il regarda Anacleto, qui hocha la tête juste une fois, et se détourna. Ludovico était désormais un tueur d'hommes. Ce savoir le transporta.

Il leva son visage vers la lumière aveuglante et remercia Dieu.

Ils poursuivirent leur charge.

La troupe d'élite de Zanoguerra se heurtait aux Algériens sur la brèche, et laissait les ruines couvertes de cervelle, de membres et d'entrailles. Les voiles crevées des moulins à vent jetaient des bandes d'ombre intermittentes sur les combattants et Ludovico se jeta dans la mêlée. Ignorant les éclats des lames sur ses épaulières ou sa gorgetière, il frappait à deux mains de taille et d'estoc, enfonçait ses coudes couverts d'acier dans d'étroits visages bruns, et transperçait de toutes ses forces ceux qui étaient tombés, rampant à ses pieds. L'air étouffant et poussiéreux lui donna soudain un haut-le-cœur et il en appela à saint Dominique pour qu'il lui donne de la force. Anacleto semblait couvrir ses flancs de tous les côtés à la fois, piquant entre les cimeterres et frappant les assaillants de coups par en dessous, sauvant la vie de son maître plus de fois qu'il ne pouvait les compter.

Zanoguerra exhortait les miliciens affolés à sortir des ruines, rassemblant leurs esprits avec des invocations du Christ, les pressant de donner leurs vies pour la Sainte Religion. C'est alors qu'une balle de mousquet le frappa en pleine poitrine et il tomba au milieu des morts. Comme les chacals du Prophète se précipitaient vers son cadavre, la panique s'empara de la milice qui commença à fuir ce couloir sanglant pour s'abriter entre les moulins. Un hourra exubérant jaillit de la multitude musulmane, et ils se rassemblèrent et recommencèrent à escalader la pente de gravats. Ludovico, Anacleto et les quelques Castillans qui restaient formèrent un cordon autour de leur commandant, une poignée de Maltais irréductibles se joignit à eux en travers de la brèche, et ils se mirent à chanter le Pater Noster, prêts à affronter leur fin :

« *Pater Noster, qui es in caelis...*
... sanctificetur nomen tuum...
Que ton règne arrive
Qu'il en soit ainsi sur la terre comme au ciel
Donne-nous aujourd'hui notre pain quotidien
Et pardonne-nous nos offenses
Comme nous pardonnons à ceux qui nous ont offensés
Éloigne-nous de la tentation
Et délivre-nous du mal
Amen
Pater Noster, qui es in caelis... »

Les Algériens montaient la pente semée de rochers comme une vague furieuse et Ludovico regarda vers le bas. Il se rendit compte pour la première fois qu'une flèche dépassait de sa cuisse. Il n'avait aucun souvenir de son impact. Anacleto fit une entaille dans la flèche et la raccourcit en la brisant. Ludovico le remercia.

« Mon Dieu..., dit Anacleto, regardez ! »

Ludovico se retourna. Les femmes réfugiées dans les tentes grimpaient derrière eux en foule. Elles avaient relevé leurs jupes jusqu'à la taille, elles ramassaient des armes sur les morts, et quand elles parvinrent aux remparts et se jetèrent contre l'ennemi au corps à corps, Ludovico sentit ses yeux s'emplir de larmes. Derrière ces amazones maltaises, la langue d'Auvergne, menée par sieur de Quinay avec une compagnie d'infanterie espagnole, avançait sur le pont de bateaux qui traversait la crique des Galères. Ludovico se replongea dans la mêlée et un épouvantable massacre commença, tout le long du rivage.

Il fallut deux heures pour faire reculer Kandelissa et ses *gazi* jusqu'à leurs chaloupes. Ceux des musulmans qui se rendirent furent immédiatement exécutés sur le sable. Ceux qu'on trouvait à moitié noyés étaient poignardés dans l'eau peu profonde par les femmes maltaises. À la nouvelle que leur assaut côté rivage avait échoué, le cœur manqua aux assaillants côté terre. Les Italiens de Del Monte débarrassèrent les murailles des Algériens, puis sortirent par les portes et massacrèrent les traînards dans les ruines de Bormula. Le soleil coulait derrière le mont Sciberras en une fantaisie de teintes de rose et de safran, et tandis que Ludovico regardait la dernière barque des musulmans disparaître hors de portée, des troupeaux de vautours tournoyaient au-dessus de la plage engluée de cadavres. Dans les eaux entourant la péninsule, d'innombrables paquets humains sans vie dansaient avec les vagues, et des nageurs plongeaient vers eux pour les débarrasser de leurs joyaux, or ou argent. Des milliers d'Algériens ne reverraient jamais leur foyer. Mais le coût avait été élevé pour la Religion. Dans le douloureux épuisement de l'après-coup, Del Monte apparut près de Ludovico.

« La bataille est une affaire monstrueuse, dit Del Monte en haussant les épaules, mais on finit par l'avoir dans la peau. »

Ludovico le regarda. Il avait la tête qui tournait et sa vision se parsemait d'instants d'obscurité absolue. Il réussit à amener sa voix écorchée à un grognement audible. « Avec votre bénédiction, je souhaiterais faire ma profession en tant que chevalier de Saint-Jean. »

Ses jambes lui manquèrent et Del Monte l'aida à se redresser. Ludovico reprit ses esprits. Il suivit le regard de Del Monte et vit que ses bottes étaient pleines jusqu'à ras bord de fluides épais et de sang coagulé. Del Monte appela un jeune chevalier et lui dit, ainsi qu'à Anacleto, d'emmener Ludovico à l'hôpital.

« Quant à votre incorporation dans l'Ordre, dit-il, laissez-moi faire. »

De la marche jusqu'à l'hôpital, par le pont de bateaux qui bruissait et balançait de l'exode d'estropiés et de mutilés, il ne gardait que peu de souvenirs. Pour progresser plus vite à travers la cohue, ses escorteurs tapaient çà et là avec le plat de leurs épées. Une paysanne inconnue lui avait donné du vin sorti d'une gourde, sans qu'il sache bien pourquoi. Quand ils eurent atteint l'Infirmerie sacrée, ils tombèrent dans un tel chaos et une telle confusion que son escorte refusa de l'abandonner là. Ils décidèrent de le porter pendant les cinq cents derniers mètres jusqu'à l'auberge d'Italie, ou quelque chose comme ça, car, dans sa condition, il réalisait très vaguement de quoi il s'agissait. Comme ils allaient se retourner pour l'emporter, Ludovico s'arrêta et lutta contre leur emprise.

Là, de l'autre côté de l'antichambre couverte de sang, il voyait une femme penchée sur une sorte de masse de blessures agitée de convulsions. Il se rendit compte que c'était un homme nu qu'elle maintenait allongé sur une table. Elle avait les bras écarlates de sang, jusqu'aux épaules. Ses cheveux étaient défaits et collés aux gouttes qui maculaient son visage. Mais rien de cela, ni même les rides d'épuisement sur son front, ne pouvait entacher sa beauté, et encore moins la tendresse de son apparence. Il essaya d'appeler, mais sa gorge faillit. Il enviait l'homme sur la table. La jalousie lui perçait les entrailles. Et plus que son épuisement complet, plus que ses blessures, plus que l'extase et l'horreur qui avaient éprouvé son âme, ce fut cette vision d'elle qui l'amena à genoux.

C'était Carla.

À l'instant où ses derniers sens échappaient à son emprise et où les deux jeunes chevaliers le laissèrent s'écrouler, Ludovico comprit qu'il l'aimait toujours, et un abysse aussi profond que l'éternité s'ouvrit en lui. Il l'aimait malgré le danger pour son devoir. Il l'aimait avec un désespoir aussi sombre que celui qui l'avait déjà ensorcelé jadis.

MERCREDI 1er AOÛT 1565
Le Borgo – L'hôpital – L'auberge d'Angleterre

Surplombées par la lumière de la Voie lactée, les rues du Borgo s'étalaient, pâles, silencieuses et délaissées, comme le souvenir fantomatique d'une civilisation en ruine depuis des lustres. Minuit approchait quand Carla quitta l'Infirmerie sacrée et traversa la place. Les dalles puaient le vinaigre utilisé pour les débarrasser du sang et des déchets, et cette odeur accroissait le vertige dû à son épuisement. Durant les deux dernières semaines, les nuits avaient été traversées de bombardements turcs aléatoires, et elle cheminait par les rues en cherchant toujours à se mettre à couvert. Tout était saupoudré de poussière calcaire – y compris ceux qui dormaient dehors. Des boulets de pierre s'écrasaient sans avertissement à travers les toitures des masures surpeuplées. L'Infirmerie sacrée avait été touchée plusieurs fois. Des boulets de fer rebondissaient dans l'étroitesse des ruelles pavées comme dans un horrible jeu de quilles. Même en perdant de la vitesse, ils pouvaient écraser une jambe, et il avait fallu plusieurs incidents épouvantables pour enseigner aux enfants de la cité de ne pas essayer de les attraper.

Sans religion pour les réconforter, les lier et surtout les maintenir occupés, le moral du peuple et des soldats aurait été brisé depuis longtemps. Sur ordre de La Valette, un flot plus ou moins constant de rites sacrés avait été maintenu. Funérailles et enterrements de masse étaient conduits en grande pompe. Requiems, bénédictions, neuvaines, veilles et processions publiques se répétaient quotidiennement. Icônes rares et reliques étaient exposées à la vénération publique, puis rangées. Les fêtes de saints très peu connus, même des gens les plus pieux, étaient annoncées et commémorées. Quelques baptêmes et trois improbables mariages avaient été célébrés avec une joie très particulière. En ce sens, par sa force d'âme, son courage et sa gentillesse envers tout un chacun, le peuple se montrait digne de la protection divine.

Mais l'autre lien qui maintenait leur cohésion était une haine fervente des musulmans, qu'ils considéraient comme des meurtriers innés, perfides et cruels. Maintes conversations portaient sur leur caractère inhumain. Les deux mille esclaves galériens de l'ordre, dont la plupart réparaient les murailles sous le feu turc, essuyaient le plus fort de cette rancune. Les actes de violence perpétrés contre eux restaient impunis. Lorsqu'une file de femmes attendant devant le magasin de vivres avait été réduite en charpie par un boulet turc, des douzaines d'esclaves avaient été assassinés avec une cruauté choquante. Nicodemus, quand il s'aventurait dehors – et il le faisait de moins en moins –, était traité comme un pestiféré, même à l'église. En passant devant les groupes d'esclaves, leurs formes squelettiques, leurs blessures suppurantes et leurs visages hantés, Carla en ressentait une honte brûlante.

« Vous n'y pouvez rien, lui avait dit frère Lazaro. La guerre fait de nous des scélérats. »

Soixante-douze jours s'étaient écoulés depuis la pendaison du vieux marionnettiste. Chacun avait perdu un peu de sa raison et de son âme. Terrifiée, insomniaque, s'abritant la nuit dans des caves et des tunnels, et s'aplatissant la journée dans les ruines pour éviter flèches et tirs de mousquets, la population vacillait de plus en plus près du désespoir. Certains mettaient même leurs espérances dans la prochaine attaque turque : elle briserait au moins la monotonie écrasante et suante de peur ; et elle apporterait peut-être une fin à leurs épreuves. Carla ne comptait pas parmi ceux-là. Elle n'avait pas oublié – jamais elle ne pourrait oublier – les conséquences de l'assaut sur Saint-Michel.

Les blessés avaient commencé à arriver quand la bataille s'était achevée, quand le pont de bateaux avait été ouvert – enfin – aux survivants. Jusqu'alors, les pertes qui depuis le matin s'étaient gonflées d'une horde de brûlés et d'estropiés étaient surtout constituées des gardes armés tenant l'extrémité opposée de la crique. Frère Lazaro avait envoyé sur place trois des médecins juifs de la ville faire ce qu'ils pourraient et, dans le vacarme du massacre, à peine à trois cents pas de distance, les Juifs avaient œuvré comme des anges dans ce chaos étouffant et sanglant. Carla n'avait pas été la seule volontaire, mais Lazaro avait une vague idée des événements futurs et se refusait à risquer les vies de ses aides-soignants.

Même Lazaro fut surpris par l'énormité de ce qui suivit. L'exode des blessés sur les planches glissantes et branlantes était trop atroce. Par faveur, les chevaliers passèrent en premier, injustice acceptée par tous comme si elle allait de soi. Puis survint un torrent de panique que les prévôts essayèrent de contrôler. En vain. Des gens glissèrent entre les cordes pour se noyer dans la crique. D'autres tombèrent entre les barques et expirèrent, étouffés les uns par les autres. D'autres encore furent piétinés à mort. Du bout du pont de bateaux, les habitants de la ville portaient ceux qui tombaient à

travers tout le Borgo, sur des couvertures ou des brancards, jusqu'à l'hôpital ; ceux qui en avaient la force
s'y rendaient en boitant ou en rampant ; des membres
de ces divers groupes mouraient en chemin dans les
ruelles. Quand l'évacuation s'acheva, les rues étaient
couvertes de sang et de chair, d'un mur à l'autre.

De tout le monde connu, l'Infirmerie sacrée était la
mieux équipée et en matériel et en personnel – les
chevaliers de Saint-Jean de Jérusalem l'avaient voulue
ainsi –, et, avec ses deux cents lits, c'était également
l'une des plus grandes. Les massacres à grande échelle
n'étaient pas en soi une innovation, mais les moribonds
étaient généralement abandonnés à la mort sur les
champs de bataille. Jamais auparavant aucune institution n'avait tenté de gérer un tel nombre de blessés.
Essayer simplement de les sauver était un acte de folie
harnaché à leur foi. Mais ils essayaient vraiment. Et ils
étaient submergés.

Les murs et les sols de la salle d'opération étaient
couverts de sang et de viscères. Des équipes de Maltaises allaient et venaient sans cesse, évacuant le limon
écarlate avec des balais trempés dans le vinaigre. Puis
les balais devinrent inadéquats et on leur donna des
pelles pour nettoyer les caillots gras et noircissant qui
se multipliaient sous les tables comme d'obscènes
formes de vie. Les chirurgiens en sueur se servaient de
maillets pour endormir leurs patients. Ils épuisaient le
fil d'entrailles de mouton par pelotes entières et appelaient sans cesse pour qu'on affûte à nouveau leurs
instruments. Des dents pourries éclataient sur les morceaux de bois serrés entre les mâchoires, car les précieuses éponges de narcotiques vinrent vite à manquer.
Des pointes de flèches, des balles de mousquets et des
éclats de maçonnerie sanglante, arrachés aux profondeurs de ces chairs gémissantes, s'empilaient sous les

tables et dans les allées. Les odeurs de cautérisation planaient comme un voile mortuaire. Au milieu d'un concours d'ordres et de cris d'agonie, des chapelains s'agenouillaient, leurs robes saturées de sang, et donnaient l'extrême-onction à une vitesse indécente. Avec une régularité écœurante, de pleines bassines de membres amputés étaient transportées dehors et versées sur un tas grandissant. Plus haut encore grandissaient les piles de cadavres.

La nécessité annula les règles qui avaient restreint les devoirs de Carla. Frère Lazaro la mit au déshabillage et au lavage des blessés avant qu'ils ne bravent le carré des chirurgiens. Les armures encore brûlantes devaient être débouclées et dégagées de leurs occupants convulsifs. Il y avait des vêtements et des linges souillés à éplucher des entailles et des peaux meurtries ; des bottes à découper pour les ôter de pieds et de tibias éclatés ; des crânes à désincarcérer de casques déformés et aplatis. Tous les hommes allongés sur les brancards, sans exception, étaient souillés d'excréments et de terre. Pour les nettoyer on apportait des tonneaux d'eau de mer sortie du port. Et les blessés hurlaient. Ils criaient quand on les dénudait, et ils criaient quand on les lavait et quand on les portait jusqu'aux tables d'opération. Carla avait l'impression d'être leur tortionnaire. Elle serrait les dents et s'étouffait à chaque haut-le-cœur sec qui montait en elle. Elle évitait leurs mains tendues et leurs yeux qui roulaient. En nettoyant leurs blessures à l'eau salée, elle implorait leur pardon.

Il lui semblait qu'il n'existait aucun composant ni aspect de la forme humaine qui ne pouvait être crevé, tranché, écrasé, brûlé ou rompu ; et qu'il n'y avait aucune limite aux mélanges ci-dessus non plus. Douleur et peur et chaos, volés sur le théâtre de la bataille, envahissaient maintenant la scène de l'hôpital avec jubilation. Peur, douleur et chaos dansaient tout autour d'elle et jouaient sur tous ses sens, assaillaient sa vision de visages blêmes et tordus, et de chairs violées, vrillant son cerveau de cris perçants et de suppliques, infectant sa bouche et ses narines de boyaux rompus, d'urine, de sueur et d'haleines rances. Même ses mains la tourmentaient, car elles convoyaient vers ses entrailles et sa moelle épinière chaque spasme d'agonie, et l'eau de mer polluée brûlait ses doigts abrasés comme un poison pestilentiel.

L'obscurité tombait de bonne heure sur l'hôpital et, dans le vacillement des lampes et des chandelles, la mort était plus présente et la terreur plus palpable que jamais. Maintenant, les ombres jetées sur les murs hurlaient aussi. Carla essayait. Elle creusait profond dans ce qui lui restait de courage et de valeur, mais cela ne suffisait pas. Vint le moment où elle comprit qu'elle allait devoir fuir. Avec un dernier soupçon de volonté, elle se fit la promesse qu'elle ne partirait pas en courant. Elle allait laisser doucement tomber le linge sanglant dans le seau et se glisser dehors. Personne ne la verrait. Elle allait marcher entre les corps jusqu'à la porte, puis au-dessus de ceux étalés dans le vestibule, elle atteindrait alors l'entrée et enfin la piazza. Et alors seulement elle se mettrait à courir. San Lorenzo lui faisait signe, et la sépulture de Philerme, et le regard de Notre-Dame qui absolvait tout. Dans ses bras, elle trouverait certainement un réconfort ; et sinon un réconfort, du moins la compagnie de celle qui connaissait tous les chagrins.

Elle laissa tomber le linge dans le seau et parcourut le chemin menant à la porte. Elle traversa le vestibule enténébré, où les torchères faisaient trembloter les visages grimaçants des damnés. Elle entendit appeler son nom. Ou bien était-ce une voix intérieure ? Elle ne s'arrêta pas. L'arche de pierre la surplombait. Là, la lumière du crépuscule s'attardait plus longtemps. Elle fut arrêtée net par ce qu'elle voyait au-delà de la porte.

Des corps mutilés couvraient l'entièreté de la piazza. Les alcôves s'étendant sur sa gauche et sur sa droite frémissaient d'innombrables blessés. Hommes, femmes, garçons de tous âges. Soldats maltais, espagnols. Civils des deux sexes. Chacun étendu comme affaissé dans des flaques qui brillaient sur les dalles. Des sœurs, des mères, des épouses étaient agenouillées près de leurs aimés, chassant les mouches hargneuses et la chaleur déclinante. Des prêtres en robes noires circulaient de place en place, avec les médecins juifs, qui n'étaient toujours pas bienvenus dans l'enceinte sacrée de l'hôpital malgré les nombreuses vies qu'ils s'étaient épuisés à sauver. La faible radiance rouge de la fin du jour et le murmure des prières et des lamentations donnaient à ce tableau l'apparence d'une apocalypse annoncée, comme si le Jugement dernier devait survenir sur l'heure et que ces pénitents frappés par le fléau de la guerre s'étaient traînés en masse devant la porte de l'éternité pour confesser leurs péchés et invoquer la pitié de Dieu.

Carla était comme coincée entre les horreurs entassées à l'intérieur et celles de dehors. Toute contribution qu'elle aurait pu apporter à leur survie semblait triviale. Et dans quel but ? Ceux qui retrouveraient assez de force pour se relever seraient immanquablement jetés à nouveau dans le feu, pour infliger les mêmes crimes monstrueux à d'autres hommes, car les mahométans, au-delà des murailles, se languissaient dans une angoisse semblable. Son souffle était par trop rapide et sa poitrine se serrait comme un poing. Son cœur battait comme s'il allait s'arracher à ses amarres et la projeter au sol avec les autres. Pendant un moment, elle désira cette issue avec passion. Abandonner enfin le fardeau d'être le seul corps intact dans une foule de corps brisés et mutilés. Arrêter de pousser ce rocher vers le haut de la montagne. Être soulagée du devoir, de la panique, de l'échec et de l'attention.

Quelque chose tira sur ses robes et elle baissa les yeux. Une main crispée agrippait le tissu trempé de sang. Un jeune homme d'à peine vingt ans était allongé à ses pieds, les épaules tremblant de l'effort fait pour lever le bras. Ses joues et ses yeux étaient des creux sombres gravés dans la poussière. Les étincelles humides d'une vie qui s'effaçait fixaient son visage d'en bas, et un trou noir remuait entre ses lèvres, sans un son. La gorge de Carla se noua et elle essaya de déglutir mais n'y parvint pas. Elle entrevit des pansements pourpres et une masse de mouches qui dépassaient d'un ventre mince et strié. Elle plissa les yeux pour arrêter les larmes qui montaient trop vite. Elle se détourna. Elle se détourna de ce jeune inconnu, qui n'embrasserait jamais son aimée, qui ne respirerait plus jamais l'air piquant d'un matin bleu, qui, en mourant ici dans l'obscurité grandissante, allait voler au monde tout ce qu'il aurait pu lui donner. Elle cligna des yeux. Dans le flou de ses larmes, elle aperçut son chemin à travers la piazza. Cela ne semblait pas si loin. Notre-Dame de Philerme lui pardonnerait, elle qui avait vu son fils flagellé sur une colline aride. La main crispée saisit à nouveau ses robes et elle le supplia silencieusement de la laisser aller. Elle fit un pas vers la piazza. Ce n'était pas si loin. Et qu'est-ce que cela pourrait bien lui coûter en horreur qu'elle n'avait pas déjà payé ?

Elle sentit la main retomber et, pendant une seconde, elle se crut libre. Puis, avec une honte écrasante, elle comprit que ce n'était pas la main qui était tombée, mais elle qui s'était effondrée. Le jeune homme n'avait pas essayé d'implorer son secours, il avait voulu la sauver, elle, la sortir de l'oubli dans lequel son âme plongeait maintenant. Elle se retourna, désespérée, portant une manche à ses yeux pour éclaircir sa vision, et, en tombant à genoux à côté de lui, elle vit qu'elle arrivait trop tard et qu'il était parti. Les petites étincelles de vie avaient disparu de ses doux yeux bruns ; sa bouche était figée en un dernier cri silencieux ; sa poitrine, quand elle posa la main dessus, était molle et immobile. Même les pansements pourpres avaient perdu leur lustre. Il était mort sans ami, sans nom et abandonné, sans même le dernier regard d'adieu d'une inconnue. Était-ce ainsi que Tannhauser était mort aussi ? Et Orlandu, le fils qu'elle n'avait jamais connu et jamais revendiqué ? Elle ne voulait pas y croire. Elle ne le pouvait pas, sinon elle ne pourrait pas le supporter. Elle referma les yeux bruns et la bouche ouverte du jeune homme, tint son visage froid entre ses mains et sanglota dans le crépuscule écarlate, sentant qu'elle ne méritait même pas une prière.

Des mains venues de derrière elle la prirent aux épaules, la remirent sur pied et elle enfouit son visage contre une épaule vêtue d'une chasuble noire. Des bras l'enlacèrent et elle s'accrocha à une poitrine blasonnée d'une croix. Elle pleura, avec l'étonnement et l'abandon d'une enfant. Elle pleura comme elle n'avait jamais pleuré de sa vie. Un millier de chagrins se chevauchaient à travers elle : pour le jeune homme sans nom à ses pieds et tous ses pareils. Pour Tannhauser et Orlandu, qu'ils vivent encore ou pas. Pour son père dont elle avait brisé le cœur et dont elle avait souillé l'honneur. Pour l'amour qu'elle avait connu et qu'elle avait perdu. Pour l'amour qu'elle n'avait jamais vécu et qu'elle regrettait plus profondément qu'aucun autre.

Elle reprit son souffle et leva les yeux. C'était Lazaro, comme desséché et tout aussi dévasté de douleur, le chagrin de ses yeux aussi infini que le sien propre. Mais du fond de son cœur immense, il réussit à extraire un sourire d'une gentillesse sans limites.

« En haut de cet escalier, dit-il en indiquant un passage d'un mouvement du menton, il y a une petite chambre et un lit de camp. Le lit est étroit et dur, mais je vous promets que vous vous y sentirez comme sur un nuage. Allez-y maintenant et reposez-vous. »

Carla recula, s'essuyant le visage. Elle regarda le jeune mort.

« Je l'ai renié », dit-elle.

Lazaro l'obligea à tourner à nouveau son visage vers lui. « Saint Pierre a renié Notre-Seigneur par trois fois. Cela n'a pas été un obstacle à sa sainteté. » Il tenta un autre sourire, puis son expression se ferma. « Si nous épuisons notre moral, nous ne pourrons apporter nulle aide à ceux que nous servons. Et si nous ne servons pas, nos vies n'ont pas de sens. Le lit est à moi et je m'en sers, croyez-moi. Faites ce que je vous dis. Reposez-vous. Et souvenez-vous que Dieu vous aime. » Il désigna tous les blessés allongés autour d'eux. « Il y aura plus encore à faire quand vous reviendrez. »

Le lit était étroit et dur, et effectivement comme un nuage. Elle resta allongée dessus pendant une heure et même si elle fermait les yeux, elle était trop épuisée et dévastée pour dormir. Des rubans de pensées et des moitiés de rêves s'enroulaient dans son esprit. Elle songea à Tannhauser, à ses muscles couverts de cicatrices et sa flamboyante visionnaire, la franchise de son regard – sur elle, et sur un monde devenu dément. Elle s'imagina mariée avec lui, et en paix, et seulement inquiète des petits aléas de l'existence. Elle entendait sa voix lui réaffirmer que toute chose doit finir. Et peut-être sombra-t-elle dans le sommeil après tout, car il se faufila dans la minuscule cellule et il était nu. Elle l'avait vu – elle l'avait espionné un jour – dans son bassin, et ce souvenir enflammait son imagination. Il la fit lever du lit et la débarrassa de ses jupes ensanglantées. De son propre chef, elle s'agenouilla devant lui. Ses doigts s'accrochèrent à ses cuisses denses et illuminées. Elle ferma les yeux, les rouvrit et gémit. Elle se tordit de convulsions, prise d'une douleur si intense qu'elle s'éveilla, et le rêve s'enfuit et elle se retrouva seule dans les échos de l'obscurité. Mais les échos étaient bien réels, issus du monstrueux drame en bas, et d'autres images achevèrent de violer son fantasme. Cette conjonction de guerre et d'érotisme l'emplit d'une soudaine confusion. Elle pleura et serra ses bras contre sa poitrine.

Elle demeura allongée ainsi pendant un long moment. Puis ses larmes décrurent et elle se sentit comme reconstituée. Même si la raison lui dictait le contraire, elle, comme Bors, refusait de croire que Tannhauser fût mort. Quelque chose en elle insistait en ce sens. Et si Tannhauser était en vie, Orlandu devait l'être aussi, car Tannhauser était son bouclier. Elle les aimait tous deux, sans condition ni limite. Dans un monde dont l'ascendant était la haine, elle pouvait au moins faire cela. Quelque chose d'éternel devait survivre au milieu de tant de haine, et seul l'amour le pouvait. Son amour. L'amour de Lazaro. L'amour du soldat sans nom. L'amour de Jésus-Christ. Elle se leva, quittant l'étroit lit qui semblait un nuage et retourna vers le gouffre en bas, et elle pria pour que l'amour du Christ les guérisse tous.

Il y aurait d'autres assauts, et d'autres encore, elle le savait, car, de tous les espoirs idiots et impossibles qu'elle entretenait, l'espoir de voir tous ces combattants jeter leurs armes était le plus insensé de tous. Mustapha, disait-on, était enragé par ses échecs et l'on s'attendait à une nouvelle attaque turque très bientôt. Les murs du Borgo et de L'Isola étaient effondrés en une demi-douzaine d'endroits, et chaque être humain capable de porter une pierre ou de tenir une pelle faisait désormais la queue aux côtés des esclaves pour réparer les dégâts et construire de nouveaux abris et de nouvelles barricades.

Les réserves de l'hôpital en médicaments et drogues – vin noir, mandragore et bétoine, belladone et huile de rose, opium et moût de Saint-Jean – qui avaient semblé inépuisables quand le siège avait commencé étaient désormais réduites à néant. Le jardin de simples avait été dépouillé depuis longtemps de ses moindres fleurs et pétales. D'énormes balles de bandages et de compresses avaient été vidées, et les frères qui servaient allaient auprès des morts ou des guéris ramasser tout ce qu'ils pouvaient nettoyer pour le réutiliser. La bataille contre la purulence rampante répandue par les miasmes avait remplacé le combat contre les blessures fraîches, et l'odeur du pus devenait envahissante. Les fosses communes avaient été remplies et l'on creusait des fosses fraîches. Chaque vaste maison de la ville avait été réquisitionnée pour y soigner les moins atteints.

Par bonheur, comme pour contrebalancer de telles duretés, un homme qui creusait un abri pour sa famille dans la cave de sa maison avait sans le vouloir mis au jour une source d'eau fraîche d'un considérable débit journalier. Ce miracle, car c'en était un et il était acclamé pour tel, avait résolu le problème le plus grave de la ville – le manque désespéré d'eau potable – et il ne fut terni que par la violente dispute qui éclata pour savoir s'il fallait l'attribuer à sainte Agathe, sainte Catherine ou saint Paul.

Quoi qu'il puisse advenir ensuite, Carla le supporterait. Elle avait découvert la paix qui vient avec l'immersion dans la souffrance. C'était une paix étrange, une paix horrible, une paix que l'on n'aurait souhaitée à personne, car les victimes de la guerre en payaient le prix. Vulnérables et sans recours, ils étaient absous de toute méchanceté – de tout sauf du courage et de la foi les plus primitifs – et ils reconquéraient l'innocence de l'enfant. Être blessé révélait quelque chose de l'âme d'une personne, d'une manière interdite à toute autre, et ce que cela révélait était quelque chose de merveilleux, quelque chose de noble, quelque chose qui, malgré l'agonie, la saleté et l'humiliation, contenait plus de véritable dignité que tout ce qu'elle avait pu voir de sa vie. Les malades étaient vraiment plus proches de Dieu, et elle avait appris à accepter la paix qu'ils lui avaient apportée comme un don du Christ. Le même don que celui qu'il avait lui-même promis sur la Croix, pour prix de sa propre et terrible Passion. La fierté de Carla avait été vaincue, et sans regret. Ses propres peurs et inquiétudes lui avaient peu à peu paru mesquines. Et pourtant elles demeuraient. En marchant vers l'auberge, elle pensa à Amparo, et se demanda si elle serait là à l'attendre.

Parfois, Carla trouvait la fille roulée dans le lit et elle s'allongeait alors à côté d'elle, et elles s'éveillaient chacune dans les bras de l'autre, et le jour commençait avec quelque chose proche d'un bonheur. D'autres fois, Carla ne la voyait pas pendant des jours et elle entendait dire qu'Amparo dormait sur le quai, ou dans les écuries auprès de Buraq, à qui elle était entièrement dévouée. Lors de chacune de leurs rencontres épisodiques, Amparo avait semblé retourner un peu plus vers tout ce qui faisait d'elle la pauvre enfant sauvage abandonnée, trouvée un jour muette et meurtrie sur l'humus d'une forêt. Elle jouait avec les enfants comme si elle n'était pas plus vieille qu'eux. Elle mangeait du pain et des olives avec les *tercios* espagnols pourtant si vicieux, en leur lisant les lignes de la main, et ils semblaient considérer son amitié comme un charme contre la mauvaise fortune. Elle avait cessé d'aller à l'église, sauf quand Carla lui demandait de se joindre à elle. Beaucoup en ville pensaient qu'elle était demeurée. Mais personne n'osait l'affronter ni lui faire du mal, ni même dire le moindre mal d'elle, car Bors avait déclaré qu'il était son champion, et il avait déjà rossé un détracteur ou deux, avec une fureur qui ne s'était arrêtée qu'au bord du meurtre. Dans un monde sens dessus dessous tel que celui-ci, Amparo était sans peur, d'une manière que personne ne pouvait même imaginer.

Carla pensa à Ludovico.

Presque un mois avait passé depuis que Carla avait appris son retour. Bors avait assisté à son arrivée et l'avait avertie. Puis elle avait entendu dire que Ludovico était tombé inconscient à l'hôpital, héros de la défense de Saint-Michel. Un regard sur l'horreur contenue en cet endroit avait suffi à ses compagnons, et ils l'avaient emporté, posé sur une porte, jusqu'à leur propre petite infirmerie près de l'auberge d'Italie. Carla ne l'avait pas vu alors, ni depuis. Et pourtant la présence de Ludovico s'immisçait dans son esprit. Comme dans l'esprit de beaucoup.

« L'Inquisition n'est pas bienvenue à Malte », dit Bors, qui avait étudié la question.

Ils étaient assis à la table du réfectoire et Bors se frayait un chemin dans un plateau de tartes à la crème. D'où étaient venus les œufs et le sucre ? Lui seul le savait. Grâce à son nez pour les affaires et ses prouesses de commerçant – équivalentes de celles de Nicodemus comme cuisinier –, il était heureux et fier d'être le seul homme de l'île qui parvenait à prendre du poids pendant le siège.

« L'Inquisition est-elle bienvenue quelque part ? » demanda Carla.

Bors renifla. « Le mal trouve toujours son profit chez quelqu'un. Sinon pourquoi fleurirait-il ? » La cicatrice rose et brillante qui divisait ses traits tannés ajoutait du grotesque à son expression. « À Messine, l'Inquisition compte des milliers de partisans. Seulement une poignée d'officiels de l'Église, certes, mais appuyés par une armée de lèche-bottes, familiers et sangsues. Barons et voleurs, marchands et prêtres, comme ils vous le diront : tous les riches, toute la police et tous les criminels. Ils ont une main sur chaque gâteau et ils font ce qu'ils veulent. Du moins à ceux qui les laissent faire. »

Un souvenir gratifiant le fit sourire et Carla se rappela le prêtre dans le carrosse et comment il était mort.

« La Religion ne les aurait jamais laissés pénétrer dans Malte, mais c'était sans compter avec la sournoiserie du pape, poursuivit Bors. Il a nommé Domenico Cubelles inquisiteur général, et comme il était déjà évêque de Malte, les chevaliers ne pouvaient décemment pas lui planter une dague dans la gorge. Les chevaliers ont aussi leurs pommes pourries. Comment pourrait-il en être autrement dans une telle bande de tueurs ? Viol, sodomie, assassinat, magie noire, hérésie – la liste est sans fin –, ils ont tout vécu. Et pourquoi pas, d'ailleurs ? Mais ils ont toujours réglé leurs propres affaires. L'évêque a commis la maladresse de les affronter ; quelques dénonciations timides de chevaliers de la langue française, soupçonnés de sympathies luthériennes, mais

562

aucune arrestation. L'Inquisition ne fonctionne que si vous avez des hommes sur le terrain, et l'évêque est une créature du palais. Mais ainsi, ils avaient mis le pied dans la porte, et six mois plus tard le pape a envoyé frère Ludovico. »

Dans les souvenirs de Carla, Ludovico était un jeune homme brillant de culture et d'ardeur spirituelle. Il paraissait enclin à la plus grande gentillesse. Elle ne parvenait pas encore à raccorder cette image avec celle de l'homme qui inspirait une telle peur.

« Est-il vraiment un tel monstre ? » demanda-t-elle.

Bors marqua un temps d'arrêt pour faire avancer une autre tarte vers sa bouche, poussant quelques grognements de plaisir avant de s'essuyer les lèvres du dos de son poing.

« Ludovico est la main noire du pape. Des cardinaux et des comtes sont partis au bûcher grâce à lui. » Il la considéra, comme s'il s'attendait à ce qu'elle reflète son propre avis selon lequel cardinaux et comtes n'étaient pas bons à grand-chose de plus. « Guzman, l'un des *tercios* ici, a servi en Calabre en 1561, lors de la campagne du grand inquisiteur Ghisleri pour exterminer les vaudois des hautes vallées. Il se souvient très bien de Ludovico. Pour accélérer le zèle du marquis local, Ludo s'est arrangé pour que son frère obtienne un chapeau rouge de cardinal, en un tournemain. Puis ils ont massacré le village de San Sisto – hommes, femmes et enfants jusqu'au dernier. Ils ont poursuivi les fuyards à travers les bois avec des chiens de guerre affamés pour l'occasion. Imaginez. La nuit, les torches, les aboiements des chiens, les hurlements. Deux mille en tout, c'est ce qu'on raconte. À La Guardia, ils ont arraché la confession de soixante-dix d'entre eux sous la torture, puis ont couvert les survivants de poix et les ont allumés en haut d'un à-pic. Ils faisaient des paris sur combien sauteraient, et dans quel ordre. À Montalto, ils ont enfermé quatre-vingt-huit croyants dans l'église de la paroisse, puis ils les ont fait sortir un par un pour leur trancher la gorge sur les marches. »

Carla sentait son cœur pris de nausées. Elle avait aimé cet homme.

« Et puis il y a eu le nettoyage du Piémont, où Ludovico a croisé le chemin de Mattias pour la première fois… »

Carla ne pouvait en entendre davantage. Elle dit : « Qui étaient les vaudois ? »

Bors haussa les épaules. « Des gens qui adorent le Christ, mais pas à la manière officielle. »

Carla ne répliqua pas.

« Ludovico ne souille jamais ses propres mains avec le sang des hérétiques, mais il a le bras très long. Il a des informateurs et des espions de partout, du haut en bas, des palais jusqu'aux bordels. Des familiers. Ils adorent ça, l'intrigue, la trahison. Faites qu'un homme se sente important, et il fera n'importe quoi. C'est valable pour les femmes aussi. Dites-leur que c'est pour Dieu, le pape et l'empire, que le paradis sera leur récompense, et jetez dans la balance une poignée d'or plus la perspective de quelques fripouilles cramant sur le bûcher, et très peu résistent. Et s'ils meurent de trouille en le faisant, eh bien, ce n'est que justice.

— Pourquoi Ludovico est-il ici à risquer sa vie ?

— Personne ne le sait. Mais puisqu'il a reçu son baptême du sang à Saint-Michel, et distribué quelques reliques qui rendent les frères stupides de béatitude – si j'avais su, j'aurais apporté quelques échardes de la Croix, moi aussi –, il a été ordonné chevalier de l'Ordre.

— Ludovico est un chevalier de Saint-Jean ?

— Il a prêté serment au couvent dimanche dernier, dit Bors. Et ils vont le regretter, souvenez-vous bien de ce que je vous dis. Un loup en costume de lion, on pourrait dire. J'ai vu son visage la nuit où il est descendu de bateau. Ludovico est venu chasser les grosses bêtes, pas les lapins. »

Il engouffra une autre tarte d'une seule bouchée. Son extase était si évidente qu'elle crut qu'il allait en pleurer. Mais il se contenta d'avaler la dernière, faisant ensuite claquer ses lèvres de plaisir.

« Nous sommes le petit peuple, dit-il. Si on a de la chance, on en restera là. »

Les étoiles au-dessus de l'auberge d'Angleterre brillaient, innombrables. Carla aurait aimé voir dans leur désordre les archétypes et les significations que d'autres y lisaient. Que Mattias pouvait interpréter. Était-il en train de contempler ces mêmes étoiles à cet instant ? Elle aurait aimé qu'il soit là, qu'il la prenne dans ses bras. Elle écarta de telles pensées. L'auberge, bien que n'étant pas encore endommagée, n'était plus un refuge réservé uniquement à ce qu'elle imaginait être la bande de Mattias, sa famille vagabonde d'âmes rétives. Nicodemus devait dormir dans la cuisine, où il surveillait le feu, et où il devait avoir laissé une lampe pour qu'elle s'éclaire en montant l'escalier. Bors était probablement à son poste de guet face au cimetière de la porte de Kalkara, car il préférait la fraîcheur de la nuit et jurait que, tôt ou tard, Mattias surgirait de l'obscurité. Deux autres gentilshommes anglais résidaient désormais à l'auberge et le reste de l'espace intérieur était dévolu à des convalescents. Mais elle avait toujours sa propre chambre dans la maison de Starkey qui jouxtait l'auberge et c'était un véritable trésor.

Sur le seuil, elle ôta ses chaussures et entra en silence. Elle vit Nicodemus assoupi sur les dalles de la cuisine et prit la petite lanterne accrochée près de l'office. Elle monta dans sa chambre et ferma la porte. Elle se débarrassa de sa robe raidie de sang, l'une des trois simples robes de lin noir qu'elle avait fait faire, larges de manches pour qu'elle puisse les rouler, et sans décolleté par pudeur et modestie. Après une semaine passée à remplir les citernes d'eau douce grâce à la nouvelle source, la lessive avait été à nouveau autorisée, ce qui en réjouissait au moins certains, et elle avait une robe propre pour le lendemain. Nue, elle se débarrassa de la poussière avec un seau d'eau. L'eau était fraîche et avait un parfum d'oranger, et elle nota de remercier Bors la prochaine fois qu'elle le verrait, car c'était lui qui l'avait apportée.

Elle laissa l'air la sécher et la rafraîchir. Elle prit un peu d'huile d'olive d'une petite bouteille également due à la courtoisie de Bors, et elle s'enduisit le visage, le cou et les bras. Son corps avait minci, mais elle espérait qu'il n'avait pas durci. Il n'y avait pas de miroir dans la pièce ni dans toute la maison, les moines en ayant peu l'usage, et elle ne s'était pas souciée de s'en procurer un. Elle se rendit compte qu'elle n'avait pas contemplé son propre visage depuis des semaines. Elle se demanda ce qu'elle découvrirait quand elle le ferait enfin. Des choses comme son apparence ne lui semblaient plus du tout importantes. Mais peut-être se trompait-elle car, comme l'avait suggéré Mattias, son apparence était ce qui donnait aux hommes une raison de vivre.

Elle se glissa dans une chemise de nuit de coton blanc, devenue grise et presque transparente à force de lavages répétés à l'eau de mer. Elle défit ses cheveux, les secoua et s'abandonna un instant au plaisir de les brosser et de passer ses doigts entre leurs boucles. Depuis que la nouvelle source avait été découverte, Lazaro avait préparé pour elle une teinture faite de lie de vin blanc, de miel et d'extrait de chélidoine broyée. Elle en avait oint sa chevelure et avait laissé agir vingt-quatre heures, avant de la laver avec de la lessive d'avoine et de la rincer à l'eau fraîche. Maintenant, après des semaines de crasse, ses cheveux étaient plus doux que jamais ils ne l'avaient été. Lazaro lui avait laissé entendre qu'il avait une autre décoction en préparation, à base de bile de bœuf, cumin et safran sauvage, qui requérait six semaines d'infusion, pour faire ressortir la blondeur de ses cheveux. Peut-être parviendrait-elle à trouver un miroir, après tout ? Bors devait pouvoir lui en dénicher un en un tournemain, et il n'y verrait rien de vaniteux chez elle.

Un coup de canon éclata dans la nuit. Le mont Corradino, se dit-elle, son ouïe désormais accoutumée aux différentes batteries et à leurs emplacements. La cible devait être L'Isola. C'était certain, car elle n'avait entendu aucun souffle de boulet, ni le moindre bruit d'impact. Les Turcs allaient attaquer demain, avait dit Lazaro. Mais elle avait entendu cette prédiction depuis quatre jours déjà. Elle posa sa brosse. Il était temps de dormir. Quand elle se tourna vers le lit, là, dans la chambre enténébrée, se tenait Ludovico.

La porte était fermée derrière lui et elle n'avait pas perçu le moindre son. Si qui que ce soit était apparu aussi soudainement, elle aurait sursauté. Ce ne fut pas le cas. Quelque part, il était responsable de cette absence de surprise. Comme s'il avait le pouvoir de se matérialiser où il le désirait, et, l'ayant fait, avait du coup une sorte de droit si naturel d'être là que sa présence n'était pas plus surprenante que la pâle lumière de la lune. Il portait l'habit noir au haut col de l'ordre de Saint-Jean, avec la croix de soie blanche à huit pointes cousue sur la poitrine. Deux rosaires ceinturaient sa taille. Son crâne impressionnant était couvert de cheveux noirs très courts et parfaitement réguliers. Son visage était tanné par le soleil, émacié comme une ébauche de buste en marbre. Cela faisait plus de treize ans qu'elle ne l'avait pas vu. Sa fleur de l'âge était encore plus magnifique que sa jeunesse.

Lors de toutes ces semaines à Malte, elle avait été entourée d'hommes qui exprimaient jusque dans leurs os la fascination d'une existence bien au-delà de toute comparaison. Mattias, Lazaro, La Valette, Bors, les nombreux chevaliers qui faisaient trembler la terre en descendant la rue ; des hommes qui avaient décidé que ce monde était là pour qu'ils y impriment leur marque. De chacun d'eux émanait sa propre essence distinctive. Ils entraient avec dans n'importe quelle pièce, comme ils traînaient leur ombre. Ludovico, lui, dégageait l'aura d'un envoyé dont les maîtres régnaient sur un monde infernal jamais encore cartographié par Dieu. Ni par Satan, ni par l'homme. Il s'était attablé avec des papes, des rois, et avait senti que leurs cœurs battaient plus vite. Pas le sien. Il avait pataugé dans maintes rivières de sang innocent. Et il était le père de son enfant.

Depuis la porte, il la regardait sans dire mot, ses yeux noirs parfaitement indéchiffrables. Il aurait pu être en train d'étudier sa prochaine victime ; aussi bien que de contempler l'amour de sa vie. Avec une angoisse certaine, Carla se rendit compte que la seconde hypothèse était probablement la bonne. Elle se demanda depuis combien de temps il se tenait là, l'observant à sa toilette. Il la regardait maintenant sans la moindre expression. Comme il avait peut-être regardé les hérétiques badigeonnés de poix enflammée, appelant Dieu de leurs cris tandis qu'on les forçait à se jeter du haut de la falaise.

Elle découvrit qu'elle n'avait pas peur de lui. Pas encore. Elle ressentait plutôt une étrange affection, très inattendue, une tendresse teintée de tristesse. Une sorte de pitié. Comme il avait été beau, et comme il était beau, et combien terrible était le sentier qu'il avait suivi entre-temps. Peut-être que l'affection demeurait toujours, quoi qu'il advienne, envers un homme qu'on avait aimé jusqu'au bord de la folie juvénile. Un homme qui n'avait pas seulement brisé son cœur, mais qui avait brûlé la structure de son existence jusqu'à en noircir ses pierres angulaires.

À l'époque, Ludovico lui était apparu comme une créature sauvage, emprisonné de sa propre volonté dans les chaînes de ses vœux. Des chaînes qu'elle avait le pouvoir de briser. En lui faisant rompre ses vœux, elle croyait qu'elle échapperait aux siens propres, car la liberté n'était-elle pas la première et la plus brillante promesse de l'amour ? Ils avaient fait l'amour dans l'ombre d'étroites vallées, l'herbe desséchée mettant à vif la peau de son dos. Ils avaient fait l'amour dans les cavernes et les temples de tribus oubliées et devant la statue païenne de la Grande Mère de pierre à Hal Saflieni. Dans la phosphorescence étincelante de la Grotte bleue et le chuchotement amoureux de la mer, il avait couvert ses cheveux de fleurs du matin. Mais la promesse avait été brisée, et durant tout ce temps elle s'était forgé une cage, la cage qui était tout ce qui lui était resté quand Ludovico avait disparu dans la sienne.

De l'autre côté de la pièce, Ludovico la regardait toujours.

Se remémorait-il aussi cette liberté enivrante, quand la passion les avait rendus immortels et immunisés contre toutes les peurs ? Elle ferma un instant les yeux pour rassembler ses pensées et rompre son sortilège. Cet homme, qu'elle avait aimé et dont elle avait porté le fils, avait également élaboré les tourments et le massacre de milliers de gens. Il était la main noire du pape. Quoi qu'elle puisse lui dire, et il y avait beaucoup à dire, la conversation ne ferait que l'entraîner dans un filet qu'elle avait tissé elle-même. D'une certaine manière, elle le savait très clairement. Elle savait que c'était vers cela qu'il tendait, et qu'il pourrait jouer de ce filet à volonté. Elle mourait d'envie d'ouvrir son cœur, de raconter les années de leur séparation, son déchirement, sa rage, son apitoiement sur son propre sort. Sa quête pour retrouver son fils – leur fils – et avec cet enfant les pièces perdues et oubliées de son entièreté. Mais c'était ce qu'il voulait. C'était ce qu'il escomptait. Elle rassembla la volonté qu'elle avait eue pour nettoyer au sel les plaies des blessés hurlants. Elle rouvrit les yeux. Il la regardait toujours.

« S'il te plaît, dit-elle. Sors. Sors maintenant, sinon j'appelle Bors. »

Ludovico examina la pièce, comme s'il regardait pour la première fois autre chose qu'elle. Il contempla le lit, le coffre de marin renforcé de cuivre, les fenêtres ouvertes à la brise, la cuvette de toilette, le buffet et sa minuscule garde-robe qui pendait sur deux crochets fichés dans le mur. Ses yeux s'attardèrent brièvement dans un coin, sur le gros étui de cuir brun qui contenait sa viole de gambe, désormais négligée. Sur un bureau, qu'elle avait pris soin de ne pas déranger, se trouvaient quelques papiers, un encrier, une pile de manuscrits et de livres. Devant, il n'y avait qu'une seule chaise. Ludovico s'approcha. Ses yeux parcoururent brièvement les papiers. Il retourna la chaise pour lui faire face et s'assit, avec précaution, comme pour ne pas raviver d'invisibles blessures. Les perles de son rosaire cliquetèrent sur ses cuisses.

« C'est la chambre de frère Starkey », dit-il.

Sa voix vibra jusque dans la moelle épinière de Carla. Profonde et calme, neutre, elle transmettait réconfort et menace dans le même souffle.

« C'est la chambre privée d'une dame, dit-elle, essayant d'égaler son imperturbable force. Ma chambre. Ta présence ici, sans y avoir été invité – comme un maraudeur dans la nuit –, est au mieux un outrage. Au pire, c'est un crime, même en ces temps barbares. »

Ludovico tourna la tête vers la viole de gambe.

« Je suis heureux de voir que tu joues toujours.

— Tu m'obliges à me montrer discourtoise. Sors d'ici.

— Carla, dit-il et son nom dans sa bouche faisait comme une caresse. Les années ont été longues, et nombreux les chemins depuis que nous nous sommes rencontrés. Le futur sera sanglant, et ce côté-ci de l'éternité peut très bien ne pas m'accorder une autre chance de contempler ton visage.

— Tu l'as vu. Je te demande encore une fois de partir.

— J'ai fait tout mon possible pour maintenir une distance prudente entre nous. La volonté divine en a décidé autrement.

— Tu m'as fait enlever sous la menace d'une arme, dit-elle, et la volonté divine n'a pas demandé que tu grimpes mon escalier ce soir.

— Tu aurais été en sécurité au couvent du Saint-Sépulcre, de cœur et d'esprit. En venant ici à Malte, tu nous as mis tous deux en grand danger.

— Jamais plus qu'à cet instant précis, dit-elle.

— Comment peux-tu imaginer que je puisse te nuire ? demanda-t-il.

— Parce que tu es un monstre. »

Il baissa la tête, si bien qu'elle ne pouvait plus voir son visage, et pendant un instant ses épaules ployèrent,

comme si elles portaient une charge herculéenne devenue soudain trop lourde. Puis il redressa le dos et la
regarda par en dessous. La mélancolie qu'elle avait
toujours perçue tout au fond de sa nature apparaissait
pour la première fois sans déguisement.

« Je suis un homme de Dieu », dit-il.

Il le dit comme si c'était une ignoble confession ; et
comme s'il était par trop risqué d'en dire plus. Carla
voulait en entendre davantage. Elle voulait tout entendre. Les choses qu'il n'avouerait qu'à elle et dont il ne
pourrait jamais révéler la moindre particule à une quelconque autre âme vivante. Contre ce souhait se dressait
la crainte qu'en lui demandant de le faire – et si elle le
faisait, il s'exécuterait – elle le lierait à elle en une
étreinte telle que seule la mort pourrait la briser. Elle
se détourna et s'approcha d'une fenêtre pour regarder
les étoiles. Elles étaient aussi énigmatiques qu'à l'habitude et n'offraient aucun conseil.

« On m'a laissé entendre, dit-il dans son dos, que tu
es la plus rare des créatures : un être humain bon. Profondément bon. Sans la moindre malveillance. Sans
cupidité. Sans vanité. Pleine de grâce. Mais cela, je le
savais déjà. »

Elle ne se retourna pas. Avec toute la fermeté qu'elle
pouvait rassembler elle dit : « Que veux-tu de moi ? »

Ludovico ne répondit pas. Son silence tournoyait en
elle et même si elle savait qu'elle devait répondre, elle
savait aussi qu'elle ne serait jamais plus forte que lui.
La confusion la submergeait, ce qui était sans nul doute
son intention. Devait-elle tenter de quitter la pièce ?
Crier à l'aide ? Le supplier de partir ? Ou devait-elle
essayer de rassembler une rage qu'elle ne sentait pas
et qui serait difficile à trouver ? Elle ne se retourna pas.
Elle choisit de dire la vérité.

« Tu m'effraies, dit-elle. Mais cela, tu dois le savoir. C'est ton commerce.

— Mon commerce ?

— Infliger la peur. À ceux qui sont incapables de se défendre.

— Rien ne saurait être plus éloigné de mon but. »

Les mots lui échappèrent avant qu'elle puisse les arrêter. « Alors dis-moi... que veux-tu ?

— Je te veux », dit Ludovico.

Sa chair frissonna et elle était heureuse qu'il ne puisse pas voir son visage. Cette fois, c'est elle qui resta muette.

Il dit : « Dois-je prendre ton silence pour de la surprise? Ou de la répulsion ? »

Carla ne répondit pas. Elle se raidit encore davantage en l'entendant se lever de sa chaise. Elle sentit sa présence derrière elle, sa chaleur, son souffle sur ses cheveux. Elle tressaillit quand ses mains vinrent se reposer sur ses épaules. Seul le fin tissu de coton séparait sa peau de la sienne. Ses doigts paraissaient énormes. Il serra, tendrement, comme s'il craignait de la briser. Ses pouces s'enfoncèrent dans les muscles entre ses omoplates. Sa mémoire corporelle de son toucher, de la même exacte caresse, jaillit comme si cela avait eu lieu hier. Mais où hier était-il ? Elle l'entendit soupirer, et l'on aurait dit qu'un désir sans limites trouvait enfin son accomplissement. Elle trembla, involontairement, si déroutée qu'elle ne savait pas si c'était de peur ou de plaisir.

« Pardonne-moi, si je suis trop rude, dit-il. Je n'ai pas touché une femme depuis la dernière fois que je t'ai touchée. »

Elle le croyait. Absolument. Elle le sentait dans ses mains. Ce n'étaient pas les mains d'un quelconque prêtre lascif. C'étaient des mains dont la raison d'être était de la toucher, elle et seulement elle. Ce savoir la flattait, l'effrayait. Une sorte d'instinct de survie lui murmura que si elle ne lui échappait pas maintenant, elle ne lui échapperait plus. Elle serait sienne. Pour toujours. Car il ne la laisserait plus jamais partir. Elle se détacha de son emprise, perçut l'impulsion qu'il eut de resserrer plus fort, et sentit qu'il maîtrisait cette envie. Elle se glissa de quelques pas dans la pièce mais, comme elle le réalisa trop tard, pas en direction de la porte. Elle se retourna pour lui faire face.

Ses yeux noirs la transperçaient. Il laissa ses bras retomber contre ses flancs et ne poursuivit pas. Il était trop intelligent pour la forcer ; mais pas assez pour être blessé par sa fuite. Dans le même ordre d'idées, il était trop perspicace, trop habile pour qu'elle puisse feindre ce qu'elle ne ressentait pas. Toute tentative en ce sens ne ferait que l'aiguillonner. Ludovico était venu pour chasser de grosses bêtes, avait dit Bors. Elle sentit que la plus dangereuse vivait dans le cœur de Ludovico, et que cette bête le traquait lui, et elle aussi.

« La dernière fois que tu m'as touchée, j'avais quinze ans », dit-elle. Des larmes et la rage qu'elle croyait ne jamais trouver jaillirent dans sa gorge. « Je m'étais livrée à toi sans réserve. Je t'avais donné tout ce que j'avais. Je t'ai tout donné. Et tu as fui. Je t'ai couru après, en pleurant, mais tu étais parti. Les visages les plus durs que j'aie jamais vus me l'ont assuré – parti pour toujours – et ils me regardaient de haut comme si j'étais une putain, et même plus méprisable qu'une putain. Comme si j'étais la mère du diable. J'ai perdu tout amour et l'amour ne m'a jamais retrouvée. » Elle renfonça ses larmes. « Pourquoi as-tu volé mon cœur avant de l'abandonner ?

— J'avais peur. »

Elle le fixa. Elle sentit qu'elle tremblait, que son visage brûlait, nauséeux d'une colère qu'elle ne pouvait ni exprimer, ni contenir. Elle murmura : « Tu avais peur ? »

Ludovico cligna des yeux, doucement. « Peur pour mon devoir.

— Ton devoir de répandre la terreur ? De torturer et brûler ? Tu as préféré cela aux vallées et aux fleurs ? À la beauté que nous partagions ? À l'amour ?

— Oui, Carla. J'ai choisi cela au lieu de l'amour. N'est-ce pas justement ce que requiert le devoir ? N'est-ce pas ce que l'honneur exige ? »

Quelles que puissent être ses émotions, il les gardait invisibles. Carla se battit pour arrêter de bouillir. « Que ton honneur soit damné, comme tu as damné le mien.

— Aujourd'hui, je ferais un choix différent.

— Le seul choix qui existe ce soir est mien et je te le dis une fois encore : sors d'ici.

— Entends ce que j'ai à dire. »

Elle faisait tout son possible pour ne pas lui hurler au visage.

« J'ai porté ton enfant. »

Il dit : « Je sais.

— Tu sais ? »

Elle se sentit volée de cette révélation. Qu'il sache cela violait plus sa vie privée que cette visite outrageante. « Comment l'as-tu su ? » dit-elle. Avant qu'il ne puisse répondre, elle dit : « Quand l'as-tu découvert ?

— Depuis que je suis revenu avec les renforts, j'ai appris bien des choses.

— Par tes espions et tes familiers. » Sa voix prit des relents de mépris. Cela n'émut pas Ludovico le moins du monde.

« Il existe dans cette ville peu de choses dont je ne sois pas au courant, dit-il. Peu dans ce monde. Tes recherches d'un garçon inconnu n'étaient pas vraiment un secret. Un garçon de douze ans. Né la veille de la Toussaint en 1552. Qui aurait-il pu être d'autre que mon propre sang ?

— Il était le fruit de notre amour. Il était tout ce qui avait une valeur pour moi. Même après ton départ, je l'ai porté sans honte.

— De toi, je n'en aurais pas attendu moins.

— On l'a arraché à mes bras avant que je puisse mettre sa tendre bouche sur mon sein. J'ai vu mon père, que j'adorais, se changer en monstre. J'ai vu ma mère brisée par le chagrin, par la disgrâce, par la ruine de tous ses rêves les plus précieux. »

Ludovico dit : « Je suis désolé. »

La lampe était derrière lui. La pâle lueur argentée qui émanait de la fenêtre plongeait la moitié de son visage dans l'obscurité. Il dit : « On m'a dit que ton fils est mort en héros à Saint-Elme. »

Carla prit une soudaine et pesante respiration et la garda, craignant, si elle la laissait ressortir, de se mettre à sangloter et que, dans un sens assez obscur, il aurait alors gagné.

« Si je pouvais effacer tes souffrances, je ferais tout ce qui est en mon pouvoir, dit Ludovico. Mais les choses dont tu parles sont arrivées il y a bien longtemps, et nous ne sommes plus, ni l'un ni l'autre, ce que nous étions alors.

— N'essaie pas, toi plus que qui que ce soit au monde, de me consoler », dit-elle.

Soudain, toute la brûlure de sa colère disparut. Elle laissa l'air quitter ses poumons. Elle ne ressentait plus qu'un besoin désespéré d'être seule.

« Mon fils, dit-elle, a eu une mort absurde et je n'ai pas réussi à l'arrêter.

— Te blâmer toi-même pour cela est pure folie.

— Il était ici, à ma table, et je ne l'ai pas reconnu. »

Elle se rappelait cette soirée avec amertume. C'était moins de deux mois auparavant, ici dans cette maison, et pourtant cela semblait avoir eu lieu dans un autre univers. Et être arrivé à une autre femme. Une femme triviale et stupide, aveuglée par les préjugés et la vanité.

« Je cherchais quelque chose de toi en lui, et je ne l'ai pas trouvé.

— À cet âge, les traits d'un homme ne sont qu'à demi formés. Et peut-être te ressemblait-il plus.

— J'ai cherché le battement de mon propre cœur, et je ne l'ai pas entendu.

— Il est difficile de se voir dans un autre. Peut-être surtout s'il est issu de sa propre chair.

— Il était vulgaire. Il était insolent. » Elle ressentit un soulagement aigre dans son mépris d'elle-même. « Je le trouvais très en dessous de moi. De nous. Et maintenant, je lave de tels garçons qui meurent dans leur propre saleté. Et je considère ce service comme le plus merveilleux cadeau que Dieu m'ait fait. »

Ludovico leva la main et la tendit vers elle – non pour la consoler, mais plutôt comme s'il voulait qu'elle la prenne pour le laisser la guider. « La guerre a œuvré de son amère alchimie sur chacun de nous. Peut-être que nous voyons plus clairement le chemin de notre vie.

— Peut-être. Mais mon chemin est à moi seule. »

Ludovico dit : « Avec la grâce de Dieu, nous pourrions faire un autre fils. »

Carla le fixa, comme s'il était fou, et peut-être l'était-il.

« Si la croix l'emporte, et si nous survivons à ce siège, mon travail sera alors accompli, dit Ludovico. Aucun homme n'a fait plus que moi pour notre mère

577

l'Église, ou avec une plus grande pureté d'intention. Tu me traites de monstre. Oui. »

Elle constata à nouveau combien ce terme l'avait affecté.

« Je ne le nierai pas, et je ne présenterai aucune excuse. Le monde est monstrueux – ne sommes-nous pas en enfer ici, à cet instant ? – et l'horreur doit être infligée aussi bien qu'endurée pour prévenir des horreurs plus grandes. Mais quoi qu'il en soit, mon cœur est fatigué de ces efforts et il abandonnerait volontiers sa charge. » Il désigna l'habit qu'il portait. « Comme tu vois, je suis désormais un chevalier de justice de l'ordre de Saint-Jean. Il existe un précédent dans leurs coutumes qui me permet de renoncer à mes vœux monastiques et de devenir un chevalier de dévotion. C'est-à-dire un chevalier qui n'est plus complètement membre de l'Ordre, mais qui a droit à la consolation spirituelle et à certains privilèges de rang. »

Il s'arrêta comme s'il voulait qu'elle en tire quelque conclusion. Son instinct lui souffla qu'elle ferait mieux de s'en abstenir.

« Par ces moyens, reprit Ludovico, et avec la bénédiction de certains individus dont je peux attendre la bienveillance, je pourrai alors t'épouser sans perte d'honneur. »

Cette affirmation resta suspendue dans un silence que ses yeux attendaient qu'elle remplisse, et Carla sentit un frisson de peur absolue. Un frisson qu'elle n'avait plus ressenti depuis que son père lui avait dit qu'elle ne reverrait plus jamais son bébé.

Elle dit : « Tu me parles de folie, puis tu me demandes de t'épouser ?

— Folie... » Il considéra cette notion, puis hocha la tête. « Après la bataille pour Saint-Michel, je t'ai vue, par hasard. Dans l'Infirmerie sacrée. Le temps d'un clin d'œil. L'œuvre d'un simple instant. Et depuis, je n'ai pensé à rien d'autre. À rien d'autre qu'à toi. »

Sa voix restait égale, avec la même résonance profonde. Pourtant Carla se rendit compte qu'elle reculait. Ses omoplates touchèrent le mur.

« Sais-tu, dit-il, quelle maîtrise de moi-même il m'a fallu pour t'éviter jusqu'alors ? Depuis que j'ai débarqué sur cette île, je me languissais de revoir ton visage, à chaque instant. Mais je me reniais. Je ne voyais que mon devoir. Parce que j'avais une vague idée du pouvoir que tu pourrais exercer pour ensorceler à nouveau mon âme. Mais cela ne devait pas se passer comme cela, et, une fois de plus, je suis ensorcelé. »

Carla comprit soudain pourquoi il avait voulu l'enfermer dans le couvent. Pas pour protéger son âme à elle, mais la sienne propre. Elle n'offrit aucune réponse.

Ludovico hocha à nouveau la tête. « L'œuvre d'un simple instant, et il m'a damné. Exactement comme un autre bref regard, à un autre moment, m'avait déjà damné jadis, sur une haute colline dominant une mer turquoise et or. Il n'avait jamais été dans mes intentions de vouer ma vie à la sainte congrégation. À l'Inquisition. J'étais déjà deux fois docteur et érudit. Juriste. Théologien. Je me suis acharné à purger le monde de l'hérésie pour me purger moi-même de la maladie de l'amour. Car je ne pouvais trouver d'autre remède. Comment l'amour pourrait-il survivre, raisonnais-je, chez un homme qui serait l'objet de tant de haine ? De tant d'angoisse. De tant de peur. J'ai brûlé apostats, anabaptistes et incroyants de toutes espèces, dans l'espoir d'éradiquer ton souvenir de mon cerveau, par le feu. »

Carla étouffa un sanglot : « Tu me blâmes pour tes propres crimes ? »

Le regard que lui lança Ludovico le disait bien, mais pourtant sa réponse le démentit.

« La justesse philosophique me prive d'un tel fardeau, dit-il. Quant aux crimes, le dogme et la jurisprudence te contredisent.

— N'as-tu rien ressenti pour tes victimes ?

— J'ai sauvé leurs âmes », affirma Ludovico.

Elle le fixait et se demandait s'il croyait à ce qu'il venait de dire. Peut-être lut-il la question sur son visage, car il lui fournit une réponse.

« Et elles m'ont laissé quelque chose qui me hante plus que l'amour inaccompli. Le souvenir de vies humaines soufflées comme autant de chandelles. »

Carla voulait se détourner, mais ses yeux ne la laissaient pas faire.

Il poursuivit : « Quand on a vu tant de lumières s'éteindre, le monde devient vraiment sombre. Et pourtant, il n'est jamais devenu assez sombre pour m'empêcher de revoir ton visage. »

Carla comprit la pointe de pitié qu'elle avait ressentie au tout début, lorsqu'elle l'avait découvert à la porte. La pointe revint comme un fer rouge à travers son cœur.

« Dieu te pardonne, dit-elle.

— Il le fait, dit Ludovico, car je l'ai bien servi. Ma question est : peux-tu me pardonner ?

— D'avoir soufflé toutes ces lumières ?

— De t'avoir brisé le cœur. »

Son cœur se brisa presque à nouveau. « Oh, Ludovico, dit-elle, je t'ai pardonné à l'instant où j'ai su que je portais ton enfant. Comment pouvais-je porter un enfant et avoir en moi autre chose que de l'amour ? Surtout pour celui qui avait aidé à créer ce bébé. »

Il la fixa. Pendant un moment ses yeux noirs s'embuèrent. Dans leur profondeur se lisait le regard d'un homme piégé dans un puits sans fond. Un puits de conception monstrueuse, et qu'il avait creusé lui-même. Et dont il souhaitait désespérément s'échapper.

« Je n'ai jamais connu une autre femme, dit-il.

— Ni moi, un autre homme, répliqua-t-elle.

— Ne pourrions-nous pas raviver ce feu amoureux ? »

Carla secoua la tête. « Je ne peux pas.

— À cause de ce que j'ai fait ?

— Parce que ce qui s'est passé entre nous est passé. »

Plus tard, elle devait ne pas comprendre pourquoi elle avait dit ce qui avait suivi. Elle voulait se débarrasser de lui. Elle voulait lui épargner d'inutiles chagrins d'amour. Elle voulait lui dire la vérité.

« Et parce que j'en aime un autre », dit-elle.

La buée s'effaça si vite des yeux de Ludovico qu'elle se demanda si elle avait même existé. L'homme qui la regardait maintenant était celui qui habitait dans ce puits sans fond. Avec ce ton d'incrédulité qui trahit une attente du contraire, il demanda : « L'Allemand ? »

Carla s'était bien trop éloignée de ses instincts. Elle s'était aventurée bien trop loin sur la toile d'araignée. Elle ne savait plus comment revenir en arrière. Elle continua à avancer.

« Mattias Tannhauser, dit-elle.

— Tannhauser est mort.

— Peut-être.

— Seuls les nageurs se sont échappés de Saint-Elme. Les Turcs ont passé les autres au fil de l'épée.

— Même si Mattias est mort, mes sentiments survivent. » Elle n'avait aucun besoin d'en dire plus, mais elle ne pouvait pas s'arrêter. « Lui et moi, nous devions nous marier. Tel était mon désir. Et de tout mon cœur, je le désire encore. »

Et c'était fait. L'œuvre d'un seul instant. Les yeux de Ludovico se changèrent en pierre et il scruta profond en elle, et elle comprit que quelque chose d'irrévocable avait changé et qu'elle allait le regretter plus désespérément que tout ce qu'elle pouvait imaginer. Sous ce regard, elle se sentit devenir quelque chose de fragile, comme la dernière chandelle allumée dans un monde déjà voué à une noirceur impénétrable. Elle s'attendait à ce que ses mains arrachent sa chemise de nuit. Elle pouvait sentir ce désir bouillonner en lui, un désir perpétuellement écrasé, et désormais associé à une fureur immense et muette et à la douleur de cette association. Mais une maîtrise de soi s'imposa à lui. Rien d'autre n'aurait pu retenir le démon qui haletait de rage juste sous la surface de son calme apparent.

« Nous nous reparlerons », dit-il.

Il se détourna et s'avança vers la porte.

Le soulagement de Carla était teinté d'incertitude et de la peur qu'il laissait derrière lui. Il ouvrit la porte, s'arrêta sur le seuil et se retourna. Dans l'obscurité, elle discernait à peine ses traits.

« Les hommes qui t'ont dit que j'étais parti pour toujours, qui t'ont considérée plus bas qu'une putain ? Je les connaissais bien. C'étaient mes maîtres. Ils disaient que tu avais porté plainte pour conduite infamante. Contre moi.

— Ils mentaient.

— Oui.

— Mais tu les as crus.

— J'étais un tout jeune prêtre. Ils étaient les hauts dignitaires de l'Église. Tu étais une fille. Avec un père jaloux, qui avait des amis puissants. »

Il se tut. Carla ne répondit pas. Elle n'avait plus rien à dire de la tragédie qui les liait.

« Jusqu'à ce soir, dit-il, je n'avais pas compris qu'ils m'avaient donné ma première leçon sur l'utilisation du pouvoir. L'autre leçon, ils l'avaient clairement exprimée à l'époque. Pour les besoins de la chair, il y a des bordels et des garçons. Le crime, c'est de tomber amoureux. Et pour cela, la punition est terrible. »

Les ténèbres du couloir l'avalèrent. La porte se referma sans un bruit. Et Carla se retrouva seule avec la lampe vacillante et les souvenirs de tout ce qu'elle avait perdu, et ses craintes face à ce qu'elle avait encore à perdre.

Elle était allongée sur son lit sans dormir, et ne trouvait aucune consolation dans la prière. Elle se releva, mit sa robe et attacha ses cheveux. Elle arracha à son coin d'ombre le gros étui de cuir brun et, prenant la lanterne, elle descendit l'escalier le plus doucement possible, avant de traverser la cuisine sur la pointe des pieds pour s'enfoncer dans la nuit.

Elle trouva l'endroit idéal sur les rochers près de la crique des Galères. Comme l'entrée de cette baie était bloquée par une massive chaîne de fer, c'était une des rares parties non fortifiées du front de mer. Il n'y avait pas de gardes. Il y régnait une atmosphère de paix. Elle déballa sa viole de gambe, l'accorda et tendit son archet. Ses doigts étaient doux, leurs cals effacés. C'était la première fois qu'elle sortait l'instrument de son étui depuis qu'elle avait joué pour Mattias à la villa Saliba, dans un autre monde et à une autre époque.

De l'autre côté de l'eau s'étendait L'Isola, les joyeuses silhouettes de ses moulins à vent découpées sur fond d'étoiles. Derrière L'Isola, quelque part, s'étendait le camp turc. Si Mattias était encore en vie, si le murmure d'espoir en son cœur était plus qu'une illusion désespérée, peut-être entendrait-il sa musique et son angoisse. Et peut-être reviendrait-il. Carla prit une profonde inspiration. Elle secoua la fatigue de ses épaules et elle somma son esprit meurtri de trouver sa voix, puis elle commença à jouer.

LUNDI 6 AOÛT 1565

Le Marsa – Le pavillon rose – La baie de Marsamxett

Tannhauser traversa le Marsa et les pentes spoliées du mont Sciberras, portant un turban blanc de neige et un caftan écarlate qui le faisaient paraître bien plus noble qu'il ne se sentait. Au côté, une dague au pommeau de rubis et au fourreau grenat était fichée dans sa ceinture. Sa monture était une splendide jument alezane du haras personnel d'Abbas bin Murad. Il était en route pour retrouver un garçon solitaire. Comme auparavant, Orlandu s'était avéré difficile à trouver et ce n'était pas la première tentative de Tannhauser. Aujourd'hui, il allait tenter sa chance parmi les corsaires.

En traversant la barbacane de Saint-Elme noircie de fumée, son costume eut l'effet désiré sur le garde de la porte, un Bulgare d'après son allure, qui se courba bien bas devant le sourire que Tannhauser refréna en passant devant lui. Il pénétra dans la cour dévastée où le dernier des chevaliers avait été décapité, et où il avait partagé la dernière nuit de Le Mas. Une batterie de siège turque tira du mur côté mer qui surplombait le Borgo, mais, en dehors des équipes d'artilleurs, le fort était quasiment vide. Il y avait eu un temps où ce bastion avait semblé un monde en soi, débordant de folie héroïque et d'amour sacré ; maintenant, ce n'était plus qu'un petit tas de ruines minable et son aspect déserté le fit frissonner. Il entra dans la forge sans que personne ne le remarque, et descendit de cheval. Elle était vide et fraîche, mais l'heure n'était plus aux réminiscences. Avec une paire de pinces, il commença à soulever la dalle sur le sol, pour récupérer les cinq livres d'opium et la lourde bague d'or qu'il avait enterrées dessous. Ce n'était pas vraiment un travail nécessitant la force d'un Atlas, mais son front se couvrit rapidement d'une sueur maladive. Il n'était pas au mieux de sa santé, mais au moins il était remis sur pied.

La fièvre avait presque eu raison de lui. Il ne se souvenait pas des premiers jours enflammés qui avaient suivi la chute de Saint-Elme, et il ne s'en souciait pas. Ils avaient passé dans un délire plutôt bienvenu, dans lequel il sentait peu de chose et était conscient de moins encore, y compris, fort heureusement, de l'excision d'un gros abcès qui avait enflé jusqu'à prendre la taille d'un poing, derrière la balle de mousquet dans son dos, et d'où on avait finalement tiré plus d'une pinte de pus. S'il était mort durant cette période, ç'aurait été comme un sac d'os tremblant et balbutiant, incapable de quoi que ce soit d'aussi raffiné que le regret ou même la peur. Ce qui avait suivi son retour à la conscience était un peu plus éprouvant.

Il se retrouva soigné, avec le maximum de luxe qu'autorisaient les circonstances, dans la tente de campagne couleur flamant rose d'Abbas bin Murad. Un esclave éthiopien ventilait les mouches et épongeait son front dans une chaleur mortelle. Il brûlait de l'encens et posait des ventouses de verre chauffées sur sa peau. Il versait de l'eau au miel, des yaourts salés et des élixirs médicinaux dans sa gorge en telles quantités que Tannhauser en aurait vomi s'il en avait eu la force. Ce même homme muet et patient s'occupait de son membre avec une dignité exquise, humiliation que Tannhauser supportait avec la force d'âme et les lèvres serrées de celui qui n'a vraiment pas le choix. Dans une jarre d'argile, l'Éthiopien recueillait ses flots d'urine permanents avec la plus grande satisfaction, comme s'il s'agissait de la plus belle récompense pour ses soins attentifs.

Pendant quelques jours, Tannhauser endura ces épisodes avec embarras – pour lui autant que pour son infirmier – car cela lui semblait une bien pauvre façon de vivre ; puis il réfléchit et se dit que l'Éthiopien était peut-être le plus heureux de tous ses frères sur l'île. Car s'il n'avait pas été en train de ventiler, d'éponger et de remplir des jarres sous une tente, il se serait plus que probablement retrouvé à tirer des canons ou à porter des paniers de pierres sur les collines alentour. Suite à cela, Tannhauser se soumit au traitement avec une conscience plus légère et se retrouva même enclin à marmonner sa gratitude.

Lorsqu'en de brefs moments lui revenait la force de lever sa tête des oreillers, il se rendait compte que son corps, et en particulier ses jambes, était couvert de lésions brunes et pourpres d'aspect alarmant. S'il avait vu quelqu'un d'autre dans un tel état, il se serait tenu à distance respectueuse, car si la mort noire devait revenir châtier les impies, elle ressemblerait certainement à ça. La pensée qu'un nègre pût aisément être sacrifié à une telle destinée ne fit qu'accroître la peur que son diagnostic ne soit exact. Que son pénis semble immunisé contre ce fléau lui apporta un soulagement profond, même s'il était fugitif. Pourtant, assistant à un défilé de médecins arabes et juifs, qui arboraient tous un aplomb certain face à ses stigmates, il se sentit peu à peu rassuré. Le consensus entre ses docteurs était que ces lésions représentaient l'expulsion des humeurs toxiques de son corps, les détritus de son combat pour rester en vie. Ils étaient unanimes dans leur certitude que s'il survivait, elles disparaîtraient, un fait que les Arabes, et peut-être même les Juifs, attribuaient à la bienfaisance d'Allah plutôt qu'à leur propre expertise. Les nombreuses entailles à moitié guéries et les bleus qui ornaient son corps n'attiraient, eux, aucun commentaire.

Les médecins avaient préparé une pommade de giroflées rouges, de musc de daim et de clous de girofle infusés dans du vinaigre, dont les fortunés parmi le haut commandement enduisaient leurs narines deux fois par jour contre la contagion par la peste. Tannhauser profitait également de ce rare bienfait protecteur et on lui expliqua que c'était bon contre les suées nocturnes, et tous les effets de la mélancolie. En ce qui concernait cette dernière, sinon les autres, la pommade s'avéra parfaitement inefficace. Les soins prodigués, donc, étaient de la plus haute qualité, et c'est ainsi que lui fut niée la chance de quitter ce royaume mortel dans une bienheureuse inconscience. À la place, il passa plusieurs semaines dans un état d'incapacité physique plus complet qu'il n'aurait pu l'imaginer. Pour un homme qui investissait une portion substantielle de sa fierté dans sa force physique, c'était une expérience singulière.

Abbas venait le voir chaque soir, nuit après nuit, semaine après semaine, le visage tendu et émacié de voir tant d'hommes braves mourir sur le champ de bataille, et il s'asseyait près des coussins de Tannhauser et lisait des passages du Coran d'une voix qui faisait ressortir du texte une beauté si flagrante que la question de ses origines divines ne se posait même plus. Durant ces visites, Tannhauser feignait une incapacité à parler, car la tendresse d'Abbas était si simple et sans tache que cela lui brisait presque le cœur. Dans des conditions de débilité telles, ses sentiments se désentravaient, sa mélancolie le rendait nauséeux, et ce qu'il éprouvait pour Abbas était insupportablement complexe, et obsédant. Ami et ravisseur, sauveur et maître, père et frère et ennemi. Tannhauser était allongé là, en pleine duperie, voire en pleine trahison. Donc il ne parlait absolument pas et se laissait baigner dans l'amour cicatrisant qu'Abbas lui dispensait.

Il était allongé sous la grande voûte de soie et, entre des bribes de sommeil dans lequel régnait l'horreur et qui ne suivaient ni rythme ni dessein, il regardait la lumière changer quand elle enjôlait le tissu superbement tissé de plus de nuances de rose que les peintres de la cour de Soliman ne pouvaient même en connaître. C'était une couleur pour laquelle Tannhauser n'avait jamais eu aucun attrait et il aurait pu penser qu'il en serait malade ; et pourtant non. Au contraire. Il tomba de plus en plus profondément sous son charme. Cette couleur, forgée comme elle l'était de soie, de fibre et de trame, de clair, d'obscur et du génie de l'art de la teinture, évoquait un morceau de musique, ou une femme, ou un panorama sur de la neige de haute altitude, ou toute autre création cosmique qui semblait n'être qu'une seule chose, mais dont l'étude répétée prouvait qu'elle en était plusieurs. Et chaque fois différente de la précédente. Nombreuses étaient aussi les heures de la nuit qu'il passait à regarder ce rose dans la lueur jaune des lampes. Et quand les traînées couleur grenade du crépuscule laissaient place à ce qui semblait une noirceur complète, ces ténèbres aussi possédaient quelque chose de plus, relevées qu'elles étaient par le scintillement des feux de camp et des étoiles, et par la croissance et la décroissance de la lune. Le rose était la vie. Et cela lui rappela ce que Petrus Grubenius disait ; que chaque chose existante avait une influence sur toutes les autres choses, peu importe leur éloignement. Car si, comme il est clair pour tout homme, deux événements en conjonction proche altèrent chacun la nature de l'autre, alors chaque chose doit se changer en une troisième, et une quatrième, car rien n'est entièrement déconnecté, même si on peut parfois le souhaiter. Et c'est pourquoi les étoiles, plus lointaines que tout autre corps connu, exercent ainsi une influence sur chaque destinée humaine, fait qu'aucun homme intelligent n'irait discuter.

Quel profit ou signification pouvait être glané de cette étude en rose, Tannhauser était incapable de le savoir. C'était une matière qui procédait selon son propre accord. Et il trouvait que quelque chose de similaire, mais de plus énigmatique encore, évoluait dans son estime pour l'Éthiopien silencieux qui, plus que quiconque, personnifiait la force qui restaurait sa santé et sauvait sa vie.

Personne n'avait dit à Tannhauser que son infirmier était éthiopien, et certainement pas l'homme lui-même, mais il n'avait pas le moindre doute en son jugement sur cette question. Aucune race n'était aussi reconnaissable, ossature longue et doigts longilignes, muscles comme du bois de fer, élancée comme du roseau. Il en avait vu sur les quais d'Alexandrie et de Beyrouth, et peu d'esclaves atteignaient un tel prix, sans doute parce qu'ils étaient extrêmement fiers, et peu enclins à se soumettre aux chasseurs d'esclaves arabes sans combattre. Les adultes mâles étaient rarement pris vivants ; cet homme avait probablement été enlevé quand il était enfant. L'Éthiopie était le pays de la reine de Saba, du prêcheur Jean et des tribus perdues d'Israël, et l'on disait que l'arche d'alliance elle-même était cachée là-bas, gardée par des guerriers armés d'épées de six pieds de long, dans une vaste cathédrale rouge creusée dans les flancs d'une montagne. Ils croyaient en un Jésus noir, et pourquoi pas ? Et il avait entendu que pour prouver leur bravoure ils chassaient les lions dans la savane rouge, seuls et armés d'une simple lance, et qu'ils portaient sur eux la peau et la mâchoire de la bête quand ils partaient en guerre. Pas étonnant, donc, que l'homme qui le soignait puisse nettoyer les excréments d'un autre homme avec plus de fierté qu'un prince à son propre couronnement, et que, même réduit à cet état d'humilité, il se tienne aussi droit que n'importe quel janissaire ou chevalier.

Après ses échecs répétés pour entamer une conversation, Tannhauser se limita de lui-même à des mouvements de tête et des grognements de remerciement et de bénédiction. L'Éthiopien dormait sur le sol au pied de son lit et quand dans son insomnie Tannhauser attendait les premières lueurs de l'aube, il se tournait pour étudier les fins traits d'ébène au repos. Or les yeux de l'homme étaient déjà ouverts, toujours, comme s'il ne dormait jamais, se contentant de se reposer, ses yeux noirs changés en miroirs dans lesquels toutes choses se reflétaient, même si Tannhauser ne pouvait en nommer aucune.

Au-delà des fins murs de la tente, le canon tonnait et les fouets claquaient, et des cruautés sans nombre étaient enregistrées dans des archives du temps qui n'avaient jamais été lues. Mais ici, un étranger, dont il ignorait le nom et à qui il ne l'avait pas demandé, s'occupait de lui jour et nuit comme s'il était un bébé. Et quelle que soit la coercition qui avait amené l'Éthiopien à cette tâche, il l'accomplissait avec une gentillesse sans bornes, au beau milieu d'un mal sans limites, et il semblait à Tannhauser qu'il était aussi près de la pureté qu'aucune gentillesse humaine ne puisse jamais parvenir.

Le jour était à l'aube quand Tannhauser s'éveilla et comprit, sans raison particulière, que c'était terminé et qu'il allait mieux : faible et frissonnant, réduit à un sac d'os et de tendons, mais libéré de ce qui l'avait tant rendu souffrant. Il regarda l'Éthiopien et vit qu'il le savait aussi. Il se leva de son lit sur des jambes faibles et s'avança dehors, dans la lumière du jour, l'Éthiopien à son côté. La tente d'Abbas était perchée sur une colline qui dominait le Marsa, la large plaine plate entre Sciberras et Corradino qui s'enfonçait dans les terres au-delà du Grand Port. Le Marsa était couvert des tentes du camp turc : bivouacs, cuisines, réserves et la tache grandissante de l'hôpital de campagne, où les moins fortunés que Tannhauser étaient allongés, mourant sous des morceaux de toile et la violence du soleil de l'été. Ils marchèrent quelques centaines de pas jusqu'au bord de la colline et, de là, jetèrent un regard surplombant sur ce qui aurait pu être le cratère de l'Etna.

Un nuage gris et dense s'élevait au-dessus du relief côtier de péninsules et de baies, et les bouffées de fumée et les éclats des déflagrations formaient les rayons d'une gigantesque roue englobant la pointe aux Potences, Saint-Elme et les hauteurs de Sciberras, San Salvatore, Margharita et Corradino, là où ils se trouvaient. Au centre de la colère de cet holocauste se trouvaient le Borgo et L'Isola, eux-mêmes crépitant et fumant des tirs d'artillerie et de mousqueterie. Un mugissement s'éleva dans le matin et les légions du sultan surgirent sur le Grand Terre-Plein, enjambant les fossés débordant de cadavres, pour s'éclabousser contre les bastions noircis de fumée des deux forteresses. Des échelles se levèrent, des cerceaux et des jarres de feu dégringolèrent, et la boucherie du corps à corps reprit tout le long des remparts.

Après son séjour dans l'éternité de la matrice rose, ce bouillonnement démentiel semblait à Tannhauser un fantasme aberrant issu d'un autre monde, une farce diabolique dont les acteurs étaient recrutés par pure duperie.

Mais c'était le monde, et son monde qui plus est, et savoir qu'il devrait bientôt replonger dedans, sous un drapeau ou un autre, l'emplissait de crainte et de nausée, et d'un désir presque irrésistible de battre en retraite vers l'impotence dont il venait à peine d'émerger. Il jeta un œil vers l'Éthiopien, et pour une fois il le surprit garde baissée. L'homme avait l'expression d'un chat assis à une fenêtre observant deux meutes de chiens rivaux se battant dans une rue. Il examina Tannhauser et vit ce qu'il pouvait voir, puis se détourna et repartit vers le campement.

Tannhauser le regarda partir. Sa nausée s'était transformée en faim. Une faim bestiale et délirante. Une envie de viande. Il cessa de contempler la bataille. Si la Religion devait tomber, ce jour était aussi favorable que n'importe quel autre. C'était clairement l'espoir et l'intention de Mustapha. Tannhauser s'en alla chercher de quoi prendre un petit déjeuner. Aux cuisines, il apprit qu'on était le 2 août et qu'il était resté plus de cinq semaines dans la tente. Quand il revint des cuisines, l'Éthiopien était parti et Tannhauser ne devait plus jamais le revoir là.

La Religion ne tomba pas le 2 août. Du haut de la colline, Tannhauser regarda le crépuscule descendre. Le muezzin lança l'appel du soir et les bataillons de janissaires, décimés, se regroupèrent avec leurs couleurs dépenaillées et leurs blessés, se dirigeant vers leurs feux de camp et le peu de réconfort qu'ils retrouveraient autour de leurs marmites.

D'humeur sombre, Abbas regagna sa tente et Tannhauser, ou plutôt Ibrahim puisque tel était son nom ici, se joignit à lui pour la prière. Ensuite, ils dînèrent sur une table basse en cerisier lustré. Ayant dépassé la cinquantaine, Abbas était très admiré par ses pairs et révéré par ses hommes, dont il fournissait la solde, les chevaux et l'équipement avec des subsides tirés de sa propre bourse. Sa barbe était gris acier et deux pâles cicatrices marquaient son front et son menton. En dehors de cela, il était resté aussi mince et élégant que le jour où il avait trouvé Mattias près du cadavre de sa mère.

Lors du voyage de trois mois qu'ils avaient effectué ensemble, vingt-cinq ans auparavant, depuis les montagnes sauvages des Fâgâras jusqu'à la plus grande ville du monde, Abbas avait appris à Ibrahim les rudiments du turc, les rituels des prières quotidiennes, et comment se conduire en homme quand il entrerait au collège militaire d'Enderun, à Istanbul. En retour, Ibrahim avait prouvé son habileté à réparer le matériel et à soigner les chevaux et les garder en bonne forme. Même si c'étaient des hommes aux ordres d'Abbas qui avaient assassiné sa mère et ses sœurs, Ibrahim ne l'en avait pas blâmé. Privé de tout autre allié, peut-être manquait-il de la présence d'esprit de le faire. Mais il adorait cet homme et, en un sens, le fait qu'il l'abandonne à la discipline de l'Enderun avait été plus désolant que son propre départ du village où il était né.

Depuis, ils ne s'étaient retrouvés qu'une fois, en Iran, quand les Turcs avaient ravagé le Yerevan, rasé le palais du shah Tahmasp et n'avaient pas laissé deux pierres cimentées à Nahjivan. Des pierres qui s'étaient dressées depuis bien avant la naissance du Christ, jusqu'à ce que les janissaires arrivent. Leur rencontre avait eu lieu lors d'une cérémonie officielle, une inspection des troupes et une remise de récompenses dans les environs de cette dernière dévastation, avant de continuer leur poursuite des chiites vers l'Oxus. Ibrahim, en tant que chef de son *orta*, avait accepté l'argent supplémentaire dû à ses hommes pour leur bravoure impitoyable. Abbas l'avait félicité pour sa carrière exemplaire et l'avait invité à prendre le thé. Ils s'étaient promis de se retrouver et de renouer leur amitié quand les circonstances le permettraient. Mais les circonstances ne l'avaient jamais permis.

Pendant qu'on soignait Tannhauser, ils avaient peu parlé, Abbas étant préoccupé par des problèmes militaires et des intrigues au sein du conseil de guerre qui, comme toujours lors des campagnes turques, étaient potentiellement mortelles. Ce soir-là, ils mangèrent du pilaf, du pigeon grillé et des amandes sucrées. Ils burent du café. Abbas avait passé un caftan de soie blanche, brodé d'or et d'argent. À son oreille pendait une perle grise parfaite de la taille d'une noisette. Il possédait des terres et des parts d'armateur dans la Corne d'Or. C'était un homme de grande culture et de grand raffinement. Il était de ces guerriers pour qui la guerre est une abomination. Ils étaient trop peu nombreux, et Tannhauser découvrit que son affection pour cet homme n'avait pas diminué avec les années.

Tannhauser le remercia pour lui avoir une nouvelle fois sauvé la vie et Abbas remercia Allah de lui avoir donné cette chance, car la charité est une obligation sacrée.

« Dans des temps comme aujourd'hui voués à de si grands maux, lorsqu'on peut entendre et sentir partout les ailes de l'ange de la mort, de petits actes de gentillesse sont comme des joyaux du ciel, et tout autant pour celui qui les réalise que pour celui qui les reçoit, car, comme l'a dit le Prophète, béni soit son nom, aie de la compassion, et tu obtiendras peut-être la compassion d'Allah. » Abbas ajouta : « Si tu sauves un jour la vie d'un homme, tu deviens son gardien pour toujours. »

Pensant à Bors et Sabato Svi, autant qu'au noble *gazi* assis en face de lui, Tannhauser dit : « En cela j'ai connu la plus grande fortune, car je suis gardé par des Lions. »

Abbas lui demanda comment il s'était fait prendre par les chiens chrétiens. Il était désagréable de mentir face aux yeux bruns lumineux de l'homme qui avait été par deux fois son sauveur ; mais c'était le moindre de ses crimes récents.

« Une patrouille de cavalerie m'a surpris sur la route de Marsaxlokk, dit Tannhauser. C'était peu après l'aube, début juin, et ils me sont tombés dessus comme des démons, surgissant de la pointe aux Potences, dont j'avais cru comprendre qu'elle était nôtre. »

Abbas hocha la tête. « C'était le matin où ils ont détruit les batteries de Torghoud. Quant à ces démons... » Ses lèvres se tordirent et il secoua la tête. « Ces chevaliers sont les enfants de Satan. Certains disent que La Valette est un nécromancien et qu'on a vu des démons à ses côtés.

— Ce n'est qu'un homme, dit Tannhauser.

— Tu l'as rencontré ? demanda Abbas.

— Je l'ai vu, répondit Tannhauser. La Valette est de ces hommes dont le seul véritable amour est la guerre. S'il y a nécromancie à l'œuvre, c'est en cela. Sans guerre, il serait rabougri, ou mort, inutile, décrépit. Mais la guerre lui rajeunit le sang, allège ses pas, aiguise son regard. Ses propres hommes le voient comme un demi-dieu, mais il n'y a aucune raison pour que nous fassions de même.

— Il a prouvé qu'il était un formidable adversaire.

— Il joue sur ses forces et sur nos faiblesses. Il a le génie du siège et de la défense en profondeur. Il connaît le cœur du soldat, car le sien est pareil. Nous ne combattons pas des chiites ou des Autrichiens. »

Les sourcils d'Abbas se soulevèrent en signe de lassitude. « Si seulement le conseil le savait. » Les raisons de son humeur sombre devinrent plus claires. « Mustapha manque de patience pour laisser les artilleurs et les sapeurs faire leur travail. Creusez, lui dis-je, minez leurs murailles et détruisez-les par en dessous. Mais les assauts en masse l'excitent, comme un joueur qui a trop d'or doit risquer de tout perdre pour éprouver son plaisir. Heureusement, il a accepté ma proposition de construire deux tours roulantes. En ce moment, on démantèle deux galères à Marsaxlokk pour prendre leurs mâts et leurs chevrons. »

Abbas avait jadis étudié l'architecture avec Sinan, le fameux *devshirmé* grec, commandant des machines de guerre du sultan et bâtisseur d'un millier de mosquées. Il ajouta, avec une fierté voilée : « Elles seront construites selon mes propres plans, mais il faudra deux semaines au moins pour les achever. En attendant, nous continuerons à gaspiller les vies de nos hommes. »

Tannhauser se disait que si les Turcs construisaient des engins de guerre plus en adéquation avec l'Antiquité qu'avec l'ère moderne, les assiégeants devaient approcher du désespoir. Il garda cette pensée pour lui-même et dit : « Et Piyale ?

— Le pacha Kapudan Piyale est le plus sage des stratèges, mais ses craintes pour la flotte de notre sultan dominent ses pensées. Il désespère de conclure le siège avant les grands vents d'automne. Une fois les vents venus, la flotte pourrait être coincée ici pendant tout l'hiver. Nous sommes à mille milles de chez nous. Parfois cela semble plus loin encore. »

Malgré ses efforts, Tannhauser ne parvint pas à prononcer des mots de réconfort ou d'encouragement. Il demeura silencieux.

« Nous vaincrons, dit Abbas, si telle est la volonté d'Allah. Mais le coût sera élevé. Surtout pour les janissaires.

— Le coût est toujours élevé pour les janissaires.

— C'est leur vocation. » Abbas l'étudia un instant. « Tu es connu dans le bazar comme marchand d'opium. Ils disent que quand Malte tombera, tu as l'intention de te lancer dans le commerce du poivre, depuis Alexandrie. »

Ainsi Abbas avait gardé ses oreilles ouvertes, mais la mascarade de Tannhauser s'avérait solide. Il pensa à Sabato Svi et sourit intérieurement. Sabato aurait été bien amusé de savoir que sa foi en ce commerce du poivre s'était maintenant répandue jusqu'au cœur du haut commandement turc.

Il dit : « Le futur de l'empire est dans le commerce. Plus que dans la guerre, si j'ose dire.

— Pourquoi as-tu quitté les janissaires ? »

La question était posée sans avertissement ni menace. Tannhauser donna sa réponse habituelle. « Il vient parfois un temps où un homme peut traverser l'Iran avant que ses pieds ne lui demandent s'il n'y a pas un autre moyen de servir notre sultan. »

Abbas sourit. « Les *kullar* de l'épée du sultan ont peu de choix dans ce genre d'affaires. Tu t'es retiré avant l'âge normalement autorisé, et malgré une grande perspective d'avancement. »

Tannhauser ne s'attendait pas à ce qu'Abbas soit si bien renseigné. Il ne répondit pas.

« Je vais te raconter une histoire que j'ai entendue, dit Abbas. Le tragique destin du fils aîné de notre sultan, le prince Mustapha, est bien connu. En tant que membre de sa garde personnelle, tu devrais le connaître mieux que beaucoup de gens.

— C'est vrai, dit Tannhauser. J'ai vu le corps du prince jeté sur le tapis devant la tente de campagne de notre sultan. »

À cette époque, quatre fils de Soliman avaient survécu sur les huit que lui avaient donnés ses deux épouses. La mère de Mustapha était Gulbahar, qui avait été supplantée depuis longtemps, à la cour et dans le cœur de Soliman, par Roxelane, « la Russe », qui était la mère des trois autres. Roxelane savait que si le prince Mustapha devait monter sur le trône – et puisque ses talents étaient grands et que l'armée et la noblesse étaient derrière lui, c'était fort probable –, il ferait assassiner ses trois demi-frères. La tradition ottomane du fratricide était consacrée par les siècles. Soliman lui-même était le seul survivant de cinq frères du même sang. Leur père, Selim le Sévère, avait assassiné les quatre autres, ne laissant que Soliman pour régner.

À force d'intrigues, Roxelane parvint à convaincre Soliman que son fils avait décidé de le détrôner, mais qu'il avait aussi établi des relations avec les hérétiques safavides d'Iran, contre qui Soliman était en guerre. Soliman fit venir le prince Mustapha dans son camp en Karamanie et, avec une brutalité caractéristique, le fit étrangler par ses eunuques sourds-muets.

« Si le prince Mustapha avait vraiment voulu renverser l'empereur, dit Tannhauser, il n'aurait jamais répondu à son appel. Je connaissais bien le prince. Ce complot était une invention grotesque de la Russe.

— Nous ne le saurons jamais, dit Abbas avec discrétion. Mais ce n'est pas le sujet de mon histoire. À la mort du prince, la fureur était grande dans l'armée, surtout parmi les janissaires. S'il y avait eu un homme prêt à les conduire, rien n'aurait alors pu les empêcher de destituer notre sultan sur-le-champ, peut-être même le tuer. Les chaudrons auraient été renversés. »

Les chaudrons de cuivre dans lesquels les janissaires mangeaient leur unique repas quotidien étaient le symbole de leur ordre. Les renverser était le signal de la révolte, un événement auquel au moins deux sultans antérieurs devaient leur règne. Alors que les janissaires étaient, en nombre, le plus petit corps d'armée, leur pouvoir politique était immense.

« Il n'existait pas un tel chef », dit Tannhauser.

Abbas regarda ardemment Tannhauser. Tannhauser ne ressentait rien. Quels que soient les sentiments qu'il avait abrités, ils avaient été exorcisés il y a fort longtemps. Il dit : « Même s'il avait existé un tel homme, et une telle révolte, cela n'aurait fait que déclencher une guerre entre le fils du prince Mustapha, Murad, et les autres frères. Mieux vaut la mort d'un seul homme que celle d'innombrables milliers. Notre sultan, comme toujours, a été sage.

— Exactement, accorda Abbas. Ce qui me ramène à mon sujet. Certaines puissances requéraient que toute trace de la lignée du prince s'éteigne. Pour toujours. Murad a été étranglé peu après. L'autre fils du prince Mustapha n'avait que trois ans. Soliman a envoyé un eunuque de la cour et un capitaine des janissaires pour mettre l'enfant – son petit-fils – à mort. Ce capitaine fut choisi dans la garde personnelle du prince mort, comme garantie qu'elle renouvellerait sa loyauté à leur sultan. »

Soudainement, Tannhauser se sentait épuisé et empli de mélancolie. Il voulait retourner dans son lit. Il voulait que l'Éthiopien veille sur lui. Il était assoiffé de son silence guérisseur. Mais l'Éthiopien n'était plus là. Seule la politesse l'empêchait de quitter la table d'Abbas.

« L'exécuteur choisi était le capitaine des janissaires, poursuivit Abbas. Mais quand il vit le garçonnet marcher vers lui, avec ses petites mains tendues pour offrir un baiser, le janissaire s'évanouit. »

En fait, le janissaire avait quitté la tente pour vomir sur le sable ; mais il ne semblait y avoir aucun mérite à corriger la version d'Abbas.

Ce dernier conclut : « L'eunuque noir exécuta l'ordre à sa place.

— Pourquoi me racontes-tu cette histoire ? demanda Tannhauser.

— Est-elle vraie ? » dit Abbas.

Tannhauser ne répondit pas.

« Je peux comprendre, dit Abbas, pourquoi ce janissaire pouvait alors perdre tout goût pour le service militaire, et pourquoi la gratitude du sultan pouvait s'étendre à permettre sa retraite honorable et anticipée. »

Dans les yeux d'Abbas, il y avait un regard dont Tannhauser se souvenait, qui datait de la première fois qu'il l'avait rencontré, par un froid matin de printemps dans une vallée profonde dont il entendait parfois les rivières dans les paysages de ses rêves. Un regard de reconnaissance qui traversait un gouffre infranchissable pour la seule raison qu'il était capable de le faire, et qu'il était donc ordonné par quelque puissance, qu'elle soit humaine ou divine. Tannhauser ferma un instant les yeux et détourna son regard.

« Au plus haut de ta fièvre, dit Abbas, quand tu étais inconscient, et que les médecins me disaient qu'il y avait peu d'espoir, tu murmurais un chant, encore et encore. J'ai mis mon oreille contre tes lèvres pour écouter. Ce que tu répétais, c'étaient les premiers versets de l'*Adh-Dhariyat*. »

Les stances arabes roulèrent dans le crâne de Tannhauser comme une tension obsédante. Pourtant, il ne dit rien et Abbas les lui cita :

« Par les vents dispersants qui s'entrelacent, Et ceux qui portent le fardeau de la pluie, Et ceux qui glissent avec aisance sur les mers, Et par ces anges qui sèment des bénédictions sur ordre d'Allah, En vérité ce qui t'est promis est sûrement vrai. Et en vérité, le jugement et la justice adviendront. »

Tannhauser hocha la tête. « C'était le premier des versets d'*Al-Kitah* que tu m'avais appris, parce que c'était la sourate d'où tu avais choisi mon nom.

— Dieu l'a choisi, pas moi. »

Tannhauser acquiesça. Il ne se replongeait pas souvent en ces jours lointains, mais pendant un moment ses souvenirs s'emparèrent de lui, et il se rendit compte que cette nuit tranquille auprès d'Abbas était très précieuse, et que venait un temps où l'on se remémorait même les jours très sombres avec quelque chose comme de l'affection.

Il dit : « À l'époque, j'avais appris les vers que tu viens de citer, ce qui t'avait plu, même si je ne pouvais pas encore les comprendre.

— Aucun homme ne peut entièrement comprendre les mots de Dieu, dit Abbas.

— C'est ce que tu m'avais expliqué aussi. J'aimerais que d'autres les comprennent. »

Abbas opina du chef, quelque peu assombri.

« Tu m'avais dit aussi, poursuivit Tannhauser, que la parole d'Allah ne peut être énoncée en aucune autre langue, car l'arabe est la langue dans laquelle il a choisi de parler au Prophète, béni soit son nom. Pourtant tu avais traduit l'*Adh-Dhariyat* pour moi. Les vents dispersants. »

Abbas se mit à rire, surpris. « J'ai fait ça ?

— C'était réconfortant pour moi, je ne sais pas pourquoi. Et aussi un grand mystère. Je t'avais pressé de m'en donner le sens. "Qu'est-ce qu'un vent dispersant ?" Tu avais été très patient. Tu avais réfléchi. "Le vent qui sépare le grain de la paille", avais-tu dit. Je m'étais demandé si j'étais l'un ou l'autre, parce que je ressentais qu'un vent m'avait balayé. » Il sourit. « Il me balaye encore, d'ailleurs. Et je t'avais demandé : "Quelle est la différence entre le grain et la paille ?" Et tu avais réfléchi à nouveau, et dit : "La différence entre ceux qui aiment la vie et ceux qui aiment la mort." »

Abbas semblait sidéré. « J'ai dit ça ?

— Je l'avais oublié pendant des années, répondit Tannhauser, mais le jour où j'ai vu l'eunuque passer la corde d'arc autour de la gorge du petit prince, je m'en suis souvenu. Et je ne l'ai plus jamais oublié.

— C'est aux érudits d'interpréter les *ulema*. Si j'ai dit de telles choses, c'est parce que j'étais jeune et enclin aux blasphèmes involontaires. Pardonne-moi. »

Abbas se leva. Tannhauser l'imita, si faible qu'il dut se servir de ses mains pour se soulever de table. Il chancela et Abbas le prit par le bras.

« Ibrahim, dit Abbas, quand je t'ai trouvé au fort Saint-Elme, tu m'as appelé "père".

— J'ai toujours pensé à toi en ces termes, dit Tannhauser, même si c'est une présomption à laquelle je n'ai aucun droit. J'espère ne pas t'avoir offensé.

— Tu n'aurais pas pu m'honorer davantage. » Abbas détourna son visage pour dissimuler un excès de sentiment. Quand il le regarda à nouveau, ses yeux étaient clairs. « As-tu revu ton père un jour ?

— Non », répondit Tannhauser.

C'était vrai et pas vrai à la fois, mais pour ce soir il avait eu son lot de telles complexités.

« Il aurait été fier de l'honneur que tu as gagné », dit Abbas avec un sourire.

Tannhauser voulut sourire en retour, mais n'y parvint pas. « Dans un monde où des eunuques étranglent des enfants, et appellent cela un devoir sacré, l'honneur est difficile à se procurer. Et parfois, la foi aussi.

— Ibrahim...

— Tu vois, dit Tannhauser, sans se préoccuper des conséquences, ce n'était pas la souillure du meurtre de l'enfant qui me remplissait de tant de honte, mais le fait que je n'avais pas réussi à accomplir mon devoir sacré. Envers la troupe. L'*oçak*. Le sultan. Et Dieu. Et parce que je mettais mon devoir au-dessus de l'infanticide, je savais que j'allais perdre soit l'esprit, soit mon âme. »

Abbas secoua la tête. « De Dieu nous venons, et vers Dieu nous retournerons certainement. S'il te plaît, dismoi que tu n'es pas perdu. »

C'était un moment aussi bon qu'un autre pour réaffirmer la pureté de sa foi, au moins aux yeux de son maître. Tannhauser cita l'unité : « Il est Allah, l'Unique. Allah us-Samad, l'Éternel, l'Absolu. Il n'engendre pas car il ne fut pas engendré. Et il n'existe personne comme lui.

— *Allahu Akabar.* » La main d'Abbas était toujours posée sur son bras. Il serra. « Ibrahim, nous ne devons jamais perdre notre foi en Allah, même si nous perdons notre foi en l'homme. Même si nous perdons notre foi en nous-mêmes. »

Tannhauser posa sa main sur celle d'Abbas. Il réalisa, pour la première fois, combien Abbas était de stature délicate ; dans son esprit, il avait toujours été comme un géant. Il dit : « C'est ma foi dans les hommes que je ne peux abandonner entièrement, et laisse-moi te dire que j'ai essayé. Peut-être cela causera-t-il ma perte. »

Abbas remua la tête, dubitatif, comme s'il avait peur que n'éclosent des blasphèmes tout neufs. « Tu es loin d'être en bonne santé, et je t'ai épuisé en te retenant trop longtemps. Je dois aller vérifier la garde de nuit. Et tu dois dormir. » Alors qu'Abbas marchait vers la sortie, il s'arrêta et se retourna. Comme pour adoucir l'atmosphère de son départ, il dit : « Demain, tu me parleras davantage de ce commerce de poivre. Cela m'intrigue.

— Avec joie. Mais dis-moi, s'il te plaît, où est passé l'Éthiopien ? »

Abbas le regarda. « Parti. Il appartient à l'amiral Piyale. »

Tannhauser regarda Abbas s'en aller. Il se sentait redevable envers l'épuisement qui l'envahissait, car il détendait le nœud d'émotion qui lui cerclait la poitrine. Il atteignit son lit, et il allait se laisser tomber dessus quand il remarqua deux foulards de soie blanche posés sur l'oreiller, chacun enveloppant quelque chose. Il déplia le premier foulard et trouva le bracelet d'or qu'il avait caché autour de sa cheville.

Je suis venu à Malte non pour la richesse ou l'honneur, mais pour sauver mon âme.

Ce bracelet l'avait sans doute aidé à sauver sa peau. Il le passa à son poignet. Il prit le second objet emballé de soie et comprit immédiatement que c'était un couteau, et son cœur se serra face à une pensée qu'il n'osait pas formuler. Il le déballa et pendant un moment ses nerfs se détendirent. C'était une dague élégante. Sa garde était d'argent, travaillée avec grand art, et un rubis était enchâssé dans son pommeau. Sa poignée était couverte de cuir rouge, décorée de grenats. Il la tira du fourreau et son cœur fit un bond dans sa poitrine. Contrastant complètement avec l'exquise décoration, la lame était d'une fabrication très crue et manquait de symétrie, pourtant les fils de ses tranchants brillaient et son essence évoquait anormalement la mort. L'acier était mat et semé de filets noirs, et il la reconnut immédiatement. Elle avait été forgée par la voix d'un ange, et trempée dans le sang d'un démon, de sa propre main.

Dans la forge de Saint-Elme, Tannhauser se servit de cette dague pour diviser une plaque d'opium d'une demi-livre en quatre quarts, puis il empaqueta le tout dans les fontes de sa selle. Il enfila sa bague d'or russe sur son majeur droit et replaça la dalle sur le sol. Il attacha son cheval à l'enclume et prit l'escalier pour grimper dans la charpente dévastée, où il retrouva son fusil à mécanisme et son sac de balles toujours dissimulés dans leur logement entre les poutres brisées. Il accrocha la clé du mécanisme autour de son cou. Il reprit sa jument et sortit du fort, repassant devant le Bulgare sidéré, puis il prit la direction de la baie de Marsamxett. C'était là que le gros de la flotte turque et tous les corsaires algériens étaient abrités.

Après son repas avec Abbas, Tannhauser était resté allongé sur ses coussins pendant trois jours et trois nuits, ne s'aventurant pas plus loin que les cuisines et les latrines. Son foie avait secrété la bile noire qui engendrait la mélancolie. Dans cet état de désolation, entre des bribes de sommeil stupéfié, il se demandait quelle démarche suivre ensuite, et même si ces réflexions exacerbaient les douloureux effets de sa bile, il se découvrait incapable d'orienter son esprit vers quoi que ce soit d'autre. Pire encore, il n'arrivait à aucune conclusion solide, car à peine s'était-il rangé aux avantages d'un plan d'action qu'il se convainquait lui-même des mérites d'un autre.

La simple raison le faisait pencher vers un retour aux côtés des Ottomans. Malte allait tomber, même si cela devait arriver plus tard que prévu car, de par leur sang mongol, leur obstination bornée ne connaissait pas de limites, et l'idée de retraite leur était presque inconnue, surtout dans une guerre de siège comme celle-ci. Comme il en avait discuté avec les marchands du bazar, la reconquête le verrait extrêmement bien placé pour en tirer profit, et il pouvait compter sur l'appui et les investissements d'Abbas bin Murad. Dans le jardin de l'auberge d'Angleterre, une fortune en opium était enterrée sous sa baignoire. Il serait assez facile, lors du saccage de la ville, d'aller la récupérer. Avec Sabato Svi désormais rétabli à Venise, leur futur serait brillant. Et ce qui le poussait le plus, c'était qu'il pourrait ainsi éviter tout nouveau combat.

L'alternative n'était pas seulement désolante – et hautement improbable –, elle requérait aussi une vigueur et une passion qu'il semblait avoir épuisées pour de bon dans la fureur de Saint-Elme. Il lui faudrait retourner au Borgo en traversant les deux lignes hostiles, exploit pas facile à réaliser, puisque le cordon turc était désormais tendu comme une peau de tambour. Comme il n'y avait que peu de raisons valables de retourner mourir seulement pour la Religion, et en supposant qu'Amparo, Carla et Bors étaient toujours en vie, il lui faudrait réussir à les faire tous sortir, puis leur faire traverser le même double cordon d'acier, avant d'atteindre le bateau caché à Zonra, dont la sauvegarde n'était pas une certitude.

Aucun de ces plans n'incluait Orlandu. Quand Tannhauser y ajoutait cette donnée, le voyage vers le Borgo semblait impossible. Il était prêt à se frayer un chemin dans le noir en évitant les sentinelles turques, mais avec un jeune esclave à la remorque, ils se retrouveraient vite tous deux en train de hurler sous la bastonnade.

Bors était maître de son destin, et tant qu'il pouvait mourir une épée à la main, il ne se plaindrait pas. Les deux femmes ? Si elles survivaient et qu'elles étaient faites prisonnières par les Turcs – et leur pâle beauté leur accorderait une valeur considérable, du moins tant que leurs vies étaient concernées –, Tannhauser pourrait sans doute les faire échapper à leur destinée toute tracée. Selon sa propre expérience, si un marché pouvait être envisagé, il pouvait être conclu. Mustapha, malgré son immense colère, n'allait pas passer toute la population au fil de l'épée. Quelqu'un devrait reconstruire la ville et labourer les champs. San Lorenzo deviendrait une mosquée. La nourriture redeviendrait bonne. Malte serait comme Rhodes, ou les Balkans, ou n'importe lequel des cent territoires devenus fiefs de Soliman : prospère et paisible. Les Maltais pourraient même aller à l'église le dimanche. Et si Carla et Amparo ne survivaient pas, il pourrait, avec le temps, les oublier et la vie continuerait. Car la vie le faisait toujours. Il avait déjà perdu des femmes. Et au moins n'aurait-il pas à les voir mourir sous ses yeux.

Ce dernier sentiment, très dur, se révéla faux, et son contraire le gardait éveillé plus que tout autre. Il n'oublierait jamais les deux tendres et belles dames à qui il avait fait traverser la mer. Comme il n'avait jamais oublié sa mère, ni Britta ni Gerta.

Le matin suivant, il s'était réveillé et avait décidé qu'il pouvait élever la condition d'Orlandu – s'il était encore en vie – sans qu'ils ne risquent tous deux une mort douloureuse. Parce que dans son délire ce matin-là au fort Saint-Elme, Tannhauser l'avait désigné du doigt, Abbas avait essayé de réclamer le garçon, mais les corsaires qui s'étaient emparés de lui étaient demeurés intraitables. Le butin était maigre ce jour-là et, après tant de sacrifices, ils se seraient accrochés à une chèvre à trois pattes rien que pour sauver leur honneur.

La baie de Marsamxett débordait d'activité et regorgeait de mâts et de voilures. Des navires venaient d'Alexandrie et de Tripoli chargés de provisions. D'autres repartaient pour ces mêmes destinations avec des cargaisons de blessés. Réparations et réarmements étaient une routine perpétuelle. Tannhauser passa la moitié du jour à fouiller les quais, échangeant plaisanteries, bénédictions et obscénités occasionnelles avec les mécréants algériens un peu partout, mais il ne se passa rien qui aurait pu requérir l'usage des armes. Après nombre de discussions et de faux espoirs, il finit par repérer Orlandu en train de gratter des bernacles et des algues sur la coque d'une galère. Le garçon y mettait toute son énergie et, de loin, il n'avait pas l'air trop mal en point. Tannhauser ne le dérangea pas et poussa plus loin ses recherches.

Il découvrit que le garçon était désormais propriété d'un soi-disant capitaine de galère, un malfrat au visage en lame de couteau nommé Salih Ali. C'était un des partisans du grand Torghoud Raïs, qui était mort le jour où Tannhauser avait été emporté hors des ruines. Salih était natif d'Algérie, ce qui était une sorte de soulagement, car les plus sordides et les plus vicieux des corsaires barbaresques étaient invariablement des chrétiens renégats, comme Torghoud lui-même. Ils se retirèrent à l'ombre d'une tente et burent du thé sucré en discutant. Tannhauser lui laissa entrevoir la roue tatouée sur son bras, pour que sa parure ne l'induise pas en erreur, et ils se complimentèrent chacun sur leurs valeureuses réputations, dont en fait ils ignoraient tout. Puis Tannhauser laissa entendre qu'il pourrait bien être acheteur d'un esclave chrétien, un jeune costaud, et la négociation commença.

Il fallut deux heures et demie pour qu'elle soit conclue. Il était douteux que tout Européen que Tannhauser connaissait ait pu le supporter. Bors lui-même aurait étranglé Salih au bout de vingt minutes. Mais Tannhauser buvait du petit-lait. Il adorait ce genre de jeux – il les avait appris à la dure, comme tous les jeux qu'on adore, des maîtres dans les bazars de Beyrouth, de Trébizonde et du Buyuk Carsi, qui riaient et se frottaient les mains quand ils le voyaient arriver – et il comprit très vite qu'il parviendrait à ses fins avec Salih. Car le corsaire tomba immédiatement dans le piège de convoiter le fusil à mécanique posé sur les genoux de son adversaire. Tannhauser avait escompté ce désir, avec une certaine confiance. Bien sûr, Salih n'était pas assez vulgaire pour demander directement le fusil, aussi se bornait-il à l'admirer. Tannhauser se fit une joie de démontrer sa précision, l'ingéniosité de son mécanisme, le fait qu'il tire dès qu'on pressait la gâchette, ce qui ravalait l'usage d'une mèche enflammée aux temps primitifs. Il fit bien attention à ce que le pauvre bonhomme ne le prenne jamais en main. Convaincre Salih que le fusil n'était pas à vendre, à aucun prix, même si une somme bien plus élevée que le prix d'un jeune esclave était avancée sur la table, fut un chef-d'œuvre qui prit deux bonnes heures. Et Tannhauser en était très heureux. Car c'est à cet instant, quand le désir désespéré de Salih d'obtenir le fusil eut enfin ravalé le prix d'Orlandu à celui d'un article sans importance sur une interminable liste, que Tannhauser suggéra qu'ils goûtent l'opium qu'il avait apporté.

Il sortit de sous son caftan une boulette grosse comme une noix et les yeux de Salih étincelèrent de convoitise. On apporta une pipe à eau et ils émiettèrent un peu d'opium avec des fleurs de chanvre indien, des raisins secs écrasés et du tabac, et ils fumèrent dans l'ombre étouffante. Tannhauser se restreignant comme celui qui a déjà été victime d'un tel stratagème, Salih avec la gratitude imprudente de l'homme dont les nerfs, derrière son sourire, sont à fleur de peau. Salih n'était pas le premier à croire qu'une petite relaxation améliorerait ses talents de commerçant. Mais quand la merveilleuse résine eut jeté son sort, que le brouhaha et la puanteur du port finirent par s'estomper, et que Salih commença à vaciller sur son tabouret, le paradis à portée de main, Tannhauser parvint à acheter le garçon pour seulement deux des quarts d'opium. Il rajouta les restes de la petite boulette en signe de bonne volonté, car cela offrirait à Salih la possibilité de rodomontades qui lui sauveraient la face et – qui sait ? –, le monde étant petit, il se pouvait très bien qu'ils se rencontrent à nouveau un jour.

Orlandu fut ramené de la plage par un homme à tout faire. Tannhauser garda son visage invisible jusqu'au dernier moment et s'avança pour se placer entre le garçon et Salih. Il cloua Orlandu sur place d'un regard dur et, faisant mine de gratter sa barbe, il plaça son index devant ses lèvres pour signaler au garçon de ne pas révéler qu'ils étaient amis.

Orlandu, vif comme un serpent, transforma son expression de surprise en un soudain regard renfrogné, celui de qui est vendu et acheté contre sa propre volonté. L'homme de main de Salih, qui avait aspiré une bouffée odorante en entrant dans la tente, était absorbé par l'espoir de partager la pipe, même si c'était absolument vain, et l'échange silencieux passa inaperçu. Salih se contenta de frapper du dos de la main l'oreille du garçon pour lui signifier de surveiller ses manières maintenant qu'il était au service d'un gentilhomme. Au regard que les Algériens échangèrent, Tannhauser suspecta que tous deux pensaient qu'il avait acheté le garçon pour sa satisfaction sexuelle ; et Salih l'assura qu'Orlandu était un garçon d'une perpétuelle fraîcheur ; mais l'heure n'était pas à prendre offense d'insultes imaginaires. Salih Ali exprima l'espoir qu'ils fassent à nouveau affaire un jour et Tannhauser assura au corsaire que ce serait le cas. Et ils partirent enfin : Tannhauser sur sa jument, le fusil en travers du pommeau de la selle, et Orlandu courant à ses côtés, se tenant aux rênes comme si sa vie en dépendait.

Lorsqu'ils furent hors de vue de la tente de Salih, Tannhauser mit la jument au pas. Il ne regarda pas vers le garçon, car il voulait maintenir les apparences. Coincé sous ses cuisses, le sac de cuir était encore gonflé de quatre livres d'or brun. Il se mit à rire. Il n'avait pas ri depuis si longtemps qu'il ne pouvait pas se souvenir quand c'était, et cela le mit en joie en cette fin de journée.

« Donc, dit-il en italien, tu es retourné à ta première profession de gratteur de bernacles. Je suis déçu.

— Où allons-nous ? demanda Orlandu.

— Quoi ? Aucune gratitude ?

— Je pensais que vous étiez mort. J'ai pleuré et j'ai prié pour votre âme, même si je pensais que vous étiez damné.

— Ton manque de foi te fait honte ! Ne t'avais-je pas dit que nous nous rencontrerions à nouveau ?

— Pourquoi avez-vous mis si longtemps ?

— Attends, dit Tannhauser, ce n'est pas moi qui me suis fait capturer par les corsaires du sultan alors que j'étais en mission secrète pour La Valette. »

Orlandu lâcha les rênes et s'arrêta. Les yeux du garçon étaient humides, blessés et enragés. Tannhauser avait parlé en toute légèreté, sans intention de cruauté. Mais le garçon était trop jeune pour l'accepter comme tel.

« Écoute, dit Tannhauser, tu t'es bien débrouillé pour survivre six semaines en compagnie des corsaires. » Si

Orlandu avait été moins mal dégrossi et plus angélique, sa perpétuelle fraîcheur aurait certainement été souillée, mais il ne le lui dit pas. « Tu as été résolu et brave et je suis fier de toi. Si fier que j'aie décidé de faire de toi mon partenaire dans une entreprise fameuse. »

Orlandu s'éclaira. Il était d'une nature pleine d'entrain, peu enclin à des ruminations sans intérêt ; pour Tannhauser, c'était une force digne d'admiration. « Votre partenaire ? dit Orlandu.

— En première instance, tu seras plutôt un peu comme mon apprenti. Après tout, tu ne connais rien aux affaires, ni à grand-chose d'autre. Mais avec le zèle requis et en, je dirais, dix ans environ, tu pourras devenir un jeune homme prospère, un homme du monde pas moins, avec un diamant dans ton turban et un navire ou deux sous tes ordres. »

Tannhauser se rendit soudain compte que c'était une affirmation extravagante venant de quelqu'un qui portait des vêtements prêtés, aussi beaux soient-ils, et qui était assis sur un cheval d'emprunt. Mais Orlandu ne douta pas une seconde de son mentor.

« Je vais devoir porter un turban ? dit Orlandu.

— Tu vas devenir un Turc, mon jeune ami.

— Je hais les Turcs !

— Eh bien, apprends à les aimer. Ils ne sont pas pires que n'importe quel type d'homme, et ont l'avantage sur la plupart en bien des manières.

— Ils sont venus ici pour nous tuer et voler notre terre.

— C'est une habitude qu'ils partagent avec nombre de peuples et de tribus. On ne peut pas retenir contre eux qu'ils aient prouvé en ces choses une valeur hors du commun. La Religion aussi est un envahisseur.

— Mais nous avons combattu les Turcs, protesta Orlandu. Vous les avez combattus aussi.

613

— Pour et contre, selon mon propre temps, dit Tannhauser. Les Français combattent les Italiens, les Allemands se battent entre eux – comme le font chrétiens
et musulmans – et les Espagnols combattent à peu près
tous ceux qu'ils peuvent trouver. Se battre est une habitude aussi naturellement innée que d'aller chier.
Comme tu l'apprendras, l'identité de l'ennemi importe
souvent peu aux combattants. En tout cas, nous sommes
assez mal placés pour nous quereller avec les Turcs
aujourd'hui. »

Le visage d'Orlandu se crispa de confusion. Il était
assez brillant pour apprécier le pouvoir de la logique
mais, comme beaucoup, cet art ne lui était pas familier.

« Et Jésus ? demanda-t-il.

— Vénère-le si tu veux. Les Turcs ne t'attacheront
pas au pilori pour ça. Mais il y a grand intérêt à pro-
fesser une allégeance envers Allah et son Prophète, que
la paix soit sur lui, même si ce n'est pas sincère.

— Comment peut-on prétendre croire en un dieu ? »

Tannhauser se mit à rire. « Écoute-moi bien, il y a
des canailles en mitres rouges au Vatican qui, à cette
minute précise, doutent de son existence même. Ils sont
juste assez fourbes pour ne pas le dire.

— Nous allons finir dans les feux éternels de
l'enfer !

— C'est un endroit plutôt surpeuplé. Mais si tu étais
Dieu, te soucierais-tu de savoir par quel nom l'humanité
t'appelle ou par quels moyens elle se vautre devant toi ?
Vraiment, est-ce que tu te soucierais de ce que nous
faisons ?

— Jésus nous aime. Ça, je le sais.

— Alors il nous pardonnera une petite tromperie
destinée à nous sauver de la bastonnade. Et maintenant,
avec ta permission, nous devons nous mettre en route.
Il est tout à fait impropre, pour un homme de ma condi-

tion, d'être aperçu en train de discuter théologie avec son esclave.

— Votre esclave ?

— Pour sauver les apparences, seulement. Et sans nul doute, tu es l'esclave du sultan, comme la majorité de ses sujets. Les grands vizirs sont des esclaves. L'*aga* des janissaires est un esclave. Les hommes les plus puissants de l'Empire sont des esclaves. Les esclaves de Soliman. Sous l'empire, seuls les Turcs sont nés libres. Mais, comme nous venons de l'établir, quand il ne s'agit que d'une affaire de mots, où est la tromperie ? En Europe, la naissance est tout, et c'est un garrot sur chaque gorge. Mais sous le régime des Ottomans, le mérite peut te mener aux plus hauts conseils d'Istanbul. Piyale lui-même est né chrétien, bébé abandonné trouvé sous une charrue dans la campagne de Belgrade quand Soliman assiégeait cette ville. Il est maintenant le plus grand amiral de l'Empire, et peut-être du monde. Il vaut certainement mieux être un esclave riche qu'un pauvre homme libre seulement de nom, qui gratte les bernacles dans le Grand Port et se courbe comme un serf à chaque fois qu'un noble passe. »

Orlandu réfléchit à cela, pas encore complètement convaincu. « Alors je dois prétendre être votre esclave, faire semblant d'aimer le Turc et de vénérer Allah aussi ?

— C'est plus facile que ça en a l'air, lui assura Tannhauser. Et quand ton ventre est plein et que les soies sont douces sur ta peau, cela devient plus facile encore.

— Et ma mère ? »

Tannhauser sourcilla, surpris que cette question jaillisse dans la conversation. « Elle est entre les mains de Dieu, comme l'attesteraient les deux fois. Toi et moi devons veiller sur nous-mêmes. » Orlandu se renfrogna face à la dureté de cette affirmation et, en vérité, Tann-hauser se sentit quelque peu fraudeur. Mais il refusa de l'admettre. À la place, il se pencha et serra l'épaule du garçon. « Tu as été témoin de la dureté de la bataille, mon garçon. De la folie et du gaspillage. Tu as vu le chagrin, la terreur, la douleur. Peux-tu me dire si tout cela a la moindre raison d'être ? »

Orlandu ne répondit pas.

« S'il existe un Dieu, il t'a béni d'une intelligence affûtée, dit Tannhauser. C'est en l'employant que tu l'honoreras le mieux. Et maintenant, allons-y. »

Tannhauser emmena Orlandu au bazar, renoua quelques connaissances et échangea deux onces d'opium contre des *akçe* d'argent. Il soumit Orlandu à un bain partagé avec deux cavaliers spahis, et lui acheta quelques vêtements et des chaussons conformes à son statut, ainsi qu'un couteau et une petite marmite de fer, dont il lui promit qu'elle le rendrait populaire. Il lui apprit à dire le *Shahada : Ashhadu alla ilaha Illa Allah wa ashhadu anna Muhammad rasulu Allah.* « Il n'est d'autre Dieu qu'Allah et Mahomet est son messager. » Ce qui le ferait aimer des fidèles en cas d'urgence, et comme le maltais et l'arabe n'étaient pas des langues très éloignées, Orlandu le maîtrisa assez vite. Il lui dit de ne jamais courber la tête devant aucun homme, même un vizir, car on ne se courbe que devant Allah, et il découvrit que « *Asalaamu alaykum* » était une phrase d'accueil qui était déjà familière au garçon.

Il insista sur le fait qu'ils ne devaient pas apparaître trop amis devant Abbas et son entourage. Il fallait leur faire croire que Tannhauser remboursait une modeste dette, par charité et gratitude envers Allah, plutôt que par affection pour le garçon, et rien de plus. Il le ramena donc ensuite au camp d'Abbas et le présenta au personnel, puis soudoya le valet d'écurie pour qu'il lui apprenne à soigner les chevaux, talent dont on avait toujours grand besoin. Orlandu, avec son évident instinct de garnement des rues, joua son rôle avec conviction et Tannhauser, purgé de sa bile noire, se félicita de cette excellente journée de travail.

Plus tard, il fit cadeau à Abbas d'une livre d'opium et lui dit que, avec sa bénédiction, il avait l'intention de s'embarquer pour Tripoli le lendemain même. Abbas donna sa bénédiction, et une lettre de recommandation, mais son humeur était sombre et préoccupée, même s'il ne s'en expliqua pas.

Tannhauser se retira sur ses coussins pour envisager un futur plus lumineux qu'il n'avait pu récemment l'imaginer. Il allait échanger le reste de l'opium contre de l'or au bazar, car il avait là plus de valeur que nulle part ailleurs. À Tripoli, l'or, artistiquement distribué, lui offrirait une ligne de crédit avec les marchands de grain. Sa connaissance de la situation maltaise et ses contacts dans le bazar de l'armée lui permettraient d'acheter quelque chose de plus précieux encore : leur confiance. Et la lettre d'Abbas valait plus d'or qu'il ne pouvait en porter. Jadis, Tannhauser avait commencé avec un capital bien moindre. Il serait de retour à Malte d'ici un mois, avec une cargaison de vivres qui allait faire danser les intendants.

Il avait fait ce qu'il pouvait pour le garçon. Une place au service d'Abbas était l'un des postes les plus sûrs de l'île. Il avait rempli son contrat avec Carla, et même plus. Il avait payé son tribut au Dieu de la guerre. Quelqu'un devait se relever des cendres à venir ; mieux valait que ce soit lui plutôt qu'un autre. Quand il posa sa tête sur l'oreiller et qu'il ferma les yeux, ce qui passait par sa conscience était clair comme un miroir poli.

Quelques heures plus tard, il s'éveilla. La lumière des feux brûlait autour de la tente. Il avait rêvé, mais il ne savait plus de quoi. Il chercha l'Éthiopien des yeux ; mais l'Éthiopien n'était plus là. Son rêve avait été hanté par un air de musique lointain qui emplissait son cœur de tristesse et laissait une impression indéfinissable de possibilités inaccomplies et de sentiers jamais empruntés. Il se rallongea et se gratta l'entrejambe. Puis il se rendit compte qu'il entendait toujours la musique.

Son ventre se serra d'un coup. Il tenta de se persuader de retourner à ses rêves. Dès l'aube il avait un bateau à prendre, pour Tripoli. Mais il se leva des coussins, passa son caftan et, comme s'il était sous le charme de quelque enchantement, il sortit dans la nuit.

Des feux de camp trouaient le vaste bassin obscur du Marsa, et il imagina les janissaires affûtant leurs armes et pansant leurs blessures à la chaleur de l'*oçak* tout en récitant, comme c'était leur habitude, des ballades héroïques autour de leur *kazan*. Une part de lui avait envie de se joindre à eux pendant une heure ou deux, pour retrouver la camaraderie sacrée de sa jeunesse. Ses tatouages lui garantiraient un accueil chaleureux. Un quart d'opium adoucirait leur désarroi face aux événements. Mais le passé était passé, mieux valait le laisser où il était, et le fil d'or de la mélodie l'entraîna dans une autre direction.

Dans l'air cristallin, la musique était presque imperceptible, mais bien réelle. Elle l'attira vers la crête de Corradino, et il regarda, en contrebas, les ports chrétiens en fouillis. La moitié de lune était dans le Sagittaire, et un rayon blafard découpait les eaux de la crique des Galères. Il imagina qu'elle était assise tout au bout du lointain rayon de lune. Où qu'elle soit assise, elle jouait de sa viole de gambe avec la même extravagante union d'espoir et de désespoir qui l'avait tant charmé dans le jardin de roses, et qui l'avait projeté au cœur de l'enfer. Là-bas, sur cette colline parfumée, comme ici sur cette falaise aux relents de putréfaction, il avait senti ses yeux s'emplir de larmes et la musique emplir son âme là où elle avait toujours été vide. Amparo était son amour. Et pourtant. Avait-il choisi la mauvaise femme ? Il ne s'étonnait pas de ne pas avoir osé choisir Carla. Elle détenait un pouvoir auquel il craignait de se soumettre. Mais l'une ni l'autre n'avait rien à voir avec sa fâcheuse situation présente. Dans cette situation, tous ces choix venaient de s'envoler sur les ailes de son chant nocturne.

Il entendit des pas sur les cailloux derrière lui et il se retourna. C'était Orlandu. Le garçon leva vers lui des yeux emplis d'une question muette, sa langue paralysée par ce qu'il voyait sur le visage de Tannhauser. Ce dernier sourit. Dans l'œil de son esprit, il voyait la galère pour Tripoli s'éloigner de la baie de Marsamxett sans lui.

« Tu entends ça, garçon ? »

Orlandu prêta l'oreille. Il hocha la tête.

« C'est ta mère. »

Le regard d'Orlandu se porta de l'autre côté de la baie.

« Elle joue comme un ange chargé de chaînes », dit Tannhauser.

Orlandu le regarda avec intelligence, comme si Tannhauser avait laissé échapper un secret qu'il voulait garder. Tannhauser se passa le pouce dans la barbe. Il étudiait la vaste étendue d'obscurité qui encerclait la ville.

« C'est de l'aide du diable dont je vais avoir besoin si je veux la libérer. Mais il a toujours été plus qu'heureux de me faire crédit. »

MARDI 7 AOÛT 1565

Santa Margharita – La route de Mdina – Le mont San Salvatore

L'aube se levait, sans vent, calme, et une odeur fétide infectait tout l'air du camp. Quand Tannhauser se leva pour la prière, la puanteur lui fournit la raison de l'humeur maussade d'Abbas la nuit précédente. Le prélude à chaque bataille incluait, entre autres choses, une énorme masse de fèces, et de fèces d'une qualité particulièrement malodorante. Ce n'était pas une manière de mesurer la couardise, plutôt un fait de la nature ; trente mille hommes se préparaient à sacrifier leurs vies pour Allah ; et même les plus braves avaient la sagesse de vider leurs corps de cet excès de poids.

Les bataillons avaient manœuvré dans le noir pour se mettre en place et, le temps qu'il ait récupéré sa jument baie et qu'il soit passé de Corradino à Margharita, la sourate de la Conquête fut clamée sur les hauteurs environnantes. Les timbales et les fifres des fanfares des *mehterhane* résonnaient et les cornes d'appel lancèrent le signal d'une double offensive des légions du Grand Turc. L'amiral Piyale commandait l'assaut contre le Borgo, le pacha Mustapha celui contre L'Isola.

Puisque leur intention était de prendre les deux citadelles à n'importe quel prix, Tannhauser passa la matinée sur les hauteurs de Margharita, feignant le rôle d'aide de camp d'Abbas quand c'était nécessaire, et, de là-haut, il observait les prodiges de violence et de valeur déployés en contrebas. Après tout, il ne servait à rien de se faufiler dans le Borgo – son plan depuis qu'il avait entendu l'ultime musique nocturne de la comtesse – si les Turcs franchissaient les remparts. En ce cas, il descendrait la colline à cheval pour les rejoindre, dans l'espoir de pouvoir sauver au moins Amparo et Carla du saccage qui s'ensuivrait. Et saccage il y aurait. Soliman lui-même avait échoué à retenir les janissaires – à Budapest, Rhodes et ailleurs – et les rancunes nourries par cette guerre étaient plus profondes que jamais. La Valette avait tout fait pour. Le rouge coulerait des rues pendant une journée, peut-être même deux ou trois. Les atrocités abonderaient. Des hommes s'entretueraient à coups de couteaux pour les miettes d'un butin médiocre. Les chevaliers endureraient le plus gros des tortures et des exécutions, ce qui n'était que justice. Mais plus vite que prévu, l'abcès serait percé, et, une fois affirmé que les propriétés, humaines ou matérielles, vouées à la destruction appartenaient au sultan, Mustapha commencerait à faire pendre ses propres hommes par douzaines.

Tannhauser se demandait s'il arriverait à récupérer Buraq – après avoir mis les deux femmes en sécurité, supposait-il – et il se disait qu'il lui faudrait pour cela un peu de marche à pied, une bonne quantité d'opium et probablement quelques meurtres.

Quand le bombardement préliminaire s'arrêta, fumée et poussière s'éclaircissant, une énorme brèche dans l'enceinte du Borgo se révéla là où une section de rempart de quarante pieds de large s'était effondrée sur les cadavres empilés dans la douve. Les bannières du sultan se précipitèrent à travers le Grand Terre-Plein et les troupes tartares de Piyale, en uniformes et coiffes jaune brillant, lâchèrent une pluie de flèches qui s'envola, avant qu'eux-mêmes ne se précipitent vers les *arque-buceros* de la Religion. Des dizaines d'entre eux tombèrent sur l'argile glissante de sang des glacis. Ceux qui le pouvaient commencèrent à grimper et trébuchèrent dans l'enfer, car cela devint diabolique de feu grégeois et de gras de porc bouillant, vomis dans la brèche par les mâchicoulis en enfilade. Lorsque des azebs apportèrent des échelles pour tenter d'escalader le poste de Castille, un coin écarlate d'infanterie spahi s'avança dans le flot jaune des Tartares.

Sur les collines, d'autres bataillons et d'autres – encore comme si Piyale pouvait les faire apparaître du néant – franchissaient les crêtes pour se joindre à la tuerie. Les hauts *borks* blancs des janissaires s'agitaient comme un champ de lys géants. Des derviches martelaient le sol d'impatience en brandissant des lames étincelantes, hurlant : « Malheur aux infidèles, leur mort promise est arrivée. » Et des iayalars délirants de chanvre arrachaient leurs vêtements en hurlant à Allah de leur accorder la part de sang qu'ils méritaient.

Au-dessus du plus avancé des bastions catholiques, le soixante-dix-huitième esclave du siège à avoir eu droit à la potence de la porte Provençale surplombait la catastrophe comme une harpie sans ailes et à la langue bleue, envoyée par les forces des ténèbres pour contempler cette journée.

Tandis que le Borgo luttait pour son existence, à trois cents vergues sur la gauche de Piyale, et séparé de lui par l'avancée de la crique des Galères, le pacha Mustapha se précipitait sur Saint-Michel. Une masse rouge de spahis jetaient leurs échelles haut dans un pandémonium de cercles de feu grégeois et de marmites enflammées. La puanteur du gras et des cheveux brûlés atteignit les narines de Tannhauser à travers les miasmes déjà denses des morts en décomposition. De ces derniers, des multitudes d'énormes mouches s'élevaient en piliers tournoyants, iridescents de bleu et de vert. Il semblait impossible que même des *gazi* puissent endurer un traitement si démoniaque. Et pourtant, ils le faisaient. Et alors que les minutes puis les heures passaient, ils escaladaient les corps cramés et massacrés, grimpaient aux murs noircis, se faufilaient dans les embrasures, et les corps à corps éclataient au-dessus des ruines de Bormula.

Comme pour sonner le glas de L'Isola, Mustapha lui-même apparut sur cette plaine brisée, à la tête de ses gardes. Des balles de mousquets soulevaient de petits nuages de poussière du sol cuit de soleil tout autour de lui. Il les dédaignait. Des plumes d'autruche surmontaient son immense turban blanc, son coursier gris perle était recouvert de tissus d'or et des étendards de prêles rouges l'encadraient de chaque côté, comme ils l'avaient fait pour Temujin et Timour le Boiteux dans les hécatombes d'antan. Le long de la garde du pacha, une douzaine d'*orta* de *solaks*, l'élite des janissaires accompagnés par leurs pères derviches bektasi, s'alignaient en robes ocres et casques de bronze, et Mustapha cavalait entre leurs rangs, les exhortant de versets du Prophète, courtisant leurs âmes avec la perspective d'un paradis ombré de palmes, et excitant leur convoitise avec celle du pillage et des récompenses. Lui et La Valette étaient parfaitement assortis, se disait Tannhauser. Tous deux avaient soixante-dix ans, et étaient assoiffés de sang, à la folie. Les solaks se mirent en position pour la charge, et sa gorge se serra, car il sentait leurs cœurs battre. Si les spahis parvenaient à monter aux remparts de Saint-Michel – et ils l'avaient fait –, les Lions de l'islam allaient les prendre entièrement.

Puis un rugissement de triomphe vengeur mêlé de désespoir s'éleva de la brèche ouverte dans l'enceinte du Borgo et Tannhauser pressa son cheval le long de la crête pour avoir une meilleure vue. Les troupes de choc de Piyale s'étaient emparées de la brèche embrasée et s'entassaient pêle-mêle dans l'espace libre au-delà. Là, elles rencontrèrent la pierre immaculée du mur intérieur dissimulé – la seconde et nouvelle enceinte que Tannhauser lui-même avait suggéré de construire, ce que La Valette avait fait au prix de la vie de centaines d'esclaves. Au lieu de se retrouver dans la ville, les envahisseurs de Piyale étaient piégés dans un couloir de mort, plaqués contre le mur par-devant, et leurs dos écrasés par l'énorme vague écarlate des *gazi* avides de gloire.

Le champ de massacre était superbement conçu. À chaque bout du corridor, des casemates et des bouches à feu abritaient des canons chargés de mitraille qui labouraient cette bousculade frénétique de tempêtes de sang. D'au-dessus, *arquebuceros* et archers tiraient à volonté, des femmes maltaises, deux par deux, versaient des chaudrons de gras bouillant, jetaient des blocs de maçonnerie, et les équipes d'incendiaires balançaient leurs ustensiles funestes, conspirant tous à la ruine infinie des mortels hurlant en dessous.

Les survivants piégés tournaient en rond, comme du bétail paniqué par des prédateurs, et quand ils comprirent enfin que leur seule chance de salut était de battre en retraite, une migration convulsive éclata en direction de la brèche. Des poternes de fer crissèrent en s'ouvrant dans la nouvelle enceinte et de macabres escouades de chevaliers s'aventurèrent dehors pour mettre les fuyards en pièces à coups d'épées et de haches. Et alors que leurs proies étaient enfoncées jusqu'à la taille dans les corps sanglants et que ceux qui couraient se réfugier sur le Grand Terre-Plein étaient abattus dans le dos, les chevaliers levèrent leurs armes vers le ciel et prièrent Dieu.

Le Borgo tiendrait. Au moins pour aujourd'hui.

Tannhauser revint observer le combat pour Saint-Michel. Des colonnes de *solaks* hurlants grimpaient aux échelles et avaient déjà planté leurs bannières frappées de l'étoile et du croissant aux côtés de la croix. Les chevaliers et les Maltais luttaient pied à pied, mais avec peu de soutien à venir du Borgo, et les réserves quasi inépuisables de Mustapha, les perspectives semblaient bien sombres pour Saint-Michel. Si la citadelle tombait, le Borgo suivrait en moins d'une semaine. Mustapha remplirait L'Isola de ses canons de siège, et, se retrouvant à quelques centaines de pieds, il écraserait le flanc sans défense de la ville, avant de traverser la crique des Galères avec ses chaloupes pendant que l'enceinte serait assaillie en masse du côté du Grand Terre-Plein.

Tannhauser ne connaissait pas assez bien les sentiers de l'île pour se frayer un passage vers le Borgo à la faveur de l'obscurité, du moins pas depuis ce côté-ci. Il ne connaissait pas assez bien non plus la disposition des lignes turques côté est. Il avait besoin d'un des éclaireurs maltais de La Religion pour passer. Ils connaissaient chaque sente et chaque creux de ce terrain accidenté et portaient des messages à Mdina ou en rapportaient, selon la volonté du grand maître. À ce qu'il savait, aucun d'eux ne s'était jamais fait prendre. Mdina était à quatre milles de distance. S'il voulait retourner dans le Borgo, il fallait qu'il commence par aller à Mdina.

Tannhauser fit tourner son cheval et partit à travers les collines aussi hâtivement qu'il l'osait. Il grimpa le flanc de Corradino et passa au large de la tente d'Abbas, pour retrouver Orlandu en train de pelleter du crottin dans une brouette. Orlandu laissa tomber sa pelle tandis que Tannhauser sautait à bas de sa selle.

« Nous n'allons plus nous voir pendant un bon moment », dit Tannhauser.

Le garçon parut immédiatement découragé, mais il redressa ses étroites épaules.

« Tu vas rester dans l'entourage du général Abbas. Il est sage et juste, et il veillera à ce qu'il ne t'arrive rien. Ne lui dis rien de notre amitié. Dis-lui, si tu y es contraint, ce que je lui ai dit moi-même : que tu as été généreux envers moi quand j'étais en esclavage à Saint-Elme. Je mourais de soif et tu m'as donné de l'eau d'une outre en peau de chèvre. C'est tout. En te rachetant à l'Algérien, j'ai remboursé cette faveur, comme Allah l'ordonne. Tu as compris ? »

Orlandu opina. « Une outre en peau de chèvre.

— Souviens-toi que tu es homme maintenant et un Maltais de surcroît, et je ne connais pas de race plus solide, et comme saint Paul l'avait écrit, tu dois abandonner tes manières puériles. Travaille dur, prie avec les païens, apprends leur langue. Tu as survécu à la captivité de Salih Ali ; dans ce campement tu vivras comme un duc. »

Il fit un pas en avant et se pencha vers lui, les mains sur les hanches.

« Maintenant, écoute-moi bien, Orlandu. Si Malte tombe, et que je ne suis pas revenu, et qu'Abbas repart en bateau pour le vieil Istanbul, comme il le fera tôt ou tard, tu devras aller avec lui. »

Orlandu se crispa. « De l'autre côté des mers ?

— Considère ça comme une éducation, car ç'en sera une. Donne-moi ta parole maintenant. Sur les larmes de la Vierge.

— Je vous donne ma parole, sur les larmes de la Vierge.

— Bien. Tant que tu resteras auprès d'Abbas, je pourrai te retrouver, même si cela doit prendre des mois, ou même des années. »

C'était plutôt dur à accepter, mais Orlandu ravala sa peur et n'hésita pas.

« Tu as confiance en moi ? insista Tannhauser.

— C'est la seule chose que je n'ai pas besoin de feindre », répondit le garçon.

À ces mots, Tannhauser chancela presque, mais il ravala son émotion aussi et se contenta d'approuver d'un hochement de tête solennel. Il fit glisser la lourde bague d'or de son doigt et la pressa dans la paume d'Orlandu.

« Garde ceci en souvenir de notre amitié. Tant que tu la porteras, il ne t'arrivera aucun mal. » C'était parfaitement absurde, sans doute aucun, mais Orlandu regarda la bague comme si c'était le Graal, et Tannhauser savait que cela lui réchaufferait le cœur dans les épreuves qui l'attendaient. « Que personne ne la voie jamais, sinon tu devras risquer ta vie pour la défendre. Cache-la dans ton cul.

— Dans mon cul ? s'étonna Orlandu.

— J'ai connu des hommes qui y cachaient un couteau, et je ne te parle même pas de la contrebande. Si jamais Abbas cherche à t'abandonner, ou à te vendre, montre-lui la bague, et à lui seul. Dis-lui que c'est le gage de ma promesse – il la reconnaîtra – et supplie-le de l'honorer jusqu'à ce que je revienne.

— Où allez-vous ? demanda Orlandu en acquiesçant.

— En ce qui vous concerne, toi et Abbas, je suis parti pour Tripoli. »

Orlandu tourna la tête vers le bruit des canons de l'autre côté de la baie. Puis il regarda à nouveau Tannhauser, qui le vit vaciller, au bord de le supplier de partir avec lui. Mais il ne le fit pas ; il resta calme, et Tannhauser reprit confiance.

« Maintenant, embrasse-moi, dit-il, et souhaitons-nous bonne chance jusqu'à ce que nous nous retrouvions. »

Il ôta ses mains de ses hanches et le garçon, car en vérité c'était encore un jeune garçon, écrasa sa tête contre la poitrine de Tannhauser et le tint serré. Tannhauser serra ses épaules qui, un instant, lui semblèrent pitoyablement fragiles dans ses grosses mains couvertes de taches de rousseur. Devait-il l'emmener avec lui, finalement ? La réponse de la raison était univoque : Orlandu était plus en sécurité auprès d'Abbas bin Murad, et de très loin. Orlandu ne se résignait pas à le lâcher, et à la vérité il n'était pas le seul, mais Tannhauser le repoussa et se retourna vers son cheval. Il sauta en selle. Il fit un salut au garçon abandonné. Puis il s'en alla.

Aux limites du campement du commandeur, il passa une escouade de mousquetaires sans même être interpellé. Il dévala la pente ouest de Corradino pour atteindre la vaste langue de terre plate du Marsa et avança au trot à travers le bazar, où il acheta un demi-sac de café qu'il mit dans les fontes de sa selle. Il prit une poignée de grains qu'il mâcha et leur saveur amère le revigora. Il traversa la quiétude irréelle du campement des soldats. Presque tous les combattants avaient été lancés à l'assaut et la rare piétaille laissée sur place pour nettoyer les latrines ne leva même pas un œil sur lui.

Au-delà du camp proprement dit, originellement à une distance sanitaire, mais s'étendant maintenant presque jusqu'à le rejoindre, comme la fuite d'un marécage immense et puant, s'étalait l'hôpital de campagne turc. C'était une agrégation primitive de pauvres auvents de toile, sous lesquels reposaient des multitudes d'estropiés et de malades. Les puits empoisonnés avaient rempli leurs atroces desseins. Le soleil brûlant et les miasmes délétères des innombrables flaques de saletés avaient fait le reste. Aux côtés des pestiférés étaient allongés un nombre incalculable de blessés qui succomberaient vite à l'épidémie. La foule d'aides-soignants démoralisés allant et venant dans la chaleur étouffante avec la résignation lugubre de fermiers dans un champ empoisonné n'atteignait pourtant pas un pour cent. Les murmures délirants des affligés, leurs grognements et leurs prières, leurs cris pour de l'eau, leurs appels à la pitié, à la délivrance, créaient une chorale de désespoir qui prenait Tannhauser aux tripes. Il se couvrit la bouche et les narines d'un coin de son caftan et murmura une bénédiction pour Abbas qui lui avait épargné un tel destin. Il fit le tour de cet océan d'horreur à la vitesse requise.

Le périmètre extérieur du vaste campement était gardé par une douzaine de sentinelles à cheval patrouillant deux par deux. Il se dirigea vers les plus proches et leva impérieusement la tête sans ralentir, comptant une fois encore, et avec le résultat escompté, sur la splendeur ostentatoire de son costume pour annihiler tout délai. Une fois en rase campagne, et hors de vue des sentinelles, il vira brusquement vers l'ouest, mit sa monture au petit trot et laissa derrière lui le vacarme de la bataille perpétuelle.

Les éclaireurs de Lugny le capturèrent en terrain découvert, au pied de la pente rocheuse montant vers la ville de Mdina. Ils formèrent un cercle de menace autour de lui sur leurs destriers de bataille aux dents écumantes – lusitaniens et andalous, croisés d'ardents suédois pour la taille. Les visières des chevaliers étaient baissées, leur sang était chaud, et, sans l'ordre formel de ramener tout prisonnier pour la torture, ils auraient été ravis de lui trancher la tête sur place. Ils faisaient des commentaires graveleux sur son caftan, qu'ils trouvaient apparemment très féminin. Malgré cela, aucun ne riait, indignité que Tannhauser aurait accueillie avec joie pour alléger l'atmosphère. Après tout, la tête tranchée d'un Turc leur apporterait au pire une légère réprimande, et claquemurés comme ils l'étaient dans Mdina, loin du massacre déséquilibré qu'ils aspiraient à rejoindre, les prises étaient rares.

Il fut soulagé de voir arriver le chevalier de Lugny avec le contingent entier de cavalerie de la Religion, soit deux cents chevaliers. Sur leurs armures, ils portaient des surcots rouges avec une grande croix blanche. Cet accessoire avait paru bien plus seyant sur Amparo. Lugny reconnut immédiatement Tannhauser comme « l'espion » qui avait guidé le raid sur la pointe aux Potences.

« J'ai réclamé vos services, il y a bientôt un mois, capitaine, dit-il. On m'a affirmé que vous étiez mort.

— Les fausses rumeurs abondent en de telles périodes, répliqua Tannhauser.

— Pourrions-nous savoir à quoi vous avez passé cet interlude ?

— À me remettre de mes blessures.

— Chez les démons musulmans ?

— Dans la tente d'un de leurs généraux. »

Parfois la réponse la plus brave est la meilleure, et cela s'avéra. Pendant un instant, le visage de Lugny fut l'image parfaite de la perplexité. Le chevalier sur sa gauche, l'un des éclaireurs qui avait capturé Tannhauser, releva sa visière : il avait un visage jeune mais une expression vénéneuse et cet air fat de supériorité innée

630

qu'aucun échec dans ce monde ne parviendrait jamais à saper.

« Alors vous avez beaucoup à relater à notre grand maître, dit Lugny.

— C'est pour cela que je vais à Mdina. J'ai besoin d'un Maltais pour me conduire dans le Borgo. »

Le fat se mit à parler, confirmant les impressions de Tannhauser.

« Peut-être aviez-vous aussi beaucoup à raconter au Grand Turc. »

Tannhauser le regarda. Il envisagea brièvement d'ignorer l'insulte, mais les obscénités sur son caftan l'avaient peut-être touché plus profondément qu'il ne le pensait. Il dit : « J'ai passé treize jours à Saint-Elme. Les treize ultimes et derniers jours. »

Des regards furent échangés et certains firent le signe de croix en honneur de ce combat légendaire.

Tannhauser poursuivit. « Quand les janissaires dévalaient la colline, nous pensions souvent à vous autres, en train de polir vos armures et de vous gorger de vin, bien en sécurité à Mdina. »

Plusieurs épées quittèrent leurs fourreaux, dont celle du fat. Des serments furent prononcés. Les chevaux de bataille piaffaient en sympathie pour leurs cavaliers.

Tannhauser arma son fusil contre sa hanche. Leur sens boursouflé de l'honneur l'offensait soudain. Peut-être n'avait-il pas encore tous ses esprits suite à sa blessure ou à l'opium fumé la veille. Peut-être en avait-il juste assez de cette folie guerrière. Il avait à peine retrouvé le bon humour flegmatique qu'il chérissait, et voilà que le fat allumait une étincelle trop près du tonneau de poudre. Une rage inhabituelle, qu'il avait connue jadis, envahit le crâne de Tannhauser.

« Ôtez ces armures, dit-il au jeune fat, et je vous

prends tous les trois. À pied, j'en prends cinq, n'importe lesquels. »

Il talonna sa monture pour la faire avancer d'un pas. Le jeune fat devint blême jusqu'aux lèvres. S'il avait levé son épée, Tannhauser lui aurait tiré en plein visage. Au-delà de cela, malgré ses rodomontades, il ne faisait aucune prédiction. Lugny, qui connaissait mieux les hommes que son jeune camarade, leva la main. « Assez ! commanda-t-il, avant que ne soient dites des choses que l'on ne pourrait jamais passer sous silence. »

Le regard de Tannhauser ne flancha pas. Les paupières du jeune fat clignèrent plusieurs fois, puis il détourna les yeux. Tannhauser se tourna vers Lugny avec un sourire terne. « Donc, je peux compter sur l'un de vos Maltais.

— J'ose penser que vous pouvez », dit Lugny, soulagé. Il inclina la tête en direction du grondement des canons au-delà des collines. « Comment tourne la bataille ? Nous avons entendu le vacarme et décidé que nous en avions assez de polir nos armures et de boire.

— Le Borgo va tenir, dit Tannhauser, mais je doute que Saint-Michel résiste une heure de plus.

— Ils ont déjà tenu.

— Les bannières des janissaires flottent sur les remparts.

— Pourrions-nous les attaquer sur leur flanc ? »

Tannhauser réprima un regard compatissant. « Mustapha a vingt mille hommes de réserve sur les hauteurs. »

Lugny fronça les sourcils. « Comment leur campement est-il défendu ?

— Leur camp ? » C'était une question idiote que, normalement, Tannhauser n'aurait pas laissée échapper. Son estomac lui dit soudain que cette journée, qui avait déjà trop affaibli sa santé vacillante, allait prendre un tour bien pire.

« Le camp turc, dit Lugny. L'hôpital, si vous pouvez l'appeler ainsi. Le train, les vivres, les réserves. Les cuisiniers, les conducteurs de bestiaux, les nègres. Leur espèce de marché… »

Avant que Lugny n'ait achevé cette liste de damnés, Tannhauser avait compris qu'ils iraient sur place s'en rendre compte par eux-mêmes, quoi qu'il dise. Il choisit la vérité.

« Même la pointe aux Potences était mieux défendue. Il y a une vingtaine de lanciers à cheval, très espacés. Une compagnie de piétons thraces qui creusent des latrines. Et comme vous dites, des cuisiniers, des conducteurs, des esclaves désarmés, et les malades, les blessés. Pas de fortifications, ni de palissades. Tous les bataillons de ligne sont sur les hauteurs. »

Lugny ne lui avait jamais semblé le plus fourbe des hommes, mais tous les Français de sa connaissance faisaient montre d'une joyeuse duplicité innée qui les servait bien, au moins dans des moments comme celui-ci. Lugny se pencha en avant sur sa selle.

« Vous allez cavaler jusque dans le camp devant nous, dit-il, au galop. Feignez d'être blessé. Lancez l'alarme. Dites-leur que les renforts chrétiens de Sicile sont arrivés et avancent vers leurs arrières, et qu'il faut en informer Mustapha immédiatement. Il n'aura pas d'autre choix que d'arrêter l'assaut sur Saint-Michel.

— S'il croit cette fausse nouvelle.

— Oh, il la croira », affirma Lugny.

Il sourit et Tannhauser vit ce qu'il avait en tête. Il se sentit mal.

« Et après cela ? demanda-t-il.

— Après cela, écartez-vous juste de notre passage. »

Tannhauser doutait que ce soit aussi facile à faire qu'à dire. « Avec votre permission, dit-il, je prendrai un de ces surcots rouges. »

Lugny sourit, comme un filou en rassurant un autre, et, sans presque se retourner, ordonna au jeune fat de lui donner son surcot. Avec mauvaise grâce, le jeune homme retira le manteau de guerre sans manches et le jeta à Tannhauser. Tannhauser le roula et le fourra dans ses fontes. Puis il s'immobilisa, comme frappé d'une idée soudaine.

« Si vous cherchez du butin, dit-il, les tentes des commandants et de l'état-major sont séparées du reste, en haut des collines. Mais elles sont nettement mieux protégées – par une compagnie de mousquetaires – et elles sont à moins d'un mille des renforts que Mustapha pourrait immédiatement envoyer. »

C'était une exagération de la vérité, mais il voulait les dissuader de passer Orlandu, et également l'Éthiopien, au fil de leurs épées.

« Nous connaissons le campement clinquant de Mustapha, dit Lugny, et son jour viendra. Mais ce matin, nous n'avons pas soif de butin. Nous avons soif de sang. »

Tannhauser refit en sens inverse le chemin vers le périmètre turc. Les bruits de la bataille gagnaient en intensité. À un quart de mille de distance, il aperçut les deux premières sentinelles et il jeta un coup d'œil par-dessus son épaule. La cavalerie de Lugny était invisible. Il secoua ses muscles affaiblis et lança sa jument au galop. Comme il approchait des sentinelles, il se pencha sur le cou de la jument et leva le bras en un geste de désespoir. Quand il les atteignit, feindre d'être blessé était devenu très facile, car il se sentait plus que prêt à dégringoler de sa selle devant eux. Un des lanciers prit son cheval par la bride.

« Les chiens de l'enfer sont là, dit Tannhauser. Les chiens chrétiens venus de Sicile. Des milliers… »

Il agita vaguement son bras derrière lui et vit l'expression des sentinelles quand elles se tournèrent pour regarder. Il perçut un grondement dans le sol et la jument frémit nerveusement sous lui. Puis il entendit le tonnerre des sabots ferrés en pleine charge. Toujours penché en avant, il se tourna pour regarder aussi et sentit une terreur animale serrer ses entrailles.

Il n'avait jamais assisté à une charge de cavalerie lourde du point de vue des victimes. C'était comme cela que se sentait un cerf quand il apercevait la meute des chasseurs. Les cavaliers de Lugny devançaient un nuage ocre grandissant, et ils s'étendirent en une vaste ligne rouge qui s'allongea de plus en plus jusqu'à ce qu'il semble que si on la regardait assez longtemps, elle allait barrer tout l'horizon. Ils prenaient de la vitesse et ne montraient aucune intention de faire demi-tour. Tannhauser regarda les deux lanciers. Ils étaient bouche bée de terreur. Il s'adressa au plus paniqué des deux.

« Cavale jusqu'au front et avertis notre pacha, dit Tannhauser, sinon l'armée sera perdue. File comme le vent… »

Reconnaissant de ce sursis inattendu, l'homme fit pivoter son cheval et le lança au galop. Sa joie allait être de courte durée, car quand la tromperie serait découverte, Mustapha le ferait flageller à mort, mais son histoire ne serait qu'une des très nombreuses tristes histoires de cette journée.

À l'autre homme, pour se débarrasser de lui, il cria : « Rejoins les fantassins pour protéger les magasins… »

Pendant que le second lancier filait vers sa futile mission, Tannhauser se rendit compte qu'il lui fallait encore accomplir le plus important des ordres de Lugny : se mettre en dehors de leur chemin. Il regarda en arrière et vit qu'il n'avait aucune chance de déborder la ligne avant d'être englouti par elle. La jument ne se fit pas prier pour démarrer et filer grand train. Elle l'emporta dans le campement avec cinquante pieds d'avance à peine sur les Béhémoths cliquetants sur ses talons.

L'approche de la cavalerie répandait une vague de peur qui voyageait plus vite encore que la jument. Tannhauser jeta un coup d'œil vers le champ de blessés sur sa gauche, et vit les silhouettes des aides-soignants qui fuyaient, abandonnant leur charge d'âmes. Les boulangers fuyaient leurs fours, les cuisiniers leurs feux, les blanchisseurs leurs chaudrons et leurs baquets, courant vers les rives du Grand Port et les bateaux, tout en sachant, au fond de leurs tripes, que peu d'entre eux y parviendraient. Les troupiers de corvée de latrines, stupéfaits et sans chefs, luttaient pour résoudre une énigme qui n'avait qu'une seule solution, celle de mourir pour rien. Certains serraient leurs pelles comme des talismans dénués de pouvoir et se regroupèrent pour opposer une vaine résistance au flot de métal. Certains s'enfuirent avec les cuisiniers. D'autres plongèrent la tête la première dans les tranchées pleines d'excréments, où ils se vautrèrent dans l'espoir de demeurer cachés.

Tannhauser regarda en arrière et vit les lanciers faire une vaillante tentative face aux démons de Lugny. Ils s'évanouirent comme des graines de chardons par grand vent. Alors que les tueurs rugissaient dans les tentes en loques de l'hôpital, le tonnerre de leurs sabots et le vacarme distant du siège furent tous deux noyés dans un immense gémissement d'angoisse amorphe lancé vers le paradis. La charge ralentit, le massacre commença, et Tannhauser vira vers l'est, vers le bazar.

Il n'était pas certain de ce qui le poussait à le faire. Peut-être n'était-ce que de la camaraderie ; peut-être de la panique. Il arrêta la jument au beau milieu du chaos qui régnait déjà dans le bazar. Il repéra quelques visages avec qui il avait fait commerce et les pressa d'abandonner leurs biens et de filer vers les hauteurs. Ce petit devoir accompli, il sortit du bazar et ôta son turban qu'il mit dans ses fontes. Sa protection allait lui manquer, mais une tête nue attirerait moins de coups, du moins l'espérait-il. Il déroula le surcot rouge et le passa par-dessus son caftan. D'un seul coup, il sentit que la croix était aussi protectrice qu'un pouce d'épaisseur d'acier. Il murmura pour lui-même, comme une répétition : « Pour le Christ et le Baptiste », puis il retourna dans la purge sanglante qui lacérait présentement le visage de la plaine tordue de chaleur.

Immense est le labeur auquel font face deux cents hommes qui ont décidé d'en massacrer des milliers à l'arme blanche, même si ces derniers sont sans défense, mais le bataillon de Lugny s'y employait comme des loups dans une volée de poulets. Leurs montures s'avéraient d'enthousiastes collègues, leurs sabots protégés par des lames de fer acérées transformant malades et gisants en amas d'abats pulvérisés, tordus et sans vie. Les blessés se relevaient du sol comme des spectres ressuscités, juste pour se faire empaler d'une lance ou trancher, et renvoyer dans la souillure dont ils s'étaient relevés. Certains chevaliers descendirent de leur monture pour marcher au travers de cet océan d'infortunés, leur ouvrant le crâne à coups de masse ou de hache, et rivalisant avec leurs chevaux pour marteler les prostrés, tout en criant des prières en latin comme pour sanctifier leur folle ardeur sanglante.

Les chevaliers moissonnèrent ensuite les timides bandes de Thraces qui s'éparpillaient dans la plaine. Un coup dans la poitrine, reçu du poitrail d'un cheval de guerre furieux, suffisait à enfoncer côtes et sternum. Les vicieux sabots postérieurs ruaient et frappaient, produisant un bruit semblable à de la poterie brisée. Les chevaliers se penchaient sur leurs selles et massacraient les fantassins qui couraient en groupes miaulants. Les boulangers, maréchaux-ferrants et conducteurs, les esclaves noirs, les bouchers, les cuisiniers fuyaient comme des daims affolés et hurlaient dans leurs différentes langues à travers le vacarme des cavaliers qui fonçaient sur eux. Ils furent rassemblés comme du bétail en groupes chevrotants et passés par l'épée, ils se souillèrent quand les lances percèrent leurs entrailles, et ils s'agenouillèrent pour demander quartier pendant qu'ils étaient décapités, éventrés, démembrés et abandonnés à la mort.

Des explosions éclatèrent, jaune et orange, et des piliers de fumée noire grimpèrent vers le ciel quand les magasins de provisions, les tentes, les chariots et les réserves de grain furent saccagés et qu'on y bouta le feu. Des hordes de chevaux et de mules beuglaient, tournaient sur place et dérapaient, roulant leurs yeux blancs et protubérants de peur, tandis que les créatures cliquetantes tranchaient leurs jarrets ou les éventraient, et avançaient dans ce déversoir bouillonnant comme des enfants cherchant des coques sur un rivage écumant de sang. L'avant-garde chrétienne atteignit finalement le bazar et Tannhauser entendit les braillements des cupides et des mal avisés, puis trop de meurtres suivirent, et des tourbillons de flammes souillèrent bien vite le ciel de midi.

En traversant la plaine livrée à ce fléau, comme un Argonaute à qui l'on aurait accordé le passage à travers l'empire de Dis, Tannhauser gardait un œil attentif sur les fous furieux et le jeune fat sans surcot. Mais personne ne questionna la croix sur sa poitrine et une fois encore il sortit du périmètre sans problème. La route de Mdina s'ouvrait devant lui et la jument sembla le comprendre, car elle s'empressa de la prendre alors qu'elle était morte de fatigue et de peur. Tannhauser la calma avant de se lancer dans le voyage et jeta un dernier regard sur l'holocauste derrière eux. S'il avait jamais existé un moment pour douter d'un Dieu bienveillant, c'était bien celui-ci. Pourtant, avec cette propension au paradoxe qui habite le cœur humain, Tannhauser espérait sincèrement qu'il existait.

Des nuées mordantes couraient sur les basses terres, dans un gémissement de spoliation totale, issu des affres des hommes et bêtes ensemble. Estompés par la chaleur, les bras des chevaliers se levaient encore et retombaient comme des marionnettes animées par un dément. Des vapeurs mélangées s'avançaient, chargées de grain, de soie et de chair brûlés, d'excréments, de poudre et de pain cramé, comme si le désespoir avait distillé son propre parfum et l'avait répandu depuis les hauteurs. Sur les collines, il apercevait les petits nuages des mousquets turcs, qui, avec le peu d'effet qu'ils avaient, auraient aussi bien pu être tirés pour saluer ce massacre accompli d'une manière si incomparable. Venus de la cité au-delà des collines, où se célébrait une autre fête vouée au carnage, il entendit les rappels frénétiques des trompettes turques qui ordonnaient une retraite urgente.

La ruse de Lugny avait fonctionné. Saint-Michel tiendrait un jour de plus.

La cavalerie entendit également les cuivres. Les chevaliers se regroupèrent et commencèrent à se retirer en retraversant la terre brûlée, éteignant les rares poches de vie qu'ils trouvaient sur leur passage. La destruction de tout le bétail turc avait dû leur paraître au-delà de leurs possibilités, parce qu'ils menaient devant eux une multitude de mules et de chevaux tremblants de peur. Et comme à la pointe aux Potences, Lugny n'avait pas perdu un seul homme ni une seule monture.

Tannhauser frotta ses yeux irrités par les miasmes. Son dos lui faisait mal et il était affamé. Il fit jouer ses épaules. Même si midi était à peine passé, son énergie était en pleine banqueroute et il avait encore beaucoup à faire avant que le soleil ne se lève sur une nouvelle aube. Il malmena sa jument pour prendre la piste semée de cailloux menant à Mdina.

La nourriture que Tannhauser mangea quand il y fut arrivé était abondante mais pauvre ; ou peut-être avait-il perdu l'appétit. Le capitaine Copier l'interrogea sur les pertes turques et leur moral. On lui fournit un éclaireur maltais pour regagner le Borgo. Ou, plus exactement, il fut invité à accompagner l'éclaireur qui avait déjà sa mission : il lui fallait répercuter le dernier message du vice-roi Garcia de Toledo qui était à Messine. Ils allaient partir après la tombée du jour, à pied. Tannhauser se débarrassa de ses vêtements, car ils puaient si fort la fumée qu'ils l'auraient trahi face à une sentinelle dans la nuit. Puis il s'allongea sur une paillasse pour dormir et il rêva des horreurs dans lesquelles il avait joué son rôle.

Cette sieste s'avéra trop brève pour qu'il puisse récupérer vraiment. Quand son guide et lui-même eurent couvert une fraction de la distance les séparant du Borgo, Tannhauser chancelait et se sentait proche de l'ignominie absolue d'un évanouissement.

Le guide maltais était connu sous le nom de Gullu Cakie. Il avait bien trente ans de plus que Tannhauser et paraissait taillé dans le rocher sur lequel ils avançaient, avec l'agilité d'une chèvre en ce qui le concernait. Gullu observait le visage blême de son compagnon en sueur et sa démarche incertaine avec un mélange de dégoût et d'effroi respectueux. Comme Gullu ne parlait que le maltais, et que l'effort requis aurait été considérable, Tannhauser ne lui avait pas expliqué qu'il avait survécu à une fièvre presque fatale, ainsi qu'à une écœurante journée de massacre, et il endurait en silence. Les fréquentes goulées qu'il prenait de l'outre d'eau de Gullu provoquaient davantage de grognements de mépris. Ses bottes de cheval turques jaunes – qui ne faisaient pas le poids face à sa brigantine et aux pantalons du Maltais, mais dont il n'avait pas pu trouver le moindre substitut à sa taille – attiraient les soupçons de Gullu. Suspicion qui diminua quand Tannhauser lui demanda par signes de porter son fusil, qui devenait plus lourd à chaque pas, et qui lors du dernier mille lui avait paru peser autant qu'une couleuvrine. Gullu le lui ôta et le passa sur son épaule droite. Sur la gauche, il prit les sacoches contenant le café et trois livres et quart d'opium – choses que Tannhauser pensait encore plus propices au pillage. Ainsi chargé, Gullu Cakie reprit ses bonds de chèvre et, après quelques pas à sa poursuite, Tannhauser se sentit à peine soulagé.

Gullu transportait les messages dans un cylindre de cuivre, et à sa ceinture était accroché un pot d'argile contenant un charbon ardent. Le cylindre contenait également une charge de poudre à canon : en cas de capture imminente, Gullu enfoncerait le charbon dedans et se résignerait à la torture. Le Maltais noueux avait entamé un long cercle vers le sud et l'ouest du Marsa, descendant des vallées abruptes et grimpant des corniches déchiquetées, sur un terrain qui semblait plus escarpé qu'aucun de ceux que Tannhauser avait vus depuis qu'il avait marché à travers l'Iran. S'il avait eu la force de lever ses yeux piquants de sueur, il aurait pu deviner leur situation en regardant les étoiles. Les canons turcs s'étaient tus et ne pouvaient plus servir de guide. Mais au lieu de cela, il regardait ses pieds et trébuchait sans cesse sur les traces de Gullu Cakie, qui, même s'il s'évanouissait de temps à autre dans l'obscurité, s'arrêtait toujours pour l'attendre un peu plus loin, comme on le fait avec un enfant à la traîne.

Ils grimpaient la roche nue vers une crête découpée sur l'indigo quand Tannhauser perçut une odeur de décomposition. Sans l'espoir que cette puanteur offrait, il n'aurait sans doute pas réussi à atteindre la crête, mais il y parvint et, avec un gémissement de soulagement, il regarda en bas les feux de veille du Borgo. Ils se trouvaient sur une sorte d'éperon de San Salvatore et les lignes ennemies ne devaient pas être loin, même s'ils n'avaient pas vu un seul Turc de la nuit, et si Tannhauser n'en apercevait pas un maintenant. Il se considérait comme assez bon pour progresser furtivement sur n'importe quel terrain, mais Gullu était maître en cet art. Son allégresse disparut quand Gullu désigna la baie de Kalkara en contrebas puis fit, de ses bras, des mouvements comme ceux d'une grenouille. Il suggérait qu'il leur faudrait nager. Tannhauser secoua la tête et, fort d'une récente expérience, se mit à mimer un homme en train de se noyer. Le dégoût de Gullu, qui s'était graduellement estompé, revint en force ; néanmoins, il parut peu découragé. Il disparut à nouveau dans le noir et Tannhauser tituba derrière lui.

Le mont San Salvatore, que Tannhauser avait pris pour une colline exagérément glorifiée du nom de montagne et qu'il avait passé à cheval plus d'une fois, était, en dehors des sentiers, aussi plissé que la peau d'un éléphant. Les plis étaient assez profonds pour y cacher un homme. Ils rampèrent de l'un à l'autre pendant ce qu'il estima durer une heure, toujours sans rencontrer âme humaine. Quand ils relevèrent à nouveau la tête, ils étaient entre des rochers sur le lobe le plus au sud de la baie de Kalkara. Le bastion de Castille se dressait à moins de cinq cent pieds de distance de l'endroit où ils étaient allongés. À cent pas sur la gauche de Castille, surplombant la prochaine courbure côtière et scellant l'enceinte, se tenait le bastion d'Allemagne et d'Angleterre. À sa base se trouvait la porte de Kalkara.

Sur leur gauche, l'étroite pointe du Grand Terre-Plein, qui séparait les murs de la cité du col entre Salvatore et Margharita, était épaissie de cadavres turcs gonflant déjà sous la lune qui déclinait et projetait des ombres étirées sur la poussière argentée. Au-dessus d'eux, les hauteurs tenues par les Turcs étaient silencieuses, comme endeuillées par le désastre qui les avait frappées la veille, et ici et là il percevait le scintillement de feux de camp parmi les emplacements muets des canons de siège. Sur leur droite, il vit que les tranchées turques s'étendaient du haut de San Salvatore jusqu'au rivage de Kalkara. Des feux luisaient là aussi, et leurs flammes découpaient sur la nuit d'occasionnelles silhouettes enturbannées portant un mousquet incliné. C'était de ces ouvrages offensifs qu'ils pouvaient s'attendre à essuyer des tirs.

Gullu Cakie rendit son fusil à Tannhauser, qui le prit. Gullu indiqua qu'il avait l'intention de ramper sur le sol devant eux, exploit qu'il allait sans nul doute accomplir à la vitesse d'un cobra. Gullu lui fit comprendre ensuite qu'il allait faire ouvrir les portes, moment potentiellement dangereux, même pour lui, et que c'était à cet instant que Tannhauser devrait suivre. Tannhauser n'aurait qu'à courir jusqu'à l'intérieur. Cela donnerait aux messages de Sicile les plus grandes chances d'être remis en toute sécurité, but auquel Gullu donnait nettement plus de valeur qu'à la vie de Tannhauser. Néanmoins, son destin ne laissait pas complètement indifférent ce vieux chien rusé, car il leva un doigt osseux vers le ciel.

Tannhauser suivit la direction indiquée, et resta un instant déconcerté. Le doigt désignait le Scorpion. Que voulait-il dire ? Puis Gullu ouvrit la main et la déplaça lentement vers le morceau de lune, maintenant basse au sud-est, et Tannhauser remarqua, avec un certain retard, qu'un nuage gris-bleu faisait la même chose, à une distance considérable. C'était un petit nuage solitaire, et en temps normal Tannhauser n'aurait pas parié un ducat qu'il irait masquer la lune, et assombrir par conséquent le sol en dessous. Au lieu de cela, il allait jouer sa vie dessus. Gullu mima une course effrénée et enfonça l'index dans la poitrine de Tannhauser. Puis le vieux renard hocha la tête en guise de salut et commença à se faufiler entre les rochers en direction des murailles.

Tannhauser leva les yeux vers le ciel. Maintenant qu'il était seul, le nuage lui paraissait plus petit encore, sa course plus erratique, et la possibilité qu'il puisse le protéger plus mince encore. Il regarda Gullu tracer sa route à découvert. En fait, il se déplaçait plus comme un crabe que comme un serpent, mais aussi promptement que prévu, comme s'il volait en frôlant la terre de ses paumes et ses orteils, s'arrêtant au hasard pour s'aplatir au sol, puis se remettant en mouvement aussi soudainement qu'il s'était arrêté. Même s'il avait été repéré, il aurait eu beaucoup plus l'air d'une créature nocturne que d'un homme.

Tannhauser regarda à nouveau le nuage. Il semblait avoir à peine bougé, et plus il le fixait, plus il paraissait vraiment statique. Il n'y avait pas un souffle de vent au sol, et là-haut c'était apparemment le cas aussi. Quand il cessa de fixer la clarté relative des cieux pour regarder à nouveau le sol, Gullu Cakie avait disparu.

Sa solitude était totale. Il n'était armé que de son fusil et sa dague, et ni l'un ni l'autre n'étaient d'un grand réconfort. Il se rendit compte avec stupeur que son flacon de poudre et ses balles étaient dans les sacoches emportées par Gullu. Il cessa de fixer quoi que ce soit d'autre que le nuage, et ce, pendant vingt minutes, avant de se convaincre qu'il avançait tout de même. À la vérité, il parut soudain descendre vers la lune à une vitesse considérable, mais tels sont les tours que jouent les cieux. Tannhauser s'accroupit, saisit son fusil et regarda le nuage raser le Sagittaire. Il allait bien couvrir la lune blanche comme glace, mais il passerait vite. Il envisagea de ramper jusqu'à la porte, mais ses coudes et ses genoux étaient à vif et sa poitrine un lit de charbons ardents. Trente secondes d'exposition valaient mieux que dix minutes sur le ventre avec le cul en l'air. Le bord du nuage entama la blancheur, puis la recouvrit, et l'obscurité tomba sur le *no man's land*. Tannhauser bondit et se mit à courir.

Au service du shah Soliman, il avait bien dû courir quinze mille milles – un janissaire passait sa vie à courir – et il n'avait pas perdu la technique, respirant profondément et régulièrement dans l'air putréfié, les coudes au corps, le fusil fermement serré contre sa poitrine. Sa foulée était longue et rapide, le poids porté vers l'avant à la taille, l'épuisement du périple effacé par la perspective de sa fin. Droit devant lui, l'eau de la baie se dessinait, noire comme de l'encre ; sur sa droite, des ombres impénétrables et les lignes turques. Les tirs de mousquets commencèrent au bout de soixante-dix pas, un choc de bruit et de lumière. Il ne ralentit pas, mais commença à zigzaguer. L'une des déflagrations fit étinceler une lame à double courbure et il vit une silhouette qui courait le long du rivage pour lui couper la route devant le saillant de Castille. Tannhauser tira plus de vitesse de ses cuisses. La distance diminuait. Mais une mince bande de lumière argentée s'élargissait sur le sol et se déroulait vers lui car le nuage découvrait peu à peu la lune.

Le *gazi* apparut, ses vêtements sifflant autour de lui et ses lèvres retroussées par l'effort ou peut-être par la rage. Il allait intercepter Tannhauser peu avant le bastion de Castille, et si un coup de mousquet ne l'abattait pas, la lame de son yatagan le ferait. Le fusil que Tannhauser tenait contre sa poitrine était pointé vers la gauche. Il pouvait l'inverser pour tenter un tir de la main gauche, ce qui était embarrassant, ou il pouvait s'arrêter, se tourner et tirer, ce qui allait lui faire perdre son impulsion si douloureusement acquise, et donner un sérieux avantage aux tireurs turcs embusqués dans leurs tranchées. Un autre mousquet cracha et il sentit le vent de la balle. Soudain le *gazi* fut devant lui, les bras écartés comme un lanceur de disque, la lame ramenée en arrière pour le frapper en pleine course.

Juste avant leur collision, Tannhauser pivota sur la droite. Son mousquet accompagnant le mouvement. L'éclair du yatagan jaillit vers son crâne, mais Tannhauser expédia une flamme de six pouces et une balle d'un demi dans la poitrine du *gazi*.

Du moins pensait-il l'avoir fait. Mais au même instant, la tête enturbannée du *gazi* éclata en petits morceaux et, avant que son cadavre ne touche le sol, Tannhauser pivota dans l'autre sens, toute cette manœuvre accomplie en un seul pas, un seul tour, et il accéléra, tête baissée, pour couvrir les cent derniers pas le séparant de la porte de Kalkara.

Il fit le tour du glacis poursuivi par des balles qui arrachaient de petits nuages aux pierres du rempart. Son salut reposait dans une petite poterne découpée dans les larges portes principales. Elle était à peine assez large pour ses épaules. Une torche crépitait juste derrière. La première chose que vit Tannhauser en se précipitant à l'intérieur, ce fut Bors qui remettait de la poudre dans le canon de son mousquet noir et argent. Bors leva les yeux sur lui et renifla.

« À quoi diable servait cette pirouette ? dit-il. Je tenais ce démon en joue depuis qu'il avait quitté sa tranchée. »

Tannhauser reprit son souffle. « Et alors, pourquoi ne l'as-tu pas abattu plus tôt ?

— Parce que, dit Bors, tu aurais pu ralentir et ça n'aurait pas du tout été bon pour toi. Déjà que tu ployais sous le poids de tout cet or. » Il désigna le bracelet au poignet droit de Tannhauser. « Ça brillait comme un tabernacle dès que tu t'es levé. Pas étonnant qu'ils aient failli t'avoir. »

Tannhauser se refusa à répondre. Deux gardes rabattirent une porte doublée de fer sur la petite ouverture, avant de la renforcer avec un système complexe de barres et de verrous, processus qu'il observa discrètement, avec dans l'idée de ressortir par là, aussi vite que les circonstances le permettraient. Bors se pencha et tendit ses sacoches à Tannhauser.

« Gullu Cakie m'a dit de te donner ça, avec ses remerciements.

— Gullu ne parle pas italien.

— Il parle espagnol aussi bien que le roi Philippe, et italien mieux que toi. Dans son métier, il en a toujours eu besoin. Tu devrais être honoré d'avoir eu un tel guide. »

Les sacoches parurent nettement plus légères à Tann-hauser. Il les ouvrit. À l'intérieur ne restait qu'un seul paquet de papier paraffiné, celui qui contenait le misé-rable quart d'opium. Plus chagrinant, en fait, son paquet de café avait disparu aussi.

« Ce vieux couillon m'a dépouillé. »

Bors lui flanqua une tape dans le dos et un sourire tordit son visage horriblement balafré. « Nom d'une verge, dit-il, c'est bon de te revoir, parce que ça man-quait vraiment de rigolade.

— Dans son métier ? dit Tannhauser. Quel métier ? demanda-t-il avec un temps de retard.

— En son temps, Gullu Cakie était le voleur et le contrebandier le plus célèbre de cet archipel. Il a été condamné à la potence une vingtaine de fois et ne s'est jamais fait prendre. On dirait que tu l'as aidé à repren-dre les affaires. »

Le passage menant à la poterne tournait selon un angle obtus. Au-dessus, une meurtrière béait dans le plafond. Tout intrus pouvait être arrêté à cet endroit avec des produits incendiaires et des tirs de mousquets. L'extrémité intérieure de ce corridor était barrée par une herse et au-delà, histoire de fournir un autre abattoir au cas où la herse céderait, il y avait une petite casemate sans toiture, garnie de mâchicoulis. Comme Tannhauser traversait la casemate, Bors lui prit le bras.

« Viens voir ça », dit-il.

Tannhauser le suivit dans l'escalier. Ils atteignirent le sommet, se tournèrent, et Tannhauser resta interdit, clignant des yeux face à la perspective révélée par ce point de vue surplombant.

Cela faisait presque deux mois qu'il avait quitté la ville et, à cette époque, elle n'avait essuyé que fort peu de tirs d'artillerie. Aujourd'hui c'était une sorte de ter-rain vague informe couvert de décombres, pavé de gravats, d'empilements de pierres, et d'où dépassaient encore quelques murs démolis. Des trous et des fractures balafraient la maçonnerie de San Lorenzo, l'Infirmerie sacrée, l'arsenal et le palais de justice. Des rues entières avaient été réduites en tas de pierres. Des boulets de fer ou de pierre jonchaient les ruines. D'innombrables maisons sans toiture s'ouvraient sur le ciel. Le château Saint-Ange dominait tout cela comme le trône d'un royaume vaincu, et, en dehors d'une poignée de feux de veille, rien ne remuait dans cette vaste désolation, comme si l'endroit avait été saccagé et abandonné à l'aube de l'histoire et que ses habitants n'avaient été que des sauvages vêtus de peaux de bêtes.

« Les femmes, dit Tannhauser, Carla, Amparo... Elles sont en vie ?

— Elles vont à peu près bien, répondit Bors, du moins dans leurs corps.

— Et en dehors de ça ?

— Peu nombreux sont ceux qui n'ont pas le cœur totalement brisé dans ce patelin plongé dans les ténèbres. Même moi j'ai des moments d'abattement, mais je n'échangerais pas ça contre un palais sur le Lido. »

Les yeux de Tannhauser cherchèrent l'auberge d'Angleterre sur la rue Majistral. C'était l'un des rares bâtiments à ne pas paraître endommagé. Bors surprit son regard et comme Tannhauser commençait à redescendre l'escalier, il dit : « Les femmes ne vivent plus à l'auberge. »

Tannhauser s'arrêta et se retourna vers lui.

« Carla a déménagé avec ses affaires, cela fait presque une semaine. Partie comme si elle pensait que l'endroit était hanté, mais sans vouloir expliquer pourquoi. Elle dit qu'elle a un lit de camp à l'Infirmerie, où elle peut dormir quand elle veut et être toujours disponible pour les blessés.

— Et Amparo ?

— Amparo vit dans les écuries, sur la paille, avec Buraq. Ne t'inquiète pas. J'ai gardé un œil dessus. Sur les deux femmes, je veux dire, et sur le cheval aussi. » Voyant que Tannhauser fronçait les sourcils, il haussa les épaules. « Ce sont deux entêtées. Que pouvais-je faire d'autre ? »

Quand ils atteignirent le bas de l'escalier, le page de La Valette, Andreas, qui avait survécu à une balle en pleine gorge le premier jour du siège, les informa que Gullu Cakie avait remis ses messages au grand maître, qui attendait maintenant un rapport immédiat de Tannhauser sur la situation des Turcs. Choquant considérablement le jeune homme, Tannhauser répliqua qu'il n'avait aucun renseignement capable de prolonger la résistance de la ville au-delà de la matinée, et que, avec tous les hommages et les salutations appropriés, le grand maître pouvait attendre jusque-là pour apprendre le peu qu'il savait.

Tannhauser laissa Andreas planté dans la rue et se dirigea vers l'hôpital. Il le faisait par pur instinct, une lubie qu'il était trop épuisé pour remettre en question, ou pour y résister. Il voulait voir Carla. Il voulait voir ce que dirait son visage quand elle le verrait. Peut-être était-ce à cause du garçon. Il voulait lui dire qu'Orlandu était vivant. Et peut-être était-ce plus que cela.

Quand ils atteignirent la piazza devant l'Infirmerie sacrée, ils la trouvèrent entièrement couverte de blessés, moisson de la bataille de la veille, étalée en rangées ensanglantées. Ils languissaient sous les étoiles, leurs mutilations brûlées de soleil et leurs membres tronqués emmaillotés dans des couvertures élimées par l'usage et les lavages. Des moines, des chapelains, des Juifs et des Maltaises dispensaient ce qu'ils pouvaient de réconfort à leurs patients et leurs aimés. Après ce que Tannhauser avait vu l'après-midi précédente dans le camp turc, il n'avait aucune raison de s'émouvoir excessivement ; ces hommes, au moins, recevaient un autre secours que les lances et les haches de l'ennemi ; et pourtant, il était très ému, sans bien savoir pourquoi.

Puis il entendit une lointaine mélodie se frayer un chemin sinueux dans la nuit. Elle était plus estompée encore que celle qu'il avait entendue sur la colline, et il tourna la tête vers Bors pour s'assurer que ce n'était pas une vue de son esprit. Bors fit un mouvement du menton pour désigner la crique des Galères.

« Elles font de la musique au bord de l'eau.

— Toutes les deux?

— Toutes les nuits depuis que Carla a abandonné l'auberge. »

Bors tendit la main et Tannhauser lui remit le fusil et les sacoches vides, puis il se tourna pour partir.

« Mattias… »

Tannhauser s'arrêta.

« Frère Ludovico est de retour. »

La main de Tannhauser saisit la poignée de sa dague.

« J'y ai pensé aussi, dit Bors, mais le tuer ne serait pas chose facile. Frère Ludo est désormais un chevalier de justice. De la langue italienne.

— Ludovico a rejoint la Religion ? s'étonna Tannhauser.

— Il leur a fait la cour avec des reliques, et il a accompli sa part de massacre.

— Je ne pensais pas que La Valette était idiot à ce point.

— Ludovico est respecté de tous et les Italiens l'adorent. »

651

Tannhauser passa sa main sur son visage. « Cet asile de fous est encore plus dément que je ne l'imaginais.

— La fortune des armes, dit Bors en haussant les épaules. Il n'a causé aucun ennui jusqu'ici, à ce que je sais, mais ses espions fourrent leurs nez partout, alors sois sur tes gardes.

— Mes gardes ? » dit Tannhauser.

La notion même était une folie. Comme l'étaient tous ses efforts. Il s'était enfoncé dans la folie plus profondément qu'il avait pataugé dans le sang et il allait continuer à barboter dans les deux jusqu'à ce que l'une ou l'autre le noie. Les conséquences funestes de toutes ces dernières heures l'avaient presque brisé, et pendant un instant il se retrouva oscillant entre un état de rage trop vaste pour admettre aucune objection, et un état d'hilarité dont il pourrait bien ne jamais revenir. Puis la musique s'immisça à nouveau dans l'air de la nuit et l'instant passa.

« Tu ressembles à un homme qui n'en a plus pour longtemps à vivre, dit Bors. Viens boire un coup de brandy avec moi. On va se saouler et parler des jours meilleurs.

— Bors, dit Tannhauser, embrasse-moi, mon ami. »

Tannhauser serra ses bras autour des immenses épaules comme un homme qui se noie peut les refermer sur un tronc d'arbre. L'arbre en question était si stupéfait qu'il vacilla, mais ne tomba pas. Puis Tannhauser se détourna et descendit les rues en miettes vers la crique des Galères.

Il trouva les femmes dans un nid de rochers au bord de l'eau. De plus près, le son du luth d'Amparo était délicat et clair, les notes de ses nombreuses cordes soulevant la hardiesse de la viole de Carla comme les ailes d'autant d'oiseaux-mouches. Les deux femmes semblaient perdues dans la sphère d'infinie beauté qu'elles créaient, leurs yeux fermés à ce monde, leurs visages levés vers le firmament en des moments d'extase, puis leurs mentons rentrés dans leurs épaules quand elles plongeaient dans les profondeurs de leur cœur pour en ramener des perles de vérité. Et si les plateaux de l'équilibre cosmique pouvaient être redressés un jour, si le poids de cette calamité de malheurs amassés d'un côté pouvait être contré et contraint à remonter de son nadir, c'était bien ici et maintenant, et par le pouvoir de cette invisible magie qui emplissait l'air de la nuit.

Tannhauser trouva où s'installer pour écouter. Il n'était pas seul. Il devait bien y avoir une quarantaine de personnes rassemblées çà et là, comme l'on peut en voir au marché, attirées par un jongleur ou un bouffon. Soldats, paysans, femmes, bandes de garçons sales et filles en haillons qui se tenaient la main, ces dernières avec les visages vacants et les yeux hantés d'enfants témoins de tout ce que la perdition permet. Certains avaient apporté des chandelles ou des lampes qui jetaient de petits arcs de lumière vite perdus dans ce terrain inégal. Tous restaient à distance. Ils étaient assis, debout ou accroupis sans remuer le moins du monde. Certains portaient la brillance des larmes qui descendaient sur leurs joues. D'autres étaient simplement curieux. D'autres encore semblaient médusés ou ahuris, comme si le gouffre séparant la beauté de cette musique et la catastrophe autour d'eux était trop large pour qu'un pont puisse jamais l'enjamber.

Les musiciennes elles-mêmes étaient inconscientes de tout sauf du divin. Le royaume qu'elles exploraient s'étendait bien loin de celui-ci. Et qu'elles en dessinent la carte était le plus noble de leurs cadeaux, car le royaume d'ici était si sombre, si enserré dans la douleur et la mort, et échoué si loin de tous ceux imaginables, que d'illuminer ainsi, même pour un instant, un empire où régnait l'harmonie était comme cueillir les étoiles du firmament et en déposer une dans chaque main.

Bors arriva sur la pointe des pieds et s'assit. Il lui tendit une flasque de cuir. Tannhauser s'envoya une gorgée et faillit s'étrangler. Le brandy était si fort qu'il avait probablement été distillé dans un casque. Mais il répandait un chaud rayonnement, et il en but encore avant de repasser la flasque. Bors salua les interprètes d'un mouvement de tête et ses lèvres se pincèrent de fierté, comme s'il avait été leur professeur particulier. Ils écoutaient, et la tyrannie du temps semblait vaincue pour toujours ; mais pour toujours n'est qu'un autre satrape du temps, et finalement les musiciennes s'arrêtèrent et ils se retrouvèrent assis dans un cercle de silence, un silence presque aussi exquis que la musique emportée depuis longtemps par le vent.

Dans la petite foule, une fille commença à applaudir de ravissement, mais quelqu'un la fit taire, comme s'ils étaient à l'église. Puis, petit à petit, les gens se dispersèrent pour se diriger vers les ruines comme des spectres rappelés vers leurs tombes par l'imminence de l'aube, et ils désertèrent le rivage de la crique, ne laissant bientôt que Tannhauser et Bors sur les rochers. En se retirant, les gens emportaient leurs lampes, et, au moment où les derniers orbes jaunes disparaissaient dans les rues, Tannhauser entrevit un visage de carême pris dans la lumière. Un visage aquilin, frappant par sa beauté et ses joues imberbes. Il saisit le bras de Bors pour le lui montrer, mais il avait disparu et il se demanda s'il l'avait même vraiment vu.

« Anacleto ? murmura Tannhauser.

— Il est dans les parages, reconnut Bors. Il se tapit hors de vue, comme l'araignée invisible sur la toile jusqu'à ce que la mouche soit piégée. Lui aussi a embrassé les saints ordres, en tant que chevalier de la grâce magistrale. Tu veux que je l'élimine ?

— Avant l'heure où il faudra les tuer lui et Ludovico ensemble, cela ne semble pas une bonne idée. »

Tannhauser se retourna pour regarder Carla et Amparo ranger leurs instruments. Quelle splendeur de les voir à nouveau toutes deux ensemble. Elles étaient un peu amaigries, oui. De nouvelles lignes s'étaient gravées dans leurs traits, qui ne s'effaceraient jamais. Mais elles lui paraissaient assez en forme. En vérité, chacune dans son style était si belle de silhouette et de visage que son cœur s'arrêta presque, sachant que surgissait le moment de leur réunion. Il les aimait toutes les deux sans rémission ni doute, et dans cette énigme, pour une fois, il ne vit ni contradiction ni angoisse. Ce nœud pourrait être dénoué en une autre occasion. Comme elles remontaient sur les rochers, portant les étuis de leurs instruments, Tannhauser se leva et elles le virent.

Les deux femmes se figèrent un instant, comme confrontées à une apparition, ou peut-être à un troll échappé de quelque légende nordique. Il était vrai qu'il avait eu meilleure allure. Ses hauts-de-chausses pendaient en lambeaux sur ses genoux. Ses bras sans chemise étaient rayés de sueur et de poussière. Et la brigantine était le genre d'accoutrement qu'exhibaient les *bravi* de la plus basse extraction. Ces défauts étaient au-delà du raccommodage pour l'instant. Du moins s'était-il fait huiler la barbe dans le bazar le jour précédent, et il portait une quantité d'or respectable. Mais alors qu'il entretenait ces tracas vains et risibles, les deux femmes avaient lâché leurs étuis et se précipitaient vers lui, les bras ouverts, rayonnant d'une joie flatteuse mais emplie de larmes.

Il les prit toutes deux dans ses bras, un pour chacune, comme ce jour si lointain, lorsqu'il avait sollicité leur bénédiction avant le premier combat. Il tenait leurs têtes contre sa poitrine, comme si elles étaient ses enfants, ou comme s'il était le leur. Si elles n'avaient pas sangloté autant, il aurait pu faire de même tant leur sentiment était bienvenu. Sa poitrine se gonfla d'une merveilleuse sensation de chaleur, engendrée en partie par la pression de leurs seins sur ses côtes, et quand Carla releva son visage en cherchant ses yeux, Tannhauser sourit.

« Vous avez appelé, dit-il. Comment n'aurais-je pas pu venir en courant ? »

Cela tira un sourire à chacune d'elles et il passa d'une paire d'yeux brillants à l'autre – le visage asymétrique d'Amparo exerçant une fois de plus son charme létal, et l'élégance émouvante de Carla poignardant son âme – jusqu'à ce que l'affection menace de saper sa détermination et alors il regarda au loin, au-dessus de leurs têtes.

« Bors, dit-il, ramasse leurs instruments, s'il te plaît, nous retournons à l'auberge. Et là, quand nous serons bien installés, je vous raconterai à tous une histoire que vous n'oublierez jamais. »

QUATRIÈME PARTIE

LES ANTRES
DES LIONS ENCERCLÉS

MERCREDI 15 AOÛT 1565
– L'ASSOMPTION
Le poste d'Italie – La forteresse Saint-Michel

La lune bossue se trouvait dans le Verseau, selon les estimations d'Anacleto. Des canons de siège tiraient à intervalles irréguliers, et les murailles sous les pieds de Ludovico tremblaient occasionnellement quand un boulet faisait mouche. Dans les tranchées ouvertes sur les collines et dans la plaine de Marsa, les Turcs se reposaient pour reprendre des forces après leurs récents revers. Ludovico regardait les ombres dans les ruines de Bormula, et ruminait sur les ombres qui s'étendaient sur ses propres affaires.

Ludovico avait vu Tannhauser la nuit de son retour dans le Borgo. Que l'Allemand soit encore en vie ne l'alarmait pas. Le grand maître tenait en haute estime ses qualités militaires et, en ces matières, Ludovico était aussi reconnaissant qu'un autre pour toute l'aide qu'ils pouvaient recevoir. Mais pourquoi Tannhauser était-il revenu en prenant de si grands risques, au péril de sa vie ? Il avait pour partenaire sexuelle cette fille espagnole, Amparo. Et Carla avait affirmé qu'elle avait l'intention de l'épouser. C'était un étrange arrangement, mais on avait vu nombre de précédents, et en amour tout était possible. Le propre retour de Ludovico à Malte avait été, du moins en partie, influencé par la présence de Carla sur place. Mais ce barbare allemand était au-delà d'un tel esprit chevaleresque. Tannhauser devait s'imaginer qu'il pourrait sauver les deux femmes même si les Turcs gagnaient. Ou alors il projetait de les emmener, hors du Borgo. Comment, Ludovico avait du mal à l'imaginer, mais il ne sous-estimait pas l'astuce de l'Allemand. Et il avait vu, lui aussi, comment Tannhauser avait serré les deux femmes dans ses bras, et leurs sanglots de soulagement en retrouvant son visage.

Le jour qui finissait était un jour saint, la fête de l'Assomption de la Vierge Marie montée aux cieux. Sa célébration avait rassuré les habitants, d'autant que beaucoup l'y avaient déjà rejointe, et que bien plus s'apprêtaient à le faire. Un chapelain de Valence, avec l'aide de quelques *tercios* et un garçon pour jouer le rôle de *Nuestra Señiora*, avait sommairement mis en scène un mystère, qui évoquait la mort de la Vierge et, après un combat entre les Apôtres et les Juifs pour sa dépouille mortelle, le transport de son âme jusqu'aux portes du paradis sur les ailes de cinq anges. Là, elle avait été couronnée reine des cieux, dans une fanfare de cloches, trompettes et pétards. Que les anges soient joués par des soldats espagnols grisonnants n'avait en rien diminué la crainte respectueuse et la joie de la foule. Cette dévotion paysanne, dont il avait déjà vu nombre d'exemples, aurait eu peu d'effet sur Ludovico si Carla n'avait pas exécuté un accompagnement musical à la viole de gambe. Carla avait joué avec une passion extravagante et avait transformé ce rituel primitif en quelque chose qu'il n'oublierait jamais.

Ludovico appuya ses coudes sur les pierres du rempart et sa tête sur ses mains. Il était épuisé. Comme tous les hommes de la garnison, sauf peut-être La Valette. La fatigue physique était naturelle ; Ludovico y avait été confronté pendant des années. Mais il avait découvert que les mécanismes de son cerveau avaient également ralenti, chose nouvelle pour lui. Ses pensées lui venaient avec difficulté et, à peine formulées, s'avéraient banales. Il procédait au recrutement de ses alliés politiques, au sein de la Religion, avec l'enthousiasme d'un homme consultant un chirurgien pour crever un abcès. Il dormait très mal. Le désespoir se glissait dans les plus sombres labyrinthes de son esprit. Alors que son intelligence avait toujours bondi avec légèreté, désormais elle rampait. Il aurait pu mettre tout cela sur le compte de la guerre, car beaucoup étaient ainsi affectés par elle, mais il était victime d'une maladie bien plus puissante. Il ne cessait de penser à Carla, désespérément. Son désir d'elle lui rongeait l'esprit. Même son appétit pour la prière était terni, et mince était le réconfort qu'elle apportait. La sublime performance musicale qu'elle avait accomplie pendant le mystère avait déclenché sa mélancolie présente. La musique qu'elle et son Espagnole avaient jouée sur les rochers lui manquait. Il était allé les écouter chaque nuit et leurs harmonies l'avaient transporté. Il avait lu dans la performance de Carla un poème d'amour. Si extrême, si méprisable, était sa folie que, par moments, il s'était permis d'imaginer qu'elle jouait pour lui.

Malgré de telles absurdités, la discipline avait gardé sa passion, et sa présence, invisibles pour Carla. Invisibles de tous, sauf d'Anacleto. Ludovico n'était pas un expert dans les choses de l'amour, mais il savait que c'était le royaume ultime de l'intrigue, le plus complexe des jeux humains. Comme tout expert en un royaume, il admettait sa faiblesse dans ceux où il avait une expérience réduite. La logique et l'instinct lui assuraient tous deux qu'il ne gagnerait pas Carla tant que durerait le siège. Il devrait attendre le retour de la paix. Le poème d'amour de sa musique lui avait donné de la force, pendant un moment. La force de supporter, de combattre, de transformer le feu de son propre amour en un lit rougeoyant de braises inextinguibles, plutôt qu'en une flamme sauvage. Puis Tannhauser était revenu, et elle l'avait embrassé près du rivage, et une terrible sécheresse de rage et de douleur avait soufflé sur son cœur, car il avait compris au plus profond de lui-même qu'en fait, elle jouait pour l'Allemand.

Carla jouait encore, lui avait-on dit, mais à l'auberge d'Angleterre désormais, et toujours pour Tannhauser. Pour lui et ses compagnons criminels. Ludovico releva la tête, se redressa et se détourna du champ de bataille vide.

« Anacleto », dit-il.

Anacleto se retourna d'un seul coup. Dans la lumière de la lune, son visage semblait sculpté dans l'ivoire. L'association que Ludovico avait réalisée avec l'Espagnol était la plus étroite et la plus longue de sa vie. Ils avaient partagé mille campements le long des routes. Ensemble, ils avaient regardé des milliers d'hommes mourir, lors des purges des vaudois. Ici, sur les remparts de Saint-Michel, ils avaient combattu côte à côte. Leur relation durait parce qu'elle était sans chaleur perceptible. Elle était libre de tout sentiment et par conséquent libre de mensonges. Dans un monde de perfidie incessante, l'allégeance d'Anacleto était précieuse. Ludovico l'aimait. Comme un fils. Et pourtant Ludovico savait qu'il avait un vrai fils. Orlandu. Le garçon était en vie, au milieu des démons musulmans. Tannhauser avait également usurpé ce rôle. Ludovico s'exhortait à la patience. Quand viendrait son heure, il réclamerait le fils et la mère.

« Tu as connu l'amour », dit Ludovico.

Anacleto avait poignardé son père et étranglé sa mère. Sa sœur, Filomena, avait été pendue pour crime d'inceste. Les terres dont il était l'héritier avaient été confisquées. Avant que Ludovico ne le trouve, il avait été soumis à la torture par les fanatiques, et avait néanmoins refusé de se repentir. Anacleto acquiesça d'un mouvement de tête, avec un regard méfiant.

« Cela t'a énormément coûté », poursuivit Ludovico.

Anacleto le considéra pendant un bon moment. Pour Ludovico, il avait en lui autant de vérité que quiconque, et les turbulences de ses yeux l'émouvaient.

« Ne pas l'avoir connu m'aurait coûté encore plus », dit Anacleto.

Ludovico comprit. Il aurait souhaité que son propre courage ait été aussi grand. Il hocha la tête.

« Filomena et moi, nous nous retrouverons, affirma Anacleto, que ce soit dans les cieux ou dans la tornade infligée aux amants. »

Ludovico comprit aussi qu'Anacleto puisse, pour sa passion, endurer l'enfer. Il lui dit : « Tu as mon assurance que ça sera la première solution. L'Église t'a pardonné tes péchés, comme elle a tardivement pardonné ceux de Filomena, et le Christ est toute miséricorde. »

Comme s'il lisait dans ses pensées, Anacleto lui demanda : « Vous voulez que je tue l'Allemand ? »

L'humeur de Ludovico remonta soudain. La fermeté d'âme du jeune homme avait stimulé la sienne. Il allait cesser de se morfondre comme une fille. Il arbora un sourire. « Tu es un pilier de ma force, dit-il, et pour répondre à ta question, non. Ce n'est pas le bon moment. Et Tannhauser peut encore nous servir.

— Comment cela ? » demanda Anacleto.

Ludovico garda ses intentions par-devers lui. « Dieu répondra à cette question en temps voulu. »

SAMEDI 18 AOÛT 1565

Le bastion d'Allemagne – Le bain – Le bastion de Castille

Parmi les nombreux problèmes et énigmes qui perturbaient Tannhauser depuis son retour, une question prenait le pas sur toutes les autres : comment ressortir en emmenant Carla, Amparo et Bors avec lui ? Le plaisir d'être à nouveau réuni avec ses compagnons ne durerait pas longtemps si leur destination, comme il semblait fort probable, était une fosse commune. Mais les choses ne se produisent pas simplement parce qu'on les désire ardemment, et même un homme aussi intrépide que lui pouvait se retrouver victime des circonstances.

La légère euphorie qui avait accompagné son retour avait été bannie par l'état de faiblesse que les fièvres lui avaient légué, et qui avait fait un retour vengeur à la suite des rigueurs de son trajet depuis Mdina. Pour qu'il puisse s'installer d'une manière acceptable, Bors avait expulsé plusieurs hommes de troupe des appartements de Starkey, et Tannhauser s'était résolu à bien manger, à lire les œuvres de Roger Bacon, dont Starkey avait une excellente édition en italien, et, armé de bouchons d'oreilles en cire d'abeille contre le bruit des bombardements, à dormir le plus possible durant la journée. Ce programme éclairé et reconstituant avait été interrompu par des appels à une série d'ennuyeuses conversations avec le grand maître La Valette.

Ces discussions avaient lieu au quartier général de La Valette, qui avait été déplacé de la place forte de Saint-Ange vers la piazza centrale de la ville. Même si cela avait été largement interprété comme un geste de camaraderie envers la population dévastée, il devint vite clair pour Tannhauser que La Valette voulait tout simplement être plus proche de l'action. Il était presque le seul de toute la garnison dont la vitalité n'avait pas diminué – il avait même l'air d'avoir dix ans de moins – et il soumettait Tannhauser à de longs entretiens sur les pertes turques, leur moral, leurs réserves de munitions et de vivres, la condition de leur artillerie, les techniques des ingénieurs mamelouks qui creusaient, à cet instant précis, des galeries de mine vers les murs de la ville, et sur les intentions tactiques de Mustapha. Ces dernières semblaient évidentes à Tannhauser : Mustapha allait continuer à expédier des boulets et des corps humains contre les remparts, jusqu'à être à court des deux, ou que les murailles cèdent. Les messages apportés par Gullu Cakie incluaient une lettre de Garcia de Toledo en Sicile. Dans celle-ci, Toledo promettait d'envoyer dix mille hommes vers la fin août ; mais, comme une promesse similaire avait été faite au mois de juin, et jamais tenue, ni La Valette ni personne n'en croyait un mot.

« Le prestige de Toledo survivrait à la perte de Malte », avait dit La Valette, mais pas à la perte de la flotte espagnole. Il avait ajouté, sans regret discernable : « Nous sommes seuls. »

Le 12 août, La Valette avait révélé au public la bulle papale promulguée à leur intention par sa sainteté Pie IV. Ce document garantissait à tout un chacun le pardon de ses péchés et une entrée immédiate au paradis au cas où ils mourraient durant cette guerre sainte. Le vélin était exposé à San Lorenzo, où les fidèles pouvaient admirer la magnifique transcription en latin, et le sceau de cire rouge voilé de soie portant l'empreinte de l'anneau du Pêcheur. Les résultats avaient été tout à fait remarquables, mais Tannhauser n'avait aucune intention d'être enterré dans ce mausolée avec les fidèles.

Il ne voyait aucune bonne raison pour que le bateau qu'il avait volé et caché dans le hameau de Zonra deux mois auparavant ne soit plus là où il l'avait laissé. Le problème, c'était de l'atteindre. Le cercle d'acier turc autour de l'enceinte était plus serré qu'il l'avait envisagé. Il n'avait pas encore réfléchi au moyen de passer la porte de Kalkara. Et aucune autre route n'était jouable. En général, un soldat était de garde dans la casemate intérieure ; au-dessus, un guetteur se tenait toute la nuit sur le bastion d'Angleterre et un autre sur celui d'Allemagne, avec une vue plongeante. Et même si sa propension à servir la Religion atteignait ses limites, il ne voulait pas laisser, en partant, la poterne ouverte aux Turcs. Il espérait résoudre ces problèmes avant la nouvelle lune.

Seul Bors était au courant de ces affaires. Tannhauser n'avait aucune certitude concernant Carla. Voudrait-elle même quitter cet endroit ? Elle était plus que dévouée à son travail. Il n'existait rien de plus irrésistible que l'héroïsme – pas même la débauche – et Carla avait prouvé qu'elle était héroïque. Beaucoup la considéraient presque comme une sainte. Dans l'église de l'Annonciation, ils allumaient des chandelles pour sa délivrance, la bénissaient quand elle passait dans les rues, et embrassaient l'ourlet de sa robe. Des chevaliers remettaient leurs vies sous sa protection. Des hommes sans nombre attribuaient leur survie à ses soins ; d'autres biens plus nombreux étaient, grâce à elle, passés dans l'autre monde avec un cœur et un esprit apaisés.

Tannhauser avait vu ces faits de ses propres yeux et ils avaient peu contribué à la diminution de son respect pour elle, ni à relever ses propres désirs. À quelques jours de ça, frère Lazaro l'avait fait lever pour le remercier de la lui avoir présentée, et il avait plaisanté piteusement aux dépens de ses anciennes réticences à l'employer. Mais la plaisanterie pouvait très bien s'appliquer aussi à Tannhauser. L'héroïsme et la sainteté menaient beaucoup trop facilement au martyre ; et ni sa mort à elle, ni la sienne propre n'avaient le moindre rôle à jouer dans ses plans.

Le temps le dirait.

Amparo, il en était certain, accepterait de partir. Autant qu'il puisse en être certain, elle maintenait pour le chaos alentour l'indifférence d'une bienheureuse idiote. Elle l'avait emmené dans les écuries rendre visite à Buraq, qui était en bien meilleure forme qu'il n'aurait osé l'espérer, et qui fit montre d'une telle joie équine à leur arrivée que les autres montures de guerre en déclenchèrent presque une émeute. Mais Buraq ne pourrait pas partir avec eux. Avec un peu de chance, un général turc le réclamerait, et il vivrait ensuite comme un roi. Peut-être même Abbas… Quitter Malte était une affaire ennuyeuse. Il était inutile d'alerter l'une ou l'autre des deux femmes avant que cela ne devienne indispensable.

Tannhauser songeait souvent à Orlandu. Le garçon s'était logé profond dans son cœur. Mais Orlandu jouissait d'un havre bien plus sûr que n'importe lequel d'entre eux ici, et c'était source de contentement. Nicodemus, aussi sympathique et bon cuisinier qu'il fût, allait devoir tenter sa chance avec la garnison.

« Une décoction de brandy et d'opium, dit Bors alors

qu'ils examinaient la garde de la porte de Kalkara. Ça donnerait à la sentinelle de la casemate une bonne nuit de sommeil.

— Je ne sais pas comment extraire la quintessence de l'opium et en faire une teinture, dit Tannhauser. Petrus Grubenius est allé au bûcher avant de pouvoir m'en enseigner la méthode, qui est assez complexe. Mais du brandy dans une gourde et de l'opium dans un gâteau, disons un gâteau au miel, donnerait un bon résultat. Si nous lui donnons ce genre de gâteries tous les deux trois jours, mais sans opium, il ne suspectera rien quand le moment viendra.

— Je me demande s'ils pendront ce pauvre gars pour ça », dit Bors avec une curiosité totalement dénuée de sensibilité.

Pendant un instant Tannhauser se demanda s'il n'était pas lui-même complètement dérangé. Si son impiété, son mépris pour le sacrifice inutile et la loyauté aveugle, sa détermination à ne prendre soin que de ceux pour qui il éprouvait quelque chose, et par tous les moyens les plus perfides et les plus sordides, n'étaient pas aussi foncièrement mauvais qu'ils en avaient parfois l'air. Ce n'était pas une forme de noblesse que tous ceux qui l'entouraient ici reconnaîtraient facilement.

« C'est très étrange, dit-il, d'être l'homme du diable, quand tous les autres autour sont pour Dieu.

— Je te l'ai dit cent fois, répliqua Bors, mais tu ne m'écoutes jamais : la philosophie est mauvaise pour ta santé. Mais cette discussion sur les gâteaux m'a ouvert l'appétit. Allons prendre un petit déjeuner… »

En passant devant le bastion d'Allemagne, ils croisèrent deux frères scandinaves du dernier prieuré balte à avoir survécu au luthéranisme. Bors les salua chaleureusement de la main. Aucun des deux ne répondit.

« Ces Suédois, dit-il, ils sont timides. Eux, et le reste de la langue allemande, se sentent humiliés de n'avoir pas encore participé aux choses sérieuses. Une fieffée bande, ceux-là : toutes sortes de Polonais, un Norvégien, deux Danois, et un drôle de type de Moscovie qui affirme connaître Ivan le Terrible. Mon Dieu, tu imagines ce qu'il a dû faire, celui-là, pour mériter ce surnom – et nous qui nous prenons pour des types sur qui l'on peut compter. Quand les hommes du Nord vont y aller, ça va être quelque chose, crois-moi.

— Je serai ravi de voir ça, dit Tannhauser, mais ne nous entraîne pas avec eux. »

Alors qu'ils descendaient l'escalier des remparts, les pierres se mirent à vibrer autour d'eux sous l'effet d'un énorme tir de barrage qui éclata sur les collines en face. Ils émergèrent à la lumière juste à temps pour voir une volée de points noirs traverser le ciel avant de s'abattre sur L'Isola, où leurs impacts firent jaillir des nuées d'éclats. Le village de pêcheurs de L'Isola n'existait plus. Pas une maison n'était intacte et peu demeuraient debout. Les moulins à vent étaient démolis depuis longtemps et leurs voiles trouées pendaient tristement. Le fort Saint-Michel ressemblait à celui de Saint-Elme dans ses derniers jours. Les membres de la garnison qui y étaient postés n'empruntaient plus que très rarement le pont de bateaux les reliant au Borgo, comme s'ils craignaient que, après l'avoir fait, la perspective de devoir y retourner soit au-dessus de leurs forces. À la place, ils survivaient dans les ravages, avec les mouches, les cadavres et les rats. À ce que Tannhauser en savait, Ludovico était parmi eux. Le bombardement de ce matin était dense et présageait le premier assaut majeur depuis plus d'une semaine.

« Espérons qu'ils ne vont s'attaquer qu'à Saint-Michel, dit Bors.

— Tu as perdu ton appétit pour la bagarre ? demanda Tannhauser.

— Je t'accorde qu'il diminue quand je n'ai ni dormi ni mangé. »

Juste avant d'atteindre l'auberge, ils croisèrent un esclave, un nœud de corde dans la bouche, poussé par une petite troupe, à coups de pointe d'épée dans les cicatrices qui marquaient son dos. Le chemin menant au gibet n'avait jamais changé, semblait-il, et Tannhauser fut saisi par la conviction que rien d'autre ne changerait jamais non plus. Il ne quitterait jamais cette île. Aucun d'entre eux non plus. Et pas dans le sens morbide qu'ils allaient tous périr ici, mais comme s'ils étaient piégés dans une boucle infinie du temps où ni la bataille ni sa propre participation au combat ne finirait jamais.

« Tu savais, dit Bors, qu'ils se servent toujours du même bâillon de corde chaque jour, qu'ils le prennent sur le cadavre avant de le balancer et qu'ils le collent dans la bouche du suivant ?

— Cela fait combien de jours ? »

Bors héla l'Espagnol escortant le prisonnier. « Hé, Guzman, c'est le numéro combien ? Quatre-vingt-neuf ou quatre-vingt-dix ?

— Quatre-vingt-dix, répondit Guzman.

— Mes remerciements, dit Bors avant de se tourner vers Tannhauser. Ils gravent les comptes sur le mur de la prison, par cinq. Pendant un moment, il y avait une loterie sur le compte final, mais ils ont arrêté à cinquante. Dommage, j'étais encore dans la course, et de loin.

— Qui a emporté la bourse des paris sur Saint-Elme ?

— Tu as le gagnant devant toi, dit fièrement Bors. À trente et un jours, vous avez dépassé mes prédictions d'un cheveu, mais c'était moi le plus près.

— Quatre-vingt-dix jours, dit Tannhauser. Parfois je n'arrive même plus à me rappeler pourquoi nous sommes venus ici.

— Dans mes souvenirs, cela avait à voir avec tes femmes.

— Oui, les femmes, soupira-t-il. Elles me rendent toujours fou.

— Je suis tout ouïe.

— J'essaie de rester fidèle à ma future épouse », commença Tannhauser.

Bors éclata de rire. « Pourquoi ? Amparo a attrapé la vérole ? » Il posa la crosse de son mousquet et s'appuya sur la gueule du canon. « Excuse-moi, dit-il en reprenant sa respiration, mais tu es vraiment un cas. Continue, je t'en prie.

— Amparo est en parfaite santé. Quoi qu'il arrive, elle nous survivra, à toi et à moi. Et c'est avec regret que je t'affirme que je ne reverrai jamais de ma vie une aussi exquise paire de seins.

— Ainsi, le charme de la comtesse a triomphé, malgré de si splendides obstacles. »

Tannhauser ne pouvait pas se laisser aller à confesser qu'il avait été capturé, jadis et maintenant, par la manière dont elle jouait un morceau de musique. « Ses charmes, ou ma propre folie, c'est bonnet blanc et blanc bonnet.

— L'amour, dit Bors. Je t'avais averti.

— Et j'ai pris garde, d'où mon intention de m'éclaircir les idées pour les problèmes à venir. Le rut trouble les choses, tu me l'accordes…

— Sans le moindre doute.

— … et quand les sentiments sont troublés, surtout par la folie autour, cela provoque des maux de tête, un excès de bile et autres maux qu'il vaut mieux éviter, en attendant d'être à nouveau dans des lieux plus sûrs.

Nous passerons plusieurs jours en mer, et si emmener une maîtresse sur un bateau est déjà hasardeux, une maîtresse plus une promise revient à frôler le désastre.

— Tu n'as pas mis la main sur ces splendides nichons depuis ton retour ? fit Bors, effaré.

— Depuis que le soleil s'est levé le jour suivant, La Valette lui-même n'a pas été plus chaste.

— Tu ferais un petit pari sur l'aboutissement de tout ça ? »

Tannhauser ignora cette impertinence d'un air mauvais. Ils entrèrent dans l'auberge, que Carla avait convertie en une annexe de l'hôpital et qui bruissait des gémissements des convalescents, ce qui exaspérait Tannhauser. Il flanqua des coups de pied dans les côtes de deux tire-au-flanc.

« Qu'on renvoie ces fainéants sur les remparts, dit-il. Je vais prendre un bain. » Il tendit son fusil à Bors. « Dis à Nicodemus de doubler nos rations.

— Ce serait plus facile à faire, si tu ne nous avais pas entraînés chez Gullu Cakie. »

Ils avaient localisé l'antre de Gullu Cakie le jour précédent, parmi l'entassement de maisons qui comblaient l'angle entre la crique des Galères et le bastion de France. Ils ne voulaient pas vraiment faire du mal au bonhomme – après tout, ils n'étaient pas des *bravi* – mais il fallait faire quelque chose pour le vol de l'opium, et du café, sinon Tannhauser passerait pour une proie facile ou, pire, un crétin risible. En chemin, Bors rendit visite à un contact à l'intendance de l'armée, là où toutes les réserves de nourriture étaient désormais gardées, et il en sortit avec un gros sac et un panier plein d'œufs, d'une motte de beurre et d'un pain de sucre de canne. La porte de Cakie fut ouverte par une jeune femme, dont Tannhauser remarqua qu'elle avait une peau appétissante, et on les accueillit à l'intérieur.

Toute beauté et raffinement disparurent quand la femme s'écarta pour révéler la masure. Deux masures, en fait, deux simples pièces assez vastes, car des parties du toit, et du mur qui les avait jadis séparées, avaient été détruites. Ils dominaient une douzaine d'âmes entassées à l'intérieur, s'abritant apparemment du soleil. Plusieurs enfants aux yeux sombres balayaient les mouches de leurs visages. Trois costauds basanés se levèrent d'une alcôve au fond de la première pièce et jetèrent un regard vers leurs courtes épées posées contre le mur. L'un d'eux avait un bras en moins, coupé au coude. C'était Tomaso, l'ami d'Orlandu. L'incertitude traversa son visage et il ne dit rien. Dans une niche des restes d'un mur, une bougie votive brûlait devant une petite vierge de pierre. La pièce du fond bruissait de mouches en grand nombre, couvrant cinq hommes grièvement blessés étendus sur des paillasses. Deux femmes de plus étaient à genoux près d'eux, agitant des éventails faits de paille, et elles regardaient les visiteurs par-dessus leurs épaules. Tannhauser sentit fondre en une seconde sa décision d'être d'une fermeté absolue.

Il jeta un coup d'œil vers Bors. « C'était ça, ton idée des choses ? dit-il.

— Je t'avais dit qu'on ne reverrait jamais tes biens.

— Eh bien alors, tu aurais dû me dissuader. »

Gullu Cakie apparut, comme surgi de nulle part. Au-dessus de son nez en bec, ses yeux noirs étaient méfiants. Il tendit une main osseuse et Tannhauser la serra.

« Bienvenue, dit Cakie en italien. Votre présence est un honneur pour notre maison. »

Tannhauser se déroba. « Ce sont tes enfants ? demanda-t-il.

— Enfants, petits-enfants, neveux. »

Tannhauser sourit à deux des plus jeunes, avec ce qu'il espérait être de la chaleur. Il chercha quelque chose d'intelligent à dire. « Une belle lignée. Tu es béni de Dieu. »

Gullu Cakie acquiesça, toujours sur ses gardes. L'une des petites filles lui posa une question en maltais. Cakie lui répondit, désignant Tannhauser, et la petite fille lui posa une autre question, à laquelle il répondit d'un mouvement de tête, sur quoi des gloussements de rires amusés jaillirent chez les enfants. Les femmes souriaient aussi, mais pas les trois hommes. Cakie regarda Tannhauser et remarqua sa curiosité.

« Elle m'a demandé qui vous étiez, et je lui ai dit que je vous avais guidé depuis Mdina, dit Cakie. Elle voulait savoir si vous étiez celui que j'ai porté sur mon dos pour passer le mont San Salvatore. »

Bors fit augmenter l'hilarité générale en éclatant de rire.

« Il a porté mon fusil et mon sac, corrigea Tannhauser.

— Il a fallu qu'il porte ton fusil ? » hoqueta Bors.

Bors s'esclaffa à nouveau, déclenchant une nouvelle salve de rires qui gagnèrent cette fois les hommes près du mur. Tannhauser fixa Cakie, qui se permit un sourire. Le fait est que, à la place de Cakie, Tannhauser aurait exigé un peu d'opium, en juste paiement d'avoir veillé à ce qu'il arrive sain et sauf. Sa résolution première vacilla une fois de plus. Mais trois livres ? Tannhauser insista.

« C'est justement là le but de ma visite, dit-il. J'ai entendu dire que tu étais en train de vendre mon opium. »

Les rires décrurent quelque peu, au moins chez les adultes.

« J'en ai vendu un peu aux chevaliers, dit Cakie, nullement décontenancé.

— Trois livres jetteraient l'Ordre tout entier dans un état de stupeur totale pendant une semaine.

— Il y en avait vraiment trois ? fit Cakie en haussant les épaules. Le reste est pour mon sang, ma famille, mes amis. »

Tannhauser considéra la misère de la pièce du fond.

« Si vous en avez besoin, dit Cakie, je peux vous en vendre un petit peu. »

Toute exception que Tannhauser aurait pu faire à cette effronterie fut devancée par Bors qui posa son panier pour lui flanquer une claque dans le dos en bramant à nouveau de rire.

« Qu'est-ce que je t'avais dit, Mattias, ce bougre est le prince des voleurs. »

Tannhauser se retrouva battu. Il chercha une issue honorable.

« Il est vrai, dit-il à Cakie, que je n'aurais peut-être pas pu traverser ces montagnes seul. »

Il ignora le grognement de Bors et fit signe à Cakie de traduire – ce qu'il fit – aux enfants qui écoutaient avec une crainte de plus en plus respectueuse, au fur et à mesure qu'ils réalisaient la stature si énormément disproportionnée des deux hommes.

« Car j'étais malade, en vérité quasi mourant, et terriblement affaibli par les fièvres », poursuivit Tannhauser, avec ce qu'il espérait une gravité stoïque.

Il attendait que Cakie rende également cela public, mais le vieux contrebandier maltais esquissa un sourire, secoua la tête et ne proféra pas un mot. Les enfants fixaient Tannhauser de leurs grands yeux bruns fascinés, comme s'il était un gentil géant venu adoucir leurs malheurs. Tannhauser toussa.

« Et donc, dit-il, c'est pour te remercier de cela que je suis venu ici aujourd'hui, avec ces quelques petites marques de ma gratitude. »

Il se pencha, prit le panier de friandises et le présenta à la jeune femme sous les yeux d'un Bors dont la mâchoire venait de tomber. La jeune femme hésita, regarda Cakie. Le vieux Maltais lui fit un signe de tête, et elle prit le panier avec la plus séduisante courtoisie. Tannhauser regarda Bors, dont l'hilarité s'était subitement évaporée, et il lui flanqua une grande claque dans le dos, se mettant à rire à son tour.

« Allons, Bors, les chevaliers nourrissent ces gens de biscuits de mer et de poisson salé. Et n'ai-je pas entendu quelques tintements venus de ce sac ? Passe-le à ton prince. »

Avec un œil mauvais pour Tannhauser et un sourire accompagné d'une vague courbette pour la jeune femme, Bors s'exécuta. Cakie regarda Tannhauser. Il était trop dur pour être ému, et trop expérimenté pour ne pas savoir que cette visite aurait pu se terminer d'une manière nettement moins cordiale, mais il courba la tête en un salut qui signifiait que le message avait néanmoins été reçu. Il posa le sac sur le sol et, effectivement, il tinta.

« Et maintenant, nous avons des affaires urgentes, dit Tannhauser en s'inclinant devant la jolie jeune femme. Et donc, avec votre permission, vous voudrez bien nous excuser.

— Restez, dit Cakie. Nous allons faire la fête, et vous allez la partager. »

Tannhauser le regarda dans les yeux et vit qu'un lien de voleurs venait d'être scellé entre eux. De telles alliances étaient plus convoitables que l'or. Ou même l'opium.

« Nous boirons un brandy à votre santé et nous serons ravis de votre compagnie, dit Tannhauser, mais je dois vous avertir. Une fête partagée avec Bors risque de ne laisser que des miettes aux autres. »

Cakie se mit à rire. Bors lançait des regards noirs. Tannhauser désigna les enfants, qui avaient suivi ces échanges avec émerveillement.

« Pour que Bors en profite, s'il vous plaît, pourriez-vous traduire ? »

Dans des situations aussi désespérées que celle dans laquelle ils dérivaient, la valeur des petits réconforts était énormément multipliée, et, dans cette veine, Tannhauser avait eu recours à son habituelle plongée matinale dans le grand double fût à l'arrière de l'auberge. Il n'avait jamais été utilisé pendant son absence, nouvelle assez bienvenue puisqu'il dissimulait sa réserve d'opium, mais une épaisse couche de poussière, de fientes d'oiseaux et de limon avait encroûté sa surface. Il avait fallu une journée de labeur pour le vider, le nettoyer et le remplir à nouveau, mais il s'était procuré deux esclaves assignés aux infinis travaux sur les brèches pour accomplir ce travail. Et il avait fait deux heureux, quand ils avaient découvert un maître aussi généreux pour un travail si facile. Il les avait laissés s'interrompre pour leur prière, les avait nourris de poisson salé et de pain sans charançons, et il ignorait l'usage du fouet. Ils pleurèrent et lui embrassèrent les pieds en serrant ses genoux quand il les congédia, et, ce faisant, il sentit le poignard de la culpabilité s'enfoncer en lui plus profondément que pour tous les nombreux meurtres récents qui s'entassaient sur son âme. Le bain était couvert d'un morceau de tissu, car la poussière était désormais une nuisance constante, et il l'ôta, ainsi que ses vêtements, avant de s'enfoncer dans la fraîcheur tonifiante.

Il était à moitié assoupi, assis bras étendus, la tête calée sur le rebord et bienheureux de ne penser à rien en particulier quand de l'eau lui éclaboussa la figure. Il ouvrit les yeux et vit Amparo grimper dans le bain.

Ses tétons disparurent sous la surface avant qu'il puisse les contempler, laissant deux hémisphères scintillants surnager, et réduire à néant toute résolution au célibat. Son visage et son cou étaient tannés d'or sombre par le soleil, et le contraste avec leur pâleur de lait lui parut puissamment toxique. Le bain n'était pas assez large pour lui permettre d'éviter tout contact, même s'il avait eu cette inclination. Ses jambes serpentines et douces se glissèrent autour des siennes, et son cul, d'une splendeur si impossible à distinguer de celle de ses seins que seul un malotru aurait pu penser à les classer par ordre, se nicha sur ses cuisses. Il sentit les tétons invisibles frotter contre sa poitrine. Il fut immédiatement affligé d'une tumescence bourgeonnante que rien dans la Création tout entière n'aurait pu empêcher, et dont Amparo ne parut pas le moins du monde scandalisée.

« Est-ce Bors qui t'a incitée à faire ça ? demanda-t-il.

— Bors ? » dit-elle, aussi innocente qu'un matin de printemps.

Il agita la tête pour dissoudre cette notion. Il chercha, sans succès, quelque chose à dire. Elle plaça ses mains sur ses épaules et remua légèrement d'impatience. Il la prit par la taille. Merveilleux. Selon son expérience, les femmes étaient assez promptes à esquiver l'étreinte quand elles le voulaient ; mais malheur à l'homme qui tenterait de faire de même, quelles que soient ses raisons.

« En Espagne, dit-elle, des hommes combattent des taureaux avec des lances, tu le savais ? »

La question le prit complètement par surprise, mais guère plus que le fait qu'elle se soit invitée dans son bain. Peut-être était-ce à cause de son état d'érection flagrant.

« Bien sûr, dit-il, j'ai entendu dire que, à Valladolid, Charles Quint lui-même affrontait des taureaux avec une pique. »

Une telle pédanterie n'impressionna pas Amparo le moins du monde.

Elle dit : « Sais-tu par quel moyen ils reconnaissent un taureau de combat ? »

Ses mains commencèrent à errer sous l'écume. « Non, je l'ignore. Mais j'adorerais le savoir. Dis-moi.

— Ils rassemblent les taureaux des *finca* en grandes hordes – cinquante taureaux, cent, une énorme masse d'énormes bêtes – puis les bouviers les font avancer, à coups de fouet, en criant, en les aiguillonnant, jusqu'à ce qu'ils ne forment plus qu'un cœur, un esprit, une âme, une seule et unique créature sauvage qui se précipite en avant, à toute vitesse. Si une gorge se présentait devant eux, ils se jetteraient dedans et mourraient ensemble. Si la mer s'ouvrait devant eux, ils se noieraient ensemble. »

Malgré d'autres puissantes distractions, Tannhauser se retrouva captivé. Elle s'arrêta et l'observa, jusqu'à ce qu'elle soit satisfaite qu'il en soit ainsi. Elle continua.

« Mais de cette grande horde, de cette unique créature sauvage cavalant sur la plaine écarlate du couchant, un seul taureau va enfin se libérer du reste. Un taureau qui ne courra pas avec les autres, sans but, ou vers une gorge, ou vers la mer. Il n'a pas peur des bouviers ni de leurs fouets. Il arrache son cœur, son esprit et son âme de la folle course des autres. Il se sépare d'eux, il court seul, dans une direction de son choix. »

Tannhauser resta le souffle coupé à la pensée d'une telle vision, d'une telle bête.

« Magnifique, dit-il, et c'est donc lui, le taureau de combat. »

Amparo secoua la tête. Elle se pencha plus près et le fixa de ses yeux étincelants de couleurs, et il se rendit compte qu'elle était loin d'être une piètre diseuse d'histoires.

« Ce pourrait être le taureau de combat, dit-elle. Car les bouviers l'emmènent très loin, loin dans les montagnes, loin de ses frères, loin de tout ce que ce taureau a jamais connu. Là, ils le laissent, seul, perdu dans un nouveau pays étrange, et ils s'en vont. » Elle lança sa main vers un horizon lointain.

Elle marqua à nouveau une pause, le regardant. Puis elle remua pour s'adosser au bord du fût.

« Une semaine plus tard, ils reviennent chercher le taureau. S'il est devenu maigre, terne et fou, ou s'il s'enfuit parce qu'il a peur, ou qu'il vient vers eux parce qu'il se sent seul, alors ils le tuent immédiatement avec leurs lances et grillent sa viande pour le souper. » Elle sourit. « Mais s'il est fort, lustré et fier, s'il mange beaucoup d'herbe, qu'il se tient immobile en les regardant, et qu'il renâcle et frappe le sol de colère, comme s'ils avaient pénétré un royaume qui ne leur appartenait pas et qu'ils n'étaient pas bienvenus, alors ils savent. Ils savent que c'est *lui*, le taureau de combat. »

Tannhauser ne savait pas s'il allait éclater de rire ou pleurer, pris d'une joie inexprimable. Il avait découvert qu'il adorait cette bête extraordinaire, inconnue et pourtant présente au plus profond de son cœur, surgissant si grande devant lui dans son esprit, comme si, même là, dans un fantasme, le taureau allait pouvoir se baisser, charger et l'éventrer s'il le regardait trop longtemps.

« C'est une drôle d'histoire, dit-il. Ce taureau a la grandeur d'esprit de ne pas vivre – ni mourir – avec la masse ordinaire. Et pourtant, par cet acte, il se marque lui-même comme celui qui doit être sacrifié par le destin. »

Amparo tendit la main et lui essuya le coin de l'œil.

« Cette eau pique », dit-il, confus. Elle sourit comme un chat, et il renifla. « Dis-moi aussi comment ils arrivent à amener ce magnifique animal jusqu'à la *plaza de toros* ?

— Les bouviers ont leurs moyens. Ils disent que le seul qui connaît mieux le taureau que les bouviers, c'est le *rejoneador* au moment où il l'achève.

— Nom d'une verge, dit-il en comprenant soudain. Tu as assisté à la manière dont ils trouvent le taureau, de tes propres yeux !

— Mon papa était bouvier.

— Était ?

— Il a trouvé un taureau qui a choisi de combattre dans les montagnes plutôt que sur la *plaza*. »

Tannhauser encaissa en silence. Il se demandait si c'était un taureau qui avait imprimé l'asymétrie de son visage. Il préférait cette pensée plutôt que d'imaginer, comme il l'avait fait avant, que c'était le poing d'une sombre brute. Il ne posa pas la question.

« Donc tu es une nomade aussi, dit-il.

— Une nomade ?

— Quelqu'un qui erre, sans cesse, et qui ne revendique aucune maison. »

Elle toucha son sein gauche en disant : « Ma maison est ici. » Elle toucha ensuite la poitrine de Tannhauser et dit : « Et ici aussi. » Pendant que Tannhauser se demandait si c'était une invitation érotique, elle demanda : « Où est ton père ? »

— Très, très loin, dans les montagnes du Nord, répondit-il.

— Tu l'aimes ?

— Il m'a appris à forger l'acier, dit-il, et comment faire des feux brûlants, et le sens des couleurs dans le fer, et à soigner les chevaux, et comment être honnête, ainsi que plein d'autres bonnes choses, dont j'ai oublié les trois quarts, mais pas lui.

— Alors, il est vivant ?

— Je n'ai aucune raison d'imaginer le contraire. Il a toujours été fort comme un bœuf. Ou comme l'un de tes taureaux. Je ne l'ai pas vu depuis dix ans, et lui ne m'a pas vu depuis presque trois fois ce temps.

— Je ne comprends pas. »

Tannhauser étira ses épaules et regarda vers le ciel turquoise. Abbas avait ramené ces souvenirs, lui aussi, et il y avait résisté. Mais plus maintenant.

Après s'être retiré du corps des janissaires, il avait récolté les dix ans de solde qu'il avait rarement eu la chance de dépenser, acheté un cheval et un caftan doublé de fourrure, puis il était parti, vers le nord, à travers les fiefs chrétiens du sultan, vers les marches de Hongrie orientale et les montagnes des Fagaras, pour atteindre finalement le village de sa naissance.

Tannhauser, ou plutôt celui qu'il était en ce temps-là, Ibrahim le Rouge, s'était immédiatement rendu chez le forgeron et là, il avait trouvé un nouveau fils aîné, qui ferra son cheval avec adresse et toute la déférence qu'on accorde à un seigneur. C'est alors qu'il s'était rendu compte combien ses atours le plaçaient haut au-dessus de ces montagnards perdus. Et des atours ottomans, en plus. Il aperçut la mère du garçon dans la cour, une jolie chose pas encore trop abîmée par le labeur. Le garçon avait un petit frère. Leur père serait de retour au coucher du soleil et, oui, son nom était bien Kristofer. Au ton chaleureux du garçon, il était clair que son père était grandement aimé et respecté.

Ibrahim était revenu le lendemain matin, et Kristofer était là : son père à lui aussi.

La dernière fois qu'Ibrahim avait vu son visage, le monde était jeune, il était Mattias, le fils du forgeron, et les cheveux de sa mère étaient couleur bronze, et Britta chantait « Le Corbeau » en jouant avec Gerta dans la cour. Kristofer avait flanqué une bourrade dans le dos du jeune Mattias, en partant pour sa tournée des manoirs, et il lui avait dit de veiller sur les femmes. Et Mattias ne l'avait pas fait, même s'il avait essayé.

Ibrahim trouva Kristofer dans la forge, penché avec son fils sur des charbons ardents, lui révélant quelque fascinant secret de son art. Il portait un long tablier de cuir. Ses cheveux étaient devenus gris mais sans désépaissir. Pour ses cinquante ans, il était plus que robuste, aussi solide que naguère, avec ses avant-bras épais et ses énormes mains. Il tournait à moitié le dos, et Ibrahim demeura dans l'encadrement de la porte, et il regarda, avec dans la bouche le goût de la forge, fait de suif et de corne brûlée, ses oreilles se réajustant au dialecte qu'il n'avait plus entendu depuis si longtemps, et à la voix qui réveillait tant d'échos.

« Là ! dit soudain Kristofer, comme s'il avait repéré un oiseau de rare plumage. C'est le bleu, comme le ciel de l'aube au jour de l'an. Souviens-t'en. Toujours. Vite, maintenant… »

Avec ses pinces, le garçon sortit du feu une longueur d'acier rougeoyant, qu'il plongea dans un seau en récitant un Ave Maria. L'acier ressemblait à un ciseau de maçon. Un nuage de vapeur monta du seau et Ibrahim renifla du vinaigre distillé et de la liqueur de chaux vive. Oui : la trempe pour un ciseau de tailleur de pierre. Les instructions oubliées depuis si longtemps rejaillissaient dans sa mémoire.

« Pas trop dur pour ne pas éclater sous les coups du marteau, pas trop tendre pour ne pas qu'il plie dans sa sainte tâche, car avant qu'on ne taille la pierre, les hommes vivaient dans les forêts sauvages – comme Caïn au pays de Nod – et, sans les bons instruments, c'est là que nous retournerons. »

Ibrahim faillit s'avancer pour prendre un tablier de cuir, mais il aperçut l'expression, le sourire, sur le visage de Kristofer qui regardait son garçon, radieux d'amour et de fierté. C'étaient des sentiments inconnus d'Ibrahim, car il n'avait pas de fils. Mais ce regard, ce sourire, il les avait connus, et le visage de Dieu n'aurait pas pu être plus bienveillant.

Et à ce moment, Ibrahim, qui avait fait face à la mort des douzaines de fois et la trouvait honnête, éprouva une peur bien plus grande que toutes celles qu'il avait connues. Kristofer avait reconstruit une nouvelle famille. Il avait souffert et prospéré, et des cendres de la désolation ranimé son feu de famille, d'amour et de paix, et à sa lumière il apprenait à son fils la magie, la beauté et les mystères de la Création. Il avait enduré le massacre et le chagrin que des démons avaient abattus sur lui et sur ceux qu'il avait aimés plus que la vie. Des démons comme Ibrahim. Dont l'art était le meurtre – et d'étrangler des bébés – et non pas de tailler la pierre, mais plutôt de raser des murailles.

Pourquoi ranimer un chagrin si terrible chez cet homme si bon ? Pourquoi lui révéler ce que son fils premier-né était devenu depuis : un serviteur sanglant du pouvoir qui avait massacré ses enfants ? Pourquoi jeter une ombre, trop noire pour porter un nom, sur la lumière radieuse de cette forge ?

Kristofer perçut sa présence sur le seuil, se retourna et vit les atours turcs d'Ibrahim, mais pas son visage à contre-jour devant le soleil matinal venu de la cour. Le sourire de Dieu disparut de son visage. Il s'inclina, froidement, avec une civilité excluant toute déférence.

« Le bonjour, messire, dit-il, en quoi puis-je vous servir ? »

Ibrahim se souvint aussi de ces instructions : l'accueil, le sang-froid, l'aménité. Sa gorge se serra et il l'éclaircit.

Il dit : « Votre garçon, là, il a ferré mon cheval, pas plus tard qu'hier. »

Kristofer avait parlé en allemand, langue qu'Ibrahim croyait avoir perdue. Le maréchal-ferrant ne s'attendait pas à une réponse dans la même langue. Pas de la part de ce Turc.

Kristofer fronça les sourcils. « Vous avez à vous plaindre ? »

Le garçon se raidit. Ibrahim leva une main.

« Pas du tout. Bien au contraire, ma monture n'a jamais autant apprécié de nouveaux fers, et elle et moi, nous avons voyagé maintes lieues. » Il s'arrêta, de peur d'en dire trop. « Je me disais que j'avais payé trop peu pour un travail si bien fait, et je voulais donner une récompense au garçon. »

Le garçon rougit de plaisir.

« Ce n'est pas nécessaire, dit Kristofer, votre satisfaction est une récompense suffisante. Remercie le gentilhomme, Mattie. »

Cette révélation du prénom du garçon serra un peu plus la gorge d'Ibrahim. « Quand bien même, dit-il, si je pouvais le faire sans vous offenser, cela me ferait plaisir. »

Mattie regarda son père et reçut un hochement de tête, et pendant que le garçon traversait la forge, Kristofer considérait la silhouette indistincte sur le seuil avec une curiosité intense. Ibrahim tâtonna pour prendre sa bourse, qui contenait la majeure partie de son or et de son argent. Il n'avait pas prévu cette circonstance. Quand Mattie arriva devant lui, l'impulsion ne pouvait plus être discutée ni enrayée. Il libéra sa bourse et la remit entre les mains du garçon, la cachant des yeux de Kristofer, du moins l'espérait-il. Mattie sentit son poids et ouvrit la bouche pour protester.

« Surveille tes manières, garçon, dit Ibrahim dans un souffle, et n'ouvre pas cette bourse avant que je sois parti. »

Il jeta à nouveau un regard vers Kristofer. L'homme pouvait-il le voir ou pas ? Va-t'en maintenant, se dit-il, avant qu'il ne soit trop tard. Il leva la main.

« La paix soit sur vous et toute votre maisonnée », dit-il.

Il se retourna pour se diriger dehors, vers son cheval.

« Restez un moment, dit la voix de Kristofer derrière lui. Partagez notre petit déjeuner... »

Ibrahim s'arrêta sur le seuil. Une douleur exquise lui poignardait le cœur. Un abysse s'ouvrait devant ses pieds, comme un autre l'avait fait devant ce même seuil, tant de vies auparavant. Devait-il réclamer une petite part de ce qui avait été arraché ? Ou bien cela avait-il déjà disparu pour toujours et allait-il, en essayant, perdre encore plus ? Une voix familière dans sa tête, dans une langue familière – la langue dans laquelle il pensait désormais, la langue dans laquelle il avait lancé des ordres lors du sac de Nahjivan –, trancha dans ses angoisses : C'est fini. Tout est dit. Ce n'est plus ton peuple. Laisse-les à leur paix.

Ibrahim répondit par-dessus son épaule. « Vous êtes

gentil, messire, mais des affaires urgentes m'attendent sur les rivages d'Istanbul. »

Il monta à cheval et partit sans se retourner. Ce faisant, il se rendit compte qu'il ne pouvait pas retourner à Istanbul. C'était terminé aussi. Les Turcs n'étaient plus son peuple non plus. S'il existait au monde homme n'appartenant à aucun peuple, c'était bien lui. Il était seul. Et il était libre.

« À la place de partir vers le sud, j'ai pris vers l'ouest, dit-il à Amparo, vers Vienne et les terres des Francs, vers des guerres, des folies et des merveilles très différentes. Mais c'est une autre histoire. »

Amparo le regardait, les yeux embués, et semblait encore plus hébétée qu'auparavant.

Il détourna la tête. « Donc, tu comprends, j'ai vu mon père, mais je ne l'ai pas laissé me voir.

— Quel sens cela a-t-il ? Il t'aimait. Il aurait donné n'importe quoi pour te revoir. »

Cette observation était justement ce qu'il ne voulait pas entendre. Tannhauser faillit dire, j'avais honte, et je n'osais pas risquer de lui faire honte à lui aussi. Mais il en avait assez d'évoquer des choses aussi lourdes. Il dit : « Il y a assez peu de sens dans presque tout ce que je fais en général. Sinon, pourquoi serais-je revenu ici, dans cette désolation infernale ?

— Tu ne m'aimes plus », dit-elle.

Cette attaque le prit tellement par surprise qu'il bafouilla : « Non-sens. »

Elle pencha la tête de côté et le fixa dans les yeux avec l'air d'un oiseau sauvage examinant une créature terrestre bien plus grosse, plus lourde et plus stupide qu'elle. Sa réponse était visiblement inadéquate. Mais même en ne disant que cela, il avait été attiré dans un aveu d'amour. Elle attendait qu'il s'engage plus profond encore dans son piège, et, comme un imbécile, il le fit.

« De toute ma vie, dit-il, je n'ai jamais adoré une femme plus entièrement. »

Le son de vérité contenu dans cette affirmation était suffisant pour la satisfaire, pour le moment. Elle dit : « Alors pourquoi tu ne m'emmènes pas dans ton lit ? »

Ses yeux pénétraient en lui. Ils semblaient illuminés de l'intérieur. Comment et de quelle manière, il n'aurait pas su dire, mais c'était ainsi. Illuminés. Cela avait été comme cela depuis le début, quand il l'avait vue tournoyer sur place dans l'obscurité de sa taverne. Mais la regarder dans les yeux donnait de la vigueur à d'autres pensées ; combinées avec le reste de ce qu'elle avait apporté dans la baignoire, il devenait dur de réfléchir. Il bataillait pour garder les mains ancrées sur sa taille, mais il commença à les glisser un peu plus loin vers le bas de son dos, manœuvre sans risque, probablement. Ses doigts rencontrèrent le haut du sillon entre ses fesses. Sa tête divaguait.

« Est-ce que tu m'écoutes ? dit-elle.

— Bien sûr, répondit-il, l'esprit tout à fait vide.

— Alors pourquoi ?

— Pourquoi ? »

Sa bouche était couleur de violettes écrasées, une petite bouche aux lèvres loin d'être pleines, mais avec une symétrie merveilleuse, relevées au milieu par un petit angle effronté correspondant à son nez.

« Oui, pourquoi ? »

Les mots arrivèrent d'il ne sut où.

Ils étaient de piètre valeur et il se rendit compte trop tard qu'il aurait mieux valu qu'il ne les prononce pas.

« Des maux et des blessures desséchés par le soleil, murmura-t-il, des fièvres intenses, un soupçon de peste, des obligations nocturnes épuisantes. Toutes sortes d'afflictions et de malheurs…

— Je peux guérir toutes sortes de malheurs… »

Elle l'embrassa et ce fut la reddition de sa vertu, sans plus d'embarras. Il redécouvrit la fraîcheur de sa langue agile et dansante. Ses cheveux noirs avaient poussé et tombaient autour de son cou en boucles rebelles. Il glissa une main sous ses fesses et guida le sommet de son membre entre les plis de sa matrice. Le premier demi-pouce était froid, seulement humide de l'eau de mer, et il rencontra une résistance rêche qui, bien que non sans attirance, lui fit craindre un instant qu'il puisse la blesser s'il poussait plus avant par excès de zèle. Amparo saisit le bord du fût derrière lui et ancra ses talons autour de ses cuisses avant de se lancer vers le bas. Elle cria avec une passion qui alimenta la sienne alors qu'il gagnait un autre pouce d'entrée, et il s'arrêta. Elle le surplombait, suspendue, ses membres aussi tendus que des cordes d'arc, reprenant son souffle. Elle ouvrit les yeux et le regarda. Il soutint son poids entre ses mains, allongea les jambes, le bord du tonneau écorchant la peau de son dos au moment où il se redressa, et l'envahit jusqu'au cœur d'elle-même. Elle cria à nouveau, mais ce cri venait d'un endroit plus profond, et ses yeux se révulsèrent derrière ses cils qui battaient. Il embrassa son cou, sel âpre sur sa langue, et se rendit compte qu'il avait plus à donner, et que cela ne serait pas mal accueilli, alors il la saisit par la base de la nuque et la tint serrée pendant qu'il faisait entrer le dernier pouce. Ses os tapaient contre ses hanches, il l'embrassa à pleine bouche et il entendit son écho miaulant dans son crâne alors qu'il la pénétrait, longuement et lentement, à petits coups lubriques. Au fond de son ventre, un chaudron bouillonnait, et une sorte de brouet de sorcière, effervescent et sans nom, grimpa le long de sa moelle épinière et emplit son cerveau du feu du diable. Il était sourd à la rage des canons du siège et au tintamarre surexcité des trompettes d'alarme. Il oubliait, pour une fois, l'avalanche écumeuse de rancœur du cercle de barbarie alentour. Il n'était conscient que d'Amparo accrochée à son torse, ses ongles plantés profond dans sa chair, son corps à la fois fragile et indestructible, ses dents serrées en un ravissement qui ressemblait à de la douleur, ses cheveux détrempés plaqués sur sa peau alors qu'il suçait les pointes de ses seins.

La terre sous le fût trembla et vacilla, comme si une bête souterraine de proportions mythiques l'avait secouée d'en dessous. Cela semblait à peine fantastique dans les circonstances présentes, comme le fut l'incroyable déflagration dont la force leur tira tout l'air qu'ils avaient dans les poumons. Elle se libéra de lui, saisit le bord cerclé de fer, flottant à moitié, évasée et prise de convulsions, murmurant « oui », encore et encore, comme si sa seule crainte avait été qu'il s'arrête. Il retint sa propre vague explosive, gentilhomme comme il l'était, et elle le sentit, ce qui l'incita à des spasmes encore plus frénétiques. Il resta déterminé et immobile pendant qu'elle obtenait son content, ou du moins jusqu'à ce qu'elle arque son dos, se mette à trembler et commence à glisser à nouveau dans l'eau. C'était un spectacle plus que mémorable et il se considérait fortuné d'y avoir assisté. Il se retira et elle se tortilla. Il la fit se retourner face au jardin desséché, et il la pénétra par-derrière et en dessous. Son ardeur était loin d'être épuisée. Avec un soupir, il sentit qu'elle accueillait avec bonheur son second assaut et, toutes convenances observées, aucune obligation de se retenir plus longtemps. Au loin, les cloches de San Lorenzo se mirent à sonner, avec une fureur dont le sens lui

690

échappait pour l'instant. Peu après, du moins lui sembla-t-il, il regarda au-dessus des cheveux d'Amparo
collés d'eau de mer, et découvrit un spectacle nettement
moins agréable : Bors, qui sortait pesamment de l'arrière
de l'auberge.

Pour être tout à fait juste, le premier réflexe de Bors
fut de faire un demi-tour rapide et discret ; puis, un
certain sens du devoir, plus élevé, le fit se retourner à
nouveau.

« Le bastion de Castille est par terre ! » cria-t-il. Sa
tête remonta brusquement avec malice pour tenter
d'apercevoir les fabuleux seins dans le fût. « Les Turcs
sont dans la ville !

— Et que veux-tu que j'y fasse ? » rugit Tannhauser.

Bors leva vaguement une main, sa tête remontant
avec un désespoir croissant : « Je supposais que tu voudrais le savoir.

— Merci mais, comme tu peux le voir, je suis *in
flagrante*. »

Bors battit en retraite, contrecarré par le bord du
tonneau. Tannhauser convint que sa propre frustration
était plus que justifiée, mais cette damnée situation
l'emportait sur lui. Il se retira, elle protesta avec véhémence, et il la prit dans ses bras et la souleva hors du
bain. Elle se tint là, dégoulinante, et tout aussi indifférente à sa nudité qu'au désastre qui envahissait la ville.
Tannhauser enjamba le bord. Il ramassa sa robe verte,
la lui tendit et elle s'en couvrit avec peu d'enthousiasme. Tannhauser, avec encore moins de concessions
au décorum, chargea un de ses bras de sa dague, ses
pantalons et ses bottes, et de l'autre escorta Amparo à
l'intérieur.

« Il serait assez bon de nous procurer quelques armes
décentes », dit-il.

Quand Tannhauser atteignit le front, une demi-heure environ ou peut-être deux fois cet interlude plus tard, et ni en état ni d'humeur à autre chose qu'une envie désespérée d'une sieste dans les bras d'Amparo, le siège semblait avoir atteint son dénouement attendu. Sur leur trajet, les rues étaient compactes de fuyards et de blessés effondrés. Cette impression de panique de masse, que n'importe quel commandant craint plus que toute calamité, crépitait dans l'air comme le prélude à quelque cataclysme météorologique. La victime de la gigantesque mine que les mamelouks avaient creusée dans le roc et remplie de tonnes de poudre était bien l'imprenable bastion de Castille, situé à l'extrémité orientale de l'enceinte.

Le bastion n'était plus qu'un talus informe, effondré sur la douve extérieure, sur lequel flottaient un grand nombre de bannières de soie brillantes de la sourate de la Conquête, et où des tireurs d'élite janissaires étaient déployés, allongés ou à genoux sur les gravats. L'explosion de la mine avait emporté également une grande longueur des remparts de chaque côté du bastion. Pire encore, le second mur intérieur était également ouvert de nombreuses brèches, et des troupes de choc turques, après avoir nettoyé une résistance désespérée, se déversaient vers lui, contournant ou débordant les contreforts du bastion dévasté comme de la lave sur une émergence rocheuse. Nombre de bons chevaliers chrétiens avaient sans nul doute été enterrés dans cette éruption, et, sur les débris fumant encore, une mince ligne de frères assiégés contenait l'avant-garde turque, leurs armures dégoulinant de sang rouge dans la lumière du matin.

De ce côté du mur effondré s'étendait un tablier de terrain ouvert où les ingénieurs de La Valette avaient détruit des masures sur deux pâtés de maisons pour fournir un champ de tir libre. Deux canons de seize livres avaient été acheminés et, à peine les mules déchargées, leurs servants en sueur chargeaient déjà leurs fûts de mitraille. Depuis les barricades et les murets fermant les rues transversales, des *arquebuceros* échangeaient des tirs avec les mousquetaires au sommet du talus, sans guère d'effet. L'air pulsait de cris en arabe et d'invocations du Prophète et de sa barbe. Une brume de fumée de mousquets couvrait cette arène tout entière. Les cloches de San Lorenzo sonnaient comme si elles pouvaient provoquer quelque bonheur terrestre. Installé à un poste de commandement avancé, La Valette, sans armure et tête nue, observait l'épanouissement du corps à corps avec Oliver Starkey et un groupe de Provençaux à leur côté. Plusieurs groupes de piquiers trottaient, incertains, vers la mêlée couvrant l'espace libre.

« Mattias ! »

Il trouva Bors amorçant le fourneau de son mousquet damasquiné derrière le mur d'une maison à ciel ouvert.

« Prêt pour la gloire, mon ami, maintenant que tes appétits sont assouvis ?

— J'ai raté le petit déjeuner, répliqua Tannhauser. Tu as pensé à m'apporter quelque chose ?

— Non, mais ta part n'a pas été gaspillée. Où est la fille ?

— Je lui ai dit de trouver Carla et de rester collée à elle, au cas où nous aurions besoin d'improviser une sortie.

— Nous verrons, dit Bors. On dirait que Mustapha a mis Saint-Michel à genoux, encore une fois. Les troupes de Piyale sont là-bas. Ils ont des échelles et des cordes partout sur le bastion de France, mais c'est juste pour absorber nos réserves. La véritable issue, c'est ici. »

Pendant que Bors expédiait une balle vers les Turcs massés sur la pente, Tannhauser s'installa près de lui pour poser son fusil sur le mur et choisir une cible. Il vit un jeune chapelain de l'Ordre sortir de la fumée en titubant, battant des bras, son habit sale et déchiré, comme s'il venait juste de l'emprunter aux débris de Castille. Son visage était ensanglanté, tordu de l'absolue certitude que seuls une peur extrême ou des états d'extase religieuse pouvaient conférer. Dans son cas, ces deux ingrédients étaient à l'œuvre, car il s'arrêta à cent pieds d'eux, se détachant contre le spectacle musulman tapageur juste derrière lui, et il leva les mains vers le ciel pour proférer une folle jérémiade, dont Tannhauser perçut quelques fragments au travers du tumulte.

« Perdus ! Nous sommes tous perdus ! Dieu a détourné ses yeux de nous ! La moisson est faite, l'été est terminé, et nous ne sommes pas sauvés ! Battez en retraite et faites la paix avec le Christ ! »

Un tel boniment venant d'un prêtre valait un bataillon de spahis frais pour Piyale. Le moral de la solda-tesque espagnole et de la milice paysanne était déjà fragile depuis que leur *maestro de campo*, don Melchior de Robles, avait pris une balle dans la tête le 12. Comme il se devait, les piquiers qui avançaient s'arrêtèrent et flanchèrent, en pleine confusion. Ils échangeaient des regards en coin, sourds aux rugissements des sergents, et trouvaient fort peu de réconfort dans ce qu'ils voyaient. Ils en trouvaient encore moins dans les san-glants duels pour la brèche, ou dans la horde hululante qui enjambait les cadavres de leurs camarades juste derrière. Ils se mirent à tournoyer comme des feuilles emportées par le vent, vacillant sur le rebord de la déroute.

Tannhauser fronça les sourcils, ajusta le chapelain délirant et lui expédia une balle à travers la croix qui barrait sa poitrine. Les doigts du chapelain touchaient presque ses orteils quand il décolla du sol et il retourna à la fumée dont il venait d'émerger.

« Eh bien, fit Bors, il fallait bien que quelqu'un le fasse. »

Tannhauser enfonça sa flasque de poudre dans l'orifice de son arme. Les piquiers ne poursuivaient pas leur avancée, mais au moins allaient-ils y réfléchir à deux fois avant de s'enfuir. Certains d'entre eux sursautaient et s'écroulaient sous le feu venu de la pente. L'exécution du chapelain n'avait guère apporté plus qu'une interruption. Quelqu'un devait s'emparer de ce moment, et dans cette passe si désespérée un seul homme avait la stature pour ce travail. Tannhauser jeta un regard vers le nœud d'hommes en armure entourant La Valette, et s'aperçut que le grand maître regardait dans sa direction.

« Allez, vieux chien de guerre, cria Tannhauser, c'est l'heure de nous montrer de quoi tu es fait ! »

Il ne savait pas si La Valette l'avait entendu, mais le grand maître semblait être arrivé à la même conclusion. La Valette arracha un salet[1] et une demi-pique à un soldat sidéré et, sous les regards consternés de ses myrmidons, le vieil homme passa le muret défensif, seul, et s'avança sur le terrain traversé de balles, droit vers la mêlée.

« Nom d'une hostie, dit Bors. Il les attaque tout seul ! »

L'effet n'aurait pas pu être plus dramatique si Jean le Baptiste lui-même était apparu sur le champ de bataille. Les piquiers se remirent instantanément en ordre. Les Provençaux se battirent entre eux pour suivre son chemin. Quand le vieil homme se mit à courir d'un

---

1. Salet, ou salade : demi-casque à visière rabattable utilisé depuis la fin du XVe siècle.

pas chancelant, les cris de bataille chrétiens s'élevèrent au-dessus du tumulte, les découragés sentirent leur sang bouillir, des chevaliers, des fantassins apparurent, surgissant des ruines où il avait semblé auparavant qu'il n'y en avait aucun, et des centaines d'hommes chargèrent, pêle-mêle, vers les pentes fumantes où des milliers d'ennemis résolus les attendaient.

Bors posa son mousquet et tira son épée. Il regarda Tannhauser, qui tournait la clé de son fusil avec la ferme intention de rester près du mur.

« Allons, dit Bors, cette fille n'a pas pu te vider les couilles à ce point. »

Tannhauser posa son fusil contre le mur et enfila ses gantelets. « C'est bien parce que tu ne me laisseras jamais entendre la fin de tout ça si tu survis. »

Ils se joignirent à cette charge vers la perdition et, comme si elle jaillissait de quelque puits empoisonné dont la source ne tarirait jamais, la béatitude maléfique du combat envahit une fois de plus les veines de Tannhauser. Il portait un salet et une demi-armure, glanés sur les piles grandissantes, et tandis qu'il courait, la sueur coulait sur ses flancs comme un grouillement de poux. Son épée était une lame de Passau, dite Running Wolf. Il sauta par-dessus des compagnons gémissant dans leurs propres entrailles. Il se rua dans la ligne, frappant de pointe et de taille, piétinant les mourants et les morts. Il évita les coudes battant l'air, et bloqua les lames qui sifflaient. Il se creusait un espace au pied du talus lorsqu'une forme verte le surplomba soudain et il envoya un revers sous les genoux, sentit un double claquement dans son poignet quand les deux tibias cédèrent, puis plongea sa lame dans les tripes de l'homme qui tombait sur l'éboulis. Les assauts ascendants étaient odieux, mais c'était ainsi que les janissaires gagnaient leur pain quotidien. Ignorez la sueur et respirez. Son bras remuait, en partie comme de sa propre volonté, sortant des coups que son esprit était trop lent pour préméditer, comme un joueur renvoyant des balles sur les terrains de la Pallacorda, et c'était une satisfaction plus que profonde. Il y avait de la joie dans une gorge grande ouverte. Il y avait une sorte de beauté dans l'union de l'action et de l'intention, quand l'épée fendait un crâne sous son turban, dispersant cervelle et globes oculaires d'une seule frappe. Cela n'aurait pas dû être ainsi, mais ça l'était, et tel était le monde, et aujourd'hui était ce jour-là, le jour d'écrire votre nom dans le livre de la vie.

Environ une heure de terrible corps à corps passa sous la brûlure du soleil d'août, l'air vivant de cris et du bourdonnement du Pater Noster. L'armure de Tannhauser était couverte d'une boue indigo et son poids devenait épuisant. Ce combat était difficile, mais Bors et lui avaient éclairci leur partie du talus avec une promptitude raisonnable, et aussi loin qu'il pouvait voir – ce qui n'équivalait pas à vingt pieds dans toutes les directions – des Turcs tombaient et la marée avait tourné. Puis, à quelques pas sur leur droite et vers le bas de la pente, des cris s'élevèrent.

« Le grand maître est à terre ! »

Le mot se répandit comme une vérole tout le long de la vaste ligne et plus la nouvelle s'éloignait, plus elle empirait. D'ici à quelques centaines de pas, se disait Tannhauser, La Valette serait en train de se faire défoncer par le cheval de Mustapha. À côté de la puanteur prégnante d'une panique renaissante, le désastre planait car soldats et chevaliers se ruaient à la rescousse de leur prince. Dans cet état de chaos généralisé, peu savaient où il se trouvait en fait, et le résultat était proche de l'émeute. Si les Turcs avaient l'idée de reprendre l'avantage, la marée allait s'inverser à nouveau, et pour de bon. Bors faisait tout un plat d'achever un janissaire moitié plus petit que lui. Tannhauser frappa le Turc dans la nuque avec sa dague pleine de sang et le fit tomber, puis il fit signe à Bors de le suivre.

Ils tombèrent sur une haie de combattants plus sauvages que tout ce que Tannhauser avait vu dans sa vie, une foule de Gaulois devenus fous furieux pour protéger leur seigneur de la guerre. Les janissaires, percevant que la victoire n'était qu'à un cheveu de leurs sabres, s'engageaient dans le combat avec tout autant de courage et de fureur. Tannhauser et Bors firent le tour de la mêlée et se frayèrent un passage jusqu'au cercle de chevaliers entourant La Valette.

Regardant par-dessus leurs têtes sans trop de problème, Tannhauser découvrit le genre de chamaillerie que seuls les Français savent provoquer, et plus particulièrement au beau milieu d'un champ de bataille. Les échanges verbaux étaient trop fleuris et rapides pour que Tannhauser puisse les suivre en détail, mais il comprit que les myrmidons voulaient que La Valette retourne se mettre en sécurité, alors que le vieil homme – qui paraissait tout à fait alerte, même si Oliver Starkey le maintenait debout – ne voulait rien savoir. La robe de son habit était détrempée et déchirée sur les cuisses, mais s'il semblait un peu pâle, c'était plus certainement de rage que de perte de sang, car l'humeur ambiante bouillonnait de violence. Starkey était bien trop anglais pour défendre la cause de son maître face à une telle émotion. L'obstination gauloise semblait devoir triompher là où la vaillance turque avait échoué.

Tannhauser n'avait pas grimpé aussi haut sur ce satané talus pour se faire repousser en bas. Avec un grand bruit clinquant, il frappa le heaume le plus proche du plat de son épée. Sa victime tomba à genoux et Bors lâcha un grand rire pour bien marquer le point. Dans la pause outragée qui s'ensuivit, Tannhauser s'exprima en italien.

« Les soldats croient que leur grand maître est mort. Frayez-lui un passage jusqu'au sommet, qu'ils puissent le voir et reprendre espoir.

— Si vous, les Gaulois, vous avez le courage de grimper là-haut », ajouta Bors.

Avant que les Provençaux puissent les couper en morceaux, La Valette se dégagea et monta la pente en claudiquant. Oliver Starkey fut le premier à le rejoindre, lui-même couvert de blessures. La fierté et l'esprit belliqueux triomphèrent de ces sarcasmes, et les chevaliers français rugirent comme des déments et s'élancèrent comme un coin sanglant vers les bannières des infidèles. Les Gaulois déployaient une fureur d'une telle violence que Tannhauser révisa immédiatement son opinion d'eux. Bors commença à suivre. Tannhauser le retint.

« C'est assez, dit-il. J'ai besoin de me vider les entrailles et de manger. »

Ils retraversèrent l'arène puante des combats, trop bouillants et épuisés pour même jeter un regard aux blessés, retrouvèrent l'espace dégagé et ramassèrent leurs longs mousquets. Quand ils se retournèrent, ils virent que l'attaque de La Valette les avait amenés, lui et ses hommes, jusqu'au sommet du bastion en ruine, où les bannières turques étaient abattues dans une orgie de tuerie enragée.

La deuxième défaite de la journée fut ainsi évitée et tout cet amas inégal de débris ruisselants de sang était à nouveau aux mains des chrétiens. La croix de Saint-Jean à huit pointes fut à nouveau dressée, injures et gestes obscènes furent échangés ; et Dieu Tout-Puissant fut remercié de les avoir délivrés du mal.

Tout au long de l'après-midi, les bataillons d'esclaves décimés et la masse de la population de la cité peinèrent à balancer les cadavres turcs dans la douve et à ériger de grossiers murets le long des murailles dévastées. Des équipes d'artificiers prirent place dans des redoutes sulfureuses. L'artillerie fut installée dans des tranchées et à nouveau réglée. Les remparts furent consolidés et regarnis en hommes. Et les confédérés de Gullu Cakie ratissèrent les mutilés et les massacrés pour trancher les gorges des mourants et piller les cadavres musulmans.

Cette longue journée déclinait et les canons de siège aux gueules de dragon tiraient encore sur leurs chaînes. Lorsque les boulets de métal ou de pierre rebondissaient sur les murailles, ils projetaient des jets de matière puante en retombant sur l'épaisseur de cadavres en putréfaction empilés dans les douves. Les vapeurs délétères ainsi projetées s'enflammaient en un *ignis fatuus* verdâtre qui luisait, diabolique, dans la pénombre, et serrait la gorge de tout le Borgo, comme si les esprits des morts musulmans s'éveillaient pour protester, et appelaient leurs coreligionnaires à se lever pour les venger.

Et cet appel aux armes spectral fut pris en compte, malgré l'horreur et le gaspillage du jour, car, peu après le coucher du soleil, le Grand Turc attaqua à nouveau, tout le long de l'enceinte. L'obscurité se fit plus brillante que le jour, et les chœurs de Satan se mirent à chanter, et les dieux de l'Est et de l'Ouest ensemble cachèrent leurs visages honteux tandis que leurs troupeaux de dévots aveugles se précipitaient à nouveau vers le massacre.

DIMANCHE 19 AOÛT 1565
Le poste de Castille – Un feu dans les ruines

Le chaos brûlant de minuit transgressa tous les codes et récits humains, comme si tous les fous de la terre avaient été assemblés ici et laissés libres de se déchaîner dans le noir. Des hommes se découpaient en morceaux dans l'obscurité étouffante. Des nuées de fumée corrosive ajoutaient à la confusion. Des arquebuses crépitaient et le canon tonnait. Des éclats et des gerbes de flammes et de feu grégeois éclairaient le tumulte.

À la lumière de ces incandescences intermittentes, Carla renfonçait des pleines poignées d'intestins clonés dans la fente du ventre de l'Espagnol. Cela ne prolongerait pas sa vie, mais cela lui épargnerait l'indécence. Et dans de si hideuses extrémités, même les plus petites dignités devenaient précieuses. Elle avait acquis une certaine pratique en la matière, et, une fois les entrailles remises en place, elle enfonça le bas de la chemise dans la blessure pour les maintenir en place. S'il se levait, ou s'il remuait trop, elles allaient dégringoler à nouveau ; mais il y avait peu de risque. Il demeurait allongé sans mouvement ni murmure, le visage jauni et luisant dans les reflets des flammes, les yeux non plus animés par la peur, mais fixés vers sa destination éternelle. Une tache de chrême luisait sur son front. Quelques miettes du pain de communion étaient restées collées à ses lèvres. Il était dans les bras du Christ. Elle lui sourit, et il hocha la tête avec un étrange contentement. Elle passa son sac sur son épaule, se leva et le laissa mourir.

Elle découvrit Mattias en train de la regarder, son casque sous un bras, son poids réparti sur une seule hanche comme un élément de statuaire. Sa cuirasse était couverte de sang coagulé et un fusil était suspendu à une de ses épaules. Ses traits étaient dans l'ombre et elle se demanda ce qu'ils auraient pu révéler de ses pensées. Il s'avança dans la lumière. De la poudre avait noirci son visage, et s'était rassemblée comme de l'encre dans les creux de ses yeux. Il ramena en arrière ses cheveux maculés de saleté, et des gouttes de sueur s'envolèrent, puis il tourna le cou d'un côté pour révéler une entaille coagulée d'un pouce ou deux de longueur.

« Je suis affligé de quelques blessures, dit-il, j'ai besoin de vos soins. »

Elle jeta un œil vers l'entaille. « Une égratignure, dit-elle.

— Une égratignure ? »

Il feignit d'être chagriné, avec une conviction telle qu'elle se sentit obligée d'examiner à nouveau l'entaille. Il était passé près de la mort, mais la blessure était superficielle. Ses dents apparurent en un sourire, et les cernes autour de ses yeux semblaient se foncer.

« Que ne ferais-je pas pour gagner le plaisir de votre compagnie ? »

Elle se mit à rire, prise par surprise, et elle fut stupéfaite de la joie soudaine que ce rire lui apportait. Elle souriait bien souvent, aux mutilés et aux condamnés, mais rire était une habitude inusitée. Elle se rendit compte que son dernier rire remontait à la nuit de son retour d'exil, quand il avait conté sous forme de farce ses aventures chez les impies. Elle ne l'avait pas revu depuis. Dans son gros poing, il brandit une outre et un panier d'osier roussi.

« De l'eau et du vin du Seigneur, dit-il, et aussi un peu de pain, des œufs marinés, des olives et un fromage de chèvre, parfaitement à point. » Il désigna l'espace du menton. « Les mourants peuvent attendre, et les morts s'en ficheront. Venez, vous devez prendre quelque chose, j'insiste. »

Il attrapa son butin de la main qui retenait son casque et de sa main libre il lui prit le bras et la mena jusqu'à un muret improvisé avec des ruines. Il posa sa charge à l'abri. Il ramassa quelques morceaux de charpente qui se consumaient dans la masse de gravats effondrés et les rassembla pour faire un feu.

« Pas tout à fait un foyer, dit-il, mais c'est mieux que rien. »

Elle le regarda sortir ses provisions.

« J'en ai apporté assez pour trois, dit-il. Où est Amparo ?

— Elle tient compagnie à Buraq, répondit-elle. La vue des blessures la bouleverse, et en dehors d'ici je m'inquiète pour sa sécurité.

— Mais pas pour la vôtre, dit-il.

— L'Infirmerie est deux fois trop pleine, comme la piazza et toutes les maisons encore debout, et même les tunnels et les caves. On ne doit plus amener les blessés à l'hôpital. Frère Lazaro a décrété que nous devions aller vers eux désormais. »

Mattias balaya du regard ce paysage nocturne diabolique. Des jets de flammes huileuses dégringolaient des gueules des trompes le long des plus lointains murets défensifs, et la lueur de l'enfer ocre qu'ils créaient en contrebas, dans lequel d'innombrables âmes turques étaient consumées, découpaient les rebords crénelés avec force reliefs. Les défenseurs de la foi romaine, échelonnés là-bas, avançaient dans le royaume du néant à leurs pieds, portant des piques et des glaives, comme les démons d'un théâtre d'ombres projetées sur une rive rebelle du Styx. Des cerceaux incendiaires tournoyaient en étincelant dans le vide, et les canons rougis des mousquets crépitaient et tonnaient. Un vent torride, issu des déserts de l'autre côté de la mer, envoyait comme des brassées de feuilles enflammées qui volaient vers les étoiles, telles les pages arrachées à un livre de prières qui aurait brûlé, condamné et jamais lu. Et du fond de sombres puits creusés dans les gravats, des hommes hurlaient comme des enfants abandonnés dans une douzaine de langues différentes, étrangers aux autres et étrangers à Dieu, car il ne semblait pas enclin à écouter leurs cris de pitié.

« On aurait pu croire qu'une telle souffrance était au-delà de l'imagination humaine, dit Mattias en la regardant. Et pourtant, tel est notre génie. »

Carla ne répondit pas.

Il essuya la poussière qui couvrait un bloc de pierre et l'invita à s'asseoir, ce qu'elle fit. Étouffant un grognement, comme si chacune de ses articulations proférait sa propre amère complainte, il s'assit également. Elle dit les grâces et fut surprise de le voir se joindre à elle. Ils firent tous deux le signe de croix.

« Vous me convertirez un jour », dit-il en lui tendant l'outre de vin. Sa main était couverte de coupures et de bleus. Deux doigts, dont un noir comme du fusain, étaient attachés ensemble avec un bout de ficelle. « Je vous demande pardon, dit-il, j'ai négligé d'apporter des coupes. »

Elle prit l'outre et but. Le vin était chaud et sucré, et moins coupé d'eau qu'elle n'en avait l'habitude. Peut-être même pur. Elle lui rendit l'outre.

« Prenez-en plus, dit-il, votre gorge doit être sèche comme de l'argile, et vous aurez besoin de forces cette nuit. »

Elle prit une autre gorgée et essuya ses lèvres. Mattias fit descendre une demi-pinte dans son gosier, cul sec. Il ferma l'outre, la mit de côté et elle le regarda enlever la croûte d'un morceau de fromage avec une dague constellée de grenats. Il le fit avec une grande précision, puis il coupa délicatement une tranche et la lui présenta de la pointe de son couteau, attentif à ne pas la toucher avec ses doigts couverts de crasse.

« Goûtez-le, dit-il, c'est comme un poème qui vous fond sur la langue. »

Le fromage était relevé et aussi bon que promis. Son estomac s'anima d'une faim qu'elle n'avait pas soupçonnée. Ils mangèrent.

« Quand je suis parti pour Saint-Elme, dit-il, vous vous plaigniez de ce que le monde avait peu d'intérêt pour vous. Je reviens et je vous retrouve bien loin d'un sujet pour baladins. Et à fort juste titre. »

Venant de lui, le compliment la toucha, et son visage se colora. Elle lui demanda : « Qu'avez-vous accompli depuis votre retour, mis à part quelques espiègleries ?

— Pas grand-chose de méritant, je l'admets, répondit-il. Je n'ai pas avancé d'un pouce dans mes ambitions les plus chères.

— Vous avez apporté du bonheur à Amparo. »

Mattias s'étrangla avec un bout de fromage. Il toussa et se reprit. « Eh bien, comme on le sait communément, faire l'amour est vital pour une bonne santé, et, dans mon état présent, tous les soins sont chaleureusement bienvenus. »

L'attitude de Carla changea. Sa jalousie d'Amparo, qu'elle peinait si difficilement à contenir, inonda son ventre. En même temps, elle sentait le sang lui monter à la tête. Ses yeux parcoururent les mains de Mattias, belles dans leur force, malgré les dégâts subis, puis son visage dont elle aurait pu étudier les creux et les contours pour toujours, même en se sentant d'humeur sinistre. Elle se souvint de son rêve dans la chambre et s'en trouva très déconcertée. Elle détourna les yeux.

Mattias continuait, nullement intimidé, tout en étalant sur son pain de l'huile prise dans le bocal d'olives. « Je suis informé de source sûre, la haute autorité de Petrus Grubenius, que l'abstinence permet aux humeurs nocives de s'accumuler, surtout dans la rate. C'est cela qui provoque la férocité de ces chevaliers, par exemple, et qui rend tant de moines revêches ou pernicieux. Je suis moins certain de ses effets sur les femmes, mais bien que le sexe faible soit vraiment une création à part, je hasarderais qu'à cet égard leur nature n'est pas si différente de celle des hommes.

— Je ne parlais pas de faire l'amour. » Il la regarda comme s'il savait que ce n'était pas tout à fait vrai. « Mais plutôt de l'amour, poursuivit-elle.

— La différence est souvent discutable ; pour les femmes, presque toujours, oserais-je dire. Mais vous, en tant que femme, devez le savoir mieux que moi. »

Carla ne trouvait pas de réponse. Elle était certaine qu'il pouvait voir au travers de sa piété frauduleuse. Elle qui, dans son rêve, avait pris son membre dans sa bouche avec un bonheur absolu si vivace. La tension entre sa nature érotique et sa nature religieuse, toutes deux si puissantes, effaçait toutes ses pensées. Elle fixait le fromage qu'elle tenait, et pour lequel elle avait perdu tout appétit.

« Si je vous ai offensée, dit Mattias, sachez que ce n'était pas intentionnel ; mais nous sommes assis à quelques pouces de notre propre mort. Si nous ne pouvons pas parler ouvertement ici, alors vous devez me dire où et quand nous pourrons le faire. »

Ce défi et sa logique propre rallumèrent le courage

de Carla. « Est-ce que j'apparais revêche, féroce ou pernicieuse ? »

Il souleva ses sourcils. « Pernicieuse, jamais. Revêche ? Une fois, peut-être, mais plus aujourd'hui. Vous avez désormais une vocation, et cela aussi peut drainer les humeurs néfastes, bien qu'à un moindre degré, si je puis m'exprimer ainsi. » Elle se rendit compte qu'il arborait un large sourire en regardant l'expression de son visage. « Quant à la férocité, continua-t-il, cette qualité, comme auparavant, s'écoule dans votre satanée viole de gambe.

— Pourquoi satanée?

— Parce qu'elle m'a entraîné par deux fois chez Hadès, et que, cette fois-ci, je ne parviens pas à entrevoir la sortie.

— Pourquoi avoir abandonné vos amis turcs ? Vous étiez en sécurité.

— Comme je viens de dire, votre chant des sirènes m'a appelé dans la nuit.

— Vous avez dit également que nous pouvions parler ouvertement, ce qui, je pense, voulait dire sans crainte. Vous dites que ma musique vous a ému, et j'en suis honorée, mais la musique seule ne peut pas être une cause ni un but, de même que votre ambition la plus chère non plus.

— Vous m'avez fait venir ici », dit Mattias. Il la contemplait. Elle attendait qu'il avoue une folie égale à la sienne. Il dit : « Mon ambition reste de vous voir retrouver votre fils. Et bien plus encore maintenant que je sais qu'il est un garçon splendide et, si j'ose dire, un ami et un frère d'armes. »

Il parlait du fond du cœur et elle était émue. Et pourtant. Elle se trouvait insouciante de ressentir plus d'amour pour l'homme que pour le garçon. Elle enviait la profondeur de la relation de Tannhauser avec

Orlandu, qu'elle connaissait à peine, en fait. Elle ravala ces sentiments, ainsi que sa déception, et ne dit rien.

« Cette course s'est avérée plus formidable que je ne l'imaginais, et c'est un euphémisme, dit-il. Les choses semblent vouloir devenir plus épineuses encore, mais l'obstination a son utilité et je répugne à céder au désespoir. Comme vous le savez, Orlandu est en sécurité chez mon protecteur, Abbas bin Murad, commandeur des Bannières jaunes, et homme d'une rare sagesse et d'une rare gentillesse. Tôt ou tard, Orlandu sera emmené à Istanbul, et là je le retrouverai, et nettement plus facilement que je ne l'ai fait ici. » Il leva une main vers le tumulte. « Le problème auquel nous sommes confrontés, c'est de trouver un moyen d'échapper à cette folie. »

Pendant un moment, Carla resta stupéfaite. L'idée elle-même n'avait aucun sens.

« Nous échapper ?

— Si je trouve comment faire, viendrez-vous avec moi ?

— Abandonner Malte ?

— Abandonner, délaisser, fuir, comme vous voudrez, dit-il. Vous, moi, Amparo, Bors.

— Et les autres ?

— Les autres sont tout à fait capables de mourir sans nous, et ils ont pour réconfort la promesse du pape qu'ils iront au paradis. »

Il avait l'air parfaitement sérieux. Elle dit : « J'ai vraiment du mal à croire que c'est vous que j'entends dire cela.

— Vous avez harnaché votre destin à celui de la Religion. Plus que cela encore, votre cœur, votre esprit, peut-être même votre âme. Je comprends. Il y a un réconfort dans l'appartenance. Et aucun ciment ne soude mieux les êtres que la menace de la mort. Mais n'allez pas imaginer qu'il y ait en jeu quelque principe plus élevé. Ce n'est qu'une petite guerre mesquine de plus. Elle finira. Une ligne changera sur les cartes, ou pas. Et puis il y aura d'autres guerres. Et d'autres encore. Et encore d'autres après celles-là. Des gens comme le shah Soliman et La Valette mèneront de telles guerres jusqu'à la fin des temps – c'est un désir irrésistible inhérent à l'espèce humaine – et ils ne manqueront jamais de disciples ni de raisons pour le faire. Et je dois admettre qu'il n'existe pas de plus grand divertissement. Mais mon attention se tourne désormais vers d'autres passe-temps. Vous joindrez-vous à moi ? Ou ce désir vous a-t-il mordue également ?

— Ce n'est pas un divertissement pour moi, mais plutôt une abomination. Et pourtant, fuir me semble mal.

— Votre courage face à la mort n'a nul besoin de preuve supplémentaire. Peut-être est-ce votre courage face à la vie qu'il faudrait plutôt évaluer.

— Et si la Religion gagne ?

— Gagne ? » Il ricana. « Le temps rend nulles de telles victoires, sans exception. Qui se soucie aujourd'hui qu'Hannibal ait gagné à Cannes ? ou Timour le Boiteux à Ankara ? ou même Alexandre à Gaugamèles ? Ils ne sont plus que poussière désormais, leurs puissants empires également, et il en sera ainsi des Ottomans et des Espagnols, et de tous les autres à venir, qui se lèveront un jour, et qui un autre jour retomberont à coup sûr. Ma notion de victoire est de vieillir et d'engraisser, d'être témoin de la beauté de quelque chose – peut-être même d'engendrer moi aussi de la beauté –, de manger des mets exquis, de sentir le vent sur mon visage et la tendre chair d'une femme sous mes mains.

— J'ai un devoir envers les blessés. Un devoir sacré.

— Votre fils ne signifie rien pour vous, alors. »
Carla vacilla. Elle craignait que ses dires ne contiennent
quelque vérité. « Et Amparo et Bors et moi, nous
n'avons qu'à rejoindre le hachis humain dans les
douves, nous qui sommes venus en enfer sous vos
ordres. »

La confusion la paralysa. Elle sentit la brûlure de la
honte. Elle évita ses yeux.

« J'allais vraiment partir pour Tripoli, dit-il, quand
je vous ai entendue jouer.

— Alors pourquoi n'êtes-vous pas parti en nous laissant à notre folie ?

— Parce que j'avais conçu la folle notion que je
vous aime. »

Elle le fixa. Son cœur battait jusque dans sa gorge.
Il lui rendit son regard.

« Bors me dit toujours que, en temps de guerre, il
ne faut pas se fier à l'amour. Car la guerre rend les
hommes fous, et l'amour les rend plus fous encore, et
par conséquent parler de telles notions est pure folie,
car nous disons des choses que nous pouvons ne pas
penser vraiment. Et quand bien même… »

Il tendit la main dans l'espace qui les séparait, toucha
sa joue, elle appuya son visage contre sa paume et un
frisson la traversa. Il glissa ses doigts dans ses cheveux,
et elle tendit le cou en arrière. Elle sentait son souffle
sur son visage et elle le regarda. Ses yeux étaient d'un
bleu ardent, même dans cette pâle lueur jaune. Son
esprit divaguait, son corps fondait. D'exultation, de
chagrin, de peur. Du spectre de la culpabilité. Ses lèvres
s'entrouvrirent, elle ferma les yeux et il l'embrassa. Sa
barbe était dure sur sa peau. Il sentait la poudre noire
et la sueur, et cette sueur ramena le souvenir de son
ancienne attirance pour lui, dans le jardin de roses. Ses
lèvres la choquèrent par la délicatesse de leur toucher.

Il soupira dans sa gorge. Ses lèvres appuyèrent plus fort. Elle voulait se jeter contre lui, le serrer et être serrée, assouvir sa soif, tomber, se rendre, oublier et s'évanouir pour toujours dans ses bras. Mais ses membres refusaient de bouger, et elle demeurait comme soutenue par sa main, comme si elle flottait sur un océan de bonheur absolu. Il retira sa bouche, et sa main aussi, et elle ne bougea pas, elle ne voulait plus bouger, car elle ne voulait pas que cela s'achève.

« Vous pleurez », dit-il.

Elle ouvrit les yeux, et sa main, comme affolée, s'envola vers ses joues. Elles étaient humides. Elle les essuya. Elle se sentait idiote. L'enchantement était rompu.

Mattias s'adossa à la pierre. Il était mort de fatigue, et paraissant pourtant oppressé par quelque chose de plus profond que l'épuisement. Dans le noir de la poudre qui couvrait son visage, ses yeux paraissaient énormes. Il avait toujours eu l'air d'un homme qui connaissait ses propres pensées à chaque instant, mais maintenant elle y voyait une confusion qui lui faisait mal, le reflet parfait de la sienne. Il cligna des yeux et cela disparut.

« Pardonnez-moi, dit-il. Aujourd'hui j'ai massacré tant d'hommes dont je ne connaîtrai jamais le nom que mon cerveau est brouillé par les explosions et le sang injuste. »

Il s'empara de l'outre de vin. Un sentiment de panique envahit Carla. Elle ne voulait pas d'excuses. Elle voulait quelque chose de si primal qu'elle ne pouvait même pas le nommer. Bors avait raison. Amour, guerre et folie. Ravages, pestilence, sang. Mères et fils et hommes. La faim sexuelle qui la tourmentait, même maintenant avec ses propres révélations. Elle savait tant qu'elle ne savait rien. Elle cligna des yeux pour éclipser les restes de larmes qui brouillaient sa vision. Les larmes de bonheur que Mattias avait mal interprétées. Elle sauta sur sa dernière phrase sans réfléchir.

« Un sang injuste ? » dit-elle.

La mauvaise phrase. Une phrase dont elle n'avait que faire, en réalité. Elle sentit le moment lui échapper, la conversation, le baiser, son ardeur, tout était ravalé par le vent de cette nuit meurtrière.

Mattias haussa les épaules, les yeux sur l'outre de vin qu'il tenait à la main, et elle vit qu'il battait en retraite en lui-même. « Il est rare d'en verser d'une quelconque autre sorte, dit-il, même si beaucoup ici sont convaincus du contraire. Soldats de l'islam. Soldats du Christ. Chacun est le diable pour l'autre, et Satan ricane dans sa manche. »

Il lui tendit l'outre et elle refusa d'un mouvement de tête. Il but et s'essuya la bouche. Elle tressaillit comme s'il effaçait leur baiser. Comme si ce baiser n'avait jamais existé. Comme si elle l'avait rêvé comme elle rêvait de tant d'autres choses. Mais les battements de son cœur étaient encore très rapides et le goût de Mattias persistait sur ses lèvres. Elle ne voulait pas parler de tueries et de guerre. Elle voulait parler d'amour. Elle voulait l'entendre parler d'amour. Mais elle ne possédait en rien l'art de ces choses. Sa voix lui semblait coincée dans sa gorge et ses épaules étaient raides. Elle avait battu en retraite autant que lui. Et pourtant il ne l'avait pas fait, car la retraite n'était pas dans sa nature. Il sortit un foulard de sa manche et se pencha pour lui essuyer le visage. Le foulard était sale et trempé de sueur, mais il lui parut exquis.

« Il vaut bien mieux verser des larmes », dit-il. Il sourit pour la rasséréner. Il rangea son foulard. « Petrus Grubenius émettait l'hypothèse que les larmes soient en fait du sang, dont la puissance a été extraite par les membranes du cerveau. Il ne pouvait pas le prouver, mais il est vrai qu'elles ont un goût similaire : plus salé que l'urine, mais moins que l'eau de mer. Il pensait que pleurer était très bon pour la santé, un substitut de la nature aux saignées que les chirurgiens nous imposent avec tant d'allégresse. Et beaucoup s'accordent sur le fait que les larmes peuvent soulager un esprit épuisé. »

Carla sourit aussi, toute panique bannie par son regard chaleureux, et sa curiosité s'éveilla, car il avait déjà évoqué ce nom. « Dites-moi, qui est Petrus Grubenius ?

— Petrus était médecin, astronome, alchimiste, un philosophe de la magie naturelle dans autant de ses formes infinies qu'il pouvait en étudier : cosmologie, physique, distillation des médicaments et élixirs, transmutation des métaux, élaboration de codes, secrets des aimants et des lentilles. » Il leva les deux mains. « En bref, il étudiait tout ce qui est merveille. La malveillance et la colère lui étaient inconnues, comme l'était cette peur de l'autre qui change la plupart d'entre nous en bêtes. De plus, c'était un très bon ami à moi. En lui, la quintessence – dont les mystères étaient son Graal – était personnifiée sous sa forme la plus haute. »

Sa passion, et la tristesse qui transparaissait en dessous, l'émurent.

« Dites-m'en plus, murmura-t-elle.

— Eh bien, dit Mattias en se frottant les paumes, les Grecs des temps oubliés, avant qu'ils ne deviennent la race désolée que nous connaissons maintenant, identifiaient quatre éléments fondamentaux de l'univers. Le feu, la terre, l'eau et l'air, mais cela, vous le savez. Pythagore en distinguait un cinquième, et d'essence plus haute – la quintessence –, qui, disait-il, s'élevait vers la Création, et dont les étoiles elles-mêmes étaient constituées, ainsi que toutes les autres choses, vivantes ou mortes. Ce n'est pas seulement le pouvoir de la vie, mais celui de l'être.

— Je voulais plutôt en entendre davantage sur votre amitié avec Grubenius. »

Pendant un instant, il parut découragé, comme s'il s'était attendu à ce qu'elle montre plus d'intérêt pour les banalités que pour l'infini.

« Je vais peut-être vous sembler un peu vulgaire, ou trop féminine, dit-elle, mais vous m'intriguez bien plus que Pythagore. »

Mattias inspira profondément par le nez, comme si l'effort le rebutait.

« Je n'étais pas sur la terre des Francs depuis longtemps, dit-il. J'avais combattu pour Alva, contre les Français dans le Piémont, et je venais d'être démobilisé. Comme je n'avais pas connu grand-chose d'autre depuis mon enfance, je n'étais qu'un soldat de plus, attendant une autre guerre. Petrus était déjà un vieil homme à l'époque, au comportement et aux habitudes étranges, car il vivait dans la solitude et se souciait peu des apparences ou des bonnes manières. Ses oreilles, ses narines et ses sourcils étaient monstrueusement poilus, ses mains étaient dartreuses et marbrées de ses merveilleuses expériences, et une affection à la hanche le faisait boiter. Comme j'avais chassé quelques *bravi* qui se moquaient de lui dans la rue, il m'avait invité à partager son souper. Je ne saurais dire ce qu'il a vu en moi cette nuit-là, mais j'ai continué à partager son toit pendant deux ans. Des années que je ne connaîtrai plus jamais. »

Elle comprit qu'une destinée différente lui avait été arrachée, mais ses regrets étaient balayés par les bons souvenirs.

« Son atelier était comme un filon d'arts hermétiques. Chaque pièce de la maison était emplie de connaissances, la plupart écrites de sa main et entassées n'importe comment, car son esprit avançait toujours vers de nouvelles friches. Ma curiosité lui faisait plaisir, même grossière comme elle l'était, et puisque l'âge lui avait volé sa dextérité, mon adresse de jeune forgeron était de quelque valeur pour lui. C'est ainsi que je suis devenu son pupille et son apprenti. »

Ces mots firent rayonner Mattias d'une fierté personnelle. Il prit une autre gorgée de vin.

« Tout cela était bien et bon, jusqu'à ce que Petrus découvre que j'étais capable de lire l'écriture arabe. Je crois que je n'oublierai jamais l'excitation qui l'anima – on aurait dit qu'il venait de découvrir la pierre philosophale elle-même – car son émerveillement pour le savoir arabe était sans bornes. Et il se trouvait qu'il possédait dans sa bibliothèque un très rare traité en cette langue, écrit par Abu Musa Jabir, un sage de Bagdad, et dont il n'avait jamais pu percer les secrets. En moi il trouva sa clé. Malgré tout, c'était un labeur épuisant. Il y avait nombre de mots que je ne reconnaissais pas, mais son génie des codes était tel que Petrus déterrait des significations là où je n'y parvenais pas. » Il la regarda. « C'étaient des jours heureux. À Mondovi.

— Qu'est-ce qui a mis un terme à ces jours ? » demanda Carla.

Mattias fronça les sourcils. « Il y avait des rumeurs d'enracinement de l'hérésie luthérienne dans cette ville, et de vaudois descendant des hautes vallées, des affaires dont Petrus et moi-même étions totalement ignorants. Michele Ghisleri, que son âme soit maudite, envoya l'Inquisition romaine enquêter. »

Carla se sentit soudain très mal.

« La vermine a rampé hors du bois, comme il se devait, et Petrus a été sommé de comparaître devant un tribunal. Ils l'accusaient de pratiquer la sorcellerie et la nécromancie, ainsi que d'autres crimes trop vils pour mériter d'être répétés. Il refusa d'abandonner sa maison, car c'était tout ce qu'il connaissait, mais avec la grande éloquence qu'il possédait en abondance, il me persuada de fuir. J'ai honte de le dire, mais j'ai fui. J'avais couvert une lieue avant que le dégoût ne l'emporte et que je fasse demi-tour.

Carla vit ses traits s'assombrir davantage.

« La nuit était tombée et je pouvais voir la lueur des flammes depuis la route. Je pensais que le bûcher était pour Petrus et que tout était fini, mais ses tourments devaient s'avérer plus longs et plus diaboliques. Le feu avait été construit avec sa bibliothèque. Des centaines de livres et de manuscrits, une vie de travail pour les rassembler, car, pour acquérir un seul volume, il pouvait couvrir mille milles, jusqu'à Francfort, Amsterdam, Prague. Des textes de Théophraste, de Trithème de Sponheim, Raymond Lulle, du Grand Albert, d'Agrippa, Paracelse, et bien d'autres. Deux mille ans de savoir réduits en fumée. Pire encore, les propres écrits de Petrus furent jetés aux flammes, des recueils sans égal, et dont il n'existe aucune copie. »

Mattias déglutit et ses yeux brillaient comme du liquide, mais elle n'aurait su dire si c'était de fureur ou de tristesse.

« Une foule de ces mêmes *bravi* que j'ai mentionnés alimentait le brasier, leurs visages luisant de vertu et de malveillance. Petrus assistait à tout ça, assis à l'envers sur un âne, et torse nu. Et à cet instant, je pense qu'il était déjà brisé, car son courage était fragile comme du cristal et, malgré toute sa sagesse, une rage aussi infecte était au-delà de sa compréhension. »

716

Il cessa de parler pendant un moment. Carla demanda : « Qu'avez-vous fait ?

— Vous m'aviez parlé de l'impuissance et de la réprobation qui la suit et qui vous serre l'estomac… »

Cela ressemblait presque à une question, et c'était le dernier lien au monde qu'elle s'attendait à partager avec lui. Elle savait combien une telle confession était difficile à faire, surtout pour lui. Elle hocha la tête doucement.

Il dit : « Ce que j'ai fait ? Eh bien, je suis resté dans la foule à contempler le bûcher. Et je n'ai rien fait. »

Ses yeux étaient comme des fentes, indéchiffrables dans le vacillement d'ombre et de lumière. Elle se sentit frissonner. Elle se sentit plus proche de lui que jamais.

« Des bûchers et de cette rage immonde, j'avais eu ma part, et bien plus que cela encore. En Iran, nous avions brûlé des villes entières, l'une après l'autre, et rasé des monuments plus anciens que le temple de Jérusalem. Et alors que je restais planté là, il m'est venu à l'esprit que j'étais plus proche de ces *bravi* hurleurs que de Petrus, que le rêve était fini, et que le monde est tel qu'il est, et pas comme des gens tels que Petrus Grubenius pourraient le faire exister. »

Il se passa une main sur le visage et quand elle retomba, Carla faillit tendre la sienne pour la lui prendre, mais il n'avait pas fini.

« J'ai pris du vin et de la nourriture que j'ai apportés à la prison pour Petrus, et je l'ai trouvé muet et hébété, comme ces enfants qui se tiennent au bord des routes pendant qu'on pille leur ville. » Elle devait avoir eu une réaction, car il la regarda et hocha la tête. « Oui. J'ai vu leurs visages aussi. Leurs innombrables visages.

— Continuez », dit-elle.

Il haussa les épaules. « J'aurais aussi bien pu être l'un des geôliers de Petrus, car il semblait ne pas me

717

connaître. Les jours suivants, ce fut la même chose. Il ne m'a plus jamais adressé la parole. Ils l'ont brûlé en place publique une semaine plus tard, et à cet instant, c'était un acte de pitié. J'ai au moins été capable d'acheter la compassion du bourreau. Il a suspendu un sac de poudre noire, que je lui avais donné, au cou de Petrus. »

Il y eut un cliquetis dans le noir non loin d'eux, et Mattias releva la tête. Ses yeux lancèrent un éclair meurtrier, et Carla sentit que si elle n'avait pas été présente, il aurait dégainé son épée et foncé. Elle regarda par-dessus son épaule et son ventre se serra.

Ludovico était debout sur les gravats, en complète armure noire, cette dernière martelée de coups et couverte de saleté. Son casque pendait à sa main gauche, retenu par une lanière. Deux aiguilles de lumière brillante émergeaient du creux de ses yeux. Son visage était tiré de fatigue, mais ne révélait pas grand-chose d'autre.

« Auriez-vous quelque rafraîchissement à partager avec un compagnon chrétien ? » demanda Ludovico.

Ses yeux étaient braqués sur Carla et elle se détourna. Elle avait peur. Une peur tortueuse bien plus déstabilisante que tout ce qu'elle avait pu rencontrer de sa vie. Mattias lui lança un regard. Elle le sentait au bord d'exploser de violence, et elle espérait qu'il réussirait à se contenir, même si elle ne savait pas bien pourquoi. Il se leva et s'adressa à Ludovico.

« Si ce compagnon a assez de culot pour le demander, qu'il s'assoie donc, il est le bienvenu. »

Ludovico s'approcha. Il boitait, mais tous les hommes de la garnison boitaient, sauf Bors. Il s'inclina devant Carla et s'assit. Il posa son casque et retira ses gantelets, qui étaient maculés et collants de sang. Il se signa et murmura des grâces en latin. Mattias lui passa l'outre et le regarda boire, puis il la reprit et but à son tour. Ludovico prit un peu de nourriture et mangea par petites bouchées, qu'il mâchait longuement, avec un air ascétique délibéré. Il fixait un point quelque part dans le vide, un endroit connu de lui seul.

Mattias fixait Ludovico.

Ni l'un ni l'autre ne parlaient.

Carla se sentait de plus en plus déconcertée. Cela ressemblait à un concours, dont elle ignorait les règles, et dont les conditions de victoire pouvaient inclure une mort subite. Elle ne savait pas quoi dire, aussi ne dit-elle rien. Elle ne savait pas si elle devait partir ou rester, et donc elle demeura assise, immobile et tendue. Elle jetait des yeux furtifs vers l'un ou l'autre, mais aucun ne lui rendait ses regards. Elle serra ses mains sur ses cuisses et regarda ses genoux. Une vague nausée lui chargeait la langue. Le silence entourant le feu devint immense, jusqu'à ce qu'il soit plus vaste que l'obscurité elle-même, jusqu'à ce que même le vacarme de la bataille semble étouffé et lointain. Quand enfin elle n'en put plus, elle commença à se lever.

Les deux hommes se remirent immédiatement sur pied.

« Merci pour la nourriture et votre compagnie, dit-elle à Mattias. Maintenant, je dois retourner à mon travail.

— Non, dit Mattias, notre conversation n'est pas terminée. Restez. Je veux dire, s'il vous plaît de rester », ajouta-t-il.

Ludovico s'inclina encore une fois devant elle. « Je ne voulais pas être grossier, dit-il. Si vous le souhaitez, je m'en vais sur l'heure. »

Elle vit Mattias réprimer un sourire méprisant. « Finis ton souper, moine, dit-il. Quand tu te seras rempli l'estomac, tu pourras retourner ramper dans la nuit. »

Ludovico lui jeta un regard dénué d'expression.

« Assieds-toi, dit Mattias. Il était dit que nos chemins se croiseraient à nouveau, et cet endroit est aussi bon qu'un autre. » Comme pour ne pas être vaincu par l'étiquette, il s'inclina devant Carla et ajouta : « C'est-à-dire si la compagnie du bon moine n'est pas une perspective trop désagréable pour vous. Si elle l'est, il le comprendra aussi bien que moi. »

Elle se demanda pourquoi Mattias voulait que Ludovico reste. Elle se retrouva en train d'acquiescer, et ils se réinstallèrent tous les trois sur leurs blocs de pierre. Elle ne pouvait s'empêcher d'être consciente que ces deux hommes étaient des tueurs, car leurs harnachements étaient croûtés de sang. Plus inquiétant encore, tous deux étaient en quête de son affection, et elle sentait les cordes de leur virilité tendues à se rompre. C'était comme d'être assise entre deux chiens de guerre rivaux. Mais au moins avait-elle brisé le silence. Quoi qu'il puisse advenir, elle espérait ne pas avoir à les empêcher de se sauter à la gorge.

Ludovico désigna la clameur d'un mouvement de tête. « Vous êtes considéré comme un expert en ce qui concerne les infidèles, capitaine Tannhauser. Combien de ces démons devrons-nous encore tuer avant qu'ils ne repartent chez eux ?

— Des mots bien braves venant d'un prêtre, qui a plutôt l'habitude d'envoyer des vipères commettre ses propres meurtres. »

Ludovico le regarda avec un sourire terne. « La question était posée sérieusement. »

Mattias répliqua avec amabilité, mais l'on percevait pourtant une rage froide sous le voile de cordialité.

« Les armées de Soliman n'ont jamais abandonné un siège depuis celui de Vienne, en 1529. Et c'était la neige qui les avait chassées de là-bas, un allié sur lequel nous ne pouvons pas vraiment compter ici.

— Nous pouvons compter sur la miséricorde de Notre-Seigneur Jésus-Christ.

— Rien qu'en passant entre tes lèvres, son nom est souillé, dit Mattias. Il ne pourrait pas l'être plus si tu l'avais prononcé avec ton cul. »

Carla était choquée, mais elle ne dit rien. Pourquoi le provoquait-il autant ?

Mais Ludovico demeura imperturbable. « Je m'émeus de voir que vous défendez la dignité de Notre-Seigneur.

— Je suis plus proche des mots et des actes du Christ que la plupart de ton bétail, répliqua Mattias, car j'ai lu les Évangiles, les lettres de Paul et les Actes des Apôtres par moi-même. » Il jeta un regard vers Carla. « Même si c'est un crime puni de mort de le faire. Les maîtres de Ludovico ont banni leur propre Livre saint des langues communes – une idée originale, nous pourrions tous en être d'accord, mais qui aide à maintenir la capacité de travail de l'Inquisition.

— Sans être guidé par notre mère l'Église, expliqua Ludovico, on ne peut s'attendre à ce que l'homme ordinaire puisse comprendre les textes sacrés. Et ainsi, il pourrait tomber dans l'erreur. » Il regarda Carla. « Nous n'avons pas besoin d'autre preuve que les erreurs des protestants.

— Le Christ était un homme normal, contra Mattias. Et s'il avait prévu les erreurs que vous avez commises en son nom, il n'aurait jamais posé ses outils ni quitté l'atelier de son père.

— Si vous vous êtes détourné de la seule véritable Église, dit Ludovico, pourquoi êtes-vous ici, avec les soldats de la foi ?

— La seule vraie foi des soldats réside dans le combat lui-même, pas dans la cause.

— Il est dit que tous les hommes croient en Dieu sur le champ de bataille.

— Sans doute parce qu'ils sont prompts à crier son nom. Mais si j'étais Dieu, je n'en serais pas flatté, et encore moins rassuré. Comme Petrus Grubenius l'aurait dit, leurs cris tardifs pour sa miséricorde fournissent à peine une preuve réelle de son existence.

— Ah, fit Ludovico, encore Grubenius.

— Carla demandait à savoir quelle fut sa fin.

— Et vous le lui avez raconté », dit Ludovico, sans la moindre expression.

Mattias acquiesça. « Je lui ai tout dit, sauf le nom de son tortionnaire. Je n'en avais nul besoin, car son cœur lui a fourni ce renseignement sans que je ne le lui souffle. »

Ludovico regarda Carla et elle se sentit pâlir.

« Grubenius était un homme brillant, dit Ludovico. Son âme éternelle a été sauvée ce jour-là, car s'il avait été laissé en liberté, il aurait sûrement abjuré et il se serait damné pour l'éternité. Mattias et moi l'avons regardé aller au bûcher. » Il regarda Mattias. « Le capitaine ici présent dépassait d'une bonne tête tous les autres hommes sur la piazza, mais il n'a pas émis la moindre protestation dont je puisse me souvenir. »

Carla perçut que la violence qu'elle anticipait semblait désormais certaine.

Mattias ne bougeait pas un muscle.

Ludovico se retourna vers elle. « Il avait une allure trop splendide pour qu'on puisse l'oublier, comme je suis certain que vous pouvez l'imaginer. » Le comportement de Ludovico était aussi serein que d'habitude, mais ses yeux noirs étincelaient de jalousie. Il prit le dernier morceau de pain dans le panier, mais ne le mangea pas. « Vous semblez bouleversée, Carla, dit-il, et vous devez être épuisée. Vous devriez vraiment prendre quelque repos. »

Il avait raison, et elle voulait absolument partir, mais elle sentait que si elle le faisait, cela marquerait un subtil changement dans ses loyautés. Elle percevait aussi que c'était ce qu'il voulait. Elle fit non de la tête. « Mattias et moi avons beaucoup à discuter », dit-elle.

Elle avait utilisé son prénom délibérément, et Ludovico le remarqua.

« Sans nul doute, dit-il, en se tournant vers Mattias. Carla m'a dit que vous deviez vous marier. »

Alarmée, Carla se tourna vers Mattias. Craignant sa réaction, elle ne lui avait rien dit de la visite nocturne que lui avait rendue Ludovico. Mattias acquiesça d'un mouvement de tête, comme si leur accord était de notoriété publique.

« C'est vrai, nous sommes fiancés. » Il sourit à Carla si chaleureusement que cela éloigna son anxiété. « Et c'est également un mariage d'amour. » Il se tourna à nouveau vers Ludovico. « Je suis certain que nous avons ta bénédiction et tes meilleurs vœux.

— Comme vous me l'avez dit lors de notre première rencontre, vous êtes un homme chanceux.

— Une réputation que je chéris, répliqua Mattias. J'ai entendu dire que la tienne a reçu un coup de lustre bien nécessaire, et que tu es maintenant chevalier de justice. »

Ludovico inclina la tête pour marquer sa réponse. Comme les insultes et les traits acérés s'accumulaient, Carla se demandait quand il allait réagir aux aiguillons.

« Je ne m'étais jamais attendu à avoir un jour pitié de La Valette, dit Mattias, mais à la nouvelle de ton ordination, j'admets que cela m'a traversé l'esprit.

— Pourquoi pitié ?

— Parce que tu vas le ruiner. Lui et son ordre adoré. »

Ludovico cligna des yeux. « Pourquoi voudrais-je faire cela ?

— Quelle autre raison aurait pu te faire revenir à Malte ? Ruiner les autres, telle est ta profession, non ? »

Ludovico jouait avec le morceau de pain dans sa main. « Même si je possédais une ambition aussi fantastique, quel pouvoir de l'accomplir aurait un humble chevalier ?

— Ah oui, fit Mattias, l'humble chevalier. L'humble prêtre. Eu égard aux arts de la guerre, La Valette est proche du génie, mais, dans l'art de la politique, il est aussi naïf qu'un enfant de chœur invité dans la chambre d'un évêque.

— Vous sous-estimez le grand maître.

— J'espère. Mais je ne te sous-estime pas, toi. La Valette n'a pas quitté cette île depuis des années et, avant cela, il a rarement mis pied sur la terre ferme, et encore moins dans la fosse aux serpents qu'est Rome, là où toi et tes semblables faites vos petites affaires visqueuses. Même Oliver Starkey est droit comme une lame, et il est le meilleur des diplomates que la Religion ait jamais eus. Ce sont des hommes qui tiennent parole, qui payent leurs dettes, qui sont liés par leurs serments. » Mattias se pencha en avant. « Des hommes qui adhèrent à leurs saints vœux. Ils n'apportent pas la honte sur leur rédempteur. Ils ne cachent pas leur malveillance derrière la fumée de la chair brûlée. Ils n'abandonnent pas des jeunes filles pour payer le prix de leur incontinence. »

Sous ce flot d'injures, Carla vit la tête de Ludovico se déporter en arrière et ses yeux s'étrécir comme des fentes. C'était la première et seule craquelure dans sa *façade*[1], et vite réparée. Mais il n'osait pas la regarder.

---

1. En français dans le texte.

« Frère Starkey, dit-il, trouverait ces conspirations fascinantes, j'en suis certain. Pourquoi ne pas l'éclairer ?

— Les hommes honnêtes sont peu enclins à comprendre la duplicité, répliqua Mattias, surtout à une échelle si extravagante. Je me flatte d'être presque aussi visqueux que toi, mais je n'ai pas l'avantage des robes frauduleuses et des hauts doctorats, ni un sac à malices plein de reliques et de bulles.

— C'est aussi bien donc, dit Ludovico, que nos intérêts n'entrent pas en conflit. »

Il remit le morceau de pain dans le panier et ramassa son casque. Il se leva, imité par Mattias, et s'inclina devant Carla.

« Je suis heureux d'apprendre que notre fils est en vie, après tout, dit-il, même s'il est entre les mains des démons musulmans.

— Cela pourrait être pire, dit Mattias, il pourrait être dans la sphère de son père. »

Un mouvement de la large mâchoire bleutée fit comprendre à Carla que la patience de Ludovico était à bout.

Il se tourna vers Mattias. « Néanmoins, je prie pour son retour en toute sécurité sous les ailes du Christ. Il a beaucoup occupé mes pensées. Et il a empli mon cœur d'une substance dont j'ignorais l'existence même, que Dieu en soit remercié. » Ses yeux exprimaient la sincérité, et pendant un moment il émut Carla. « Dites-moi, vraiment, quel genre de personne est mon fils ? »

Ludovico avait soudain ouvert son cœur. Mattias plongea la main dedans et serra.

« Un décompte de ses vertus te retiendrait jusqu'à l'aube, assena Mattias, mais il me suffira de dire qu'il est très difficile de croire qu'il est issu de ta semence. »

Le visage de Ludovico se referma comme un piège à ours.

Mattias lui fit un petit salut. « *Asalaamu alaykum.*

— *Pax vobiscum.* »

En regardant Ludovico s'éloigner en boitant vers la fureur de la nuit, elle ne parvenait pas à effacer sa pitié. Elle n'avait jamais vu un homme aussi perdu dans ses propres ténèbres, sauf peut-être son père.

Mattias scrutait l'obscurité. « Anacleto est là, quelque part. Je m'émerveille qu'il ne m'ait pas abattu. Sans vous si près de moi, il l'aurait sans doute fait.

— Anacleto ?

— Le factotum de Ludovico, son ombre, son couteau dans le dos. Un jeune homme d'une beauté frappante et d'un caractère virulent. Il me fait penser aux assassins du sultan, les sourds-muets du sérail, ses pas ne font aucun bruit. » Il la prit par le bras. « Retournons à l'hôpital. Je me sentirai mieux de vous savoir là-bas, au moins pour cette nuit. »

Elle acquiesça sans discuter et ils s'enfoncèrent dans la ville.

« Vous l'avez traité si rudement que je craignais que cela ne provoque un duel, dit-elle. Était-ce cela que vous vouliez ?

— Je ne me bats pas en duel avec un homme que je ne respecte pas. Je lui trancherais plutôt la gorge pendant qu'il dort. Mais il a supporté assez d'insolence pour une demi-douzaine de disputes mortelles, et il a ravalé le tout. Et Ludovico n'est pas un lâche. Ce qui me porte à penser que, dans son esprit, je suis déjà mort. Et que vous êtes déjà sa possession. Il attend son heure, le moment qui lui conviendra le mieux. » Il fronça les sourcils. « Dites-moi, Carla, que s'est-il passé entre vous et lui pendant que j'étais parti ?

— Je l'ai gardé par-devers moi parce que… »

— C'est sans importance.

— Il est venu dans ma chambre à l'auberge au beau milieu d'une nuit. » Elle vit une expression passer sur son visage qui justifiait ses craintes antérieures de le lui dire.

« Et Bors et Nicodemus ?

— Bors était sur les remparts, Nicodemus dormait. » Mattias se renfrogna.

Elle dit : « Les pas de Ludovico ne font pas de bruit non plus.

— Qu'a-t-il dit ?

— Il avait perdu l'esprit. Il disait qu'il voulait m'épouser et avoir un autre enfant pour remplacer Orlandu.

— Fou de guerre et fou d'amour. Et dans son cas, fou de pouvoir aussi.

— Sa vie tout entière se dresse devant lui comme une terrifiante erreur, et il cherche à la réparer à travers moi. Pour le tenir à distance, je lui ai dit que j'en aimais un autre, et il a su immédiatement qu'il s'agissait de vous.

— J'espère que ce n'était pas simplement une ruse. » Il sourit. « Ne pensez plus à Ludovico. Il ne vous ennuiera plus. Ne pensez qu'à notre fuite, et à savoir si vous pouvez vous en convaincre.

— Je suis déjà convaincue.

— Bien. Ne dites rien de tout ceci à qui que ce soit, pas même à Amparo. »

Elle eut peur qu'une trahison ne soit en cours et s'arrêta. La ruelle était étroite et sombre. Elle se rapprocha pour lire son visage. Elle dit : « Amparo doit venir avec nous. »

Il eut l'air si offensé qu'elle eut soudain peur.

« Mais pour quel genre d'homme me prenez-vous ? »

Avant qu'elle ne puisse s'excuser, il balaya sa tentative d'un geste de la main.

« J'abandonnerais mon cadavre plutôt que de laisser Amparo. » Il grimaça de perplexité. « Mais prenons le taureau par les cornes. Soyez un peu patiente avec moi, car qui peut mesurer ces choses ? Homme ou femme ? Je ne cherche à tromper personne, et je m'avoue coincé dans cette histoire. Le cœur et les reins n'accepteront pas toujours un harnais. Et vous et elle faites une sublime paire. Que puis-je dire d'autre ? Dans le catalogue de mes tribulations présentes, ce tracas n'est pas d'une urgence absolue, même s'il est la racine de tous les autres, à la vérité, car si ce n'était pour vous deux, je ne serais pas ici. Et si j'ai péché, c'est une broutille comparée à mes autres félonies. À la fin, si nous survivons à ces épreuves et périls, et si je réussis à ramener Orlandu, et si vous le voulez encore, nous nous marierons, vous et moi, et Amparo souffrira, et ainsi en sera-t-il. »

Il attendit et Carla hocha la tête.

« Jusqu'à cet instant, je penche pour laisser les choses telles qu'elles sont. La mer est déjà en tempête, alors pourquoi faire basculer la barque ? Pouvez-vous accepter cela ? »

Ce qu'il donnait d'une main, il le reprenait de l'autre ; pourtant il osait être ce qu'il était, et sa franchise la bouleversait. Si elle était folle, eh bien, qu'il en soit ainsi. Son corps n'était plus qu'envie douloureuse, et sans réfléchir elle leva la bouche et il l'embrassa. Il la serra contre lui et la souleva sur la pointe des pieds, et elle sentit sa propre envie contre son ventre. Un désir irrésistible de s'abandonner, là, dans cette ruelle, l'envahit soudain. Un instinct contraire le combattait, mais sa bouche était chaude contre son cou, ses mains encerclaient sa taille et elle n'avait plus de souffle. Elle sentit sa robe bruisser sur sa peau tandis qu'il la relevait et la roulait autour de sa taille. Ses paumes calleuses caressèrent ses cuisses, et ses intérieurs se convulsèrent et elle se sentit défaillir. Une guerre éclata en elle. Elle pensa : « Je ne renierai pas cela, par peur ou par fausse piété. » Mais elle ne trouva aucune de ces notions en son cœur, et c'était déjà une victoire en soi. Elle avait d'autres raisons, de bonnes raisons, de ne pas vouloir concrétiser sa passion dans une ruelle, comme une souillon. Et même si lui était prêt à laisser tomber Amparo – et c'était un homme qui venait juste d'émerger d'un flot de sang, et elle ne le jugerait pas pour cela –, elle n'y était pas prête. Ses doigts se glissaient entre ses jambes et caressaient sa moiteur – Oh Dieu, Seigneur Dieu –, et elle le serra fort contre lui et s'écarta. Défiant tous ses instincts naturels, elle posa une main contre son torse. Il comprit immédiatement, et même si ses yeux brillaient de désir, il n'insista pas. Il se recula et, d'un geste de la main, balaya les cheveux de son front.

« Jusqu'à ce moment-là, dit-elle, laissons les choses telles qu'elles sont.

— Pardonnez-moi, dit-il d'une voix rauque. La folie chevauche le vent, ce soir. Et nombre de bêtes sauvages sont entassées dans son chariot. » Il lui fit un sourire chagrin. « En cette occasion, du moins, vous vous êtes montrée plus avisée que moi. » Il jeta un regard vers l'extrémité de la ruelle ouvrant sur la piazza de l'hôpital. « C'est aussi bien. Vous êtes presque arrivée, murmura-t-il. Et des affaires urgentes m'appellent. Donc, je vous dis au revoir. »

Elle sentit un soupçon sans réelle substance. « Quelles affaires urgentes ?

— Des affaires militaires. »

Elle perçut le même sang-froid, la même absence dans sa psyché qu'elle avait sentie sur la route de Syracuse quand il avait tué le prêtre. Elle vit qu'il n'avait aucune intention de lui en dire plus. Sans avertissement, il sortit son foulard trempé de sueur de sa manche et lui tamponna le cou.

« Je vous ai salie », dit-il.

Son sourire triste étincela dans son visage noirci de suie.

Puis elle le vit partir en boitillant vers la ligne de front.

Carla trouva Amparo endormie sur le lit de camp. Elle s'allongea auprès d'elle. La fille se retourna sans se réveiller et Carla l'enveloppa de ses bras. Elle ne ressentait aucun remords car son cœur était trop plein d'amour. D'amour pour tous ceux qu'elle aimait. Elle remercia Dieu pour la richesse de leur compagnie. Elle pria Jésus de comprendre et de lui pardonner, même si elle n'était pas bien certaine de ce qui requérait son absolution. Certainement qu'au milieu de tant de cruautés toute forme d'amour était bonne. Celui de Mattias pour les deux femmes ; et même celui de Ludovico pour elle. Elle pria pour Mattias et Amparo. Elle pria pour Orlandu. Elle pria pour que Ludovico guérisse de sa folie et de sa douleur.

Elle sombra dans un sommeil épuisé et profond. Elle rêva en spasmes vivides et fantastiques, dans lesquels son esprit flottait dans des royaumes célestes inconnus, et elle traversa des tourbillons mystiques insondables qui, quand elle reprit ses sens, la laissèrent haletante, en proie à une crainte teintée de respect, et avide de mondes dont la découverte interdisait tout retour en arrière. Et lorsqu'elle s'éveilla complètement, elle ne se rappela que peu de ces mondes, si ce n'est qu'ils ne contenaient ni horreur ni peur.

Et c'était aussi bien ainsi, car l'aube apporta les deux, et en grand nombre.

Les assauts nocturnes contre l'enceinte s'étaient achevés avant les premières lueurs du jour. Les pertes étaient lourdes. En s'éveillant, Carla constata qu'Amparo était partie, et elle s'aventura dehors avec son sac de bandages, d'aiguilles et de fil pour faire ce qu'elle pouvait. Des poutres brûlées se consumaient en projetant des étincelles. Des enfants la regardaient passer avec les expressions ébahies et vides que Mattias avait évoquées. Chevaliers et soldats – et veuves éplorées cherchant la source de leur douleur – titubaient face à la calamité, effarés comme les anges chassés du paradis vers les fumées de leur nouveau royaume infernal. Le soleil montait en rampant, comme s'il répugnait à illuminer une telle misère. Et des vautours, abandonnant leurs vols circulaires, plongeaient silencieusement pour se repaître des restes de charogne, imperturbables et vêtus de robes noires comme les arbitres bossus de quelque dispute sur l'essence du malheur.

En passant, elle entendit Lazaro dire que, durant la nuit, frère Ludovico, de la langue italienne, et son écuyer Anacleto de Crato avaient été abattus pendant la bataille par une volée de mousquets. Tous deux étaient à l'hôpital italien, encore vivants apparemment, mais Lazaro ignorait leur état réel.

L'intuition de Carla, bien au contraire, était sans le moindre doute. Pendant qu'elle voyageait vers des mondes distants sur une chimère de paix, Mattias était parti vaquer, directement, à ses affaires militaires. Mais elle n'eut pas la chance de réfléchir davantage à ces nouvelles, car dès que le soleil éclaira le mont San Salvatore, les Turcs attaquèrent à nouveau tout le long du front.

Les canons de siège crachaient depuis les hauteurs. Les tambours roulaient, les fifres et les imams lançaient leurs cris perçants. Et avec des grincements et des grognements menaçants, sous les claquements des fouets s'abattant sur le chœur d'angoisse d'innombrables esclaves noirs qui tiraient les cordes, les musulmans apportaient avec eux, depuis la route de Marsaxlokk, une tour roulante de proportions gigantesques. Tandis que cet engin cyclopéen s'avançait à travers le Grand Terre-Plein, les esclaves posaient des planches graissées sous ses roues, traçant une route vers le bastion de Provence. Et à la traîne du monstre, serpentait une colonne d'arquebusiers.

Carla regardait les progrès de la tour avec comme un vertige de folie. Si ses rêves perdus de la nuit lui avaient semblé fantastiques, l'effroyable spectacle déployé sur la poussière aride les faisait paraître banals. Elle observa les visages des défenseurs. L'approche du Léviathan semait le désespoir dans chaque poitrine chrétienne. Pourtant ils se levèrent des ruines, hommes et femmes ensemble, quand les trompettes sonnèrent l'alarme, et ils levèrent les bras et déroulèrent les couleurs du Baptiste, puis s'avancèrent une fois de plus jusqu'à la bordure verrouillée de sang pour défendre la Sainte Religion contre les impies.

DIMANCHE 19 AOÛT 1565

L'auberge d'Angleterre – Le bastion de Provence

Tannhauser s'éveilla sous la pression de doigts qui serraient son épaule. Émergeant d'un monde libéré de la douleur et des limitations érotiques, et dans lequel il avait espéré disparaître un jour pour toujours, il ouvrit les yeux et vit Bors.

« Non, grogna Tannhauser.

— Si », répondit Bors.

Bors lui présenta un bol d'où s'élevait le parfum du café. Lors des semaines précédentes, il avait brisé toutes les tasses d'Izmit de Tannhauser. Quelque part au loin, le bruit des coups de feu était général. Tannhauser se redressa sur un coude et prit l'épais bol pour boire. Malgré l'épaisseur, le goût lui procura quelque délectation, mais il ne lâcha pas.

« Tu as été très chiche sur le sucre, dit-il.

— Je ne sais pas comment tu peux boire cette saleté.

— Ses propriétés sont médicinales et j'en ai grand besoin. »

Bors disparut. Avec un peu de chance, il ne reviendrait pas de sitôt. Tannhauser regarda de côté et aperçut Amparo qui l'observait, cachée sous le drap. Dans un état d'excitation sexuelle irrésistible, il l'avait enlevée à l'hôpital pendant que Carla dormait. Son accord avec cette dernière, après tout, avait été le maintien du *statu quo*. Les yeux d'Amparo étaient brillants et coquins. Il sentit sa main glisser le long de son ventre pour localiser ce qu'il devait admettre comme une splendide érection. Il se rendit également compte, avec consternation, que cela allait être pur gâchis, car un grand bruit de métal entrechoqué attira son attention. Bors était revenu avec l'équipement de Tannhauser qu'il traînait devant lui.

« Nous sommes mandés auprès du grand maître, dit Bors.

— J'en ai assez du grand maître, dit Tannhauser. J'en ai assez de la guerre. J'en ai assez des Turcs. Et par-dessus tout, j'en ai assez que tu interrompes ma conjugalité. »

Un ricanement. « Ah, c'est comme ça que tu appelles ça, toi ? » Avec un bruit encore plus désagréable, Bors lâcha l'armure près du lit et s'en fut.

Avec force grognements émasculés et autant de blasphèmes immondes, Tannhauser se mit péniblement sur pied et enfila ses vêtements. Chaque os et chaque articulation hurlant au supplice, il se sentait proche d'un centenaire. Amparo s'agitait autour de lui pour l'aider comme elle pouvait, mais elle détruisait ses efforts, sans parler de ceux de Mattias, par la vertu de sa nudité totale. Alors qu'il contemplait son armure et son poids diabolique, et étant toujours en pleine possession de ses moyens, son esprit se rebella contre l'autorité du grand maître, et il obligea Amparo à se mettre à genoux sur le bord du matelas. Restant debout, il la pénétra par-derrière. Elle n'émit aucune protestation, même si cette manœuvre fut accompagnée de cris de délectation qu'on aurait pu prendre pour des refus. Il entendit Bors tousser violemment derrière la porte et, concédant à la bienséance publique, il ferma d'une main la bouche d'Amparo. Elle lui mordit le gras du pouce et ses cris se firent gémissements étouffés. Cette morsure et ces sons cumulés attisèrent son abandon. Il s'accrocha de son autre main en coupe sur son sein et la lima avec enthousiasme jusqu'à ce que sa semence explose en elle. Normalement, il n'aurait pas été aussi brusque, car en donnant cours à ses plaisirs il inclinait plutôt pour la lenteur que pour la frénésie, mais s'ils faisaient attendre le grand maître trop longtemps, des hommes moins délicats que Bors pouvaient débarquer, et cela n'irait pas du tout. Pour le plus grand chagrin d'Amparo, il se retira, sa sueur gouttant sur ses fesses. Il adoucit sa bouche d'un baiser compensatoire.

« Tu es un trésor », dit-il en dégageant de sa main son membre ramollissant.

Submergé comme il l'était maintenant par un irrépressible désir de retourner dormir, il batailla pour enfiler son armure et elle en boucla les sangles. Des morceaux de sang coagulé de toutes tailles se détachaient du métal et tombaient en pluie sur le sol.

Il décida de recruter un esclave – s'il parvenait à en trouver un vivant – pour lui redonner un coup de brillant.

Il dit : « Tu iras rendre visite à Buraq aujourd'hui ?

— Je lui rends visite tous les jours, dit-elle. Tu lui manques.

— Fais-lui part de mon affection. Et tâche de rester dans les ruelles, il y a des tireurs d'élite qui guettent. »

Il prit son épée et son baudrier et s'avança vers la porte.

« Ne meurs pas, dit-elle.

— Je ferai de mon mieux.

— Si tu étais tué, je ne crois pas que je voudrais vivre. »

Il regarda son visage, ce qui était une erreur car son cœur se mit à fondre. Il lui passa la main dans les cheveux. Le souvenir d'avoir fait le même geste avec Carla quelques heures auparavant s'immisça dans son esprit, et il se sentit salaud. Tout ceci était trop pour un simple soldat.

« Je ne tolérerai aucune absurdité morbide de cette sorte, dit-il. Le soleil brille, la mer est bleue et tu es l'image de la santé et de la beauté. »

Elle se serra de ses bras d'un geste pathétique, créant involontairement un étonnant sillon entre ses seins. Du coin d'un de ses coudes émergeait la pointe ombrée d'un téton. Ses propres malheurs se multiplièrent immédiatement. La Valette et les Turcs ne pouvaient-ils pas attendre une heure ou deux de plus ? Malgré ou à cause de ce court répit, il était plus que désireux de lui faire une seconde petite visite. De derrière la porte beugla une grosse voix.

« Mattias ! Si tu ne veux pas la partager avec un Algérien, arrête tout de suite !

Tannhauser se décida à faire contre mauvaise fortune bon cœur.

Il sourit et Amparo sourit aussi. Carla lui avait dit qu'à sa connaissance Amparo ne souriait jamais à personne, et cela flatta grandement sa vanité. « Embrasse-moi », dit-il.

Ce qu'elle fit, sans se soucier des saletés coagulées sur son armure. Il serra ses fesses en guise d'au revoir et s'arracha à la chambre. Dans le couloir, Bors se décolla du mur où il était adossé et le suivit vers l'escalier.

« Tu crois que cela concerne Ludovico ? demanda Bors.

— Je croyais que les Algériens étaient déjà à la porte.

— Je suis sérieux.

— La Valette a envoyé un page ou un sergent ?

— Andreas. Son page.

— Alors tu tiens ta réponse. Si je me trompe, on s'en sortira au culot. Amparo pourra certifier de nos allées et venues et, de plus, qui pourrait croire un quelconque témoin dans les ravages d'hier soir ? Un tireur d'élite turc l'a abattu, et voilà tout.

— Ils sont encore en vie », dit Bors.

Tannhauser s'arrêta net dans l'escalier et se retourna vers Bors.

« Ludo, et son chien putride aussi, dit Bors. On les a ratés tous les deux.

— Comment ça ? Je les ai vus tomber.

— Tu as touché Ludo entre les deux épaules, mais il portait sa plaque dorsale de Negroli. Des côtes cassées et un bon mal de dos, c'est tout ce que tu lui as infligé. »

Tannhauser maudit l'armurier milanais. « Et Anacleto ?

— Il s'est retourné en voyant son maître tomber et il a pris ma balle dans le visage. On m'a dit qu'il avait perdu un œil – et sa grande beauté – mais, apparemment, il survivra.

— J'aurais dû le poignarder près du feu », dit Tannhauser d'un air mauvais. Il avait eu peur de jouer de la lame avec Carla si proche de lui. Il se souvint de l'aplomb avec lequel elle avait assisté au meurtre du prêtre en Sicile, et il maudit sa timidité. Mais c'était fait. « Ne te tracasse pas, dit-il, nos épées sont trop précieuses aux yeux de La Valette pour qu'il nous fasse pendre à cause d'une rumeur, si rumeur il y a.

— Je n'en ai pas entendu.

— Alors Ludo va devoir jouer en solitaire. Ou abandonner. Dans un cas comme dans l'autre, il a désormais plus de raisons de nous craindre que l'inverse. » Tannhauser reprit sa descente de l'escalier. « Allons voir pourquoi on nous a convoqués... »

Ils trouvèrent La Valette avec Oliver Starkey, à son poste de commandement sur la place : quelques fauteuils et une table, ses fameuses cartes et documents, le tout à l'ombre d'une voile latine rouge tendue sur des espars plantés dans le sol. De l'enceinte provenait le vacarme de la bataille, qui à force devenait aussi familier et à peine plus troublant que le ressac des vagues sur le rivage. Pour la première fois, le grand maître semblait rongé par les soucis. Sa peau était cireuse, ses cheveux comme trop fins, ses épaules voûtées, les veines et les tendons de ses mains proéminents et fragiles. Les blessures de sa jambe l'avaient laissé éclopé, et quand il se leva de son fauteuil pour les accueillir, il lui fallut presque se rasseoir immédiatement. Tannhauser exagéra sa propre claudication, à la fois pour atténuer le fait qu'il avait paressé au lit, et pour minimiser par avance l'extravagance des attentes de La Valette. Il s'inclina.

« Votre Excellence, dit-il.

— Capitaine, fit La Valette en inclinant brièvement la tête, la tour roulante que vous nous aviez promise est arrivée. »

Tannhauser maudit intérieurement le noble Abbas ; c'était sa machine infernale qui lui avait volé sa grasse matinée. Il se demanda ce que le génie de son ancien protecteur lui avait inspiré.

« Venez, dit La Valette. J'aimerais avoir vos conseils. »

Ils cheminèrent tous les quatre à travers les ruines vers le bastion de Provence. La muraille qui avait paru si impénétrable quelques semaines auparavant avait désormais plus de trous que le sourire d'un mendiant. Des quarante pieds d'origine, sa hauteur était passée à d'énormes tas de pierres à peine plus hauts qu'un homme. Des brèches bâillaient entre des pans de maçonnerie brisés ; des fentes, des affaissements et des éboulements créés par les sapeurs turcs donnaient au rempart entier un air de faiblesse branlante. Des sections entières de la muraille avaient été soufflées selon des intervalles irréguliers, et il n'était plus possible de suivre le chemin de ronde sur plus de cent pas d'un coup. Le bastion de Castille n'était plus guère qu'une glorieuse barricade, et les brèches de chaque côté, objets d'une reconstruction frénétique, étaient une invitation à une nouvelle invasion qui pouvait avoir lieu n'importe quand.

Pour ce, la stratégie turque, au second jour de leur assaut incessant, consistait à lancer une marée d'escarmouches, dont le but semblait de ne pas vouloir passer mais d'épuiser la fine ligne des défenseurs. Au lieu de combattre jusqu'à la mort, les *gazi* battaient en retraite en bon ordre, et avec des pertes minimales, pour laisser place à un autre détachement, puis un autre encore, et ainsi de suite, comme des vagues grignotant la base d'une berge. Aux côtés des soldats chrétiens, partout où la muraille béait, des femmes et des enfants en haillons, et des esclaves nus enchaînés par paires, s'épuisaient à ramasser et empiler à nouveau la maçonnerie brisée. Ce travail sur les fortifications ne s'arrêtait jamais et des groupes œuvraient toute la nuit. Au grand jour, le tribut des tirs de mousquets turcs était lourd et brutal, mais personne n'avait le droit d'arrêter de travailler. Grognements et lamentations étaient nombreux et, en contrepoint, les chapelains travaillant avec eux disaient des dizaines de rosaires, chants et refrains incessants, leurs voix tissant une élégie à travers le tumulte comme un fil d'or dans une tapisserie de désespoir.

« *Ave Maria, gratia plena, Dominus tecum, benedicta tu in mulieribus, et benedictus fructus ventris tui Jesus.* »

« *Sancta Maria, Mater Dei, ora pro nobis peccatoribus, nunc et in hora mortis nostrae. Amen.* »

« *Ave Maria, gratia plena, Dominus tecum, benedicta tu in mulieribus, et benedictus fructus ventris tui Jesus.* »

« *Sancta Maria, Mater Dei, ora pro nobis peccatoribus, nunc et in hora mortis nostrae. Amen.* »

La Valette ne fit aucun commentaire sur ce spectacle. Comme ils grimpaient l'escalier externe vers le bastion de Provence, il s'arrêta, désigna l'ouest, et Tannhauser se tourna pour regarder. À l'autre bout du pont de bateaux traversant la crique des Galères, L'Isola couvait une désolation toute personnelle.

« Del Monte pousse les défenseurs de Saint-Michel à des prodiges de valeur, dit La Valette. Mais s'ils s'effondrent, ils ne peuvent attendre aucune assistance de notre part. »

Ils s'arrêtèrent sous le bord du bastion circulaire. La muraille trembla sous eux quand un boulet s'abattit dans les ruines de l'autre côté. Le long du chemin de ronde au-dessus, *arquebuceros* et chevaliers se courbaient derrière le parapet, n'osant pas lever la tête. Le prix d'un tel geste était représenté par des corps allongés par d'anciennes volées de plomb. D'au-delà du bord provenaient des salves de mousqueterie, si proches que la fumée sortie de leurs canons surplombait leurs têtes. Une *humbara* décrivit une courbe avant d'exploser sur le chemin de ronde, et un Maltais se dandina sur son derrière comme un crapaud trop lourd pour vider un seau de sable sur les flammes. Tout ce tableau désolé ne montrait que des hommes en attente de la mort. La Valette désigna l'embrasure à l'est du bastion.

« Jetez un œil, dit-il, et faites attention. »

Tannhauser rampa sur la pierre et regarda de l'autre côté du merlon. Même si la présence de la tour roulante n'était pas une surprise, la voir d'aussi près l'emplit d'une terreur à vider les entrailles. Elle était presque à vingt pas de lui et il pouvait voir le tiers supérieur, qui finissait par une plateforme permettant à quatre mousquetaires de front de se tapir derrière une porte recouverte de fer. De là, ils tiraient directement dans le fort en dessous. Derrière les quatre premiers, attendait un second rang de quatre, et derrière eux un troisième. Le premier rang venait juste de décharger ses armes, et Tannhauser regarda ces hommes s'écarter, deux de chaque côté, et repasser derrière le dernier rang pour descendre par des échelles placées sur l'arrière afin de gagner une galerie en dessous où ils pouvaient recharger leurs mousquets en toute sécurité. Le second rang avançait maintenant vers le poste de tir, cherchant ses proies dans le Borgo. Il constata que, de là où ils étaient, ils avaient un bon tiers de la ville à leur portée, ceux qui travaillaient sur les brèches de Castille, et quiconque s'exposait sur le chemin de ronde, aussi loin que le bastion d'Allemagne. Plus qui que ce soit qui, comme lui-même, était assez fou pour sortir la tête aussi près d'eux. Il vit la gueule d'un mousquet le repérer et se recula au moment où l'allumage se fit. Une seconde plus tard, la balle creusa un sillon dans le merlon et lui expédia des éclats de grès dans les cheveux.

Il rampa le long du rempart jusqu'à l'embrasure suivante et jeta un nouveau coup d'œil. La tour tout entière était protégée des balles par des couches de peaux de bœufs, et un maillage de chaînes. Ici et là, les peaux fumaient et couvaient, et l'odeur du poil brûlé se mêlait à la fumée des mousquets. À l'intérieur, des voix criaient des ordres et priaient Allah. Des tireurs tout frais grimpaient aux échelles pour regarnir le troisième rang. Ils étaient ardents et bien entraînés, l'alliance de l'homme et de la machine aussi homogène qu'ingénieuse. La tour grinçait et se balançait à cause des cabrioles des tireurs et du recul des mousquets de neuf paumes, mais d'épais cordages de navire accrochés à des étançons aux quatre coins supérieurs et ancrés à des poteaux sur le sol assuraient sa stabilité. Cette conception tout entière, malgré son apparence démentielle, portait la signature de l'intelligence d'Abbas.

De cet angle, Tannhauser vit que le panneau frontal qui protégeait les tireurs était accroché deux étages en dessous et pouvait être abaissé vers l'avant par des chaînes pour former une passerelle vers les remparts. À raison d'un millier de tirs à l'heure, et à courte portée de surcroît, l'engin de siège avait paralysé les défenseurs et les décimait, pour des pertes turques négligeables.

Tannhauser rejoignit La Valette, Starkey et Bors dans l'escalier.

« Une vraie beauté », dit Tannhauser.

La Valette marqua son approbation d'une grimace.

« Et placée avec soin, également. Aucun de nos canons ne peut être pointé dessus et, sous leur feu perpétuel, nous ne pouvons pas amener une nouvelle batterie. Nous avons essayé. Les étages inférieurs de la tour sont eux aussi garnis de mousquetaires. Quand le sieur Polastron a tenté une sortie depuis la porte, ils ont été massacrés sur le seuil. Pas un homme n'a atteint l'extrémité du pont-levis. Si je m'y engageais, nous pourrions la submerger, mais alors Mustapha lancerait sa cavalerie depuis les hauteurs. Les pertes seraient désastreuses et, contrairement à Mustapha, les vies humaines sont les seules ressources que nous ne pouvons pas gaspiller.

— Feu grégeois ? suggéra Bors.

— Les peaux ne s'enflamment pas, dit Starkey. Ils les arrosent sans cesse à l'eau de mer. Ils tirent partout dans tout le fort sans réplique possible de notre part.

S'ils en ont la patience, ils pourront nous tailler jusqu'à l'os avant de lancer leur prochain assaut.

— Vous m'aviez dit qu'ils construisaient deux machines, dit La Valette.

— C'est ce que je crois, répondit Tannhauser. Si j'étais Mustapha, vu l'efficacité de celle-ci, j'en construirais même une troisième. » Il se gratta la barbe de l'ongle du pouce. « Je n'ai pas pu voir le pied de la tour.

— Elle roule sur six roues pleines, dit Starkey. La plateforme inférieure a deux fois la surface de celle d'en haut. Les quatre montants principaux sont des mâts de galère. Épars, gréements, charpentes en croix, pierres comme ballast. L'étage inférieur est ouvert et sans protections, pour leur permettre de faire feu en masse sur tout assaut au sol, comme ils l'ont fait un peu plus tôt. »

Tannhauser n'avait jamais croisé de telles machines. Il chercha dans son esprit un récit traditionnel, une des dix mille histoires d'un millier de batailles, échangées et brodées par les années. Malgré de telles archives, il ne trouvait aucun souvenir de tour roulante, ni de comment les abattre. Pourtant, quelque chose d'autre le travaillait. Il se pencha par-dessus le bord de l'escalier pour regarder la base intérieure du mur, à quarante pieds en dessous. Le revêtement était composé de blocs massifs de calcaire, de tailles variables, jusqu'à trois pieds sur deux, et cimenté de poudre de pierre de taille.

« Quelle est l'épaisseur du mur à sa base ? demanda-t-il.

— Au-delà du revêtement ? dit Starkey. Environ douze pieds. »

L'idée dans la tête de Tannhauser s'étiolait peu à peu, mais La Valette le regarda et Tannhauser vit qu'il l'avait suivie et qu'il faisait déjà des calculs pour la mettre en œuvre.

« Quand Soliman a envahi la Hongrie en 1532, dit Tannhauser, le combat le plus dur a eu lieu pour une petite ville de si peu d'importance que je ne me rappelle même pas son nom. Guntz ? Peu importe. Huit cents défenseurs ont tenu le coup face à trente mille Tartares et Ruméliens pendant plus d'une semaine. À un moment, comme je l'ai entendu raconter, les Magyars ont percé une ouverture à travers leur propre enceinte pour pouvoir y traîner leurs canons et accueillir la charge ennemie à bout portant. »

Bors et Starkey regardèrent en même temps les gros blocs en bas, puis relevèrent simultanément la tête vers le poids titanesque de maçonnerie au-dessus.

« C'était sans aucun doute un mur très faible, ajouta Tannhauser, et je ne suis pas ingénieur. Mais s'il était possible d'ouvrir un passage à travers douze pieds de pierre sans être vu, puis d'amener un canon de seize livres, vous pourriez éclater les jambes de cette tour, et la regarder tomber.

— M'ouais, grogna Bors, si nous n'avons pas d'abord vu dégringoler le mur, et le bastion avec. »

Starkey semblait vouloir émettre ses propres objections quand La Valette se mit à descendre l'escalier en claudiquant, avec ce fanatisme du but qui caractérisait sa plus grande bonne humeur. Il s'arrêta et se retourna vers Tannhauser.

« Capitaine, à propos de père Guillaume, dit-il.

— J'ai peur de ne pas connaître l'homme, Votre Excellence.

— Vous vous êtes privé vous-même de cette opportunité. Vous l'avez abattu, hier. Le chapelain au poste de Castille. »

Tannhauser se souvint de la quasi-déroute, et du prêtre pris de panique. Cela semblait dater de plusieurs semaines, mais cela ne faisait même pas vingt-quatre heures. Il allait se lancer dans un discours disculpant sur le chaos de la bataille, la fumée de la guerre et le peu de fiabilité des armes à feu quand La Valette leva la paume.

« Je suis certain que votre conscience est troublée, dit le grand maître.

— Très amèrement, Votre Excellence, très amèrement. »

Tous deux savaient que c'était un mensonge éhonté.

« Eh bien, cessez de l'être, dit La Valette. Le père Guillaume avait perdu la raison, paix à son âme. Le coup était très avisé.

— Merci, sire.

— Mais ne faites pas d'excès de zèle. Nous avons besoin de chaque homme, nos prêtres inclus. »

Tannhauser étudiait ses yeux. Était-ce une référence codée à sa tentative de meurtre sur Ludovico ? C'était impossible à dire. L'affaire s'arrêta là, quand La Valette se tourna vers Starkey.

« Faites venir le maître maçon et son équipe », dit-il.

Comme il avait le sentiment de l'avoir bien mérité, et puisque ce perchoir était à l'ombre et confortable, et nanti d'une bonne vieille vue sur les fantaisies de l'après-midi, Tannhauser s'installa, assis tout en haut des marches, et observa le déroulement des événements.

Des maçons maltais en tabliers de cuir, armés de ciseaux, de pieds-de-biche et de masses, entourèrent La Valette à la base du mur, et s'ensuivit une brève discussion sur le meilleur moyen de creuser un passage jusqu'au pied de la tour roulante. Le maître maçon mesura l'agencement des pierres et, avec un instinct qu'il ne tenta pas d'expliquer, les marqua rapidement à la craie d'une suite de numéros. Puis les autres s'y mirent avec une efficacité flegmatique qui sidérait tous ceux qui les regardaient. Mortier et pierres sortaient du mur comme si c'était du biscuit, et, en une demi-heure, une arche grossière bâillait dans le revêtement, assez large pour deux hommes debout côte à côte. Au-delà se trouvait une masse compacte de pierres, dont la taille moyenne approchait celle d'une tête de chèvre. Des poutres, des leviers et des pelles attaquèrent et, dès que les pierres étaient dégagées et mises de côté, des charpentiers assemblaient le toit de la caverne qui prenait forme.

On fit rouler le canon – un brise-étrave arraché à une galère et monté sur une charrette – et les artilleurs le chargèrent et l'amorcèrent. Il pouvait tirer un boulet de fer de quarante-huit livres. Pour le premier tir, La Valette choisit ce poids exact de balles de mousquets, douze balles faisant une livre. Il ordonna qu'on les encolle avec une pelletée de saindoux. Les charpentiers étalaient un chemin de planches sur le sol rude de la caverne et, une heure à peine après l'apparition des premières pierres, deux maçons portant des masses pénétrèrent dans le tunnel pour déloger les blocs du revêtement extérieur.

Tannhauser donna un coup de coude à Bors et ils emportèrent leurs longs fusils jusqu'aux embrasures. Un rapide coup d'œil révéla les tireurs d'élite turcs sur la plateforme, juste au moment où l'un d'eux désignait le bas, et ils s'alarmèrent tout à coup tous en même temps, et comme un seul homme ils pointèrent leurs mousquets en bas, vers le trou qui faisait irruption. Tannhauser et Bors se redressèrent et, appuyant les canons de leurs armes sur le merlon, ils firent feu. Des gouttes jumelles de matière cervicale arrosèrent les occupants de la plateforme, les morts furent projetés sur leurs camarades, et s'emmêlèrent avec eux. Alors que les Turcs bataillaient pour maîtriser leur confusion, une douzaine *d'arquebuceros* se levèrent le long du bastion de Provence et expédièrent une volée de plomb dans l'enchevêtrement humain.

Tannhauser passa la tête par-dessus l'encorbellement.

Le trou ouvert dans le mur vomit soudain un demi-millier de balles de mousquets et un torrent de graisse de porc enflammée, à bout portant, sur la malchanceuse masse d'hommes exposés dans la galerie inférieure de la tour. Un tourbillon de fumée noya la base de l'engin, et dans ses rouleaux mortels bouillonnait un épouvantable *microcosmos* qu'il valait mieux ne pas imaginer. Réserves de poudre et grenades à main s'enflammèrent en déflagrations assourdissantes, et des corps mutilés et en flammes jaillissaient de toutes parts, avant d'aller recouvrir la poussière en autant d'angoisses anonymes. Capitaines et guetteurs hurlaient des ordres à la masse d'esclaves noirs recroquevillés contre le rempart, et ils se précipitèrent pour détacher les cordages qui stabilisaient la tour. D'autres furent dirigés à travers la fumée étouffante, à coups de fouet et de pointe de lance, pour démonter les étais afin de reculer la tour, et les tireurs chrétiens les prirent immédiatement pour cible depuis leurs embrasures. Alors que l'engin grinçait en battant en retraite sur sa route de planches graissées, des esclaves glissant dans le sang et la graisse passaient sous les énormes roues pleines qui les démembraient, leurs cris et les craquements de leurs os à peine audibles dans le tumulte.

La tour surchargée n'avait reculé que d'une quinzaine de pas quand le brise-étrave rugit à nouveau depuis son tunnel dans le mur. Les canonniers de la

Religion avaient aiguisé leur talent en tirant sur des navires ennemis dans le roulis et le tangage d'un pont de galère. Distante d'à peine trente pieds, la tour était la cible la plus facile qu'ils aient jamais eue. Le boulet éclata le mât principal de droite, là où il était rejoint par l'entrelacs de charpente soutenant le premier étage. Une tornade d'éclats de bois souffla à travers des chairs infortunées, et les aveugles et les éviscérés ajoutèrent leur portion de douleur à ce carnage hurlant. La tour pencha en un énorme grognement. Des hommes se mirent à sauter du tiers supérieur, visant à adoucir leur chute sur leurs camarades qui se tordaient au sol. Deux *gazi* tirèrent leurs sabres et chargèrent dans le tunnel pour s'emparer du canon et de ses servants.

Tannhauser se recula le long du mur pour recharger son mousquet.

Tout en mesurant la poudre dans la chambre, il regarda dans le fort, là où les artilleurs rechargeaient leur canon. Quand les deux *gazi* déboulèrent du tunnel enfumé, les maçons maltais se jetèrent sur eux avec leurs masses et, leurs tabliers de cuir vite rougis comme ceux des équarrisseurs, ils traînèrent de côté leurs restes pulvérisés pour que le canon puisse à nouveau rouler sur ses planches.

Témoignage de la solidité de la tour, il fallut cinq boulets de plus avant qu'elle ne tombe pour s'abattre sur le sol argileux. Le souffle provoqué par la chute attisa la base qui brûlait, et une colonne de flammes grimpa vers le ciel, tandis qu'un rugissement de triomphe des défenseurs noyait les hurlements des derniers malheureux piégés à l'intérieur. Soldats et esclaves noirs survivants fuyaient vers les hauteurs, pendant que les *arquebuceros* s'amusaient à les tirer comme des lapins. Tannhauser scrutait les collines environnantes et ne prenait pas part à cette joie. Elle ne durerait pas longtemps. Malgré les milliers de cadavres qui se décomposaient au pied des murailles, les hauteurs étaient encore vivaces des hordes du sultan et les étendards accrochés aux croupes de leurs chevaux se dressaient toujours. Pour Mustapha, leur sang n'était que de la pluie pour irriguer les terres du padishah. Un fragment de sourate chanté par un imam dérivait sur le champ de bataille.

« Allah n'a-t-il pas conçu la terre pour qu'elle contienne les vivants et les morts ? »

La puanteur des peaux qui se consumaient et de la chair brûlée retournait l'estomac de Tannhauser. Il n'avait rien mangé de la journée. Plus encore, il était fatigué de ce jeu monstrueux. La force quittait ses membres et ses pieds étaient lourds ; une humeur noire le saisit par la nuque et s'installa derrière ses orbites. Posant son mousquet sur son épaule, il descendit l'escalier. Il vit les maçons retourner dans le tunnel pour restaurer la muraille, et les artilleurs échanger plaisanteries et félicitations en ressortant le canon. La Valette regarda Tannhauser partir. Il ne fit aucun geste, ne prononça aucune parole, et Tannhauser était heureux qu'il en soit ainsi.

Son cœur se languissait des deux femmes, Amparo et Carla, de la douceur de leurs regards et de leurs voix, de cette absence de toute cruauté en elles, de leur tendresse, de leur amour. Il combattait pour protéger ces choses. Le siège était soutenu par une foi aveugle. Seule la foi permettait de supporter une telle horreur. L'amour qui était venu ceindre Mattias était sa seule foi.

Bors le rejoignit et vit son visage.

« Pourquoi es-tu si lugubre ? C'était une réussite et la Religion est à nouveau en dette envers toi.

« — Qu'ils la gardent, leur religion, dit Tannhauser. Laisse-moi m'occuper de la mienne. »

La bataille avait été continue pendant trente-six heures mais, cette nuit-là, les canons firent enfin silence. Un linceul d'épuisement semblait recouvrir toute la Création. Un obscur pressentiment de catastrophe s'accrochait à l'esprit de Tannhauser et il n'arrivait pas à dormir. Il se releva, se rendit à la porte de Kalkara et perçut les mouvements des guetteurs turcs dans la pénombre. Dans une humeur telle que celle qui l'habitait, il était facile d'agir sans réfléchir, de lancer les dés et d'être damné par découragement plus que par astuce. Mais pour s'échapper, il vaudrait mieux attendre le découragement turc que le sien. Leur moral était au plus bas. Il l'avait entendu dans les exhortations fanatiques des imams appelant les croyants à mourir. Il l'avait entendu ce soir-là dans le ton de l'appel du muezzin. Mais combien de fois faudrait-il les repousser encore avant que leur moral et leurs âmes ne soient vraiment brisés ? Et la Religion y parviendrait-elle ? À sa connaissance, le moral turc n'avait jamais été brisé dans aucune guerre.

Les constellations tournaient au-dessus de lui, à l'écart des soucis humains, et il souhaita pouvoir entendre la mélodie qui les maintenait si hautes. Mais peut-être pouvait-il faire mieux qu'elles.

Il réveilla Amparo qui s'habilla et il prit les étuis des instruments. Amparo fit sortir Carla de l'infirmerie puis il les emmena toutes deux jusqu'à la crique des Galères et là elles jouèrent pour lui près du rivage, avec le croissant de lune qui n'apparaissait pas encore et le Scorpion tournant sur le bord sud du monde. Dans le noir, il pleura sur leur musique, et son cœur se remplit, et son moral fut restauré. De tels moments étaient des fragments d'éternité, comme des perles sur le lit d'un océan inexploré. Que le lendemain apporte ce qu'il voudrait, songea-t-il, car il n'existait pas. Seul maintenant pouvait exiger qu'il existe un toujours, et dans ce toujours il était vraiment un homme fortuné. Après tout, il était entouré de beauté enchanteresse.

LUNDI 20 AOÛT 1565
Les hauteurs de Corradino

Orlandu ramassa ses pois chiches et son pain plat et courut jusqu'à la crête de la colline pour regarder la bataille. Il n'était pas le seul à avoir cette habitude, car il était impossible de résister à ce spectacle, et il se tenait donc au milieu d'un groupe d'autres valets d'écurie. Le *sanjak* Cheder, l'un des plus célèbres généraux de Soliman, avait mené huit mille janissaires en vagues incessantes à l'assaut de la forteresse Saint-Michel, et, quand Orlandu arriva pour regarder, les remparts affleuraient encore des couleurs turques. Il y avait force coups de feu, beaucoup de fumée, et, entre les volutes et les soieries, il aperçut les éclats étincelants du soleil sur les armures chrétiennes. La valeur des chevaliers et de ses propres frères maltais lui faisait monter les larmes aux yeux. Et pourtant il était aussi ému par la détermination des janissaires. Tannhauser avait été un janissaire. Et maintenant Tannhauser se tenait quelque part sur ces fortifications chrétiennes.

Chaque cavalier spahi avait au moins deux montures de rechange. Suivant la tradition de Gengis Khan, Abbas en avait cinq. Orlandu n'avait pas le droit d'approcher ces derniers, car c'étaient les plus beaux chevaux de toute l'armée ; mais il s'occupait de ceux des rangs inférieurs, et à ses yeux ce travail était un plaisir. Comparé au carénage des galères, c'était du divertissement. On lui avait montré récemment comment nettoyer et soigner les sabots des chevaux, et il se croyait désormais habile dans tous les aspects de son service. La cavalerie n'avait encore jamais vraiment joué aucun rôle, et il était content, car il savait à quoi servaient les lances. Les bêtes souffriraient aussi horriblement que les hommes. Il aurait aimé que Tannhauser soit ici. Avant de soulager ses intestins, il avait sorti la grosse bague d'or de son cul – c'était une affaire plus simple qu'il ne l'avait imaginé –, il l'avait nettoyée et glissée à son pouce, et Tannhauser lui avait semblé tout proche.

Les Turcs, avait-il découvert, étaient des gens bien, presque aussi braves que les chevaliers eux-mêmes. Abbas rayonnait de majesté. Les soldats anatoliens dont il soignait les montures lui apportaient des gâteaux aux amandes s'il avait fait du bon travail. Il y avait bien quelques coups de pied et des calottes occasionnelles, mais rien qui approche la violence ordinaire des docks. Un autre valet, un Rumélien plus âgé que lui, avait essayé un jour de lui prendre ses gâteaux, et Orlandu lui avait presque ouvert le crâne avec un fer à cheval. Il n'avait plus jamais été ennuyé ensuite, et il avait même été gratifié d'un clin d'œil du valet d'écurie en chef, qui était serbe. Il entendait prononcer le mot *devshirmé*, et il se demandait ce que cela signifiait. Comme Tannhauser le lui avait recommandé, il avait adopté un comportement viril, et il était fier de ses manières. Il se joignait aux musulmans pour leurs prières, et imitait leurs différentes postures. Il commençait même à éprouver du réconfort à l'appel du muezzin. La nuit, il priait Jésus et Jean le Baptiste, et les suppliait de ne pas le damner comme infidèle. Étrangement pourtant, au moment de la prière, il ne se sentait aucunement malhonnête, dans quelque religion que ce soit.

Sa nouvelle existence, donc, était tolérable et en la vivant il sentait de plus en plus qu'il marchait dans les pas de son maître. Il était en train de devenir un « homme du monde ». La pensée des rivages d'Istanbul l'excitait désormais plus qu'elle ne l'effrayait. S'il avait mal ou du chagrin, c'était en regardant les derniers massacres en bas, là-bas – trois jours et trois nuits maintenant, avec de rares et trop brèves pauses. Les autres valets, comme Orlandu, observaient le carnage avec des sentiments mitigés. Aucun n'était d'ethnie turque. Albanais, Thraces, Bulgares, Hongrois et Serbes. Tous nourrissaient quelque haine pour le Turc au fond de leur cœur, et espéraient que la Religion gagne, mais tous, comme lui, n'en disaient jamais rien. Un Serbe pointa l'index vers une grande bannière sur laquelle une main rouge était peinte. La bannière escaladait une échelle jetée contre l'enceinte de Saint-Michel.

« *Sanjak* Cheder », dit le jeune Serbe.

Le *sanjak* avait juré de prendre Saint-Michel ou de mourir en essayant. Orlandu murmura une prière silencieuse pour l'amiral Del Monte. Un cri rauque jaillit derrière eux et Orlandu se retourna. Le valet en chef les rappelait au travail. Orlandu jeta un dernier regard vers la lointaine bataille. Les Turcs occupaient la muraille en nombre fantastique.

LUNDI 20 AOÛT 1565

Les écuries du grand maître – L'auberge d'Angleterre – L'auberge d'Italie

La fille espagnole était gracieuse. Peu d'hommes raffinés l'auraient qualifiée de jolie ; effectivement, elle avait des airs et des manières étranges. Pourtant, elle émettait l'aura particulière de qui n'en fait qu'à sa tête, un tempérament imprévisible, une sensualité en mouvement, une lascivité innée, et cela réveillait en lui sa propre volupté. Tannhauser était tout ce qu'il n'était pas, l'antithèse de tout ce qu'il avait décidé d'être et de représenter. Apostat, criminel, libertin ; confrère des athées, musulmans et juifs ; un homme fier d'être enfoncé dans la cupidité et le péché. Malgré cela, Ludovico sentait qu'ils étaient liés l'un à l'autre, jumeaux en contrariété, reflétés comme dans un miroir obscur.

Amparo travaillait dans la large allée centrale qui courait entre les rangées de boxes. Des brins de paille et des poussières dansaient autour d'elle, pris dans les rais de lumière qui tombaient des hautes fenêtres. Elle brossait les flancs du cheval doré de Tannhauser. Elle portait une robe couleur vert feuille, affadie par le soleil jusqu'à la couleur d'un automne précoce et élimée par le lavage et l'usage. Elle ne portait rien dessous, comme une putain des rues. Au premier regard elle était tout os et tendons, mince comme un lévrier, mais quand elle brandit la brosse de pansage, elle révéla la plénitude de ses fesses et de sa poitrine, le vêtement collant sur ses cuisses avec des taches de sueur, et sa chevelure remuant en boucles luxuriantes, et Ludovico fut persuadé de sa beauté.

Il se tenait sur le seuil des écuries, à l'abri du soleil, et il la regardait depuis un bon moment. L'odeur crue de cet endroit était tonique, car il venait juste de sortir de la puanteur fétide de la bataille qui avait repris aujourd'hui pour Saint-Michel. Il était étrange que la merde de cheval soit nettement moins nocive que la merde humaine, mais il en était ainsi. La guerre générait de la merde en quantités plus importantes que du sang, et Ludovico n'en pouvait plus, des deux.

Les janissaires avaient attaqué ce matin pour le troisième jour consécutif et avaient presque submergé cette forteresse croulante. Ludovico, avec ses côtes récemment fêlées qui lui coupaient le souffle, avait été envoyé sur le pont de bateaux au sein d'un contingent d'Italiens et d'Aragonais. Après des heures de tuerie enragée dans des rivières de feu, leur contre-attaque avait laissé le *sanjak* mort sur le champ de bataille, ses troupes ravagées battant en retraite. Il n'y avait pas eu de poursuite. Saint-Michel avait commencé la journée avec un peu moins de sept cents hommes, dont aucun ne portait pas de blessure, et ils n'avaient plus le nombre de combattants nécessaire. Plus que cela, ceux qui tenaient encore debout à la fin n'avaient plus cœur à sortir.

Après un tel épisode, il était doux de contempler une jolie fille qui brossait un cheval, et cette raison seule aurait pu expliquer sa présence. Mais il avait un autre but. Une vieille Sicilienne ratatinée plus petite que son balai nettoyait un coin des écuries qui était déjà parfaitement propre. Quand Ludovico entra, il la regarda et elle se plia en deux avec une politesse servile en secouant la tête. Il lui désigna la porte. Elle se hâta de sortir. Il s'avança dans l'allée centrale et Amparo, regardant par-dessus son épaule, l'aperçut, s'arrêta et se redressa. Elle posa une main protectrice sur la crinière blonde du cheval et, de la brosse, continua à caresser son épaule. Elle fixait la poitrine de Ludovico, plutôt que ses yeux, mais sans s'alarmer. Son étrange figure asymétrique n'était habitée ni par l'abattement ni par la peur, et il lui vint à l'esprit que personne à Malte n'avait cette attitude ; plus personne. Il se demanda quel pouvoir lui permettait d'éprouver une telle sérénité. Cette simple vision lui remonta le moral. Sa compréhension de Tannhauser et de ses choix s'approfondissait. Il sourit, et la gratifia d'une inclination de la tête.

« Mes salutations, mon enfant », dit-il en espagnol.

Elle fit une révérence, comme si elle trouvait cette pratique peu naturelle, une main calmant toujours le cheval. Ludovico tendit la main vers le museau du cheval qui lécha le sel de ses doigts. Sa langue était à la fois rugueuse et douce.

« Ce conflit est dur pour les animaux, dit-il. Le bruit, rester enfermés... Ils sentent aussi la mort et le chagrin. »

Elle regardait le cheval le lécher sans répondre.

« Amparo, c'est cela ? » Elle hocha la tête. « Est-ce que le cheval a un nom ?

— Buraq, dit-elle.

— Ah, dit Ludovico, le cheval du prophète Mahomet, dont on disait qu'il avait des ailes. Les Arabes adorent ces mythes extravagants. Mais cet animal semble assez rapide pour mériter cet honneur. Il appartient au capitaine Tannhauser ? »

Elle acquiesça. Elle ne regardait toujours pas son visage.

« Et tu es la bien-aimée de Tannhauser. »

Elle remua quelque peu sur place, assez mal à l'aise.

« Pardonne ma discourtoisie, je suis fra Ludovico. »
Il courba la tête, et se rendit compte que son armure
était fraîchement plaquée de sang et autres fluides nau-
séabonds déversés avec violence. « Pardonne aussi mon
apparence immonde, que toi et Buraq devez trouver
tout à fait répugnante. »

Elle se détourna et se remit à brosser l'encolure de
Buraq.

Il était en droit d'en prendre offense, mais ne le fit
pas. « Des soldats m'ont dit que tu lisais les paumes de
la main, dit-il. Ils font grand cas de ton talent. »

Elle continuait à brosser.

« Lirais-tu les miennes ? demanda-t-il. Je te payerai.

— Je ne me fais pas payer, dit-elle. Ce n'est pas
quelque chose qu'on peut vendre.

— C'est quelque chose de sacré, alors. »

Elle ne se retourna pas. « C'est quelque chose qui
ne vient pas de moi, et donc ce n'est pas à moi de le
vendre.

— D'un monde au-delà de celui-ci ? » dit-il.

Il ne s'attendait pas à de la dialectique. Pourtant, elle
avait l'air d'affirmer ce qui était pour elle d'une simplicité évidente.

Il dit : « Est-ce le pouvoir de Dieu ? »

Elle s'arrêta, comme si elle n'avait jamais considéré
cela auparavant, puis dit : « Le pouvoir de Dieu parle
à travers toutes choses.

— Toutes les choses ? Corbeaux, craves à bec
rouge, chats ?

— Et les pierres et les arbres et la mer et le ciel
au-dessus. Bien sûr.

— Et l'Église ? » dit-il.

Elle haussa les épaules, comme si elle la considérait
comme le plus pauvre de tous les véhicules. « Ça
aussi. »

Ludovico tendit sa paume. Comme si c'était une corvée à terminer rapidement, Amparo coinça la brosse sous son bras et prit sa main. Elle caressa ses lignes du bout des doigts. Ce toucher lui plaisait. Le visage de la fille ne révélait rien.

« Certaines mains parlent, d'autres non, dit-elle en la lâchant. La vôtre ne dit rien. »

Ce n'était pas dit comme une rebuffade, mais comme un simple fait. Néanmoins et même s'il ne faisait pas grand cas de telles diableries, il était déçu. Il découvrit aussi qu'il la méprisait. Ce sentiment lui vint d'un coup, comme une nausée. Ses manières l'offensaient. Cette fille gracile, cette souillon exotique, quelle contribution apportait-elle au siège ? Ou à quoi que ce fût d'autre sur cette terre qui ait une quelconque valeur ? Elle brossait le cheval de son maître et écartait les jambes pour lui. Elle faisait commerce d'augures et de superstition avec la soldatesque. Elle affichait ses seins dans sa robe de dévergondée. Il avait déjà vu ses semblables, du haut en bas de l'échelle. Des femmes qui justifiaient leur existence grâce au trou entre leurs jambes et rien d'autre. Qui échangeaient leur chair pour vivre, par vanité et de vagues connaissances du pouvoir, par cette abomination faussement baptisée amour. Elles étaient comme une maladie. Il remarqua pour la première fois que ses yeux étaient de couleurs différentes. Un marron, un gris. Un des stigmates les plus connus de la sorcellerie, comme l'attestaient des autorités aussi diverses qu'Apollonides, Krämer et Sprenger. Les émanations des rayons issues de tels yeux, porteurs d'esprits malins, étaient capables de frapper au travers de ceux qu'ils croisaient et de pénétrer jusqu'au cœur, et là elles grandissaient et se condensaient dans le sang pour infecter les organes internes. Aristote lui-même avait affirmé qu'un miroir redoute les yeux d'une femme impure, car son brillant s'embrume et devient flou face à son regard.

Il dit : « Est-ce Dieu qui parle d'une si curieuse manière ? Ou le diable ?

— Je ne sais rien du diable, dit-elle, et s'il existe, en quoi pourrais-je l'aider ? Moi, entre tous ceux qui sont ici ? »

Une réponse bien fourbe, encore une fois masquée d'innocence. Il envisagea de poursuivre sur ce sujet ; mais elle avait bien assez affirmé une personnalité nécromancienne pour être condamnée si le besoin s'en faisait sentir, et les témoins de ses talents étaient fort nombreux. Il ne mettait pas en doute l'actualité de la sorcellerie. Qui le faisait ? Elle était diagnostiquée de toute part : verrues et poils sur le menton d'une vieille, ou une vache dont le lait avait tourné, étaient suffisants pour la paysannerie ; les épouvantables récits de vols aériens et de rituels où l'on dévorait des enfants n'étaient que des fantaisies ineptes ; et l'Inquisition était très sceptique quant aux forces surnaturelles, comme il l'était lui-même. Pourtant le commerce avec Satan avait bien lieu. Sur ce point, l'Église était univoque. Amparo reprit sa brosse et continua à soigner le cheval.

« Je voudrais que tu me rendes un service », dit-il.

Elle se retourna vers lui, son faux masque d'innocence remplacé par une lassitude agacée. Il se rendit compte qu'elle n'avait jamais regardé une seule fois son visage, et encore moins ses yeux, comme si elle savait que, en le faisant, il verrait sa véritable nature. Il était de plus en plus convaincu que son âme était polluée et son caractère pernicieux. Comme il avait été facilement détourné des faits réels. Combien insidieuse était la fascination engendrée par le charme érotique d'une femme. Carla était-elle vraiment différente ? Elle était peut-être pire. Le temps le lui dirait. Il aurait pu enfoncer l'autre moitié du visage d'Amparo, la traîner vers les balles de foin dans la réserve, arracher sa robe usée et se profaner sur sa chair. Ce n'aurait été guère plus que son simple droit, gagné et sanctifié par le sang qu'il avait versé dans la bataille. Mais il ne le fit pas. Il se contint.

« Viens avec moi », dit-il.

Il la fixa jusqu'à ce qu'elle comprenne que le refus n'était pas un choix possible. Elle le suivit dehors, là où le château Saint-Ange les surplombait. Anacleto se leva d'un banc. Tout son corps était rigide des efforts qu'il faisait pour lutter contre l'agonie qui le torturait. L'os de sa pommette droite avait disparu ; Ludovico l'avait maintenu pendant que les chirurgiens en extrayaient les fragments, en même temps que son œil. Il avait pleuré la valeur de son ami, car Anacleto avait mordu le bâillon entre ses mâchoires sans émettre le moindre son. Ce qui restait de peau avait été suturé comme le cordon d'une bourse et du pus jaune suintait de cette masse fripée. Son orbite droite n'était plus qu'un trou noir humide, enduit d'un cataplasme extrait d'une mousse tirée de la surface d'un crâne humain.

« Voici Anacleto, dit Ludovico. Il est mon ami. Regarde bien ses difformités. »

Amparo ne voulait pas le regarder. Ludovico lui saisit les cheveux et la contraignit à relever la tête. Elle suffoqua en voyant les blessures d'Anacleto et ferma les yeux. Anacleto broncha.

« Regarde bien ses difformités, répéta Ludovico, car il les doit à ton capitaine. »

Amparo se tortilla et il la lâcha.

« Anacleto a besoin d'opium pour soulager ses blessures et aider à apaiser son angoisse. » Ludovico en avait acheté un doigt au brigand maltais, Gullu Cakie, pour un prix exorbitant. L'heure était venue où l'or n'avait que peu de valeur, car personne ne s'attendait à pouvoir jamais le dépenser. Sous la menace, Cakie lui avait expliqué où il pourrait en trouver davantage. « Tannhauser possède ce médicament, qui est extrêmement rare, dit Ludovico. Tu m'en apporteras ce soir, à l'auberge d'Italie.

— Vous voudriez que je le vole ? demanda-t-elle.

— La façon de l'obtenir te regarde. Je serai en dette envers toi, ce qui est quelque chose que tu serais sage d'apprécier. Veille à ce que ce soit fait.

— Et si je ne le fais pas ? »

Ludovico lui prit le bras, gentiment, et l'éloigna d'Anacleto. Il se pencha vers elle et parla doucement. « Tannhauser a l'intention d'épouser ta maîtresse. »

Amparo cligna, mais ne semblait pas troublée. « C'est leur accord, dit-elle. C'est l'accord qu'ils ont passé depuis le début.

— Le mariage est un moyen de paiement ? »

Amparo acquiesça, ses yeux se reportant vers le sol.

Ainsi, Carla l'avait dupé... Un espoir nouveau fleurit dans sa poitrine.

« Peu importe, dit-il. Tannhauser est amoureux de Carla maintenant.

— Il l'aime, corrigea-t-elle, comme je l'aime moi aussi.

— C'est un homme. Comme tu le sais mieux que quiconque. » Il vit la graine du doute prendre racine. « Il m'a dit lui-même qu'il était amoureux d'elle. Et ils ont été surpris dans les affres d'un rendez-vous amoureux. Tu es trahie. »

Ces mots lui percèrent le cœur. Elle porta ses deux mains à sa bouche en secouant la tête.

« Demande à ce pauvre Anacleto, et dis-lui qu'il ment. »

Elle essaya de se dégager, mais il la tenait bien.

« Regarde par toi-même et tu verras. » Il la lâcha. « Maintenant, fais ce que je t'ai demandé. Considère ma requête pour la mission de charité qu'elle est, et Dieu te guidera en cette matière, comme en toutes choses. »

Tannhauser était assis dans son bain et il regardait le soleil descendre derrière Sciberras. Le disque solaire était d'un rouge sombre et violent et il était enrubanné de filets de fumée qui s'élevaient du *no man's land* débordant de cadavres en contrebas. Il tenta, brièvement, de trouver dans ce spectacle une signification au-delà de l'évident, mais son esprit était trop las pour de telles vanités, et il s'abandonna à une stupeur, un effroi mêlé d'admiration, ne laissant nulle place à la philosophie.

Son corps n'était qu'une masse de douleur, de bleus et de lacérations. Sa peau était un patchwork de bleu et de jaune. Des points de suture en boyau de mouton pointaient çà et là, certains cousus de ses propres mains. Grimper dans le baril l'avait presque achevé. L'eau de mer exacerbait les morsures de ses blessures. Ses yeux étaient ensablés de poudre noire et de poussière. Ses mains étaient gonflées et comme des gourdins, ses doigts enflés comme des tubercules. Si un boulet sorti d'une couleuvrine turque lui était tombé sur la tête, il n'y aurait pas trouvé cause de grand regret ; mais c'était peu probable, car les canons de siège étaient silencieux, et leurs équipes de Topchu sans doute aussi épuisées que lui.

Ce matin-là, après avoir lancé de nombreuses escarmouches pour couvrir son avancée, Mustapha avait sorti sa deuxième tour roulante. Cette fois, les Turcs avaient renforcé sa moitié inférieure contre les coups de canon avec des gabions emplis de terre et de pierres, et des sections de plaques de fer rivetées aux poutres et aux étais. Ils l'avaient fait rouler jusqu'aux restes du bastion de Castille et les tireurs d'élite des janissaires à son sommet avaient contraint la garnison et les ouvriers alentour à s'abriter dans les ruines pour prier. Après quelques trop longues heures dans cet état désolant, et voyant un fort rassemblement de troupes qui présageait un assaut majeur, La Valette avait joué une variation de la tactique de la veille.

Ils ouvrirent un tunnel dans une partie intacte de l'enceinte à quelque distance à l'est de la brèche, dans un endroit invisible des mousquetaires de la tour. Un groupe d'assaut en sortit, commandé par le chevalier commandeur Claramont et don Guevarez de Pereira. Une douzaine de chevaliers de la langue allemande se propulsèrent à l'avant des volontaires, et ils chargèrent la tour comme des monstres écumants, une volée de balles turques lâchées d'au-dessus les éclaboussant d'étincelles pendant leur course.

Les détachements de fantassins azebs qui gardaient les échelles furent hachés en morceaux en quelques secondes par ces hommes du Nord détraqués, qui grimpèrent ensuite les échelons et envahirent les galeries, nettoyant la tour de ses occupants, étage par étage. Tout cet édifice colossal se balançait sur ses amarres au rythme de la violence furieuse qui secouait sa structure. Hurlements de rage et cris d'agonie étaient à peine discernables, et des membres tranchés et des corps ouverts dégringolaient en cascades écarlates, comme si cette tour était une attraction dans un carnaval sauvage et barbare. Quand le massacre fut achevé, les frères allemands s'installèrent, triomphants, sur le sommet pour agiter des *bocks* ensanglantés au bout de leurs épées et brandir des têtes coupées et des poignées de viscères fumantes tout en tapant du pied sur les planches glissantes avec une jubilation de déments, tandis que la cataracte de sang dégoulinait de tous les étages comme d'un temple du lointain Mexique après des rites atroces. Ils hurlaient des malédictions et des jurons aux légions de l'islam rassemblées sur les collines en face, puis ils levèrent leurs visages vers les cieux et remercièrent Jésus-Christ de les avoir laissés vivre un tel instant de ravissement intégral.

Alors qu'on entamait les préparatifs pour réduire la tour en cendres, Tannhauser suggéra qu'on s'empare plutôt de l'engin, et qu'on l'installe contre l'enceinte pour l'utiliser à l'avantage de leurs propres tireurs. Son motif personnel était d'avoir ainsi une meilleure vue sur les lignes turques qui zigzaguaient sur le mont San Salvatore, mais La Valette savoura ce plan et l'adopta. La tour fut vidée de ses cadavres, on la fit pivoter, on la repositionna et deux canons furent installés sur le tiers inférieur, tandis que des *arquebuceros* étaient déployés pour occuper le reste. Tannhauser était parmi eux.

La perspective du sommet déployait un paysage d'enfer écrasé de soleil, noirci de cadavres et de mouches. À l'est, les tranchées turques étaient nombreuses et entrelacées. Il ne parvenait pas à imaginer comment Gullu Cakie avait réussi à le guider à travers elles. Et les Turcs étaient encore très nombreux. Toute fuite vers son bateau devrait attendre des massacres supplémentaires. Mais à cette heure, La Valette ne pouvait plus rassembler que quinze cents hommes capables de marcher. Au plus. Tannhauser s'installa dans les déchets puants et visqueux derrière la porte supérieure, assourdi et écrasé par la brutalité de la chaleur, jusqu'à ce que ses réserves de poudre et de balles soient épuisées et que son bras soit bleu jusqu'au coude, après quoi il quitta la tour de sang.

Tout cela, il était heureux de l'oublier, allongé dans son bain. Il se félicitait de cette institution. À l'époque, il n'avait pas idée de combien vitale elle serait pour la sauvegarde de sa santé mentale. Peut-être allait-il rester dans son tonneau toute la nuit pour regarder les étoiles ? Peut-être allait-il s'endormir et se noyer, et on le retrouverait au matin avec un sourire de contentement aux lèvres ? Puis il se souvint que Nicodemus avait déniché des côtelettes de mouton pour le dîner, et il écarta toute idée de mourir. Il se tourna, soudain conscient d'une présence humaine. Le visage d'Amparo se penchait sur le bord cerclé de fer. Ses yeux étaient gonflés de larmes versées et le fixaient avec reproche. Il comprit immédiatement qu'on allait lui voler le peu de tranquillité qu'il avait glané de cette soirée abasourdie par la guerre. Il réussit à arborer une grimace de bienvenue.

« Amparo, dit-il, pourquoi si triste ? »

Elle leva la tête vers le ciel, exacte image du chagrin. Avec un effort qu'il trouva héroïque, il tendit la main pour lui caresser les cheveux. Elle écarta la tête. Il n'avait jamais vu cet aspect d'elle, mais cela n'avait été qu'une question de temps, puisqu'elle était femme.

« Tu as quelque chose à me dire », dit-il.

Elle ne le regardait pas. « Tu es amoureux de Carla, c'est vrai ? »

Tannhauser soupira nerveusement. Comme pour presque toutes ses tribulations, il ne pouvait blâmer que lui-même. Il était sidéré que, au beau milieu de tels tourbillons catastrophiques, des sujets si insignifiants puissent peser si lourd. « Nous parlerons de ça une autre fois, dit-il.

— Alors c'est vrai.

« — Amparo, cela fait trois jours que je me vautre dans la fange du massacre. On devrait pouvoir pardonner à un homme de penser que le monde a failli arriver à sa fin. Aie pitié, donc, de ce pauvre soldat et laisse-le profiter de cet instant de paix. »

Elle le regarda et ses yeux s'emplirent de larmes. Il avait été présomptueux en imaginant que ses propres malheurs pourraient surclasser les siens. Elle se jeta dans ses bras comme une enfant et il se leva difficilement sur ses jambes raides et tremblantes juste à temps pour passer un bras humide autour de ses épaules.

« Il m'a redonné peur », dit-elle.

Tout sens du chagrin s'évanouit chez Tannhauser. « Qui a fait ça ? demanda-t-il.

— Fra Ludovico. »

Ses maux et ses douleurs furent balayés par un éclat de rage. Il sentit sa mâchoire se serrer et son cuir chevelu se contracta quand son sang envahit son cerveau comme un torrent. « Il t'a fait mal ? »

Elle agita négativement la tête, mais sans conviction. Il prit son menton entre ses doigts et l'attira vers lui. Le souvenir de la peur que Ludovico avait provoquée fut remplacé par la peur de ce qu'elle entrevoyait dans les yeux de Tannhauser. Il faisait tout son possible pour afficher une sérénité qu'il ne ressentait nullement. Il passa à nouveau ses doigts dans ses cheveux et essuya les larmes sur ses joues.

« Tu es ma chérie, dit-il.

— Je le suis ? » En un instant son visage s'était illuminé.

« Tu seras toujours ma chérie. Maintenant, dis-moi ce que Ludovico a fait. Raconte-moi absolument tout. »

Ludovico était assis derrière le bureau de Del Monte, dans l'auberge d'Italie, l'amiral lui en ayant accordé l'usage. Sur les murs étaient accrochés des portraits des vieux héros de la langue et des bannières ottomanes prisés lors de batailles navales anciennes. L'étendard arborant la main rouge, celui du *sanjak* Cheder, pris aujourd'hui même, trônait à la place d'honneur. Le fauteuil de l'amiral était idéalement placé pour mener l'imminente conférence qu'il allait tenir avec les baillis de la langue française.

Il devait encore accomplir la mission confiée par Ghisleri. L'accession de Del Monte au trône du grand maître n'était pas encore assurée. De tous les défis auxquels il avait eu à faire face, celui-ci s'était avéré plus simple qu'il n'aurait osé l'espérer. Il avait répété l'argument pour la candidature de Del Monte avec les chefs des autres langues. Les Castillans, les Aragonais, les Allemands et les Auvergnats l'avaient déjà assuré de leur soutien. Rassasiée de héros comme l'était la Religion, le commandement de Del Monte dans la défense de Saint-Michel avait été sans pareil. Personne ne pouvait rivaliser avec le respect qu'on lui vouait. Plus encore, après quatre-vingt-dix jours d'usure brutale, personne n'avait plus l'estomac de se livrer à des manœuvres politiques. Il n'anticipait pas le moindre problème pour recruter les Français, même si leur tempérament les pousserait à faire des difficultés.

Il portait la robe noire, et d'être débarrassé de son armure était un vrai soulagement. Il avait mal au dos et aux côtes, et il remua sur son fauteuil. La balle qui l'avait frappé deux nuits auparavant avait créé un creux de la taille d'un œuf de poule dans sa plaque dorsale, et pendant les moments qui avaient suivi, il s'était cru mort. Une expérience dérangeante. Il n'avait ressenti aucune peur, aucun regret. Il avait suscité dans son esprit une image de Notre-Seigneur sur la Croix. Il avait murmuré son acte de contrition. Il s'était senti en paix.

Puis le visage de Carla avait empli son cerveau, et son amour pour elle avait empli son cœur, et là il avait connu la peur. Peur que cet amour ne trouve jamais son expression. Telle était la lâcheté émotionnelle qu'il pensait devoir emporter pour l'éternité – jusqu'à ce que le loyal Anacleto rampe jusqu'à lui, avec son visage parfait complètement arraché, et là il avait compris qu'après tout la mort ne l'avait pas appelé.

Penser à Carla consumait ses entrailles comme un feu dont les braises ne s'éteignaient jamais. Mais la patience, dans cette affaire comme dans la plupart, allait porter ses fruits. L'Allemand n'aurait pas longtemps l'avantage. Et Carla ne s'était pas encore souillée dans son lit. Il entendit des pas qui avançaient dans le couloir, et il comprit immédiatement à qui ils appartenaient. Il ouvrit un grand livre sur le bureau et feignit de le compulser. La porte s'ouvrit d'un coup. Il regarda la page un bon moment, puis releva la tête.

« Capitaine, dit-il. Vous arrivez plus tôt que prévu. »

Le visage de Tannhauser était de pierre. Un pistolet à long canon était passé dans sa ceinture, ainsi qu'une dague avec de l'orfèvrerie turque sur la garde et l'étui.

Ludovico dit : « Amparo doit placer grande foi en vous pour raconter si rapidement sa fable. »

Anacleto apparut derrière Tannhauser, la main sur le pommeau de son épée.

Sans se retourner, Tannhauser dit : « Si ton garçon tient au seul œil qui lui reste, il ferait mieux de se faire rare... »

Ludovico fit un mouvement de tête et Anacleto disparut.

Tannhauser fouilla dans sa brigantine et en sortit un paquet enrobé de papier paraffiné. Il le lança et il rebondit sur le bureau. « Un quart d'opium, avec mes compliments, dit-il. Un prix plus que décent pour avoir maltraité une fille.

— Vous avez toute ma gratitude.

— Si jamais tu parles encore une seule fois à l'une ou l'autre de ces deux femmes, si tu les croises dans la rue, si tu les espionnes de loin, si l'une d'elles se réveille d'un cauchemar en murmurant ton nom, alors je te ferai vraiment regretter le jour où tu as quitté Rome.

— Avec un peu plus de chance, j'espère, que lors de votre dernière tentative. »

Tannhauser se pencha sur le bureau. Ludovico sentit ses tripes se serrer.

« C'était à peine un meurtre. La prochaine fois, tu me regarderas pendant que je me baignerai dans ton sang. »

Tannhauser le fixa pendant un moment qui parut plus long que la bataille de la matinée.

Ludovico soutint son regard sans ciller.

Tannhauser se redressa, fit demi-tour et s'avança vers la porte.

« Capitaine », dit Ludovico.

Tannhauser s'arrêta et se retourna.

« Je préférerais ne pas être votre ennemi. »

Tannhauser émit un bref éclat de rire.

« Carla n'est qu'une femme parmi tant d'autres, dit Ludovico. Du moins pour vous. Si c'est un titre que vous cherchez, je peux vous faire arriver à un rang de noblesse qui la ferait passer pour une poissonnière. Beaucoup de ducs ont commencé en tant que soldats, et le Saint-Père est généreux avec ceux qui lui font plaisir. Serrons-nous la main, homme, et je vous promets que vous prospérerez.

— Devenir un de tes familiers ? dit Tannhauser. Je préférerais avaler un de tes étrons.

— Vous seriez en auguste compagnie, croyez-moi.

— Ils doivent avoir des palais plus sensibles que le mien.

— Vous doutez de ma sincérité ? dit Ludovico.

— Non, je pisse dessus. » Tannhauser pointa son index droit vers son visage. Le geste était plus offensant que ses mots. « Mais suis bien mon conseil, et ne sois pas assez vain pour douter de moi. »

Puis Tannhauser tourna les talons et sortit, sans fermer la porte.

Ludovico ramassa l'opium. Pas un mécréant ordinaire, finalement. L'homme avait ses propres intrigues cachées dans ses manches. Ludovico le sentait, comme un marin voit venir la tempête. Anacleto entra. Son œil tomba sur le paquet qu'il tenait à la main. Ludovico le lui tendit.

« Va me chercher le Grec, dit-il. Amène-le-moi ici quand les Français seront partis. » Anacleto le regarda ; Ludovico hocha la tête. « Nicodemus. »

JEUDI 23 AOÛT 1565
Le conseil sacré – Le château Saint-Ange

Oliver Starkey parcourut des yeux la grande table du conseil et, à la lumière tremblotante des chandelles, il vit une compagnie de vieux nobles en robes noires, tous mutilés par la bataille et résignés à la mort. Des cicatrices toutes fraîches défiguraient certains visages. À d'autres, il manquait des doigts ; trois d'entre eux n'avaient plus qu'un bras ou une main. Le désespoir n'entrait pas dans leur tempérament, malgré leur lugubre situation, mais personne parmi les piliers, baillis et chevaliers grands-croix du conseil sacré ne s'attendait à une victoire de la Sainte Religion. Même La Valette, à la droite de qui Starkey était assis, semblait partager leur morosité. L'impression que ceci serait la dernière assemblée suprême de l'histoire de l'ordre était palpable, et, avec elle, une mélancolie poignante planait dans la pièce comme une mélopée inaudible. Le monde ne connaîtrait plus jamais des hommes tels que ceux-là, se disait Starkey, car le monde qui les avait forgés avait disparu. Ils étaient les derniers des vrais.

Ce même jour, le Grand Turc avait lancé un autre assaut général. Aucun des présents ne parvenait à se rappeler combien d'assauts similaires avaient été endurés et repoussés. Les jours de massacre, d'épuisement et d'angoisse s'étendaient dans chaque esprit comme un infini de sauvagerie, comme si la guerre était la condition première de toute la Création, et que la privation était la seule chose existante. À force de volonté divine – car les événements avaient rendu vaine toute logique militaire – les hordes musulmanes avaient été repoussées, encore une fois, à travers l'espace imbibé de sang du Grand Terre-Plein. Le conseil avait été appelé ensuite par une majorité de chevaliers grands-croix, qui avaient conçu un stratagème radical qu'ils souhaitaient proposer. Il revenait à Claramont, chevalier commandeur de la langue d'Aragon, et à quarante-sept ans le plus jeune des grands, d'exposer leur argument.

« Frère Starkey, dit Claramont, que nous disent les dernières listes ? »

Starkey n'eut pas besoin de regarder le dernier appel posé au milieu des autres documents devant lui. « Deux cent vingt de nos frères sont encore capables de porter les armes. Des troupes espagnoles, gentilshommes aventuriers et miliciens maltais, peut-être neuf cents. Tous sont blessés, certains grièvement. Il y a près de trois mille blessés incapables de tenir les remparts.

— Et les morts ?

— Deux cent dix-sept frères chevaliers. Des soldats espagnols ou maltais, un peu plus de six mille ont péri. Des esclaves, près de deux mille. Des non-combattants, dix-sept cents environ.

— Ma propre estimation de l'armée infidèle, dit Claramont, fait état de quinze mille hommes en parfait état, peut-être plus. »

Starkey ne contesta pas ce chiffre. Après quatre-vingt-quatorze jours passés à massacrer des Turcs, avec de l'acier, des balles, des pierres, du feu et des infections, et en plus grand nombre qu'aucun général n'aurait jamais osé le rêver, les forces ennemies demeuraient écrasantes.

« Et quelles nouvelles de Sicile et de Garcia de Toledo ? demanda Claramont.

— Aucune, répondit Starkey. Dans son dernier message, il nous promettait dix mille hommes pour la fin de ce mois.

— Oui, comme il nous les avait promis en juin, et comme il les avait promis en juillet », rétorqua Claramont dans un murmure général de colère des autres.

Starkey tenta de réduire leur pessimisme. « Les canons de siège turcs partent en morceaux à force d'usage trop répété, et leurs réserves de poudre s'amenuisent, dit-il. Le capitaine Tannhauser nous affirme que leur moral est en baisse. Leurs imams chantent des versets différents, à consonances plus tristes. Ils commencent à croire que ce n'est pas la volonté d'Allah que Malte soit leur.

— Que la volonté d'Allah soit damnée ! dit Claramont. Nous sommes une armée de fantômes. Nos murs ne sont plus que tas de cailloux. Le sol même, sous nos pieds, est une ruche de galeries de mines turques. Il n'est pas ici question de manque de courage. Chaque homme préférerait mourir que de subir le joug turc. Si l'ennemi hérite de cette île, il héritera d'un cimetière. La question est celle du prix que nous lui ferons payer. Combien de temps encore pouvons-nous défendre le Borgo et Saint-Michel avec mille hommes ? Mille hommes estropiés. Pourrons-nous survivre à une autre attaque massive comme celle d'aujourd'hui ? À deux ? À cinq ? À une autre semaine comme celle qui vient de s'écouler ? Et quelqu'un doute-t-il que de tels assauts surviendront ? »

Starkey ne répondit pas et il jeta un regard vers le grand maître.

La Valette était assis en silence, visage émacié parfaitement indéchiffrable, yeux gris braqués sur un point infiniment lointain, comme s'il communiait avec des pouvoirs spirituels connus de lui seul.

Claramont reprit son discours. « Cette forteresse dans laquelle nous sommes assis, le château Saint-Ange, est à peine égratignée. Elle est protégée par un large canal côté terre, et entourée par la mer de tous les autres côtés. Ses magasins sont encore à demi pleins de grains et de viande en saumure. Nous pouvons remplir quarante mille barils d'eau potable. Nous avons plein de poudre et de balles. Nous pouvons apporter ici nos saintes reliques – la main du Baptiste, Notre-Dame de Philerme, la Madone de Damas – et nos archives et nos étendards, pour les mettre à l'abri de la profanation musulmane. Dispersés sur les murailles comme une bande de corbeaux, nous serons détruits, que ce soit peu à peu ou d'un seul coup. Mais si nous regroupons tous nos combattants dans Saint-Ange et que nous faisons sauter le pont qui le relie au Borgo, un millier d'entre nous rassemblés ici pourraient résister aux Turcs pendant tout l'hiver. Quelqu'un me contredira-t-il ? »

Personne ne le fit.

L'amiral Del Monte échangea un regard avec Ludovico, qui était assis à côté de lui, mais ils ne dirent mot. Starkey regardait La Valette. La Valette n'avait pas cillé.

Claramont continua : « Une juste raison militaire exige par conséquent une seule conclusion. » Il hésita. « Nous devons abandonner le Borgo. Et Saint-Michel et L'Isola également. En cela, je peux parler au nom du conseil sacré, car nous sommes tous d'accord. »

Claramont se rassit. Un long silence suivit, notable par l'absence de dissension entre tous les membres de la suprême assemblée et par l'intensité avec laquelle tous observaient leur grand maître et attendaient sa décision. Ils savaient qu'en abandonnant les fortifications extérieures ils abandonneraient la population survivante – douze mille Maltais au moins, pour la plupart femmes et enfants, tous virtuellement sans recours – à un funeste destin. La Valette se leva enfin, une main posée sur la table pour soulager ses blessures.

« Mes honorables et bien-aimés frères, dit-il, j'ai écouté votre avis avec le plus grand soin, et le plus profond respect, mais je le rejette. »

Les membres du conseil se raidirent sur leurs fauteuils. Certains se penchèrent en avant.

« Les raisons militaires pour abandonner la ville sont puissantes, et vous les exprimez bien. Peut-être, comme vous le suggérez, est-ce incontournable. Mais nous ne sommes pas ici seulement pour des raisons militaires. »

Une tête acquiesça, discrètement. Starkey remarqua que c'était Ludovico.

La Valette poursuivit. « Dieu a voulu que nous fassions face à cet instant pour une bonne raison. Notre foi rencontre aujourd'hui sa plus terrible épreuve, et nous devons nous demander : quel est le sens de notre Sainte Religion ? »

Il parcourut la tablée des yeux.

« Quelle est sa justification ? Son essence ? Quelle est sa raison d'être ? »

Personne ne répondit, car ils savaient qu'il allait le faire.

« Nous ne sommes pas seulement des soldats, aussi noble que soit pourtant cette appellation. Nous sommes les chevaliers de l'hôpital de Saint-Jean-Baptiste de Jérusalem. Nous sommes les hospitaliers. Notre but originel était de défendre les pèlerins en route vers Jérusalem. *Tuitio fidei et obsequium pauperum.* C'est la première et la dernière règle de notre ordre : "Protéger la foi et servir le pauvre." Nous défendons véritablement la foi non par des faits d'armes, mais en servant les pauvres. Et en retour, servir les pauvres renforce et protège notre foi. Vous vous rappelez tous que dans notre profession de chevaliers nous avons fait une promesse solennelle : être les serviteurs, les esclaves, des pauvres de Jésus-Christ. Des bénis, de nos seigneurs les malades. N'appartiennent-ils pas à Notre-Seigneur Jésus-Christ ? Et ne doit-on pas les traiter et les protéger comme nous traiterions et protégerions Notre-Seigneur Jésus-Christ lui-même ? »

Il s'exprimait avec une passion intense mais tranquille.

Starkey aperçut, chez les vieux chevaliers, des larmes qui coulaient sur leurs barbes.

« Nous sommes des lions encerclés dans leurs tanières, dit La Valette. Et dans cette situation, est-ce le moment d'abandonner nos seigneurs les malades ? De laisser nos innombrables blessés à la merci de l'ennemi turc ? De condamner nos braves frères d'armes maltais, et leurs femmes et leurs enfants aussi, aux chaînes des galères turques? Devons-nous abandonner notre très sainte Infirmerie en ces heures de si grand péril ? »

Ses yeux firent le tour de la table. Beaucoup avaient trop honte pour croiser son regard.

« Cette forteresse ne pourrait pas s'accommoder de plus de mille hommes, vous avez raison. Mais hors de ses murs, il en est des milliers d'autres. Il se peut que la volonté divine soit que notre Sainte Religion finisse enterrée dans ces ruines, et que notre ordre ne soit plus. Cela, en soi, n'est pas quelque chose dont il faut avoir peur, car Dieu, ses anges et ses saints attendent notre arrivée. Mais si nous laissons nos malades et nos pauvres mourir sans nous, la Religion aura déjà perdu, et pour rien. Car sans nos malades et nos pauvres, nous ne sommes rien. La Religion n'est rien. Et si cela devait arriver, son honneur même intact aux yeux des hommes serait entaché aux yeux de Dieu jusqu'à la fin des temps. »

La Valette se rassit.

Nul doute possible, tous les hommes présents avaient été persuadés, mais une étrange pause s'ensuivit, dans laquelle il manquait un orateur au conseil.

Finalement l'amiral Del Monte se leva. Ludovico l'avait-il poussé à le faire ? Starkey n'avait pas remarqué. L'ascension du prestige de Ludovico au sein de l'ordre avait étonné Starkey, et surtout parce que l'homme demeurait impeccablement modeste dans ses manières. Sa valeur sur le champ de bataille aussi. Que personne ne soit contrarié par sa présence était encore plus surprenant.

« Comme toujours, dit Del Monte, Son Excellence nous montre où réside notre devoir. Si nous tombons dans l'erreur, nous implorons son pardon et nous prions pour qu'il se souvienne que nous ne sommes que ses enfants. Nous défendrons le Borgo, et le peuple de Malte, jusqu'à notre dernière goutte de sang. Quel que soit leur destin, nous le partagerons. Le choix entre défaite et damnation n'est absolument pas un choix. »

Avec soulagement, les autres affirmèrent leur soutien, un par un, Claramont en dernier, affichant une pénitence particulière, que La Valette écarta en levant la main. Le grand maître lança à Starkey un regard familier, qui lui indiquait de reprendre la chaire.

« D'autres affaires que le conseil voudrait examiner ? » demanda Starkey.

Ludovico se leva. Sa voix de baryton semblait trop douce pour atteindre l'autre bout de la table et pourtant elle emplit la pièce : « Avec la permission de Votre Excellence, deux questions, dit-il. La première est d'une nature délicate et je vous prie de n'y voir aucune offense.

— Parlez librement, fra Ludovico, dit La Valette. Nous tenons en grande estime la gouverne du Saint-Père, et vous êtes sa voix. »

Le sarcasme de ce panégyrique n'échappa pas à Starkey, ni, il en était certain, à Ludovico, mais l'inquisiteur se contenta de s'incliner avec grâce. « Lors de la bataille de samedi dernier, Votre Excellence a été vaillamment blessée, et le peu de soin qu'elle accorde à sa propre vie est connu de tous et une inspiration pour tous. »

Des murmures d'approbation pour la valeur du grand maître firent comme un clapotis autour de la table.

« C'est aussi une source d'inquiétude, poursuivit Ludovico, provoquant le même type de réaction. Durant ces terribles jours, la mort peut choisir chacun d'entre nous en un clin d'œil. Comme les événements de cette journée l'ont prouvé, la perte de Votre Excellence, si elle n'était pas immédiatement remplacée, s'avérerait catastrophique. »

Il marqua une pause, les yeux braqués sur ceux de La Valette.

Le grand maître, avec une assurance égale, lui fit signe de continuer.

« Si je puis oser cette bravoure, je suggère que le conseil sacré nomme et approuve le successeur de Votre Excellence pour que, si jamais un si terrible désastre devait s'abattre sur nous, notre armée ne soit pas privée d'un commandement si vital à son courage et à son moral. »

Autour de la table, la tension était évidente. Chacun des hommes avait considéré cette éventualité, mais personne d'autre n'avait osé l'évoquer.

« Je me rends bien compte que cela impliquerait d'abandonner le processus électoral normal, continua Ludovico. Mais, en des circonstances comme celles que nous vivons, trois jours d'incertitude seraient calamiteux. »

La Valette répliqua sans la moindre hésitation. « Vous avez toute la gratitude du conseil pour avoir soulevé cette question, fra Ludovico. Je me suis montré très insouciant en ne le faisant pas moi-même. Votre argumentation a mon plein soutien, et j'espère celui de nos frères. »

Il consulta la tablée, cherchant d'éventuels contradicteurs, mais n'en trouva aucun. Il regarda Ludovico. « J'imagine que vous avez un candidat à l'esprit ?

— L'amiral Pietro Del Monte, dit Ludovico, de la langue italienne. »

Personne ne broncha. Tous les yeux étaient fixés sur La Valette. Le grand maître regarda Del Monte.

« Frère Pietro et moi avons navigué sur le même pont », dit le grand maître. La chaleur et le soulagement contenus dans sa voix dénouèrent immédiatement toutes les tensions alentour. « Par sa brillance et sa bravoure, sa défense de Saint-Michel ne peut être comparée qu'à celle de Saint-Elme, dont l'épopée, nous en sommes tous d'accord, ne peut être comparée à aucune autre. S'il existe dans toute la chrétienté homme mieux placé pour cette tâche, j'aimerais bien connaître son nom. »

Un par un, les membres du conseil ajoutèrent leurs éloges et Del Monte fut consacré comme successeur de La Valette sur le trône.

Tandis que l'amiral acceptait, avec son humilité caractéristique et juste le minimum de mots nécessaires, Starkey réfléchissait à la subtilité de Ludovico. Une telle unanimité lors d'une élection était sans précédent.

Même l'accession de La Valette, bien que tout aussi unanime, avait été précédée d'une frénésie de machinations, corruptions et coercitions dans lesquelles Starkey lui-même avait joué un rôle prépondérant. Si, comme cela semblait désormais évident, Ludovico avait œuvré pour Del Monte, il s'était débrouillé pour que Starkey l'ignore complètement, fait qu'il trouvait très perturbant. Que Ludovico ait choisi un candidat qui n'était pas simplement superbe, mais qui ferait probablement les délices de ses maîtres à Rome, était un témoignage supplémentaire de son ingéniosité redoutable.

« Frère Ludovico, demanda La Valette, quelle était la seconde question, moins délicate, que vous vouliez soulever ? »

Ludovico se pencha près de son fauteuil et produisit une épaisse valise de cuir. Il l'ouvrit et en sortit un reliquaire d'argent orné de pierres précieuses. Il porta le reliquaire à l'autre bout de la table et le posa devant La Valette.

« J'espère ne pas avoir trahi la confiance de notre Saint-Père à Rome, qui voulait que cet instrument sacré ne soit dévoilé qu'à l'heure du plus grand péril. »

La Valette fit signe à Starkey d'ouvrir le coffret, et il s'exécuta. Il prit une soudaine inspiration. Le coffret était tapissé de velours écarlate. Nichés dans un renfoncement sculpté et tenus en place par des cordons dorés, se trouvaient la poignée d'une épée et deux pouces d'une lame brisée. La garde et la lame étaient rouillées et mangées par l'usure du temps. De ce qui avait été la poignée de bois ne restait qu'un simple fragment, retenu par un rivet. Le style évoquait celui du *gladius* romain de l'Antiquité. Son cœur battait à tout rompre. Il n'osait pas présumer de son origine. Il regarda Ludovico.

Ludovico hocha la tête. « Son existence était un grand secret, dit-il en regardant La Valette. C'est le glaive que Pierre a utilisé pour protéger Notre-Seigneur, quand il a tranché l'oreille du soldat romain dans le jardin de Gethsémani. »

La Valette recula son fauteuil et tomba sur un genou en faisant le signe de croix. Les autres membres du conseil l'imitèrent. La Valette se releva et étudia longuement le coffret. Il s'écarta et les autres chevaliers à la file passèrent devant la relique, animés d'une crainte respectueuse, les yeux brillants, des prières aux lèvres. Starkey vit La Valette observer Ludovico. L'expression de chacun des deux hommes était parfaitement indéchiffrable.

« Sa Sainteté nous a encore une fois démontré sa sagesse, dit La Valette. Et vous vous êtes affirmé comme le plus parfait de ses serviteurs. »

Ludovico inclina la tête et ne dit rien.

« Cette relique sera disposée avec la main du Baptiste à San Lorenzo, annonça La Valette.

— Avec tous mes respects, Votre Excellence, dit Claramont, ne devrions-nous pas envisager de mettre au moins nos saintes reliques en sécurité dans la forteresse Saint-Ange ? »

La Valette secoua négativement la tête. « Agir ainsi reviendrait à signaler à nos soldats que nous nous attendons à la défaite. Et malgré tout ce qui a été dit, je n'admettrai pas la défaite. Avec l'aide de Dieu nous allons rejeter le Turc à la mer. La main de Jean le Baptiste, le glaive de saint Pierre, l'icône de Notre-Dame de Philerme sont les racines de notre force. Elles resteront à leur vraie place jusqu'à ce qu'il n'y ait plus personne pour les défendre. »

Il avait l'attention de toute l'assemblée.

« Et pour en revenir à l'affaire qui nous a amenés ici, j'ai un dernier ordre. Demain, le château Saint-Ange sera évacué, sauf des équipes requises pour alimenter et faire fonctionner les batteries de canons sur son toit. Puis le pont le reliant au Borgo sera détruit. »

Un silence abasourdi accueillit cet ordre. Même Ludovico souleva un sourcil noir.

« Il n'y aura pas de retraite, dit La Valette. Que chaque homme comprenne bien, et le Grand Turc aussi, que nous allons combattre et mourir là où nous nous tenons aujourd'hui. »

VENDREDI 31 AOÛT 1565
Le Borgo – Le mont San Salvatore

S'il y avait une quelconque vertu à être couvert de blessures multiples, fractures et écorchures, elle résidait dans le fait que cet inconfort global détournait l'attention d'une douleur en particulier. Le dernier assaut majeur, le 23 août, avait laissé à Tannhauser deux nouvelles coupures sur la joue gauche, un genou donnant l'impression d'être empli de graviers, un autre doigt cassé, quelques côtes fêlées au-dessus du foie, des entailles brûlées de soleil sur les cuisses qu'il soignait lui-même, et une entorse. Il avait également été deux fois assommé jusqu'à en rester inconscient, et s'était réveillé à moitié noyé dans des mares de saletés humaines dont l'ingrédient le moins épouvantable était du vomi. Pourtant, il se considérait comme fortuné d'en être sorti indemne, car la majorité de ceux qui étaient encore en vie arboraient des blessures et des difformités de dimensions monstrueuses. Malgré cela, l'incapacité à se mouvoir sans douleur le faisait se sentir deux fois plus vieux que son âge. Ayant résisté à la fois à la logique et à l'ardente demande de son corps plus longtemps que l'honneur ne l'exigeait, il avait concocté un lot de pierres d'immortalité et passé toute la semaine précédente dans un état d'indifférence enivrée aux événements apocalyptiques qui se déroulaient autour de lui.

Les pierres effaçaient aussi les accès de noire mélancolie qui avaient commencé à l'affliger. En de tels moments, il savait qu'il ne reverrait plus jamais Orlandu. La raison lui réaffirmait toujours qu'en le laissant auprès d'Abbas Tannhauser avait fait au mieux. Mais Orlandu lui manquait. Et il était puni d'une étrange peur : qu'il ait condamné le garçon à une vie de verseur de sang.

Il était loin d'être seul à souffrir de mélancolie et autres maux de tête. Partout dans les restes squelettiques de la ville, il croisait des hommes hagards et mutilés qui murmuraient tout seuls, tout en cherchant un abri dans les gravats, ou qui fixaient le vide, muets, ou encore qui pleuraient sur les ruines de leur famille, leur foyer, leur vie. Les églises ravagées étaient surpeuplées de telles gens et là les lamentations étaient incessantes. Les femmes de la ville semblaient faites d'une trempe plus résistante. Comme la plupart des hommes étaient morts ou blessés et les bataillons d'esclaves réduits – en partie par la violente répression d'une mutinerie – à quelques bandes ahuries de misérables aux yeux fous, les femmes s'épuisaient à reconstruire les murs et à emporter les cadavres vers l'arrière. Elles aussi, pourtant, allaient, décharnées et démoralisées, chercher la nourriture aux magasins et l'eau aux puits – tout en essayant d'imposer l'ordre à leur progéniture en hardes – avec l'apathie des condamnés.

Quand sonnait l'alarme, des prévôts parcouraient les décombres avec des cordes à nœuds pour aider les traînards à monter au front. Alors que les chevaliers morts recevaient tous les honneurs et les funérailles dus aux martyrs, les cadavres de moindre valeur demeuraient dans les rues, sans sépulture, ou étaient jetés à la mer, car plus personne n'avait la force de les enterrer, et les fosses communes avaient été remplies et recouvertes depuis longtemps. Toute la ville empestait la putréfaction. Des rats cavalaient en plein jour, leurs hordes attirant l'œil à l'improviste, et retournant les estomacs d'un dégoût antédiluvien. Des vautours enhardis colonisaient des sections entières de la cité, battant des ailes et caquetant quand on leur faisait l'offense de les déloger, comme si c'était désormais leur royaume de droit, et les humains d'impudents intrus. Des mouches empoisonnaient chaque instant de chaque journée et s'attiraient une haine qui excédait même celle qu'on vouait aux Turcs. Les catholiques avaient la crémation en horreur, car elle empêchait la résurrection, mais Tannhauser se disait qu'ils allaient devoir changer très bientôt de musique, et commencer à allumer quelques bûchers.

Seul Bors conservait un entrain admirable et s'avérait un réconfort pour tous, car il n'était jamais à court d'une histoire, d'une plaisanterie, ou d'une observation bien sentie sur la nature des choses et des hommes. Lui aussi partageait les pierres d'immortalité, qu'il avalait comme des noisettes quand il en avait la chance, et peut-être cela augmentait-il son courage, à un certain degré. L'existence de ces merveilleuses pilules se répandait vite, et Bors suggéra qu'ils en fassent leur beurre tant que ce pâle soleil brillait. Les pierres étaient si convoitées, et si élevé le prix atteint sur le marché, que même l'or ne suffisait pas à les acheter, car il aurait été trop lourd à emporter. À la place, elles étaient échangées contre des émeraudes, des diamants et autres pierres précieuses arrachées en grand nombre par les Maltais et les Espagnols aux parures extravagantes des morts turcs.

Quand Carla découvrit ce commerce lucratif, elle fit honte à Tannhauser et l'obligea à donner dix livres d'opium à frère Lazaro, cadeau qu'il accepta comme un miracle, et qu'il pensait être du butin pris aux Turcs.

Ce cadeau angoissa terriblement Bors, mais Tannhauser lui expliqua qu'il empêcherait la confiscation de leur stock ; car telle avait été la menace de Carla, froide et sans compromis possible. Bors maintenait la cuisine bien approvisionnée en nourriture, alcools et vins, qui, avec la diminution de la population, étaient de plus en plus faciles à dénicher, et les habitants de l'auberge d'Angleterre mangeaient bien.

En vérité, pour les gentilshommes aventuriers d'Italie et d'Angleterre, les *tercios* espagnols et ceux de la langue allemande, très modérément tournés vers l'austérité, l'auberge devint un havre très apprécié. Des trous béaient dans les murs et le toit, et le réfectoire avait été en partie démoli, mais si la franche gaieté était assez rare, on y trouvait toujours chaleureuse compagnie. Tomaso y amenait Gullu Cakie et sa bande, et des complots de contrebande et de fuite de capitaux s'y tramaient. Une poignée des filles les plus braves de la ville y risquaient leur chance, et des romances effrénées fleurissaient à l'ombre des catastrophes.

Les meilleures nuits, inoubliables pour tous les présents, étaient celles où l'on cajolait Carla et Amparo pour qu'elles dépoussièrent leurs instruments. Elles jouaient pour l'assemblée et, comme Tannhauser l'avait prédit, leur musique était plus précieuse que des rubis. Même les plus hardis d'entre eux versaient des larmes au sublime de leurs mélodies, et quelquefois des danses avaient lieu, et parfois des chansons, car l'Asturien Andreas de Munatones affichait une exquise voix de ténor quand il était dans les vignes du Seigneur. Et parfois aussi, défiant les railleries bagarreuses et, si besoin était, déchargeant un pistolet pour obtenir le silence, Tannhauser récitait des complaintes et des *gazels* érotiques dans le style turc, car il insistait pour que la poésie soit honorée, dans n'importe quelle langue, et plus que jamais dans un endroit et en des moments tels que ceux-ci.

Comme Bors le fit remarquer, le spectre de l'Oracle les avait suivis jusqu'au fond de l'Hadès.

Après avoir été repoussés le 23, les Turcs pansèrent leurs blessures pendant huit jours, et ne lancèrent aucune offensive majeure. La guerre continuait sous terre, pourtant, et les sapeurs mamelouks redoublaient d'efforts pour miner les bastions des chevaliers. Pendant qu'ils creusaient des tunnels à travers le calcaire du *no man's land*, les ingénieurs de La Valette rampaient un peu partout avec des bassines d'eau et des sondes festonnées de minuscules clochettes pour tenter de détecter les vibrations provoquées par leurs outils. Quand cela arrivait, les sapeurs maltais creusaient des contre-mines pour intercepter les galeries ennemies, et les incendier avant qu'elles n'atteignent les murs. Si cela réussissait, il en résultait des duels souterrains – avec pelles, pioches et couteaux – d'une sauvagerie si noire et si atroce que même le sang de Tannhauser se figeait en en entendant les récits. La demi-douzaine de mines que les Turcs réussirent à faire exploser réduisit finalement l'enceinte à une ligne de chicots de pierre.

Les chevaliers apportèrent leur propre contribution au chaos quand ils firent sauter le pont qui joignait le Borgo à Saint-Ange. Cet acte excentrique dérouta la garnison pendant plusieurs jours, attribué soit à un accident soit à un sabotage, crime pour lequel les esclaves qui avaient aidé au transport des charges explosives furent noyés dans le canal. Quand il apparut plus tard que la destruction du pont était un stratagème destiné à relever le moral général, la logique consistant à se couper de cette dernière redoute échappa à tout le monde, sauf aux plus sophistiqués, car elle impliquait également qu'on transporte quotidiennement en barque des tonnes de ravitaillement jusqu'au Borgo. Mais les chevaliers, comme chacun le savait, étaient des gens bien étranges, et aucun n'était aussi étrange que le révérend grand maître qui avait donné cet ordre.

Tannhauser continuait à s'inquiéter du problème de leur fuite jusqu'au bateau qui les attendait à Zonra. Dans les moments sombres, son plan lui paraissait une fantaisie puérile, conçue simplement pour l'empêcher de devenir complètement fou. Bors n'évoquait jamais la question. Carla non plus. Tous deux, il le savait, pensaient que ce plan manquait à l'honneur. Il était normal qu'ils ne le prennent plus au sérieux. Mais ils n'avaient pas vu ce petit bateau racé, comme il l'avait visualisé mille fois, et ils n'avaient pas senti la brise de mer dans leurs cheveux alors qu'ils fuiraient vers l'Italie.

Le 29, un jeûne collectif avait été décrété pour commémorer la décapitation de Jean le Baptiste. Par contraste, et peut-être en compensation, le vendredi 31 apporta une soirée de festivités qui excéda en abandon tout ce que l'auberge avait pu voir. Comme Bors était maître des cérémonies, elle excéda probablement tout ce que Malte elle-même avait jamais pu voir. L'occasion se fit toute seule, provoquée peut-être par un sens de la prémonition. Ils avaient survécu cent jours dans les mâchoires de l'enfer, et c'était une raison suffisante pour cette frivolité démentielle. Les femmes jouaient. Vin et brandy coulaient à flots. Ballades et chansons résonnaient. Carla essaya une gigue avec Munatones, et ils faisaient un beau couple, et l'envie et le désir poussèrent Tannhauser à s'octroyer un moment avec Amparo dans son bain, et même s'il aimait Amparo plus que jamais, il ne le lui dit pas, et encore une fois il ne savait pas pourquoi. Des pierres d'immortalité furent consommées. Et pourtant, malgré l'avancée de la soirée, et en dépit de telles festivités, Tannhauser n'arrivait pas à oublier ce qui le démangeait, tout au fond de son crâne. Le bateau de Zonra l'appelait.

Et ainsi, comme minuit approchait, le croissant cireux de la lune ayant depuis longtemps plongé vers l'ouest, Tannhauser, sévèrement imbibé d'opium et de boisson, décida de partir en reconnaissance. Il enfila les habits rouges et les bottes jaunes d'un sergent spahi, dérobés sur un cadavre.

L'ébriété de Tannhauser s'avéra une bénédiction. Sans une telle aide narcotique, les trois cents mètres de reptation sur la pente de San Salvatore auraient été bien trop ardus. Il n'aurait pas songé non plus à prendre de fréquents repos, durant lesquels il s'allongeait sur le dos et regardait la course des étoiles, fou d'émerveillement. Au nord, la Grande Ourse était en vol ; Orion chevauchait la queue de la Voie lactée loin à l'est ; le Scorpion disparut derrière l'horizon. Et qui maintenant était le chasseur, et qui était sa proie ? Et quelle importance cela avait-il ? Car toute chose passerait, et, comme l'affirmait Grubenius, les étoiles elles-mêmes finiraient par tomber un jour. La philosophie ajouta son incandescence à celles de l'opium et de l'alcool. Quand il atteignit les lignes turques, sa confiance et sa bonhomie étaient telles que, en quelques minutes, il se retrouva devant l'un de leurs feux de veille, à partager bols de lentilles et pain.

Ils étaient anatoliens, quatre hommes simples, à peine plus que des garçons, braves et perplexes comme le sont presque tous les garçons soldats, et il écouta leurs doléances sur cette maudite campagne, leurs souvenirs de familles et de bien-aimées qu'ils ne reverraient peut-être plus, leurs opinions mélancoliques sur la volonté d'Allah et l'indifférence brutale de leurs commandants. Ils étaient abandonnés sur une terre lugubre et hostile, et pendant que pour Tannhauser le firmament apportait une mesure de réconfort, ces pauvres fantassins ne fixaient que leur feu misérable, comme s'ils regardaient le vide étranger qui leur resterait lorsqu'on leur aurait dérobé ce qui demeurait de leur âme et de leur santé mentale.

La conversation s'engagea sur les monstres qui habitaient la forteresse chrétienne, manifestement tous alliés avec Satan – car quels êtres humains pourraient combattre comme ils le faisaient, sans aide diabolique ? Le nom du sorcier chrétien, La Valette, fut évoqué avec une crainte superstitieuse. On l'avait vu, disaient-ils, à l'heure du loup, communiant avec des démons en haut des murs. Il avait invoqué l'épidémie qui éclaircissait leurs rangs. Ses chevaliers étaient des fantômes démoniaques, ressuscités des morts par ses sorts et ses incantations. Il pouvait voler avec les vautours et les corbeaux. On ne pouvait pas le tuer, car il avait vendu son âme au diable, et le diable protège les siens.

Tannhauser les rassura, car ils l'avaient ému avec leur amitié si vite accordée, et ils n'étaient pas piégés par des puissances nécromanciennes mais – comme ils l'étaient tous – par la cupidité d'empereurs et de rois, et aussi parce que, en cette compagnie et dans cette langue, il était, d'expérience, un meneur d'hommes, et donc relever leur moral chancelant était son devoir instinctif.

« La Valette n'est qu'un homme, dit-il. Un grand homme, terrible peut-être, mais un homme comme les autres. Ses chevaliers aussi. Les hommes et les femmes de cette ville se battent comme des diables parce que c'est chez eux, le sol de leurs ancêtres, et que nous sommes venus le conquérir. Chacun d'entre nous ne combattrait-il pas sauvagement pour son foyer et ses proches ? »

Ils hochèrent la tête en fixant le feu, et des lambeaux de flammes montèrent vers la nuit démesurée et s'évanouirent aussi vivement qu'ils étaient nés, comme pour montrer qu'en reconnaissant un cosmos si immense et si implacable le passage de la vie humaine était à peine plus important.

« Ibrahim, dit le dénommé Davud en levant les yeux vers lui, demain apportera leur fin ? Ou la nôtre ?

— Demain ? demanda Tannhauser.

— La grande attaque, dit Davud, la dernière bataille. »

Cette révélation dégrisa Tannhauser. Il lança ses hameçons. « On nous a déjà promis nombre de dernières batailles. »

Davud acquiesça en grimaçant.

Tannhauser désigna l'obscurité, au-delà des hauteurs vers Santa Margharita. « Je suis avec le Kirmizi Bayrak », dit-il. Il avait vu les Bannières pourpres déployées là-bas maintes fois. « Nous allons soutenir les Lions de l'islam lors de la seconde vague. »

Davud jeta un œil vers le visage balafré de Tannhauser et ses doigts éclissés. « Vous avez vu le pire, ami.

— Le pire ? répliqua Tannhauser avant de faire non de la tête. Tant qu'on est vivant, le pire attend, tapi dans un coin. Quels sont vos ordres ?

— Jusqu'à présent Allah le Miséricordieux a été gentil pour nous ici, haut au-dessus de la baie, dit Davud. Même ces diables ne peuvent pas marcher sur l'eau. Mais demain, nous sommes de la première vague. »

Les Anatoliens échangèrent des regards sinistres. Tannhauser fronça les sourcils avec sympathie.

« Vous tous ? »

Davud agita une main vers l'invisible masse du mont San Salvatore.

« Tous, sauf les artilleurs. »

Le cœur de Tannhauser accéléra. Il se pencha en avant et, affichant l'indifférence, poussa une bûche à moitié consumée dans les braises. Il regarda les flammes prendre puis dit : « Ils ne nous expliquent rien, évidemment. Mais tu dis que notre pacha a l'intention d'engager les réserves ? Les réserves en entier ?

— L'heure est venue », confirma Davud.

Les régiments de réserve stationnés sur les pentes de San Salvatore, en dehors de protéger les batteries de siège, avaient été utilisés pour empêcher toute répétition du débarquement des renforts chrétiens qui, en juillet, les avaient traversées jusqu'à la baie de Kalkara, avec Ludovico. Mais les Turcs ne pouvaient pas marcher sur l'eau non plus. Pour attaquer le Borgo, les réserves devraient se déployer vers le sud et, avec seulement les artilleurs laissés en arrière, la route vers Zonra – et son bateau – serait ouverte. Même pour un groupe de quatre. Tannhauser repéra l'étoile du Nord et, juste au-dessus du sommet de la colline au nord-est, vers Zonra, les cornes du Taureau. Le Taureau guiderait leur bateau vers chez eux. Il pensa à Amparo et se dit que c'était un présage très fort. Il s'étira.

« L'heure est venue aussi pour moi de m'en aller », dit-il.

Le visage de Davud ressembla soudain à celui d'un enfant.

Un fragment du Coran ressurgit dans la tête de Tannhauser.

Il dit : « En Allah repose la connaissance de la fin du monde ; Il est celui qui envoie la pluie et qui connaît le contenu de la matrice. Aucune âme ne sait ce que demain lui apportera, et aucune âme ne sait sur quelle terre elle va périr. Seul Allah sait, en son entière sagesse. »

Les quatre jeunes gens firent des gestes de révérence, mais n'en étaient pas moins effrayés.

« Vous avez déjà été à la bataille ? » demanda Tannhauser.

Il regarda autour du feu. Tous faisaient non de la tête.

« Pendant la charge, dit Tannhauser, restez près les uns des autres, et faites attention à la sauvegarde des autres. »

Tous quatre le fixaient avec vive attention.

« Dans le vacarme, la fumée, la terreur, vous n'allez penser qu'à vous-mêmes – et à Allah, qu'il soit porté aux nues. C'est naturel, mais également fatal. Quatre paires d'yeux valent mieux qu'une, quatre épées mieux qu'une seule. Regroupez votre courage et votre habileté. Là où va l'un, que les autres y aillent tous, mais ne vous regroupez pas trop serrés à découvert, sinon vous leur fournirez une trop belle cible. »

Il attendit que cela s'inscrive, et ils hochèrent la tête.

« Faites attention à leur feu grégeois, à leurs cerceaux volants. Et aux boulets aussi ; ils se relèvent de l'argile comme des cobras, mais si vous êtes vifs, vous pourrez les esquiver. Et évitez les chrétiens portant armure complète. Ce ne sont peut-être pas des diables, mais ils sont diaboliquement durs à tuer. »

Ils le regardaient comme s'il était Salomon. Leurs visages fervents l'émouvaient. Il fouilla dans sa robe, sortit sa boîte et leur tendit deux pierres d'opium. Pourquoi pas ? Il tira sa dague, sa lame souillée noire et méchante dans les flammes, et ils le regardèrent couper par moitié les deux pilules scintillantes d'or.

« Il y a peu d'avantages à être dans la première vague, continua-t-il, mais souvenez-vous de celui-ci : votre rôle est d'engager l'ennemi – au pire en mourant – pour que la deuxième vague puisse le submerger. Si vous survivez jusqu'à l'arrivée de la deuxième vague, reculez, mais faites-le sournoisement, comme un vide-gousset dans une foule. Ne paniquez pas. Ne courez pas. Gardez votre grimace martiale. Ramassez un camarade blessé, et ramenez-le vers vos lignes. Ramenez-le avec fierté. Si vous y parvenez, au pire vous serez flagellés, au mieux vous obtiendrez une récompense pour votre valeureuse action. Et maintenant, montrez-moi vos paumes droites. »

Ils tendirent tous la main. À cet instant, s'il leur avait dit de les coller dans le feu, ils lui auraient tous obéi. Il plaça une demi-pilule dans chaque paume.

« Avalez-les quand vous avancerez sur la colline, quand votre cœur commencera à taper contre vos côtes. Pas avant. Elles sont un avant-goût du paradis qui vous aidera à bannir votre peur. Et si vous êtes destinés à aller au paradis, elles vous rendront le voyage plus facile. »

Il se demanda s'il devait s'enquérir d'Orlandu, car il avait souvent à l'esprit la santé du garçon, mais ici, à l'opposé exact du front, il y avait peu de chances qu'ils puissent le connaître. En tout cas, il savait que la cavalerie *silahadar* n'avait pas été employée, et ce depuis le premier jour. Envoyer des chevaux contre des murailles n'avait aucun sens. Il se leva.

Ils furent sur pied avant lui et le couvrirent d'une pluie de bénédictions.

« Ne dites rien de ce qui est advenu entre nous à quiconque », murmura-t-il. Ils inclinèrent la tête. « *Asalaamu Alaykum* », dit Tannhauser. Il ajouta : « Qu'Allah vous garde. »

795

En s'éloignant, il aperçut les feux de veille sur le Corradino, et fut tenté d'y aller pour voir Orlandu et peut-être partager son feu aussi. Mais il avait déjà poussé sa chance bien assez loin, et l'aube n'allait pas tarder. Laisse le garçon dormir. Lui aussi avait besoin de repos. Son retour jusqu'à la porte de Kalkara se passa sans incident. Bors couvrait son approche et ouvrit la poterne. Avant qu'il n'aille voir Starkey pour lui livrer les renseignements les plus récents, Tannhauser expliqua ce qu'il avait découvert. Bors était sceptique.

« La route de Zonra sera ouverte ?

— Le bateau attend juste qu'on le prenne, lui assura Tannhauser. Il est temps de ramasser notre opium et nos bijoux. Nous ferons voile demain à la nuit.

— Il n'y a que l'ultime assaut de Mustapha qui s'oppose à nos plans.

— J'ai livré plus d'ultimes batailles que je n'ai pu en compter sur cette île sanglante. Aie la foi, homme, et ce sera vraiment la dernière pour nous, même si ce n'est pas le cas pour qui que ce soit d'autre. »

SAMEDI 1er SEPTEMBRE 1565
Le bastion d'Allemagne – L'Infirmerie sacrée – Le poste de Castille

À l'aube, comme toujours à l'heure exacte de l'appel du muezzin, le cent troisième captif musulman du siège fut balancé au bout d'une corde graisseuse, au-dessus de la porte Provençale. Cela faisait plusieurs semaines que l'on prêtait assez peu d'attention à ce rituel, dans un camp comme dans l'autre – les victimes exceptées –, mais s'il n'avait pas eu lieu, la consternation aurait été aussi grande que si un drapeau de reddition, et pas un corps humain, avait été accroché au-dessus de la porte. Ce matin-là, alors que la garnison se préparait à sa perte, le génie de cette pratique macabre frappa une fois de plus Tannhauser, car, quand la corde se tendit en claquant, un énorme hurlement s'éleva sur les remparts, de joie et de défi.

La potence ainsi dûment regarnie, une messe fut dite à l'église de San Lorenzo pour la délivrance de l'île. À la même heure, des chapelains répartis tout le long de l'enceinte dirent la messe pour la soldatesque. Dans l'Infirmerie, et sur la piazza étouffante de douleur, d'autres chapelains firent de même pour les souffrants. Le service était solennel et pourtant, comme lors du dernier jour du fort Saint-Elme, un calme étrange envahissait toute la population. Il n'y avait plus rien à craindre. La seule tâche qui demeurait était celle de mourir.

Quand le dernier amen s'éleva vers les cieux, La Valette frappa un nouveau coup de maître.

La croix d'argent de l'Ordre fut portée en procession dans l'allée centrale de San Lorenzo, et derrière elle venait la sainte icône de Notre-Dame de Philerme. Quand l'icône passa, beaucoup virent de vraies larmes couler sur les joues de la Madone. Certains s'évanouirent d'extase. Puis vint le glaive de saint Pierre, le couvercle de son coffret ouvert, pour que les plus chanceux puissent entrapercevoir l'héroïque relique qu'il contenait. Et en dernier passa ce que la Religion avait de plus précieux, la main droite de Jean le Baptiste, enchâssée dans un reliquaire orné de pierres précieuses. Une garde d'honneur de chevaliers pris dans chacune des huit langues fermait la marche, menée par La Valette lui-même.

La procession quitta l'église et s'avança dans les rues dévastées, passant par l'Infirmerie et la fragile ligne de défenseurs répartie sur les murailles et les bastions. Tous firent une génuflexion et un signe de croix quand les reliques sacrées passèrent, et chacun sentit le pouvoir de Jésus-Christ, de Notre-Dame, de saint Pierre et du Baptiste enflammer son cœur. L'idée que ces chiens musulmans puissent profaner la main de Saint-Jean nourrit la rage et décupla la force de chaque soldat chrétien sur les remparts. Et quand la procession reprit le chemin de San Lorenzo, le moral de la garnison décimée était aussi inébranlable qu'à n'importe quel moment du siège.

Enclin à des formes d'adoration plus indignes, Tannhauser manqua les rites eucharistiques ; mais, tandis qu'il cherchait Carla avec Amparo à ses côtés, il eut un aperçu de la grande procession qui passait, et il s'émerveilla de ce qu'une pièce de théâtre puisse avoir un effet aussi pénétrant. À l'évidence, cette parade de

798

reliques valait un renfort de mille hommes, et peut-être plus encore, car combattre pour soi est une chose, mais combattre pour la main droite de l'homme qui a baptisé Jésus en est une fort différente. La main qui avait mis sa tête sous les eaux du Jourdain, rien que ça. Même Tannhauser sentait son sang bouillonner, et il se demanda si les voies du Christ n'étaient pas, après tout, le chemin vers la transcendance.

Il trouva Carla sur la piazza de l'hôpital, paraissant elle-même très proche de la béatitude. Elle portait une coupe de vin aux lèvres d'un homme dont les deux moignons de bras étaient entourés de bandages coagulés. Elle était épuisée, hagarde, les cheveux semés de saleté, et sa robe au noir passé était presque en lambeaux, mais quand elle se tourna vers lui en souriant, il aurait pu jurer qu'elle n'avait jamais été aussi adorable. Il se rendit compte qu'apparaître avec sa maîtresse au bras était assez maladroit, mais Carla fit comme si de rien n'était. Il se demanda si cet arrangement pourrait se poursuivre après leur union, et en conclut que si cela devait être, cela ajouterait une clé de voûte à la folie. Comparée à la complexité d'aimer deux femmes en même temps, la guerre était une simple bagatelle. Il lâcha Amparo et adopta un comportement tout militaire.

Avant qu'il ne puisse ouvrir la bouche, Carla dit : « J'imagine que vous avez bien dormi. »

Tannhauser trouva la remarque plutôt cinglante, et son sourire aussi, peut-être. Il avança un pas de plus devant Amparo et décida de fanfaronner. « Puisque vous me le demandez, j'étais debout quasiment toute la nuit, dit-il, risquant ma vie derrière les lignes ennemies, œuvrant pour nos ambitions communes.

— Notre ambition la plus chère ?

— Celle-là même. »

Le regard de Carla passa sur les blessés en rangs serrés et il vit les doutes refaire surface en elle.

« Sur dix hommes ayant pris les armes pour défendre cette ville, neuf sont morts ou très proches de l'être, dit Tannhauser. Vous les avez servis avec plus de cœur que l'honneur ou la valeur – ou même Dieu – ne peuvent exiger. Si nous parvenons à survivre à cette journée, nous aurons une chance de servir Orlandu. Et nous-mêmes. »

Elle le regarda. Il sourit. Elle hocha la tête. Il fit signe à Amparo de la rejoindre.

« Restez ici, et restez ensemble, dit-il. Pas la moindre errance. Je serai de retour après la tombée de la nuit. Soyez prêtes. »

Tannhauser apprit qu'il y avait eu d'autres actions nocturnes en dehors des siennes. Lors des dernières heures avant l'aube, Andreas de Munatones, le chanteur, danseur et chevalier asturien de Santiago, avait mené une incursion souterraine dans les contre-mines chrétiennes. Après un combat sauvage à la lueur des torches, les sapeurs mamelouks et laghimis avaient été vaincus, et deux des galeries turques renforcées de poutres qui serpentaient sous le *no man's land* avaient été détruites à coups d'engins incendiaires. Les sapeurs maltais avaient sorti Andreas de la seconde avec une pioche plantée dans la poitrine, et ils l'avaient porté jusqu'à San Lorenzo, où il était mort pendant la messe.

Malgré leur bravoure, ces sorties n'avaient pas réussi à détecter plusieurs autres mines, remplies de poudre, que les Turcs avaient creusées sous l'enceinte. En prélude à l'assaut, trois de ces mines explosèrent, causant d'énormes destructions.

Tannhauser et Bors, qui avaient décidé de se joindre aux hommes du Nord, virent les explosions au moment où ils atteignaient le bastion d'Allemagne, à l'extrémité gauche des lignes chrétiennes. Les douloureuses semaines de réparations du mur intérieur de Castille furent démolies en un instant. Entre les bastions d'Italie et de Provence, une section de muraille de trente pieds s'effondra dans le fossé. Une vingtaine de défenseurs furent enterrés sous les pierres. Au sommet de Santa Margharita, le *sanjak* i-sherif se déploya. Une ondulation de flammes jaillit sur toute la longueur des canons de siège turcs, illuminant les crêtes. Et lorsque la fumée retomba, et que le *jihad* fut rallié une fois encore, des milliers de *gazi* se lancèrent sur le Grand Terre-Plein pour décider du jugement d'Allah.

« *Allahu Akabar !* »

La plaine ressemblait à un lac de boue puante vitrifié par le soleil, car il n'avait pas plu une seule fois de l'été et l'argile d'origine avait disparu. L'immense poêlon incrusté de noir sur lequel chargeaient les païens était comme cuit du sang répandu et des dernières évacuations des mourants. La poussière qui s'élevait sous les pas des *gazi* n'était pas de la terre, mais le sang desséché de leurs camarades morts. Des nuées iridescentes de mouches grimpaient vers le ciel en spirales vertes et bleues, et certains hommes tombèrent lorsqu'ils s'enfoncèrent jusqu'aux chevilles dans des nids bouillonnant d'asticots, invisibles à l'œil nu. Quand les canons de la Religion ouvrirent le feu, des vingtaines d'autres furent fauchés avec d'atroces blessures, et ils se tordaient sur ce sol fétide de pourriture comme des créatures des premiers âges. Mais ils avançaient encore. À trois cents pieds, une volée de mousqueterie les balaya, redoublant le carnage.

Tannhauser enfila une nouvelle balle dans le canon de son fusil et s'essuya le front. L'armée qui peinait vers eux n'était plus la force implacable qui avait débarqué à Marsaxlokk. Les cris de guerre des musulmans étaient plus ténus, leur ferveur arrachée à la lie d'un moral mis en pièces. Ils n'étaient plus la tempête de leur sultan se jetant sur les remparts pour lui, pour le butin ou l'honneur, ni pour assouvir la haine du Christ qui avait animé les assauts précédents. Ils ne venaient même pas pour voir le visage de Dieu. Ils chargeaient maintenant avec cette impulsion collective aveugle qui est le fléau et la malédiction de l'humanité. Chaque homme avançait parce que l'homme à côté avançait, et avec le même courage inutile. Tannhauser tourna la clé de son arme, amorçant la charge.

Comme il se levait pour tirer, un groupe de quatre jeunes fantassins attira son regard alors qu'ils trébuchaient devant la brèche du poste de Castille. Ils bougeaient comme ils se seraient tenu la main, s'ils avaient pu, tels des enfants errant, perdus, dans un bazar dégénéré. Il abaissa son arme. Un boulet de cuivre rebondit sur le sol et une pitié futile griffa son cœur quand il entrevit que le boulet allait croiser leur chemin. Les jeunes soldats virent le boulet aussi, et échangèrent des regards affolés, et si l'un d'eux ne s'était pas accroché aux autres, ils auraient pu éviter sa courbe catastrophique. Mais il s'agrippa à son voisin, et la panique les figea sur place. Ils regardèrent, comme le faisait Tannhauser, le boulet rebondir sur l'argile à hauteur de genou, qui les faucha tous, avant de rebondir encore. Une forme se libéra de la mêlée des démembrés, hurlant autant que ses amis, même s'il avait l'air sauf. Il regarda la masse de corps étendus. Il vomit ses tripes. Puis il leva les deux mains, bouche grande ouverte, hurlant sans émettre un son, vers les bastions au-dessus, comme s'il se rendait, non pas à l'ennemi, mais au plus vicieux et plus insensible de tous les pouvoirs.

Tannhauser reconnut Davud.

Le long canon de Bors tira entre les merlons, et la tête de Davud fut changée en brume écarlate. Quand cette brume se dissipa, son corps resta un instant debout, son crâne fendu réduit en morceaux obscènes de bulles rouges, puis il tomba à genoux sur les corps de ses compagnons qui bougeaient encore, son impact précipitant leur agonie.

Tannhauser s'éloigna.

De l'escarpe distante de mille pieds, il observa la seconde vague d'infanterie turque qui se hasardait sur la plaine de supplice. Il regarda l'enceinte en enfilade. Au-delà de la crique des Galères, des flammes et de la fumée marquaient les fortifications de Saint-Michel. Devant la brèche dans les ruines de Castille, les rescapés des Turcs sacrifiés de la première vague avaient flanché sous une floraison de feu grégeois. Les rares qui réussirent à grimper le talus furent passés par le fil de l'épée ou hachés en morceaux par les chevaliers. Sur les remparts, les *arquebuceros* rechargèrent leurs armes et lâchèrent une salve sur les survivants de cette charge. Les corps trébuchants furent aplatis dans la saleté par la marée suivante. Sur le flanc gauche de l'avancée, une *orta* de tireurs Tüfekchi s'approcha à la limite de portée des arquebuses et elle déploya un rideau de feu avec ses mousquets de neuf paumes. Un éclat de trompettes lâcha une troisième vague, torrentielle, qui roula quasiment sur la deuxième. Le Grand Terre-Plein était désormais paré de ses plus beaux atours martiaux, et de bannières claquantes de rouge, de jaune et de vert. Iayalars, derviches, mamelouks, azebs. Ils étaient remontés, leurs cris avaient gagné en conviction, et ils étaient si nombreux, et ils reformaient leurs rangs si vite, que les boulets de canon qui les fauchaient laissaient à peine un sillage.

Oliver Starkey rejoignit Tannhauser au bastion d'Allemagne, amenant avec lui la langue anglaise au complet, les deux derniers, les aventuriers catholiques John Smith et Edward Stanley. Ils déchargèrent tous leur mousquet en avançant. Puis Starkey posa son arme contre un créneau et tira son épée. Il affichait une implacabilité inflexible, rendue encore plus déconcertante par son air d'érudit. Tannhauser nota, avec chagrin, qu'Allemands, Suédois et Polonais sortaient haches et épées.

« Avec moi, au poste de Castille », dit Starkey aux frères.

Ils étaient plus que prêts. Starkey lança un regard à Tannhauser, comme s'il attendait un commentaire. Tannhauser désigna les débris du poste de Castille où des lassos turcs tournoyaient au-dessus de la mêlée et où guisarmes et armes de poing étincelaient au soleil montant. Issue de la seconde vague, une formation de janissaires en cotte de mailles bravait le feu grégeois et parvenait presque devant la fine ligne mouvante de chevaliers chrétiens. Une autre mêlée bouillonnait au pied de la tour de siège capturée, dont le sommet était occupé par un groupe de Maltais et de *tercios* déversant une pluie de balles et de jarres incendiaires dans la foule.

« Si Mustapha a envoyé les Zirhli Nefer si tôt, dit Tannhauser, c'est qu'il parie sur une victoire rapide.

— Eh bien, nous allons le contredire, répliqua Starkey. Au corps à corps. » Il s'adressa à la vingtaine de chevaliers de la langue allemande. « Nos frères ne tiendront pas le front sans nous. Formez un coin sur leurs arrières et restez en ordre. Avancez sur mon ordre. Et souvenez-vous, quand le Turc rompra, nous ne devons pas le poursuivre. »

Tannhauser souleva son fusil. Avec des balles, il pouvait abattre un homme toutes les cinq ou six minutes, un quota bien meilleur qu'au corps à corps. « D'ici, je peux en envoyer dormir davantage. »

Starkey ne discuta pas : « Comme vous voudrez.

— Par les stigmates du Christ ! » cria Bors qui regardait par-dessus le parapet.

Un sourd grondement souterrain atteignit les oreilles de Tannhauser et il se retourna.

Sous ses yeux, deux tranchées larges et profondes se creusaient à travers le Grand Terre-Plein et des palissades de flammes orange alimentées par la sécheresse faisaient soudain éruption à travers les rangs musulmans qui avançaient. La horde confuse fit une embardée et, comme si Satan avait libéré les verrous du toit de l'enfer, des foules d'hommes disparurent entièrement dans les gouffres de flammes ouverts sous leurs pieds.

Tannhauser comprit immédiatement que les galeries souterraines que Munatones avait incendiées plus tôt dans la matinée venaient de s'effondrer sous le poids de la charge. Nul doute que Starkey l'ait aussi compris, mais cela ne le dissuada pas d'évoquer habilement une faveur divine.

« Voilà le signe que nous attendions ! cria Starkey. Dieu est toujours avec nous ! »

Bors rugit : « Pour le Christ et le Baptiste ! »

Tannhauser le regarda avec horreur. La langue allemande fit écho à ce cri avec zèle. Starkey et ses Anglais en tête, ils s'avancèrent dans un énorme cliquetis le long du chemin de ronde, vers l'escalier. Tannhauser saisit le bras de Bors. Bors dégaina son épée à deux mains en faisant non de la tête.

« Laisse-moi en paix, dit Bors. La langue anglaise n'ira pas sans moi ! »

Bors s'engagea derrière ses compagnons. Tannhauser réprima un haut-le-cœur soudain. La sueur coulait par pintes dans son dos, sa poitrine se fit glacée, et il frissonna dans son armure. Il épaula son fusil, visa les hauts bonnets blancs qui se pressaient face à la brèche et tira. Sans s'occuper du résultat, il posa le fusil et tira ses gantelets de son ceinturon. Il eut un coup au cœur. Il redoutait le labeur mortel qui l'attendait. Il regarda vers l'est, au-delà du mont San Salvatore. Les tentes et les tranchées turques étaient désertes. Ne restaient que les équipes d'artilleurs Topchu. Quand viendrait la nuit, la liberté serait suspendue à une promenade, très risquée tout de même ; et le soleil venait à peine d'éclairer la crête de San Salvatore. Comme il allait passer ses gantelets, il vit le bracelet d'or à son poignet. Les gueules des lions rugissaient toujours. Sur une impulsion superstitieuse, il l'ôta et lut l'inscription gravée en arabe sur sa surface intérieure.

Je suis venu à Malte ni pour les richesses ni pour l'honneur, mais pour sauver mon âme.

Cette perspective paraissait plus improbable que jamais, et pourtant cette phrase le réconforta. Il remit le bracelet à son poignet, et passa ses gants de métal. Il tira son épée et se dirigea vers l'escalier. Quelques instants plus tard, il rejoignait Bors et les autres hommes du Nord dans le coin d'acier. Bors se moqua de lui, et en retour Tannhauser le couvrit de malédictions. Sous le commandement de Starkey, ils escaladèrent le talus et, au grand désarroi des Zirhli Nefer qui tenaient la brèche en nombre, les langues allemande et anglaise se précipitèrent dans le délire.

Peu après le milieu du jour, et dans d'urgents murmures, le personnel de l'Infirmerie sacrée fut rassemblé dans la lingerie, et Carla écouta frère Lazaro transmettre l'ordre du grand maître : chaque blessé pouvant faire le voyage devait rejoindre les défenseurs sur les remparts, et ce le plus rapidement possible.

Puisqu'on n'admettait plus les patients sans qu'ils n'aient perdu un membre ou qu'ils ne soient frappés des plus affreuses mutilations, un moment d'incrédulité accueillit ce décret. L'expression des yeux de Lazaro et sa pâleur grisâtre suggéraient qu'il partageait leur confusion, mais il avait eu plus de temps, et le bénéfice de la présence de La Valette, pour accepter et comprendre que cet ordre n'était pas une plaisanterie. On ne s'attendait pas vraiment à ce que les blessés se jettent dans la bataille, mais ils devaient revêtir des surcots rouges et mettre des casques – c'était de la plus haute importance –, et se répartir sur les fortifications pour donner au Grand Turc l'impression d'une force qu'ils ne possédaient plus depuis longtemps. Des centaines de femmes et de jeunes garçons brandissaient déjà des lances aux côtés des soldats. Combattre jusqu'à la dernière goutte de sang n'était plus rhétorique. Il incombait au personnel de préparer les volontaires et d'aider à les convoyer vers leurs postes.

Lazaro demanda à Carla de rester à ses côtés pendant qu'il haranguait les blessés dans la grande salle, car sa présence, dit-il, les transporterait plus que ses mots à lui. L'empressement avec lequel les mutilés essayèrent de se lever de leurs lits les émut tous deux jusqu'aux larmes, et quand ils répétèrent la supplique de La Valette à tous ceux qui étaient allongés sur la piazza, débordant même dans les rues avoisinantes, la réponse fut tout aussi vaillante. Lazaro calma leur ferveur pendant qu'on rassemblait le matériel, et une certaine forme d'ordre fut imposée, car le chaos menaçait de submerger la tentative avant même qu'elle ne puisse commencer. Carla et Amparo faisaient partie de l'équipe envoyée pour rassembler des casques et ce fut à ce moment-là, plus que durant les harangues, que les émotions de Carla l'emportèrent.

Elles contournèrent l'arrière de l'arsenal et elle se retrouva confrontée à une montagne de casques d'acier abandonnés. Des milliers de casques, entassés contre le mur sur trois fois sa hauteur comme un monument profane et insouciant élevé aux massacrés. Beaucoup étaient bosselés et ternis de sang, et de grosses mouches bleues volaient en tourbillons, bourdonnant autour de cette pile comme pour défendre leur sordide trésor oublié. L'hôpital l'avait aguerrie face à un flot d'individus moribonds, mais pas à une perte affichée selon une si gigantesque échelle. Au-delà de la montagne de casques reposaient des piles de lances et d'épées courtes en abondance similaire. Deux moines approchèrent une charrette à deux roues, et ils les aidèrent à la remplir jusqu'à ras bord de ces rebuts cliquetants. Les moines poussèrent la charrette vers la piazza. Comme Amparo, muette et démoralisée, allait les suivre, Carla lui prit la main pour la retenir.

« Amparo, dit-elle, Mattias a pour plan de quitter l'île, ce soir. » Il ne lui semblait pas qu'il y aurait un ce soir, mais l'heure était venue d'aborder la question de leur fuite.

Amparo la regarda. « Comment ?

— Il a un bateau caché quelque part sur la côte et il nous guidera jusque-là, à travers les lignes turques. Es-tu heureuse de venir avec nous, en Italie, puis chez nous ?

— Avec Tannhauser ? Et avec toi ? Mais bien sûr. » Elle commença à sourire, puis s'arrêta, fronçant les sourcils. « Qu'adviendra-t-il de Buraq ?

— Tu devras demander à Mattias.

— Buraq ne peut pas venir avec nous ? »

Carla n'eut pas le cœur de secouer négativement la tête. « Tu devras demander à Mattias. »

Amparo se retourna et partit en courant vers les écuries. Carla faillit la rappeler, puis se dit qu'il était plus sûr de la laisser dans les écuries que de la traîner jusqu'au champ de bataille. Au moins saurait-elle où elle était. Carla regagna l'infirmerie pour préparer la nouvelle brigade de La Valette, faite de l'infirme et de l'estropié.

Malgré leur bonne volonté, la plupart des blessés ne pourraient jamais atteindre le front, sauf si on les portait sur des brancards et qu'on les laissait allongés sur le dos, non loin de la brèche. Plusieurs étaient déjà morts de l'effort qu'ils avaient fait pour se relever. D'autres avaient été vaincus par leurs poumons si ravagés par la fumée qu'ils ne pouvaient plus se tenir debout. Les grands brûlés, et ils étaient nombreux, ne pouvaient pas bouger du tout. Néanmoins, trois cents volontaires ou à peu près furent jugés assez en forme pour rendre leur marche plausible. Ils s'entraidèrent alors pour passer les surcots et s'échangèrent les casques pour trouver la bonne taille. Ils serrèrent des ficelles et des ceintures autour de leurs blessures récemment suturées. Ils improvisèrent des béquilles avec des hampes de lances, des manches de pelles et des morceaux de chevrons arrachés aux maisons démolies. Ils s'accrochèrent les uns aux autres, et aux moines et chirurgiens qui les accompagnaient. Ils firent ces choses sans cérémonie, avec l'impassibilité pratique de paysans et de soldats du commun. Avec leurs casques tachés de sang et leurs robes cramoisies où éclatait la croix latine blanche, ils ressemblaient à une armée délabrée de croisés perdus, ressuscités des tombes d'outremer. À cela, ou à une cruelle allégorie de la folie sans limites. Un jeune Maltais rendu aveugle par des brûlures s'accrocha au bras de Carla. Il se confondit en excuses et implora son pardon quand il se rendit compte qu'elle était une femme. Cela lui rappela le premier qu'elle avait eu en charge à l'hôpital, Angelu, le soldat sans visage et sans mains. Elle serra le bras du jeune homme contre le sien.

Le bataillon des mutilés quitta la piazza, et Lazaro les menait vers le rugissement des canons. Il commença à chanter un psaume de David en plain-chant, d'une voix haute, claire et ondulante qui perça le cœur de Carla. Un autre moine se mit à accompagner son cantique une octave en dessous, puis d'autres les rejoignirent en contrepoint de quarte et de cinquième, et un son comme issu des chérubins transcenda leur moral et les porta en avant vers l'ultime rencontre.

Tandis qu'ils marchaient, leur cité s'écroulait autour d'eux. Ici ou là, un mur s'effondrait quand un boulet jailli d'une couleuvrine turque frappait juste. Les débris ensevelirent une poignée des hommes qui avançaient en titubant, mais personne ne paniqua. À leur passage, Carla voyait des groupes de vieilles femmes tomber à genoux, pleurer, se lamenter, et serrer des croix, des chapelets et des icônes de saints contre leurs lèvres craquelées et ridées. Occasionnellement, l'un des vaillants trébuchait et tombait quand ses blessures exigeaient leur tribut, et parfois il se redressait, et parfois non. Mais les moines de l'hôpital, maintenant moines guerriers comme leurs frères, n'arrêtaient ni leur marche ni leur chant, et leur légion ne s'arrêtait pas non plus, car ils marchaient et chantaient pour sauver la Sainte Religion.

Ils atteignirent une bande de terrain dévasté à la limite de ce qui passait encore pour une ville, et un pandémonium hurlant se déroula alors sous leurs yeux.

Des nuées turbides de fumée poussiéreuse noyaient la lisière contestée, venues du toit de la tour de siège, de l'artillerie installée sur les ouvrages défensifs, des cerceaux incendiaires tournoyants, et des salves des mousquetaires. Des drapés jaunes de feu grégeois bondissaient vers le ciel, et dansaient au-dessus du fossé au-delà des brèches massives ouvertes dans le mur. Découpées sur cette incandescence, elle aperçut les silhouettes tordues des chevaliers au combat, gauchies et tremblantes dans la chaleur comme les cauchemars des déments, et qui moissonnaient des têtes et des membres dans la multitude criarde. Au milieu des soldats, se tapissaient les formes des femmes maltaises, semant leur sueur à la volée de leurs longs cheveux qui balançaient sous leurs casques, brandissant piques et épées courtes, rampant le long de la ligne en charriant des bassines de gruau, et se précipitant soudain pour achever les musulmans à coups de couteau, comme les viragos réincarnées d'une saga du châtiment, ancienne et terrifiante.

Quelque part au profond de cette hallucination, Mattias aussi combattait. Là, au poste de Castille, où des jets de sang jaillissaient çà et là et crépitaient sur les plaques d'armure comme de la graisse bouillante. Là où des blessés lacéraient d'autres blessés à mains nues ou avec les dents, se grimpant les uns sur les autres comme des créatures mutantes s'accouplant dans la fange. Là où des hommes battaient des bras, telles des ailes enflammées, en une épilepsie sauvage. Là où l'air retentissait de déflagrations, d'acier entrechoqué et de rires de déments. Là où, au-dessus de l'assourdissante folie de la guerre sainte, le calme magistral du chœur de Lazaro s'abattait et remontait. Là où Carla pria, Mattias pouvait être encore en vie.

Les ravages sans contraintes étaient maîtres du terrain et Carla ne parvenait pas à y trouver le moindre sens, ni à distinguer à qui revenait l'avantage de la bataille. Elle suivit, comme les autres, Lazaro qui conduisait les estropiés vers l'escalier extérieur. Ils se mirent en file le long du rempart, à gauche et à droite, répandant l'illusion jusqu'au poste de France et aux postes d'Auvergne et d'Italie. Certains récupéraient des arquebuses, des balles et de la poudre. Ceux qui en avaient les moyens déclinèrent l'escalier pour se mêler à la bataille où elle les vit se faire massacrer. Ceux qui restaient occupèrent les créneaux avec leurs manteaux de guerre, laissant l'implacable soleil clignoter sur leurs casques. Ils attirèrent sur eux une salve de mousquets turcs, et même si beaucoup d'entre eux tombèrent, ceux qui tenaient encore debout ne défaillirent pas. S'ils pouvaient recevoir une balle destinée à un homme sur la ligne, ils mourraient justifiés.

Carla laissa le jeune aveugle à sa place et redescendit l'escalier. Si elle avait voulu retourner à l'hôpital ou aller retrouver Amparo, personne ne l'aurait arrêtée. Mais le tumulte appelait et elle devait y prendre part. Elle ne voulait pas tuer ; pourtant, peut-être pour la première fois, elle avait une très vague idée de l'ensorcellement émis par la guerre. Elle aperçut un seau renversé près d'un tonneau d'eau et se mit à courir.

Les notes mélancoliques sortant des trompettes musulmanes chevrotaient à travers les lueurs estompées de fumée, puis elles moururent. Le déclin vermillon du soleil projetait des ombres lugubres et étirées sur le Grand Terre-Plein. Les ombres étaient celles des derniers des Turcs battant en retraite, s'enfonçant à travers la poussière noire de sang traversée de mouches comme les survivants boitillants de quelque conclave de déments. Ils n'osaient pas se retourner pour regarder en arrière. De vastes amas gémissants de massacrés et d'abandonnés qui n'intéressaient plus personne reposaient, mouvants et vomissants comme d'innombrables bêtes abattues par une épidémie. Des femmes, engluées de sang de la tête aux pieds, s'enracinaient dans ce charnier sous le jour mourant, chuchotant des malédictions vengeresses et tranchant des gorges. Sur les remparts fracturés au-dessus d'elles, on ne trouvait plus aucun officiant, rien que quelques épouvantails humains encore trop effarés pour réaliser qu'ils étaient en vie.

Un chapelain fit sonner la cloche de l'Angélus. Elle résonna dans cette profanation comme le tocsin qui appellerait les coupables au Dernier Jour des temps. Les restes hagards de la garnison tombèrent à genoux dans l'épaisseur du sang. Des filets de fumée âcre, issus des flaques de feu grégeois, dérivaient autour d'eux. Ils enlevèrent leurs heaumes, les posèrent à terre pour faire le signe de la croix. Dans cette pénombre chuchotante et hantée, proche de l'éternité, leurs voix enrouées reprirent les couplets et le refrain.

« *Angelus Domini, nuntiavit Mariae.*
Et concepit de Spiritu Sancto.
Je te salue, Marie, pleine de grâce, que le Seigneur soit avec toi.
Sois bénie entre toutes les femmes, et que soit béni Jésus, fruit de tes entrailles.
Sainte Marie, Mère de Dieu, prie pour nous pauvres pécheurs, Maintenant et à l'heure de notre mort.
Ave Maria, gratia plena, Dominus tecum.
Benedicta tu in mulieribus... »

Pour soulager son genou droit, Tannhauser s'appuya sur son épée et s'agenouilla près de Bors, plus par épuisement que piété, même s'il devinait qu'il n'était pas tout à fait seul dans ce cas-là. Bors priait les yeux clos, et Tannhauser retrouva peu à peu sa paix intérieure pendant le déroulement de l'Angélus.

« Et le verbe se fit chair.
Et descendit en nous. »

Tannhauser murmura avec les autres : « *Ave Maria, gratia plena, Dominus tecum. Benedicta tu in mulieribus, et benedictus fructus ventris tui, Jésus. Sancta Maria, Mater Dei, ora pro nobis peccatoribus, nunc, et in hora mortis nostrae.*
Priez pour nous, ô Sainte Mère de Dieu.
Que nous puissions être dignes des promesses du Christ. »

La prière lui apporta du réconfort, et pendant un moment il fut heureux d'appartenir à quelque chose de plus vaste que lui-même. Puis il se remémora qu'il n'y avait aucun mérite à appartenir à une rangée de cadavres ; ni à une communauté de déments. Son séjour avec la Religion était terminé. Cette nuit, les Turcs allaient rester assis devant leurs feux de camp, réfléchissant à l'impénétrabilité de la volonté d'Allah. Ils allaient veiller du mieux qu'ils pouvaient sur leurs compatriotes souffrants. Ils allaient manger et fuir l'obscurité, comme y sont enclins tous les hommes plongés dans un désarroi douloureux. Et dans cette obscurité, Tannhauser allait s'échapper. Cette pensée ramena quelque vigueur dans ses membres douloureux. L'Angélus s'achevait.

« ... que votre grâce soit en nos cœurs, nous à qui l'incarnation du Christ votre fils a été annoncée par le message d'un ange, que par sa Passion sur la Croix nous soit annoncée la gloire de sa Résurrection, celle du Christ Notre-Seigneur.
Amen. »

Bors ouvrit les yeux et le regarda avec une stupéfaction vitreuse, comme si les règles de l'Univers avaient changé pour lui permettre de poursuivre son existence. On aurait dit qu'il s'était baigné dans l'arrière-cour d'un équarrisseur, mais il n'arborait aucune blessure mortelle. Tannhauser hocha la tête.

Bors s'appuya d'une main sur l'épaule de Tannhauser pour relever son énorme carcasse en armure. Puis, prenant la main de Tannhauser, il le releva à son tour. Il balaya du regard l'étendue affreuse et fumante du champ de bataille. En se relevant, tous les survivants affichaient un air abasourdi, comme si, n'ayant plus à tuer, ils étaient désormais dénués de but. Certains cherchaient des officiers, en quête d'instructions. D'autres, muets, fixaient la terre dévastée comme s'ils attendaient que la nuit leur dérobe ce qu'ils pouvaient voir. D'autres encore restaient à genoux et sanglotaient, mais Tannhauser n'aurait su dire si c'était de honte ou de soulagement.

« Par Dieu, dit Bors. Par Dieu. S'il reste plus de quatre cents hommes debout, je me convertis à l'islam, avec circoncision et tout. Que les cieux nous viennent en aide s'ils recommencent demain. »

Tannhauser se tourna vers les collines du sud, où la bannière du Prophète flottait toujours sur ses légions brisées. Dans le ciel pourpre brillait un croissant de lune, comme si le cosmos cherchait à se moquer du symbole d'Osman. Il se détourna en secouant la tête.

« Je ne pense pas qu'ils reviennent, dit-il. Tôt ou tard, oui, mais pas demain.

— Pourquoi pas ? Regarde-moi ça… Ils prendront la ville au petit déjeuner.

— Ils interprètent les coups du sort comme celui-ci d'une manière singulière. Ce n'est pas juste une défaite. C'est un message d'Allah. Ils ne vont pas le lui rejeter au visage. » Il défit ses gantelets, se dirigeant à pas lourds vers un baril d'eau, et Bors lui emboîta le pas.

« De plus, demain nous serons partis depuis longtemps, avec le mal de mer comme seule chose à craindre. »

Il se fraya un passage à travers la petite foule qui s'était rassemblée autour du tonneau, remplit son casque d'eau et se le vida sur la tête. Son armure se mit à fumer. Il allait bientôt se délester de cette maudite ferraille pour de bon, et cette pensée le mit en joie. Il prit note de trouver le temps de prendre un bain dans son fût. Il remplit à nouveau son casque et avala plusieurs pintes d'eau. Elle était assez chaude pour faire du thé, mais au moins c'était de l'humidité. Il tendit le reste à Bors qui but aussi.

« Tu es toujours partant ? » demanda Tannhauser.

Bors lui rendit son casque et s'essuya les lèvres. « Je n'aurais jamais imaginé dire ça un jour, mais j'en ai eu assez. Je suis avec toi pour de bon.

— Bien. Ne dis pas d'au revoir. Nous allons prendre nos affaires et nos femmes et disparaître. La lune sera couchée à minuit et les cornes du Taureau nous montreront le chemin. Mais d'abord, mangeons, je suis affamé.

— Il y a une bassine de gruau, là-bas, dit Bors.

— Merci, je vais manger à l'auberge.

— Si Nicodemus est en vie et a encore tous ses doigts.

— Sinon, tu feras à manger », dit Tannhauser.

Il regarda à nouveau vers la bassine de gruau et aperçut Carla. Elle était à genoux, le visage dans ses mains, mais ce ne pouvait être qu'elle. Elle avait l'air indemne. Il l'espérait. Il se précipita et s'accroupit à côté d'elle.

« Carla ? »

Elle laissa retomber ses mains et releva la tête. Son visage était couvert de crasse. Ses yeux étaient clairs.

Ses mains à vif à cause des cordes. Tannhauser désigna la bassine d'un mouvement du menton.

« C'est de famille », dit-il.

Elle jeta un coup d'œil vers la bassine avec étonnement, et ne comprit pas la plaisanterie. Des larmes lui vinrent aux yeux. Elle dit : « Vous êtes vivant.

— J'ai trop d'obligations pour mourir déjà. »

Ses larmes se mirent à couler et elle jeta ses bras autour du cou de Mattias. Une douleur lui transperça le genou et il s'appuya sur la bassine pour éviter de s'évanouir. Il serra les dents et se remit debout, Carla accrochée à ses épaules. Il lui frotta le dos pour la réconforter. Sa chair vivante était un tel ravissement à sentir contre lui qu'il en versa presque une larme.

« Allons, allons, dit-il quelque peu démonté. Tous autant que nous sommes, nous avons été stupéfiés par cette journée. »

Elle sanglota encore un peu et il attendit. Il fit un signe de tête à Bors, qui recula à une distance discrète. Carla reprit sa maîtrise de soi, puis essuya les larmes sur la crasse de ses joues. Tannhauser sortit le foulard de soie rouge des protège-joues de son casque. Il l'essora et lui essuya le visage. Elle ne protesta pas.

« Je vois que vous avez ignoré mon ordre, dit-il. Comme je m'y attendais. Vous avez accompagné les blessés aux remparts ? »

Elle acquiesça. « La plupart sont morts.

— Nous avons une grande dette envers eux, raison de plus pour ne pas broyer du noir. Où est Amparo ?

— La dernière fois que je l'ai vue, elle allait aux écuries voir Buraq.

— Faut-il que j'utilise des chaînes pour vous garder ensemble ? »

Elle esquissa un pauvre sourire.

« Je vais aller la chercher, dit-il. Pendant ce temps, vous et Bors, vous retournerez à l'auberge. Une rude marche nous attend, et vous devez récupérer des forces.

— Nous partons toujours cette nuit ? »

Comme pris de lubie, il répondit : « Mettez votre robe rouge pour le voyage. »

Elle cligna des yeux et le regarda comme s'il lui demandait de partir toute nue, ce qui n'était pas loin d'être le cas. Pour effacer un peu l'excentricité de sa requête, il ajouta : « Et un manteau pour la fraîcheur de la nuit, et des chaussures solides, si vous en avez. » Il lui prit la main et la dirigea vers la ville. « Je ne mérite peut-être pas les promesses du Christ, mais la promesse que je vous ai faite, à vous et à votre fils, j'ai bien l'intention de la tenir. »

DIMANCHE 2 SEPTEMBRE 1565
La porte de Kalkara – La Gouve

La section orientale du rempart surplombant la baie de Kalkara était la moins vulnérable de toute l'enceinte, et la garnison avait été si décimée par cette journée que leur chemin vers la liberté n'était pas gardé. La casemate était vide et laissée sans sentinelle. À force d'avoir accepté de monter la garde sur le bastion d'Angleterre au-dessus, puis l'ayant abandonnée ensuite, ils s'étaient assuré un passage libre vers les collines. Minuit venait de passer – juste un peu plus tard que dans le plan de Tannhauser – et deux heures de sommeil avaient rendu leurs forces aux deux femmes, et lui avaient donné une chance de conseiller La Valette sur les intentions probables de l'ennemi, diminuant ainsi le risque d'être à nouveau convoqué avant le matin. Bors se glissa dans la chambre contenant le treuil pour remonter la herse de fer.

Le plus ardu de tous leurs préparatifs avait été de persuader Amparo d'abandonner Buraq. Tannhauser lui avait assuré qu'aucune bête au monde ne serait plus en sécurité. Sa splendeur manifeste et son sang mongol garantissaient que personne ne lui ferait de mal, et surtout pas les Turcs, qui lui trouveraient bien plus de valeur qu'à un quelconque être humain, chrétien ou musulman. Avec quelques dernières larmes hystériques, il avait réussi à arracher Amparo aux écuries et l'avait quasiment portée jusqu'à l'auberge. Elle ne manifestait que peu d'intérêt pour ses douleurs à lui, mais il avait appris depuis longtemps que la tendresse des femmes était un phénomène inégal, sinon complètement hasardeux.

Ils passaient maintenant sous la herse et Bors la fit redescendre derrière eux, Tannhauser la maintenant bloquée avec son mousquet le temps que Bors se faufile dessous. Quand Mattias enleva son arme, il y eut un grondement d'engrenages et de contrepoids, et le bas de la grille muni de pointes s'écrasa sur les pierres. Cela leur parut très bruyant, mais le son ne portait pas loin. Refermer la grille ne les obligeait pas à verrouiller le portillon une fois dehors. Ils se regardèrent : il n'y avait plus de retour possible.

« *Alea jacta est* », chuchota Bors.

Cette inhabituelle floraison de connaissances classiques suscita un regard anxieux chez Carla. À la lueur de la torche, elle arborait un air lugubre, mais faisait tout son possible pour contrôler sa peur. Tannhauser lui lança un regard d'encouragement. Amparo, rassurée sur le destin de Buraq, avait l'air de faire une promenade du dimanche. Il leva la torche dont ils avaient besoin pour résoudre le mécanisme complexe du portillon de métal, et des particules étincelantes de naphte et de poix dégringolèrent sur les dalles. Le large passage luisait faiblement vers l'angle maudit, où l'on pouvait clouer tout intrus au sol grâce la meurtrière percée dans le plafond. Passant devant, Tannhauser leur fit signe d'avancer.

Malgré toutes les mésaventures et les massacres qui avaient marqué sa carrière, et entre autres les plaisanteries sanglantes du trop long jour précédent, Tannhauser n'arrivait pas à se remémorer un moment où son cœur avait ainsi battu comme un tambour. Il était même surpris que les autres ne l'entendent pas. Il ne trouvait pas de raison valable à ce présage, et cela l'ennuyait d'autant plus. Il regarda Bors pour voir si son sixième sens était titillé aussi, mais il avait un air imperturbable. Quand ils passèrent sous la meurtrière, il ne put s'empêcher de renifler, cherchant une odeur de feu ou d'huile, d'amorces ou d'hommes, mais le passage au-dessus semblait désert et les battements de son cœur se calmèrent. En dehors de deux outres d'eau et des sacoches sur le dos de Bors, qui débordaient d'opium et desuffisamment de pierres précieuses pour la rançon d'un fils d'empereur, ils voyageaient léger. Carla, comme pour faire une concession à sa requête, portait sa robe rouge dans son sac, du moins l'en avait-elle assuré. Tannhauser, plus que tout autre, avait envisagé d'emporter la viole de gambe, mais avait finalement abandonné, avec réticence. Ils atteignirent la sortie. La porte de Kalkara leur faisait face.

Tenant la torche, Tannhauser se mit à aider Bors à défaire la profusion de verrous et de barres qui sécurisaient le portillon. Ils en étaient à la moitié quand Tannhauser saisit soudain le bras de Bors pour l'arrêter, tendant l'oreille vers le passage derrière eux. Le treuil de la herse était bien graissé ; ils y avaient veillé eux-mêmes ce même soir. Mais aucun doute : il entendait un grincement étouffé, comme si on la remontait.

« Tu peux finir ça dans le noir ? » demanda Tannhauser.

Bors s'empara des verrous qui restaient. « Tu peux y compter », dit-il et il se remit à l'ouvrage.

Il y avait une alcôve creusée pour une sentinelle sur un des côtés de la porte. Sans cérémonie, Tannhauser y mena Carla et Amparo en mimant de sceller leurs lèvres. Il se retourna et lança la torche. Elle vola en un arc étincelant et atterrit en une fontaine d'étincelles sous

821

la meurtrière. Il prit son mousquet et mit un genou au sol. Avec le pistolet dans sa ceinture et le long mousquet de Bors, ils avaient trois coups. Il n'avait pas goût à abattre quelque pauvre garde tombant accidentellement sur eux ; si le bonhomme se servait de son intelligence, ils avaient largement de quoi le corrompre. Des verrous claquèrent derrière lui. Bors grogna et le portail grinça. Une bouffée d'air impétueux entra, venue de la baie.

« C'est fait, dit Bors.

— Attends », répliqua Tannhauser.

Il entendait des pas au-delà de l'angle et la lueur d'une seconde torche apparut.

Nicodemus s'avança dans la lumière. Il n'était pas armé.

Tannhauser abaissa son arme avec soulagement.

Ils pouvaient très bien emmener Nicodemus avec eux. Ils auraient peut-être dû y penser depuis le début. Les avait-il suivis, ou bien quelqu'un lui avait-il parlé de leur fuite ? Il regarda Bors qui serrait son mousquet dans l'ombre.

Bors haussa les épaules : « Je n'ai pas dit un mot. »

Il était inutile d'interroger les femmes.

Nicodemus s'arrêta devant la torche. Il scrutait l'obscurité.

« Mattias ?

— Nicodemus », dit Mattias. Puis il parla en turc. « Que se passe-t-il ?

— Vous êtes trahis », murmura Nicodemus.

Tannhauser sentit son ventre se serrer. « Pas par toi, j'espère.

— Non.

— Alors par qui ?

— Je ne sais pas.

« — Pourquoi on s'attarde ? dit Bors, depuis le vantail ouvert.

— Du calme, dit Tannhauser, avant de s'adresser à nouveau à Nicodemus. Explique. »

Nicodemus agita sa torche vers la porte de Kalkara. « Il y a des hommes sur le mur au-dessus du mantelet, avec des mousquets et des *humbaras*. Vous devez vous rendre. »

Son geste devait être un signal, relayé par quelqu'un à la herse vers la casemate, puis vers le mur extérieur au-dessus, car, un bref instant plus tard, une jarre de feu jetée du haut du mantelet explosa devant la porte ouverte. Bors jura et rentra la tête à l'intérieur. De l'épaule, il repoussa la porte de fer contre les flammes.

« Nous rendre à qui ? demanda Tannhauser.

— Fra Ludovico », répondit Nicodemus.

Tannhauser jeta un regard vers Carla dans l'alcôve. Elle avait les yeux écarquillés de terreur.

Bors détacha ses sacoches et les laissa tomber. « Ludovico ? Combien d'alliés peut-il se vanter d'avoir ? Attaquons-les, et dans dix minutes nous serons en route. »

Ils entendirent d'autres pas et Nicodemus se retourna pour les regarder approcher. Il était terrifié. Les pas s'arrêtèrent juste avant l'angle du mur. La voix de basse de Ludovico roula dans le passage.

« Si vous choisissez de combattre, dit Ludovico, les femmes ne seront pas épargnées.

— Nous ne nous rendrons qu'à Oliver Starkey ou au grand maître, dit Tannhauser. Personne d'autre.

— Le grand maître ignore votre trahison, répliqua Ludovico. C'est un fait dont vous devriez m'être reconnaissant. Entre ses mains, vous risqueriez la potence.

— Et entre les tiennes ? »

— Une chance de conserver les richesses que vous avez extorquées, et de gagner la liberté que vous souhaitez.

— Comment cela ? demanda Tannhauser.

— Le Saint-Office ne transige pas. Vous êtes en mon pouvoir. »

Tannhauser perçut un mouvement. Le canon d'un mousquet dépassa soudain de la meurtrière au plafond. Une flamme jaillit de sa gueule avec un rugissement assourdissant, et Nicodemus fut projeté sur les dalles, une jambe déchiquetée. Il demeura allongé, muet de douleur. Le sang s'échappant de sa blessure jaillissait avec une odeur mordante, s'étalant autour des torches tombées.

« Ce Grec a eu une chance de choisir soigneusement ses amis, et il a été stupide, dit Ludovico. Je vous enjoins à plus de prudence.

— Montre ton visage, satanée canaille ! » rugit Bors.

Carla émergea de l'alcôve. Elle s'adressa à l'invisible silhouette.

« Ludovico, dit-elle, donne-moi ta parole que tu les laisses partir et je resterai de plein gré ici, avec toi. »

Tannhauser n'éleva pas d'objection. Si Ludovico acceptait, Tannhauser serait de retour avant l'aube pour lui trancher la gorge. Mais le moine n'avait aucune raison d'accepter.

« Pourquoi est-ce que je n'entends aucune protestation du galant fiancé ? demanda Ludovico.

— Elle gaspille son souffle, mais pas moi, répliqua Tannhauser. Donne-nous un instant pour prendre une décision.

— Comme vous voudrez, mais dépêchez-vous. Le pauvre Nicodemus souffre. »

Tannhauser s'adressa à Bors à voix basse. « Combattre serait du suicide. Tant que nous sommes en vie, tout demeure possible.

— Et si ce serpent nous trucide ? grogna Bors.

— Si tel était son but, il l'aurait déjà fait. Il a d'autres plans en ce qui nous concerne, et là réside notre unique chance. »

Bors grimaça, la diagonale de sa cicatrice rose se tordant de colère. « Après tout ça, je serais vraiment ulcéré de mourir dans une salle de torture.

— C'est un bien piètre moment pour te demander de me faire confiance, je sais, dit Tannhauser. Mais le feras-tu ? »

Bors acquiesça. « Quand ne l'ai-je pas fait ? »

Tannhauser prit les poignets de Carla et l'attira près de lui. Dans la pénombre, son visage était très pâle.

« Pour découvrir les cartes qu'il a en main, nous devons jouer les nôtres une par une, dit-il. Mais ne désespérez pas. Nous n'avons qu'un avantage, et il est fort singulier : il vous aime. »

Carla cilla, pas bien certaine de ce qu'il voulait dire.

« Ne jouez pas faux, reprit Mattias. N'essayez pas de jouer au plus fin, ni de contrer ses intrigues et ses jeux. Vous perdriez. Restez simplement fidèle à vous-même, quelles que puissent être les menaces qu'il agitera contre le reste d'entre nous, peu importe la cruauté avec laquelle il pourra nous traiter. » Il vit son cœur défaillir, et il serra ses poignets. « L'issue dépend de vous, vous comprenez ? »

Carla hocha la tête, encore incertaine, mais il savait qu'elle se montrerait à la hauteur des circonstances.

Il la lâcha et se tourna vers Amparo. Des quatre, elle était la moins effrayée. Comme lors de leur nuit à Saint-Elme à la lueur de la forge, il percevait que la violence subie dans sa jeunesse, quelle qu'elle ait pu être, avait été si terrible qu'elle était désormais immunisée contre sa menace. Ses yeux embués se levèrent vers les siens, et, comme auparavant, il avait la sensation qu'elle ne voyait que lui, et pas ce qu'il représentait, ni ce qu'il pouvait avoir l'air d'être ou ce que le monde imaginait qu'il était. Il comprit que personne ne le regarderait plus jamais ainsi, et qu'il ne connaîtrait jamais plus un tel amour, et qu'elle était la femme de sa vie et qu'il n'avait pas osé le reconnaître. Il la prit dans ses bras et la serra fort, car il savait qu'elle aurait besoin du souvenir de son réconfort.

« Amparo, dit-il, ils vont se servir de toi comme de leur arme la plus brutale. » Carla étouffa un murmure de désarroi. Il l'ignora. Les mots qui suivirent lui restaient en travers de la gorge, car aucun n'aurait pu lui faire si honte. « Et je ne peux pas te protéger. Dis-moi que tu supporteras. »

Elle le fixa un moment droit dans les yeux, et, même dans la pénombre, les siens étaient brillants et clairs, et emplis d'un amour infini qu'il ne méritait pas.

« Le rossignol est heureux », dit Amparo.

Sa gorge se serra et il réprima un torrent d'émotion qui jaillissait d'il ne savait où. Il l'embrassa sur les lèvres et elle fondit contre lui. Puis il la lâcha et se retourna immédiatement, avant que sa résolution ne le quitte, qu'il ne tire son épée pour charger dans le passage, les condamnant tous. Il appela Ludovico, espérant que sa voix resterait ferme.

« Nous rendrons nos armes dans la casemate, pas avant.

— Très bien », consentit Ludovico.

Tannhauser regarda ses compagnons. « Courage », dit-il.

Ils s'avancèrent dans le passage en couvrant la meurtrière avec leurs mousquets pendant que les anticipa-
tions défilaient. Ludovico était parti. Ils tenaient
Nicodemus debout entre eux, et la tête du jeune homme
évanoui bringuebalait, et ils le portèrent ainsi sous la
herse et jusque dans la casemate.

Cinq arquebuses dépassaient des œillettes sur trois
des pans extérieurs de cette structure sans toit. Si un
massacre devait avoir lieu, mieux valait que ce soit ici
que dans le passage obscur, car au moins ils pourraient
contempler les étoiles tout en trépassant. Mais les scélérats retinrent leur feu. Tannhauser et Bors posèrent
leurs lames et leurs mousquets sur le sol. Nicodemus
reprit conscience, et Bors passa un bras autour de ses
épaules. Ils pénétrèrent à nouveau dans la ville qu'ils
venaient juste de quitter.

Ludovico et sa cohorte de familiers les encerclaient.
Le moine portait les habits de la Religion et, en confor-
mité avec la folie grandiose qui illuminait son regard,
il était désarmé. Pour la plus grande honte de leur ordre,
trois chevaliers le flanquaient, ne portant que des
moitiés d'armures. L'un était Bruno Marra, que Tannhauser connaissait vaguement ; le deuxième semblait
appartenir aussi à la langue italienne ; le troisième était
Escobar de Corro, que Tannhauser avait croisé à la
pointe aux Potences.

Des quatre qui restaient, deux étaient des gentilshommes aventuriers de Messine, Tasso et Ponti ; l'autre
était un *tercio* espagnol nommé Remigio ; et le dernier
n'était autre que le factotum de Ludovico, Anacleto.

Le regard d'Anacleto était braqué sur Amparo et
Tannhauser sentit son sang se glacer, mais une fois de
plus il réprima la rage qui lui aurait fait tuer ce bâtard
borgne sur-le-champ. Il songea à demander qui les avait
trahis, mais cela ne servirait à rien ici. Le moine le lui

ferait très certainement savoir quand cela l'arrangerait. De sa poche, Tannhauser tira la lettre que Starkey lui avait remise des semaines auparavant, et qu'il avait conservée à l'auberge pour un moment tel que celui-ci. Avec un moulinet qui démentait son manque de foi en son utilité, il la tendit à Ludovico.

« Voici notre passe-porte pour Mdina, autorisé par frère Starkey. Il prouve que nous ne sommes pas des déserteurs. »

Ludovico prit la lettre. Sans en briser le sceau, il la passa à Anacleto. « Je l'étudierai avec attention quand le moment viendra, dit Ludovico.

— Te places-tu au-dessus de l'autorité du grand maître ? » dit Carla.

Ludovico la regarda et inclina la tête. « Dans les affaires de l'Inquisition, le grand maître n'a aucune autorité. »

Tannhauser lança un regard à Carla, car tout ceci était futile, mais elle l'ignora. Ses lèvres étaient exsangues et son mépris sans retenue. Tannhauser la voyait avec des yeux nouveaux. Il ne l'aurait pas su capable d'une telle colère.

« Alors dis-moi, reprit-elle, si nous sommes arrêtés comme déserteurs ou comme hérétiques ? Ou alors, admettras-tu que la seule tricherie qui ait lieu ici t'appartient à toi seul ?

— Ces questions, répondit Ludovico, seront elles aussi examinées en temps et en heure. Pour l'instant, il vaudrait mieux que plus rien ne soit dit. »

Carla semblait prête à le défier davantage.

Tannhauser dit : « Carla. »

Elle le regarda et se mordit la langue. Ludovico fit un signe de tête à Escobar de Corro, qui écarta Tannhauser des autres. Tannhauser se retrouva entouré par les trois chevaliers. Il échangea un regard avec Bors pour le calmer. Nicodemus s'était à nouveau évanoui et l'Espagnol, Remigio, prit son autre bras. Les deux aventuriers italiens, qui avaient ramassé les armes à feu rendues, regroupèrent Carla et Amparo ensemble. Ludovico fit un signe à Anacleto, qui commença à faire avancer ceux qui l'entouraient dans la rue.

Escobar de Corro poussa Tannhauser dans la direction opposée.

Amparo le vit et s'arrêta. Elle se dégagea pour courir vers lui.

Anacleto lui saisit le poignet et la tira en arrière. Amparo trébucha et tout ce que Carla réprimait de rage explosa. Elle gifla Anacleto, très fort, en plein dans son visage mutilé. Il recula en criant, et Bors regarda Tannhauser, le pressant de donner le signal d'y aller. Tannhauser fit discrètement non de la tête. La bouche d'Anacleto se tordait de douleur. Il commença à tirer son épée, faisant un pas vers Carla, et Tannhauser poussa soudain Bruno Marra d'un coup d'épaule, l'expédiant sur le côté. Ce faisant, il s'empara d'une dague à la ceinture du chevalier et s'avança.

« Anacleto ! »

La voix de Ludovico, pourtant toujours aussi égale, secoua Anacleto par sa force. Il se figea, fixant Carla avec une envie de meurtre dans son œil unique. Tannhauser s'arrêta aussi, mais assez près pour le tuer si besoin était. Anacleto remit son épée au fourreau. Amparo, muette de stupeur face à ce qu'elle avait presque déclenché, saisit la main de Carla. Ludovico regarda Tannhauser, la dague dans sa main. Tannhauser était assez près pour le tuer. L'idée lui traversa l'esprit.

La voix de Ludovico se fit à nouveau entendre, plus basse.

« Qu'allez-vous faire, capitaine ?

— Où les emmènes-tu ? demanda Tannhauser.

— Ils seront retenus sous ma juridiction à la cour de justice. Vous n'avez rien à craindre pour leur bien-être.

— Et tes chiens, tu peux les contrôler ?

— Vous avez ma parole.

— Ludovico, s'il te plaît, dit Carla, laisse Mattias en notre compagnie.

— Je viendrai, dit Tannhauser, craignant plus d'embarras. Soyez fortes et ne perdez pas courage. »

Puis il se tourna vers Ludovico. « Où ces scélérats m'emmènent-ils ?

— Un homme comme vous ne peut pas abandonner l'enfer sans avoir sondé son cercle le plus profond.

— Ce serait dommage, oui », lui accorda Tannhauser. Le visage du moine était indéchiffrable. Et pourtant, un but se cachait derrière. Tannhauser dit : « Et toi et moi, nous nous rencontrerons là-bas ?

— Nous nous rencontrerons là-bas, acquiesça Ludovico.

— Très bien. » Tannhauser tendit sa dague à Marra sans même le regarder.

Puis il tourna le dos à Ludovico et s'éloigna.

Les trois chevaliers escortèrent Tannhauser à travers le cœur brisé de la ville. Le plus jeune chevalier, quand il le lui demanda, dit s'appeler Pandolfo de Siena, courtoisie qui lui valut un regard noir d'Escobar de Corro. Dans l'épuisement de l'après-bataille, et avec une population désormais si réduite, la ville n'avait jamais été aussi silencieuse. Seules des bandes de rats couinants, insouciants de leurs pieds, troublaient la tranquillité de leur passage. En dehors d'une mère aux yeux caves veillant ses enfants dans les ruines, ils ne croisèrent pas d'autres humains. Si Tannhauser avait été seul dans son malheur, cette marche aurait fourni l'opportunité de s'échapper, car le trio aussi était épuisé et donc négligent. Il aurait pu les massacrer tous trois avec leurs propres armes en moins de cent pas. Mais La Valette l'aurait-il soutenu ? Il ne le pensait pas. Tuer des frères ne le ferait pas vraiment apprécier, et le comportement de l'inquisiteur, légalement parlant, était irréprochable. Le bon sens lui dicta de se soumettre aux événements et d'attendre.

Ils atteignirent le pont récemment détruit et qui, auparavant, enjambait la douve. Canal et front de mer étaient entièrement déserts. Une barque sans équipage les attendait. Ils montèrent à bord et les chevaliers, à l'aide de perches, firent passer Tannhauser de l'autre côté des eaux noires et immobiles, jusqu'au château Saint-Ange.

Il plongea la main dans le glissement de l'eau et le sel piqua violemment ses coupures. Pandolfo et Marra tenaient les perches. Il aurait pu les pousser à l'eau en un éclair, et là leurs armures les auraient noyés. Quant à Escobar de Corro, il pouvait l'attaquer à mains nues. Il se contenta d'imaginer tout cela. La barque accosta et ils débarquèrent.

À la lueur des torches, ils le menèrent à travers les entrées sombres et abandonnées du château. Vidée de toute sa pompe et de tout son tintamarre, la forteresse semblait une tombe monumentale. Ils traversèrent un labyrinthe de salles qui absorbaient le bruit de leurs pas dans un oubli brut, énorme et dénué d'écho, comme si leur destination était une sorte de nulle part et que personne ne l'atteindrait jamais. Des chuchotements étranges, ambigus et occultes bruissaient au-delà des limites de leurs torches, et Marra et Pandolfo échangeaient des regards de peur flagrante. Tannhauser calma sa propre peur, car elle était inutile. Ils descendirent un escalier, puis un autre, puis un troisième, et une fois de plus Tannhauser eut envie de bondir dans cette noirceur absolue, avant de les traquer et de les tuer un par un dans ces catacombes sans nom. Il se rendit compte que là où ils l'emmenaient le monde serait fait d'une obscurité sans égale, et il décida d'en faire son monde, car s'il ne le faisait pas, elle le dévorerait. Ils atteignirent une large porte renforcée de fer, une clé apparut et la porte fut ouverte, et sans qu'on le lui ait demandé, il s'avança au-devant d'eux dans la pénombre.

L'air était humide, frais et imprégné d'urine et de merde desséchée comme on aurait pu l'attendre d'un cachot aussi profond et épouvantable que celui-ci. Passant la porte, Corro lui dit d'ôter ses vêtements et il le fit sans malaise. Ce faisant, il glissa dans sa paume ses trois dernières pierres d'immortalité. Il se tint là, nu comme un œuf, dans le vacillement des flammes. Il n'ôta pas son bracelet à têtes de lion et regarda ses geôliers, qui le laissèrent faire. Il voyait bien que son calme déconcertait les deux Italiens et attisait la haine chez Corro, et puisque cela ne lui coûtait pas grand-chose, il fit un grand sourire à l'Espagnol.

Par gestes, ils lui firent signe d'avancer plus profond dans cette caverne souterraine, jusque devant un trou d'un noir absolu ouvert devant lui dans le sol. Ils s'arrêtèrent, et ses geôliers levèrent leurs torches pour qu'il puisse l'examiner à la lueur des flammes.

Le trou avait neuf pieds de diamètre et onze de profondeur. Il avait la forme d'une cloche inversée, creusée dans la base rocheuse de l'île sur laquelle le château Saint-Ange était bâti. La perfection lisse de sa symétrie et la circularité de sa gueule sans la moindre aspérité forcèrent l'admiration de Tannhauser. Même le plus grand et le plus athlétique des hommes n'aurait pu sortir sans aide de ce puits. Et en cette géométrie pointilleuse reposait son pouvoir de terreur. Tannhauser en aurait presque applaudi, car c'était, sans doute aucun, la prison la plus exquise de la Création. Elle ne pouvait avoir été conçue et construite que par la Religion.

Puis, dans la lumière orange et tremblotante, il vit que l'intégrité de ses pierres avait été souillée dans sa partie la plus basse par des séries de marques, aussi primitives d'exécution que celles laissées dans des cavernes par des races vaincues. Les murs nus du bas avaient été gravés par… il ne savait quoi. Des bagues, des ongles, des os ou des dents peut-être ? Ces inscriptions partaient en tous sens, sauvages et hasardeuses, comme nées d'un aveugle devenu fou : de nombreuses croix, souvent de dimensions excentriques ; les mots « Jésus », « Dieu » et « pitié » en diverses langues ; des barres pour marquer les jours, mais trop pêle-mêle pour servir à quelque chose ; des représentations de tombeaux ; et la plus artistique était une potence, complète, avec un pendu. Elles étaient les dernières marques laissées en ce monde par les précédents occupants de ce puits.

Corro fixa Tannhauser qui lui rendit son regard.

« C'est la Gouve, dit Escobar de Corro. C'est la geôle réservée aux chevaliers perfides et pernicieux. Une fois livrés à son emprise, leur seule destination possible est leur lieu d'exécution. »

Tannhauser lui cracha au visage.

Corro fut si choqué par cette insulte qu'il vacilla en arrière, perdit l'équilibre et manqua tomber dans la Gouve. Si c'était arrivé, toute la retenue précédente de Tannhauser aurait été vaine, et Pandolfo et Marra auraient dû mourir sur-le-champ. Avec une détermination qui ne pouvait trouver racine que dans les ordres les plus formels de celui qu'ils craignaient, Marra et Pandolfo empêchèrent le Castillan tremblant de couper Tannhauser en morceaux. Ensuite, tout se passa normalement et proprement : car si c'était Ludovico qui contenait leur rage, et ce ne pouvait être personne d'autre, alors cette preuve, la preuve que Ludovico le voulait vivant, empêcha Tannhauser de les massacrer.

« La prochaine fois que nous nous rencontrerons, dit Corro, ce sera à mort. »

Marra balança une outre d'eau par-dessus le bord, et Corro s'avança pour pousser Tannhauser à sa suite. Tannhauser lui refusa cette satisfaction. Il sauta d'un bond dans le puits, se retenant d'une main au bord pour adoucir sa chute. Il atterrit sans mal, glissant sur son cul dans le nadir du puits. Il se releva, regarda la paroi et vit une fois de plus, à la lueur évanescente des flammes, la potence gravée. Les torches s'éloignèrent du bord de son morne habitat, et avec elles toute lumière.

Tannhauser décida de prendre cela joyeusement.

Et pour un moment, au moins, il en avait les moyens. Il glissa une pierre d'immortalité sous sa langue. Il modela les deux autres en cônes, puis les enfonça dans ses oreilles pour les mettre en sécurité et les garder à portée de main. Les saveurs âcres d'opium, de citrus et d'or emplirent sa bouche. Leur amertume le rassura, sans qu'il sache bien pourquoi. Puis la porte menant à la Gouve se referma avec bruit ; et une obscurité absolue descendit sur lui, et avec elle un immense silence qui était à peine moins profond.

CINQUIÈME PARTIE

DES ROSES ROUGE SANG

JEUDI 6 SEPTEMBRE 1565
La cour de justice – L'oubliette

Ludovico était assis sur le trône du grand inquisiteur, dans la chambre du tribunal de la cour de justice. Ici des âmes étaient purifiées et la destinée temporelle des coupables, autant que des innocents, était déterminée et fixée. La beauté de la loi repose dans sa pureté, la clarté de son instruction et de son but, dans une exclusion absolue de tout sentiment. À l'intérieur de ces cours, toute confusion et tout doute étaient vaincus en faveur de la décision, bonne ou erronée. Et tant que cette pureté, ce processus étaient honorés, toute erreur eu égard à la justice était du domaine de l'éternité. Pourtant quelle loi pouvait éradiquer son propre doute, sa propre confusion, sa propre culpabilité à lui ?

Il était seul. Des rais de lumière venant des fenêtres face au sud tombaient sur les bancs vides et rebondissaient en flaques hasardeuses reflétées par le chêne verni. Là, sur le siège du pouvoir, il ruminait sur son impuissance. Son corps était perclus de blessures. Son cœur souffrait de blessures plus obscures, moins directement curables et bien plus lourdes à porter. Le visage de Carla, ses yeux le hantaient. Les théories d'Apollonides étaient-elles vraies ? Ces yeux l'avaient-ils ensorcelé ? Devait-il la livrer aux flammes pour y mettre un terme ? En vérité, aucun poison ni aucune fièvre ne pouvait lui faire endurer une souffrance si diabolique.

Il n'avait ni conseiller ni confesseur. Face à cela il était sans un ami. Il pressentait que le seul dont la sagesse aurait pu le guider était celui qui était confiné dans le puits le plus obscur de toute la chrétienté. Mais s'il existait quelque chose comme une Gouve de l'esprit, Ludovico était emmuré dedans.

Le personnel de la cour de justice avait été soit évacué, soit enrôlé, et l'entièreté des lieux était livrée au bon vouloir de Ludovico. Il avait séparé ses prisonniers, chacune des femmes dans une chambre plus ou moins confortable, et la brute anglaise grotesque dans un cachot des sous-sols. Il n'avait vu aucun d'eux depuis leur arrestation. Dans le cyclone de contradictions qui consumait son esprit demeurait pourtant un œil de tranquillité. Il renfermait deux mots. Patience et temps. Ludovico avait attendu des semaines. Il avait attendu des années. Il pouvait supporter quelques jours supplémentaires.

Les Turcs avaient maintenu un certain taux de tirs de mousquets, bombardements, mines et escarmouches. Après l'incroyable résistance du 1er, une atmosphère de semi-désespoir avait envahi la cité, car cette nouvelle victoire n'était vite devenue qu'un nouveau répit, obtenu à un prix tragique. Une seule question agitait les esprits du haut commandement : où est Garcia de Toledo ? Les renforts promis avaient plus de deux mois de retard. Où étaient les chevaliers des lointains prieurés de l'Ordre qui devaient se rassembler en Sicile durant tout l'été ? Le vice-roi était-il réellement satisfait de laisser Malte tomber ?

Puisque les suppliques du grand maître avaient visiblement eu peu d'effet, Ludovico avait envoyé à Messine, quelques semaines auparavant, son propre messager maltais, un cousin de Gullu Cakie. Il portait deux lettres pour un familier de confiance de la haute noblesse sicilienne. Une des lettres devait être ouverte seulement si Malte tombait faute de l'aide de Toledo. Elle contenait matière et instructions qui provoqueraient la chute et la disgrâce du vice-roi. La seconde lettre devait être remise à Toledo en main propre.

Cette lettre était préfacée d'un récit des souffrances endurées par les assiégés, de la valeur des défenseurs chrétiens et de la mort héroïque, lors du combat contre la première tour de siège, du propre fils de Toledo, Federico. Seule l'intervention directe de la volonté divine pouvait justifier leur survie à cette date, car leur survie défiait toute explication militaire ou humaine. Si Toledo entendait se dresser contre cette volonté, sa destinée éternelle dépendrait de la décision de Dieu. Néanmoins, dans le royaume temporel, il y avait ceux qui, comme Michele Ghisleri, se sentiraient obligés d'honorer les morts, en châtiant ceux qui leur avaient failli avec tant de déshonneur. Ce serait d'une très grande tristesse si un soldat de la réputation de Toledo devait finir ses jours en tant que plus grand couard d'Europe.

Menacer un vice-roi espagnol était sans exemple antérieur, mais Ludovico connaissait Toledo. La lettre lui inspirerait une fureur terrifiante à contempler ; et cette fureur le pousserait à agir.

Malgré la foi de Ludovico envers la providence et envers ses propres stratagèmes diplomatiques, il n'y avait encore aucun signe de sursis. Jusqu'à ce qu'il y en ait, il n'osait pas exécuter l'ultime coup que son intrigue exigeait. Le grand maître était encore vital au moral de la garnison. Le miracle requis pour résister au prochain assaut turc dépendrait, comme le précédent, de la personne de La Valette. Quand les renforts débarqueraient, Ludovico ferait avancer sa cause. S'ils n'arrivaient pas, il mourrait avec les autres. La mort ne lui causait pas grande anxiété. S'il craignait la mort, c'est parce qu'elle le priverait de sa concrétisation avec Carla, qui le faisait mourir de désir. De quelque côté qu'il tente de tourner ses pensées, sa proximité le troublait trop. Elle était ici, attendant, dans ce même bâtiment. Attendant sa visite, comme les autres l'attendaient, car leurs futurs étaient suspendus à son apparition. Et pourtant, il ne savait pas quoi lui dire. Il ne savait pas comment la plier à sa volonté. Tous les autres, toujours, oui. Mais pas elle. Et s'il ne pouvait pas la plier, comment pouvait-il l'écarter de son esprit ?

Anacleto pénétra dans la salle. Une masse de croûtes distordait son orbite et sa joue ; la purulence avait cessé, mais pas encore la douleur. La difformité de sa beauté, elle, ne cesserait jamais. Cette vision emplit Ludovico de pitié. La brute anglaise de Tannhauser, Bors, avait tiré la balle. Il s'en était vanté pendant qu'ils le jetaient dans sa cellule. Anacleto s'avança vers le trône. Sa démarche était étrange : pas vacillante, non, mais moins leste que d'habitude. Il s'inclina.

« L'Anglais hurle ton nom, dit Anacleto. Il n'arrête pas de taper dans la porte de sa cellule. Le geôlier dit qu'il le fait avec la tête. Sa propre tête.

— A-t-il déjà vidé le tonnelet ?

— On dirait bien, répondit Anacleto en haussant les épaules.

— Qu'il continue à frapper. Quelles nouvelles des deux femmes ?

— Tout est calme. »

L'œil unique d'Anacleto se concentra sur lui. Il oscillait vaguement d'un côté vers l'autre, comme déséquilibré par la perte de son double. Sa pupille était minuscule. Opium. D'où sa démarche. Mais quelque chose d'autre allait de travers.

« Qu'y a-t-il de plus ? demanda Ludovico. Dis-moi ce qui te trouble. »

Anacleto secoua la tête. « Rien.

— La douleur ? » dit Ludovico.

Anacleto ne répondit pas. Tolérer la douleur était affaire d'honneur.

« Tu as assez d'opium ? » demanda Ludovico. Les affaires de Tannhauser débordaient de plaquettes de cette denrée. Ainsi que de bourses remplies de joyaux. Anacleto acquiesça.

« Le soulagement viendra, dit Ludovico en le prenant par le bras. J'y crois. Tu devrais y croire aussi. La guerre va bientôt s'achever. Notre travail est presque fini. Il y aura moins d'horreur et, par la grâce de Dieu, nos vies changeront.

— La vie change toujours, dit Anacleto. Et il y a toujours une abondance d'horreur. Pourquoi souhaite-rais-je qu'il en soit autrement ?

— Tu étais perdu quand je t'ai trouvé, dit Ludovico. En un certain sens, tu es encore perdu. Laisse-moi être ton guide. »

Anacleto prit sa main et la baisa. « Toujours, dit-il.

— Bien », dit Ludovico, mais son esprit était déjà ailleurs. Une révélation si étincelante qu'il y était demeuré aveugle. Le garçon perdu. Son propre fils.

« Finalement, je verrai l'Anglais, dit-il. Qu'on le mène à l'oubliette et qu'on l'enchaîne. »

Bors n'osait pas ouvrir les yeux, car ils l'avaient laissée sur un tabouret juste en face de lui et il ne pouvait plus supporter cette horrible vision. Dieu l'avait abandonné. Et pourquoi pas, d'ailleurs ? Il était le troi-sième larron. Lui aussi aurait tenté le Christ pour qu'il appelle la vengeance de son Père sur la populace. Il n'avait fallu que quatre d'entre eux pour le traîner d'une cellule à l'autre et l'enchaîner à ce mur, et deux seule-ment avaient fini assommés, ou morts, avec un peu d'espoir. Donc sa force l'avait abandonné aussi. Était-ce vraiment une surprise ? Il s'était enfilé des gallons de brandy dans le gosier. Des gallons entiers. Des gallons de brandy empoisonné. Et pire qu'empoisonné. Pollué. Profané. Une décoction du diable, le jus tiré de la folie. Il eut un haut-le-cœur, mais il n'avait plus rien dans l'estomac. Sa barbe et sa poitrine étaient maculées de vieux vomi. Rien ne pouvait plus purifier son sang désormais. Rien hormis la mort, mais ça, ils ne le lui autorisaient pas. Pas encore. Il sentait les vrilles de la folie grandir dans son crâne, étrangler sa raison, fendiller la maîtrise de ses peurs et miner les murs de son courage. Tout était perdu. Et alors ? Perdre ne l'avait jamais brisé auparavant. Ni la dureté, ni la pauvreté, ni la douleur non plus. Envoyez la douleur. Apportez les fers rouges et le fouet. Attachez-le sur le chevalet et qu'on en finisse. Il implorait la douleur. Au moins elle emplirait son esprit de quelque chose qu'il pouvait étreindre, quelque chose qu'il connaissait et qu'il comprenait, quelque chose de plus tolérable que ce venin rampant dans ses veines, ses tripes, sa moelle épinière. Quelque chose pour arracher le lierre de ce délire. Il n'avait jamais été très chaleureux envers ce Juif, c'est vrai. Mais il l'admirait, il s'était tenu à ses côtés, il n'avait jamais répugné à accepter leur association. Et malheur à quiconque chuchotait une injure à portée de ses oreilles. Mais tout de même… Un tel acte de folie pour semer la démence… Il avait du sang dans la bouche car il avait arraché le nez du geôlier avec ses dents. La chair humaine, il pouvait la digérer ; c'était une morsure qu'il avait déjà savourée, une ou deux fois. Mais ça ? Ce… ce quoi ? Était-ce un fantasme né de l'alcool et du mal qu'il portait en son cœur ? Il ouvrit les yeux. Et elle était bien là. Pâle et fripée comme un asticot. Ses cheveux bouclés collés en mèches et en touffes obscènes. Ses yeux morts, glacés et opaques. Et ce n'était pas un fantasme. Il avait senti son poids monstrueux, de ses propres mains. Ils l'avaient apportée avec eux depuis Messine. Imaginez. Ils lui avaient fait traverser la mer, passer les lignes turques et l'avaient rangée quelque part, tout le long du siège le plus affreux de toute l'histoire des guerres, juste pour un moment comme celui-ci. Un moment tel que celui dont il avait hérité maintenant, et qu'il méritait sans doute d'une manière ou d'une autre. Il referma les yeux.

La clé tourna dans la serrure, et une barre fut ôtée à la porte. Il eut un nouveau haut-le-cœur. Il cracha de la bile.

Il entendit la voix de Ludovico. « Emportez-la. »

Tasso, le *bravo* sicilien, se glissa dans la cellule. Il marchait à moitié plié en deux, le bras tenant son flanc. Bors lui avait flanqué son poing dans le foie et avait senti ses côtes craquer comme du porc cramé. Tasso hésita devant le tabouret, paralysé de révulsion. Tout ce qui restait à Bors, c'était sa bestialité. Il tira sur la chaîne autour de son cou et rugit tout à coup, et même si la chaîne maintenait Bors bien loin, Tasso sursauta de terreur, et l'Anglais se mit à rire du Sicilien, et de lui-même et de son destin, et de la tête coupée et macérée de Sabato Svi, qui reposait en face de lui sur le tabouret.

Il y avait aussi un certain réconfort dans la folie. Une annulation. Une montée en flèche, comme sur les ailes d'un aigle.

Ils l'avaient laissé dans sa précédente cellule avec une boîte de chandelles et un tonnelet en perce posé sur le bat-flanc, et pendant une nuit et un jour, il avait fixé ce tonnelet, car même s'il n'était pas un renard comme Mattias, il savait qu'il devait y avoir une raison cachée à cette installation. Finalement, il avait tourné le robinet et découvert le brandy dans le tonnelet. Et que leurs raisons et cette installation soient damnées face à une telle joie ! Il s'était saoulé à en devenir aveugle, pendant des heures et des jours, sans compter ni conscience, et il était parti dans de longues rêveries, de gloire, de camaraderie et de sang. Et il avait bu encore, et il avait plongé, comme un homme décidé à s'enivrer à mort, dans un oubli insouciant et sans fin imaginable, jusqu'à ce que cette fin advienne et que, comme le téton d'une mère, le robinet ait donné sa dernière goutte, et que le tonnelet soit vide comme son ventre et son âme. Et pourtant non, pas vide, car quand il avait soulevé le tonnelet au-dessus de sa bouche et qu'il l'avait secoué pour libérer les ultimes gouttes, quelque chose avait remué à l'intérieur. Quelque chose de solide, de substantiel, qui cognait contre le bois comme une graine dans une gourde, et dans son esprit embrumé, c'était le bruit de la folie. Il avait reposé le tonneau, un malaise au ventre, et ainsi soit-il… Mais la curiosité est un tourment aussi pénétrant qu'un autre et elle finit par le vaincre. Il avait éclaté le tonnelet en morceaux sur les dalles, et des débris avait roulé la tête de Sabato Svi. Tranchée à ras du cou, et macérée comme un oignon dans le brandy. Et avec ça, toutes ses notions de ce qui était vil avaient été réduites à néant, et sa propre cruauté humiliée, et le fil qui reliait son esprit à son âme avait craqué, et il s'était mis à hurler comme un loup contre un Dieu en qui il n'avait plus foi.

Tasso ramassa sur le sol une couverture pleine de poux, enferma la tête coupée dedans et disparut, tout cela sous les rires de Bors. Puis Ludovico entra et le rire de Bors cessa net. Le moine s'arrêta et regarda le sol aux pieds de Bors, comme s'il remarquait pour la première fois quelque chose de frappant. Bors suivit son regard. Une trappe était ménagée entre les dalles. Dans le bois, il y avait un arceau et une barre d'un pouce d'épaisseur.

« Tu parles français ? » demanda Ludovico.

Bors ne répondit pas.

« Ceci s'appelle une *oubliette*[1], dit Ludovico. C'est un endroit où l'on oublie quelqu'un. »

Ludovico s'accroupit, tira la barre, et souleva la trappe par son arceau. Des miasmes infects s'élevèrent et Bors grimaça avant de regarder vers le bas. Sous la trappe s'étendait un espace aussi étroit qu'un cercueil. Dedans, Nicodemus était allongé. Son visage avait la couleur d'une méduse. Des asticots grouillaient sur ses yeux mi-clos et ses lèvres sans vie.

Des convulsions de rage et de chagrin saisirent Bors à la gorge. Finies, les parties de backgammon. Finies, les tartes à la crème, les plus délicieuses qu'il ait jamais mangées. Bors ferma les yeux. Son esprit vacilla, pris de vertige. Il s'adossa au mur. Une irrésistible envie de vomir l'assaillit à nouveau. Il déglutit. Il s'accrocha à la pensée de Mattias. « Accroche-toi à la rage et au chagrin ensemble, l'entendit-il lui conseiller, car tant que nous respirons, nous pouvons encore vaincre. »

Ludovico laissa retomber la trappe et s'assit sur le tabouret, sans un frémissement, avant de poser ses mains sur ses cuisses. Et c'était étrange, car Bors n'avait pas peur de lui, ni de plus rien de ce que Ludovico pouvait faire, car, d'une certaine manière, en faisant macérer la tête d'un homme qu'il n'avait pas vraiment aimé, mais qu'il avait soutenu – en faisant macérer la tête de Sabato Svi, le Juif –, Ludovico avait déjà fait tout ce qu'il pouvait, et tellement plus encore.

---

1. En français dans le texte.

« Bors de Carlisle, dit Ludovico, aussi cordialement que possible. Dis-moi donc où se trouve Carlisle ? »

Et Bors pensa : « Pardonne-moi, Mattias, mon ami, car voilà un jeu où je ne pourrai pas gagner. »

Une vieille ratatinée lui portait repas et vin tandis qu'Anacleto restait près de la porte, mais ni l'une ni l'autre n'avaient jamais répondu à ses questions. Quand Ludovico finit par lui rendre visite, Carla découvrit qu'une gratitude primitive pour un peu de compagnie pouvait submerger tous les autres sentiments. Elle se détourna de lui pour le dissimuler. Elle le méprisa de savoir à l'avance que telle serait sa réaction. Et elle lui fit soudain face. Ses yeux étaient enfoncés dans son crâne comme dans une nuit sans fin, et ils ne renvoyaient aucune lumière de la fenêtre haut placée dans le mur. Pourtant leurs ombres ne masquaient pas les tourments intérieurs. D'un certain côté, il avait quelque chose de l'homme dont elle était jadis tombée amoureuse. D'un autre, il lui était parfaitement inconnu.

« Où est Amparo ? dit-elle.

— Pas très loin, répliqua Ludovico. Le confort dont tu profites, bien que moyen, est fort supérieur à tout ce qu'on peut trouver dans cette ville. Amparo est traitée de la même manière. Tu as l'air en bonne santé. On m'a certifié qu'elle aussi.

— Tu l'as vue ?

— Non.

— Je désire la voir.

— Bientôt, dit-il.

— Immédiatement, répliqua Carla.

— Puis-je m'asseoir ? »

Il avança dans la pièce. Elle était meublée d'un lit et de deux chaises, et absolument nue en dehors de cela. Carla n'avait pas réussi à déduire sa fonction originelle.

Ludovico boitait, et ce n'était pas pour essayer de gagner sa sympathie. Sa requête ne serait pas exaucée, elle le savait. Elle se souvint du conseil de Mattias de ne pas croiser le fer avec l'inquisiteur. Elle inclina la tête et Ludovico prit une chaise.

« Je regrette ces circonstances, dit-il, mais tu dois comprendre que je suis engagé à poursuivre un certain chemin, et que l'on ne peut pas m'en écarter. Certains aspects de mon plan te concernent, d'autres non.

— Et Tannhauser ?

— Ses quartiers sont moins opulents, mais il n'est pas maltraité. Tes compagnons peuvent se tirer indemnes de cette épreuve. Cela dépend en partie d'eux, en partie de toi.

— Ainsi tu es venu avec des menaces envers les vies de ceux que j'aime ?

— Je suis venu pour éclairer la nature des choses telles qu'elles sont. Ce qu'elles deviendront est contingent au rôle que joue chacun de nous.

— Le rôle qui m'incombe est-il toujours celui de ton amante ? De ton épouse ?

— J'ai prié à propos de cette question, et je suis certain que toi aussi. »

Elle laissa le silence répondre pour elle.

Il dit : « Je crois qu'il est de la volonté de Dieu que nous soyons unis. Je crois que cela l'a toujours été.

— Tu te permets de parler pour Dieu, comme le font tous ceux qui sont liés au mal. Je préférerais que tu parles de ta propre volonté et de ton désir.

— Je désire ton bonheur. Je sais que tu me regardes avec répugnance, à cet instant précis, et que tu considères ma proposition avec répulsion. Mais avec le temps, tu te rendras compte que ton bonheur est inséparable du mien.

— Ainsi tu te permets de parler en mon nom aussi ?

— Le dédain te va mal, et ne profitera à personne. »

La colère écrasa la poitrine de Carla comme un bloc de roche. « Le dédain ? »

Ludovico cilla.

« Peux-tu seulement imaginer combien je te méprise ?

— J'ai essayé, dit-il. Et échoué. Mais cette médaille a un revers. Tu ne peux pas imaginer quels tourments ta présence m'a infligés.

— Tu m'accuses de te tourmenter ?

— J'établis juste un fait. Je ne t'ai pas demandé de revenir à Malte. J'ai essayé de l'empêcher. »

Une culpabilité trop familière se tordit en elle, apportant le désastre dans son sillage.

« J'ai cherché à me débarrasser de ce malaise, dit Ludovico. J'ai mortifié la chair. J'ai contemplé des actes si atroces qu'ils me placeraient, à tes yeux, au-delà de la rédemption, pour toujours. Ce résultat, au moins, apporterait une résolution et une sorte de paix. »

La peur se déroula dans son ventre. Sur cette question d'actes atroces, elle ne doutait pas un instant de sa parole.

Il dit : « Si je me suis refréné de les commettre, c'était par horreur d'infliger davantage de chagrin. De t'infliger davantage de chagrin. »

Un frisson la parcourut. Elle raidit les épaules pour en réprimer un autre.

Il se leva et tira la seconde chaise plus près de la sienne. « Viens, assieds-toi, s'il te plaît. »

Elle s'avança et prit la seconde chaise. Il regagna la sienne. Il resta assis un moment avec les coudes posés sur ses cuisses, ses doigts entrelacés en un seul poing, et la tête baissée. Ses phalanges devinrent blanches. Elle prit une profonde respiration. Il leva les yeux vers elle. Ses yeux si enfoncés semblaient des tunnels forés dans quelque abominable au-delà.

« Je me suis demandé, dit-il, comment regagner l'affection d'une femme dont j'ai bafoué la fierté. Dont j'ai volé la liberté. Dont j'ai voué les amis les plus chers aux chaînes et à l'obscurité. »

Carla sentit les larmes monter. Elle ravala la boule qu'elle avait dans la gorge.

« À ces questions, je n'ai pas trouvé de réponses, dit-il. Car je suis enchaîné dans une noirceur plus épaisse qu'aucune autre. Si j'ai brisé le nœud de nombre d'intrigues, et si j'en ai débrouillé bien d'autres, celle-ci est au-delà de mon génie, car ses fils les plus enchevêtrés sont ceux de mes propres émotions. Leur force excède toute ligature et toute coercition. La guerre et son extase les ont même resserrés davantage. Colère, pitié et désir m'ont étranglé chacun à leur tour. L'amour m'a tant suffoqué que je m'éveillais en pleine nuit croyant ma dernière heure venue. Et maintes fois j'ai souhaité qu'il en soit ainsi. Mais cela ne s'est pas produit. Même sur le champ de bataille, même quand ton Allemand m'a tiré une balle d'assassin dans le dos, la mort m'a évité. Et donc les choses ne sont pas telles que je puis le vouloir, mais telles qu'elles sont. Et donc je suis venu m'abandonner à ta compassion. »

Carla le quitta des yeux pour retrouver ses pensées. Elle avait prié, oui ; Mattias lui avait dit de demeurer fidèle à elle-même, quel qu'en soit le prix. Elle avait lutté avec cette énigme nuit et jour, car que signifiait-elle ? Qu'elle ne devait se soumettre aux exigences de Ludovico dans aucune circonstance ? Que tous devraient être consumés sur le bûcher de son propre honneur, et ce dans un monde qui empestait déjà le

sacrifice et la mort ? Elle avait décidé que cela ne signifiait pas cela, mais que ce n'était qu'un choix parmi
tant d'autres, et que Mattias, comme toujours, n'avait
voulu dire que ce qu'il disait : qu'elle devait rester
loyale envers sa plus haute conception d'elle-même, et
pas envers une conception défendue par d'autres. Elle
tourna les yeux vers Ludovico.

« Ne peux-tu pas nous laisser vivre nos vies et trouver consolation en Dieu ?

— As-tu trouvé une telle consolation ?

— Oui, dit-elle. Je l'ai trouvée.

— Et pourtant tu es revenue à Malte.

— En dépit de tes accusations, je ne suis pas revenue
te faire du mal.

— Même…

— Tu ne m'as pas répondu. »

Il dit : « Tu n'as pas couché avec Tannhauser. Pas
encore. »

Comment savait-il cela ?

Comme s'il avait lu ses pensées, Ludovico hocha la
tête. « Il y a peu de choses que je ne sache pas. Il y en
a encore moins que je ne ferais pas. Je ne t'abandonnerai pas à l'Allemand, même si je dois être damné
pour cela. Mon péché est déjà mortel. Je ne peux le
déraciner. Dieu voit la vérité dans mon cœur, et mon
manque de contrition. Et donc, s'il le faut, je serai
damné pour mes actes plutôt que pour mes pensées. »

Si elle avait jamais douté de sa détermination, elle
n'avait désormais plus aucune illusion.

Il dit : « Entends-moi, Carla. L'horreur, même si elle
me hante, n'a pas besoin de trouver sa proie. Ce que
nous avons eu jadis ne mourra jamais. La résurrection
est le cœur de notre foi, et l'amour l'est aussi, et l'une
est au cœur de l'autre. Je t'aime. Plus que je n'aime

Dieu. Ensemble, nous trouverons la paix. Amparo restera ta compagne. Nous retrouverons notre enfant. Et, avec le temps, tu redécouvriras la tendresse que tu éprouvais pour moi jadis.

— Notre enfant ? dit-elle.

— Orlandu est dans l'entourage d'Abbas bin Murad, *aga* des Bannières jaunes. Quand les renforts arriveront de Sicile, et que le Turc sera dans la plus grande confusion, mes chevaliers et moi, nous arracherons Orlandu à leur emprise.

— Ainsi tu cherches à voler le rôle de Tannhauser en plus d'une manière. »

Il tressaillit. « Je ne laisserai pas mon fils être envoyé à Constantinople pour devenir un infidèle. Je préférerais qu'il périsse plutôt que de perdre ainsi son âme. »

Elle ne voulut pas débattre de ces considérations. Elle dit : « Les renforts sont en route ?

— Quand l'armée de Toledo arrivera, toi et moi, nous irons à Mdina. De là, je rejoindrai les renforts et j'irai délivrer Orlandu.

— Et Mattias ?

— Je le laisserai libre de rejoindre les Turcs, et parmi eux il prospérera et il réussira. Il t'oubliera, comme tu l'oublieras aussi. Et à moins que tu ne me donnes une raison de le faire, je ne lui infligerai plus aucune malveillance ni blessure. Sa vie donc, comme celle d'Amparo, est entre tes mains. »

Il se leva.

« Tu as eu ma réponse, dit-il. Maintenant donne-moi la tienne, car je ne reviendrai plus te la demander. »

Carla se leva aussi. Elle avait pris sa décision. Elle l'avait prise avant même qu'il n'entre dans la pièce car, en termes généraux, ses exigences étaient assez prévisibles.

« Si ma reddition épargne Mattias et Amparo, c'est un prix que je payerai librement et pleinement, et je serai heureuse de le faire. »

Ludovico prit une grande inspiration.

« Quand les renforts arriveront, dit-elle, nous irons à Mdina.

Et tout sera comme tu le souhaiteras. »

SAMEDI 8 SEPTEMBRE 1565
La cour de justice

Il lui avait rendu visite plusieurs fois par jour pendant plus de jours qu'elle avait comptés, et à chaque fois il arrachait ses culottes, lui écartait les jambes et la violait sur le matelas. Ces viols étaient brutaux et prolongés, parce que Anacleto avait du mal à jouir et semblait lui en tenir rigueur. Il était possédé par quelque chose dont elle savait que c'était le mal, quelque chose qui donnait à son œil unique une lueur particulière. Sa moitié de visage haletait et se contorsionnait au-dessus du sien, son haleine acide, ses doigts durs et pleins de rage. Quand il explosait finalement en elle, il criait : « Filomena. » Puis il rampait pour s'arracher à elle, grimaçant comme s'il s'extrayait d'une colline d'excréments, il se rhabillait en lui tournant le dos, et il partait. Ce prénom mystérieux était le seul mot qu'il prononçait.

Amparo supportait ces assauts comme elle en avait enduré d'autres, dans les lointains de son passé. Tannhauser lui avait dit de tenir, et c'était toute la force dont elle avait besoin. Elle s'était préparée à pire. Elle avait connu pire. Anacleto était de dimension modeste. Quand elle l'entendait à la porte, elle crachait dans ses doigts et humidifiait ses intérieurs. Elle fermait les yeux et se soumettait. Elle serrait le peigne d'ivoire et d'argent dans sa main jusqu'à ce que sa paume saigne. Et pendant qu'Anacleto s'agitait entre ses jambes, elle pensait à Tannhauser, sa rose rouge sang. Même si ses épines avaient percé son cœur, il l'avait fait chanter. Et comme elle avait chanté… Et comme elle chanterait encore.

Dents serrées, Amparo n'émettait pas un son. Pourtant, dans ce royaume en elle qui était plus vaste et plus complexe que le cosmos immense, et sur lequel rien n'avait d'emprise hormis son âme, elle chantait avec amour. Elle chantait. Elle chantait. Elle chantait. Quand Anacleto s'en allait, sa semence coulait entre ses jambes et cette humiliation la bouleversait plus que la douleur dans son ventre et les bleus sur ses bras. Mais en se lavant, elle se répétait que Tannhauser viendrait.

Il viendrait et il l'emmènerait. Et elle chanterait à nouveau pour lui.

Entre les viols, elle restait allongée, nue sur le lit, et elle se retirait en elle-même, très, très loin. La vieille Sicilienne lui portait à manger. La même harpie desséchée qui avait hanté les écuries pendant des semaines. Elle regardait Amparo avec dégoût, ses yeux chassieux aussi possédés, à leur manière, que l'œil unique d'Anacleto. Elle marmonnait sous son souffle et crachait des mots qui sonnaient comme des malédictions. Elle lui faisait le signe du mauvais œil. Puis la clé se tordait dans la serrure et la harpie était partie.

Amparo mangeait peu. La journée, elle attendait que s'estompe la lumière sortie de la haute fenêtre, car Anacleto ne venait jamais dans le noir. La nuit, elle regardait les étoiles divaguer en traversant la minuscule tache de ciel qu'elle pouvait voir. Elle pensait peu à son épreuve. La cruauté faisait partie de la nature, comme un hiver glacial ; quelque chose à quoi il fallait survivre, puis oublier. Elle ne la laissait pas atteindre le plus profond de son cœur. Elle pensait à Nicodemus et à Bors, qui étaient devenus ses amis, et qui se souciaient d'elle pour aucune raison qu'elle pouvait imaginer. Elle pensait à Carla et à la dernière, épouvantable, image révélée par son instrument divinatoire : la femme pendue, portant la robe de soie rouge. Et elle repensait à Tannhauser, qui l'avait fait se sentir si belle alors que personne ne l'avait jamais fait. Elle démêlait ses cheveux avec le peigne d'ivoire. Elle regardait les jeux de lumière sur ses arabesques d'argent. Elle revivait les heures passées ensemble. Elle appelait à elle la sensation de sa peau et le bleu de ses yeux et le son de sa voix. Elle souriait au souvenir de ses âneries. Elle pensait à la fable qu'il lui avait racontée, celle du rossignol et de la rose.

Elle pleurait.

Elle pénétrait dans l'obscurité mortuaire avant l'aube quand la porte de sa prison s'ouvrit. Une lampe illuminait le visage d'Anacleto. Une nausée retourna son estomac. Elle se prépara. Elle se tourna afin de lui faire face, pour qu'il ne lui torde pas les bras. Anacleto leva une main. Il tenait une longueur de tissu sombre. Qui brilla comme quelque chose de vivant quand la lampe l'éclaira. Qui possédait une immanquable splendeur. Et qui était rouge. C'était la robe de Carla.

La magnifique robe rouge de Carla.

La bouche d'Amparo se dessécha d'un seul coup, et pour la première fois elle sentit la terreur.

Anacleto la jeta vers elle.

La robe atterrit sur ses cuisses et ondula sur sa peau. Elle savait que cette robe signifiait sa fin, pourtant son contact était merveilleux. Elle regarda Anacleto. La corde qu'elle s'attendait à trouver dans sa main n'y était pas, mais dans son visage s'agitait une fureur noire et puérile qu'elle n'avait jamais vue. Une fureur distillée par quelqu'un d'autre mais dirigée vers elle. Anacleto pointa l'index vers la robe sur ses genoux.

Amparo fit non de la tête, avec véhémence.

« Mets-la », dit-il.

Amparo serra le poing sur son peigne d'ivoire. Ses dents s'enfoncèrent dans sa paume.

« Non, dit Amparo, jamais. »

SAMEDI 8 SEPTEMBRE 1565
La Gouve

Silence. Noirceur. Pierre.

Un temps sans jours. Un temps sans nuits.

Sans soleil. Sans étoiles. Sans vent.

Une pureté d'absence totale, conçue pour accabler de désespoir le déshonoré.

Les misérables honteux qui avaient enduré la géométrie implacable de la Gouve s'étaient desséchés par manque d'espoir. Comme les queues nouées des rois des rats, tout le contenu de leurs cerveaux s'était embrouillé et resserré. Comme des naufragés réduits à manger de la chair humaine, leurs pensées, leurs cauchemars et leurs peurs avaient consumé leurs esprits.

Mais pas le cerveau ni les pensées de Mattias Tannhauser.

Des nombreux occupants de la Gouve, Tannhauser était bien le premier à apprécier cet obscur séjour.

Envahi par un élixir enivrant fait d'épuisement, de solitude, d'opium et de paix, il errait à travers de vastes rêves, où des visages souriaient, où des torrents de vin coulaient entre les pierres, où toutes les femmes étaient avenantes et tous les hommes doux, et où nombre d'étranges animaux rôdaient sans faire de mal à personne. Être ainsi soulagé de la bataille, de la clameur de la guerre, du fardeau anxieux des compagnons, du besoin de réfléchir, de déterminer et d'agir au cœur même des turbulences du chaos, était un tonique aussi fort que la drogue elle-même. Il pissait souvent, et en petites quantités, distribuant son urine autour de la surface du cône inversé pour qu'elle sèche plutôt que de créer des mares à ses pieds. Il balançait ses rares étrons dans le vide au-delà du bord. Il arc-boutait ses mains et ses pieds contre la courbe intérieure, pendant des heures, pour renforcer ses muscles et ses tendons. Il s'attardait sur les mystères de la quintessence, car du néant absolu avaient jailli toutes les choses, et ainsi cela pouvait se reproduire, et il se souvenait des actions et des enseignements de Jésus-Christ, dont la philosophie était assez proche de cela, finalement, et il les trouvait nobles. Et ici, dans la Gouve, où le lien entre l'infini extérieur et l'infini à l'intérieur de son crâne semblait parfois se dissoudre, il cherchait la grâce de Dieu. Il la percevait, toute proche, comme les créatures de la forêt ressentent l'approche du printemps, mais il ne parvenait pas à l'atteindre, et il en concluait qu'il devait encore payer le privilège du diable sur son âme. Il ne s'attardait pas sur le sort de ceux qu'il aimait, car c'était parfaitement inutile. Il ne se penchait pas non plus sur les complots de l'inquisiteur, car il n'avait pas le pouvoir de les affecter. Il fit ainsi de la Gouve sa propre place forte, et il utilisa sa solitude pour fortifier son corps et son esprit. Il dormait durant de longs moments, roulé en boule dans le cerceau du fond de la Gouve, et il se forçait à replonger dans l'oubli quand la conscience pointait. La pierre était froide sur sa peau, et, après des mois de chaleur mutilante, cela aussi était plutôt bienvenu. Il se réveillait avec des crampes et la peau du dos à vif, mais cet inconfort n'était rien comparé à celui des premières lignes. Pendant qu'il dormait, il fut réveillé deux fois par un inconnu silencieux, quand une lumière, qui ne pouvait être que ténue mais aveuglait ses sens, apparut au-dessus du rebord de la Gouve, et on lui jeta une miche de pain emballée dans un tissu et du poisson séché. Ludovico ne voulait pas l'affamer, mais seulement le briser par l'isolement et l'incertitude. L'inquisiteur allait être déçu, mais Tannhauser se jura de ne pas le lui faire savoir.

Quand le moine noir vint enfin lui parler, ce fut avec ce sens particulier du théâtre qui appartenait vraiment à l'Inquisition.

Tannhauser entendit qu'on déverrouillait la porte, puis qu'elle s'ouvrait. Les bruits de pas et les cliquetis d'armures qui suivirent étaient stridents dans le silence auquel il était aguerri. Un homme ou deux ? Deux, oui. La flamme d'une torche émergea de l'obscurité sans forme et effectua un demi-cercle au-dessus du bord de la Gouve. La torche s'éloigna et se mit à crachoter, suspendue en l'air, et Tannhauser se rendit compte qu'on avait enfoncé son manche dans un arceau du mur de la salle. Pendant que ses yeux s'adaptaient au choc de son incandescence, les pas faisaient des allers-retours. Une silhouette passa devant la torche. Une échelle fut descendue du côté de la Gouve le plus éloigné de la porte. Il perçut comme un éclair, un reflet sur l'acier d'un casque. Puis la silhouette ténébreuse fit le tour du puits, les pas s'éloignèrent, la porte s'ouvrit, se referma, et le silence s'abattit à nouveau dans la Gouve.

Tannhauser attendit, frappé par la certitude qu'il ne fallait pas montrer un désir trop ardent d'échapper à sa prison. L'ouïe affûtée par le silence, il parvenait à entendre le frémissement des flammes. Et il pouvait entendre le souffle d'un homme. Les respirations étaient lentes, calmes, comme l'étaient les siennes. Dans la lumière qui tombait d'au-dessus, il était conscient de sa nudité, des tatouages païens sur ses bras et ses cuisses, de l'éclat des lions d'or à son poignet. Mais il était maintenant habitué à l'étalage de sa nudité. Il monta à l'échelle, conscient d'un regard braqué sur son dos, et prit pied sur le rebord de la Gouve. Il se retourna.

Exactement de l'autre côté du diamètre du puits se tenait Ludovico. Même si les ténèbres derrière lui étaient impénétrables, Tannhauser sentait qu'il n'y avait personne d'autre dans la salle. Ludovico était resplendissant dans son armure noire de Negroli. Ses plaques lustrées de neuf brillaient, comme si les flammes ne provenaient pas de la torche, mais de l'acier laqué lui-même. Il était tête nue. Il semblait sans armes. La lumière de la torche murale plongeait une moitié de son visage dans l'obscurité. Ses yeux étaient du même noir impénétrable que le Styx. S'il était surpris de la vigueur de Tannhauser, il n'en montra pas le moindre signe. Ludovico le salua d'un mouvement de tête. Tannhauser s'assit, en tailleur, sur le bord de la Gouve et posa une paume sur chaque genou. Il inclina la tête en retour et les deux hommes s'étudièrent, chacun d'un côté du vide.

Quelques minutes passèrent. Peut-être très nombreuses. Après le silence intemporel de la Gouve, cela semblait assez naturel. Puis Tannhauser se rendit compte qu'une certaine forme de soumission était à l'ordre du jour.

Il dit : « Quel jour cela peut-il bien être ?

— La fête de la Nativité de la Vierge. Samedi, huit. »

Six jours… cela avait paru à la fois plus long et plus bref.

« Il fait jour ou nuit ?

— Il nous reste deux heures avant le lever du soleil.

— Et la cité tient toujours ?

« — Non seulement la ville tient, dit Ludovico, mais le siège est levé. »

Tannhauser le fixa. Aucune nouvelle n'aurait pu être plus inattendue, et Ludovico ne pouvait avoir aucune raison de le tromper sur ça.

« Hier matin, dit Ludovico, pas loin de dix mille soldats ont débarqué dans la baie de Mellieha. Ils ont établi leur campement sur les hauteurs de Naxxar.

— Et les Turcs ? demanda Tannhauser.

— À l'heure où nous parlons, ils ont démantelé leurs canons de siège et ils battent en retraite vers leurs navires.

— Mustapha recule devant dix mille hommes ?

— Notre grand maître a relâché un prisonnier musulman en lui faisant comprendre que les renforts étaient deux fois plus nombreux. »

Tannhauser embrassa la situation. La Religion avait gagné. Et il avait tenté de s'échapper de l'île précisément au moment où cela n'aurait plus été nécessaire. Quand Ludovico remua, et que ses yeux captèrent la lumière, Tannhauser vit qu'ils étaient deux à percevoir l'ironie de la chose.

« C'est vrai, je vous en donne ma parole, dit Ludovico, vous n'auriez pas pu choisir un plus mauvais moment pour vous enfuir.

— Je pense, dit Tannhauser, que tu n'es pas venu ici simplement pour partager ces réjouissantes nouvelles ? »

Ludovico jeta un regard vers le bas, juste derrière lui, puis se posa sur un fauteuil placé près du bord de la Gouve.

« Si j'ai bien compris votre histoire, dit-il, vous êtes homme à abandonner le passé quand les circonstances le requièrent. Famille, pays, religion, empereur, cause. Même votre bien-aimé Oracle. »

En terrain mouvant, Tannhauser ne savait pas comment réagir à cette affirmation.

« Même Sabato Svi », dit Ludovico avec un sourire.

La menace contenue dans cette insinuation faillit provoquer une réaction terrifiante. Mais son but serait mieux servi s'il laissait Ludovico croire qu'il était un mécréant.

« Alors, Sabato n'a pas réussi à atteindre Venise ?

— Il n'a même jamais quitté Messine et je crois qu'il le doit à un certain Dimitrianos. » La bouche se Ludovico se tordit de dégoût. « La dénonciation des Juifs a toujours été un sport populaire. »

Tannhauser avait imaginé être désormais immunisé face à l'horreur et la pitié. Il ferma les yeux. S'il ne l'avait pas fait, il aurait peut-être fait le tour de la Gouve pour arracher les membres du moine noir, un par un. Ou il aurait sans doute révélé les profondeurs de son chagrin. Ni l'un ni l'autre ne l'auraient servi en quoi que ce soit.

Pendant un moment, Ludovico le laissa à son deuil muet et silencieux. Puis il se lança : « Comme il vous faudra également oublier dame Carla. »

Tannhauser rassembla avec difficulté l'insensibilité nécessaire. « Mon contrat de mariage avec Carla était en paiement de services rendus. Je me voyais très bien en comte. Cela n'a jamais été affaire de cœur.

— Pour elle, cela l'est devenu.

— Les femmes sont enclines au béguin, surtout envers leur protecteur. Le protecteur de l'enfant d'une femme exerce un charme encore plus puissant.

— Je suis rassuré de vous entendre dire cela, souligna Ludovico. Cela reflète mes propres observations, mais, sur ces questions, vous êtes plus expérimenté que moi.

— J'ai été une sorte de moine aussi, en mon temps.

— Mais vous n'êtes jamais tombé amoureux ?

— Je n'ai jamais été capable de jeter un pont sur cet abysse. Ma faiblesse penche vers la chair, pas l'esprit.

— L'Espagnole, Amparo, vous aime à la folie.

— Elle va bien ?

— Comme Carla, elle profite d'une certaine courtoisie et d'un certain confort.

— Je répugnerais grandement à apprendre qu'il lui a été fait le moindre mal, énonça Tannhauser.

— Utilisez vos talents et aucune main ne la touchera, que la vôtre. »

Il vint à l'esprit de Tannhauser que ses réponses contenaient le serpent du vague. Mais il ne percevait aucun mensonge. Mensonge ou pas mensonge, l'inquisiteur avait tous les atouts en main.

« Pourquoi êtes-vous revenu dans le Borgo ? » demanda Ludovico.

Ludovico s'attendait à ce que la question le décontenance. Tannhauser haussa les épaules. « J'avais laissé une petite fortune en opium et en pierres précieuses. Assez pour remonter une entreprise saine, que ce soit en Italie, à Tunis ou sur les lointains rivages d'Istanbul. De plus, la pensée de mes compagnons enchaînés par les Turcs ne me plaisait pas trop et j'avais imaginé pouvoir leur éviter ce sort. »

Ludovico se pencha en avant. « Est-ce que Carla me hait ? »

Cette question quitta ses lèvres comme s'il l'avait retenue captive pendant toute une vie.

« Elle ne me l'a jamais dit, répliqua Tannhauser, et ce n'étaient pas les opportunités qui manquaient. Ni l'encouragement. Son âme fournit un sol où la haine ne peut pas prendre racine. Elle est perplexe devant ta cruauté. Les femmes, en général, considèrent la barbarie comme une énigme insoluble. Je doute qu'elle apprécie que tu me ligotes à un poteau. Mais, par respect pour toi, je dirais que ses sentiments sont dictés par le chagrin face au spectacle d'un homme qu'elle avait aimé jadis et qui s'est voué au mal. »

Ludovico acquiesça, comme si le chagrin allait suffire pour l'instant. « Durant toutes ces années où j'ai traité avec la mort, je n'ai jamais voulu que qui que ce soit meure. Le devoir et la sauvegarde de l'Église en décidaient autrement. Mais par moments, je dois l'admettre, j'ai désiré votre mort avec passion, vraiment.

— J'admets avoir souhaité la tienne également, dit Tannhauser.

— Néanmoins, maintenant que nous nous trouvons face à face, je sens que ma colère s'assèche.

— Comme disent les Arabes, il vaut mieux avoir un sage comme ennemi qu'un fou comme ami.

— Je suis venu vous faire une proposition.

— Je me retrouve avec fort peu à échanger.

— Je veux que vous tuiez La Valette », dit Ludovico.

Tannhauser réussit à ne pas ciller. Que ce soit là le but de Ludovico avait échappé à toutes ses spéculations, mais un instant de réflexion rendit tout cela finalement assez banal. Une tricherie du plus haut niveau. Mais il savait mieux que personne qu'aucun instrument de l'État n'est plus sacré que le meurtre.

Il dit : « Quand ?

— Immédiatement, répondit Ludovico.

— Donc l'amiral Del Monte est l'homme du pape.

— Il sera l'homme de Ghisleri, même s'il ne le sait pas encore. Le personnage de l'amiral ne porte aucune tache, sauf peut-être une insuffisance dans l'art de l'intrigue.

— Je vois bien Del Monte s'incliner devant un pape, mais pas devant un inquisiteur.

— Avant la fin de l'année, l'anneau du Pêcheur brillera au doigt de Ghisleri. »

Tannhauser leva un sourcil. « Si tu prévois aussi le meurtre d'un pape, je me dis que le prince de la Religion est du petit gibier.

— L'affaire doit être conclue rapidement, tant que l'issue de la guerre est encore incertaine, et que les passions sont à leur plus haut niveau. Cet acte final du drame sera parfaitement joué. Le vaillant grand maître, abattu au moment de la victoire par un assassin turc anonyme. Rôle que vous êtes le mieux placé pour interpréter. Dans la vulgarité des épanchements de chagrin aussi bien que de triomphe, personne n'osera contester le choix du successeur de La Valette. Del Monte montera sur le trône. Et le nom de La Valette vivra pour l'éternité.

— Superbe », dit Tannhauser.

En un rare étalage de vanité, Ludovico acquiesça.

« Et en contrepartie ? demanda Tannhauser.

— Si vous refusez, répondit Ludovico, on vous tranchera la gorge ici même et votre corps sera jeté à la mer dès l'aube.

— J'ai déjà conclu des marchés moins contraignants, dit Tannhauser. Mais étant donné que celui-ci va se conclure sur une poignée de main, peut-être même pas, et qu'il implique que tu me rendes la liberté, ta proposition requiert un haut degré de confiance – de ta part.

— Donc vous n'avez aucun scrupule ?

— La Valette n'est pas un innocent. Les Turcs me salueraient comme le tueur d'un démon vicieux, et avec raison. Mais quelle chance aurai-je de survivre à cette escapade ?

— Votre survie est mon désir le plus sérieux. Si vous étiez tué pendant cette tentative, votre identité ternirait la perfection de mon stratagème. Il y aurait un mystère, et des questions, une enquête, et même si de tels obstacles sont surmontables, je préférerais qu'ils ne voient pas le jour.

— Par quel moyen devrai-je accomplir cet assassinat ?

— Votre fusil a été nettoyé, la meilleure poudre et les meilleures balles d'acier fournies.

— Mon pistolet ?

— Si vous le voulez. Votre cheval sera sellé et à votre disposition. La porte de Kalkara sera ouverte et le bastion ne sera pas gardé. Je vous le jure, sur mon honneur. Comme toujours, La Valette est peu soucieux de sa propre personne. Il est sans armure et parfaitement visible sur le tombeau de Philerme. Il restera à San Lorenzo jusqu'à la fin des laudes. Mettez-vous en place tant qu'il fait nuit. Quand il quittera l'église à l'aube, vous pourrez l'abattre à cent pieds et avoir quitté l'enceinte avant que les cris et les pleurs ne s'élèvent. À le voir, votre Buraq peut distancer n'importe quelle monture de la ville. Après cela, le choix est vôtre : la flotte turque à Marsamxett, ou votre petit bateau à Zonra. »

Cette mention délibérée de son bateau troubla Tannhauser. Cela avait dû être particulièrement dur pour Bors. Pour l'instant, il ne releva pas.

« Je vous recommande les mahométans, poursuivit Ludovico, qui, comme vous le disiez, vous traiteront en héros.

— Ces gages, dit Tannhauser, mon cheval, la porte ouverte…

— Ayez confiance. Je peux m'élever au-dessus de toute malveillance, surtout dans la réussite. Votre avenir parmi les infidèles est sans conséquence pour moi. Mais si vous veniez à être capturé, les tortionnaires s'en donneraient à cœur joie. Bien que ma parole prévale sur la vôtre, ce n'est pas une complication que je souhaite, et cela pourrait remettre en question Del Monte en tant que successeur. Dans l'éventualité de votre capture, mes hommes ont ordre de vous tuer, comme sous l'emprise de la colère, mais puisque vous avez prouvé que vous n'êtes pas facile à tuer, les incertitudes abondent. Donc votre échappée est autant dans mon intérêt que dans le vôtre.

— Mon épée, ma dague et ma cuirasse, au cas où j'aie à me battre pour m'enfuir ?

— Tout est prêt. Ainsi que des habits turcs.

— Mon opium et mes pierres précieuses ? »

Quelque chose changea dans l'expression de Ludovico, comme si c'était une question qu'il espérait. « Déjà emballés dans vos sacoches de selle. Les gages ne peuvent garantir la fidélité, mais ils y aident.

— La perspective de la prospérité me donnera des ailes », dit Tannhauser. Puis il ajouta : « Je veux Bors avec moi.

— Non, dit Ludovico d'un ton qui excluait toute négociation.

— Il est en vie ?

— Sain de corps, mais perturbé d'esprit.

— Alors je veux ta parole que tu le libéreras quand je serai parti.

— L'Anglais ne doit sa vie qu'à la possibilité d'être un second assassin, bien inférieur à vous, si jamais vous aviez refusé. Je lui accorderai une mort rapide, rien de plus. » Ludovico écarta les mains. « Si je faisais une fausse promesse, vous auriez des raisons de douter de celles qui sont sincères, et vous savez que Bors doit mourir. Il raconterait cette histoire, quelque part, devant la première cruche de vin. »

Tannhauser fit comme s'il réfléchissait à la question. Il dit : « Je ne veux pas que Bors souffre la damnation. Aura-t-il une chance de faire la paix avec Dieu ? »

Ludovico prit cela pour une preuve d'assentiment formel. « Je l'entendrai moi-même en confession, et je lui dispenserai la sainte communion, dit-il.

— Et les femmes ?

— Quand je quitterai cette salle, Carla partira à cheval avec moi pour Mdina. Puisque je chéris ses faveurs, et que j'ai la joie d'avoir obtenu son consentement à notre mariage, Amparo jouira de tout le luxe et toute la sécurité de notre maisonnée. Vous ne la reverrez plus jamais.

— Et Orlandu ? »

Ludovico le regarda pendant ce qui parut un long moment.

« Mon fils m'est très cher. Et pour Carla, il l'est plus encore. Bors m'a dit que vous l'aviez laissé aux bons soins des Bannières jaunes. Un certain général Abbas bin Murad. »

Il attendait confirmation. Tannhauser hocha la tête.

« La cavalerie de Mustapha protège la retraite vers les navires. Les Bannières jaunes seront parmi les derniers à embarquer. J'assurerai la libération d'Orlandu.

— Le garçon travaille avec les valets d'écurie, dit Tannhauser. S'il y a bataille, le régiment y prendra des chevaux pour remplacer ceux qui auront été tués. S'il est encore là, c'est là que tu le trouveras.

— Je vous remercie pour cela.

— Orlandu est un excellent garçon. Je lui souhaite bonne fortune. »

Ludovico opina. « Voilà une autre raison qui me fait souhaiter que vous vous enfuyiez chez le Turc. Si je

868

n'arrivais pas à trouver mon fils, je payerais une grosse rançon pour qu'il revienne de Constantinople. » Il ajouta : « Il est ma chair. »

Tannhauser acquiesça. « Donc, dans ce puits nous scellons un marché en deux volets.

— Bien, dit Ludovico en se levant. Reste-t-il une partie de ce plan qui ne soit pas claire ? »

Tannhauser se remit sur pied. « Et si je révélais ton plan à La Valette ?

— Alors Del Monte ne réussirait pas, issue très décevante et qui blesserait ma fierté, mais ce ne serait pas un désastre. Par contre vous seriez obligé de confronter votre accusation de conspiration absurde avec le témoignage de quatre chevaliers héroïques et de bonne lignée, et vous seriez reconnu coupable de désertion, sur le témoignage de Carla elle-même. Les tortionnaires seraient mis à l'œuvre, vous confesseriez une vile diffamation et au coucher du soleil vous vous balanceriez sous un gibet.

— Et si je partais simplement par la porte de Kalkara pour toujours ?

— Mes agents dans la cour de justice doivent avoir des nouvelles de la mort de La Valette avant que le soleil n'éclaire le mont San Salvatore. Sinon, Amparo mourra à sa place. Elle mourra d'une manière très déplaisante et dans la terreur. Si La Valette vit, Amparo meurt. Le choix est vôtre.

— Tu risquerais l'aversion de Carla ?

— Carla ne l'apprendrait jamais. On lui ferait comprendre que j'ai permis à Amparo de quitter l'île avec vous. »

Tannhauser ignora le fer rouge dans son estomac. Il acquiesça. « Une fois de plus, je te félicite.

— J'ai un homme proche de La Valette dans

l'église, ajouta Ludovico. À la première tricherie de votre part, il donnera l'ordre de tuer cette fille.

— Cela reste un travail très délicat, dit Tannhauser. Son essence est furtive. Si je découvre un seul chevalier qui me suit en cliquetant dans le noir, ou l'un de tes familiers sur mes traces, je ne réponds pas de leurs vies.

— Le degré de confiance que vous réclamez est à vous. J'admets qu'il vous est nécessaire. Mon homme surveillera La Valette uniquement, pas vous. Vous trouverez votre équipement et vos affaires derrière la porte. Une barque attend devant le quai. Buraq est attaché près du pont en ruine.

— Quand nous nous sommes rencontrés la première fois, tu m'as absous de mes péchés », dit Tannhauser.

Ludovico l'étudia un instant, comme s'il pensait à une moquerie. Il n'en trouva pas trace. Il leva la main droite.

« *Ego te absolvo a peccatis tuis in nomine Patris et Filii et Spiritus Sancti, Amen.* »

Ludovico se retourna et commença à s'éloigner dans le noir.

« À la porte de Kalkara, dit Tannhauser, qui nous a trahis ? »

Ludovico s'arrêta et se retourna, silhouette noire maintenant sans visage devant les ténèbres.

« Votre "fille", Amparo, dit-il.

— Je ne te crois pas, dit Tannhauser.

— Qu'elle doive abandonner Buraq lui brisait tellement le cœur qu'elle a raconté au cheval tout ce qu'elle savait. »

Ludovico souriait-il dans le noir ? Tannhauser ne pouvait pas le dire.

« La vieille Sicilienne a tout entendu. »

SAMEDI 8 SEPTEMBRE 1565 –
LA NATIVITÉ
DE LA SAINTE VIERGE MARIE

L'église de l'Annonciation – San Lorenzo – La cour de justice

Le temps qu'il ait localisé Gullu Cakie, dans l'église de l'Annonciation, l'humeur de Tannhauser était proche de l'ébullition. L'extase de larmes qui envahissait l'église calma quelque peu sa fureur, et cela valait mieux, car il voulait que le sang dans ses veines coule aussi froid que neige.

Même s'il faisait encore vraiment noir, l'église de la paroisse débordait de monde et elle allait déborder ainsi jusqu'à la tombée de la nuit suivante. Que la délivrance du péril musulman tombe un jour aussi saint, tout le monde y voyait un signe de la compassion divine. Et si cette année, le peuple n'avait pas de moissons à célébrer, il avait arraché sa liberté sur le champ de bataille, et c'était pour cela qu'il livrait ses plus ardents remerciements au Christ et à la Vierge. L'été s'achevait et ils étaient sauvés.

L'intérieur de l'église tremblotait du jaune et noir des centaines de chandelles et de lampes votives. Des mèches fumaient sous les stations du chemin de croix. Une statue de la Madone de la taille d'un enfant était festonnée de fleurs de soie. Une poignée de tiges d'avoine séchée et quelques grappes de raisin d'une vigne de L'Isola étaient déposées à ses pieds. Des chèvres bâillonnées de rubans tremblaient çà et là dans la foule. Des paniers de légumes fripés et d'œufs garnissaient le pied de l'autel. Après s'être difficilement frayé un passage dans la congrégation, Tannhauser trouva Gullu Cakie adossé à un mur, sous un bas-relief en plâtre du Christ flagellé. Quand il vit l'expression sur le visage de Tannhauser, le Maltais fit une génuflexion en direction de l'autel, et le suivit dehors sans qu'un mot ne soit échangé. Buraq attendait dans la pénombre.

« Je ne m'attendais pas à te revoir, dit Gullu Cakie. Beaucoup pensaient que tu avais déserté.

— Et toi ? » demanda Tannhauser.

Gullu fit « non » de la tête. « Ton bateau était encore à Zonra. »

La surprise de Tannhauser ne dura qu'un instant. Cakie en savait plus sur les intrigues et les allées et venues que n'importe qui à Malte. Pour le bateau, il avait probablement été au courant le jour même où Tannhauser l'avait volé.

Gullu ajouta : « Et la harpie sicilienne de l'inquisiteur a décampé vers la cour de justice.

— Starkey est-il au courant ?

— Il croit que tu es parti, avec les femmes », répondit Gullu Cakie.

Tannhauser se sentit vaguement blessé. « Starkey me prend pour un déserteur ? »

Gullu haussa les épaules, trop noué pour faire remarquer que Tannhauser n'était précisément que cela.

« J'ai besoin que tu lui délivres un message », dit Tannhauser.

Gullu Cakie était l'un des rares, en dehors de l'ordre, à avoir un accès direct au haut commandement. Il plissa son front chauve. « À Starkey ?

— Il faut que je lui parle, immédiatement, d'une affaire extrêmement urgente.

— Il sera à San Lorenzo pour les laudes. Ils seront tous là. Pourquoi ne pas y aller toi-même ?

— Je ne peux pas découvrir mon jeu. Lui et moi devons nous rencontrer en secret. Dis-le-lui. Tu connais les familiers de Ludovico ? »

Gullu Cakie lui lança un regard comme s'il était offensé par la suggestion qu'il ne les connaissait peut-être pas.

« Il a un homme dans l'entourage proche de La Valette, dit Tannhauser. Qui cela peut-il être ?

— Le Siennois, Pandolfo, c'est un vrai serpent.

— C'est Pandolfo. Ni lui ni La Valette ne doivent rien suspecter.

— Seul un fou se frotte à l'Inquisition, dit Gullu Cakie.

— Le fou, tu l'as devant toi, c'est bien vrai, mais tu auras la gratitude du grand maître.

— J'ai déjà gagné sa gratitude en abondance, se renfrogna Gullu Cakie, et cela n'a jamais apporté le moindre quignon de pain sur ma table.

— La vie de La Valette est en danger. »

Gullu fit la moue, ni ému, ni impressionné. « Les grands maîtres, ils vont, ils viennent, et on ramasse leur merde à la pelle. Et maintenant que la guerre est finie ? » Il haussa à nouveau les épaules.

« Tu auras ma gratitude aussi. Je serai en dette envers toi, aussi profondément que tu le voudras.

— Mais nous devrons survivre tous les deux pour que je puisse en profiter. »

Tannhauser ne put réprimer un sourire. « Tu es vraiment un homme comme je les aime. » Son sourire s'effaça. « La vie d'Amparo est en danger aussi. Ludovico la garde dans son antre. »

L'expression de Gullu changea. « Amparo est l'une des nôtres.

— Je dirais cela, oui. »

Gullu regarda sa paume brillante et calleuse. « Amparo m'a dit que je survivrai pour voir naître mon arrière-petit-fils. » Il leva les yeux vers Tannhauser. Il n'y avait pas d'hésitation dans ces yeux noirs. « C'est une prophétie que je ne veux pas voir entachée par une malédiction. »

La lumière des torches rendait la crypte de San Lorenzo inquiétante. Les caveaux creusés dans le sol s'étendaient vers le fond avec une ingéniosité géométrique avant de se perdre dans une obscurité hantée. Certaines des chambres funéraires étaient ouvertes, leurs couvercles de pierre posés sur le côté, et l'on pouvait entrevoir dedans des cadavres récemment enveloppés de leurs linceuls blancs. Des mouches bruissaient dans la pénombre. Un entêtant parfum d'encens ne parvenait pas à masquer la puanteur de la putréfaction, car l'embaumement était un luxe abandonné depuis longtemps. Le chœur de San Lorenzo était installé directement au-dessus et Tannhauser entendait des chants lointains. La célébration de l'aube était en cours. Et le temps s'enfuyait. Il entendit des pas et se retourna vers l'entrée de la crypte. Starkey s'avança dans la lumière. Il semblait sur ses gardes, mais pas inamical.

« Tannhauser, vous nous avez manqué.

— J'ai pris un peu de repos, dit Tannhauser, dans la Gouve.

— La Gouve ? » Starkey sembla choqué. Chose rare chez lui. « Sous quelle autorité ? »

Tannhauser écarta cette question d'un geste. « Il y a un complot en marche contre la vie du grand maître. Je suis son assassin appointé. »

Starkey n'était pas armé. Ses yeux réaffirmaient le fait que Tannhauser était couvert d'armes, mais même s'il était alarmé, son visage ne l'exprima pas. « Appointé par qui ? demanda-t-il.

— Fra Ludovico. »

Starkey n'eut pas l'air surpris, mais devint encore plus difficile à déchiffrer. « Frère Ludovico, dit-il d'un air songeur. Le couteau de Ghisleri. »

Tannhauser résuma son arrestation et son incarcération, replaçant le lieu de leur capture à l'auberge d'Angleterre. Il décrivit les grandes lignes de la proposition et du plan de Ludovico.

« Vous avez la preuve de ce complot ? demanda Starkey.

— Laissez-moi quelques instants tout seul avec le jeune Pandolfo et vous l'entendrez par vous-même.

— Pandolfo aussi ? » La bouche de Starkey se tordit. « Le plan de Ludovico pour promouvoir Del Monte était déjà assez effronté, mais je n'imaginais pas qu'il serait aussi téméraire que cela.

— Le temps presse, dit Tannhauser.

— Del Monte fait-il partie de la conspiration ?

— Non.

— Dieu merci.

— Amparo et Bors sont dans les geôles de l'inquisiteur, dit Tannhauser. Ils seront assassinés au lever du soleil, plus tôt même, si Pandolfo a vent de cette conversation. »

Starkey porta ses doigts à ses lèvres. Il envisagea le déroulement futur légal.

« Des sergents d'armes envahissant la cour de justice. Des arrestations. Des procès. Des exécutions. La langue italienne disgraciée, avec beaucoup d'effusions de sang. Notre victoire souillée. Un conflit ouvert avec l'Inquisition romaine, peut-être le Vatican aussi... »

Il secoua la tête, dégoûté. Il regarda Tannhauser.

« Ce serait mieux si cette sale affaire était profondément enterrée.

— Donnez-moi mandat, dit Tannhauser, et je les enterrerai tous.

— Mandat ? dit Starkey. Si Ludovico survit, et si vous êtes pris vivant, cette conversation n'aura jamais eu lieu. Vous serez très certainement pendu. »

Tannhauser sentit un frémissement de surprise, puis d'étonnement à s'être attendu à de la loyauté. Il était, après tout, l'homme qui avait été envoyé pour assassiner le petit-fils du sultan. Par le sultan. Sultan. Vatican. Religion. Islam ou Rome. Tous ces cultes ne cherchaient que le pouvoir et la soumission des peuples. Les peuples eux-mêmes, les petites gens, comme lui, comme Gullu Cakie, Amparo, n'étaient guère plus que des grains pour leurs meules. La Valette, Ludovico, le pape, Mustapha, Soliman, quelles ordures ils étaient, tous autant les uns que les autres. Baignant dans la pompe et le luxe tout en orchestrant le carnage qui dorloterait leur incommensurable vanité. Au fond de son cœur, il les aurait tous tués sans frémir, et il aurait considéré cela comme un service rendu à l'humanité. Mais on ne manquerait jamais de nouveaux candidats pour enfiler leurs bottes, et déplorer ce fait était une divagation tout juste bonne pour les idiots.

Tannhauser hocha la tête. « Bien sûr.

— Ludovico est parti pour Mdina avec une troupe de cavaliers, dit Starkey. Ils ont l'intention de se joindre à l'attaque contre la retraite turque. S'il devait périr sur le champ de bataille, ce scandale mourrait avec lui. »

Tannhauser et son fusil avaient un nouvel employeur. « Et Bruno Marra ? Escobar de Corro ?

— Des branches pourries qu'il faudrait couper de

l'arbre de l'Ordre, dit Starkey. Ils ont accompagné leur nouveau maître à Mdina.

— Dame Carla était-elle avec eux ?

— Je l'ignore. »

Tannhauser lui tendit la torche. « Gardez l'œil sur Pandolfo.

— Dès qu'il franchira les portes de l'église, il sera escorté directement jusque dans la Gouve. »

Tannhauser fit glisser le couvercle de la chambre de son fusil pour rafraîchir l'amorce. Il le passa ensuite à son épaule. Il sortit son pistolet et le vérifia à nouveau. Il avait nettoyé les gueules des canons et rechargé chaque arme lui-même avec une double dose de poudre.

« Pourquoi Ludovico vous a-t-il fait confiance ? demanda Starkey.

— Il avait un moyen de faire de moi son chien. » La rage froide montait. Ses membres lui semblaient légers, sa tête claire. Il remit le pistolet à sa ceinture. Il pensa à Gullu Cakie et regarda Starkey. « Et il a échoué dans son évaluation de mes allégeances.

— Et peut-être de votre tempérament aussi, dit Starkey.

— Non, dit Tannhauser. Il a évalué mon tempérament avec précision. Car si Gullu Cakie n'avait pas accepté de m'aider, votre grand maître serait mort. »

Vers l'ouest, le ciel était indigo. Cassiopée était assise sur son trône au-dessus de Saint-Elme. Vers le sud, Sirius étincelait. Au-dessus de San Lorenzo, la nuit s'était déjà estompée en un bleu lilas. Là où la crête émoussée de San Salvatore se distinguait de l'horizon oriental, un halo de l'or le plus pâle couronnait l'aube. Tannhauser descendit la rue vers la cour de justice.

Le bâtiment de grès avait deux étages avec, dans le portique, un coup porté à la grandeur judiciaire. L'artillerie turque y avait laissé ses marques, comme ailleurs. Tannhauser évalua l'opposition probable : les deux familiers de Messine, Tasso et Ponti ; Remigio, l'Espagnol. Des combattants expérimentés – il ne restait personne dans la cité qui ne le fût pas – mais ils ne l'attendaient pas. Il dégaina son épée allemande Running Wolf et sa dague trempée par le diable. Une dans chaque main. Il monta les marches. Les doubles portes d'entrée étaient grandes ouvertes. Quelque chose qui ressemblait à une lanterne de bateau était suspendu par une chaîne au plafond du hall d'entrée. A sa lumière, il ne voyait personne. Or, il s'attendait à une sentinelle quelconque, quelqu'un pour signaler qu'il fallait assassiner Amparo si nécessaire, et cela le troubla. Il s'avança.

Deux passages s'ouvraient, un de chaque côté. Une volée de marches grimpait dans le noir devant lui. Entamer une recherche risquait de gaspiller plus de minutes qu'il ne lui en restait. Il monta sa voix d'une octave pour la déguiser et cria, comme une alarme : « Le grand maître est mort ! »

Il attendit. Quelques secondes plus tard il entendit des pas rapides arrivant du passage sur sa gauche. Il se cacha contre le mur près de l'ouverture. Il entendit un échange étouffé. Un rire. Remigio émergea du passage. Derrière lui, de front, venaient Tasso et Ponti. Seul Ponti portait une cuirasse. Ils tenaient des épées à la main, dans leurs fourreaux. Remigio mâchouillait et Tasso portait un bavoir, comme s'ils avaient été interrompus pendant leur petit déjeuner.

Tannhauser enfonça douze pouces d'acier de Passau dans le ventre de Remigio et fit tourner la poignée. Les mains de Remigio s'envolèrent vers la lame, mais elle n'était plus là, et Tannhauser, d'un revers, lui ouvrit la gorge et le cou jusqu'aux vertèbres, et fit un pas de côté quand il tomba. Il plongea vers le visage de Tasso et l'épée passa au travers de l'avant-bras qu'il avait levé pour se protéger, la pointe fendit les os et le frappa en pleine lèvre, sous le nez. Tannhauser dégagea sa lame avec habileté, se colla à Tasso et le frappa de sa dague, dans les parties, juste avant de balayer ses jambes d'un coup de pied circulaire. Tannhauser réussit à lui entailler légèrement la poitrine pendant qu'il s'abattait sur les dalles. Puis il recula.

Ponti avait battu en retraite pour balancer son bavoir derrière lui, mais il revenait déjà dans la bagarre au moment où Tasso tombait. Tannhauser para des coups, une attaque intrépide et sauvage, à la tête, vers les cuisses, le bras, la tête, la cuisse, et il abandonna du terrain, se dirigeant vers le centre du hall pour laisser Tasso hors de portée. Cela donna à Ponti la vitesse de qui fonce tête baissée, puis Tannhauser bloqua soudain la garde de Ponti en hauteur, les quillons verrouillant la lame, puis il plongea comme pour l'embrasser, leurs plaques de poitrine se cognant, les épées hautes, le poids de Tannhauser lui donnant l'avantage. Ponti, le souffle coupé, chercha à lui agripper la gorge de la main gauche, mais Tannhauser lui mit un coup de tête dans le nez. La pointe de sa dague cherchait le trou sous l'aisselle de la cuirasse de Ponti qui serra son coude contre son flanc pour forcer la dague à s'éloigner, abandonnant sa prise à la gorge car le cou de Tannhauser était trop épais. À la place il chercha à lui saisir les couilles, mais Tannhauser lui planta sa dague à travers la main et piqua sa propre cuisse. Ponti bondit en arrière. Tannhauser passa sa cuisse entre les jambes de Ponti, et crocheta son mollet, le balança sur sa hanche. Ponti tomba en arrière, l'épée battant l'air, tandis que Tasso revenait à la charge derrière eux. Au moment où Ponti atteignit les dalles, Tannhauser le frappa dans l'aine. Ponti roula et Tannhauser le tailla encore une fois dans le creux du genou, mais il n'arrivait pas à porter un coup mortel. Il para la charge de Tasso d'un coup de taille suivi d'un tour sur lui-même, et il battit en retraite, donnant à Ponti un bon coup profond dans le coude du bras qui tenait l'épée au moment où il se remettait à genoux, puis deux, trois pas à travers le hall et Tannhauser se retourna, s'arrêta pour retrouver son souffle.

Il regardait les Italiens qui, eux aussi, reprenaient haleine. Il rengaina sa dague, sortit le pistolet de la main gauche et releva le chien. Il avait voulu éviter un coup de feu, car le bruit pouvait alerter des inconnus quelconques et mettre Amparo en danger. Ponti oscillait sous le choc en retour de ses blessures, son bras droit brisé, son épée passée dans sa main gauche blessée. Ses yeux étaient capuchonnés de rage. Tasso était nettement plus désemparé. Il regardait la tache sombre qui se déversait de son entrejambe. De sa lèvre fendue, du sang dégoulinait sur sa barbe.

« Il m'a coupé les couilles, dit-il d'un air incrédule.

— Je veux Bors et la fille, dit Tannhauser.

— L'Anglais est dans les sous-sols, dit Ponti. Le geôlier le surveille. La fille est enfermée en haut. Nous ne savons pas où. C'est la harpie sicilienne qui s'occupait des femmes.

— Alors, demanda Tannhauser, qui devait tuer Amparo ? »

Les Italiens échangèrent un regard pour confirmer l'ignorance de chacun.

« Nous ne savons pas de quoi vous parlez.

— Vous n'aviez pas de tels ordres ? »

Leurs visages répondaient pour eux et Tannhauser se sentit mal. « Où est la vieille ?

— Je n'en sais rien, répondit Ponti.

— Est-ce vrai que le grand maître est mort ? balbutia Tasso.

— Non, répondit Tannhauser. Il prépare vos potences. Et celle de Ludovico aussi. »

Leurs épaules retombèrent avec la résignation de ceux qui savent qu'ils ont misé, joué et perdu.

« Cédez le passage, dit Tannhauser, et au moins vous verrez un prêtre avant de mourir. »

La pensée du feu de l'enfer suffit à Tasso. Il jeta son épée.

« Je n'irai pas au diable, dit-il. Dieu nous pardonnera tout de même. »

Ponti hurla et s'avança pesamment vers Tannhauser, l'épée levée. Tannhauser para le coup, fit un pas de côté, et trancha la main de Ponti à la racine du pouce. Il le mit à genoux devant lui d'un coup de pommeau. Il recula et prit un appui ferme sur ses jambes. Puis il fit pivoter ses hanches et trancha la tête de Ponti à ras des épaules, d'un seul coup.

Tannhauser traversa le jet de sang pour s'approcher de Tasso, qui fonçait vers les portes de sortie. Tannhauser se précipita pour lui couper la route. Tous deux s'arrêtèrent en voyant Gullu Cakie apparaître sur le seuil. Il tenait la vieille harpie en lui tordant le bras derrière les épaules La Sicilienne vit le massacre et les grandes flaques de sang qui s'étalaient dans le hall. Elle laissa échapper un gémissement terrible. Autant qu'elle pouvait. Tasso se tourna vers Tannhauser et écarta ses mains vides.

« Pitié, et un prêtre pour un compagnon soldat », mendia-t-il.

Tannhauser lui planta son épée sous les côtes, dans le foie. L'homme lui lança un regard malheureux. Tannhauser l'éventra jusqu'à la boucle de sa ceinture, et le laissa tomber aux pieds de la vieille sorcière. Il rengaina son épée et saisit la vieille par son chignon de cheveux blancs.

« Mène-moi à Amparo. »

Sa bouche édentée se ferma avec force. Son visage incarnait cette malveillance particulière qui n'appartient qu'à certaines femmes desséchées face à l'hiver de leurs jours. Elle avait des yeux minuscules qu'elle agitait d'un côté à l'autre, prise d'une peur aveugle. Tannhauser la traîna, hurlante, pour lui plonger le visage dans les flaques grandissantes du sang de Ponti et Remigio. Elle s'égosillait en se vautrant dedans comme un damné nouvellement arrivé en enfer. Elle essaya de se remettre debout, n'y parvint pas, retomba dans le bain de sang en roulant dedans comme un chien affolé.

Tannhauser se tourna et tendit son pistolet à Gullu Cakie.

« Bors est quelque part en dessous. Il y a un geôlier de garde. »

Gullu prit le pistolet en acquiesçant. En faisant le tour du hall, il ramassa l'épée de Tasso. Tannhauser arracha la harpie à son bain rafraîchissant et la poussa vers l'escalier. Elle grimpa les marches à quatre pattes comme une araignée folle, tremblante de sanglots d'horreur et hoquetant des crachats de bile sur sa robe puante, et Tannhauser n'entendait aucun murmure de pitié monter de sa propre conscience. En haut des escaliers, une lampe brûlait sur un support et Tannhauser la ramassa en poussant la vieille dans le dos. Elle s'avança en trébuchant, et s'arrêta devant une lourde porte. Elle fouilla dans sa poitrine et sortit une clé attachée à une corde. Elle la fit tourner dans la serrure et poussa la porte pour l'ouvrir, avant de tomber à genoux à ses pieds, jetant ses bras autour des chevilles de Tannhauser en bredouillant. Et il comprit alors que

Ludovico avait menti et qu'il était arrivé trop tard, et de beaucoup.

Il baissa les yeux sur la vieille. Son visage était un masque de rides cramoisies.

Il dit : « Qui ?

— Anacleto », gémit-elle.

Il lui flanqua un coup de pied pour l'expédier dans la chambre et elle laissa un sillage gluant en rampant jusque dans un coin où elle se mit à mâcher ses phalanges avec ses gencives.

Tannhauser entra.

Une première lueur citronnée passait à travers une haute fenêtre et tombait sur le lit où gisait Amparo. Il posa la lampe et s'approcha. Elle était nue et froide et le tissu avec lequel elle avait été étranglée était toujours serré autour de son cou. Il enleva le garrot. C'était de la soie, du rouge sombre des grenades, et elle n'avait laissé aucune trace sur sa gorge. Il se rendit compte que c'était la robe de Carla. La robe qu'elle avait emmenée à sa demande à lui. Il la jeta sur le sol. Il vit les bleus sur les bras d'Amparo, vieux de plusieurs jours, et il comprit qu'elle avait été violée, encore et encore, pendant tout ce temps. Ces constatations le laissèrent comme engourdi et muet. Il s'assit sur le matelas et lui prit la tête dans ses mains pour la relever vers lui. Ses cheveux étaient encore doux et brillants. Sa peau était blanche comme perle. Ses lèvres avaient été drainées de toute couleur. Ses yeux étaient ouverts, un brun, un gris, et le voile de la mort les recouvrait. Il n'arrivait pas à se décider à les fermer. Il lui caressa la joue gauche, redessinant l'os meurtri qui lui avait en quelque sorte révélé son étrange et incomparable beauté. Il toucha sa bouche. Parmi les milliers de ceux qui étaient morts du fléau abattu sur ces rivages, elle était l'âme la plus pure. Elle était morte seule et violée, et sans défenseur sur qui compter. Son engourdissement se brisa et un chagrin affreux le submergea, mais cette fois il n'y avait pas d'Abbas pour arrêter ses larmes. Il avait échoué à la protéger, et pire encore. Il n'avait pas eu le courage de l'aimer comme elle le méritait. De l'aimer comme elle l'aimait, même s'il ne l'avait pas mérité. De l'aimer comme il l'aimait en vérité, ce qui était au-delà de son pouvoir de l'exprimer, alors et maintenant. Il n'avait pas osé rencontrer un tel amour en face. Il s'était caché à lui comme un malotru. Et il réalisa combien sa vision du courage était mesquine, quand Amparo avait fait montre d'un courage véritable et indomptable. Il tenta de se souvenir de la dernière chose qu'elle lui avait dite, et il n'y parvint pas, et au fond de lui son cœur se fendit en deux. À travers cette blessure, la grâce de Dieu entra comme un torrent. Il fut empli d'un chagrin trop énorme pour être contenu, il gémit, la serra contre sa poitrine, enterra son visage dans ses cheveux et grogna de douleur. Et il supplia Jésus-Christ pour qu'il lui accorde merci, et implora l'âme d'Amparo de lui pardonner.

C'est ainsi que Gullu Cakie le trouva. Tannhauser sentit la main du vieux gredin sur son épaule et leva les yeux. Dans les profondes crevasses gravées sur les joues de Gullu Cakie, dans ses yeux plissés de soleil, il vit comme un reflet ombré de lui-même, parce que Gullu aussi avait perdu beaucoup de ceux qu'il avait aimés, et même si, dans la perte, tous se sentaient seuls, tous ici avaient une sorte d'acquis commun de camaraderie. Tannhauser reposa doucement Amparo sur le lit. Ses yeux étaient encore ouverts. Même dans la mort, ils semblaient lumineux d'une sorte d'essence qui refusait l'extinction. Il les ferma. Il se leva.

« Vois ! » dit Gullu Cakie.

Il désignait la main d'Amparo qui serrait le peigne d'ivoire et d'argent qu'il avait acheté au bazar. Tannhauser le dégagea. Ses dents étaient laquées de sang.

« Jésus a triomphé de la mort, et il en sera ainsi d'elle, car telle est sa promesse, dit Cakie. Elle restera toujours avec toi, si tel est ton souhait. Mais la vie continue. Et tu as du travail à faire. »

Le cœur de Tannhauser sombra. Il était nauséeux et abattu. Il avait son compte. Le chagrin n'était pas le bagage idéal pour aller au combat. Il voulait nourrir ses larmes. Il voulait courir. Jusqu'au bateau à Zonra. Jusqu'aux navires turcs. Jusqu'à une bouteille et une plaque d'opium. Mais Carla était encore là, dehors. Et Orlandu aussi. Et Ludovico et son engeance infecte et pourrie. Tannhauser planta le peigne d'ivoire dans ses propres cheveux. Il allongea Amparo bien droite et lui croisa les bras sur la poitrine. Il aperçut une fois encore les hématomes bleu et jaune sur ses bras minces et les marques de morsures qui profanaient ses seins. Le chagrin battit en retraite vers quelque havre caché en lui et non sans raison, car quelque chose de terrible s'élevait dans sa poitrine pour prendre sa place. Et c'était aussi bien, car il avait des choses terribles à faire. Il prit le drap froissé au pied du lit, le secoua et le laissa tomber sur le corps d'Amparo comme une caresse. Et tout était fini et Amparo était partie.

Avec le lever du jour, les cloches de San Lorenzo éclatèrent en carillons de victoire.

Tannhauser traversa la pièce et arracha la harpie tremblante du coin où elle s'était réfugiée.

Il se tourna vers Gullu Cakie. « Je vais retrouver le garçon, Orlandu. Tu viendrais avec nous ? »

Il suivit Gullu Cakie jusque dans les cachots en traînant la vieille par les cheveux. Bors avait été enfermé dans un trou ménagé dans le sol, et, une fois libéré, il s'était jeté sur son geôlier avec une violence si sauvage que Gullu s'était éclipsé de la cellule et avait verrouillé la porte. Comme ils avançaient dans le couloir suintant, ils entendirent Bors qui vomissait, et les gémissements étouffés de sang de sa victime. Gullu ouvrit la porte et Bors se retourna pour leur faire face, les mains comme des griffes. Le geôlier était étalé sur le sol derrière lui, ses membres tordus selon des angles contraires à la nature, et ses orbites entièrement vidées. La trappe d'une oubliette était ouverte.

« Bors, dit Tannhauser, tu tiens debout ? »

Le regard de Bors s'éclaircit. Pendant un bref instant, Tannhauser aperçut dans ses yeux quelque chose de gentil, quelque chose d'enfantin datant d'avant toutes les routes violentes qu'il avait parcourues. Puis Bors, sans même le savoir, bannit ce regard pour de bon. « Ferme comme un roc, dit-il.

— Balance-le dans le trou et allons-y. »

Bors s'essuya la bouche et ramassa le geôlier mutilé comme on soulève un sac. Il le jeta dans l'oubliette la tête la première et le tassa dans le fond à coups de pied. Il tendit la main vers la trappe pour la refermer.

« Cette vieille horreur était la gardienne d'Amparo, dit Tannhauser. Et Amparo est morte. »

Bors cilla et sa brutalité se teinta de tristesse, parce qu'il avait considéré Amparo comme son amie, et qu'il avait lui aussi échoué à la protéger. Tannhauser poussa la vieille à travers le cachot et elle bredouilla de terreur quand Bors la saisit par le cou. Tannhauser désigna l'oubliette et le geôlier brisé écrasé dedans.

« Qu'elle lui tienne compagnie… »

SAMEDI 8 SEPTEMBRE 1565 –
LA NATIVITÉ
DE LA SAINTE VIERGE MARIE

Le Grand Terre-Plein – La crête de Naxxar –
La baie de Saint-Paul

Graciés d'une condamnation certaine, les habitants de
la ville avaient succombé à une frénésie festive. Les
églises étaient si pleines qu'on chantait le Te Deum dans
les rues pendant que des chapelains célébraient la messe
sur la piazza et la place du marché. On brandissait des
icônes de la Vierge, et les cloches du salut carillonnaient.
Des gens s'embrassaient en pleurant dans les ruines. La
main de Saint-Jean le Baptiste fut sortie de sa sacristie
et menée en parade pour être adorée. Leurs prières
avaient été entendues et leur héroïsme stoïque récompensé. La volonté de Dieu avait été déterminée. Les
chevaliers de la Sainte Religion avaient prouvé qu'ils
avaient raison, devant l'éternité et le monde.

Mais à travers cette joie chevauchaient trois cavaliers
dont les cœurs étaient fermés à l'extase.

Leurs montures enjambèrent les boulets qui jonchaient les gravats alors qu'ils s'éloignaient des barricades abandonnées pour passer par la porte Provençale.
Tannhauser leva les yeux. Sur le bastion au-dessus, il
vit qu'on balançait au bout de sa corde le dernier, le
malchanceux, le cent onzième musulman sacrifié du
siège. Et comme si les pierres elles-mêmes protestaient

contre cette énormité, toute une section du mur ébréché bâilla soudain et s'effondra dans la douve avec un soupir de poussière. Mais même si quelqu'un l'entendit, personne ne s'en soucia. On n'entendrait plus non plus l'écho de l'appel du muezzin venu des collines.

Les portes étaient grandes ouvertes et ils les passèrent pour s'avancer vers le Grand Terre-Plein. Des milliers de cadavres abandonnés pourrissaient et se liquéfiaient au soleil, et si les Turcs avaient été vaincus, les multitudes de mouches ne l'avaient pas été, et elles sillonnaient cette étendue noire et puante en tourbillons bleus et bourdonnants. Des vautours bondissaient dans la putréfaction, et corbeaux, corneilles et mouettes criaient leurs propres ovations à la victoire en tournoyant et en plongeant.

Tannhauser, Bors et Gullu Cakie traversaient de front cet espace livré au fléau comme trois cavaliers apocalyptiques à qui il ne manquait que la famine dans leurs rangs. Personne ne parlait car il n'y avait rien à dire, ni de mots qui auraient pu même servir. Jusqu'à la plus lointaine limite de leur vision, et dans toutes les directions, il n'y avait qu'une terre dévastée par la guerre. Les galeries de mine effondrées, dont certaines fumaient encore, découpaient le terrain plat comme la preuve de quelque vaste rupture géologique. Les retranchements qui étripaient les pentes étaient vides, comme si leur but n'avait été que de violer les collines. Les ravines descendant des hauteurs étaient contaminées de débris d'attelages, d'écouvillons de canons et de montagnes d'excréments humains. Sur leur droite, la façade brisée de Saint-Michel était zébrée d'empâtements de sang, de suie et de graisse. Ses douves débordaient et puaient d'un humus de cadavres humains infestés de vers. Ils traversèrent les ruines de Bormula, au travers desquelles tant de charges avaient été lancées juste avant d'être brisées. Des armes, des os et des fragments d'équipements pourrissants, des crânes dénudés d'hommes et de chevaux, et des morceaux de charognes jaunies à moitié consumés s'entassaient à profusion. Les chevaux s'effarouchaient quand des vautours dérangés battaient des ailes autour d'eux, et Buraq en particulier tremblait d'une horreur équine, comme si sa grande âme animale ne parvenait pas à incorporer une telle horreur.

Ils grimpèrent les pentes de Corradino et dominèrent soudain le Marsa.

Cette plaine jadis fertile était constellée de milliers d'anciens feux de camp, et mouchetée de puits empoisonnés et de latrines bourdonnantes. Un sirocco s'était paresseusement levé d'Afrique et dans son souffle désertique d'innombrables fumerolles montaient en spirales obliques d'amas de fourrage abandonnés et incendiés par le Turc. Elles dérivaient en nuées sales à travers des tentes en lambeaux qui claquaient, vides et délaissées entrelaçant des touches amères et âpres dans la puanteur douce et jaunâtre de la décomposition. Des milliers de fours à pain faits de briques d'argile se dressaient en groupes géométriques, comme autant de villages construits par des nains qui auraient craint le soleil. Et là où, comme une épidémie, s'était jadis étendu l'hôpital des mutilés, des pyramides de cadavres attiraient des colonies de rapaces voûtés, pendant que les auvents sordides de mâts et de toile remuaient dans le vent tels des épouvantails désossés. Et dans cette immensité lugubre et abandonnée de Dieu, rien d'humain ne bougeait, sauf eux trois.

Au-delà du dos scarifié du mont Sciberras au nord, la bannière à croix blanche sur fond écarlate des chevaliers flottait sur la coquille brisée du fort Saint-Elme. Dans la baie de Marsamxett, la queue de la flotte turque filait vers le large, virant au nord vers la baie de Saint-Paul. Ils laissaient derrière eux des douzaines de galères en flammes, car ils n'avaient plus assez de marins pour les manœuvrer ni de passagers à emporter. Les eaux du port couvaient sous la noirceur comme si la mer était un brouet de soufre. Tandis que cette flotte fantôme brûlait et coulait sous le bleu, d'énormes plumets de vapeur explosaient vers le ciel et des lambeaux de voiles enflammées retombaient sur la plage, et bien qu'aucun humain vivant n'ait vu de telles choses auparavant, tous trois ne disaient rien, ni ne ressentaient d'étonnement, car l'enfer ne réservait plus la moindre surprise à des hommes comme eux.

Ils poursuivirent leur route, laissant derrière eux cette *terra damnata*, et Gullu Cakie les mena vers le nord, vers la crête de Naxxar. Là, ils entendirent le bruit du choc de la bataille : la bataille finale, plus inutile encore que tout le reste, et qui allait étouffer les eaux de la baie de Saint-Paul sous ses morts au champ d'honneur.

Au sommet de la crête, ils tombèrent sur le chevalier commandeur des renforts, Ascanio de La Corna. Tannhauser glana des nouvelles auprès d'un aide de camp surexcité.

L'armée turque, encore forte de près de trente mille hommes en comptant ses réserves, mais prise de peur face à vingt mille combattants chrétiens tout frais, avait passé la presque totalité des vingt-quatre dernières heures à embarquer sur les navires et les galères de Piyale. Aux premières lueurs de ce jour, les éclaireurs spahis du Sari Bayrak avaient confirmé que les renforts ne comptaient en fait que moins de la moitié de ce nombre, et la rage notoire de Mustapha l'avait consumé. Déterminé à tirer quelque honneur d'un désastre annoncé, il avait immédiatement débarqué neuf mille des meilleurs hommes qui lui restaient, et avait marché à leur tête vers la crête de Naxxar pour livrer bataille. Rage ou pas rage, une victoire éclatante rendrait si bien leur moral aux Turcs que la conquête de Malte pouvait très bien s'accomplir du même coup. La flotte de Piyale avait remonté la côte et jeté l'ancre dans la baie de Saint-Paul, d'où l'armée pourrait évacuer en cas de catastrophe.

Et c'était précisément vers la catastrophe que Mustapha avait mené ses hommes.

Entre Naxxar et la crête de Wardija, moins d'un mille plus au nord, le bassin de Bingemma s'ouvrait à la sortie du défilé, et descendait vers la baie. À l'aube, l'infanterie espagnole et les chevaliers de l'Ordre nouvellement arrivés de Sicile avaient chargé du haut de la colline pour attaquer la sortie turque de front. Au même moment, la cavalerie de Lugny, après avoir quitté Mdina et suivi la route des crêtes jusqu'à Mgarr, était descendue de l'ouest pour prendre la colonne de Mustapha par le flanc. Après une heure de combat féroce, l'armée musulmane épuisée avait rompu et commencé à fuir vers la baie.

Tannhauser évalua le tableau. Négligé tout l'été durant, le bassin de Bingemma était une vaste étendue de champs et de friches desséchés. Peu auparavant grenier à blé de l'île, c'était désormais un cirque sanglant semé de milliers de morts, du vacillement de blessés en marche et des formes agonisantes de vingtaines de chevaux fouettant l'air de leurs sabots. Tout cela miroitait sous la chaleur grandissante comme une géhenne fantaisiste et mélancolique, et Tannhauser se demandait si Orlandu avait réussi à la traverser.

S'il l'avait fait, alors il avait atteint la baie de Saint-Paul, qui était un endroit à peine moins pathétique. La baie était noire de galères et de vaisseaux de transport, et ses eaux moussaient sous les rames des centaines de chaloupes qui désespéraient de ramener les soldats vers les navires. Les plages grouillaient de milliers d'hommes désorganisés. Sur le tablier de terres plates qui gardait les plages et sur les collines basses qui dominaient la côte sud, une vaillante arrière-garde s'arc-boutait contre la charge chrétienne pour donner du temps à ses camarades. Quelque part le long de cette ligne, au milieu des nuées de fumées de mousquets, Tannhauser reconnut les *sanjak* i-sherif, et l'étendard de Mustapha au centre. Le vieux général obtus et ses *garibs*, les gardiens de la bannière du Prophète, seraient les derniers à embarquer sur les navires. À sa droite se tenaient les janissaires en cotte de mailles du Zirhli Nefer. Les mousquetaires algériens d'Hassem occupaient les tertres. Et à l'extrémité opposée de la ligne, sur la gauche de Mustapha et découpées sur la baie de Salina, flottaient les bannières jaunes des Sari Bayrak. Le régiment de cavalerie d'Abbas.

« Regarde-les », dit Bors. Le sanglier saxon était en selle, son mousquet de Damas posé en travers des cuisses. Il semblait parler pour les Turcs. « Tant de valeur a été dilapidée sur ce morceau de rocher que c'en est obscène.

— Aujourd'hui, nous ne sommes pas là pour le Turc, dit Tannhauser.

— Je sais pour quel sang nous sommes ici », affirma Bors. Il cligna plusieurs fois des yeux, puis regarda au loin, comme s'il se sentait diminué par rapport à l'homme qu'il avait été. Il se retourna lentement vers Tannhauser : « Je lui ai tout dit.

— J'aurais tout dit aussi », répliqua Tannhauser. Il avait entendu l'histoire de la tête de Sabato Svi. « Mais il n'y a pas de mal, parce que cela lui a donné la corde dont il avait besoin pour se pendre. »

Bors n'en tira aucun réconfort. Il baissa les yeux vers la vallée sanglante, jusqu'au bouillonnement de violence qui tronquait le bassin. « Où allons-nous le trouver ? »

Tannhauser se tourna vers Gullu Cakie, qui observait la destruction de la fierté turque avec beaucoup plus d'appétit que ses deux compagnons. Tannhauser pointa son index.

« Les Bannières jaunes », dit-il. Gullu opina. « Pouvons-nous les atteindre rapidement, sans risquer de nous retrouver sur le front ? Si Orlandu est en bas, c'est là qu'il doit être. »

Gullu Cakie fit avancer son cheval dans la pente. Tannhauser se tourna vers Bors.

« C'est là que nous trouverons Ludovico aussi. »

Bors lança son cheval à la suite de Gullu Cakie.

« Bors », dit Tannhauser.

Bors s'arrêta. Tannhauser approcha Buraq tout près de lui. Il dit : « *Usque ad finem.* »

Il tendit la main. Bors la prit et la serra.

Ils suivirent Gullu plein nord en descendant à flanc de crête vers la baie de Salina. Sur leur droite, la mer étincelait, blanche de reflets. Les escadrons de Piyale patrouillaient à ras de la côte. Comme la crête sinuait pour mener à un petit col, qui s'ouvrait sur une pente semée de collines ondulantes, la clameur de la bataille se fit plus proche et des bouffées de poudre brûlée leur piquèrent les yeux. Ils passèrent devant des hommes affichant des blessures hideuses, membres amputés et flèches plantées dans le ventre, qui s'étaient traînés dans les ravines pour mourir. Ils firent halte à quelque deux cents pas de la mêlée et Tannhauser étudia le chaos déchaîné à leurs pieds.

Un escadron complet de *tercios* – ils devaient bien être quinze cents – harcelait la ligne turque avec des hallebardes et des lances. Pendant ce temps, cinq *mangas* d'*arquebuceros* aux lèvres noires, deux cents par groupe et bien protégés par la forteresse de piques, arrachaient des cartouches avec leurs dents, et cherchaient à tâtons des balles dans leurs poches, avant de reprendre le premier rang, pour assurer un tir de salve intermittent qui infligeait un carnage absolu aux malheureux Turcs. Des chevaux sans cavalier et complètement paniqués ruaient et trébuchaient en fuyant le champ de bataille, piétinant des blessés gémissants sous leurs sabots. Aussi loin que Tannhauser pouvait voir, les cavaliers turcs, contrecarrés par les piquiers chrétiens, combattaient désormais à pied pour la plupart.

Sur la pente douce du bassin, à un quart de mille de la ligne de bataille, quelques centaines de chevaliers montés s'étaient reformés en coin et ils abaissaient maintenant leurs lances et galopaient vers la charnière de la gauche turque. L'infanterie espagnole sentit leur tonnerre faire vibrer le sol et le *sargento mayor* cria un ordre, qui fut immédiatement exécuté par les *abanderados*. Le génie de l'escadron de *tercios* résidait dans la coopération stricte entre lanciers et arquebusiers de la même formation. Au signal bleu et vert des porteurs de fanions, ils s'écartèrent de la ligne de front en reculant comme s'ouvriraient deux énormes portes, des volées de plomb ravageant toujours l'ouverture, et la charge des chevaliers s'engouffra en rugissant dans cet espace. Ils labourèrent les rangs turcs à coups d'acier trempé et les traversèrent jusque sur leurs arrières. Pendant que les cavaliers moissonnaient les vies humaines d'une bonne partie du bassin, un bloc compact de piquiers, cent en longueur sur six en profondeur, s'enfonça dans la brèche et commença à repousser les Sari Bayrak vers la mer.

Tannhauser se tourna vers Gullu Cakie et tendit la main pour récupérer son pistolet.

« Attends ici, pour le salut de ton arrière-petit-fils. »

Avec ce spectacle du malheur turc comme distraction, Gullu semblait ravi d'accepter. Tannhauser passa son pistolet dans sa ceinture et tira son épée, et Bors souffla sur la braise de son mousquet de Damas. Ils descendirent de l'escarpement pour s'enfoncer dans l'ouverture grandissante de la ligne de bataille. Le sol était épais de Turcs massacrés et leurs chevaux se frayaient un chemin dedans avec des pas de danse minutieux. Comme Tannhauser et Bors contournaient l'arrière des piquiers, les musulmans débordés commencèrent à abandonner l'entrée du bassin. Malgré le courage d'acier de Mustapha lui-même tenant leur centre, l'arrière-garde reculait vers la plage de la baie de Saint-Paul.

En une tentative désespérée de les rejoindre, les survivants des Sari Bayrak, désormais isolés, remontèrent en selle et bataillèrent pour passer dans l'ouverture qui se refermait entre le bassin et la baie de Salina. Tandis que les piquiers réduisaient sans cesse la largeur de leur ultime issue, les *mangas* d'*arquebuceros* les décimaient, et les chevaliers montés les attaquaient avec l'ardeur vengeresse du juste. Le sol était bourbeux de sang, l'air était un brouillard étouffant de fumée, de poudre et de poussière. Les trompes, les cris de guerre, les coups de feu et les hennissements de chevaux aux jarrets tranchés ou aux ventres ouverts faisaient trembler le garrot de Buraq, et Tannhauser lui chuchota un *gazel* à l'oreille pour le calmer. Il scrutait la mêlée enfumée et ne reconnaissait personne. Il poussa Buraq plus près et se dressa sur ses étriers en traversant l'arrière de la ligne. Où, dans ce massacre, pouvait bien être Orlandu ?

Ayant enduré la terrifiante démence des derniers jours de Saint-Elme, Orlandu avait gardé toute sa tête durant la retraite. Néanmoins, la bataille de Saint-Elme avait été confinée dans des tas de pierres, et les spasmes capricieux de la bataille en terrain ouvert exigeaient toute sa présence d'esprit. Il avait été chargé de s'occuper de trois chevaux de bataille de réserve, et il les avait traînés par la bride depuis la nuit précédente. Avec tant de bruit et de violence, et même aussi entraînés qu'ils aient pu l'être, les chevaux prenaient souvent peur et la plus grosse part de ses efforts consistait à les calmer. Il leur murmurait la *Shahada*, encore et encore, imaginant que les sons de l'arabe leur étaient familiers. Cela fonctionnait tant bien que mal, mais il était couvert de bleus de la tête aux pieds à force de coups de sabots et il avait oublié le nombre de fois où il avait failli avoir le crâne fracassé.

D'autres valets avaient eu moins de chance. Il en avait vu deux s'effondrer à cause d'une ruade, et un troisième prendre une balle de mousquet en plein visage. Il avait repris les brides de leurs chevaux pour se réapprovisionner, car des cavaliers arrivaient sans cesse, à pied, et lui prenaient les rênes d'une nouvelle monture. Certains montaient à cru, d'autres arrivaient avec leur selle sous le bras. La souffrance des chevaux abattus dans la bataille était atroce et l'émouvait plus que les hurlements des hommes. Les bêtes pataugeaient dans des mares de sang, estropiées et stupéfiées d'horreur, ou chargeaient, aveugles et démentes, pendant que d'autres traînaient de grands sacs d'intestins jaunes entre leurs jambes en trébuchant vers la plaine.

Orlandu avait envisagé plusieurs fois de fuir vers le Borgo, mais le moment propice n'était jamais venu, et il était ballotté comme un fétu dans une tempête écarlate. La plupart du temps, il n'aurait pas su dire où était le front et où était l'arrière, et déserter comportait de grandes chances de mourir. Les Sari Bayrak combattaient comme des démons déchaînés, mais le tribut des rangées de mousquets était lourd. Il essayait de garder l'étendard d'Abbas en vue mais, à un moment, il disparut pour ce qui lui parut durer des heures car le vaillant général menait charge après charge au cœur même des rangs chrétiens.

Le régiment semblait désormais coincé contre les rivages de la baie de Salina. Un grand arc de fumée et de combattants à cheval marquait la limite de l'horizon d'Orlandu et il essayait d'ignorer la confusion, de contrôler sa peur et de garder l'esprit clair. Comme Tannhauser l'aurait voulu. Orlandu n'avait plus qu'un seul cheval à garder, et il lui couvrit les yeux avec un fanion déchiré en lui murmurant la *Shahada* à l'oreille : « Il n'est de Dieu qu'Allah et Mahomet est son prophète. » À ce qu'il pouvait voir, les chevaliers ne faisaient pas de quartier. S'ils passaient, ils allaient probablement le massacrer comme n'importe quel autre Turc. Il regarda l'eau à quelques centaines de pas de là et l'idée d'un plan germa tout d'un coup. Il s'immobilisa pour ôter ses bottes, et l'herbe était propre et fraîche sous ses orteils. Il n'allait pas abandonner le cheval, pas encore. Mais si un cavalier venait à le réclamer, ou si la bataille s'approchait trop près, il se mettrait à courir vers la mer puis s'éloignerait à la nage. Personne ne le suivrait dans l'eau, et si besoin était, il pouvait nager au large pendant des heures.

À peine avait-il conçu cette stratégie qu'un groupe serré de féroces chevaliers se fraya un passage à travers la ligne turque, cavalant vers lui. Celui qui les menait portait une étonnante armure noire striée qui luisait au soleil comme de l'obsidienne liquide. Alors qu'il y avait pléthore de cibles autour d'eux, tout le groupe fonçait droit sur Orlandu comme s'il était le seul Turc dont le sang valait d'être versé. Il jeta son casque, lâcha les rênes du cheval, passa sous son col et se mit à courir vers la baie pour sauver sa vie. En courant, il arracha sa chemise et la jeta de côté. Il entendait le martèlement des sabots et le renâclement des naseaux. Il releva les genoux quand ses pieds atteignirent le sable et il se lança en avant, agitant les bras pour garder l'équilibre. Les vagues étaient de plus en plus proches quand il entendit une voix profonde rugir derrière lui.

« Orlandu ! »

Le nom rebondit dans son cerveau au moment où ses pieds éclaboussaient l'eau. Il ne s'arrêta pas. Il ralentit quand les vagues atteignirent ses genoux et continua à avancer.

« Orlandu ! »

Il risqua un regard par-dessus son épaule sans s'arrêter pour autant.

Le chevalier noir s'était immobilisé au bord de l'eau. Il tenait son épée par la lame, la garde en haut, brandie comme un crucifix. De sa main libre, il lui faisait signe. Le visage sous la visière relevée était vaillant et émacié, les yeux aussi noirs que son armure et tout aussi brillants. Orlandu ne connaissait pas l'homme, mais c'était un chevalier de la Religion. Il se retourna tout en continuant à s'éloigner à reculons. Trois autres chevaliers se déployaient derrière le premier, en un arc défensif. Le chevalier noir appela à nouveau et poussa sa monture dans les rouleaux.

« Orlandu ! Je suis fra Ludovico, de la langue d'Italie ! Nous sommes venus pour toi ! Pour toi, mon garçon ! Pour te rendre à ta mère ! »

Orlandu s'immobilisa, dans l'eau jusqu'à la taille et éclaboussant sa poitrine. Le chevalier noir descendit de cheval. Il semblait immense. Il s'avança vers lui. Puis s'arrêta. Orlandu vit qu'il avait les larmes aux yeux. Il leva son épée inversée vers les cieux.

« Loué sois-tu, ô Seigneur Jésus-Christ ! » Ludovico abaissa son épée et fixa Orlandu. Une fois encore, son émotion parut le submerger, et maintenant des larmes roulaient librement sur ses joues. Il tendit le bras.

« Viens ici, mon garçon, et laisse-moi t'embrasser. »

Orlandu était trop ahuri pour ne pas obéir. Il revint vers le rivage et se tint devant son sauveur. Il était réellement gigantesque. Aussi grand et large que Tannhauser. Un bras d'acier encercla les épaules d'Orlandu et le serra contre la poitrine de l'homme. Sur sa peau, l'armure était brûlante et constellée de sang. Il regarda dans les yeux liquides, et une fois encore il vit quelque chose qu'il n'avait jamais vu que dans les yeux de Tannhauser. De l'amour.

« Viens, dit Ludovico en le lâchant. Nous devons filer à cheval loin de ce brasier. Nous y avons fait notre part. Nous avons encore à jouer notre rôle dans des aventures plus glorieuses. »

Ludovico prit ses rênes et ils remontèrent sur la plage. Un jeune chevalier avec un seul œil lui tendit les rênes du cheval arabe qu'Orlandu avait gardé. Ludovico tint la bête tranquille pour qu'il saute, à cru. Ludovico monta en selle. Les quatre chevaliers formèrent comme une boîte de métal carrée autour d'Orlandu. Il sentit un frémissement dans sa moelle épinière. Il n'était pas moins ahuri qu'avant, mais là c'était merveilleux. Plus merveilleux encore, Ludovico sortit une épée supplémentaire d'une sacoche attachée à sa selle. Il la tendit à Orlandu.

« À Mdina », dit Ludovico.

Orlandu serra les flancs du cheval avec ses genoux

et accéléra vers la ligne de bataille, les quatre nobles chevaliers formant un rempart tout autour de lui.

Tannhauser scrutait cette immense calamité, sans succès. Comme toujours, le champ de bataille était un patchwork changeant d'épuisement et de stases soudaines. Entraînés comme l'étaient ces hommes, et ils étaient les mieux entraînés du monde, aucun ne pouvait plus lever les bras que par instants sans reprendre son souffle. Montures et hommes avaient les narines écarquillées et les jambes écartées, et çà et là des chevaliers assassinés par la chaleur restaient prostrés dans leur armure changée en four. Une langue de terre triangulaire séparait les eaux de Salina de celles de la baie de Saint-Paul, et comme les grappes de combattants en désordre reculaient pas à pas vers la plage, des ruptures se faisaient dans cette mêlée. Dans l'une de ces clairières, Tannhauser aperçut Abbas au moment où il était vidé de sa selle.

Le cheval d'Abbas tomba avec lui, puis lutta pour se remettre debout, ses sabots frappant son maître pendant qu'il se tordait au sol. Sur chaque côté d'Abbas, le porteur de bannière du régiment et deux autres officiers furent abattus par la même salve. Tannhauser fit pivoter Buraq.

« Mattias ! »

Tannhauser se retourna. Bors désignait l'extrémité des lignes avec le canon de son mousquet. D'une autre brèche, à deux cents pas derrière le front mouvant, un nœud de cinq cavaliers jaillissaient dans la plaine ouverte, vers l'arrière du combat. Leurs chevaux étaient écumants, presque épuisés. Le groupe commença à retraverser le bassin, se dirigeant vers le défilé. Le chevalier de tête portait une carapace noire complète d'armure de Negroli. Les trois chevaliers derrière lui complétaient un losange en forme de diamant, et au centre chevauchait Orlandu.

Il était poitrine nue et avait l'air aussi fier qu'un coq de combat.

Tannhauser regarda à nouveau vers Abbas. Il était debout, chancelant au milieu des morts, s'appuyant sur la hampe de la bannière jaune qu'il tenait à deux mains. Un chevalier chargea vers lui et Abbas fit pivoter la hampe, coinça son embout contre son pied et transperça le poitrail du cheval avec la pointe en forme de lance. Il trébucha sur le côté en évitant la chute de l'homme et de la bête et tomba sur un genou, avant de se relever tenant une épée écarlate qu'il abattit sur le chevalier avec ses dernières forces. Trente pas derrière lui, un autre chevalier faisait tournoyer sa monture et se préparait à le charger à son tour.

Tannhauser tira son épée en se tournant vers Bors.

« Suis-les, mais n'engage pas le combat. Je te rejoins. »

Bors acquiesça et talonna son cheval. Tannhauser releva le chien de son pistolet, raccourcit sa prise sur les rênes et, d'arrêté qu'il était, Buraq partit immédiatement au grand galop. Mattias se dressa sur ses étriers tandis qu'ils filaient dans l'ouverture vers Abbas, réduisant la distance entre eux comme le faisait le chevalier de l'autre côté, lance baissée. Abandonnant sa victime, Abbas se releva et, d'un rapide mouvement de tête, il vit ses deux exécuteurs potentiels qui le prenaient en tenaille. Il leva son épée pour affronter la charge de Tannhauser, et, d'un coup de pouce, Ibrahim dégagea la jugulaire de son casque et le jeta de côté. À trente pieds, Abbas écarquilla les yeux en le reconnaissant, et Tannhauser pointa derrière lui avec son pistolet. Avec le pas épuisé de qui est grièvement blessé, Abbas se tourna pour faire face à la lance qui arrivait. Tannhauser se pencha sur l'encolure de Buraq qui sauta un tas de cadavres sur la gauche d'Abbas et atterrit sans perdre de vitesse. De surprise, la tête du chevalier qui chargeait se tourna vers lui. À dix pieds de distance, Tannhauser visa et lui tira en pleine poitrine.

La balle d'acier traversa la plaque de poitrine, le chevalier partit en arrière sur sa selle, sa lance s'envolant toute seule, et retombant pendant que son cheval continuait à avancer. Tannhauser arrêta Buraq et le fit tourner. Le chevalier était retombé en avant. Abbas fit étinceler la lame de son épée brandie juste devant la tête du cheval qui vira brutalement, et alors que le chevalier s'effondrait à terre, sa main se prit dans les rênes qui firent s'arrêter la bête. Abbas tomba à genoux et s'appuya sur son épée.

Tannhauser descendit de cheval près de lui. Abbas était si couvert de sang qu'il était futile de chercher à localiser ses blessures. Il leva les yeux.

« Ibrahim…

— Père, dit Tannhauser. Aie foi. »

Il releva Abbas et l'aida à s'appuyer contre le flanc de Buraq. Il s'accroupit et joignit ses mains sous le pied d'Abbas. « Avec moi, allez. » Il le souleva, Abbas lança sa jambe, atteignit la selle et s'allongea en tenant le col de Buraq entre ses bras. Tannhauser prit la bride.

« Prie, dit-il. *Adh-Dhariyat.* »

Et pendant que Tannhauser menait Abbas vers le cheval immobile, ils chantèrent les versets ensemble.

« Par les vents dispersants qui s'entrelacent, Et ceux qui portent le fardeau de la pluie, Et ceux qui glissent avec aisance sur les mers, Et ces anges qui sèment des bénédictions sur ordre d'Allah, En vérité ce qui t'est promis est sûrement vrai, Et en vérité, le jugement et la justice adviendront. »

Tannhauser se pencha sur le chevalier tombé. Une

mousse rouge faisait des bulles au sortir de ses narines, et sa barbe luisait de sang. Il s'accrochait aux rênes de son cheval et Tannhauser marcha sur son bras pour les lui arracher. Il monta sur le cheval de guerre qui se mit à ruer. Il serra les genoux pour le maîtriser. Buraq s'approcha et sa présence sembla calmer l'autre. Abbas s'accrochait à sa courte crinière blonde, remuant les lèvres sans émettre un son. Tannhauser prit les rênes de Buraq et les ramena vers le bassin.

Il regarda vers le sud et aperçut le carré de Ludovico, déjà à mi-chemin de la vallée menant au défilé. Orlandu était sauf. Assez loin derrière eux et sur leur gauche, deux autres cavaliers suivaient : Gullu Cakie et Bors. Comme la vallée était semée du va-et-vient des messagers de La Corna, de quelques chevaliers nouvellement arrivés du Borgo et de files de blessés trébuchants, à cheval ou à pied, aucun des deux groupes n'attirait l'attention. Au nord, la bataille s'était déplacée vers les pentes herbeuses et les murets de calcaire qui bordaient la baie de Saint-Paul. Au large s'étendait la pagaille de navires, et le long voyage de retour vers la Corne d'Or.

Tannhauser mit les deux chevaux au trot et contourna les arrières chrétiens où les Sari Bayrak continuaient à battre en retraite en combattant férocement. Entre eux et l'engagement principal, s'étendait un espace où le tumulte était moins sauvage et Tannhauser prit cette direction. Ils chevauchaient à l'intérieur de cet immense arc de tuerie comme des êtres transportés par sorcellerie dans le rêve de quelqu'un d'autre, car personne ne semblait les voir et personne ne leur barra la route. Les chevaux enjambaient les carcasses souillant leur chemin et, parmi elles, il n'y avait aucun musulman blessé, car les vagues chrétiennes successives les avaient tous achevés. Ils se faufilèrent dans un hiatus des lignes et atteignirent le rivage, où quinze mille hommes luttaient au corps à corps sur trois mille pas de sable.

Les plages fourmillaient de Turcs se battant pour embarquer. Par endroits la bataille débordait dans l'eau et les vagues se crêtaient de rouge autour des genoux des soldats. Depuis les chaloupes filant vers les navires, des janissaires échangeaient des tirs de mousquets avec les *mangas* sur les pentes, et les canons des galères ouvraient des sillons dans les piquiers chrétiens. La bataille allait encore durer des heures, mais la seule vraie question était le nombre de morts que les Turcs allaient laisser derrière eux. Tannhauser ne s'en souciait plus. Il poussait sa monture à travers la cohue, le cheval de guerre écartant la foule sans difficulté, et marchant sur ceux qui tombaient avec un mépris impérieux.

« *Agasi Sari Bayrak* », aboyait Tannhauser, et les rangs s'écartaient en apercevant le général ensanglanté qu'il menait derrière lui.

Au bord de l'eau, trois chaloupes embarquaient. Tannhauser sauta à terre et s'approcha d'Abbas. Ses yeux étaient plissés, crispés de douleur. Il se laissa glisser de sa selle dans les bras de Tannhauser. Tannhauser le porta jusque dans l'eau peu profonde, l'enfant devenu maintenant le père de l'homme. À la poupe de la seconde chaloupe, il aperçut Salih Ali, qui semblait être en charge de l'embarquement car il brandissait un pistolet vers les réfugiés pataugeant dans l'eau, désespérant d'embarquer.

« Salih ! » appela Tannhauser.

Le corsaire le reconnut immédiatement. Ses yeux s'écarquillèrent en voyant le général ensanglanté dans ses bras. Tannhauser s'approcha du plat-bord.

« Soigne les blessures de l'*aga*, dit Tannhauser, s'il survit, il fera ta fortune. »

Malgré l'anarchie déployée partout alentour, Salih savait reconnaître une riche source de profit, et pas mal de gloire en supplément quand elle lui tombait du ciel. Il porta la main à son front pour saluer, puis aida Tannhauser à allonger Abbas dans la chaloupe. Salih cria aux rameurs de démarrer immédiatement et ils mirent leurs rames à l'eau. Tannhauser ôta son bracelet d'or et passa les têtes de lion autour du poignet d'Abbas. Abbas ouvrit les yeux et Tannhauser prit sa main et la serra.

Tannhauser dit : « Je suis venu à Malte ni pour la richesse ni pour l'honneur, mais pour sauver mon âme. »

Abbas serra ses doigts d'une main faible. Il releva la tête et regarda Tannhauser dans les yeux. Tannhauser perçut son agonie de douleur muette. Et au-delà de la souffrance, il y avait de l'inquiétude : pour lui.

« Mon fils, dit Abbas, as-tu trouvé le salut parmi les infidèles ?

— Je t'ai trouvé toi, dit Tannhauser, et j'ai trouvé l'amour. C'est suffisant pour mon salut.

— Alors tu ne viens pas avec moi... »

Tannhauser sentit une douleur lui percer le cœur. Il sourit en faisant non de la tête.

« Non, père. Pas cette fois. »

Abbas lui rendit son sourire. « Cette fois, je voyagerai jusqu'à la Corne d'Or sans toi.

— Mon esprit reste à tes côtés. Comme le tien a toujours été auprès de moi. »

Abbas serra sa main pour la dernière fois. Il dit : « *Astowda Okomallah.*

— *Asalaamu alaykum*, dit Tannhauser. *Fee iman Allah.* »

Tannhauser retira sa main et Abbas reposa sa tête sur les genoux de Salih. Tannhauser recula. Il regarda la chaloupe s'éloigner dans l'écume rougie de sang, avec Abbas bin Murad à sa poupe. Puis il se retourna, remonta sur Buraq, retraversa la foule, quitta le rivage et laissa le massacre final à ses participants, car il avait encore une dernière querelle personnelle à régler.

SAMEDI 8 SEPTEMBRE 1565 –
LA NATIVITÉ
DE LA SAINTE VIERGE MARIE
La trouée de Naxxar – Les hauteurs de Corra-dino

En son point le plus étroit, la route entre les montagnes était presque engorgée de corps. Les blessés turcs qui avaient rampé jusqu'ici avaient été égorgés là où ils étaient allongés, et une douzaine de fantassins espagnols arrachaient ornements et or aux cadavres. Ils levèrent le nez au passage de Tannhauser et leurs visages étaient aussi radieux que ceux d'enfants en train de jouer. Quand il quitta le défilé pour déboucher dans la plaine, il aperçut au loin trois chevaux de guerre sans cavaliers qui broutaient l'herbe brunie, et une sensation de désolation l'envahit. Le sirocco arrachait des volutes de poussière à la piste et dans les mirages de chaleur dégagés par la terre brûlée de soleil, les collines devenaient des montagnes en surplomb, déformées comme des monstres imaginaires composés de parties incongrues. Un quatrième cheval était attaché au bord de la route, à l'ombre d'un arbre rabougri, et deux formes humaines semblaient adossées à son tronc. Tannhauser poussa Buraq au petit galop, et plus il s'approchait, plus son cœur sombrait.

Deux costauds en armure cuisaient, les bras en croix dans le soleil de midi. Le premier était Bruno Marra. Du sang coulait de ses oreilles et de ses orbites, et son heaume était si profondément enfoncé dans le sommet de son crâne qu'il aurait fallu des outils pour le lui ôter. La plaque de poitrine du second chevalier montait et descendait encore. Entre autres blessures, la hampe d'une lance dépassait de son bas-ventre. C'était Escobar de Corro. Tannhauser sauta de sa selle, tira son épée, et Corro leva les yeux vers lui. Les traits du Castillan tremblaient sous l'effort fait pour contenir ses hurlements, car il ne voulait pas donner cette satisfaction à son ennemi. Au-delà de cela, son visage n'écrivait rien de lisible. Tannhauser lui trancha la gorge puis s'approcha de l'arbre.

Gullu Cakie tenait une gourde d'eau turque devant les lèvres de Bors, et Bors buvait goulûment, puis il cracha de l'eau dans sa main et s'humecta le visage. Gullu semblait indemne et Tannhauser remercia le ciel. Bors était tête nue, les cheveux en bataille trempés de sueur, et il portait de multiples estafilades sur le crâne et la figure. Son bras gauche était à moitié détaché en haut de l'épaule, et os et tendons en forme de vrilles luisaient dans l'ouverture. De sous sa cuirasse, une flaque de sang débordait sur ses cuisses. Son mousquet d'argent et d'ébène était posé bien droit près de son oreille, comme s'il avait décidé que c'était cela qu'il emporterait dans l'autre monde à venir.

Tannhauser s'installa près de lui. Bors sourit.

« Un seul mort sur quatre ? dit Tannhauser. Ces jours dans le trou t'ont affaibli le bras, en plus de la tête.

— Le temps m'aurait laissé en revendiquer trois si tu n'étais pas arrivé, grogna Bors.

— Trois ?

— La main noire ne devrait plus trop t'inquiéter. J'en ai finalement collé une à travers cette maudite plaque de Negroli. Balle en acier, double charge de poudre, à cent cinquante pieds.

— Ça devrait achever le travail, dit Tannhauser.

— Anacleto, je te l'ai laissé. »

Tannhauser se tourna vers Gullu Cakie.

« Je les ai suivis jusqu'à la route de Mdina, dit Gullu. Ludovico ne pouvait pas grimper la côte. Ils ont tourné vers le Borgo à la place.

— Et le garçon ?

— En parfaite santé, dit Bors. Je crois l'avoir bien surpris. » Il sourit. « Je les ai tous surpris, ces bâtards. Tu ferais bien de te hâter, sinon Ludovico pourrait atteindre la ville et noircir ton nom.

— Vais-je te revoir ? demanda Tannhauser.

— Pas de ce côté de la perdition », répondit Bors en secouant la tête. Il désigna le haut de l'arbre sans ombre. Trois gros freux étaient perchés sur la même branche nue, les observant avec des mouvements de tête curieux. « Ils sont venus accompagner mon esprit de l'autre côté. Mais ne te lamente pas, car j'ai ravalé ma fierté pour me mettre en paix avec Dieu. La route a été longue et sa fin plus glorieuse que je ne le méritais. »

Tannhauser passa une main derrière la nuque de Bors et serra doucement. Maintes fois il avait imaginé ce moment. La mort de son ami le plus chèrement aimé. Et maintenant qu'elle était là, sa tristesse était plus que ce qu'il pouvait supporter et il ne parvenait plus à parler. Il ravala un torrent d'émotion et sourit.

« Quand tu rentreras à Venise, dit Bors, que tu vendras nos biens et que tu compteras notre or, donne ma part à la famille de Sabato Svi. C'était un damné Juif, pour sûr, et si je suis voué à l'enfer, lui et moi, on lèvera nos coupes à ta santé, pour l'éternité, mais mon butin sera plus utile à ses proches qu'à toi... »

Bors retint de justesse un spasme venu des tréfonds de son corps. Il s'essuya la bouche, leva la main et prit le bras de Tannhauser. Malgré sa condition extrême, sa poigne était encore comme un étau.

« Gullu va veiller à ce que ma carcasse regagne le Borgo, dit-il, tu me feras enterrer proprement ? »

Tannhauser fit oui de la tête. Il serra encore une fois sa nuque de taureau, car sa langue était encore nouée.

« Maintenant, embrasse-moi, mon ami, et va-t'en, dit Bors, parce que je n'aime pas les au revoir interminables. »

Tannhauser prit sa tête massive entre ses mains. Il l'embrassa sur les lèvres.

« Jusqu'à la fin, murmura Tannhauser.

— La toute fin », dit Bors.

Tannhauser étouffa la boule dans sa gorge, se releva et commença à avancer vers Buraq.

« Mattias... », appela Bors.

Tannhauser se retourna. Il regarda dans les sauvages yeux gris nordiques.

« Reste avec dame Carla, et ne fais pas l'idiot », dit Bors. Il sourit. « Vous ferez le plus adorable couple de nobles depuis Salomon et la reine de Saba. » Il prit une grande inspiration pour rire de sa propre plaisanterie, comme à son habitude, et quelque chose lâcha en lui, et il ne laissa pas ressortir son souffle. Sa tête retomba contre le tronc de l'arbre. Et ainsi mourut Bors de Carlisle.

Tannhauser monta sur Buraq et s'enfonça dans la poussière soulevée par le vent.

Les deux chevaliers et le garçon à demi nu avaient quitté la plaine polluée et pris la piste menant à Corradino à un pas si lent qu'ils auraient aussi bien pu ramper à quatre pattes. Au sommet, ils s'arrêtèrent. Autour d'eux, çà et là, se dessinaient les tranchées turques abandonnées et pleines d'ossements, de masures improvisées, d'équipements oubliés, de canons éclatés et de rangées de côtes animales et humaines étalées, couvertes de lambeaux de peau raidis et desséchés. Et dans le lointain, en contrebas, se déroulait le paysage qu'Orlandu avait pensé ne jamais revoir.

Le Grand Port étincelait de bleu saphir. Les péninsules jumelles de L'Isola et du Borgo lui étaient aussi familières que sa main, et pourtant elles semblaient modifiées pour toujours. La grande enceinte était fracassée de Saint-Michel jusqu'à la porte de Kalkara, et bordée d'un incalculable nombre de morts. Des sections entières des deux cités donnaient l'impression d'avoir été aplaties au sol par la rage d'un titan. Les ailes déchiquetées des moulins de L'Isola ne tournaient plus, malgré le sirocco qui montait en puissance. Pourtant, dans ce qui ressemblait à des nécropoles, les cloches des églises carillonnaient sans cesse, et, quelque part dans ce marasme, elles célébraient vie et espoir, et le futur à venir.

La gorge d'Orlandu se serra. Les musulmans avaient été repoussés de leurs rivages, et sur ces rivages ils n'auraient jamais dû venir ; mais il avait été témoin de leur massacre dans la baie de Saint-Paul, avec une angoisse à peine moins déchirante que celle qu'il avait ressentie pour les hommes de Saint-Elme. Il se demandait ce que Tannhauser dirait, et Tannhauser dirait que c'était sans importance, parce que c'était fait, et ce qui comptait c'étaient les choses qu'ils feraient ensuite. Orlandu se tourna pour observer Ludovico.

Le chevalier noir à la mortelle blessure était un mystère. Ludovico de Naples. Orlandu n'avait jamais entendu parler de lui, or il croyait bien avoir connu tous les plus vaillants frères de l'Ordre. De plus, avec lui il y avait ce jeune borgne hanté qu'Escobar de Corro avait appelé Anacleto. Orlandu avait présumé que ces hommes étaient des alliés de Tannhauser. Et puis Bors les avait soudain attaqués dans le défilé, et les avait presque tous tués. Maintenant, Ludovico était voûté sur sa selle. Il respirait par petits coups superficiels. Sa souffrance était grande. Il vit qu'Orlandu le regardait et redressa la tête.

« Es-tu heureux de rentrer chez toi, mon garçon ? » demanda-t-il.

Sa voix était gentille. Ses yeux d'obsidienne irradiaient encore quelque chose comme de l'amour.

« Oui, messire, répondit Orlandu. J'ai une dette éternelle envers vous. »

Ludovico réussit à sourire. « Tu as les manières et le maintien d'un homme. De qui un garçon comme toi en a-t-il appris autant ?

— Du grand capitaine Mattias Tannhauser », dit Orlandu.

Ludovico opina, comme s'il l'avait bien pensé. « Tu n'aurais pas pu trouver meilleur mentor. »

La confusion d'Orlandu augmenta. « Donc vous le connaissez bien ?

— Lui et moi sommes liés ensemble par la volonté divine. Quant à ta dette, considère-la comme déjà effacée et plus que généreusement remboursée. »

Le sourire de Ludovico se changea subitement en grimace quand une douleur le lança, venue de ses entrailles, et il se plia en deux. Il n'émit aucun son, le spasme passa et il releva la tête. « Je voulais vous réunir à Mdina, toi et ta mère, dame Carla, mais passer la montagne m'aurait achevé. »

Il se plia à nouveau en avant.

Des questions tourbillonnaient dans la tête d'Orlandu. Anacleto approcha son cheval et prit les rênes de Ludovico. Il les tendit à Orlandu.

« Emmène-le à l'hôpital, dit Anacleto. Trouve le père Lazaro. »

Orlandu hocha la tête et Anacleto fit tourner son cheval, qu'il cravacha pour redescendre la colline. Orlandu regarda vers là où il allait. Loin dans la plaine dévastée de la Marsa, un cavalier galopait vers eux, laissant un sillage de poussière. Son cheval avait la couleur d'une pièce d'or toute neuve, et sa queue était aussi pâle que de l'avoine. Les cheveux du cavalier flottaient au vent et prenaient, sous le soleil, une lueur de bronze embrasé.

Orlandu dit : « Tannhauser. »

Ludovico le vit aussi. Il rappela son camarade comme s'il avait pu l'arrêter. « Anacleto ! »

L'effort le fit à nouveau se plier en deux. Anacleto n'en avait tenu aucun compte. Orlandu avait l'impression de voir une rage noire filant en trombe à travers les terres ravagées, et il ne désirait rien de plus que de voir Tannhauser sain et sauf. Mais quelles que soient les intrigues qui devaient se résoudre ici, ce brave chevalier avait besoin du chirurgien, et Orlandu voulait vraiment l'aider. Il tendit la main et saisit les rênes de Ludovico.

« Attends, ordonna Ludovico.

— Mais, le père Lazaro…, dit Orlandu.

— Non, dit Ludovico, je suis bien au-delà de l'art du chirurgien. Mais peut-être pas au-delà de l'honneur. »

Ludovico reprit les rênes. Il fit faire demi-tour à sa monture pour faire face à la plaine et, d'un mouvement du menton, il fit signe à Orlandu, qui fit la même chose. Ils voyaient Tannhauser galoper sur son cheval doré. Anacleto cavalait dans l'autre sens pour l'affronter, l'épée haute.

« Dieu sait tout, dit Ludovico. Tout ce qui est, tout ce qui a été, et tout ce qui sera, pour l'éternité. Et pourtant, on ne peut approcher du choix divin, et chaque homme grave librement la charte de la vie de sa propre main. »

Ludovico se tourna vers Orlandu. Orlandu regarda au fond des yeux impénétrables et la tristesse enchâssée dedans était si immense qu'elle englobait, du moins lui semblait-il, tout le chagrin répandu sur l'île dévastée qui les entourait.

Ludovico prit une respiration et poursuivit. « Les lettrés appellent ce paradoxe "le mystère caché", et à de telles questions, Augustin répond : *"Inscrutabilia sunt judicia Dei."*

— Messire…

— Les voies de Dieu sont impénétrables. »

Ludovico se tourna à nouveau vers la plaine et Orlandu l'imita.

Ils virent Tannhauser tirer les rênes pour obliger le cheval doré à s'arrêter. Anacleto chargeait vers lui. Ils virent les bras de Tannhauser faire un cercle derrière sa tête, puis le reflet bleu du soleil sur le canon de son arme qu'il épaulait. Ils virent fumée et flamme jaillir de la gueule du canon et Anacleto vider les étriers et dégringoler de sa selle. Puis ils entendirent le coup de feu et son écho venu de l'escarpement couvert d'ossements. Ils virent Tannhauser tenir le canon verticalement et le virent enfoncer une poire à poudre dans sa gueule. Ils virent Anacleto rouler au sol et tenter de se remettre à genoux. Ils virent que Tannhauser avait mis une balle dans le mille et qu'il reposait son arme chargée sur ses cuisses et qu'il tirait son épée. Il fit avancer son cheval doré. Ils virent le reflet de l'épée qui se levait et redescendait et Anacleto tomba en avant, et quelque chose dégringola de ses épaules, roula et finit par s'arrêter dans la poussière.

Avec un étrange sens de la satisfaction qui fit frissonner Orlandu, Ludovico dit : « C'est ici que ma propre charte s'interrompt. Pourtant, en écrivant sa fin, tout homme devrait pouvoir devenir une chose et pas une autre. Peut-être surtout en écrivant sa fin. »

Quand Tannhauser avait vu Anacleto descendre la colline, il s'était rendu compte qu'il était vidé de toute haine et de toute rage. Auparavant, il avait imaginé engager le combat avec lui, le découper morceau par morceau, prolonger ses souffrances, l'humilier, le laisser certain de mourir, mais pas encore mort. Maintenant, il ne voulait qu'en finir. Il pointa son arme, l'atteignit, et la balle fit un bruit sec en crevant sa cuirasse. Il rechargea son fusil et l'arma avec la clé, avant de refermer le fourneau. Il dégaina son épée et, en passant près de ce scélérat à genoux, il le décapita sans même daigner regarder son visage. Il rengaina son épée, puis regarda les hauteurs en face, et il aperçut leurs silhouettes découpées sur l'azur. L'homme et le garçon. Le père et son fils. Tannhauser rangea le fusil contre sa hanche. Il commença à monter la pente pour tuer l'un sous les yeux de l'autre.

Quand il parvint en haut, il comprit qu'il n'y aurait pas de bataille.

Ce n'était pas de voir le trou fait par la balle dans la plaque ventrale de l'armure, ni la couche de sang luisant collé aux cuisses de Ludovico, et qui dégoulinait de sa selle sur les flancs de son cheval. C'était l'expression du visage blême du moine et la lueur au fond de ses orbites, une lueur comme en émettent certaines de ces étoiles qui disparaissent quand on les fixe directement.

« J'avais demandé à Orlandu d'aller nous attendre dans le Borgo, dit Ludovico, mais il rechignait à partir sans vous saluer. »

Tannhauser regarda Orlandu. Pour la première fois depuis ce qui paraissait une éternité, il sentit quelque chose de proche d'un bonheur frémir dans sa poitrine. Il dit : « On dirait que tu t'es un peu remplumé pendant ton exil chez les païens.

— Après la crique des Galères, répondit Orlandu, travailler pour Abbas était comme une *festa*. »

Tannhauser sourit et Orlandu rayonna. Mais l'expression du garçon s'effaça en regardant Ludovico. Il vint à l'esprit de Tannhauser que le garçon n'avait aucune idée de son inimitié envers le moine ; ou du moins n'en avait-il pas eu jusqu'à ce que Bors expédie une balle dans les tripes du chevalier noir.

Tannhauser dit : « Frère Ludovico a raison. Va attendre au Borgo. »

Il lança son fusil à Orlandu, et le garçon l'attrapa au vol en oscillant sur le dos nu de son cheval. Tannhauser descendit de sa selle, attacha sa gourde autour de son cou et tendit les rênes de Buraq au garçon.

« Mène Buraq aux écuries du grand maître. Couvre-le, fais-le marcher un peu et veille à ce qu'il boive quand il sera rafraîchi. Pas de nourriture avant que je ne revienne. » Il désigna les grosses sacoches accrochées derrière la selle. « Et ne quitte pas mes sacoches des yeux.

— Après la journée qu'il a eue, il faudrait lui nettoyer les sabots, dit Orlandu. Et lui essuyer les yeux et les naseaux parce que la poussière et la fumée étaient terribles.

— Excellent, dit Tannhauser, puis il s'adressa à Ludovico. Ce garçon est un enragé d'étude et de travail. Quand nous nous sommes rencontrés, il avait à peine touché un cheval de sa vie. »

Ludovico maîtrisa un spasme et hocha la tête pour marquer son admiration.

« Ce garçon est bien comme vous le décriviez, dit-il, et plus encore. Brave, fier, grand. »

Orlandu rayonnait. Mais Tannhauser voyait bien qu'il avait pleinement conscience que la mort était le quatrième membre de leur cercle. Tannhauser dit : « Maintenant, dis au revoir à ton sauveur. Et remercie-le.

— Il m'a déjà remercié, dit Ludovico.

— Alors, au revoir suffira », dit Tannhauser.

Ludovico ôta son gantelet plein de sang et leva la main. « Approche », dit-il à Orlandu. Le garçon obéit et inclina la tête pour recevoir la bénédiction. Ludovico posa sa main sur la tête d'Orlandu. Ce contact sembla emplir le moine d'une joie transcendantale.

« *Ego te absolvo a peccatis tuis.* » Ludovico releva la main et fit le signe de croix : « *In nomine Patris et Filii et Spiritus Sancti, Amen.* »

Orlandu se signa. Ludovico tendit la main. Orlandu fut surpris car les chevaliers ne montraient jamais une telle courtoisie envers leurs semblables. Il la serra.

« Honore ta mère, toujours, dit Ludovico. Il n'existe pas de commandement plus sage.

— Oui, messire. Merci », dit Orlandu.

Il jeta un regard vers Tannhauser, qui hocha la tête.

« Au revoir, dit Orlandu.

— Bonne chance », dit Ludovico. Il lâcha la main d'Orlandu.

Tannhauser et Ludovico regardèrent le garçon descendre la piste. Ils le regardèrent traverser les ruines de Bormula, puis le Grand Terre-Plein, et passer la porte Provençale. Puis ils demeurèrent un long moment silencieux, contemplant le port, et les forteresses délabrées, la ville à moitié rasée, et le désordre de cendres et de sang pour lequel tant de gens, venus de tant de coins de la terre, s'étaient battus et étaient morts. Les cloches de la victoire carillonnaient, loin. Et Tannhauser se souvint que c'était d'un endroit très proche de celui-ci qu'il avait entendu Carla jouer de sa viole de gambe dans la nuit. Et il pensa aux deux femmes jouant leur musique ensemble, aux moments d'extase et de beauté qu'elles tissaient entre elles, et il pensa à Amparo nageant dans le clair de lune de la baie... Un soudain coup de vent dans ses cheveux lui donna l'impression que le fantôme rebelle d'Amparo passait tout près de lui. Car Gullu avait raison, elle serait avec lui pour toujours, et il tenta à nouveau de se rappeler les derniers mots qu'elle lui avait dits, et, encore une fois, il n'y parvint pas.

De la porte Provençale, deux nouveaux cavaliers apparurent, les sabots de leurs montures soulevant de la poussière de sang sur le Grand Terre-Plein. Tannhauser se tourna vers Ludovico. L'homme chancelait sur sa selle, aussi pâle, émacié et fragile que le spectre de la nuit.

« Laisse-moi t'aider à descendre », dit Tannhauser.

Ludovico hocha la tête et se pencha sur l'encolure de son cheval. Il balança une jambe en travers de sa croupe, mais quand il lança tout son poids à la suite, ses forces l'abandonnèrent complètement et Tannhauser le saisit à bras-le-corps, l'armure lui écorchant le cou pendant qu'il l'allongeait sur les pierres qui bordaient la piste.

« Tu es le deuxième homme de la journée que j'aide à descendre de cheval.

— J'espère que le premier n'était pas aussi diminué que moi.

— Je l'espère aussi. C'est un trou bien vicieux que Bors t'a fait là... »

Tannhauser dégaina la dague du diable qu'il avait forgée trois décennies auparavant, et Ludovico rassembla ses forces sans dire mot. Mais Tannhauser trancha les lanières de son armure de Negroli, et Ludovico le regarda faire. Là-haut, sur cette crête, la brise soufflait en bouffées torrides.

« Le vent est chaud, dit Tannhauser. Le sirocco, venu des déserts de Libye et d'au-delà. Mais après avoir cuit dans cet acier, il te fera penser au printemps. »

Il ouvrit les vambraces comme des coquilles de palourdes, et dégagea les pauldrons des épaules. Il libéra la grande plaque de poitrine noire, et la mit de côté. Il éplucha la plaque ventrale sanglante en dessous, et même si le ventre troué de Ludovico était aussi tendu qu'une peau de tambour, et que les entrailles dedans se dissolvaient dans leur propre saleté, pas une fois le moine n'émit le moindre son. Sur sa peau, il portait le simple habit noir de Saint-Jean, avec la croix blanche à huit pointes cousue sur la poitrine.

« Mieux ? demanda Tannhauser.

— Je vous suis reconnaissant. »

Tannhauser déboucha sa gourde et la tint devant les lèvres de Ludovico. Ludovico avala deux gorgées et hocha la tête. Tannhauser but aussi.

« Le grand maître est-il en vie ? demanda Ludovico.

— La Valette vit.

— Bien, dit Ludovico. Au moins, je n'aurai pas cela en plus sur la conscience. »

Tannhauser l'examinait. « Tu n'es plus l'homme que j'avais en face de moi dans la Gouve. »

Ludovico le regarda. « Peut-être parce que j'ai eu un sage pour ennemi.

— Je hasarderais qu'il a fallu plus que cela.

— Quand j'ai aperçu Orlandu sur le champ de bataille, dit Ludovico, quand j'ai appelé son nom et qu'il s'est retourné, dans l'eau jusqu'à la taille, et que j'ai vu son visage pour la première fois… Si brave, si… » Il cherchait ses mots et ses épaules retombèrent contre le rocher, sa tête massive penchée en arrière, regardant le ciel. Ses yeux noirs étaient voilés par l'émotion. « Oh, Dieu, dit-il. Oh, Seigneur Dieu ! »

Dans ces mots se trouvait un regret trop monumental pour être mesuré. Tannhauser s'étonna même que cela ne le tue pas. Il dit : « Cela en dit assez. Est-ce qu'Orlandu sait qui tu es ?

— Non.

— Pourquoi ne pas le lui avoir dit ?

— Je laisse ce choix à Carla.

— Tu crois qu'elle mentirait ? »

Les lèvres de Ludovico étaient entrouvertes, il haletait à petits coups. Sa bouche ne remuait pas, mais un reflet dans ses yeux suggérait un sourire.

« Peut-être a-t-elle un sage pour ami, dit-il.

— Je pensais dire au garçon que tu étais un lâche et un traître, dit Tannhauser, mais le premier serait mensonge, et, dans un monde aussi dégénéré que celui-ci, quel homme n'est-il pas traître à ses propres promesses ?

— Dites à Carla que je regrette.

— Je sais, dit Tannhauser. Je le ferai. »

Ludovico cligna des yeux. « La mort d'Amparo n'était pas dans mes intentions. »

Tannhauser l'étudia un instant, puis dit : « Je sais cela aussi.

— Je me demande si Dieu me pardonnera.

— Le Christ le fera.

— Vous parlez du Christ, enfin ? »

Tannhauser sourit. « Une religion qui laisse une place au troisième larron ne peut attirer que la sympathie des gens comme moi. »

Les yeux de Ludovico se braquèrent sur les siens et pendant un instant, il redevint l'inquisiteur de jadis, l'homme à la recherche des vérités cachées chez les autres hommes. Il dit : « Ainsi beaucoup de choses ont changé depuis la Gouve.

— À Messine, tu m'avais affirmé que le chagrin ouvre la porte à la grâce de Dieu. Et tu m'avais demandé, si c'était le cas, quel droit l'homme avait-il de l'éviter. »

Les yeux de Ludovico remuaient, comme s'il cherchait à se remémorer cette lointaine conversation.

« Ce n'étaient que des mots, dit-il, des mots savants.

— La vie tend à donner de la chair à de tels mots », répliqua Tannhauser.

Ludovico acquiesça. Il posa les paumes de ses mains sur sa poitrine et inspira profondément l'air chaud et poussiéreux. Il le relâcha par la bouche. Il essaya de sourire, regardant Tannhauser. Leurs yeux se verrouillèrent au-dessus de l'immense gouffre qui les avait divisés. Ludovico avait trouvé sa paix.

« Tu avais raison, dit-il. Cela fait comme un printemps. »

Tannhauser le poignarda en plein cœur et Ludovico mourut immédiatement.

La lame trempée dans le sang d'un démon avait trouvé sa destination finale. Et elle y resta.

Tannhauser jeta le fourreau si précieusement orné. Sa gorge était serrée d'émotions impossibles à nommer et il les avala. Il prit Ludovico dans ses bras. Même usé jusqu'à la corde par le siège – et ils l'étaient tous – le moine demeurait grand et lourd. Il le porta dans une tranchée turque profonde de quelques pieds, et l'allongea. Il le roula dans un morceau de toile arraché à des réserves abandonnées. Il le couvrit de morceaux de charpente, de boulets de pierre et de morceaux de roche. Il ne laissa aucune marque hormis la dague logée dans son cœur. Il remonta jusque sur la piste. Il emba l'armure de Negroli et l'attacha à la selle du cheval de Ludovico. Au moment où il allait monter en selle, le grand maître, Jean Parisot de La Valette, et son distingué secrétaire, Oliver Starkey, émergèrent de sous la crête. Ils virent tous deux l'armure noire du moine.

« Capitaine Tannhauser, dit La Valette, comment se passe cette journée ?

— Cette journée est tout à vous. »

La Valette descendit de cheval en hochant la tête. Il prenait soin de ne pas s'appuyer sur sa jambe blessée, mais sa vigueur demeurait étonnante. Il tira son épée. Tannhauser le regarda.

« Vous voudriez aussi vous débarrasser de moi ? » demanda-t-il.

La Valette éclata de rire. Tannhauser ne l'avait jamais entendu rire auparavant. C'était un rire de pirate. Et plus encore. Le rire de qui est capable d'envoyer tous ceux qu'il aime à la mort, et tout cela pour un idéal monstrueux. La Valette fit non de la tête.

« Il n'existe pas mieux qu'un champ de bataille pour adouber un chevalier », dit La Valette.

Tannhauser le fixait.

« Je sais qu'il y a peu de gens devant qui vous vous agenouilleriez, dit La Valette, mais le feriez-vous pour le prince de la Religion ? »

Tannhauser le fixait toujours.

« Doutez-vous qu'un tel cadeau soit en mon pouvoir ? demanda La Valette.

— Non, dit Tannhauser émergeant enfin de sa stupeur. Je crains seulement ce que cela pourrait m'obliger à faire. Je ne suis pas prêt à faire des vœux que je ne peux pas tenir. J'ai déjà fait de telles erreurs auparavant. »

La Valette parut impressionné par tant d'intégrité. « Quand l'Ordre juge bon d'honorer un homme ayant rendu de singuliers services, il peut lui conférer l'habit de grâce magistrale. Les quartiers de noblesse généralement requis sont écartés – et, en ce cas, c'est apparemment une nécessité. On le dispense de la période de probation, et vous ne serez pas obligé de faire profession complète de nos vœux. Néanmoins, vous appartiendrez à la Religion, et partout où les frères se rassemblent, vous pourrez réclamer votre droit de pension et de cantine. »

Tannhauser considéra la proposition. « Aurai-je la possibilité de faire du commerce ?

— Seul le Vatican lui-même est plus riche que la Religion, dit Starkey. Avec cette victoire, les donations que nous recevrons pourraient même bien dépasser les leurs, même si le Saint-Père ignorera toujours de combien.

— Et je pourrai m'intituler "chevalier", ou toute autre appellation aussi digne ?

— Bien sûr, dit La Valette, avec ce sourire de pirate qui plissait ses yeux. Vous serez également doté de l'immunité face au bras de la loi civile. »

Tannhauser soutint son menton avant que sa mâchoire n'en tombe. Quelle fraternité de criminels était-elle plus ingénieusement conçue que celle-ci ? « La loi n'a pas juridiction sur les frères ?

— Vous ne répondrez qu'à nos lois, dit La Valette. Et puisque vous êtes le seul homme qui ait résisté à la Gouve, je crois sincèrement que vous les respecterez. »

Au risque de paraître ne pas apprécier, Tannhauser demanda : « Le célibat est-il requis ?

— Non, il ne l'est pas. Mais je dirais que je le recommande si vous devez vivre une longue vie. »

Tannhauser se mit sur un genou et carra ses épaules.

« En ce cas, Votre Excellence, vous pouvez manier votre épée avec joie. »

SAMEDI 8 SEPTEMBRE 1565 –
LA NATIVITÉ
DE LA SAINTE VIERGE MARIE
Mdina

Sans murailles ni retranchements, ni coups de feu, ni les patrouilles assassinés de chaque drapeau, Tannhauser se rendait compte combien Malte était minuscule. Le voyage du Borgo à Mdina, qui parfois avait semblé plus long que l'Odyssée, faisait à peine huit milles. Les chevaux reposés, de la nourriture et du vin dans leurs ventres, Orlandu et lui remontèrent vers les collines au son d'innombrables cloches. Ils croisèrent ou dépassèrent en route toutes sortes de gens jubilants, car c'était comme si les portes d'une énorme geôle avaient été ouvertes et ses prisonniers libérés pour faire la fête comme ils voulaient. Mais Tannhauser était sombre, ignorait les joyeux saluts, et, chevauchant à ses côtés, Orlandu s'en apercevait.

« Vous êtes en colère contre moi ? » demanda-t-il.

Tannhauser le considéra. Le garçon était aussi plein d'allant qu'un chien des abattoirs. Si on pouvait dire de quelqu'un qu'il avait réussi à traverser cette folie sain et sauf, c'était bien lui. Il n'avait pas la moindre blessure, il était vif d'esprit et n'avait, à ce que Tannhauser en savait, ni meurtre ni cruautés sur la conscience qui auraient pu ternir son âme immortelle. Et il vint soudain à l'esprit de Tannhauser, comme sortant de nulle part, que lui-même n'était pas tout à fait pour rien dans ce triomphe. À cette pensée, il se sentit mieux.

« Je vais t'expliquer comment je vois les choses, dit-il. Si j'avais su ce que ton existence allait me coûter, en plus de sang, de sueur, et de larmes que je m'imaginais devoir verser un jour, je serais venu à Malte douze ans plus tôt, et je t'aurais étranglé dans ton berceau. »

Orlandu eut un mouvement de recul comme s'il avait reçu une gifle, et Tannhauser sourit. « Si nous devons cheminer ensemble dans l'avenir, dit-il, il te faut t'habituer à mes plaisanteries, qui sont parfois sinistres.

— Donc, vous n'êtes pas fâché contre moi ?

— M'as-tu donné des raisons de l'être ?

— Alors pourquoi souhaitez-vous avoir pu m'étrangler dans mon berceau ?

— Quand nous nous sommes rencontrés dans l'horreur de Saint-Elme, je t'ai dit que tu m'avais fait mener une drôle de danse. Je ne savais pas alors que la gigue venait à peine de commencer. Mais maintenant qu'elle est presque finie, je dirais que rien que de te voir fait que chaque étape sanglante en valait la peine. »

Il songea à Amparo. Et Bors. Non, pas vraiment toutes les étapes. Mais on ne pouvait pas les mettre sur le compte du garçon. Si Orlandu ne parvenait pas à voir tous les tenants et les aboutissants de tout cela, ce n'était pas par manque de perspicacité. À la place, il alla droit à l'essence des choses.

« Donc, nous sommes toujours amis.

— Oui, garçon, dit Tannhauser. Tu es sans doute le dernier véritable ami qui me reste.

— Je suis désolé pour l'Anglais, Bors de Carlisle. Il disait aussi qu'il était mon ami.

— Et il l'était. Son dernier combat devait être un sacré spectacle.

— Oh, mon Dieu, dit Orlandu, avec de grands yeux. Quatre contre un ? Quatre *chevaliers* ? C'était terrible. Fantastique. Mais pourquoi cela ?

— Parce qu'ils étaient de faux chevaliers, des frères perfides et pourris, pas moins, et des ennemis de La Valette autant que de nous-mêmes.

— Comment ça, faux et perfides ?

— C'est une histoire que je te raconterai plus tard. » Il lui lança un regard solennel. « Tu dois garder tout ce que tu as vu absolument secret. Peu d'hommes sont capables de relever un tel défi, même si cela semble assez simple, mais c'est un talent qui te rendra de grands services.

— Comme de faire semblant ? demanda Orlandu.

— Exactement, exactement.

— Mais des amis ne devraient pas faire semblant l'un envers l'autre, dit Orlandu.

— Non. Ils ne devraient pas.

— Vous dites que fra Ludovico était un faux chevalier ? »

Tannhauser soupira. « Sous la grande tente du pouvoir, ses allégeances étaient divisées. De telles rivalités prospèrent sous toutes les grandes tentes, car les hommes sont rarement heureux de l'état des choses et, en essayant de les améliorer, ils sont intolérants envers les idées contraires aux leurs, ou à peine différentes. À cet égard, la vie est souvent une énigme et je suis le dernier homme sur terre qui jetterait la pierre. Il est certain que Ludovico était brave, et qu'il était possédé par des convictions puissantes. Mais, d'après mon expérience, toute conviction fortement brandie est une épée à double tranchant, tous deux très affûtés.

— Il m'a dit d'honorer ma mère. »

En équilibre, Tannhauser sentit la corde raide se balancer sous ses pieds. « Une splendide notion.

— Il voulait m'emmener à Mdina pour la rejoindre.

— Il m'a confié ce joyeux devoir. »

Orlandu dit : « Fra Ludovico était mon père ? »

Ils y étaient. Tannhauser tira les rênes de Buraq, ils s'arrêtèrent, et il feignit de rajuster quelque chose sur la bride. C'était étrange, mais jusqu'à ce qu'il ait commis l'acte, il n'avait jamais pensé à la complexité de dire à Orlandu que le père qu'il espérait tant retrouver était mort de sa propre main. Et lui-même n'avait sans doute pas compris non plus combien il tenait à l'affection du garçon. Il se retourna pour lui parler en face, les yeux d'Orlandu plongèrent dans les siens et, en eux, cette même affection était si nue que Tannhauser chancela. Après tout, Ludovico avait décidé de laisser cette tâche à Carla, et il lui avait même donné sa bénédiction pour dire un mensonge. Mais la honte de Ludovico n'était pas celle de Tannhauser. L'âme de Tannhauser n'appartenait qu'à lui.

Il dit : « Oui. Frère Ludovico était ton père. »

Les lèvres d'Orlandu se crispèrent.

Tannhauser dit : « Je l'ai achevé. »

Orlandu cilla, deux fois. Il dit : « Parce qu'il était… faux ?

— À la toute fin, il était aussi vrai que tout homme peut espérer l'être.

— Alors pourquoi ? »

Pour Tannhauser ce n'était pas l'heure de faire la liste des crimes de Ludovico. Le garçon apprendrait tout cela un jour, mais pas aujourd'hui. Il dit : « Je l'ai tué parce que le destin l'ordonnait. »

Orlandu était tout ouïe, et peut-être Tannhauser l'avait-il sous-estimé, car la réponse sembla adéquate, du moins pour l'instant. En tout cas, sa déclaration était bien pensée. Orlandu dit : « Si mon père était un perfide

927

et un membre pourri, et que je suis de son sang, deviendrai-je moi aussi perfide et pourri ?

— Je t'ai déjà expliqué une fois que ce n'est pas le sang qui compte, mais la manière dont nous avançons dans la vie. Nous avons parcouru pas mal de milles ensemble, toi et moi, et, crois-moi, il n'y a rien de perfide ni de pourri dans ton âme. »

Une fois de plus Orlandu absorba ses mots. Puis il dit : « Marcherons-nous quelques milles de plus ? »

Tannhauser sentit son cœur se serrer, parce qu'il voulait dire : « Jusqu'à la fin. » Mais il ne pouvait pas faire une promesse qu'il n'était pas certain de pouvoir tenir. Il dit : « Nous verrons. »

Puis il sourit, et le garçon sourit aussi. Et donc tout allait bien.

Au-dessus du sommet de la colline, des fusées explosèrent dans le ciel, et le carillon des cloches retentit. D'un mouvement de tête Tannhauser désigna l'autre direction. « À Mdina, car Carla attend. » Une pensée le frappa. « Dis donc, tu as toujours ma bague ? Mon anneau d'or ? »

Orlandu acquiesça. « Bien sûr. »

Tannhauser tendit la main. « Alors sors-le. Sans or, je me sens à moitié nu. »

Carla était assise dans la pénombre de la casa Manduca. Malgré les festivités dans les rues, elle se sentait seule. Don Ignacio était mort. Il avait été enterré dans la crypte de la cathédrale Saint-Paul. Une seule personne l'avait pleuré, Ruggiero, le vieil intendant ; comme il avait pleuré ensuite devant Carla. Ruggiero avait imploré son pardon pour des actes et des péchés commis longtemps auparavant, et elle le lui avait accordé, plein et entier, car trop d'horreurs dans le présent étaient nées des horreurs du passé. Il était tombé à genoux, avait embrassé ses mains, et elle l'avait congédié. Elle avait pardonné à son père aussi, et la tristesse l'emplissait, car il était mort sans amis, seul. Or tout aurait peut-être pu se passer autrement… Ruggiero lui avait expliqué que la maison, les terres fermières de son père dans la vallée de Pawles, ses intérêts d'armateur et son or lui appartenaient désormais. La nouvelle l'avait surprise, mais ne l'avait pas émue.

La maison l'oppressait. Les fantômes qui avaient dilapidé leurs vies dans une tristesse dénuée d'amour hantaient ses halls et ses couloirs. Vers la fin du jour, elle se rendit dans le jardin clos de murs et s'installa à l'ombre grandissante des orangers. C'était la fête de la Nativité de la Madone, et un samedi. Pendant la première décade du rosaire, elle allait méditer sur le mystère de l'Annonciation, quand l'archange Gabriel apparut à Marie pour lui annoncer qu'elle porterait le fils de Dieu. C'était l'un des mystères les plus joyeux, sans doute cela l'aiderait-il. Elle s'agenouilla dans l'herbe et embrassa le crucifix de son rosaire. Elle fit le signe de croix et entama le Credo.

« Je crois en Dieu, le Père Tout-Puissant, Créateur du ciel et de la terre. Et en Jésus-Christ, son fils unique, qui fut conçu par le Saint-Esprit, porté par la Vierge Marie, et qui souffrit sous Ponce Pilate, fut crucifié, mourut et fut enterré. Il descendit en enfer. Le troisième jour, il ressuscita des morts. Il monta aux cieux et alla s'asseoir à la droite de Dieu, notre Père Tout-Puissant. De là, il reviendra juger les vivants et les morts. »

Elle entendit la porte de la casa grincer. Puis des pas. Et une toux discrète dans le jardin derrière elle. Elle se signa et regarda par-dessus son épaule. Elle s'attendait à voir Ruggiero.

Mattias était debout sous la tonnelle.

Le cœur de Carla manqua s'arrêter. Elle se releva.

Il avait les joues marquées par l'épuisement. Quelque chose qui n'avait pas de nom, quelque chose d'angoissant, hantait ses yeux. Il avança dans l'allée et, comme la première fois qu'elle l'avait vu, dans un autre lointain jardin, très longtemps auparavant, il lui fit penser à un loup. Elle se hâta, courant vers lui, il ouvrit ses bras et elle se jeta contre lui. Il la tint serrée pendant qu'elle reprenait son souffle, la tête si pleine de questions que sa langue était paralysée.

« Ludovico et ses sbires sont morts », dit Mattias.

Elle ne ressentit rien hormis une vague de soulagement. Puis elle vit les yeux de Mattias.

Il dit : « Bors aussi. Et Nicodemus. » Il hésita. « Et Amparo. »

La douleur poignarda son âme et ses yeux s'emplirent de larmes. Mattias posa un doigt sur ses lèvres.

« S'il vous plaît, dit-il. Nous aurons tout le temps de porter le deuil. Et en cela nous ne serons pas seuls. En ce qui me concerne, un moment de joie serait plus que bienvenu. Et bien que beaucoup ait été pris, beaucoup demeure, et nous avons des raisons de sourire. »

D'instinct, elle regarda au-delà de son épaule. Derrière le seuil de la maison, elle percevait une présence. Mattias se tourna dans cette direction, et les larmes de Carla commencèrent à couler, et, en elles, joie, espoir et chagrin s'entremêlaient. Elle s'essuya le visage.

« Orlandu », appela Mattias.

Orlandu émergea de la maison. Il marcha vers elle, un peu raide, les épaules redressées, la tête droite comme s'il avait reçu pour instruction d'allonger le pas. Sa peau rayonnait, ses yeux étaient profonds et honnêtes, et Carla comprit qu'elle n'avait jamais, de sa vie, vu un être plus beau. Il s'arrêta devant elle puis s'inclina, le visage sérieux comme un juge. Les larmes montèrent à nouveau aux yeux de Carla, imprégnées de sentiments trop complexes, trop nombreux pour être dénommés, et cette fois elle ne parvint pas à les contenir.

« Souris, garçon, dit Mattias, et surveille tes manières. » Il souriait aussi.

« Car voici ta mère. »

Carla jeta ses bras autour d'Orlandu pour le serrer contre elle, fort, très fort.

DIMANCHE 9 SEPTEMBRE 1565
Hal Saflieni

Les tombeaux d'Hal Saflieni avaient été creusés dans la roche vive avant que le fer ne soit connu, avant même le bronze. Peut-être même, mais nul ne pouvait le savoir, avant que Prométhée ne vole le feu aux dieux. Creusés, donc, avec de l'os et du silex quand le monde des hommes était jeune, quand le Créateur de l'univers était la Femme, quand ces anciens maçons n'adoraient qu'une seule déesse : une déesse dont le ventre s'arrondissait d'une fécondité perpétuelle. Creusés à un âge où la guerre n'était qu'un rêve attendant que les dormeurs se réveillent. Ici, à Hal Saflieni, dans les cryptes et les chambres attenantes, dans les rangées de niches et les voûtes sous les plafonds décorés de rayons et de spirales d'ocre rouge, reposaient des squelettes par milliers.

Pour Carla, Hal Saflieni avait été un refuge dont le réconfort était mystérieux mais profond. Même si ces lieux lui avaient été formellement interdits, son cœur de jeune fille l'avait attirée jusqu'ici. Quand son âme était troublée, elle était venue s'agenouiller devant la Grande Mère de pierre, pour ressentir la sagesse du temps. Les prêtres disaient que c'était un lieu païen, et qu'en tant que tel on devait le fuir. Mais la jeune Carla n'avait ressenti aucun sens du péché. Ici, elle avait prié la Vierge, dans la cité des morts, et la Vierge et la

932

Grande Mère de pierre ensemble lui avaient apporté la paix. Elle n'était pas revenue sur ce site depuis de nombreuses années. Aujourd'hui, en quête de réconfort, en quête de paix, elle avait décidé d'emmener son amie là-bas pour la confier à l'éternité.

Dans le Borgo, dans l'obscurité précédant l'aube, matines et vêpres étaient dites pour les morts à l'église de l'Annonciation. Bien que les combats soient terminés, beaucoup étaient morts la veille, et beaucoup parmi les grièvement blessés allaient encore mourir. On chantait des psaumes, et des nocturnes du Livre de Job étaient récités. « Ô Seigneur, accorde-leur le repos éternel, et que ta lumière éternelle les éclaire. » Parmi ceux dont on portait le deuil se trouvaient Amparo, Nicodemus et Bors. « Délivre-nous, Seigneur, de la mort éternelle en ce jour affreux, quand les cieux et la terre trembleront et que tu viendras pour juger le monde par le feu. » Des laudes suivirent, et le *Miserere* fut chanté, et le cantique d'Ézéchiel, et l'antienne de Jean. « Je suis la résurrection et la vie : celui qui croit en moi, même s'il est mort, vivra ; et tous ceux qui vivaient et croyaient en moi ne mourront jamais. » Puis les péchés de ces âmes mortes à ce monde, mais pas au suivant, furent absous et les endeuillés émergèrent dans les lueurs de l'aube.

À la demande de Carla, Tannhauser et Orlandu chargèrent les corps de Bors et d'Amparo dans un chariot à deux roues. Le corps de Nicodemus n'avait pas pu être retrouvé. Sous un pâle soleil qui montait au-dessus du sommet du mont San Salvatore, ils les emmenèrent jusqu'à la nécropole d'Hal Saflieni, et, une fois là-bas, les allongèrent pour qu'ils reposent parmi d'antiques compagnons. Également à la demande de Carla, frère Lazaro était venu, et même s'il tremblait devant ces terres païennes, à elle il ne pouvait vraiment pas le refuser. Il consacra donc les niches qu'ils avaient choisies, car, selon le droit canon, chaque homme peut choisir l'emplacement de sa mise en terre. Il aspergea les corps d'eau bénite, le kyrie et le cantique de bénédiction furent récités et Lazaro accomplit avec fidélité les rites de la foi catholique. Puis il s'en alla, récitant le *De profundis* en disparaissant à leurs yeux, tandis qu'eux trois et leurs deux amis disparus demeuraient dans les catacombes, dans un silence douloureux à supporter.

De la charrette Tannhauser sortit la viole de gambe. Et Carla joua.

Elle joua jusqu'à croire que son cœur allait se rompre. Et en regardant Tannhauser, il lui sembla que le sien l'était déjà, et elle se rendit compte qu'elle l'avait perdu, quelque part dans le chagrin. Quand Carla sentit qu'elle ne pouvait plus jouer, elle regarda Orlandu, qui lui rendit son regard, les yeux forts, chauds et fermes, puis il lui sourit, un peu timidement, et elle se remit à jouer, portée par la flamme de bonheur qu'il venait d'allumer.

Ils reprirent le chemin du Borgo, et Mattias lui expliqua qu'il avait décidé de partir pour Venise sur le premier bateau. L'amour de Carla pour lui n'avait pas décru, au contraire, sa chaleur et son ardeur étaient plus intenses encore. Mais la mort d'Amparo pesait aussi lourdement sur lui que sur elle, peut-être même plus encore, et un chagrin mutuellement partagé faisait un piètre terrain pour la floraison d'une passion. Il ne fit pas mention de leur accord, et elle non plus. Il lui demanda si elle resterait à Malte, et elle répondit que non. Elle allait régler les affaires de succession de son père, puis retourner en Aquitaine avec Orlandu, et

Mattias comprit, car les chevaliers réclamaient désormais l'île par droit du sang, et pas comme simple résidence, et ils allaient la changer en une forteresse entièrement consacrée à la guerre. Comme ils approchaient de la porte de Kalkara, ils descendirent de cheval et Tannhauser se tourna vers elle.

« La nuit où ils nous ont pris ici, dit-il, vous souvenez-vous des tout derniers mots qu'Amparo m'a dits ?

— Oui, bien sûr, répliqua Carla. Que signifiaient-ils ? »

Elle vit la douleur sur son visage. « Je ne parviens pas à m'en souvenir, dit-il. Cela m'a apporté un tourment considérable.

— Le rossignol est heureux », dit Carla.

Tannhauser hocha la tête. « Bien sûr. » Il souriait, mais ses yeux étaient brillants de tristesse.

« Que voulait-elle dire ? demanda Carla.

— Elle voulait dire que j'étais sa rose rouge sang », répondit Tannhauser.

Carla le fixait, intriguée, attendant plus.

« C'est une fable que les Arabes racontent, dit-il, et Amparo l'aimait beaucoup.

— Me la raconterez-vous ? »

Tannhauser la prit dans ses bras et la serra tant qu'elle crut qu'il allait écraser la vie en elle. Elle sentit qu'il prenait une décision qui le déchirait, et ses bras la relâchèrent. Il la regarda et, dans les charbons bleu ardent de ses yeux, elle vit une tristesse trop profonde, insondable, et elle eut une appréhension soudaine. Sa voix chancela.

« Me diras-tu cette fable ? demanda-t-elle à nouveau.

— Oui, dit Tannhauser. Un jour. »

ÉPILOGUE

LA GRÂCE DE DIEU

PROLOGUE

LA GRÂCE DE DIEU

1566

Le vice-roi de Sicile, l'Espagnol Garcia de Toledo, arriva à Malte une semaine après que le siège avait été levé, et il fut si saisi par les souffrances extrêmes qu'il découvrit que certains affirment qu'il versa des larmes de pitié, quand d'autres disent qu'elles étaient de honte. On fit faire à Toledo une visite du champ de bataille imprégné de sang, il entendit les vaillants faits d'armes qui y avaient eu lieu, et il réclama le corps de son fils Federico, enseveli dans la crypte depuis sa mort lors de la bataille pour la première tour de siège turque. Trois jours plus tard, Toledo s'en alla. Il ne revint jamais à Malte et retomba ensuite dans l'obscurité.

L'obscurité n'attendait pas La Valette et la Sainte Religion. Le grand maître fut acclamé comme l'homme le plus brave de toute la chrétienté, son soldat et homme d'État le plus brillant, le rempart de l'Église militante. La Valette lui-même était indifférent aux honneurs qu'on lui faisait. Il ne se rendit pas à Rome, malgré la promesse d'un triomphe. En vérité, il ne quitta plus jamais l'île, malgré des invitations venues de tous les coins d'Europe, et il n'appréciait cette glorification que parce qu'elle apportait un afflux d'or colossal et de nouvelles recrues impatientes de renouveler les troupes de l'Ordre. Avec sa vigueur légendaire, il se remit immédiatement à la conception et à la construction d'une place forte massive sur les pentes du mont Sciberras, une citadelle qui serait la plus imprenable jamais bâtie, et qui devait être baptisée Valetta en son honneur. Son distingué secrétaire, Oliver Starkey, travailla avec lui nuit et jour, car ce labeur et ses complexités étaient incommensurables. Absorbés par cette tâche pour leur Sainte Religion, les deux hommes y trouvèrent contentement pour le reste de leurs jours.

Le pacha Mustapha et ses commandants avaient laissé quarante mille *gazi* dans la poussière de Malte et, avec ces morts jamais ensevelis, leur réputation également. Après soixante lugubres jours en mer, ils regagnèrent la Corne d'Or pour faire face à la colère du sultan. À leur plus grande surprise, on leur épargna la corde d'arc de l'eunuque, et Soliman courba l'échine devant la volonté d'Allah. Il ordonna des préparatifs pour un second assaut contre l'île l'année suivante, qu'il mènerait lui-même jusqu'à une fameuse victoire. Mais il ne devait pas en être ainsi. Vers la fin de l'été 1566, à l'âge de soixante-douze ans, le puissant shah mourut en Hongrie en menant le siège de Szeged. Il mourut comme il avait vécu, en faisant la guerre, et cette catastrophe était si renversante que ses médecins furent étranglés dans sa tente et sa mort gardée secrète envers ses *agas* pendant quarante-trois jours, jusqu'à ce que son corps embaumé soit enterré dans la tombe que Sinan avait bâtie pour lui, près de la mosquée Solimanye, dans le vieil Istanbul.

Succéda à Soliman le Magnifique son dernier fils survivant, Selim, connu pour d'excellentes raisons comme « le Sot ». C'est ainsi que le soleil ottoman entama sa lente descente, car, lors du passage de l'ombre de Dieu sur terre, passaient aussi son zénith et son méridien.

À Rome, un complot fut ourdi contre la vie du pape Pie IV, Giovanni Médicis. Et échoua. Son meurtrier présumé était un de ces assassins solitaires et déments connus des historiens de toute époque, et le mécréant mourut en détention avant de pouvoir trahir ses coconspirateurs fantômes. La volonté de Dieu, néanmoins, ne fut pas si aisément contrecarrée. Médicis succomba à une main plus cruelle, celle de la fièvre romaine, en décembre 1565. Michele Ghisleri enfila les chaussures du Pêcheur, comme prévu depuis longtemps, et déclencha quelques rires sans pitié parmi ses familiers en prenant le nom pontifical de Pie V. Sous son règne, l'Inquisition fleurit à nouveau. Ghisleri fomenta de nouvelles guerres contre les mahométans, et contre les protestants à travers toute l'Europe. L'obscurantisme intellectuel enténébra le monde catholique et un long et inutile déclin fut aveuglément embrassé. Pour ces crimes insignes, le pape inquisiteur devait être un jour canonisé comme saint.

Aux héroïques natifs de Malte incomba la tâche de reconstruire l'île au sortir de l'enfer. Sur une population de quelque vingt mille, sept mille hommes adultes avaient péri lors du siège. Leurs champs étaient brûlés et dévastés, leurs maisons réduites en tas de cailloux, et beaucoup de ceux que la mort avait épargnés devaient rester estropiés à vie. Ils souffraient dans les ombres projetées par le rayonnement de la Religion, et leurs sentiments sur ce qui s'était passé ne furent jamais rapportés, car si les chevaliers étaient *i nostri*, les Maltais demeuraient *la basse plèbe*[1], et tout ce dont on avait besoin de savoir des basses classes, c'était qu'elles avaient fait, de leur mieux, ce qu'on attendait d'elles.

En août 1566, la petite-fille de Gullu Cakie donna naissance à un fils. Sur les conseils du patriarche, elle fit baptiser le nouveau-né sous le prénom de Matheu.

1. En français dans le texte.

Le chevalier Mattias Tannhauser, chevalier magistral de l'ordre de Saint-Jean de Jérusalem, ne devait jamais savoir qu'il avait été honoré de cette homonymie. Malgré son intimité de toute une vie avec les plaies et les fortunes de la guerre, l'iliade maltaise l'avait laissé dans une mélancolie profonde, pour laquelle il ne connaissait aucun baume, et il quitta l'île sur la première galère partant pour la Sicile.

Avant de faire voile, il se soumit aux rituels de l'Ordre et reçut l'habit de grâce magistrale. Dans un élan de générosité qu'il regretta par la suite, il fit don de la majorité de son opium à l'Infirmerie sacrée, qui en avait encore fort besoin. Il obtint de Starkey la promesse que Carla, lors de son départ pour la France, soit escortée par deux chevaliers, du tempérament le plus sérieux possible. Puis, à quelques instants du départ, une aubaine lui échut, quelque chose capable de faire briller une lumière à travers la nuit de sa mélancolie.

Parmi les rares hommes pris vivants dans le massacre de la baie de Saint-Paul, se trouvait l'Éthiopien silencieux, l'homme qui l'avait rendu à la vie dans le pavillon rose d'Abbas bin Murad. Tannhauser le découvrit enchaîné et enfoncé jusqu'aux genoux dans une pâtée humaine, dégageant des cadavres désintégrés de la douve cernant la ville. Tannhauser racheta sa liberté. Il le lava, lui acheta quelques habits. Pendant tout ce temps, l'Éthiopien demeura tout à fait muet. Ils s'installèrent à la table du réfectoire de l'auberge d'Angleterre et, tandis qu'ils mangeaient, Tannhauser l'examina longuement.

« Que je sois damné si je sais quoi faire de toi », dit-il.

L'Éthiopien parut saisir l'essence de cette question, car il se leva de table pour aller dehors. Tannhauser le suivit. L'Éthiopien pointa le doigt vers l'immensité bleue, vers le sud.

En arabe il dit : « Chez moi. »

Tannhauser réussit à obtenir la faveur d'une heure dans la bibliothèque secrète des cartes de La Valette. De ses doigts brisés, il copia du mieux qu'il pouvait ce que l'on connaissait de l'Égypte et de la Corne d'Afrique. Il le montra à l'Éthiopien, qui reconnut la mer Rouge. S'il pouvait traverser l'Égypte et atteindre le rivage nord de cette mer, l'Éthiopien croyait qu'il pourrait faire voile jusqu'aux ultimes côtes méridionales, puis traverser de là ce qu'il appelait le pays danakil, afin de rejoindre les montagnes lointaines dont il était originaire. Cela faisait un singulier voyage particulièrement téméraire, songea Tannhauser, et pendant un moment la vision de cette épopée sauta de l'esprit d'un homme dans la tête de l'autre, et l'envie irrésistible d'accompagner l'Éthiopien surgit dans la poitrine de Tannhauser. Mais cela ne dura qu'un instant. Ce serait un autre voyage, dans un autre temps, une autre vie et pas forcément celle-ci.

Tannhauser chargea une mule de provisions puis emmena l'Éthiopien de l'autre côté du mont San Salvatore, jusqu'aux ruines de Zonra, où le fameux bateau était toujours caché. Ils le dégagèrent, le remirent à flot et Tannhauser expliqua à l'Éthiopien, du mieux qu'il pouvait, la route vers Alexandrie et sur quelles constellations célestes il pourrait se guider. Il lui donna une livre d'opium, quelques hameçons, des lignes, un sabre et des pièces d'argent turques pour payer son passage. Puis, quand il atteindrait Alexandrie, il lui demanda d'aller trouver Moshe Mosseri pour lui demander conseil et invoquer pour lui le souvenir de Sabato Svi.

Et tout cela l'Éthiopien l'accepta comme un homme certain que Dieu guiderait sa proue. Finalement, Tannhauser lui remit le mousquet d'ébène et d'argent que Bors avait tant chéri.

« Si tu échoues, dit Tannhauser, ce ne sera pas par manque de bon équipement. »

L'Éthiopien sourit. Et ce sourire était un joyau que Mattias devait conserver longtemps en mémoire. Il n'avait jamais connu son nom, et jusqu'au dernier instant il ne le lui demanda pas, car il savait qu'il ne reverrait jamais cet homme. L'Éthiopien le serra dans ses bras, grimpa dans la petite felouque et déroula sa voile latine.

Tannhauser demeura sur le rivage à regarder, jusqu'à ce que la voile rouge se perde à l'horizon dans la brume de chaleur.

Quand Tannhauser fit voile lui-même, il regardait Carla et Orlandu le saluer depuis le quai. Ce départ déchira le tissu de son cœur car il ne savait pas s'il les reverrait tous deux un jour. Ni même s'il le désirait. Tout cela n'avait aucun sens, c'était bien vrai. Car il ressentait un amour terrible pour Carla et abritait envers le garçon une affection peu commune, pour laquelle le mot « amour », semblait banal. Mais c'était ainsi. Et il lui fallait partir. Orlandu n'arrivait pas à comprendre son départ, et il avait évoqué « la fameuse entreprise », dans laquelle Tannhauser avait suggéré qu'ils s'engageaient.

« Si tu honores ta mère, et si tu apprends quelque chose d'utile, alors peut-être un jour en sera-t-il ainsi, lui avait dit Tannhauser. En attendant, nos chemins doivent se séparer, car des affaires m'attendent dans le Nord. »

Carla ne rendit pas son départ plus douloureux en tentant de l'en dissuader. Elle contint les nombreuses émotions qui bataillaient en elle. Elle essaya de comprendre son besoin de voyager seul. Ses propres désirs devraient vivre d'espoir et, en l'embrassant pour un dernier au-revoir, elle le formula.

« Sur la grand-route qui va de Bordeaux à Perpignan se trouve une église avec un clocher de style normand, le seul de ce genre dans toute cette région. Au-delà d'elle, la route fait une fourche. La branche sud mène à un manoir sur une colline, dont le toit ne porte qu'une tourelle, tuilée de rouge. »

Tannhauser écouta tout cela sans donner de réponse.

Carla dit : « Si un certain accord devait, un jour, se conclure, c'est là que tu trouverais la partenaire convenue. »

En réponse à cela, il l'embrassa.

Et, laissant ce baiser en guise de promesse, il partit.

À Messine, il rendit une petite visite à Dimitrianos.

À Venise, il régla les affaires de Sabato Svi.

Puis, mû par un instinct trop primal pour qu'il le rejette, il poursuivit vers le nord – loin au nord, et à l'est – et, durant ce long périple, il apprit à chérir sa solitude plus que tout au monde. Il dormait dans des monastères où le silence était de règle, il renonça à la compagnie des femmes, et alors que l'hiver et lui semblaient devoir se refermer très vite l'un sur l'autre, il atteignit le village de sa naissance, et s'abandonna à la bonté de son père.

Mattias passa l'hiver et le printemps à travailler dans la forge de Kristofer, et le lien que la guerre avait brisé depuis longtemps fut épissé de neuf. Dans les aubes glacées, il combattait avec feu et acier. Il devint le grand favori de son nouveau petit frère et de ses nouvelles petites sœurs. Il accompagnait son père dans ses tournées, et ils parlaient de choses simples. Ils partagèrent des souvenirs, d'abord avec douleur, puis avec une joie douce-amère, de celles qu'ils avaient tant aimées, puis perdues. Ils priaient ensemble devant les tombes – que Kristofer avait creusées de ses propres mains – de la mère de Tannhauser, de Gerta, de la si chère Britta. Et Tannhauser se demandait souvent si Kristofer se rappelait le mystérieux cavalier ottoman qui était venu un jour dans sa forge. Parfois, il avait l'impression que son père s'en souvenait, et que l'étranger ne lui était pas du tout étranger ; et parfois non. Et ni l'un ni l'autre ne mentionnèrent jamais l'étranger, et c'était parfait, car cet homme était un fantôme, un spectre pour Tannhauser, surtout.

Il regagna ainsi sa force, dans son cœur et son corps. Et pendant la lente retraite de l'hiver, en voyant bourgeonner le printemps, il pensa qu'il ne repartirait jamais. Et peut-être était-ce de cette conviction que vint la guérison, car ces gens se souciaient peu de son passé, de ses exploits ou de sa gloire. Ils ne se souciaient que de lui. Et cela fit revenir Amparo dans son esprit, et il pensait à elle quand il regardait les étoiles traverser le ciel. Et il pensait aussi à Carla et Orlandu. Et il pensait à Ludovico Ludovici, le moine tragique qui avait perdu l'esprit dans le gouffre qui sépare l'amour du pouvoir, et qui lui avait dit que le chagrin était la route vers la grâce. Et qui avait dit vrai.

Dans ces montagnes si loin de tout, Tannhauser en vint à comprendre que la tristesse était le lien qui tenait sa vie en un seul morceau, et qu'en cela il n'y avait aucune matière à regret, ni encore moins à reddition. Et son père lui enseigna ceci : en dépit de la tristesse, en dépit d'une perte incommensurable, la vie fait toujours signe, comme une billette de fer brut attendant transformation dans la forge. Depuis que Tannhauser avait jadis réveillé un feu dans ce pâle temple de pierre, où son père amenait à la vie des choses qui n'avaient pas existé auparavant, des empereurs et des papes étaient tombés, des lignes sur les cartes avaient changé. Des drapeaux avaient été brandis, des armées avaient marché, des multitudes avaient tué et péri pour leurs tribus ou leurs dieux. Mais la terre tournait toujours, car les sphères dansaient sur une musique qui leur appartenait, et le cosmos était indifférent à la vanité ou au génie des hommes. L'éternel de l'esprit humain, si une telle chose existait, résidait là, dans ce vieil homme avec son marteau et son foyer, une femme et de beaux enfants qu'il aimait.

Tannhauser se rendit compte, enfin, que c'était dans le gouffre entre désolation et amour, entre chagrin et foi, que le Christ et la grâce de Dieu pouvaient être trouvés.

Lorsque l'été venant embrassa les Alpes, faisant tout fondre sauf les neiges éternelles, Tannhauser empaqueta ses affaires, sella Buraq, et dit au revoir. Et même si beaucoup de larmes furent versées, ce départ ne déchira pas son cœur comme d'autres l'avaient fait car ce n'était qu'une séparation de chair et non d'esprit. Il entreprit la traversée d'un continent, passant par les domaines de maints différents rois, et, dans les derniers jours diminuants de l'été, Tannhauser pénétra une fois de plus sur les terres des Francs.

Et ainsi, par un beau jour d'automne, le chevalier Mattias Tannhauser, chevauchant depuis la cité de Bordeaux, descendait la route qui traversait l'Aquitaine jusqu'à Perpignan. Cheval et cavalier avaient couvert bien plus de mille milles dans l'année qui venait de s'écouler. Il avait fallu ce laps de temps, cette distance, pour soigner les blessures de son esprit. Buraq était en pleine forme, dévorant les lieues ensoleillées avec une joie toute chevaline. Tannhauser avait beaucoup apprécié la cité de Bordeaux. C'était un port splendide, un point de départ sans égal, et une ville vouée au commerce plus qu'à la guerre. Il allait devoir perfectionner son français, corvée qu'il ne goûtait guère, mais cela pouvait se faire. En tant que chevalier de Malte, de surcroît vétéran du plus grand siège de l'histoire, toutes les portes lui étaient ouvertes, comme elles l'avaient été partout ailleurs. Plus encore, il avait vu l'océan Atlantique, immensité grise et turbulente qui avait transporté son imagination, et l'avait poussé à se demander de quoi ses si lointains rivages étaient faits.

Il aperçut à l'horizon le clocher de l'église normande qui marquait la route qu'il cherchait. À la fourche, il prit au sud. Une demi-lieue plus tard, il vit un petit manoir posé sur une colline. Et il fut soudain conscient des battements de son cœur, car sur son toit se dressait une unique tourelle tuilée de rouge.

Dans une cour pavée près d'une grange, il tomba sur deux jeunes gens qui se bagarraient dans le crottin de cheval et la paille. Ils ne se bagarraient pas exactement. En fait, l'un des deux garçons était roulé en boule pendant que l'autre le rouait de coups de pied dans le dos et à la tête, sans avoir apparemment aucune envie de céder à la pitié. Comme celui qui était prostré au sol en hurlant qu'on l'épargne était visiblement le plus âgé et le plus costaud des deux, Tannhauser se sentit rayonner de fierté.

« Orlandu, lança-t-il, laisse ce balourd se relever pour qu'il s'en aille. »

Orlandu se retourna en pleine action, et vit le cheval doré. Il écarquilla les yeux, comme face à une apparition, et regarda le cavalier. Il ravala le choc et dit : « Tannhauser ? »

Par Dieu, le garçon avait l'air vraiment bien. Et quel bienfait c'était de le voir. Tannhauser masqua son envie de sourire, ce qui requit un effort considérable, pour arborer une expression sévère. « J'espérais te trouver en train d'étudier le latin, ou la géométrie, ou tout autre chose d'un niveau plus haut, dit-il, et au lieu de cela je te trouve en train de te bagarrer dans le fumier comme n'importe quel serf ! »

Orlandu restait bouche bée, déchiré maintenant entre le ravissement et la honte. Sa bouche se ferma et s'ouvrit. Pendant ce temps, le balourd se releva difficilement, avant de filer en trébuchant. Tannhauser descendit de cheval. Il ne pouvait plus retenir son sourire.

« Viens ici, garçon. » Il ouvrit les bras. « Et raconte-moi comment tu t'en sors. »

Lorsque l'excitation et la joie d'Orlandu furent enfin réduites au degré où il pouvait obéir à un ordre, Tannhauser lui dit : « Je pense qu'il est temps que tu annonces ma présence à la dame de ce manoir. » Il ajouta : « Ensuite, occupe-toi de Buraq, et laisse-nous en paix jusqu'à ce que je t'appelle. »

Tannhauser choisit de prendre un siège dans le jardin du château, où il profita de la fin du jour en respirant les senteurs des fleurs et des arbres fruitiers, réfléchissant à la luxuriance qui abondait partout alentour. Il y sentait la présence de Carla, cette étrange aura, mélange de contrôle et d'abandon imminent, qu'elle diffusait autour d'elle. Une femme qui avait des biens et du goût. Il chercha des taches sur ses vêtements et se trouva présentable. Un certain temps passa, et il se sentit un brin inquiet. Il avait été certain de l'accueil chaleureux du garçon ; mais, de Carla, il en était moins sûr. Elle avait eu quantité de temps et de tranquillité pour réfléchir à la folie d'une association avec quelqu'un comme lui. Le charme de Carla avait pu lui faire traverser un continent, mais le pouvoir de son propre charme était grand ouvert à tous les doutes.

Des notes de musique s'élevèrent soudain du manoir derrière lui. Une viole de gambe. Cela commença avec grande délicatesse, peut-être hésitation, puis elle trouva ses ailes et monta, tournoya et plongea avec une liberté majestueuse. Et Tannhauser fut envahi d'un immense bonheur, aussi grand que ceux qu'il avait ressentis avant, car cette musique était la voix du plus profond du cœur de Carla, et elle jouait pour lui.

Quand la musique s'interrompit, il rassembla ses propres morceaux, se leva, et Carla apparut dans l'allée du jardin, venant l'accueillir. Elle était toujours aussi élégante, voire même aussi attirante que la première fois qu'ils s'étaient rencontrés, mais cette fois ses cheveux tombaient librement sur ses épaules et il émanait d'elle une exubérance qu'il n'avait jamais vue auparavant. Sa beauté ne s'était ternie en rien ; elle avait même fleuri. Elle souriait, comme si elle avait envisagé un moment tel que celui-ci, mais sans y croire vraiment.

« Vous n'avez pas perdu votre toucher, dit-il. Sublime. Si je peux dire, à la fois en art et en apparence. »

Carla inclina la tête pour le remercier.

Pendant un moment, ils ne firent que se regarder.

« Comme tu le vois, dit-il enfin, une fois de plus je suis impuissant à résister à ton appel. »

Elle dit : « J'espère qu'il en sera ainsi pour toujours. »

Ses yeux verts brillaient. Elle sourit. Elle balança ses cheveux. Il avait perdu tous ses mots. Qu'avait-il voulu lui dire ? Tant de choses. Mais par où commencer ? Ils restaient là à se regarder. Le silence s'allongeait. Il tendit le bras et elle lui donna sa main. Le charme de ce toucher le fit frémir. Les doigts de Carla serrèrent les siens et il vit qu'elle ravalait l'émotion qui montait dans sa gorge. Son impulsion lui dictait de l'attirer contre lui, et d'écraser ses lèvres sur les siennes, et qu'ils se soumettent à des instincts endormis depuis trop longtemps, qui rugissaient pour prendre enfin vie. Pourtant il résista. Leur dernier baiser avait été volé à un monde gavé d'horreur. Et même si l'horreur, le feu et la folie devaient, pour toujours, faire partie du ciment qui les liait, il voulait que leur premier baiser ici, dans un monde plus doux, soit libre de toute ombre. Or, il y avait une ombre, celle d'une passion inoubliable, et d'un esprit qui devait être honoré avant qu'ils ne soient libres. L'esprit de celle qu'ils avaient tous deux aimée, et qui les aimait encore.

Il dit : « Je t'avais fait une promesse que je voudrais tenir. »

Dans le jardin s'étendait un lit de roses blanches et rouges, que Tannhauser avait immédiatement remarqué après qu'Orlandu l'avait laissé seul. Il la mena par la main le long du sentier et s'arrêta devant les fleurs.

« J'espérais bien en trouver ici, dit-il.

— Donc, tu vas me raconter cette histoire », dit Carla.

Elle souriait. Ses yeux brillaient de larmes. Et Tannhauser savait qu'elle comprenait, et il savait pourquoi il l'aimait, et pourquoi il l'aimerait toujours. Ils étaient tous deux des roses rouge sang. Ils n'étaient pas des rossignols. Il désigna une haute rose blanche.

« En Arabie, commença-t-il, on raconte qu'il y a très, très longtemps toutes les roses étaient blanches...

Table des matières

POCKET N° 14530

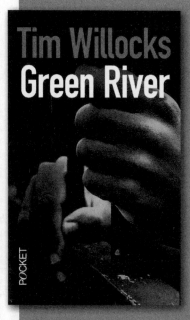

« *Étourdissant.
Peut-être le plus
grand roman
jamais écrit sur
la prison.* »

James Ellroy

Tim WILLOCKS
GREEN RIVER

Green River. Un pénitencier de haute sécurité, au fin
fond du Texas. Un véritable enfer où la violence, la
terreur et le racisme règnent en maîtres. Ray Klein,
ancien médecin, y est incarcéré. Alors qu'il est sur
le point d'être libéré, une émeute éclate dans la
prison. Juliette Devlin, psychiatre judiciaire dont il
est tombé amoureux, est prise en otage. Désormais,
Ray n'a plus qu'une idée en tête : la sauver à tout prix.

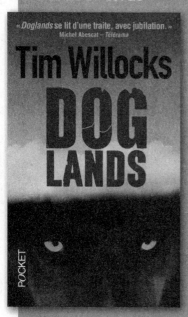

> « *Doglands* se lit d'une traite, avec jubilation. »
> Michel Abescat – *Télérama*

> « *Une écriture flamboyante. Une ode époustouflante à cette sauvagerie originelle que nos sociétés trop lisses ont oubliée.* »
>
> *Le Figaro Littéraire*

Tim WILLOCKS
DOGLANDS

Furgul est né à La Fosse de Dedbone, un lieu où règnent la violence et la loi du plus fort, où les faibles sont écrasés sous les bottes du maître des lieux. Furgul est un sang-mêlé, le fils d'Argal, un mystérieux hors-la-loi. Et, à La Fosse, les bâtards sont condamnés à mourir. Alors pour survivre, Furgul doit fuir. Déjà, il entend l'appel des Doglands – cet endroit où les chiens seraient libres de courir avec les vents. Mais il s'est juré qu'un jour il reviendrait...